双面女间谍
的爱情与谎言

（英）黛博拉·麦克唐纳（Deborah McDonald）著
（英）杰里米·德龙菲尔德（Jeremy Dronfield）

覃学岚 张倚书 冯德宁 译

沈阳出版发行集团
沈阳出版社

图书在版编目(CIP)数据

双面女间谍的爱情与谎言 /(英)黛博拉·麦克唐纳,(英)杰里米·德龙菲尔德著;覃学岚,张倚书,冯德宁译.-- 沈阳:沈阳出版社,2018.12
ISBN 978-7-5441-9773-1

Ⅰ.①双… Ⅱ.①黛… ②杰… ③覃… ④张… ⑤冯… Ⅲ.①长篇小说-英国-现代 Ⅳ.①I561.45

中国版本图书馆CIP数据核字(2018)第224291号

A VERY DANGEROUS WOMAN: THE LIVES, LOVES AND LIES OF RUSSIA'S MOST SEDUCTIVE SPY By DEBORAH McDONALD; JEREMY DRONFIELD
Copyright:©
This edition arranged with ANDREW LOWNIE LITERARY AGENT
through BIG APPLE AGENCY, INC., LABUAN, MALAYSIA.
Simplified Chinese edition copyright:
2018 Shenyang Press.
All rights reserved.

版权登记号:06-2018-388

出版发行:	沈阳出版发行集团|沈阳出版社
	(地址:沈阳市沈河区南瀚林路10号 邮编:110011)
网　　址:	http://www.sycbs.com
印　　刷:	天津中印联印务有限公司
幅面尺寸:	145mm×210mm
印　　张:	17
字　　数:	362千字
出版时间:	2019年3月第1版
印刷时间:	2019年3月第1次印刷
责任编辑:	马　驰
封面设计:	末末美书
版式设计:	文　艺
责任校对:	王玉位
责任监印:	杨　旭

书　　号:	ISBN 978-7-5441-9773-1
定　　价:	56.00元

联系电话:024-24112447
E-mail:sy24112447@163.com

本书若有印装质量问题,影响阅读,请与出版社联系调换。

目录

序 001
楔子 001

第一部 藐视一切习俗 1916—1918

1 革命前夕 002
2 立场选择 020
3 红色冬天 046
4 不列颠代表 057
5 "想当初我们多像两个懵懵懂懂的孩子呀" 075
6 激情与阴谋 095
7 老对头,怪盟友 119
8 战争一触即发 140
9 穿越边境 156

第二部 爱情与生存 1918—1919

10 洛克哈特阴谋 174
11 夜里响起敲门声 198
12 舍身献祭 216
13 一切……都结束了 243
14 使出浑身解数 258

第三部 流放 1919—1924

- 15 "现在我们都是铁" ... 280
- 16 布德贝格男爵夫人 ... 306
- 17 别让美事变憾事 ... 328

第四部 英国 1924—1946

- 18 爱与怒 ... 342
- 19 才不是这样的傻瓜呢 ... 369
- 20 骗子和撒谎精 ... 395
- 21 高尔基的离奇死亡 ... 411
- 22 一个非常危险的女人 ... 428
- 23 "为俄国人秘密工作" ... 441

第五部 穆拉的沙龙 1946—1974

- 24 电影巨头 ... 464
- 25 一个俄国爱国者 ... 481
- 26 ……一切都结束了 ... 499

关于年代与地名的说明 ... 523

序

认识穆拉·布德贝格的人,都觉得她是一个谜。就连她最亲近的朋友和儿女对她也从来琢磨不透。

20世纪50年代的伦敦不乏了不得的人物,但像布德贝格男爵夫人那样有着迷人的魅力、浑身散发出危险与神秘气息的男人或女人却寥寥无几。她在自己位于肯辛顿的那间昏暗且有点寒酸的公寓里举办晚会,成功地吸引了文学界与政界中的奇花异草。格雷厄姆·格林、劳伦斯·奥利弗、汤姆·德赖伯格、盖伊·伯吉斯、伯特兰·罗素、哈米什·汉密尔顿、戴维·里恩、爱·摩·福斯特、戴安娜·库珀夫人、伊妮德·巴格诺尔德、彼得·乌斯季诺夫,皆先后到穆拉的沙龙来喝过杜松子酒和伏特加,为她心醉神迷过。

表面上,穆拉维持生计是靠着翻译书和剧本,做亚历山大·柯尔达的剧本顾问兼编辑,外加偶尔略施美人计哄得她那些有钱朋友为她慷慨解囊。穆拉名气很大,因为她曾经是马克西姆·高尔基和赫伯特·乔治·威尔斯两人的情妇,这两人对她都是如痴如醉,而且她还是很多其他人的情人。从体型上讲,她不是一个迷人的俏佳人了,年老体胖,皱纹深布,鼻子很大,小时候还被很厉害地磕破过,因为嗜食、嗜酒、嗜烟,从头到脚一无是处。布德贝格男爵夫人已是残枝败叶——一个曾经貌美如花、袅娜轻盈、魅力无双的美人,徒剩一个空壳了。

即便凋败如此,可她的魅力却依然耀眼,让人不得不拜倒。多次求婚都被她婉拒的赫伯特·乔治·威尔斯,曾这样评价她:"我很少见到她跟别的女人同处一室而不明显是最靓丽也最有趣的风景——不只是在我眼里,在其他很多人眼里也是如此。"

关于她一直有各种各样的谣言。她曾经是一名间谍、叛徒、双面甚或是三面间谍,效力于军情六处、军情五处和克格勃……谁也不敢断言,但每个人在这个问题上又都有自己的观点。她只认识每一个有点来头的人,而且也喜欢透出她知道他们所有底细的意思。凡是进入这位男爵夫人所编织的杂乱无章的社交网络的人,都会得到老一点的熟人的警告,让他们谨慎行事,管好自己的嘴巴——穆拉无所不知、无所不晓,而且还有各种有势力、很危险的关系网。可是一旦陷入她的熊抱并屈服于她的魅力,几乎没有人能够抵抗住她的诱惑。

布德贝格男爵夫人——或者说她立世的这个名号——是一个由半传说和半谎言构成的人物。其中有一些(并不一定就是最恭维的那些)是她自己编出来的,是将别人的生活经历移花接木,给穆拉·布德贝格的活神话添油加醋的产物。她在第一次世界大战期间曾给德国人做过间谍;既曾当过英国人和俄罗斯人卖命的间谍,也曾当过出卖英国人和俄罗斯人的间谍;还在革命时期以特工的身份为布尔什维克秘密警察工作过;曾做过阴谋谋害列宁的英国特工的情妇;曾是斯大林信任的特工;此外她甚至有可能杀过人。

只要神话中有一星半点的事实,谁都不屑于去搞清哪些可能是确有其事,或者把这些事实与谎言区分开来。每一个认识这位男爵夫人的人——家人、朋友、熟人或敌人——都喜欢想象自己掌握了她惹人关注的东西,或者说知道有关她的秘而不宣的事实。事实上,这些人中知道一鳞半爪的也没几个。

他们最想知道的是她最早的一些奇遇的真相——她与革命时期驻俄罗斯的英国外交官兼秘密特工罗伯特·布鲁斯·洛克哈特的风流韵事,以及她在洛克哈特企图搞垮布尔什维克政府的阴谋中介入了多少。

她所有的朋友几乎都希望她写回忆录。作家兼和平运动活动家彼得·里奇-考尔德曾"对她怀有深厚的爱慕之情,而且我一直觉得她的故事可以写成一本精彩绝伦的书"。有此看法的不止他一人。出版商阿尔弗雷德·亚·诺甫和哈米什·汉密尔顿曾试图安排她出一本自传,尽管她领取并花掉了预付稿酬,可一个字也未写。几十年前她曾动笔写过一本回忆录,但谁也没见过这本回忆录,1974年她去世前不久,这本回忆录就连同她的大多数其他文件一块儿付之一炬了。

她去世之后,曾有好几人想写一本传记,但多因缺乏材料来源无果而终。

1979年,这位男爵夫人入土5年之后,传记作家安德鲁·博伊尔曾打算为她作传。他的《叛国之风》使安东尼·布伦特的苏联间谍身份得以曝光,这本书曾高居畅销书排行榜榜首,博伊尔后来将注意力转移到了这个几十年前,说来也巧,曾试图向军情五处透露布伦特身份的女人身上。他发现她身上的秘密比剑桥间谍中的任何一个都要深得多,而且几乎受到了她的亲密朋友圈的严密保护。博伊尔与穆拉朋友圈成员之间的往来信件表明,她的家人刚意识到他要干什么，罩在她身上的那层幕布就已在被快速揭开了。

博伊尔甚至草拟出了一份写作大纲，在这个大纲中他写道，"必须假装心甘情愿地对这些"有关她早年生活的"资料难辨真伪的性质做出解释"。不过这部传记一直没有付诸笔端——这位把最后一位剑桥间谍的秘密吃得透透的作家对于能否把穆拉·布德贝格写活还是没有十足的把握。

安德鲁·博伊尔败下阵来的地方，有一个传记作家成功地顶了上去。尼娜·别尔贝洛娃是一名俄罗斯小说家，有着得天独厚的优势，1921年左右至1933年，在她流亡的早年期间，她就认识了穆拉。除此之外，穆拉的生活对于别尔贝洛娃几乎就像对其他任何人一样神秘。作为一个兴致勃勃的小说家，她并未知难而退，资料匮乏时，她就会毫不迟疑地虚构，而且虚构的不只是装饰性的细节，甚至还有至关重要的事实。

自那之后，更多的资料曝光了。除了写给高尔基、威尔斯和洛克哈特的大量信件的存档文件外，最近军情五处保存的她1920年到1951年的档案也公布了。加上安德鲁·博伊尔所发现的事实，结合对"洛克哈特阴谋"历史背景的最新研究成果，将她一生的整个故事串联起来，揭开一些令人意想不到且很让人瞠目的事实已经成为可能。

穆拉一生中做了些什么，传说中她做了些什么，她自己又承认做了些什么，这些很难区分清楚。有时候根本就无法加以区分。人们会情不自禁地以一种冷嘲热讽的眼光来看待穆拉的不实之词，认为她不是自我吹嘘，就是对事实与虚构根本浑然不分。

不过她真正在做的事情是在为她自己创造一种艺术真实。她一辈子都在做这件事情，但只是在她与高尔基如胶似漆的过程中，在她深入了解了一个文学创作者的内心世界时，她本人才开始明白自己在做什么。她曾试图对高尔基把生活经历变成虚构故事的过程中所做的事情加以概括，说"艺术真实比经验烙印——干巴巴的事实真相，更令人信服"。

那是对她生活和动机的扼要概括。她不是一个收集狂——她没有因为别人的经历有亮点就加以窃取，也没有为了显得更妙趣横生就美化自己的经历。高尔基把人们的生活加以提炼，创作出了文学艺术，穆拉则试图通过这样的提炼，为她自己创造出一种艺术的"真实"生活，甚至给人一种她正过着这样的生活的感觉。

而且她的窃取与虚构并非是大规模的——而只是这儿一点点那儿一点点。她的生活，也真是巧了，有一种通常在小说中才能发现的戏剧性结构。她意识到了这一点，而且在她当时的书信与言谈中，在她后来的回忆中，她都确保了在极为恰当的关键时刻用词正确，态度恰到好处。无论是在昏暗的夜间火车站的一次勇敢的道别，一句至死不渝的爱情誓言，还是在山崖上的一篇庄严的诀别词，她都能充分扮演好自己的角色。虽然充满了戏剧刻意雕琢的痕迹，却丝毫没有让它显得不够真实，不论是对她还是对在她生活的大戏里演戏的人来说都是如此。

* * *

本传记的创作吸收他人心血与贡献良多，不胜枚举，难免挂一漏万。要不是已故的安德鲁·博伊尔趁穆拉的朋友健在时从他们那儿收集了各种各样的故事，本书的创作将是不可能的事情。同样，要是没有穆拉的女儿塔尼娅的回忆录《爱沙尼亚的童年时光》，本书也是无法完成的。

此外，在本书创作过程中帮助过我们，值得我们感谢的人还有：

提供了与穆拉生平相关的文献与信函副本的下列档案管理员：德克萨斯大学哈利兰·瑟姆中心的阿卡迪亚·法尔科内；印第安纳大学利利图书馆①的戴维·K·弗雷泽；斯坦福大学胡佛研究所②档案馆的肖恩·麦金泰尔和尼古拉斯·谢克尔斯基；伊利诺伊大学珍本与手稿图书馆的丹尼斯·J·西尔斯以及英国议会上议院档案馆的全体工作人员。

雅内达庄园主管恩诺·马斯特，雅内达博物馆馆长格奥尔基·萨里堪诺曾友善地拿出一个小时的时间带领黛博拉参观了穆拉在爱沙尼亚的旧居。旧居现已改成穆拉与本肯多夫家族博物馆。

承蒙下列诸位传记作家和历史学家在专业知识上的不吝赐教，在信息方面的慷慨分享：安德烈娅·林恩不仅鼎力相助，还分享了有关穆拉生平及其与威尔斯关系方面的信息；约翰·帕克特翻译了雅科夫·彼得斯关于洛克哈特案的报告，可谓是无价之

---

① 英文名为 the Lilly Library，位于印第安纳大学伯明顿主校区（又译布卢明顿分校），是一家大型的收藏珍本与手稿的图书馆，因医药大王约西亚·利利（Josiah K. Lilly）捐赠了自己的藏书与手稿而命名。——译注

② 英文名为 The Hoover Institution，全称为胡佛战争、革命与和平研究所（The Hoover Institution on War, Revolution, and Peace），美国著名的公共政策智囊机构，由赫伯特·胡佛（Herbert Clark Hoover，美国第31任总统）于1919年创建。——译注

宝；芝加哥大学达特茅斯学院①的巴里·P·谢尔教授提供了俄罗斯各档案馆保存的高尔基与布德贝格通信的注释以及有关二人关系的情况；卡洛琳·施密茨翻译了保罗·舍弗尔②与穆拉之间的德文通信；米兰达·卡特和奈杰尔·韦斯特提供了一些信息与建议。

衷心感谢穆拉·布德贝格的下列朋友与熟人，他们在与黛博拉的交谈中畅谈了自己对她的记忆与看法：威登菲尔德勋爵、迈克尔·柯尔达、娜塔莉·布鲁克（娘家姓本肯多夫），还有杰米·布鲁斯·洛克哈特，他还许可我们使用了罗伯特·布鲁斯·洛克哈特档案文件中的信件。

最后，还要最深切地感谢我们的经纪人安德鲁·劳尼首先看中了这个故事的潜质，并撮合我们合写本书；菲奥纳·斯雷特、罗莎琳德·波特以及天下一家（Oneworld）出版社看好本书并让它得以付梓出版的每一位。

黛博拉·麦克唐纳
杰里米·德龙菲尔德
2014年7月

---

① 原文有误，达特茅斯学院并不隶属于芝加哥大学。——译注
② 保罗·舍弗尔（Paul Scheffer, 1883—1963）：记者，编辑，曾任《柏林日报》（*Berliner Tageblatt*）主编（1934—1936）。——译注

楔子
伦敦，1970

穆拉·布德贝格男爵夫人虽然年事已高，又有关节炎，但她还是尽可能不声不响而又不失优雅地款步进入了肯辛顿的俄罗斯东正教教堂。穿过两根红色的大理石柱子时，她的脚步声让唱诗班的唱诗声给盖住了，她在基督像前停住，点了一根蜡烛，祈求基督宽恕自己的罪恶。

说到她的罪恶，可谓罄竹难书，一辈子也宽恕不完。什么样的罪，从最歹毒的到最淫荡的，她都犯过。

穆拉已经七十七八了，可是她那斯拉夫人的颧骨和猫一样的眼睛却依然隐隐透着年轻时迷倒过无数男人的魅力。很多贵族和外交官、秘密特工和知识分子、首相和王子，都曾乖乖地任由她摆布。不过，在她所有的罪恶当中，唯一让她真正痛苦的一样罪恶就是它根本就不是罪恶——堕入爱河之罪。她全心全意真心爱过的一个男人，她没有将他拴住，而让他给溜走了。如今，距他们年轻时那场激情——在革命的火花中所引燃的一场狂热而又危险的恋情——数十年之后的今天,她来到了这里,来到了这座流亡者的教堂,哀悼他的故去。

穆拉一辈子都在无情地撒谎:保命才是最要紧的,为此可以在所不惜。她干过用自己的美色和强大的头脑把男人玩弄于股掌之中的事情,当过间谍,叛变过,也遭过罪。她可以放心地说自己的一辈子过得多姿多彩,尽管没能与自己心爱的人共享。

唱诗班唱完了他们那支令人难以忘怀的俄罗斯曲子,空气中香气弥漫。圣像上闪光的金叶和精美的壁画,祭坛上方洁白的拱顶和镀金的穹顶都与穆拉本人形成了鲜明的对比:她的裙子和她的心情一样,黑沉沉的不说,还把自己裹得严严实实。她觉出了自己应该喝几口杜松子酒,抽根雪茄给自己提提神后再来这儿的。除了司铎和唱诗班之外,她是仅有的一个人:这是她自个儿私人的纪念仪式。她到这里来的目的是感谢基督,感谢基督赐予了集特工、作家和冒险家于一身,同时还是她失去的情人的罗伯特·布鲁斯·洛克哈特生命。现在他死了,穆拉终于可以独占他了。

要是当初他——她亲爱的洛基,她的宝贝儿——没有背叛和抛弃她,生活也许是多么不同啊!他们可能一辈子在一起,也就不会有此时此刻她悼念他时所产生的那种痛苦不堪的绝望了。她想起了他们被契卡[①]抓住的那天夜里;雷鸣般的敲门声,押往卢比扬卡途中的提心吊胆。他,身为主谋,密谋行刺的刺客,知道难逃一死。他

[①] 英文为Cheka,俄文的缩写音译,全称为全俄肃清反革命及怠工非常委员会,简称全俄肃反委员会,克格勃(KGB)的前身。

独自待在自己的监室里,过一小时算一小时,等着他们来收拾他。只有穆拉一人知道他被饶了一命的全部真相——她做出了下贱的牺牲,换回了他一条命。

她还记起了自己在洛克哈特面前的时光——现在看来是那么的快活而又放松自如,不过是革命前的一个序幕;那时的每一个夏天都是一种懒洋洋的田园生活,每一个冬天都是白雪皑皑的仙境……

第一部

藐视一切习俗
1916—1918

　　她是俄罗斯人中的俄罗斯人,有一股对生活中一切鸡毛蒜皮的小事都不屑于理会的傲气,一种能战胜一切懦弱的勇气……有一种比其他任何联系都要牢固,比生命本身还要强悍的东西进入了我的生活。从那之后她再也没有离开过……直到被布尔什维克的武装力量将我们分开。

罗伯特・布鲁斯・洛克哈特:
《一名不列颠代表的回忆录》,1932年

1 革命前夕
1916年12月

爱沙尼亚雁得尔；圣诞前的一周

一架雪橇沿着雁得尔庄园箭一样直的车道疾驰，铃儿叮当作响，马蹄踏在厚厚的积雪上，听不见多大声音。雪橇在道旁光秃秃的山毛榉树枝投下的阴影中穿梭，从冰封的湖边驶过，穿越大片晶莹璀璨的绿地，直奔宅子而去。

坐在雪橇上，裹着毛皮衣服的是两个女人，身边贴着三个小孩子，就像易碎的包裹。年纪轻一点的女人目不转睛地盯着冰天雪地的世界，猫一样的眼睛里透出一丝宁静的自鸣得意。另一个女人，半老徐娘，风韵犹存，注意力一直放在孩子身上，生怕他们从飞驰的无遮无挡的雪橇上摔了出去。这段从乡间火车站出发的行程不长，而且路也很直，可玛格丽特·威尔森不是一个拿自己负责的孩子瞎冒险的女人。坐在她旁边的孩子们的母亲则是另一回事情。穆拉夫人爱自己的孩子，但却乐于把看护孩子的担子扔给他们的保姆。加上一身是胆，差不多到了天不怕地不怕的地步，所以她脑子里根本没有危险这根弦。生活还得给她补补课，让她懂得自我保护与生存之道。她可怜的父亲就从来都没学会过这些，把高大的原则摆在自

1916—1918

我保护之上,吃过大亏。

宅子映入了眼帘。雪橇放慢了速度,马儿们也不像先前那样气喘吁吁了。宅子很醒目,尤其是在这个季节。雁得尔的这处庄园有一个很土很乏味很直白的名字:红宅。红色的砖体结构,方方正正,还支着童话般的炮塔,在这片雪域风光中红得很扎眼,周围是结了一层灰白色霜的灌木,还有湖畔四周白色针叶的银桦树。

穆拉满脑子都是过去几天趣味横生的各种活动和即将到来的圣诞节的喜悦。会有大大小小的宴会和围炉演唱,激动人心的聚会和滑雪橇等。穆拉在期待快乐的节日时光了。她的丈夫在外打仗,节日多半时间可能会不在,但穆拉可以轻易地忍受。要是她的公婆也不在,就再好不过了。可毕竟是他们的宅子——本肯多夫大家族的众多宅邸之一,穆拉急匆匆地嫁入这个家族时还是个小姑娘。

雪橇在马呼出的一团团浓浓的气流中停了下来。庄园的好几扇门呼地打开了,仆人们纷纷上来搬行李。穆拉解开身上的毛皮毯子,抱起最小的孩子——婴儿塔尼娅——从雪橇上下来,走到了雪地上。

* * *

差不多25年前穆拉出生的那天,数百英里之外的地上就有雪。1892年3月她降临人世,①是伊格纳季·普拉东诺维奇·扎克列夫斯

---

① 穆拉的确切生日是个疑团。官方文献给出的是3月3日,然而她过生日都是在3月6日。由儒略历到格里历的历法变更解释不了这一差异。此外,穆拉的女儿塔西娅称其母亲出生于1893年(亚历山大:《爱沙尼亚的童年时光》[Alexander, *An Estonian Childhood*] ;而在所有其他材料中,包括她的申请材料中,都是1892年。)

基的第四个也是最疼爱的孩子,扎克列夫斯基属于有土地的贵族,同时也是效力于沙皇的高级律师。

她出生在乌克兰波尔塔瓦地区扎克列夫斯基家族的贝里欧佐瓦亚鲁德卡庄园里。这个庄园是一幢漂亮的宅邸——一个古典别墅风格的气派建筑,有圆柱、拱门和柱廊,但带有一种斯拉夫的风味:洋葱状的小圆顶,外墙的粉刷和油漆,是橙红色镶以白色,彰显着俄罗斯皇家风格。①这是一个出生的好地方,但却不是一个不羁精灵成长的好地方。

伊格纳季·扎克列夫斯基和妻子已有过三个孩子:一个叫普拉东(通称博比克)的男孩,一对双胞胎女儿——亚历山德拉(亚拉)和安娜(通称阿西娅)。新出生的这个孩子受洗时取名玛利亚·伊格纳季耶芙娜·扎克列夫斯卡娅。②玛利亚这个名字源自其母亲,但这个女孩儿很快就摇身一变,成了家喻户晓的穆拉了。她是家中的掌上明珠。她父亲尤其宠爱她,"他中年最宠的宠儿,把她惯得一塌糊涂"③。家里来了客人,他会把她放到一张桌子上站着背诵诗歌。她期盼人们的注目与掌声,她确实心里痒痒地想要得到这些,偶尔得不到的情况下,她会火冒三丈。④她的魅力与才气,足以让所有见过她的人都念念不忘。

---

① 现称贝里左瓦鲁德卡(Berezova Rudka)庄园,至今尚存,不过严重失修。鲜艳的油漆已经褪色且有脱落,花园已是一派荒凉,喷泉已遭腐蚀而枯竭。
② 俄罗斯人的姓有阳性与阴性之分,扎克列夫斯卡娅(Zakrevskaya)是扎克列夫斯基(Zakrevsky)的阴性形式。
③ 亚历山大:《爱沙尼亚的童年时光》,第37页。
④ 亚历山大:《爱沙尼亚的童年时光》,第27页。

除了雅致的房子和园林外，贝里欧佐瓦亚鲁德卡对于一个成长的孩子而言，是一个很土气、很沉闷的地方。扎克列夫斯基庄园有数千英亩的森林与农田，大部分农田种的都是甜菜，甜菜收获后都在庄园自办的工厂里加工。不过，虽然伊格纳季·扎克列夫斯基的财富来自土地，但他本人却并不是农民。他的精力都用在了公平正义上，借助其在法院系统的地位致力于司法正义，通过其宣传呼吁和慈善行为倡导社会正义。他的大部分工作都是在圣彼得堡完成的，一家人住在圣彼得堡自家寓所期间，是穆拉最快乐的时候。

父女之间脾气秉性上有相投之处，两个人思想都很开明，而且都有易冲动和轻率的倾向。伊格纳季·扎克列夫斯基是帝国元老院——俄罗斯最高司法机构的首席检察官。但他激进的政治观点，包括其呼吁将陪审团审判制度引入俄罗斯司法体制的观点，都与沙皇尼古拉二世的保守主义背道而驰，因此最终丢了官。他最后的一个失策之举是在德雷福斯事件中积极支持了埃米尔·左拉。1899年他被迫辞去了元老院的职务。

其时正好是激进与保守两种倾向冲突加剧的时代。农民与工人正遭受极度的贫困。穆拉出生的那一年，波尔塔瓦地区几乎有50万人因营养不良，体质严重衰弱而死于霍乱和斑疹伤寒。连续好几年的冬天都奇冷无比，造成了饥荒，国家指定用于出口的食品几近于零。与此同时，沙皇还向贫困的农场征收土地税。农民绝望至极，只好以用黑麦皮与藜草、苔藓、树皮或可以弄到手的任何东西混合而成的"饥荒面包"来充饥。①伊格纳季·扎克列夫斯基敦促政府不

---

① 费吉兹：《一个民族的悲剧》，第158页（Figes, *A People's Tragedy*, p. 158）。

要掉以轻心,提醒他们不进行社会与司法改革迟早会引发暴动。

他的提醒是对的,但他并没有活到见到暴动的那一天。1905年初,伊格纳季·扎克列夫斯基在与他的那对双胞胎女儿亚拉和阿西娅去埃及的途中,心脏病突发而身亡。他的遗孀,有那么多孩子要抚养,还要维持家族庄园的运转,得到的遗产远少于应得的数额,伊格纳季最后的一件古怪之举是把自己的一部分财产留给了共济会。

圣彼得堡花费太高,所以扎克列夫斯基太太带着12岁、个性热情洋溢、正含苞待放的穆拉回到了贝里欧佐瓦亚鲁德卡,要在那儿永久居住了。这是穆拉人生中一个凄凉时期的开始:她失去了敬爱的父亲,眼下又注定要过上几年沉闷的乡下生活。这对她产生了不良影响,也促使她做出了一个令人遗憾的决定。

* * *

穆拉从雪橇上下来时,鞋跟踩得硬邦邦的雪嘎吱作响。男仆们拿行李的当儿,她环顾了一下四周,然后仰头把目光投向了宅子。雁得尔的红宅比贝里欧佐瓦亚鲁德卡庄园颜色要深,没那么雅致,看上去像一个臃肿的狩猎小屋,而不像一个庄园宅邸,可是穆拉在这里很开心,她在童年时的家里是难得这样开心的。对穆拉而言,最要紧的是生活、人和趣味,而不是地方如何。在雁得尔时,她是家中的主人,可以有要好的朋友相伴左右。而且爱沙尼亚离彼得格勒(此时作为首都的叫法)也近一些。坐一宿的火车再坐短短一段路程的雪橇就到了,比她记忆里童年到乌克兰去那段漫长的、让人筋疲力尽的旅途要短多了。

1916年的彼得格勒不是一个很稳定的地方，所以在雁得尔度长假是加倍地痛快。普通百姓当时都很躁动不安。他们的命运在过去的25年都没发生过变化——除了越发糟糕了之外。贫困与压迫的影响无时无刻不在，加上抗击德国和奥匈帝国的卫国战争①，已经进入第三个年头，把俄罗斯的人力和财力都快耗尽了。军队医院里人满为患，面包店都卖空了。

政治摩擦上升到了帝国之树的顶端。就在几天之前的12月16日，穆拉参加了费利克斯·尤苏波夫亲王在莫伊卡宫②举办的那场臭名昭著的舞会。彼得格勒数以千计最上等的人齐聚一堂，在舞厅宴饮跳舞之际，拉斯普廷③则在下面的地下室被人谋杀。精英分子认为他对沙皇和沙皇皇后产生了有害影响，于是将其半夜诱骗到这座宫殿，给他吃了下过毒的蛋糕，喝了毒酒，然后又遭到谋杀者屠宰场般的

---

① 第一次世界大战在俄罗斯有多种叫法，有时称作第二次卫国战争（the Second Fatherland War，第一次是1812年抵抗拿破仑的那场战争），但更常见的是称作卫国战争（the Patriotic War）或伟大的卫国战争（Great Patriotic War）。这些叫法1812年也用过，1941年又再度流行，现在则多与第二次世界大战联系在一起。

② 迈克尔·波斯坦爵士：安德鲁·博伊尔访谈录，藏于剑桥大学图书馆，编号为 Add 9429/2B/123（Sir Michael Postan, interview with Andrew Boyle, CUL, Add 9429/2B/123）。（莫伊卡宫 [the Moika Palace]：即尤苏波夫宫 [Yusupov Palace]。—译注）

③ 全名格里高利·叶菲莫维奇·拉斯普廷（Grigori Yefimovich Rasputin, 1869—1916），又译拉斯普京、拉斯普钦或拉斯普丁。俄罗斯帝国尼古拉二世时的神秘主义者、沙皇及皇后的宠臣。传闻他懂催眠术，因预言了俄罗斯某地的三月干旱，以及治好尼古拉二世叔父尼古拉大公的狗而名声大噪。又因奇迹般地医好了皇太子阿列克谢的重病而入朝为官，进而控制了皇权。后因其荒淫无度、过度干预朝政而触怒贵族遭谋杀。—译注

暴力折磨，似乎都未能将他置于死地。最终还是要了他的命。而与此同时，舞会还在继续进行。皇室失去了自己的顾问，不胜悲痛，愤怒的沙皇皇后更是一心寻机报复。

暴动大有一触即发之势，可是几乎没有人——穆拉就更不用说了——相信会爆发革命。以为也就是数百年来俄罗斯人生活中早已习以为常的又一次动荡而已。虽然动荡时不时地爆发，但每次都平息下去了。穆拉虽然很同情人民，但没有同情到为他们担心的程度。她也许有点像她的父亲，但她并不就是她父亲。

把小塔尼娅抱在怀中后，她扭头看了看另两个孩子，他们正由保姆关照着从雪橇上下来。四岁的帕维尔自己从垫子上还下不来，但老大基拉倒是姿势优雅地下来了。基拉九岁了，超过了她母亲的婚龄，她的父母是谁不能确定，不是父亲的身份不确定，而是母亲的身份不确定。小姑娘是穆拉已经扑朔迷离的生活的一部分。

* * *

父亲亡故，家财锐减，穆拉未能像自己的哥哥姐姐一样被送出去上学。她12岁到17岁这一段的全部生活都局限在家庭庄园和周遭荒凉的乌克兰草原上，这是一片似乎永无尽头毫无起伏的平地。能让人舒一口气的，只有树木和不多见的教堂圆顶。

她没有上过学，所受的教育都来自家庭教师；但她最亲近的人是她的保姆"米姬"，穆拉出生之前她就跟这家人在一起了。米姬的真名叫玛格丽特·威尔森，她是一个很有个性的女人——年轻、漂亮、意志坚强，而且极其负责任。她还是一个有一段不光彩经历、在家乡都待不下去的女人。

玛格丽特1864年出生于利物浦,年纪轻轻就嫁给了一个爱尔兰人。这个爱尔兰人跟她生活了很久,还生了一个儿子,然后就去参加了一起暴动。19世纪80年代爱尔兰经常发生这样的暴动,即所谓的土地战争,结果这个爱尔兰人在暴动中丢了性命。玛格丽特生性活泼,不守传统,于是就做了一个英国骑兵军官托马斯·冈尼上校的情妇;这个军官一直在爱尔兰服役,年纪大得都可以做她的父亲了。1886年7月,她生了一个女儿,取名艾琳。就像是中了邪似的,几个月之后冈尼上校便死于伤寒,玛格丽特再次守寡,还带着一个不光彩的非婚生孩子。① 自那以后,她的生活定然是难以忍受的,但最终却喜从天降,意外地得到了帮助。

1892年,伊格纳季·扎克列夫斯基因公出访英格兰,结交了一班英国人,这些人跟他一样,属于上流富裕阶层,政治上激进。其中包括女演员莫德·冈尼②,她是爱尔兰民族主义的支持者,诗人叶芝一往情深却苦苦追求而不得的意中人③,同时又是已故托马斯·冈尼上校的女儿,因而也就成了玛格丽特当时才6岁的小女儿艾琳同父

---

① 基恩:《肖恩·麦克布赖德》,第3页(Keane, *Séan MacBride*, p. 3)。
② 莫德·冈尼(Maud Gonne, 1866—1953),又译茅德·冈,被称为叶芝的缪斯,因为他的许多诗作的灵感都来源于她,或者是为她而写的,譬如《当你老了》。——译注
③ 原文为"mistress",据《新牛津英语词典》(*The New Oxford Dictionary of English*)第1184页: **archaic or poetic/literary** a woman loved and courted by a man,即[古或诗/文学]受到一个男人爱恋并求婚的女人。考虑到在1908年,也即叶芝苦恋莫德·冈19年后,二人在巴黎见面,有过一次肌肤之亲,故译为情妇似亦可。——译注

异母的姐姐了。莫德不顾已故上校的弟弟,自己的叔叔的反对,自艾琳出生之日起就一直在帮玛格丽特抚养这个小妹妹。①

伊格纳季·扎克列夫斯基很喜欢年轻的玛格丽特,并达成了一项安排。扎克列夫斯基是一个一发善心就不太理智的人,他要把玛格丽特带回俄罗斯去,让她教他那对双胞胎闺女亚拉和阿西娅学英语。与此同时,艾琳则将由莫德照管。②

伊格纳季·扎克列夫斯基把玛格丽特带回俄罗斯时,本来是打算雇她12个月的,职责很简单,就是教那对双胞胎英语。可是她很快就成了打理这个家庭的核心人物,于是原来的计划就给忘掉了。结果玛格丽特便跟这家人一起打发掉了漫长的余生③。由于没有受过什么教育,玛格丽特根本就当不了老师,除了英语之外,扎克列夫斯基家的孩子都是请家庭教师教的。

玛格丽特到了后没出几周穆拉就出生了,于是就成了穆拉的保姆,后来又成了她的同伴、朋友,甚至还有点代理母亲的味道。扎克列夫斯基家的孩子个个都很喜欢她。虽然大人都知道玛格丽特的正式名字叫"威尔森",但孩子们都管她叫"达姬";后来叫着叫着,

---

① 怀特、杰弗斯:《莫德·冈与叶芝的通信集》,第9页(White & Jeffares, *The Gonne—Yeats Letters*, p. 9)。
② 莫德在自己的回忆录讲述了这个故事,提到玛格丽特(Margaret)时用的是"埃莉诺·罗宾斯"(Eleanor Robbins)这个化名(沃德:《莫德·冈》,第13页[Ward, *Maud Gonne*, p. 13])。莫德本人此时尚未成婚,已拒绝热恋自己的叶芝多次求婚。1894年她自己有了一个私生女,名叫伊苏尔特(Iseult)。她好不容易把两个女孩子都拉扯成人。1904年莫德终于嫁给了一个叫麦克布赖德(MacBride)的军官,后因其与十几岁的艾琳·威尔森(Eileen Wilson)有染而离婚(图米:《牛津国家人物传记词典》[Toomey, *Oxford DNB*])。
③ 亚历山大:《爱沙尼亚的童年时光》。

又叫成了"米姬"。自此之后,她就叫米姬,再也没变过了。她把自己视为家庭的一员,从来没有拿过一分钱的工资;相反,她只要一提自己需要点什么,就会有人给她送到手上来。她的喜好很朴实,需求很少。

米姬对孩子们,尤其是穆拉,影响很大。由于她从未把俄语学好,所以就让孩子们以及家里所有的人都说英语。结果,据说穆拉长大后英语比俄语说得还棒,说俄语还带点英语腔。

穆拉十三四岁时,一直憋在贝里欧佐瓦亚鲁德卡这个与世隔绝而又单调乏味的地方,把人都憋出毛病了,逐渐表现出了任性和沉迷声色的个性,这两点将成为她整个成年生活的一个标志。要是米姬不只是她的代理母亲而是她的亲妈的话,人们没准会说这一特点是遗传的。①

不过,穆拉有米姬所不具备的天赋——她特有的那些惊人的天赋。而且她很想施展自己的天赋。她渴望在令人陶醉的社交活动中处于核心地位,这种渴望随着她的一天天成熟而更加强烈,她引人注目的本领也越来越见长。她善于施展魅力、讨人喜欢、让人魂不守舍。她忽闪忽闪会说话的眼睛会生了根似的盯在一个人身上,她跟谁说话,就会让谁有一种感觉,好像自己在那一刻成了全世界对她而言最重要的人。随着她生理上的成熟,她发现自己很有性吸引力。她成了一个危险的年轻女郎,包括对她本人而言都是一个危险。

---

① 米姬(Micky)也不是没有可能就是穆拉的亲妈。她以前与一个年纪更大的有妇之夫就有过一腿,还生过一个孩子。此外,据说米姬到后没几天穆拉就出生了。不过没有证据支持这一揣测。

请看同时代的一个人对她的描述:

> 她脸上透着和气与从容,眼睛很大,长得很开,炯炯有神,充满生气……脑子机灵,反应很快,不等人家把话说完,就能心领神会,应答时,口还未开,答语就已经写在脸上了……给人一种热情的感觉和罕见的灵气……她轻抹淡描的眉目总是很会传情,道出的恰是人所想听之言:或庄或谐,或悲或喜,听起来都既温柔又温馨。她的身体挺直而又结实,身段优雅……

但与此同时:

> 她脸上有种冷酷的东西,脸太宽了一点,颧骨很高,眼睛生得很开,不过让人不敢相信的是,她笑起来像猫,很可爱。①

没有几个人能抵抗得住她的魅力,也没有很多人想抵抗。

据说,她睡过的第一个男人,或者说第一个说得出来其名字的男人,是亚瑟·恩格尔哈特。具体情况,传说与谣言混杂在一起,说不清楚。恩格尔哈特出现在1908年,这一年穆拉16岁。这一期间出现在人们视野中的还有一个叫基拉的女婴。后来有人称基拉是穆拉的孩子,孩子的父亲是恩格尔哈特;但是有充分的理由相信基拉是穆拉的姐姐亚拉的孩子,因为亚拉也和恩格尔哈特发生过关系。这种孩子的父亲是谁清楚,母亲是谁却存在疑问的情况是很少见的。

不管基拉的生母究竟是谁,有一点是确定的,嫁给恩格尔哈特

---

① 别尔贝洛娃:《穆拉》,第165—166页(Berberova, *Moura*, pp. 165-166)。(该书的俄文版书名为 *Железная женщина*,意为铁女人。—译注)

的是亚拉，而且登记簿上也写着基拉是他们的女儿。①这是一桩注定失败的婚姻，亚拉的生活将因婚姻不合和吸毒成瘾而受到困扰。

与此同时，穆拉把与恩格尔哈特的那段风流事抛诸脑后，终于在1909年逃离了乌克兰这片社交的不毛之地。她的另一个姐姐，亚拉的双胞胎妹妹阿西娅，嫁给了一名外交官，住在柏林，那可是富有的社会名流眼中欧洲最令人兴奋的城市之一。阿西娅是扎克列夫斯基家典型的任性姑娘，她的婚姻始于一段私情和私奔。她曾邀请穆拉去跟她一起生活。"带上你最好看的衣服，"她在信中写道，"因为会有很多派对、宫廷舞会和其他聚会要去参加。"②穆拉怎么能经得住这样的诱惑呢？她将自己的衣服打了包，跟米姬道过别，洋溢着一脸的兴奋之情，就动身前往德国去了。

正如阿西娅所允诺的那样，这里的社会生活五光十色，令人眼花缭乱，给人以强烈的体验。穆拉的生活也由此掀开了新的一页。在柏林，经人引见，她认识了姐夫博比克的一个朋友，也是从事外交工作的。阿西娅觉得这个人——一个比穆拉大十岁的年轻贵族——对于自己十七岁的妹妹来说，是一个不错的护花使者。穆拉也这么认为。

---

① 别尔贝洛娃：《穆拉》，第359页。在军情五处（MI5）穆拉档案里也提到了这个问题（签证申请表及与之相关的 E·T·博伊斯 [E. T. Boyce] 的亲笔信）。关于穆拉这一期间的性行为的说法源自威尔斯 [H. G. Wells]，有可能是纯粹的八卦经他自己嫉妒的想象过滤后的产物。他曾声称她事实上短暂地嫁给过恩格尔哈特 [Engelhardt] 一段时间。（威尔斯《恋爱中的威尔斯》第164页；威尔斯《恋爱中的威尔斯》遭禁未发表部分）

② 转引自亚历山大：《爱沙尼亚的童年时光》，第31页。

伊凡①·亚历山大诺维奇·冯·本肯多夫来自爱沙尼亚一个贵族大家族的一支。同波罗的海地区的其他省份一样，爱沙尼亚是沙俄帝国的一部分，而为帝俄外交效力的有好几个本肯多夫。伊凡早就是被当作接班人培养的，而且已经有了不俗的表现，新近继承了他父亲在雁得尔的大片私有土地。伊凡优点很多，但他最大的优点是，他是一个聪明的小伙子，在圣彼得堡帝国中学读书时，几乎总是年级第一。

穆拉将目光瞄准了他。她有很多贵族亲戚，仪态优雅，个性突出，很容易吸引伊凡这样传统保守的贵族。他很可能没有认识到她一点儿也不传统，很有主见，精神上完全独立。他遇到她时，她把自己的全部魅力都施展在他身上，很快他就让她给迷住了。他们开始恋爱了。

她从来没有爱过他，可他的财富和地位对她很有吸引力，而她母亲则认为他跟自己的女儿很般配。跟了这样一个男人，穆拉将什么都不缺，而且还将有精彩的社交生活。夜夜都在晚会上跟贵族们泡在一起很对她的胃口，她很快打定主意，只要活着，就绝不甘"平庸"。

波茨坦有一座华丽的洛可可风格的奇迹建筑——德国皇家的无忧宫，在该宫一场宫廷舞会上，有人将穆拉和阿西娅引见给了以其二表兄——德皇威廉二世——的客人身份到访的沙皇尼古拉。这场舞会堪与沙皇本人在圣彼得堡冬宫举办的舞会媲美，冬宫舞会以令人难以置信的奢华而闻名，多达三千人的贵族嘉宾在舞会上竞相炫

---

① 原文为 Djon，是 John 的变体，而 John 在乌克兰语中一般又变体为 Ivan，故作此译。——译注

富,身着鲜艳的制服和华丽的礼服,珠围翠绕,施朱傅粉,耀眼夺目。在这场无忧宫舞会上,扎克列夫斯基的这对姑娘,"各自一袭带缀金拖裾的漂亮宫廷裙,一顶传统的俄式镶珠头饰",给人留下了极深的印象,只听皇太子惊呼:"太高贵了!"①

这正是穆拉孩提时代起就一直渴望的那种让人心跳、令人兴奋的社会。她同意嫁给伊凡,婚礼的举行日期是1911年10月24日。穆拉终于熬出头了,再也无须回到贝里欧佐瓦亚鲁德卡那沉闷的氛围里去生活了,再也不用腻烦她妈妈把她看得紧紧的了。

接下来的三年,小两口住在柏林,伊凡在俄罗斯驻柏林大使馆得到了升迁。伊凡很爱自己的新娘,穆拉的迷人魅力肯定已经令他相信自己的感情得到了回报。其实不然,不过倒也没有任何恶感——至少,当时还没有。穆拉的地位提高了,她在使馆内以及柏林更大的外交官圈子里都成了被关注的焦点。她白天出去看赛马消磨时间,周末则在各种各样的家庭聚会上打发光阴。

他们的生活不只局限于柏林。伊凡在圣彼得堡有一处豪华寓所,休假时他们就会上这里来住一阵子。各皇家宫殿都举办大型舞会,这些舞会都是以沙皇和沙皇皇后的一曲正式的波洛涅兹舞来开场。子夜时,舞会暂停,让人们坐下来吃一顿宵夜大餐。②多年之后,穆拉回忆起一次这样的活动:

> 舞厅里有些让人透不过气来,那么多的蜡烛、鲜花和炉火,透得过来气才怪呢,所以每个人胳肢窝下面都塞有两块垫子吸

---

① 亚历山大:《爱沙尼亚的童年时光》,第33页。
② 比尤肯宁:《往事追忆》,第46页(Meuriel Buchanan, *Recollections*, p. 46)。

汗；而外面则是零下20或30度，人们都是穿着皮衣、围着围巾、套着长袍乘雪橇来的，宫殿的院子里生有一堆堆篝火，供马夫和车夫等候时取暖。舞厅哪儿都非常漂亮，而且我记得可怜的沙皇在我行屈膝礼时眼睛直勾勾地盯着我的紧身胸衣看，皇后狠狠地瞪了他一眼！你以为她自己那么多下午都在跟拉斯普廷鬼混就不吃醋了，那你就太傻了。①

小两口只过了一年多年轻贵族无忧无虑、不用负任何责任的生活，接着就有了孩子。长子帕维尔，生于1913年8月29日。由于小两口有本肯多夫家族的财富可任意挥霍，因此孩子的出生几乎没有给他们带来任何不便。他们把米姬从贝里欧佐瓦亚鲁德卡请了过来，继续干她的老本行，照看第二代孩子。

她把基拉也带过来了。亚拉与阿瑟·恩格尔哈特的结合是一桩不幸的婚姻，1912年两人就离了婚。亚拉反复无常不说，还有毒瘾，根本就照顾不了基拉，于是小丫头就被送回了贝里欧佐瓦亚鲁德卡。因此，米姬来给穆拉刚生的孩子当保姆时，基拉就跟过来了，由本肯多夫家的保姆一起带看。小丫头受到了家人般的对待，后来连她的身世都成了一笔糊涂账。

穆拉应有尽有：有钱，有一个深爱自己、令人敬畏的丈夫，在欧洲最国际化的两座城市的上流社会中有一席之地，现在又有了心爱的长子。可惜好景不长，即将于1914年爆发的战争，断送了小两

---

① 这段回忆是她在电影制片人亚历山大·柯尔达（Alexander Korda）举办的一次社交聚会上对其侄子，年轻的迈克尔·柯尔达（Michael Korda）亲口说的（柯尔达:《魅力人生》，第214页 [Korda, *Charmed Lives*, p. 214]）。

口奢靡的生活方式。德国与俄罗斯反目，在冲突中加入了敌对的阵营，俄罗斯将自己的外交人员从柏林悉数撤回。

战争爆发不久，伊凡就加入了俄军，成为西北前线指挥部的一名参谋，离家很长时间。

穆拉虽然跟柏林的上流社会无缘了，但她还拥有圣彼得堡的帝国魅力，俄罗斯人现在出于爱国的考虑，改称圣彼得堡为彼得格勒了，旨在抹去这一日耳曼语旧名所留下的烙印。为了避人耳目，进行更私密的社交活动，她可以在节假日躲到雁得尔清静的乡村庄园里去。因为有米姬替她照看孩子——此时又添了1915年出生的塔尼娅，因而她的社交生活没有什么变化。真正跟从前不一样的就是家里少了伊凡，而这对穆拉而言算不了什么，很容易忍受。

* * *

米姬正拿帕维尔没辙，怎么哄都不能让他从雪橇上下来。他把从彼得格勒出发一路上死活都要拿在手里的玩具兵弄丢了，非得找到了才肯下来。穆拉想到了另一个不在眼前的士兵。这个玩具士兵就像孩子的父亲一样，不过，这个玩具兵不见了，似乎更让她感到遗憾。穆拉放下塔尼娅，帮着找了起来，把垫子都翻了个遍，把座位之间的缝隙都挨个儿摸了个遍。终于，这个开小差的士兵——一个持剑的轻骑兵——找到了。原来他躲到了地板上，藏在了乱糟糟的一团皮衣之间。帕维尔将玩具兵从穆拉手中一把夺过来，得意扬扬地举起来给米姬看。

保姆笑了——笑得有点儿勉强，穆拉觉得。米姬是不是也想到了一个真正的士兵——她已故的情人,那个骑兵队的上校呢?时不时地就会收到从爱尔兰寄给米姬的信,大家都知道是她的女儿艾琳写来的。艾琳此时已经是成年妇女了,而且已经让米姬当上外婆了。只要收到她的来信,米姬就会烦躁,当天余下的时间里都会心情不佳。①但过后总是会振作起来,没有什么可以让米姬长时间情绪低落、萎靡不振的。

穆拉扭过身来,面朝房子,早早地耸了耸肩。有很多事情要做。中间隔了好几个月了,要重新调整厨房员工;要安排聚会,请客,筹划郊游和短途旅行。英国大使馆的那些朋友肯定在她的邀请之列。穆拉自幼就学英语,对英国人有一种特殊的感情。再就是战时医院的那些朋友了,她曾在那儿当过护理志愿者。还有一大堆亲戚和社会上的朋友。

本肯多夫家族将由伊凡的兄弟保罗跟他的妻子作代表,伊凡本人可能也代表过一段时间,但愿不是由他的母亲来代表,尤其不是其他的女性亲眷来代表。本肯多夫家族的那帮姑奶奶们一个个都像公开的私人警察似的,从不放过穆拉性格和行为上的每一个缺点,而且从来就无所顾忌,敢于发表意见。就连喜欢伊凡的米姬,都开始讨厌起本肯多夫家族的那帮姑奶奶们来了。在即将到来的多事之秋的岁月里,她将不得不花费精力来保护孩子们,使他们免受这帮姑奶奶的影响,不让她们饶舌来破坏穆拉的名声。

有人或许会说穆拉的名声根本用不着保护,她已经成为彼得格勒的一个传奇,而且还不仅仅是因为她的社交才华。耐人寻味、令

---

① 亚历山大:《爱沙尼亚的童年时光》。

人浮想联翩的各种谣言无时无刻不在兴起和流传，将五花八门的不道德行为和邪恶行径都一股脑儿算在了她头上，其中最令人瞩目的指控便是说她是德国间谍。①这其中有多少是头脑过分发热的想象，这些故事中真实的成分，就算有，有多大是无法搞清楚的，于是关于穆拉·冯·本肯多夫夫人的故事，人们便倾向于自己想信的就信，不想信的就不信了。而且情况将永远如此。

健忘，且刚才一门心思只想着即将到来的圣诞节活动的穆拉将塔尼娅抱到怀里，迈着轻快的步子，拾级而上，穿过拱形门廊，进入了温暖的过道，紧随其后的是米姬、帕维尔和基拉，他们后面是拎着最后几件行李的仆人。

门在他们身后自动关上了，将寒意关在了外面，同时将节日的喜庆封在了屋里。

---

① 布尔什维克秘密警察组织"契卡"（副）头目雅科夫·彼得斯1918年穆拉曾与其发生过关系。在一份回忆录中称"据[一名]在押者的供词及在P王子处发现的文献，[穆拉]在帝国战争期间曾是一名德国间谍"。（彼得斯《革命第一年期间的契卡工作回忆》[Peters, 'Memoirs of Cheka Work During the First Year of the Revolution']，发表在1925年的《无产阶级革命》[*Proletarian Revolution*]杂志上，转引自别尔贝洛娃：《穆拉》，第128页）

2 立场选择
1916年12月—1917年10月

1916年12月30日

英国驻俄大使乔治·比尤肯宁①爵士站在亚历山大宫一间巨大的接待室的窗户边上,能看见沙皇尼古拉二世正在白雪覆盖的花园里由侍从陪着散步,这是他每天都要进行的活动。②

彼得格勒的宫殿都很宏伟,但皇村③的宫殿,距离市区十几英里的皇家乡村静养之所,却是一派别样的富丽堂皇。庄园的一侧是叶卡捷琳娜④宫,宫殿规模巨大,冰白色和天蓝色的外观绚烂夺目,柱子和高大的窗户一层叠一层,一排接一排,饰以用大量金片打造出来的

---

① 若按英文 Buchanan,可译为布坎南,但国内一般按俄文通译为比尤肯宁,故从之。—译注
② 比尤肯宁在其回忆录《奉使俄国记》(Sir George Buchanan, *My Mission to Russia*)第42—52页对此次拜谒有较详尽的描述。他给出的日期是1917年1月12日(新历)。
③ 皇村(Tsarskoye Selo):"沙皇的村落"(Tsar's village)。(亦译沙皇村,十月革命后更名为儿童村[Detskoye Selo,即 Children's Villiage],后又因普希金曾在皇村贵族学校就读而于普希金逝世100周年[1937年]改名为普希金城。—译注)
④ 叶卡捷琳娜是按照俄语 Екатерина 的通译,英语作 Catherine,故也有人译作凯瑟琳。—译注

华丽嵌线，上面还有金色圆顶组成的巨型尖顶。相邻的一侧则是亚历山大宫，规模小一点，但也堪称建筑奇迹，外观颜色如同软糖与奶油，是沙皇一家真正居家过日子的地方，相对而言，奢华的程度要低调一些。

乔治爵士那天是专程从彼得格勒过来，就帝俄政治局势而来谒见沙皇。他身为大使，对这个国家的内部事务异常感兴趣，而且与沙皇有着非常亲近的友情。乔治·比尤肯宁爵士手下的一名资历较浅的领事对他的形容是：“一个样子很虚弱的人，成天一副疲惫、悲伤的表情”，他的单片眼镜、精致的五官和一头银发"让他看上去有点像戏台上的外交官"，但他身上有着"一种激发忠诚的神奇力量"。①眼下的乔治爵士忧心忡忡。他认为沙皇和沙皇皇后对于自己的帝国分裂到了何等程度、不幸到了何种地步还几无所知，对自己的地位岌岌可危到了何等境地也几无察觉。他们自己的大臣都在欺骗他们，政府里面已经满是为德国利益效力的特工了。彼得格勒此时满天飞的流言已不是沙皇和沙皇皇后会死于行刺，而是谁会死在前面了。②

对于一个有乔治爵士那样的洞察力的人来说，这种动乱的迹象令人提心吊胆、惶惶不安。暴动叛乱随时都有可能发生。他担心自己的家人，正考虑让女儿梅里埃尔去找她的俄国朋友穆拉·冯·本肯多夫，跟她一起住到爱沙尼亚的乡下庄园去。雁得尔离首都很近，去很容易，万一火星溅着了彼得格勒的火药桶，却可以远离危险。

---

① 洛克哈特：《一名不列颠代表的回忆录》，第117页（Lockhart, *Memoirs of a British Agent*, p. 117）。
② 比尤肯宁：《奉使俄国记》，第41页。

梅里埃尔和穆拉夫人曾一块儿在该市的战时医院里做过护士志愿者。两人因为穆拉外交界的朋友关系很熟,穆拉与英国使馆走得近靠的就是这层关系。这位年轻的太太一看就是由一个说英语的保姆带大的,对英国的东西有感情。很多年轻一些的男性随员都被她的魅力迷住了,就像那些停泊在爱沙尼亚港口城市雷瓦尔①的军舰上的英国海军军官一样。②她丈夫的亲属遍及整个帝国政府及外交部门。实际上,就在这一天,俄罗斯帝国驻大不列颠大使亚历山大·冯·本肯多夫伯爵在伦敦去世的噩耗传到了俄罗斯。他和担任侍卫长的兄弟保罗两人都是最得沙皇夫妇欢心的宠臣,这个消息沙皇听后肯定会龙颜不悦。③

拉斯普廷遇刺后沙皇夫妇已经处于惊魂不定的状态。(沙皇皇后悲痛不已,但也有人说沙皇因为除去了心头之患而长舒了一口气)他们把自己禁闭在这里,开展一些小的娱乐活动聊以自慰,不肯承认自己人中有真正的骚乱分子。乔治爵士几周之前曾试图向沙皇陛下进言,提醒他有人把拉斯普廷视为祸害,并且传出了要设计将其除掉的风声,可是沙皇却选择了闭耳不闻。④现在他又会听劝吗?

---

① 现称塔林(Tallinn)。
② 梅里埃尔·比尤肯宁:《大使的女儿》,第143页(Meriel Buchanan, *Ambassador's Daughter*, p. 143)。
③ 比尤肯宁:《奉使俄国记》,第20页;本肯多夫《最后的日子》(Benckendorff, *Last Days*)译者序中称保罗(Paul)的官衔是 Grand Marshal of the Court。保罗伯爵与亚历山大伯爵是伊凡的远房表兄弟。
④ 乔治·比尤肯宁爵士试图提醒沙皇拉斯普廷有危险,(他在《奉使俄国记》第48页上称其根据是一些"风言风语")这一点使得人们产生了一种推测,认为这起谋杀案实际上是由英国秘密情报局(Secret Intelligence Service)精心策划的。费利克斯·尤苏波夫亲王(Prince Felix Yusupov,该案主谋,拉斯普廷就是在其官殿中被杀的)的一个英国朋友,奥斯瓦尔德·雷纳(Oswald Rayner),

终于，全俄罗斯的皇帝兼独裁者，沙皇尼古拉二世陛下花园散步归来了，乔治爵士奉宣觐见。他一进殿，就猜到自己此行又要无功而返了。沙皇真心实意想跟乔治爵士交谈时，每次都是在书房里迎候他，两人会在里面边抽烟边聊。可今天这位大使却被领进了正式的觐见室，而且发现沙皇肃立在自己面前。这意味着他愿意听到的是乔治爵士以英国大使身份的冠冕堂皇之言，而不是以朋友和各种政治问题的顾问身份的出谋划策。他已经猜出了大使此番前来所要进谏的是什么，而他不想听。

乔治爵士还是不甘作罢，试了一番。他使出了浑身解数，把话题转到了俄罗斯政治上，力劝沙皇任命一名可以获得俄罗斯议会杜马认可的新内阁首相，弥合统治者与自己的国家之间的裂痕。为了让沙皇陛下想起自己在拉斯普廷问题上的提醒，乔治爵士把弥漫于整个政府、杜马以及全国的动荡不安描述了一番。沙皇说他非常清楚有叛乱的传言，但太当真了是要犯错误的。

乔治爵士努了最后一把力，放弃了晓之以理，试图动之以情，讲起了自己这么多年对沙皇的忠心耿耿。"要是我看见一个朋友，"他说："在一个漆黑的夜晚，穿过一片树林，顺着一条我知道尽头是悬崖的

与这起谋杀案有牵连，而且所用左轮手枪可能就是他提供的。乔治爵士曾对这一指控做过调查，但英国秘密情报局彼得格勒分局（the Petrograd division of SIS）的头儿给出的确定答复是：这种说法"连三岁大的孩子都会觉得不可思议"（米尔顿：《俄罗斯轮盘》[Milton, *Russian Roulette*]，第25—26页）。然而，有人也予以了反驳，认为就算英国秘密情报局特工不是此案中的罪魁祸首，也涉案甚深（卡伦：《拉斯普廷》[Cullen, *Rasputin*]）。人们好奇的是如果比尤肯宁的担心只是因为听到了一些"风言风语"，那他何必要提醒沙皇。此外，沙皇本人也深信英方插手了。

小路前行，陛下，提醒他当心危险难道不是我的责任吗？提醒陛下留意您前面的深渊，难道不一样也是我的义务吗？"①

沙皇尼古拉感动了，临别时，他抓起大使的手热情地握了又握。"谢谢你，乔治爵士！"他说。

但随着时间的流逝，明显可以察觉什么都不会改变了。在皇村的这次会晤之后一周左右，乔治爵士从一个俄罗斯政界朋友的嘴里得知，复活节前将有一场革命。不过他用不着惊慌——革命将源于政界精英内部，会很短暂而且只是迫使沙皇认可一部严格意义上的宪法。这样的革命将防止爆发工农革命的危险，而工农革命将是更加暴力更加可怕的事情。②

这才让人稍感放心了。不过，女儿收到穆拉·冯·本肯多夫请她去雁得尔做客的邀请时，乔治爵士还是鼓励女儿去了。

* * *

2月26日，星期天

不可思议的是，人生发生逆转的旅程可能始于最轻快的那几步，在无忧的欢笑与愉快的道别中，噩梦毫无预兆地就降临了。

穆拉拉开卧室厚重的窗帘，放眼窗外的夜色，走到镜子前端详灯光映照下自己那双闪亮的眼睛。大雪纷飞，万籁俱静，爱沙尼亚一轮冉冉升起的冬月下，大地泛着诡异之光。星星都躲起来了，今夜森林里将有狼群狂奔。穆拉打了个哆嗦。这是一个适宜出游，谋

---

① 比尤肯宁：《奉使俄国记》，第49页。
② 比尤肯宁：《奉使俄国记》，第51页。

求蜕变的良宵。

她开心地哼着小调儿——前一天晚上她为自己那些神魂颠倒的客人唱过的那首让人难以忘怀的吉卜赛歌曲,坐在壁炉前的地毯上,噼噼啪啪的炉火映现在她金色的眸子里……

她呼出的气让眼镜蒙上了一层雾,看不清东西了。确实是一个适宜出游的夜晚,是抖掉鞋跟上雁得尔沉睡的乡村之雪,回到市里去的时候了。漫长的圣诞节终于结束了,到了预定回彼得格勒的日子了。她离不开城市,就像她不能没有呼吸一样。必要时,随便一座城市都成,因为每座城市虽然各有特点,但都充满了活力,但彼得格勒本身就是一个生命,是帝国跳动的心脏,而人民则是它的血液。哪怕麻烦缠身——反战情绪弥漫、工人苏维埃频生事端、物质短缺、抗议此起彼伏、罢工不断——但在穆拉眼里它依然是生命的呼吸,她喜欢触摸它的脉搏。

她想过莫伊卡宫的舞会,也想过拉斯普廷之死。穆拉很聪明,知道沙皇皇后的猛烈报复会进一步激起众怒,但她不是胆小之辈,自己并不担心后果。哼,狼要跑还能拦着不成,让它们跑!她可以跑得更快。

她不知道——雁得尔没有一个人知道——它们沙沙的脚步声和呼出的阵阵臭气已经开始横扫全市了。

女仆"啪"的一声扣上了最后一个手提箱上的搭扣,穆拉从梦幻中走了出来,转身离开了窗户。女仆行了一个屈膝礼,取下梳妆台上的手提箱,出了门。旅行箱已经由一个男仆取下来了。外面隐约传来了铃儿的叮当声。穆拉往外瞅了一眼,只见雪橇已经就位待发,马儿们正蹄踏积雪，它们和她一样，也迫不及待地想出发。

穆拉又最后照了一下镜子，正了正头上的皮帽，然后尾随行李下楼了。

那天晚上，雁得尔的大厅里充满了孩子们的欢声笑语。匆匆忙忙地用过晚餐之后，这一小家子人——包括穆拉的孩子们和两个最亲密的朋友——已经齐聚在大厅入口，趁雪橇还在准备的当儿，在没鼓起勇气冲到外面天寒地冻的世界之前，最后体味一下庄园温馨舒适的余味。两个年轻姑娘懒洋洋地躺在壁炉边上舒适的椅子上，聊着天。其中一个就是英国大使的女儿梅里埃尔·比尤肯宁，她拉长着脸，很是沮丧，但一看见穆拉从楼梯上下来，她玫瑰花蕾般的小嘴立马就绽出了笑容。另一个年轻女郎是米丽娅姆·阿齐莫维奇，美国人，别看她名字听起来像是俄罗斯人。她俩是这次圣诞节最后离开也是最亲密的客人，一直待到了节日的最后一刻。两人都穿着防寒服。

"我的宝贝姐妹们！"穆拉下来后跟她俩来了一句很夸张的英语。尽管她的英语说得比俄语还溜，但她喜欢说英语时带上一点浓浓的斯拉夫语腔。

两个女人像王室成员大驾光临一样起立迎驾时，孩子们也围到了她身边。帕维尔，一看就是他爹的儿子，塔尼娅，一看就是她娘生下来的，当然还有身世不清的基拉。穆拉弯下身子，亲了亲自己的这些小宝贝儿；而米姬则插进来，唱了一阵白脸。米姬是穆拉喜欢而且完全信任的仅有的几个人之一。

穆拉站到一边，摆出姿势向两个朋友炫耀自己精美的毛边旅行装,如愿以偿地赢得了一番艳羡。在等马车夫叫她们的当儿,她们仨聊开了,聊得甚欢,都快上气不接下气了,那兴奋劲儿一点不亚于孩子们对即将到来的黑夜之行的兴奋之情。

她们聊的无非是上流社会的八卦、即将到来的旅行和战争。她们仨都在圣乔治医院当过护士志愿者,医院里士兵中曾流传过谣言,说受伤的军官们得到过穆拉小姐的特殊护理。①不过关于她这样那样的谣言一直就没断过。总有一些容易轻信的人信以为真,而且穆拉本人非但没有辟谣,反倒恨不得劝人家相信。

她们完全没有聊到的就是,彼得格勒的最新事态。头一天已经开始爆发的那场风暴的消息还没有传到爱沙尼亚;报纸上只是报道了商店遭劫、工厂罢工。听上去跟节前几周的情况没什么两样,而且她们对此早已习以为常,根本就没给她们的喜悦蒙上阴影。

时间到了,一行人——三名女士、三个孩子、米姬,还有穆拉的侍女——走进了寒冷刺骨的黑夜,挤到了无遮无盖的雪橇上,将自己用毯子和毛皮裹得严严实实。女人们大惊小怪,喋喋不休的时候,家仆们都毕恭毕敬、一动不动地在大厅大门透过来的一片弯弯的朦胧灯光下候着,等着跟她们鞠躬道别。

"帕维尔,脚别放在雪橇外面,收起来!"穆拉一把将小家伙拽

---

① 迈克尔·波斯坦爵士:安德鲁·博伊尔访谈录,藏于剑桥大学图书馆,编号为 Add 9429/2B/123(Sir Michael Postan, interview with Andrew Boyle, CUL, Add 9429/2B/123)。迈克尔·波斯坦爵士出生于比萨拉比亚(Bessarabia),但革命后离开了俄罗斯。该说法的可信性堪疑。如果有理由相信她既是一名德国间谍又是一个如此水性杨花的女人,那么像乔治·比尤肯宁这样的一个男人,他可远非是个傻瓜,似乎不大可能会让自己的女儿那么亲近她,也不大可能容忍大使的随行武官跟她有如此广泛的社会交往。

到了自己的腿上:"不然会让狼咬掉的!"

"有狼?"小家伙问。

"什么时候都有狼。"穆拉说:"像今天这样的夜里,它们可想吃粗心小孩子的脚啦!不过——我们跑得会比它们快!出发!"

车夫一抖缰绳,雪橇在一片颤抖的叮当声中向前冲去,马儿嘶鸣,地上有雪,所以蹄声很轻。

到埃格维杜村火车站的路程很近,可是一路上寒风刺骨,冷得要命,他们已经在火车站预定了去彼得格勒火车上的一个包厢。夜色朦胧,碧空如洗,繁星点点,一轮冉冉升起的明月照耀着寂静无声的茫茫雪地。①他们沿着门前的一条直路前行,过了几个结冰的湖,然后蜿蜒横穿远处的树林。雪橇从树林冰冷的阴影中驶过时,悄无声息,坐在雪橇上的女人们既感到毛骨悚然,又亢奋不已。隐隐约约地出现了一些伐木工人的小屋,这儿一座,那儿一座,窗户里面都亮着黄色的灯光,令梅里埃尔浮想联翩,满脑子里都是童话中的巫婆形象。

埃格维杜火车站是一个一边高一边低的木面建筑,很招摇,孤零零地矗立在村道和日晒雨淋的铁轨之间的平地上。候车室挤满了士兵和蓬头垢面、穿着羊皮袄的农民。好在这几位上流社会的千金小姐不用跟这些人在一起待很久,没忍多大一会儿,就听见进站火车"哐喊哐喊"和"呜——呜"的声音了。

---

① 梅里埃尔·比尤肯宁(《彼得格勒》,第93页 [Meriel Buchanan, *Petrograd*, p.93])称那天晚上没有"月亮"。但1917年2月26日(旧历)是望月之夜,可能是他们从雁得尔出发时还没升得太高。

1916—1918

每节车厢都已经快让从雷瓦尔上车的乘客挤破了。就连过道里也是水泄不通。三位小姐真是吉人自有天相，又躲过了一劫，不用跟那些脏乎乎的农民挤在一起了。本肯多夫的名号，加上梅里埃尔外交方面的关系，为他们赢得了一节私人车厢，做出这一安排的是该地区警察局的局长。她们的地位为她们带来如此特殊的待遇，这将是最后一次了①。锁上门后，她们安排好了这一夜的旅程，回到了她们习惯的舒适状态，而此时外面的过道里，撑在凳子上或躺在地板上的无产阶级则已鼾声大作了。

第二天早晨八点，火车驶进了彼得格勒的波罗的海车站，这一行人始才知道动乱的真实情况。②车站富丽堂皇的大厅里有一种怪怪的感觉，让人感到恐怖或不安，虽然说不出个究竟来。乔治·比尤肯宁爵士的侍从兼管家威廉开着大使的轿车在车站接她们。③陪他一道来的，非常出人意料，是武官诺克斯准将，仪表堂堂，但让人惊愕的是他全身制服，神色凝重。④

---

① 梅里埃尔·比尤肯宁：《彼得格勒》，第94页。
② 波罗的海车站有时称作皇村站，由于原来从该站始发的火车的主要目的地也是该站。该站过去是现在依然是发往波罗的海国家铁路线上的大站，现在叫维捷布斯克火车站（英文：Vitebskystation；俄文 Витебскийвокзал。—译注）。
③ 大使的侍从集助手、男仆、管家及保镖于一身。这一工作带有一种礼仪成分，通常要求威廉着制服、携佩剑和戴羽冠（梅里埃尔·比尤肯宁：《一个帝国的解体》[Meriel Buchanan, *Dissolution*]；克罗斯：《异乡一隅》，第348页 [Cross,"Corner of a Foreign Field",p.348]）。
④ 梅里埃尔·比尤肯宁：《大使的女儿》，第145页。诺克斯（Knox）只是新近才从上校晋升为准将。驻扎在雷瓦尔的皇家海军波罗的海潜艇舰队司令弗兰西斯·克罗米（Francis Cromie）上校当时也在场，他坐同一趟火车到彼得格勒来休一个星期的假（克罗米1917年3月致菲利莫尔将军 [Adm. Phillimore] 函，引

穆拉问出了什么事儿,他愁眉苦脸地朝她转过头来。城里发生了暴乱,他告诉她,还有罢工。

"噗,暴乱有什么稀奇的!"穆拉说:"哪天没有罢工?"

"那倒也是,夫人,可是近来情况有点严重。车辆没有通行证禁止通行。"

穆拉脸有点发白了,但她还是不信非得把气氛搞得这么压抑不可。威廉没好气地把那几大堆行李搬上一辆手推车时,她们跟着准将穿过了车站一个个有回声的大厅。大使的小汽车在恭候她们的到来。她们看了看车,看了看孩子,又面面相觑你看了看我,我看了看你。怎么才可能把每个人都塞进去呢?梅里埃尔提议给仆人们叫一辆出租车,也好装行李。诺克斯将军的长脸拉得更长了,摇了摇头。没有出租车;开出租的①都罢工了。

"仆人们坐电车不行吗?"穆拉建议道。"行李可以跟我们走。"

诺克斯将军不耐烦地轻声叹了一口气。他那天六点钟就起了床,还有一大堆事情要做;英国军事人员都处于高度戒备状态。②"没有电车。"他说。他是在谨慎行事,尽量不把市里过去两天中的真实情况和盘托出。他最不想要的就是摊上一群歇斯底里的女人。"在罢工。"他重复了一遍:"大家都在罢工。我们得想办法把人和东西全塞

自琼斯:《英国关系文献汇编》第II辑,第357页[Jones,'Documents on British Relations'II,p.357]。克罗米是梅里埃尔和穆拉的朋友,不过尽管他信中言及自己与"比尤肯宁小姐一起抵达",但他肯定只是在同一趟火车上而不是与她们同行,因为其他资料中都没有提到他。

① izvozchik——赶出租雪橇或马车的。(该词是俄语 извозчик 的罗马化,亦可译为"赶车的,开出租的"。—译注)

② 诺克斯:《与俄军相处的岁月》,第553页(Knox, *With the Russian Army*, p.553)。

进这辆车。"①

　　这时,刚下火车的其他游客正在站外的雪地上聚集,越来越不安,越来越急躁,因为他们不知道自己究竟怎么回家去。有个人已设法找到了一辆小雪橇,他将行李堆到雪橇上,然后顺着街道出发了,而剩下的人群则开始把气往车站无能为力的搬运工身上撒,跟他们吵起来了。

　　穆拉和她的两个朋友、三个小孩子、诺克斯将军、米姬、穆拉的侍女以及他们合起来的行李全都挤进了车里,然后在一大群羡慕者的目送下开走了。按照将军的指示,威廉走了一条绕道的路线,避开了涅夫斯基和莫尔斯卡亚大街。他们七弯八拐进入了阿德米拉特斯凯区——沙俄政府所在地,穆拉的公寓就在这儿,雄伟的英国大使馆也在这儿,矗立在冬宫与夏宫之间的河滨。②

　　汽车驶过这座大雪横扫过的城市时,穆拉洋洋自得的平静渐渐被碾碎了。他们经过了一辆被遗弃的电车,车窗全破了,途中还有一个士兵挥舞步枪将他们拦住,检查他们的通行证。发现一切都没问题后才放行,让他们继续行驶。穿过一条条空空荡荡、冷冷清清的街道,穆拉上一次经过这儿时还是一派熙熙攘攘、热闹繁华的景象,黄色的电车和雪橇跑得可欢啦。眼下到处都是一片沉寂,充满

---

① 梅里埃尔·比尤肯宁:《彼得格勒》,第94—95页。到站时在场的克罗米上校留下的文字是:诺克斯"认为那些骚乱是很小的事情"(1917年3月致菲利莫尔将军函,引自琼斯:《英国关系文献汇编》第Ⅱ辑,第357页)。由于诺克斯认为不是什么大事情,因此可以肯定他是在把情况往小里说,免得把几位小姐给吓着了。

② 梅里埃尔·比尤肯宁:《大使的女儿》,第146—147页;《往事追忆》,第267—268页。

了不祥之兆，给人以要出乱子的预感。①商店都关了门。稀稀拉拉的几个人，一个个都低着头，匆匆而行，仿佛生怕遭到攻击似的。到处都是检查站，由一群群士兵和武装警察把守，他们的车经过时，这些士兵和警察都疑心重重，瞪大眼睛瞧着，但都没有采取行动将它拦下。穆拉打了个哆嗦，感觉到了那种恨之入骨的恶意，下意识地把孩子们往身边拉了拉。这绝非只是个罢工和骚乱的问题，是一个要死人的问题。

诺克斯将军选择的这条谨慎路线，让她们经由圣以撒大教堂来到了时尚的英吉利堤岸路②。小汽车孤独地沿着冰封的涅瓦河行驶时，车上的人感受到了一种死气沉沉的气氛，这种气氛笼罩了对岸岛上的彼得罗巴甫洛夫斯卡亚③要塞——圣彼得堡的古城堡，挂在上面的帝国旗，在令人沮丧的气氛中凄凉地飘扬着。涅瓦河上的几座桥上什么都见不到。感觉整座城市似乎都让一匹狼给吓趴下了，在乖乖地等着它扑过来。

车子在穆拉的公寓门前把她和孩子们放下后，继续往使馆驶去，焦急的父母总算把梅里埃尔等了回来。乔治爵士后悔女儿这么早就从雁得尔回来了，因此不让她再出门了。④

---

① 梅里埃尔·比尤肯宁：《往事追忆》，第267—268页。
② 原文为 English Quay，又称 English Embankment，俄文作 Английская набережная，北接 Admiralty Embankment（海军部堤岸路）。外临大涅瓦河（Bol.Neva），内侧有圣以撒大教堂（StIsaac's Cathedral）及众多历史性建筑，有点近似于上海的外滩，因而意亦可直接译成英吉利堤。——译注
③ 即彼得保罗（Peter & Paul）。
④ 梅里埃尔·比尤肯宁：《彼得格勒》，第94—97页。

三个年轻的女人安全到家了,再晚一点可就不好说了。

* * *

当天晚些时候,胀鼓的暴风雨云团终于胀破了:大街小巷,成群结队的闹事者和抗议者泛滥成灾,呐喊声此起彼伏,"嘚嘚"的马蹄声和"嗒嗒"的枪声响成一片。沙皇的士兵已经倒戈,站到了工人一边;他们怒气冲天地冲出了军营,加入了彼得格勒的街战,与革命者携手大战哥萨克骑兵与警察。

这是已经零零星星持续了多天的暴力行为所酿成的大祸。人们的耐心早已受到了极大的伤害,到了忍无可忍的地步。农民和工人终于走到了这一步,他们将不再忍受混乱与不公,因为正是这样的混乱与不公才导致了商店无货可售,穷人饿肚子,而富人却奢靡无度。源源不断从战壕恶劣的环境中归来,而回到俄罗斯的家里后却只能吃个半饱的士兵,已经使得动荡不安的因素有增无减。

穆拉和客人们在雁得尔的雪中嬉戏,在庄园暖融融的舒适环境中休息时,彼得格勒街上已经发生了流血事件。当局早已贴出了禁止游行示威的告示,但人们却置若罔闻。然后,2月26日,这一天是星期天,政府点燃了导火线。就在雁得尔那边的几位女郎一边吃午饭一边归心似箭地期待返程之旅时,早已在彼得格勒郊区集合的示威者正在朝政府所在区汇聚。每一个大的交叉路口都设有军事据点,到处都是士兵和武装警察巡逻队。示威者们沿着通往市区的主干道涅夫斯基大街①行进时,出现了第一次开火。这是一起偶发事

---

① 又译涅瓦大街。—译注

件：几个胆怯而又愤怒的军官率领几支紧张、缺乏经验的部队开枪打伤了几十号人。示威者们散开了，有几个则开始朝士兵扔砖块儿进行回击。在兹纳缅斯卡娅广场，一个团开枪打死了五十人，暴力冲突达到了血腥的顶峰。①

开完这些枪后，沙俄就把自己推上了一条不归路；对于穆拉而言，对于每个俄罗斯人而言，世界就要变了。

建筑物都被封锁了。正义宫被付之一炬，凡是警方的处所，都成了群众暴力袭击的目标。他们冲击监狱，释放了犯人。到了星期一早上穆拉和她的朋友们度完假兴高采烈地回到彼得格勒时，这座城市已经陷入了一段不稳定的暂时平静期——惊吓之余歇下来喘了一口气——等着它的是更猛烈的暴力事件的再次爆发。在当天爆发的战斗中，一个步兵团为了保护起义的市民跟哥萨克骑兵和警察交了火；而就在几天前，情况还是倒过来的，哥萨克骑兵跟警察打，而军队则在屠杀人民。谁也不知道谁在谁一边：每个区每个团，军官们和人们的同情心都在左右摇摆；谁都没有固定的效忠对象，也就是说，除了挨饿的工人和统治贵族之外，谁都没有。而这两种人的立场是他们的出身和环境早就替他们选好了的。

不过，贵族中间至少有一个人例外。二月革命在她家门口的大街上如火如荼地展开，高大的外墙上不断传来枪炮声和群众的尖叫声的回响时，穆拉·冯·本肯多夫夫人以警觉的眼神注视着眼前发生的一切，而且她很清楚一点：只要是为了祖国俄罗斯，哪方获胜

---

① 费吉兹：《一个民族的悲剧》，第312—313页。兹纳缅斯卡娅广场（Znamenskaya Square）革命后更名为起义广场（Vosstaniya Square）。

她就将站在哪方。别人可能吃亏和小命不保,但穆拉却会活下来。

她还不知道自己的选择,一旦真正做出了,会令她付出多么沉重的代价。

* * *

对于上层阶级、外国侨民和外交官而言,不会很快受到这种变化的影响。尽管"流血星期日"那天,涅夫斯基大街暴发动乱,枪杀了那么多的平民百姓,但当天下午英国太太们还是像往常一样到英国大使馆来参加了她们定期的缝纫会。她们并没有因为放了几枪就取消了安排,而是从容不迫地从惨不忍睹的大街上走着来的,一路上不知道遇到了多少士兵,穿过了多少燃烧的房屋。大使馆的舞厅里,支有搁板桌,上面放满了成包成捆的绒布、皮棉、棉花,还有好些剪子和缝纫机。她们把这些东西打成包,以便送到开往前线或军事医院的救护列车上去。

这次突如其来的风暴让其他一切全都乱了套。商店、饭馆歇了业,报馆关了门,放眼望去,到处都是红旗。革命的支持者都在衣服上用别针别着红带子。很快,每个人都别上了红带子:否则就会麻烦上身。革命者要求推翻政府和沙皇,建立共和国,结束所谓的卫国战争。无产阶级团结起来支持这项事业,逐渐形成了一次协调一致的革命运动。工人苏维埃①正在成为一支强有力的政治力量。暴力停止了,谈判开始了;杜马重新开会时,苏维埃被正式邀请选举代表。

---

① 苏维埃(soviet):代表会议。

3月2日，旧政府的基石垮掉了：整个危机期间都继续住在皇村的沙皇尼古拉二世宣布退位了。他似乎没怎么关心过首都的战斗。两个公主得了麻疹，病情堪忧，他几乎没注意到外界所发生的事情。他得到的禀报是起义实际上没有遭到任何有组织的抵抗：就连自己的近卫军都背叛了。沙皇意识到大势已去，无力回天，于是放弃了皇位。

沙皇尼古拉二世逊位，沙俄的首脑位置出现了空缺——一个连农民和苏维埃都认为得由一名传统型的领袖来填补的空缺。革命的支持者呼吁建立一个新的共和国——但是共和国须由一个"明君"①来领导。这一称号已经跟皇家绝缘了，似乎已经变成了一则英雄掌权的神话：人们设想了一个能代表俄罗斯及其人民意志和品格的民选统治者。②

这个人就站在旁边。沙皇退位留下的空缺找到了这个人来填补，此人有地位，有魅力，也愿意出任这一鼓舞人心的傀儡角色。穆拉也注意到了他。

亚历山大·克伦斯基虽然是苏维埃③出身，但却不是工人。他是一名律师，一个狂热的社会主义者④，一个魅力四射的演说家，同时

---

① 此处原文为strong Tsar，考虑到当时要推翻的正是"沙皇"，联系上下文，这里的"Tsar"已不宜再理解为"沙皇"，故译文作了变通。——译注

② 包括梅里埃尔及其父亲在内的一些外国观察家似乎误解了建立一个"沙皇"领导的共和国的呼吁；他们认为头脑简单的工人没有吃透民主这一概念（例见梅里埃尔·比尤肯宁：《彼得格勒》，第107页）。

③ 此处的"苏维埃出身"和下文中的"苏维埃副主席"都与实际情况不符，克伦斯基（Alexander Fyodorovich Kerensky, 1881—1970）实为社会革命党人。——译注

④ 因为克伦斯基是俄社会革命党（The social revolutionary party）成员，所以称其

又是一名雄心勃勃的政客。此外，他还很自负、很古怪，而且是一个有名的好色之徒。他1881年出生在一座偏僻的城市，跟列宁是老乡。（他俩的父亲是熟人）虽然他比列宁小了十岁之多，但克伦斯基在事业上却发展得更快。列宁思想上还封闭在赤热的熔炉里，坚持不妥协的布尔什维主义（而且人也滞留在瑞士）时，亚历山大·克伦斯基已经是新的革命时代将当大任的人了。

他爬得很快。作为彼得格勒苏维埃的副主席，克伦斯基应邀加盟新的临时政府——一个又一个不稳定联盟中的首个联盟，这些联盟将成为俄罗斯第一次革命后的统治者，那段时间春天倒还是一派乐观，可到了夏天就风暴成灾了。在这些联盟争夺领导权的斗争中，克伦斯基从司法部长升到了国防部长，在司法部长任上，他废除了死刑，恢复了民事裁定。到当年夏天时，他当上了总理，入主冬宫。

从外表上看，他其貌不扬，面相古板，面容苍白，头发剪得很简朴，全都竖起来了；身为国防部长，他喜欢穿普通士兵的制服（不过裁剪得很精致）。但他内心却热情似火。一名见过他在莫斯科大剧院（革命演说所青睐的场所）演讲的英国副领事领教过他震撼人心的演说，就连有钱人听了他在一场号召大家发扬自我牺牲精神，支持前线部队和贫苦工人的长达两小时的演讲后，也深为其演讲中的"苦难福音"所感染：

> 他抬头把目光投向了楼座的包厢，一字一顿、措辞激烈，说着说着，就激情澎湃起来了……

为社会主义者也不算错。需要注意的是这个党实际上是一个小资产阶级政党，所以这里的社会主义者与我们所理解的社会主义者是有区别的。—译注

讲完结束语后,他精疲力竭地倒在了身后助手的怀里。白炽灯下,他的脸色苍白,有如死人一般。士兵们搀着他走下舞台,这时全场听众都歇斯底里地起立喝彩,嗓子都喊哑了……一个百万富翁的老婆将自己的珍珠项链抛到了舞台上。现场的每个女人都竞相效仿,于是偌大的剧院每一层都有珠宝落下来,就跟下冰雹似的。我隔壁的包厢里,给沙皇卖了一辈子命,而且痛恨革命就像痛恨瘟疫一样的沃盖克将军,像个孩子似的哭了。①

历史已经不能精确地记起穆拉是怎么跟克伦斯基牵上线搭上桥的。没准是通过他的妻子奥尔加,她曾在战时医院当过护士志愿者。也有可能是在英国大使馆,穆拉在大使馆有很多朋友,而克伦斯基则是乔治·比尤肯宁爵士的常客。不管是怎么认识的,反正在权力的天平发生变化的过程中,穆拉瞅准了机会,采取了行动。在这个国家把克伦斯基视为俄国的拿破仑,给他披上拿破仑的披风,而她的丈夫伊凡又还在外打仗时,穆拉将自己无法抗拒的魅力施展到了这个新总理身上,成了他的情人。

这事儿做得很谨慎,只有几个最喜欢飞短流长的人闻到了一点风声,不像克伦斯基当时的另一桩风流事那样,对方是他的表姨子莉莉娅,两人公开在冬宫同居。②克伦斯基爱穆拉,但双方都有理由

---

① 洛克哈特:《一名不列颠代表的回忆录》,第178—180页。
② 亚伯拉罕:《亚历山大·克伦斯基》,第301页(Abraham, *Alexander Kerensky*, p.301)。

谨慎行事：他怀疑她在为英国情报部门工作。①他可能有充分的理由。

1917年的彼得格勒，有一小群同情德国的俄罗斯人。有些只是喜欢德国的东西，而另一些则在战争上支持德国。这些人都被视为潜在的叛徒。德国秘密特工把他们召集到一起，聚在一个持同情态度的夫人的会客厅里讨论政治，他们只称这位夫人为"布夫人"。这个女人，似乎不是别人，正是穆拉·本肯多夫。她说得一口流利的德语，在柏林的那些年认识了很多德国人，而且喜欢社交和政治（她和伊凡曾是一个类似英俄社团里的积极分子）。

但德国特工和亲德的俄罗斯人都不知道的是，这个布夫人当时正在为克伦斯基的反间谍工作部工作，而且在偷偷地把她的客人们的讨论和活动向上面汇报。这自然但也许不全是克伦斯基所喜欢的，英国情报部门对布夫人也很感兴趣，他们的一个特工乔治·希尔上尉曾经参加过一次她的沙龙。希尔跟穆拉很熟，后来还成了好朋友，成了她反间谍工作的一名搭档。②这或许能够解释关于穆拉是德国间谍的传闻始终未断，而她英国情报和外交部门的熟人似乎从未把这些传闻当真的原因。他们知道她是在骗德国人。

---

① 亚历克西斯·谢尔巴托夫王子：由罗伯特·凯瑟林克转交的1980年9月27和29日致谢尔盖·特鲁别茨柯依与安德鲁·博伊尔函，藏于剑桥大学图书馆，编号为Add 9429/2B/55—60（Prince Alexis Scherbatow,lettersto Serge Troubetskoy and Andrew Boyle, via Robert Keyserlingk, 27 &2 9 Sep.1980, CU, Add 9429/2B/55—60）。亚历克西斯王子（Prince Alexis,1900—2003）革命时还是个孩子，后来既认识了克伦斯基，也认识了穆拉。

② 希尔（Hill）在其回忆录（《行探异国》[Go Spy the Land] 第87—88页）对布夫人的工作做过一番描述。他肯定很了解穆拉，而且提到她时谨慎地以"布夫人"相称的也并非只有他一人。诺克斯将军在其公开出版的日记中采取了同样的处理方式。

在克伦斯基的眼里，穆拉喜欢她的那些英国朋友肯定有着双重或三重目的。无论是受到了引诱还是遭到了窥探，克伦斯基似乎都不在乎。这是穆拉了不起的天赋，一种她会练到炉火纯青的本领：用一方来对付另一方，自己渔翁得利的能耐；背叛了人家还能赢得人家的爱和宽恕的才能。对于穆拉而言，罪恶的报应就是可以保住一条命。

但她的手法和心机都还没练到家，也还没意识到自己打错了算盘。克伦斯基的演说一如既往，穆拉满脑子想的都是保住性命和寻欢作乐，战争还在继续，物质也依旧短缺。彼得格勒的大街小巷恢复了往日的平静，但满足感却并未得到恢复。克伦斯基的魅力不过是一种不值钱的货币，1917年越往后，它带来的回报会越少。而在此期间，穆拉可是靠利息过日子的。

她的社交活动依然像以往一样活跃，宴会不断，晚上不是听歌剧就是看戏，剧院里演出照样进行，场场爆满，观众都是有钱人，而穷人却在继续饿肚子。和她那个阶层的其他——至少是聪明的——女人一样，她对自己的外貌打扮做了一些调整。出门穿高档衣裙配精美的女帽和饰品，回家穿简朴一点的服装，甚至是无产阶级的灰布粗衣，再包上一块头巾——至少在城市里时是这样。做个富有的贵族也许依然是可以（勉强）接受的，但要看上去像一个普通百姓却是不可接受的。

有一样事情没有发生变化，那就是一年一个周期的社会循环：晚夏时，穆拉和孩子们离开彼得格勒，再次动身，去了雁得尔。

* * *

开着的窗户里飘进了一阵尖锐的笑声,下面某个地方欢闹得不成样子的男女突然提高了嗓门。穆拉瞅了一眼外面,想看看是怎么回事儿。没她唱主角,居然会乐成这样,这不对劲呀。

雁得尔自她上次从这扇窗户看了一眼后已经变样了,庄园经历过季节的转换了。冰封的土地已经解冻,变成了连绵起伏的农田和草地,夏日的阳光下朦朦胧胧;一处处冰原已经变成了一个个平静的湖泊,寒气逼人的森林现在也变成了凉爽宜人、芬芳四溢的松林。

然而,不管季节怎么变,雁得尔都不再有昔日的那份舒适恬静了。西边,德军逼得俄军节节败退,前线压得越来越近了,而雷瓦尔港俄罗斯水兵中间又存在动荡因素,他们受到了布尔什维主义的感染,而且正试图传染给他们的英国盟友。

看不见笑声是从哪儿传来的,穆拉便裹上睡衣,下楼来查看。她发现大多数的客人都坐在露台上,周围全是用过早餐后留下的碎屑——女的都穿着便装,男的穿着衬衣,有几个还穿着睡衣和浴袍。雁得尔从来就不是一个讲究礼节的地方:并非是穆拉当家时才这样的。

她来了后,大家都把头抬了起来。有英国潜艇舰队司令弗朗西斯·克罗米上校,他的舰队停泊在雷瓦尔,而他的心则完全停泊在穆拉身上。他很英俊,方下巴,一双脉脉含情的眼睛,而且是一名勇敢的水兵——是德军在波罗的海的克星——但穆拉设法抗住了他的进攻。当然,还有梅里埃尔·比尤肯宁,以及米丽亚姆和名字取得很贴切的小仙子·席琳女男爵,一个漂亮、泼辣的小丫头。造访的客人中还有出身邮轮世家的爱德华·丘纳德,他在英国大使馆当秘书。最后还有年轻的丹尼斯·贾斯汀,他是一名骑兵中尉,在英国宣传团工作。他是一名崭露头角的作家,由他的朋友休·沃波尔带进宣传团的。① 丹尼斯虽然是参加过卢斯战役和伊普尔战役的老兵,但仍旧是个聪明、活泼、乐观的小伙子。他是一个理想主义者,革命令他感到很兴奋,他在那年夏天的一封信中这样写道:

> 战争导致了革命——我们这个时代的历史上最了不起的大事——也是最好的事情。革命提高了我们作战和理想的水平,彻底抑制住了帝国主义的趋势,以致我们都忘了我们开始为之而战的理想,已经变成了我们公开宣布的和平措辞——普遍的民主。②

穆拉很喜欢丹尼斯,管他叫"贾斯提诺",因为他在文学上很自负。而克罗米,她则只简称"克罗"③。

头天晚上他们全都在树林里,一边借着一堆巨大的篝火的火光野餐,一边观看火花飞向黑暗的苍穹。④眼下他们正准备再寻点儿乐

---

① 沃波尔:《丹尼斯·贾斯汀与俄国革命》。(以下简称《丹尼斯·贾斯汀》Walpole, 'Denis Garstin and the Russian Revolution')

② 贾斯汀: 1917年7月函(Garstin, letter, Jul. 1917),转引自沃波尔:《丹尼斯·贾斯汀》,第594页。(该文发表在1939年4月出版的《斯拉夫与东欧评论》[*The Slavonic and East European Review*, Vol. 17, No. 51],第587—605页,因而这里给出的所在页码指的是该刊的页码。—译注)

③ 克罗(Crow),有"乌鸦"的意思。—译注

④ 梅里埃尔·比尤肯宁:《彼得格勒》,第125—126页。

子。梅里埃尔建议到湖里去泡泡澡。爱德华反对,说他和丹尼斯没有泳衣:他们总不能裸泳吧?可以呀!没想到大家却异口同声地坚持说,于是就有了把穆拉从床上吸引过来的欢闹和愤愤地反驳。这两个年轻人要不是看在席琳女男爵的份上,他们才不会这么谦虚呢。结果,席琳给他俩找到了合适的泳衣。"我们的美德不会丢了!"丹尼斯说。"多好的一个小仙子呀!"

这帮年轻人在波光粼粼的湖里嬉戏时,穆拉注意到了她的婆母,她也让笑声和之前听到的那些不成体统的风言风语给吸引过来了,正在附近溜达,想抓到他们见不得人的行为把柄。作为遗孀,她在庄园里有一栋自己的小房子,在湖的另一头边上。房子的名字依湖名而取:卡丽嘉夫。她瞧不起自己这个名声不好的儿媳妇——认为她就是一个趁着可怜的伊凡在外打仗,成天明目张胆地跟人乱搞的淫妇。发现她的这帮客人既没赤身裸体也没淫乱,老太太失望地离开了。

1917年夏天的日子——旧的帝国时代最后的一个黄金般的夏天——正在一天天减少。很快就到了要回彼得格勒的时间了。即使对穆拉来说,这座城市都已经失去一些魅力了。他们最大限度地利用雁得尔,品尝了每一滴快乐。除了半夜野餐和晨泳之外,还乘坐"赖尼亚克"①兜风,"赖尼亚克"是一种危险的马车,上面只有一个木板座位,坐两个人时,后面的一个要用手抱住前面那个人的腰。丹尼斯让小仙子在颠簸途中疯狂的哇哇大哭给逗乐了,她这一哭把可怜的马儿给吓着了,跑得更快了。他们在雷瓦尔过了几夜,这是一座昏昏欲睡的港口小城,城里有金顶大教堂,古老的街道和歪斜

---

① 原文为liniaker,估计是由俄语音译而来的,故亦采用了音译。—译注

的房子，全都挤在坚固的军港周围。就连这样一个古色古香的角落也能见到战争的迹象和革命的热情。也有另外一种热情，如果丹尼斯·贾斯汀的话可信的话——他曾取笑过克罗米对穆拉的迷恋，说他坐在自己的潜水艇上，把所有的职责忘得一干二净，只顾对自己在俄罗斯的这场单相思唉声叹气。

这儿的一切与他们抛在彼得格勒的纷争形成了鲜明的对照，也与德国前线的残酷冲突形成了鲜明的对照。客人们一个接一个地回到了他们的日常生活。"贾斯提诺"离开之前，写了一首打油诗概括了他在雁得尔度过的时光：

> 上帝啊，我必须坐火车
> 重返彼得格勒
> 只要我一搞宣传
> 脑子就不听使唤
> 回到了雁得尔那里
> 啊，真想在那儿永远待下去①

这是一段不能持久的田园诗般的生活。一年以后，乐观的丹尼斯·贾斯汀就将撒手人寰，在俄罗斯北海岸的一次行动中丧命。害单相思的弗朗西斯·克罗米也将迈进自己的坟墓中，他在保卫英国大使馆的一场激烈的枪战中倒在了布尔什维克袭击者的枪口下。

* * *

---

① 转引自梅里埃尔·比尤肯宁：《大使的女儿》，第170—171页。

夏尽秋至,穆拉回到了彼得格勒。克伦斯基对权力的掌控已经一天不如一天了。这个新时代将当大任的后生已经证明不过是一个过渡时期昙花一现的主;夏季的这几个月里始终都有零零星星的布尔什维克起义,而且越来越频繁,一次比一次猛烈。

克伦斯基对敌人采取了强硬的措施,但为时太晚了:很多以前支持他的人都走到了布尔什维克一边,在列宁和托洛茨基鼓舞人心的领导下,布尔什维克已经变成了一支很有凝聚力的队伍。革命者遭到了逮捕,他们的报纸遭到了查封,但是克伦斯基已经失去了控制局面的能力。人们在挨饿,他们讨厌他坚持要继续打下去的战争;他们已不再为他的口才或魅力所动了。

苏维埃已经军事化了,并于10月25日发起了进攻,夺取了整个彼得格勒的桥梁和战略要地,克伦斯基把办公室和家都安在里面的冬宫也遭到了攻击。克伦斯基躲了起来,企图召集人马,武装抵抗布尔什维克的进攻。他在彼得格勒知名的同事纷纷开始遭到逮捕,而那些在逃的也遭到了追捕。①

穆拉不在这些人之列——她的慎重救了她。但是有一点是很清楚的,那就是她做出了错误的选择。狼又在奔跑了,俄罗斯的第二次大革命把她选择跟着一起跑的那匹马给撂倒了。

再也不会发生同样的事情了。

---

① 亚伯拉罕:《亚历山大·克伦斯基》,第343页。这一时期之后遭到报复的有鲍里斯·弗莱凯尔(Boris Flekkel,克伦斯基原来的行政秘书),他被契卡抓获并枪毙,克伦斯基的弟弟费奥多尔(Fyodor)1919年在塔什干(Tashkent)被红军击毙。契卡的副头目曾说到过弗莱凯尔:"他承认自己曾担任过克伦斯基的秘书——这就足以被枪毙的了。"(转引自该书同一页)

3 红色冬天
1917年12月—1918年1月

1917年12月,彼得格勒

这一年有两个圣诞节,而哪一个都不快乐。

一辆出租马车穿过海军部区,奔宫廷堤岸路①而去。赶车的让他那营养不良的马保持着尽快的速度;街上任何时候都不安全,更不用说天黑之后了,但谁跟钱过不去呢。马和赶车人都因为没生意而在挨饿,而且和这座破败的城市里每个看上去手上可能有几个卢布的人一样,赶车的也是无处不在的杀人越货的强盗们攻击的目标。每座大桥上和每条街的拐角处,都有一小队士兵坐在火盆边上取暖,可他们基本不怎么维持秩序。暴民就是法律。②

坐在出租马车里的穆拉,看了看车外熟悉的街道。她曾无数次坐着小汽车、四轮马车和出租车经过这些街道,或者夏日里,在冬宫和圣以撒大教堂尖顶的阴影下怡然自得地沿着这些街道散步。在

---

① 一译宫廷滨河路(英文作 the Palace Quay,又作 the Palace Embankment),与前文中提到过的英吉利堤岸路贯通,中间隔着海军总部堤岸路。宫廷堤岸路在北端,英吉利堤岸路在南端。——译注

② 丹尼斯·贾斯汀:1917年11月27日(新历)函,转引自沃波尔:《丹尼斯·贾斯汀》,第595页。(参见本书第42页脚注。——译注)

帝国庞大机构的庇护下一切都是那样安全无虞;贵族们身边无不富丽堂皇,还有军事保护。她从来没想到一切都会变成现在这个样子——一辆破旧不堪的出租马车"嘎嘎"地在这些让人忧心忡忡的街道上穿行。教堂上面的那些金顶还在,那些帕拉第奥风格的建筑夜空下也还在闪闪发光,可是昔日的生活却一去不返了。

　　坐在穆拉身旁,沉浸在闷闷不乐的思考中的是伊凡——她从战场上归来的丈夫,这一次很可能是永远归来了。布尔什维克已经于11月与德国达成了停火协议,而且双方议定1918年1月之前都保持临时停战状态。与此同时,和平谈判正在波兰的布列斯特—立陶夫斯克进行。[①]布尔什维克内部已经出现了分歧。他们的领导人列宁希望迅速结束战争,加紧巩固革命成果,但是包括外交人民委员托洛茨基在内的[②]中央委员会的大多数人都竭力主张制定一套继续作战的方案,争取德国无产阶级的同情,并把革命的火种传遍整个西欧。[③]伊凡的爱国之心让战争与革命给撕碎了。[④]他过去的外交官经历以及本肯多夫家族悠久的国际性血统虽然使得他与德国有联系,但他一辈子都是一个死心塌地忠于沙皇的彻头彻尾的俄罗斯人。与此同时,他还为自己的故乡,夹在两个大国之间的爱沙尼亚的前途而忧心忡忡。它是会继续属于布尔什维克统治下的俄国,还是会被割让给德

---

① 现属白俄罗斯(Belarus)。
② 此说不切,当时的分歧有三种,托洛茨基等人属于主张停战但不与德国签约的一派;真正主张继续开战的是布哈林一派。—译注
③ 费吉兹:《一个民族的悲剧》,第540—44页。
④ 原文中说"torn three ways",但后面却只给出了两方面的原因,故译文略做了改动。—译注

国，拟或是获得独立呢？

于穆拉而言，停战的主要影响是她不得不跟伊凡待在一起，这给她带来的远非舒服。他满脑子里都是焦虑，失去了头衔、地位以及挥金如土的生活方式方面的优势，作为丈夫，他越来越不合穆拉的胃口了。两人之间有了摩擦，关系紧张，而且经常吵架。

眼下的彼得格勒，显得一派荒凉，昔日那座看上去充满魔力的城市不见了踪影，成了一座监牢。这里再也不能给人带来任何刺激，能带来的只有恐惧，而且没机会到别处寻开心和满足。穆拉和她的朋友再也不可能去雁得尔过圣诞节了，那儿已经成了危险的地方。几周之前还住着一家子人的庄园已经受到攻击了。①

那是一次可怕的经历。十月革命之后，强烈的布尔什维主义情绪已经在整个俄罗斯帝国弥漫开来，在有些地方遭到了抵制，但在更多的地方却大行其道。这种情绪点燃了复仇之火的其中一个地方就是爱沙尼亚。一些武装团伙在农村流窜，抢劫财物，恐吓百姓。在雁得尔，一帮农民——在本肯多夫家族眼中，这些人比那些无名无姓的劳动力和火车站那些穿着一身羊皮、臭烘烘的家伙强不了多少——气势汹汹，到庄园宅邸寻仇抢物来了。穆拉看到暴民沿着车道浩浩荡荡地闯过来，怕他们不放过孩子们，于是将孩子们聚齐后，

---

① 受到攻击的准确日期不清楚。梅里埃尔·比尤肯宁（《大使的女儿》第181页）暗示是1917年圣诞节之前，因为她是以此来说明不能在雁得尔过圣诞节的原因的；而穆拉的女儿塔尼娅（亚历山大《爱沙尼亚的童年时光》）似乎认为是1918年下半年，在德军撤退之后又一次陷入无政府状态期间的事情。不过，不同时期发生过很多这样的事件，塔尼娅都只字未提；再者说，她当时太小，记忆也可能会出现偏差。

逃离了宅邸。

那一次，农民们并没有攻击房子本身。他们到庄园农场就停下了，农场上高大牢固的栅栏、谷仓、猪栏横亘在一条岔路上。他们就在那里偷马偷牛，并把拿不走的东西统统毁掉。穆拉和孩子们在花园里躲了五个小时，挨着冻，听着猪场里猪挨宰时发出的凄厉的尖叫声。

雁得尔的田园生活已经一去不返了。

恐惧无处不在。农村陷入了无政府状态，城市的街道上犯罪行为泛滥成灾。但真正的恐怖此时还是来自国家。普通的俄罗斯人一直以来都有理由害怕政府，但这一次不一样了。这一次最有理由害怕的是资产阶级。国家处于内战状态，布尔什维克以惊人的速度组织起了他们的政府，接管了既有的官僚机构，清除了不值得信任的高级别官员。由同样清除了不听话的军官之后的旧军团构成的红军，几乎马上就可以投入战斗，去击败那些零零散散的拥护君主制的白军。到12月初时，布尔什维克已经组建起了一个政治安全警察机构，全称为全俄肃清反革命及怠工非常委员会。该机构很快就以其简称"契卡"①而著称，而该机构的官员则被称作契卡的人。

宣布建立契卡的同一个法令还要求对所有富有的公民进行登记。②剥夺统治阶级和地主阶级财产的行动开始了。有远见的开始藏

---

① *chrezvychaynaya komissiya*，"非常委员会"的缩写。

② 史密斯:《前朝旧人》，第131页（Smith, *Former People*, p.131）。（该书全名为《前朝旧人：俄国贵族的最后岁月》[*Former People: The Last Days of the Russian Aristocracy*]，详见本书后面的参考书目，英文又名 *Former People: The Final Days of the Russian Aristocracy*。—译注）

匿自己的金银财宝。不过，绝大多数人还没充分意识到自己马上要面临灭顶之灾了。他们暂时还在享受自己所能保住的那一点点残存的快乐和尊严。他们还在大着胆子逛街购物，买什么东西都舍得出大价钱，还常常在买东西那短短的几分钟之内遭人抢劫。①他们甚至还敢在夜里出去串门请客吃饭，殊不知那几道菜是他们忠诚的仆人用匮乏的材料七拼八凑出来的，而且还是坚忍不拔地克服了几乎老停电的困难才做出来的。

穆拉和伊凡乘坐的出租马车拐上了宫廷堤岸路。能看到英国大使馆窗户里亮着的灯光了——今天晚上没停电，或许是个好兆头。乔治·比尤肯宁爵士正在举行圣诞招待会，款待大使馆的一百名左右的工作人员和随员，以及一群还没有逃离的俄国好朋友，这些朋友都是他精心挑选出来的，穆拉和伊凡·冯·本肯多夫名列其中。

这个圣诞招待会具有强烈的英国特色，是在英国的圣诞节这一天举办的，这边才12月12日。这是乔治爵士告别这个国家，跟这块他待了七年的可爱的第二故乡的土地说再见的方式。能够被派驻彼得格勒，②曾经是一件引以为豪的事情，可眼下看上去却像是他的催命鬼。他一直都显得很虚弱，但他现在是真病了——"累得没救了"，在丹尼斯·贾斯汀看来。③不得不代表英国政府面对充满敌意的布尔

---

① 贾斯汀：1917年12月8日（新历）函，转引自沃波尔：《丹尼斯·贾斯汀》，第596页。（参见本书第29页脚注。—译注）

② 驻俄使馆是英国最重要的外交使馆之一，是比尤肯宁首次以大使身份被派驻的国家，他接受这次任命的时间是1910年。（梅里埃尔·比尤肯宁：《大使的女儿》，第87—88页。）

③ 贾斯汀，1918年1月6日（新历）函，转引自沃波尔：《丹尼斯·贾斯汀》，第598页。（参见本书第29页脚注。—译注）

什维克政权，处在这样一个极艰难位置上的压力已经在几周之前就把他的身体压垮了，而且他已经申请回国休假了。他成了一个废人，脑子都出了问题，不能正常运转了。①不过这期间他还在继续旅行职责，尽主人的义务。

穆拉的大多数好友都出席了这次招待会——米丽娅姆·阿齐莫维奇及其未婚夫鲍比·尤宁。弗朗西斯·克罗米也来了，虽然时刻关注着他的潜艇舰队，舰队还驻扎在雷瓦尔。（不过不会很久了）丹尼斯·贾斯汀也在——"贾斯提诺"，还是在宣传处忙前忙后，而且依旧活泼开朗，虽然布尔什维克已经严重挫伤了他对社会主义事业的热情。当然还有梅里埃尔，她心绪不佳，非常清楚自己的父亲一旦新年休假，他们就会永远离开俄罗斯，此时她正强忍着泪水。②

这是一场奇怪的晚会，也是一个凄凉的派对，虽然安排了演出和五花八门的娱乐活动。电还真是够意思，撑了一夜没停，所有的吊灯都亮了一个通宵。准备了一桌晚宴，一桌子菜都是乔治·比尤肯宁爵士的厨子在几乎什么东西都没有的情况下，变魔法般地变出来的，配菜是听装牛肉罐头。客人们有的在跳舞，有的在聊天，热火朝天，谈笑风生，都决心好好快活一下，但始终都弥漫着紧张气氛；所有的武官口袋里的都装着上了膛的手枪，而且使馆办公室里面都藏有步枪和一箱箱子弹。那个月的早些时候暴民们又洗劫了一次冬宫，而且人们总是担心任何社交聚会都有可能转眼间变成一场

---

① 乔治·比尤肯宁爵士：《奉使俄国记》，第239页、第243页；内阁会议记录（Cabinet minute），转引自凯特尔：《协约国与沙俄的崩溃》，第181页（Kettle, *Allies and the Russian Collapse*, p.181）。

② 梅里埃尔·比尤肯宁：《大使的女儿》第190—191页；《彼得格勒》，第249页。

血淋淋的围攻。梅里埃尔后来回忆说:"当时我们都想忘掉无时不在的潜在危险、即将到来的告别的悲痛以及厚厚的红色织锦窗帘所遮住的荒凉与贫困。"①

晚会临近结束时,英国军官唱起了英国国歌《天佑吾王》,深深地感动了在场的俄罗斯人。有一个俄罗斯人热泪盈眶地对梅里埃尔说:"你不知道听到你们的人唱那首歌时我们是什么感受,我们俄罗斯人没有皇帝,也没有国家了。"②歌声结束后,鲍比·尤宁坐到了钢琴前,屋子里顿时响起了沙俄帝国的国歌《天佑吾皇》③悠扬、铿锵的起始和弦。人们安静了下来。梅里埃尔匆匆瞅了一眼对面的穆拉和她的丈夫。伊凡的脸上写满了痛苦,拉得老长,梅里埃尔终于忍不住,哭了。④

* * *

圣诞节

英国此时已是一月了,但俄罗斯还是12月25日,是英国人预定从彼得格勒撤离的日子。

夜里又刚刚下过了一场雪,大使馆的汽车在拂晓前的微光下艰难地行驶在去芬兰站那段不长的路上。在梅里埃尔沮丧悲痛的眼里,车站显得肮脏而又凄凉。这个地方很有名,因为列宁结束自己在瑞

---

① 梅里埃尔·比尤肯宁:《一个帝国的解体》,第273—274页。
② 梅里埃尔·比尤肯宁:《彼得格勒》,第249页。
③ 原文为'Bozhe, Tsarya khrani',俄语 Боже, Царя храни 的音译。——译注
④ 梅里埃尔·比尤肯宁:《大使的女儿》,第191页。

士的流亡后，就是从这里回国，开始发动那场伟大的革命的。这里的火车都是北上进入芬兰的。英国人选择这条陆上路线回国，这样就绕开了到处都是德军的波罗的海危险水域。

今天离开的只有一部分人——比尤肯宁一家、陆军和海军处的头头诺克斯将军和斯坦利上将，以及他们的几名随从武官——大使馆还将勉强存在下去，但没有大使了。有一种吃了败仗，降旗投降认输的氛围。

包括丹尼斯·贾斯汀、弗兰西斯·克罗米在内的一群朋友，还有英国军方和外交方面的其他留守人员，前来为比尤肯宁一家人送行。上次开车接人的那个侍从威廉也将留在大使馆，管理使馆的家政人员。比尤肯宁小姐跟他握手时，激动得他话都说不出来了。俄国朋友只来了三个——穆拉是一个，同她一起来的还有米丽亚姆和鲍比。大多数俄罗斯人都吓得不敢上街或者怕被人看见公开与英国大使在一起了。①经过在进站口站岗的皱眉瞪眼的赤卫队卫兵时，乔治爵士和梅里埃尔都怀疑过自己能不能安全到达芬兰。

外交人民委员列夫·托洛茨基，过去的几个月乔治爵士跟他的关系一直搞得极僵，拒绝了给他们在火车上预留铺位。乔治爵士把自己两瓶最好的拿破仑白兰地送给了车站站长，于是卧铺就如期而至了。有些事情从来就没有变过，俄罗斯人把白兰地当作宝，就是其中之一。

---

① 梅里埃尔·比尤肯宁:《大使的女儿》，第194—195页;《彼得格勒》(Petrograd)，第233—234页；乔治·比尤肯宁爵士:《奉使俄国记》，第249—250页。诺克斯将军提到了"布夫人"在场，并称"要是敢来的话，来的[俄罗斯人]会更多"。(《与俄军相处的岁月》，第740页）

对于穆拉而言，朋友们的离去标志着一个时代的结束。米姬把她带大，这种经历让她跟英国人很投缘，她说起英语来驾轻就熟，很舍不得跟自己的英国朋友分开。她拥抱梅里埃尔时，两人都泪流满面，梅里埃尔都不相信自己能说出话来了。穆拉看到自己的祖国抛弃了跟英国的友好关系，进入了一个互不信任和彼此仇视的黑暗时期，心里苦不堪言。

彼得格勒将不再会有大使了，但大使馆还会保留下来，由1915年起就在乔治手下任参事，现在任临时代办的弗朗西斯·林德利支撑。英国政府，不能容忍布尔什维克在其眼中的背信弃义行为，正在与之断绝正式的外交关系；不过，还是打算保留一个半官方的机构。一个新人正由伦敦出发，来担任英国驻俄罗斯的"非官方代表"，这个人的任务是与托洛茨基和布尔什维克开展外交。他是一个很有才华的小伙子，此前曾任驻莫斯科领事，直到头年夏天与一法籍犹太人弗梅尔夫人爆出了桃色丑闻后，才被乔治爵士打发回国。[①]现在，奉劳合·乔治首相之命，有关部门又将他派回了彼得格勒。他的名字叫洛克哈特。

穆拉可能已经意识到一个时代要画上句号了，但她所不知道的是，一个新的时代——她人生中至关重要的一个时代——就要开始了。

[①] 洛克哈特在《一名不列颠代表的回忆录》第191页中称其为一个"俄罗斯犹太女人"（Russian Jewess），但其公开出版的日记的编辑肯尼思·扬（Kenneth Young）确认这名女子为法国籍且给出了她的名字。（引自洛克哈特：《日记·卷一》，第30页 [Lockhart, Diaries vol. 1, p. 30]）

* * *

过了一段时间，新的社会主义时代才到来。

那年冬天，随着1917年的二月革命让位给了1918年新的布尔什维克革命，贵族和布尔乔亚的地位依然处于一种被忽视的状态，因为布尔什维克当时都把精力集中在巩固自己的政权和对德政策的争论上。没收土地的运动秋天就已经开始了，绝大多数的乡村大庄园现在都到了政府手中，但私人房屋和个人财富还基本上没动。而来年，一切都将改变。①

穆拉·本肯多夫现在几乎是只身一人在彼得格勒了，于是开始恢复自己的基础本能——自我保护。那么多朋友一下子都走了，伊凡回到了自己的生活中，政府里头又没有靠山，穆拉跌入了人生低谷。她的婚姻几乎走到了尽头。伊凡和穆拉之间政治上说不到一块儿去，情感上也没有共同语言。披肝沥胆、忠君爱国的伊凡如丧考妣，沉浸在对被推翻的沙皇的哀痛中，此时的沙皇和其余的皇室成员一起被软禁在西伯利亚小城托博尔斯克。穆拉虽然也痛惜自己纸醉金迷的生活方式化作云烟飘逝了，但她和她的父亲一样，知道旧制度腐化，导致了自身的灭亡。与许多同代人一样，她也支持民主社会主义。

穆拉和伊凡革命后的那几个月里动不动就争吵，但有多少是因政治分歧引起的，多少是因穆拉对自己单调受限的新生活感到沮丧和不满引起的，则难以说清。

---

① 史密斯，《前朝旧人》，第133—137页。

伤心失望之余，伊凡·冯·本肯多夫躲到乡下母亲那里。虽然爱沙尼亚是社会主义者的天下，雁得尔也容易遭到四处流窜的犯罪团伙的攻击，但怎么也不比眼下的彼得格勒危险，何况那儿还有伊凡的近亲。再者说，由于和平谈判的天平已经明显朝着有利于德国的那一边倾斜了，他期望爱沙尼亚可以独立，或者至少并入实行君主制的德国。伊凡去了雁得尔，把那儿当作了安身立命之所。

穆拉很纠结。她习惯的生活在彼得格勒，年迈的母亲在彼得格勒，依然住在扎克列夫斯基寓所，身体已大不如前，不能想去哪儿就去哪儿了。穆拉仅剩的一点儿社交生活也在这里。她与英国人还有一点联系，在大使馆谋了个当翻译的差事，从而也可以有一点自立了。(很快就有了一些风言风语，说她在使馆的工作不只是做做翻译那么简单，从事间谍活动的名声又缠上了她。不过真正确定无疑的一样也没有。)最重要的是，她的孩子也在这里。

随着这新的一年逐渐展开，一次不期的意外之遇，让穆拉找到了一件可以忘忧的事情。至少，一开始的时候给人的感觉是这样，又不是什么大事儿，无非是找点乐子，转移一下注意力而已。她不知道这注意力一转就转不回来了，而会把她带到那些不熟悉的道儿上去。穆拉是一个为了保命，几乎什么事都肯做的人，她已经距离她那场最危险的赌博只有一步之遥了，而这一赌将改变她的人生历程。这个把自身利益看得至高无上的女人马上就要体验自我牺牲的滋味了。

4 不列颠代表
1918年1月—2月

1918年1月17日

有一匹马冻死在了宫廷堤岸路通向特罗伊茨基桥的那个拐角附近的积雪中，看上去已经有些日子了。洛克哈特坐着雪橇在街灯朦胧的灯光下经过时沮丧地看了它几眼。他和同伴乘坐的这辆雪橇是从芬兰火车站把他们接过来的，拉这辆雪橇的可怜的牲口似乎也只剩一口气了。到处都是这样——马都瘦得皮包骨，人都愁眉苦脸，路上积雪成堆，连雪橇走起来都费劲。①

洛克哈特回到俄罗斯一天还不到就已经感到心灰意冷了。这已不是他上一个夏天见过的那个彼得格勒了，当时克伦斯基还在竭力挣扎，想按住苏维埃的盖子。洛克哈特那时是驻莫斯科代理总领事，对于一个30岁还不到的人而言，这是非同寻常的破格重用。可是话又说回来，罗伯特·汉密尔顿·布鲁斯·洛克哈特也是非比寻常之人。

他是一个冒险家，有维多利亚女王塑造大英帝国的那种气魄。洛克哈特是一个身上流着古老的苏格兰人血液的苏格兰人，他曾骄傲地宣称自己血管里没有"一滴英格兰人的血液"。他是一个有勇有

---

① 洛克哈特：《一名不列颠代表的回忆录》，第220页；《日记·卷一》，第33页。

谋有魅力的人,能文能武,拿得起笔杆子,也耍得动枪杆子,但他至少有一个致命弱点——女人。为了女人,他命都可以不要。年轻时,在马来亚的一段大好前程就因勾搭一个苏丹的漂亮、已婚女儿①而断送了。洛克哈特被迫与这个女孩分手后,曾给她写了好些首诗,表达渴望与惆怅的痛苦之情。②

1912年他被任命为驻莫斯科副领事。他怀着巨大的热情来到了俄罗斯,沐浴在它的文化和华丽的语言中。他也受到吸引,走进了这座都市低俗糜烂的夜生活。1914年,他一时冲动,回到英国娶了一个叫琼·特纳的年轻的澳大利亚姑娘,并带回了莫斯科跟他一起生活。在她努力适应这里的一切时,洛克哈特继续忙他的事业,开始沉浸于莫斯科和彼得格勒的外交与文化生活。他与莫斯科的自由主义精英,尤其是莫斯科市长米哈伊尔·切尔诺可夫越来越亲近了,这位市长是了解俄罗斯进步政治家思想的一个重要情报来源。他如饥似渴地阅读托尔斯泰和诸如休·沃波尔(后来供职于大使馆宣传处)、马克西姆·高尔基等健在作家的作品,来满足自己的文学爱好。洛克哈特在事业上正处于上升期,他逐渐成为乔治·比尤肯宁爵士的一名爱将,他就俄罗斯人的生活与政治所写的报告富有洞察力,既引起了外交部的注意,也引起了情报部门的注意。③

---

① 此处原文为 ward(未成年的受监护人),可能与马来亚(马来西亚的旧称)的习俗有关。这个苏丹即拿督克拉那(Dato' Kelana),由于英国殖民当局曾扶持其成为森美兰州(Negeri Sembilan)首府芙蓉(Seremban)的统治者,故称苏丹。洛克哈特在《重返马来亚》(Bruce Lockhart, R. H., *Return to Malaya*. London: Putnam, 1936)一书中道出了这名女子的芳名——Amai。——译注
② 洛克哈特,《一名不列颠代表的回忆录》,第25—28页。
③ 洛克哈特:《日记·卷一》,第22—28页;休斯:《探秘》,第66页(Hughes,

同在马来亚一样,他栽就栽在他喜欢刺激和女人的毛病上。结婚后他尽过很大的努力,减少自己那些不三不四的社交活动,但最终还是没能抵挡住诱惑,故态复萌了。他太喜欢夜店了,里面放着吉卜赛音乐,整个氛围都让人想入非非。与弗梅尔夫人不是他第一次跟人偷情,甚至不是他第一次跟有夫之妇私通。但传到乔治爵士耳朵里的绯闻,这还是第一次。1917年9月初,为了防止传出丑闻,大使怀着遗憾的心情把年轻的洛克哈特打发回国,让他"休病假"①去了。

六周之后,就在洛克哈特拿出一半的时间为外交部撰写俄罗斯政治局势的报告,一半的时间在他叔叔的"高地"庄园放松休养时,十月革命爆发了。

英国政府让俄罗斯下层阶级行为给惊呆了,担心俄国会退出战争,不知所措。在外交部和战时内阁的圈子内部,出自罗·汉·布鲁斯·洛克哈特先生手笔的详细而又颇具洞见的报告引起了重视,于是把他请来详加阐述,并就未来的行动发表意见。英王的政府应该与布尔什维克保持联系吗?尽管他们可以算作犯上作乱者,可他们现在却是事实上的俄罗斯政府。该如何是好呢?

1917年12月这一个月里,老有政治家和外交家请洛克哈特吃饭,跟他套近乎,找他问这问那。然后,在圣诞节前的最后一个星期五这一天,他被叫到了唐宁街10号。②陪同他的是一群研究俄罗斯问

Inside the Enigma, p.66)。

① 洛克哈特:《一名不列颠代表的回忆录》,第191—192页。
② 洛克哈特:《一名不列颠代表的回忆录》,第198—220页。

题的专家,其中包括情报官 H·F·伯恩上校和约翰·巴肯上校。①他们被带到了内阁会议厅,战时内阁刚刚在这里开完一个会。部长们都还四下站着,在交谈。看上去很老很累,但依然精力充沛的劳合·乔治首相站在窗户边上,正跟(他很瞧不起的)外相柯曾争论,手里还在用自己的夹鼻眼镜比比画画。洛克哈特到了以后,首相目不转睛地盯着他看了一会儿,问道:"洛克哈特先生?你就是那个洛克哈特先生?"屋子里的每一个人都扭过头来瞪大眼睛看着他。"你的报告写得很有学问,我还以为你是一个白胡子老先生呢!"洛克哈特听后感到不自在,傻愣愣地站在那儿,首相拍了拍他的背。"皮特②当首相时还不到你这个年龄呢。"他说,并请这个前领事落了座。

这两个血管里没有一滴英格兰人血液的威尔士人和苏格兰人,坐下来谈正事了。

劳合·乔治是个很有眼光的人,能看到内阁中多数成员(其中有很多是列席旁听这次面谈的)所看不到的东西。大不列颠必须跟布尔什维克谈判。在场的人中有强烈反对这一观点的,他们说布尔什维克不可信。以外交部政务次官罗伯特·塞西尔勋爵为首的一大部分人,直言不讳地坚称布尔什维克革命是德国想让俄罗斯退出战争的一场阴谋。有谣传说托洛茨基其实是德国特工。他此刻不正跟德国人在一起谈判停战吗?对了,甚至据说还有秘密情报资料可以证明

---

① 凯特尔:《协约国与沙俄的崩溃》,第164页。(小说家)约翰·巴肯(John Buchan)上校(《三十九级台阶》的作者。——译注)此时是新闻部(the Ministry of Information,又译信息部)的一名助理部长。

② 全名为小威廉·皮特(William Pitt the Younger,1759—1806),24岁当上首相,迄今为止依然是英国历史上最年轻的首相。——译注

托洛茨基是在为德国政府工作呢。

首相不相信这种说法,洛克哈特也不信。劳合·乔治置所有反对意见于不顾,站起来陈述了自己的看法。俄罗斯现在是一片混乱,他说,无论发生什么别的事情,英国都必须与列宁和托洛茨基取得联系。这样的一项任务要求一个能随机应变、见多识广且能吃透对方心思的人来完成。他说:"洛克哈特先生显然是一个此刻应该待在圣彼得堡而不是伦敦的人。"

说完,他就宣布散会了。①

人是找到了,但是要把他的工作职责确定下来又花了些时间,开了好几次会。不能赋予洛克哈特任何官方职权,局势太微妙了。官方的解释是,英国政府与布尔什维克不能有外交接触。因此洛克哈特的身份将是英国驻彼得格勒的"非官方代表"。他将率领一个使团,手下配备几名工作人员,但他将无职又无权。他所能做的就是设法跟列宁和托洛茨基说上话——打开秘密且完全是非正式的沟通渠道。他们很可能会拒不承认他的身份或赋予他正式的外交豁免权。由此可见,洛克哈特是被置于了一个无计可施的绝境。

在他动身前的几天里,他遇到了另一个身陷绝境的人——马克西姆·李维诺夫,布尔什维克驻大不列颠大使。李维诺夫是个糊涂

---

① 洛克哈特:《一名不列颠代表的回忆录》,第198—200页。伯恩(Byrne)上校曾建议将洛克哈特派往基辅(Kiev),而彼得格勒则由之前负责英国对俄军提供物资补给的弗雷德里克·C·普尔(Frederick C. Poole)将军负责。(凯特尔:《协约国与沙俄的崩溃》,第166页)劳合·乔治未同意,而是交给了普尔另一项任务,完成一个已在进行的计划:收购俄罗斯银行,以此资助反布尔什维克活动。(凯特尔:《协约国与沙俄的崩溃》,第204页起)

虫。革命时他一直流亡在伦敦,从报纸上得知自己被任命为大使的消息还大吃了一惊。①他并未获得英国官方的承认,既没有人,也没有名副其实的大使馆。(离奇的是,旧沙俄的大使馆和领事馆还在继续运行,俨然革命没发生似的)因而他与洛克哈特是在一家里昂转角餐屋边吃午饭边会晤的。②

其间,有两个人凑了进来,一个是英国情报专家雷克斯·利珀,他参加过唐宁街的那次会议,一个是俄罗斯记者西奥多·罗斯坦。罗斯坦是一个激进的社会主义者,他痛恨英国的资本主义,但更害怕德国的军国主义。③他性格活泼,有一种堂吉诃德般的气质,会晤进行得很友好,有他一分功劳。在里昂餐馆的午餐桌上,李维诺夫热情地为洛克哈特写了一份介绍信给托洛茨基。"我了解他本人,"他在信中热心有加,夸大其词地写道,"他为人极为诚实,理解我们的

---

① 马克西姆·李维诺夫(Maxim Litvinov,原名梅厄·瓦拉赫—芬克尔斯坦[Meir Wallach-Finkelstein])是一个俄籍犹太银行家庭出身的社会主义者。有人称他被任命为布尔什维克大使是托洛茨基的恶作剧——对英国的侮辱。(贾斯汀1917年12月8日函,转引自沃波尔:《丹尼斯·贾斯汀》,第596页[参见本书第42页脚注。—译注])然而,李维诺夫却完全当了真,而且后来还成就了一段卓越的外交生涯,出任苏联驻美大使和外交人民委员。
② 里昂转角餐屋(Lyons' Corner Houses)是一家大型的深受欢迎的连锁餐饮店,1909年由食品集团约瑟夫·里昂食品公司(J. Lyons & Co)创办。洛克哈特与李维诺夫的这次会晤很有可能发生在(皮卡迪利广场附近的)考文垂街和鲁伯特街的拐角处的那一家或者(特拉法加广场附近的)斯特兰德家和克雷文街的拐角处的那一家。
③ 洛克哈特:《一名不列颠代表的回忆录》,第201—203页。雷金纳德·"雷克斯"·利珀(Reginald 'Rex' Leeper)一战期间效力于新闻部,二战时曾执掌外交部政治情报司(the Political Intelligence Dept)。罗斯坦(Rothstein)是一名为《曼彻斯特卫报》撰稿的俄罗斯流亡记者;他后来回到了俄罗斯,入了党并成了一名外交官。

处境，而且同情我们。"在同一封信中，李维诺夫还请求托洛茨基对他自己予以适当支持，并请求给他回电报。如果连自己的政府都不拿你当回事，仿佛根本就没你这个人的话，那你这个外交官还真是挺难当的。信写好后，四个人又接着吃午饭。看甜点单时，李维诺夫高兴地看到上面有一道"外交官布丁"，就点了，结果人家说已经没有了。李维诺夫豁达地耸了耸肩。"连开馆子的都不认了。"他叹息道。

洛克哈特揣着这封信，北上苏格兰坐船，开启了他此次远行的第一段航程。这是一种新的而且相当刺激的体验。他9月份从俄罗斯回国的那一趟旅程乏善可陈，而且甚至有点儿丢面子。这次重返则截然不同，他有了新的身份，肩负着重大使命。他将乘坐一艘由两艘驱逐舰护航的前往挪威执行一项特殊任务的皇家海军巡洋舰。

他的妻子琼来到昆斯费里为他送行。她曾经陪他去过一次俄罗斯，但是就算很安全，她也不想有第二次了。他们两口子处得并不愉快，洛克哈特娶了她感到很愧疚；无论是从经济的角度还是从爱情或道德的角度看，这个可怜的女人都吃了亏。①

只有三个同伴——他的使团团队——同他一起乘坐皇家海军舰艇"雅茅斯"号前往。威廉姆·希克斯上尉之前去过彼得格勒，身份是俄军毒气顾问。他很有魅力，通晓数国语言，而且了解俄罗斯人和俄罗斯的政治。他还有情报工作方面的背景，曾经是伯恩上校的手下。②"希基"将成为洛克哈特接下来几个月的考验中最亲密的伙

---

① 洛克哈特：《一名不列颠代表的回忆录》，第76—78页；洛克哈特：《日记·卷一》第22页编者注。

② 凯特尔：《协约国与沙俄的崩溃》，第190页。

伴——"一位非常忠诚的同事,又是一位忠实的朋友"。① 与他同行的另外两个人一个是莫斯科商人爱德华·伯斯,他是这个使团的商业专家,另一个是爱德华·费兰,他是劳工部的一名年轻公务员。更多的人手将从英国驻彼得格勒大使馆临时调派,但是目前,这四个人就是这支英国使团的全部人马了。

有一个小组成员不见了。上面给洛克哈特配备了一个勤务兵帮着他打理外交上一些无关紧要的小事儿,这家伙是个大块头卫兵,爱尔兰人,动不动就喝得醉醺醺的,曾在王子大街为了半个克朗要跟洛克哈特动手。他是在爱丁堡和昆斯费里之间的某个地方消失的,没人觉察到。

一个灿烂的苏格兰拂晓,"雅茅斯"号拔锚起航,两艘驱逐舰在前面开路,缓缓地顺着福斯河口航行,经过了成群结队的皇家海军舰队。洛克哈特想起了自己的童年,满脑子里都是罗伯特·路易斯·史蒂文森所讲的故事,在刚一踏上这一可能是一次大冒险之旅时,就感到了一种刺激。

要是知道这可能会是一次有去无回的冒险,他没准就会是另一种感受了。但这个险,他无疑还是会去冒的,因为他就是这样的人。

在汹涌的北海中航行是一件令人无比痛快的事情,就连老海员都会晕船,过了北海之后,"雅茅斯"号顶着暴风雪,吃力地沿着通往卑尔根的峡湾逆水上行。洛克哈特在卑尔根与乔治·比尤肯宁短暂地重聚了一会儿。这位前大使和他的一行人离开彼得格勒还只有一周多的时间,他们等"雅茅斯"号来把他们接回英国已经有一段时

---

① 洛克哈特:《一名不列颠代表的回忆录》,第204—205页。

间了。乔治爵士见到自己以前的爱将,很高兴,但他很疲惫而且有病在身,(洛克哈特估计,十个月的革命让他老了十岁)而且整个一行人都情绪低落,无精打采。①

洛克哈特途中遇到从俄罗斯逃出来的难民,还不止他们这些人。他和三个伙伴继续由陆路和水路前行,经过挪威、瑞典、芬兰时,遇到了越来越多遭驱逐的英国人,正在打道回国的路上,身边还带着逃离革命的俄罗斯贵族。沿途的旅馆都快被挤破了。

以前可以避开德军的那条出入俄罗斯的"安全"路线,已经变成了硝烟弥漫的战区。俄罗斯的混乱正在渗入它所有的省份和保护国。由芬兰人和俄罗斯人构成的红军和白军之间的战争正在芬兰大公国全面爆发。赫尔辛弗斯②的大街上都有枪战。洛克哈特和希克斯壮着胆子出去寻找过夜的住处时,遇上了一场屠杀:一群手持机关枪的俄罗斯红军水兵在追一群逃跑的暴徒时,在街上进行了扫射。洛克哈特和希克斯为了躲开子弹,不得不趴倒在尸体之间血迹斑斑的雪地上。在遭到拘捕和盘问时,他们的英国护照,连同李维诺夫为洛克哈特所写的那封信,救了他们的命,还使他们得到了当地红军的帮助。

哪怕有了官方的帮助,旅途还是紧张而又艰辛。从赫尔辛弗斯到彼得格勒的路上,一座铁路桥已经损毁过半了,行人只好从摇摇晃晃的桥架上走过去,然后在另一头乘坐另一列火车。

到了他们一行人在彼得格勒下车时,洛克哈特已经不像之前那

---

① 洛克哈特:《一名不列颠代表的回忆录》,第211—212页;梅里埃尔·比尤肯宁:《大使的女儿》,第195—200页。
② 现称赫尔辛基。

样渴望冒险了。令他心灰意冷的倒不是危险,更多的还是当时的混乱状况和悲观沮丧的气氛。早在革命之前很久,他就一直觉得在彼得格勒华丽的外表背后,即便是在夏天也隐藏着一种让人不寒而栗的灰暗——"在它漂亮的外表之下,"他写道:"它的心是冰冷的。"①

此时这里肯定是一片严寒。雪橇在英国大使馆前面慢慢停下来时,洛克哈特沮丧地看了看特罗伊茨基桥拐角边上雪堆里的那匹死马。彼得格勒已经变成一座死亡之城。

他第一次来彼得格勒是在1915年,乔治爵士让他前来汇报当年6月莫斯科爆发的那几次规模浩大的反德暴动的情况。当时他是代理总领事,来到彼得格勒时心情是既兴奋又忐忑,一方面担心要他对暴动承担某种责任,一方面又因为将受到大使的注意而兴奋。那个时候,没几个人想象得到俄罗斯会发生革命,洛克哈特便是这"没几个人"中的一个。他从人民对沙皇、杜马以及让他们循规蹈矩、不得乱说乱动的警察的情绪中,看出了到处都存在着革命的迹象。他报告乔治爵士,人民普遍反感沙俄政府,皇家越来越不受欢迎;不能排除工人有起义的可能。②到了1917年年中时,他已经成了大使馆的常客,深受乔治爵士的信任,介入了与克伦斯基及其政府的外交。此时的气氛已经不一样了,很多年轻一点的英国人,充满了民主与公正的理想,相信新俄罗斯有希望摆脱专制主义,而且很快就会摆脱贫困和压迫。

---

① 洛克哈特:《一名不列颠代表的回忆录》,第115页。
② 洛克哈特:1915年8月12日致乔治爵士便函,转引自休斯:《探秘》,第66页。洛克哈特1915年年底的几篇日记(《日记·卷一》第25—26页)也表明他意识到了越来越普遍的不安情绪及其巨大的危险性。

只过了半年，俄罗斯就让鲜血和布尔什维克染红了，一切看上去都截然不同了。希克斯上尉、伯斯和费兰下了雪橇，仆人们给他们搬行李时，他们迈进了气派的面墙上那扇很不起眼的门，登上了门后那架很有气势的楼梯。

* * *

暂时来说，洛克哈特生活的各个方面都还是围着外交转的，包括与自己这边的外交。洛克哈特担心弗朗西斯·林德利不待见自己，没有了大使，现在名义上就是他这位临时代办说了算。不过他很谨慎，事事都向林德利请教，对待他就像他真是负责人一样。大使馆的工作人员分成两派，一派倾向于承认布尔什维克政府并与之做生意，另一派则持反对态度——"承认派"和"反对承认派"。林德利打不定主意自己该站在哪一派，而且白厅官方也没有给他画一条线要他遵循。当然，这些都无关紧要，因为林德利和他的手下任何一个人都与布尔什维克政府没有任何官方接触。而这正是洛克哈特要做的事情。

托洛茨基是洛克哈特最关注的对象。可这个外交人民委员却还远在布列斯特—立陶夫斯克，未能与德国人达成满意的和平条件。于是洛克哈特先与临时代替他的格奥尔基·契切林打交道，契切林透出了这样一个意思，俄德关系如此恶化，现在正是英国向俄罗斯伸出友谊之手的最佳时机。我们始终认为，契切林淡淡地补充道，英国是愿意接受即将到来的伟大的社会主义国际——将彻底摧毁资产阶级的世界革命的。

布尔什维克已经决定了他们对英的外交态度,而且不失时机地将这一态度公之于众了,这令洛克哈特极为尴尬。他本来是想秘而不宣,悄无声息地,结果却狼狈地发现布尔什维克报纸正把自己当作劳合·乔治的"心腹"大肆宣扬;把他说成了在国内颇具影响的政治家,而且完全同情和支持布尔什维克事业。对那个说什么托洛茨基是德国特工的荒谬说法信以为真过的美国驻俄情报员曾向美国政府汇报,说洛克哈特是一个危险的革命者。①

这令布尔什维克很高兴,可是却让洛克哈特很不舒服。不过至少还是有一点好处,那就是这样一来列宁和托洛茨基就得见他了。

头一个星期,洛克哈特和他的伙伴是与大使馆的杂七杂八的人住在一起的,这哪儿成,于是他赶紧物色公寓,在宫殿堤岸街10号的一幢大厦里找到了一套,离大使馆仅百码之遥。这套公寓能看到涅瓦河和彼得罗巴甫洛夫斯卡亚要塞,而且很大,可以作为洛克哈特使团的住处兼总部。这么豪华的一个地方租金便宜得跟不要钱似的;要是他想要的话,要一座宫殿也会不成问题。彼得格勒许多豪宅都空着没人住,这些房子的主人都是贵族,他们都急于找到人来住,从而保护房子不受暴民攻击。②这套公寓还有一个不错的酒窖,价钱谈得很划算。这样使团的社交生活也就不成问题了。

使团的社交与外交生活是分不开的。正如他初到俄罗斯的那些日子一样,这位不列颠代表全身心投入,不放过任何一个获取情报

---

① 洛克哈特:《一名不列颠代表的回忆录》,第221—223页。
② 洛克哈特:《一名不列颠代表的回忆录》,第224页。在其未公开出版的日记中,洛克哈特给出的地址是10 Dvortsovoy Naberezhnoy(宫殿堤岸街的俄文[Дворцовой Набережной]的音译。—译注]),搬入的日期是2月10日(新历)。

的来源。英国大使馆有一个很大的社交网，这个社交网超出了英国殖民地范围，扩展到了俄罗斯社会之中。那些有勇气留在彼得格勒（或别无选择）的俄罗斯统治阶层的成员是一个非常宝贵的情报来源。他们能够洞悉俄罗斯的心理和情绪，有一些甚至对布尔什维主义及其领导人有所了解，而且还真的抱有一丝同情。

洛克哈特到彼得格勒才两个星期多的一个星期天晚上，希克斯带了一位客人来用晚餐。是一名出身外交世家同时又是贵族家庭的俄罗斯少妇，她在彼得格勒的英国人中非常有名。希克斯上一次来彼得格勒的时候就认识了她。她被称呼为玛丽娅·冯·本肯多夫夫人，不过认识她的人都管她叫穆拉。

罗伯特·布鲁斯·洛克哈特在女性的魅力面前一直毫无招架之力，不过本肯多夫夫人在他经验中有着某些新颖和特别之处。多年之后在回忆自己对她的第一印象时，他称自己再次被她强大的魅力迷住了。正如每个认识她的其他人一样，他也认为她最迷人的地方是她的那双眼睛："宁静时像两眼忧郁的水井，高兴时会荡漾着欢乐"。在他心目中，她的妩媚超过了同时代所有其他俄罗斯女人。①

不过，就目前而言，洛克哈特满门心思都扑在外交和政治上，

---

① 洛克哈特：未发表的随笔《布德贝格男爵夫人》，第3页。他们第一次有记录的邂逅发生在2月17日，星期日，而在其《一名不列颠代表的回忆录》（第243—244页）里，他暗示自己第一次见到穆拉是在3月。耐人寻味的是，在他的私人日记中提到她时比起在他公开出版的回忆录中措辞更为审慎，总是称她为"本肯多夫夫人"，而且根本看不出来他们之间有任何私人瓜葛。他可能是留了一手，以防自己的日记落到布尔什维克手里；而到了20世纪30年代初他写回忆录的时候，他与穆拉的关系已经差不多快尽人皆知了，因此也就无须遮遮掩掩了。

根本无暇注意穆拉的勾人魅力。那个星期天晚上席间所聊也都是俄罗斯与德国的和谈。①已经被穆拉的外貌迷住的洛克哈特,此时又对她的才气留下了深刻印象。与莫斯科的自由主义者——全都是男性——一样,她也了解自己国家的情绪和脾气,而且她的看法在他眼里就是硬通货。

两天以前,洛克哈特与列夫·托洛茨基进行了首次会晤。这位外交人民委员刚从布列斯特—立陶夫斯克回来,他在那儿撂下了一句惊人而又极鲁莽的狠话:既然德国不肯在领土要求上让步,那就休想达成和平协议。所有商讨都结束了。不过俄罗斯不会继续打下去了,说得确切一点,俄罗斯会继续推进已经开始的遣散进程。换句话说,俄罗斯要捡球回家不跟你玩了,接下来怎么着,德国你自己看着办吧。托洛茨基坚信德国人不敢回头接着进攻,他们的部队缺乏这样的意志。德国和奥匈最近都深为此起彼伏的罢工所困,而托洛茨基认为西方的工人已经成熟了,会起来革命的。因此,他让中央委员会把心放到肚子里去,并在2月15日②晚上对彼得格勒苏维埃的一次讲话中,称他自己有九成的把握,德国不会进攻。③

洛克哈特没这么有把握,而且也没有被托洛茨基的自信表现完全说服。在持续了两个小时的首次会晤中,他觉出了托洛茨基私下里还是担心德国反对他的"不和不战"声明。不管白厅的有些傻瓜怎么看,在洛克哈特看来,托洛茨基对德国人在谈判期间羞辱

---

① 洛克哈特:未发表的1918年2月17日日记。
② 格里高利历日期。俄罗斯1月31日已经变更了历法;次日便成了2月14日。
③ 拉宾诺维奇:《布尔什维克当政》,第157—160页(Rabinowitch, *Bolsheviks in Power*, pp.157—160)。

自己——断然拒绝布尔什维克提的条件,要求大片领土来换取和平——的愤怒之情完全证明了他不是德国特工。他给洛克哈特的印象是勇敢、爱国而且极为自负——"一个愿意为俄罗斯而战死的人,前提是要有足够多的人看见他的壮举。"①

不过话又说回来,托洛茨基对德国的怒火同他对英国的愤怒一比,就不算什么了。在洛克哈特看来,在他当年流亡美国期间把他当作一个罪犯对待是一个可怕的错误。克伦斯基曾想要他回到俄罗斯,但是英国却先一步把他扣留在了加拿大,激起了他的敌意并使得他疏远了温和的孟什维克而转向了布尔什维克。②乔治·比尤肯宁爵士个人曾为此付出了代价,不得不经受托洛茨基的冷遇。在惹怒托洛茨基的问题上,他也起到过火上浇油的作用,参与了为反布尔什维克的顿河哥萨克人秘密筹措资金的活动,而且还与他们的首领阿列克谢·克列金暗通款曲,而这一伎俩托洛茨基也有所耳闻。③比尤肯宁曾试图抵制过这一政策的实施,(担心引发俄罗斯对英国的暴力性报复)但他的手脚是受制于白厅的。这样的担心与局势的压力导致了他的崩溃。

而现在留给洛克哈特的就是这样一个结果:一个充满了深深的怀疑和敌意的托洛茨基。事实上,他的敌意也没有想象的那么严重——他的反英演说多是说给公众听的。④关起门来,他还是愿意放

---

① 洛克哈特:1918年2月15日日记,转引自《一名不列颠代表的回忆录》,第226—227页。
② 洛克哈特:1918年2月15日日记,转引自《一名不列颠代表的回忆录》,第227页。
③ 休斯:《探秘》,第122—123页;凯特尔:《协约国与沙俄的崩溃》,第122—123页。
④ 休斯:《探秘》,第123页。

下心中的芥蒂,以俄罗斯的利益为重的——包括眼下同这个英国人进行对话。不过在内心深处,愤怒是真实存在的,而且会随着1918年春夏的展开而重新抬头。洛克哈特尽管脑瓜子好使,但要应对老谋深算的托洛茨基和列宁两人,这样的挑战也许还是太大了一点。

目前,压倒一切的问题是俄罗斯究竟还参不参战——如果退出战争的话,又将达成什么样的和谈条件。俄罗斯人想干什么?他们是怎么想的?洛克哈特急于想听到这方面的一切可靠的观点,因此与希克斯和穆拉的第一次晚宴上从头至尾聊的主要都是这一话题。

洛克哈特会晤托洛茨基两次后,出现了戏剧性的情况。2月16日,星期六,德国政府电告俄罗斯人,鉴于未达成和平协议,敌对行动将于星期一中午恢复。列宁和托洛茨基都感到很震惊,但没有立即采取措施。一直主张和谈的列宁提醒托洛茨基他们两人之间达成的个人协定,按照这一协定,他现在必须接受德国的和谈条件。托洛茨基来了个置之不理,他依然坚信德国人不会真的发起进攻。①与此同时,他们把这一消息严密封锁了,半个字都没向俄罗斯人民透露;就连军队也未接到可能要重新开战的通知。那个星期天晚上,就在洛克哈特、希克斯上尉和穆拉讨论这同一个话题的时候,布尔什维克中央委员会开始了一场秘密的彻夜辩论。

到星期一早上时,已经传来了德国沿前线展开军事行动的报告。凡是够聪明的人都知道事态堪忧了。洛克哈特眼下正跟托洛茨基进行每日一次的会晤,他在自己的日记中记下了这样一笔:布尔什维克能够抵御德国人进攻的希望渺茫。俄罗斯很可能会被征服,这对

---

① 拉宾诺维奇:《布尔什维克当政》,第160—161页。

协约国而言,将是一场灾难:"我们看来要完蛋了!"他写道:"托洛茨基说就算俄罗斯抵抗不了,也会不遗余力地开展游击战争。"①

星期一中午,德国军队发起了进攻。人困马乏的俄罗斯军队基本上没怎么抵抗,到那周末德国军队已经攻占了比整个前三年加起来还要多的地盘。②与此同时,吓得惊慌失措的布尔什维克内部还在激烈地争论。列宁担心俄罗斯灭亡,布尔什维克政权瓦解,革命的希望全部落空,于是主张搞清德国的条件,并接受这些条件。

到2月23日星期日这一天,德国已经攻克了俄罗斯西部边境从乌克兰到波罗的海的大部分地盘。当天他们宣布了自己的条件:俄罗斯必须割让现在落在德国手里的全部领土。德国的进攻与和谈条件让穆拉个人蒙受了影响——爱沙尼亚,她丈夫的故土,还有她心爱的雁得尔——都在占领区之列。

当天晚上,穆拉和一群朋友又一次来到了宫殿堤岸街10号赴宴。她和洛克哈特先生眼看就要变成常来常往的熟人了。这名不列颠代表对这位少妇留下了深刻的印象。洛克哈特认为俄罗斯女人比她们的男人更勇敢,而且"在各方面都要胜出一筹"。他很欣赏穆拉的才华,而且被她磁石般的魅力吸引住了。她会多门语言——能讲一口流利的英语、法语、意大利语和德语。"她不只是迷人。"他多年后回忆道:"她腹笥甚宽,智商很高,睿智老练。"洛克哈特不愧是他那个时代的男人,末了还非得补上一句她的智慧是独特的,因为"与很多

---

① 洛克哈特:1918年2月18日日记,《日记·卷一》,第22页;《一名不列颠代表的回忆录》,第228页。
② 费吉兹:《一个民族的悲剧》,第545页。

聪明的女人不同,她懂得如何倾听有学问的男人的谆谆教诲"。

不过对洛克哈特来说,就像对众多其他人一样,她还远不止这一切。穆拉给人留下的最重要的印象,简言之就是:"男人都倾心于她。"①从如花似玉的妙龄到鬓丝如雪的迟暮之年,这一印象伴随了她一生。

1918年2月和3月的那几周里,在他们周围的世界又一次燃起战火时,这名不列颠代表与这位俄罗斯少妇之间的联系开始越来越亲密了。穆拉"有一股对生活中所有鸡毛蒜皮的小事都不屑于理会的傲气,一种能战胜一切懦弱的勇气",洛克哈特如是说。"她极具活力……而且鼓舞了她接触到的每一个人。"他越了解她,就越发爱慕她了。"她喜欢哪里,哪里就是她的世界,而她的处世之道已经让她对什么样的后果都能应付自如了。她曾经是一个贵族。她本来是可以成为一名共产党员的。她本来是绝不可能成为一个布尔乔亚的。"他们的相识是从社交开始的,是慢慢地、不知不觉地变得亲密起来的。"在最初的那些日子里,"他回忆道,"我太忙了,太以为自己很了不起了,脑子里连想都没想她一下。我发现她是一个极具魅力的女人,同她交谈给我的日常生活增添了很多快乐。"②

她的变化会大大超过——远远不止于此。眼下,洛克哈特和穆拉在战火重新点燃的过程中,在这座贫困城市阴郁的氛围下,为他们自己营造出了一方小小的社交的世外桃源。

---

① 洛克哈特:未发表的随笔《布德贝格男爵夫人》,第3—4页。
② 洛克哈特:《一名不列颠代表的回忆录》,第243—244页。

5 "想当初我们多像两个懵懵懂懂的孩子呀"
1918年2月—4月

残月的月光下，雪泛着微弱的蓝光。万籁俱静，四周连个人影都没有，只有软软的雪面上那静静的光，头顶是繁星点点的天穹，夜幕下的城市呈现出一片难得的宁静。偶尔能听见远处传来的枪声，但其他时候都很安静。

穆拉与洛克哈特站得很近，他们回头，隔着结了冰的涅瓦河，眺望着对岸宫廷堤岸路上那一溜闪烁的街灯。英国大使馆坐落在特罗伊茨基桥旁边，再顺着往前就是冬宫。夹在中间的是一片大厦，洛克哈特的公寓和总部就在这里。路灯很少，而且只要是黑灯瞎火的地方都有危险，但在他们的记忆里，他们会把这样的时刻当作宝贵的诗情画意来回忆。

头几周过去之后，常规的晚宴已经时间太短，让两人觉得彼此在一起没待够，于是坐雪橇沿着涅瓦河岸兜一圈儿，已经成了他们的惯例。①他们一般是晚上出去，而且是过桥奔几座岛屿而去。这几个岛是这座城市在涅瓦河三角洲上的延伸，不是瓦西里岛②，岛上有

---

① 穆拉：1918年10月31日和12月16日致洛克哈特函，藏于利利图书馆。
② 又译瓦斯里耶夫斯基岛（Vasilyevsky Island）。—译注

圣彼得堡大学和证券交易所,就是克列斯托夫斯基岛,岛上有游乐园和游艇俱乐部,要不就是巨大的彼得格勒岛,这座城市最初的市中心,依偎在它腋下的便是彼得罗巴甫洛夫斯卡亚要塞。

所有这些地方,自彼得大帝决定在这块从瑞典人手中抢来的土地上建自己的港口城市以来,过去两百年都是统治阶级的游乐场所、大型机构和住所。数十万的农夫在这里筑路,开运河,修桥,建宫殿和高楼,数以万计的人为之付出了生命。现在,他们的后人把这一切都要回去了。

天黑之后外出弄不好就会有危险。理智的人从不单独出门,他们走在街中间,以避开小巷子和门口。洛克哈特口袋里始终都装着一把左轮手枪,他的手一直都放在枪把上。[①]不过这两个年轻人几乎不怎么在乎风险,穆拉尤其如此。洛克哈特完全为自己热情的天性所左右了,为了满足这种天性,他可以奋不顾身地冲向毁灭。这个女人把他迷得魂不守舍了。

在开头的那几周里,穆拉并没有表露自己的想法和感受。他们驾雪橇兜风,可谓是在身边风起云涌的政治浪潮中忙里偷闲。不过,她有些方面正在发生变化。她从来没有过特别痴情于某个男人的感觉。她跟恩格尔哈特的那段风流韵事对她来说根本就不足挂怀——不过是一个受到禁锢的少女渴望脱身的行为。克伦斯基是她为了活命才以身相许的,可惜瞎了眼,看错了人。她嫁给了伊凡是因为他曾经是通往她向往的刺激而又奢靡的生活的一扇大门,但从来就没有很深的感情,而此刻她已经到了觉得他碰一下就是对自己

[①] 洛克哈特:《一名不列颠代表的回忆录》,第242页。

的玷污的地步。因而他逃到爱沙尼亚去了,还真是一个解脱。

所有蜂拥在她周围的其他英俊潇洒、魅力四射的男人都没能俘获她的感情。有那么几个——尤其是丹尼斯·贾斯汀和弗朗西斯·克罗米——她喜欢是喜欢,但没有一个激发过她的浪漫情怀,更不用说爱情了。

可是这个男人,这个生着一张相当纤柔的嘴和一对招风耳,说自己"断过鼻梁,身材矮胖,步态滑稽"的洛克哈特,却有点不一样。无疑,他不是一个对自己的欲望遮遮掩掩的人。他们乘着飞驰的雪橇兜风时,两个人难免挨得很紧,洛克哈特总是趁机想要吻她。她没有任何反应,而是坐在那儿,"异常激动,不知所措,有点儿吓着了,然后我潜意识里感觉到自己体内泛起了一种莫名的奇异感觉"[1]。

要过一段时间她才能叫得出这种不寻常的感觉的名字。她也许曾想过自己为什么会有这样的感觉,但她从来没有写出来过,也从来没有向任何人吐露过。不错,洛克哈特有着迷人的风度和——同她本人一样——勾魂的眼神。他是一个既讨人喜欢又遭人厌恶的人。一个嫉妒他的对手骂他是一个"可耻的小瘪三",而一个认为他与布尔什维克走得太近的英国军官则说他是一个应该被绞死的叛国贼。[2]但谁也不能怀疑他的才华。从一开始,他就很欣赏穆拉的知识和智慧,这两方面都相当了得。后来,一个对她不严谨的"俄罗斯人"的思维方式有点鄙夷的情人承认,她的脑子"很活,思想精辟,看问题

---

[1] 穆拉:1918年10月31日致洛克哈特函,藏于利利图书馆。
[2] 威尔斯:《恋爱中的威尔斯》,第168页;休斯:《探秘》,第130页。

入木三分",闪耀着"非凡的智慧"。她可以"让人茅塞顿开,豁然开朗,就像二月里一个阴雨天突然出了太阳一样"。①

对于肩负着协调大不列颠与俄罗斯这个大国关系这一重任的洛克哈特来说,这种令人茅塞顿开的智慧可以说是无价之宝。他是一个超级自信的小伙子,很信赖自己的智慧,但只要是真知灼见,能听到的他也会全部听取——尤其是会听取一个有着穆拉其他方面魅力的人的看法。

也许正是这一点唤醒了蛰伏在她体内的那种奇妙感觉,此刻她站在洛克哈特身边,眺望着月光下的这座雪城,这种感觉正在她心中躁动。直到这一刻,穆拉——在她朋友和亲戚的眼中——都一直是上流社会、开心和神秘的代名词:一个有着磁石般魅力的女主人,一个缠绵的吉卜赛歌曲不离口的歌手,一个奚落嘲讽痴情男人的女人;没有一个人把她看作智慧的源泉。

她如果不留点神,不对这种感觉加以遏制而任其滋长的话,洛克哈特迟早都会再试着吻她一次的,而她将无法抗拒。谁知道这样一来会是什么结果,会打开怎样的不为人知的感情呢?

他们的交谈已经划近了更加亲密的边缘。他们取笑"布尔什维克的婚姻观"②——废除革命的女权主义者所呼吁的婚姻制度。呼吁最强烈的莫过于亚历山德拉·柯伦泰③,这位新政府的社会福利人

---

① 威尔斯:《恋爱中的威尔斯》,第165—166页。
② 穆拉:1918年10月31日致洛克哈特函,藏于利利图书馆。
③ 全名亚历山德拉·米哈伊洛夫娜·柯伦泰(Alexandra Mikhailovna Kollontai, 1872—1952),俄国革命余波中一位有重大争议的人物,通晓欧洲十余国语言,是列宁政府中唯一的女性,斯大林时代世界第一位女大使,同时也是一

民委员,倡导一种性自由文化,认为女人和男人可以自由选择情人和朋友,从而摧毁使得已婚女性处于奴役地位的资产阶级制度。她的很多观点与列宁相左①——在某些方面列宁是个不折不扣的保守派——而且也不太为工人阶级妇女所认同。②但她的自由恋爱观点却令自由主义精英大为兴奋。对于如同在一块浮冰上作业的探险家,正战战兢兢地在资产阶级求爱边缘试探的洛克哈特和穆拉而言,这恰好是一个令人兴奋和有趣的话题。不过,至少就穆拉而言,并非身体力行的事情。③暂时,和朋友们时不时小聚一下,乘雪橇沿涅瓦河兜兜风,到那几个岛上去逛逛就不错了,此外更多的东西,始终

位作家,被西方的女权主义者奉为先驱。"杯水主义"("glass of water" theory of sexuality)即源于其惊世骇俗的短篇小说《三代人的爱》"The Loves of Three Generations" ——译注

① 列宁对其"杯水主义"就很不认同:"我认为这个杯水主义完全是非马克思主义的,甚至是反社会的。"("I think this glass of water theory is completely un—Marxist, and, moreover, anti—social."参见蔡特金:《列宁论妇女问题》——译注

② 费吉兹:《一个民族的悲剧》,第741—742页。亚历山德拉·柯伦泰在诸如《妇女问题的社会基础》("The Social Basis of the Woman Question",1909年)、《性关系与阶级斗争》("Sexual Relations and the Class Struggle",1921年)等演说和小册子中和整个成年生活当中都力倡(并践行)自由"婚姻"——见《柯伦泰文选》(Kollontai, Selected Writings)。她的观点在当时曾遭到误解,这种误解有时是与其观点给妇女带来了悲剧性结果联系在一起的。1918年年初她发出"妇女社会化"的呼吁后,导致一些地区出现了群奸事件,许多妇女被逼为娼,沦落为士兵无偿享用的妓女。(史密斯:《前朝旧人》,第133页)作为一名激进的社会主义者,柯伦泰一开始在布尔什维克政府中位高权重,并曾为改善妇女的教育和劳动条件而奔走呼号。

③ 穆拉在与洛克哈特的关系发展上很讲分寸,(可从她当时的信函中看出来)这与安在她头上的耸人听闻的淫荡名声是相矛盾的。其实,说她淫荡的那些人当时并不真正认识她本人,只是在事后回忆时,才像迈克尔·波斯坦爵士在接受安德鲁·博伊尔采访那样,把这个名声安在了她头上。

有点儿不敢奢望。

"想当初我们多像两个懵懵懂懂的孩子呀!"穆拉回忆这段美妙的时光时说道:"现在我们是多么老的老人了。"① 她写下这段文字时才过去了八个月的时间;八个月的时间里,他们俩的人生都改变了。如果他们没有拥有彼此,他们可能压根儿就活不下来;可是话又说回来,要是他们没有拥有彼此,他们根本就不可能卷入到那场可怕而又奇特的噩梦。

* * *

锐不可当的德军每天都在把战线大举向东边推进。他们占领彼得格勒只是一个时间的问题了。由于受到托洛茨基的遣散和"不和不战"政策的影响而锐减的俄军,则节节败退。他们当中的许多人——拉脱维亚人、乌克兰人以及其他帝国附属国的人——已经看到自己的国家让战线的推进给毁了。布尔什维克内部发生了争论,千方百计想要谈判,可是德国人态度强硬——所有占领区都必须割让给德国,唯此才能停战。否则一切免谈。与此同时,他们继续攻占更多的地方。

洛克哈特还未满月的使团看来完不成使命了。他来俄罗斯的首要目的是说服布尔什维克不要退出战争。中央委员会迟早都会答应德国的条件,然后一切就都结束了。2月24日,星期天,这一天,他逼迫托洛茨基跟他进行了一次紧急会晤,托洛茨基当时龟缩在斯莫尔尼宫自己的办公室里,斯莫尔尼宫原为"贵族女子"学校,早已

---

① 穆拉:1918年10月31日致洛克哈特函,藏于利利图书馆。

被征用为布尔什维克总部。洛克哈特发现它是一个奇怪的地方，门上还挂着标明是女生宿舍、日用织品店和教室的匾额——而布尔什维克早已把它弄得脏兮兮地跟猪圈差不多了。哪儿躺的都是蓬头垢面的士兵和工人，满地都是垃圾和烟头。①

　　托洛茨基，他的办公室是这片脏兮兮的汪洋中一个井然有序的干净的小岛。他大发了一通雷霆。在要求洛克哈特说清楚自己是否（向他）隐瞒了来自伦敦的消息后，托洛茨基痛骂了协约国，尤其是英国一通，骂他们在俄罗斯搞阴谋诡计，将这个国家目前的局势归咎到了他们头上。指控托洛茨基是德国特工的种种说法还在外交人员中疯传，而且还搬出了显然是伪造的证据。洛克哈特打心底里就对这种说法嗤之以鼻；当天他收到了外交部发来的一封信，罗伯特·塞西尔勋爵这个该死的笨蛋还在信中表达了这样的怀疑。托洛茨基办公桌上有一堆控告他有罪的文件，他气愤地将它们朝洛克哈特摔了过去，洛克哈特已经非常熟悉这些玩意了——彼得格勒的每一个协约国的使团都见过它们的副本了。几个月之后将被证明所有这些文件，原以为来自全欧洲多个地方，其实全都是一台打字机上炮制出来的。可是还是有一些反布尔什维克的头脑发热的家伙对这些说法信以为真。②

---

① 洛克哈特：《一名不列颠代表的回忆录》，第229—232页。
② 迈克尔·凯特尔(《协约国与沙俄的崩溃》，第220—222页)将这些文件的源头追踪到了1917年夏天。这些文件旨在败坏布尔什维克的名声并阻止他们推翻克伦斯基政府。这些文件是俄罗斯军情局（Russian Military Intelligence，当指俄国临时政府军情部门。——译者案）委托一个叫安东·奥森多夫斯基（Anton Ossendowski）的波兰裔职业宣传家和一个叫谢苗诺夫（Semenov）的俄罗斯报纸编辑编造的。这些"西森文件"（Sisson papers，以一个购买并散发这些文件

洛克哈特对于这个问题想一笑了之,可托洛茨基却不肯。"你们的外交部不配赢得一场战争!"他怒气冲冲地说道,英国对俄罗斯的政策摇摆不定让他感到极不舒服。"你们的劳合·乔治就像一个玩轮盘,每个号都押上筹码的人。"①对此,洛克哈特不得不同意。在他看来,英国要么应该趁布尔什维克没跟德国交上朋友之前承认他们并跟他们做生意,要么就站出来郑重地向他们宣战。老是这样优柔寡断只能给俄罗斯和欧洲带来灾难。

会晤结束时托洛茨基做出了一个承诺。虽然俄罗斯将不得不接受德国的条件,和平条约也要签订,但是托洛茨基认为条约不会履行。他说,布尔什维克决不想让实行君主制的资产阶级德国卷着俄罗斯三分之一的领土而去。就算签了和约,和平也长不了。这对英国是一点安慰。

可私底下的承诺几乎不会对即将到来的事态发展产生什么影响。对于外界而言,德俄之间显然是要化干戈为玉帛的。因而到了各协约国政府从俄罗斯撤回大使馆——或者他们所剩之物——的时候了。预定的撤离日期是2月28日,星期天。洛克哈特肩负着为英方人员办理出境签证的任务。他抱着一抱护照去盖章。有一些军事人员受到了革命当局的怀疑,认为他们有秘密从事反布尔什维克活动之嫌,洛克哈特不得不搬出了托洛茨基的大名(和一些托词),以使

的美国特工命名)是一个更大的散布假情报活动的一部分,得到了包括英国驻彼得格勒的秘密情报局负责人E.T.·博伊斯中校在内的英国利益集团的助长。美国政府直到1918年9月都依然相信这些文件是真的,而且还在公开发表这些文件。

① 洛克哈特:《一名不列颠代表的回忆录》,第231页。

所有的护照得以获批和盖章。

他自己的护照不在其中。尽管面临着承认自己的使命不仅注定失败了而且还误入了歧途的压力,但洛克哈特还是不愿意和其余的人一道离开。外交部发来的电报提醒他断绝与布尔什维克的亲密关系。他的妻子琼写信恳请他改变策略,不然就会毁掉自己的前程。人们都在纷纷诋毁他。虽然劳合·乔治在内阁中一如既往地支持洛克哈特,敦促内阁承认布尔什维克政府,①但他让人们达成共识的理由正一点点减少。外务大臣亚瑟·贝尔福及其副手罗伯特·塞西尔成了反布尔什维克派的领袖。此时任内阁俄罗斯问题顾问的诺克斯将军,称洛克哈特与布尔什维克"调情"是"错误的和不道德的"。另一名在俄罗斯待过的军官直言洛克哈特"不是傻瓜便是叛国贼",应当处以绞刑。②然而洛克哈特还是选择留了下来,而且他相信自己这么做有充分的理由。和约还没签,加上他相信托洛茨基所做出的和平是短暂的承诺。③

洛克哈特所无从知道的是——尽管他也许早应该猜到——布尔什维克是在欺骗他。劳合·乔治并非唯一一个随意玩自己手中的轮盘筹码的人。洛克哈特对于列宁和托洛茨基来说是一笔宝贵财富,一个大有门道的人,他们很想利用他。其他协约国在彼得格勒也有非官方代表——比如颇富传奇色彩的美国人雷蒙德·罗宾斯。罗宾斯是一个很情绪化,很引人注目的人,是洛克哈特的好朋友,他在

---

① 内阁会议记录,转引自凯特尔:《协约国与沙俄的崩溃》第226—230页。
② 休斯:《探秘》,第130页。
③ 洛克哈特:《一名不列颠代表的回忆录》,第236页。

俄罗斯的非官方身份是美国红十字会负责人,而实际上则是美国的非官方代表。但是无论是他还是其他代表,都不是由他们国家的领导人亲自派遣的。洛克哈特却与众不同:是与英国首相直接联系的一条渠道。罗宾斯就没有他这样的门道,可以直接联系威尔逊总统。所以跟这名英国代表搞好关系,对于列宁和托洛茨基来说至关重要。他是他们直接对协约国施加影响的唯一希望。布尔什维克急于阻止日本介入西伯利亚,因此日本的盟友就必须得到俄罗斯不会与德国交好或者永远退出战争的保证。于是他们就不断地投洛克哈特所好,向他承诺战争迟早都会恢复——他们确信这些承诺会直接传到白厅、唐宁街和战时内阁。①

托洛茨基反对与德国媾和是绝对真心实意,可是革命的真正意志最终取决于列宁。在各国大使馆撤离彼得格勒的后一天,洛克哈特第一次会晤了这位伟大的领袖,地点是其在斯莫尔尼宫简朴的办公室。②乍看之下,列宁不像是一个领导人,但他马上就看出了他内力的强大。托洛茨基"非常易冲动",而洛克哈特发现列宁则冷峻威严,"任你怎么阿谀奉承,他都不为所动"。会晤时托洛茨基也在场,他一声不吭,毕恭毕敬,给洛克哈特留下了深刻印象。在关起门来的党内会议上,列宁是强烈赞同与德国长期和平下去的——说得确切一点,如果完全由他说了算,没有中央委员会的选举权加以阻挠的话,他早在几个月前就签下和约了——可是眼下,他还是让洛克

---

① 凯特尔:《协约国与沙俄的崩溃》,第220—221页;休斯:《探秘》,第130—131页。
② 洛克哈特:《一名不列颠代表的回忆录》,第236—238页。

哈特相信，和约——就是签了——也不会长久。托洛茨基承认，确实存在着一种真正的担忧，考虑到俄罗斯实力薄弱，担心德国人会入侵，或者迫使布尔什维克下台，扶植起一个资产阶级的傀儡政府。

于是洛克哈特继续相信他是在做正确的事情，而且他的外交使命并未彻底没戏了。

政治与外交并不是他想留在俄罗斯的唯一理由，甚至可能不是主要理由。它们只是他愿意公开承认的理由。私下里，还有一个更重要的留下来的理由。穆拉。他对她的感情正在超越单纯的幻想和浪漫的迷恋，而发展成了某种乘雪橇兜风和偷偷亲吻所不能满足的东西。

*　*　*

穆拉这些日子过得很自在，2月让位给了3月。她和以往一样开心。所有的单调与乏味已渐渐远去，就连革命的不确定性和贫困也统统不见了踪影，她的生活正在萌芽吐蕊。

虽然政府正在陆续颁布各种法令，但她依然拥有伊凡的巨大公寓供她自己和孩子们居住，而且伊凡本人还不在这里惹她心烦。此外她依然拥有伊凡的钱财。要是钱多又有门路的话，在彼得格勒依然可以过上一种表面上还不错的生活。

对了，还有洛克哈特。穆拉依然在同自己对他的那种奇异感觉挣扎，但她跟他在一起时所感受到的那种兴奋很强烈而且不可抗拒。他们在彼此的公寓里一起共进晚餐，得闲的时候偶尔还乘雪橇兜兜风，但穆拉依然抗住了他的主动表示，并且只把他们的友谊当作是闹着玩的。

她每天都有在英国大使馆的一大堆工作要做。尽管2月底外交人员就撤离了，但使馆并未关门，也没有人去楼空。除了洛克哈特之外，还有少数几个人——包括她的几个最要好的朋友——也留了下来。

弗朗西斯·克罗米上校就是一个。他已经当了几个月的海军随员了，现在就要走马上任，担任看守彼得格勒英国残部的临时负责人了。他还要依旧负责皇家海军在波罗的海的潜艇舰队。解散的命令是一月正式下达的，皇家海军旋即停止了与俄罗斯海军部的合作，①不过潜艇还在那儿，依然有落到德国人手里的危险。他已经将潜艇从雷瓦尔转移到了赫尔辛弗斯，留下了几个骨干船员在那儿看着。

和洛克哈特一样，克罗米留下来也有浪漫的原因，但更为复杂。他迷恋过穆拉，可她却越来越疏远他，于是他就移情别恋，跟漂亮的索菲·加加林好上了，②她与自己的亲戚安娜·萨尔蒂科娃公主一起住在英国大使馆大楼里。这位公主是大楼的主人，她将大楼租给了英国政府，自己留了一半当公寓。③

留下来的还有丹尼斯·贾斯汀，穆拉现在跟他在宣传处工作，做翻译。（她的朋友米丽亚姆随她一起找了个做文员的工作）穆拉对她的"贾斯提诺"有一份姐姐喜欢弟弟的姐弟之情，而贾斯提诺对她

---

① 班顿：《为陌生人所敬重的人》，第198—199页（Bainton, *Honoured by Strangers*, pp.198-199）。
② 班顿：《为陌生人所敬重的人》，第201页及各处。她的真名叫索妮娅（Sonia），但朋友们都管她叫索菲（Sophie）。
③ 克罗斯：《异乡一隅》，第348页。

也是投桃报李。贾斯提诺的职务正变得不太明确。布尔什维克对英国人任何一点遁词都深表怀疑,宣传已经不再有实际意义了。

贾斯汀的头儿,也是穆拉的老板,叫休·利奇,是一个高深莫测、老谋深算的家伙,一个在石油业有背景的英国商人。利奇的官方身份是英国商业界驻俄罗斯的商务代表。为此他开了一家叫"利奇与弗尔布雷斯"的贸易公司,而大使馆宣传处实际上只是一种副业。①事实上,虽然当时知道这一点的人不多,但休·安斯德尔·法兰·利奇却深深地介入了各种秘密活动。他是秘密情报局——SIS②——的一名特工,1917年这一年下来,他的公司就收到了英国政府数万英镑,资助其进行反布尔什维克的宣传活动。自革命以来,他一直参与了资助反布尔什维克的顿河哥萨克人,买下俄罗斯银行及企业的所有控股权以阻止德国人扩大其影响力等各种更深层次的计划。③

穆拉也为秘密情报局驻彼得格勒办事处的负责人厄内斯特·博伊斯中校提供翻译服务。④不管她知不知道自己为其工作的这两个人

---

① 穆拉这期间的一些私人信函(藏于利利图书馆和胡佛研究所档案馆)所用的是印有"利奇与弗尔布雷斯"(Leech & Firebrace)公司抬头的信笺,足见利奇的商业分公司与宣传单位之间存在着密切联系。

② 当时实际使用的名字叫"秘密勤务局"(Secret Service Bureau),对外的掩护名是"MI1c"。但秘密(或特别)情报局(Secret [or Special] Intelligence Service)这个名字在第一次世界大战接近尾声时就开始使用了,而且两个名字还并用了一段时间。"MI1c"这个对外的掩护名二战时为"MI6"取而代之。(见杰弗里:《军情六处》[Jeffery, MI6],第450页、第162—163页、第209页)SIS这一缩写通常为非专业历史学家所使用,因而这里也采用了这一缩写。

③ 凯特尔:《协约国与沙俄的崩溃》,第136—137页、第152页、第256—257页。

④ 穆拉这样的受雇方式(且不说她与英国大使馆人员一贯的亲密关系)似乎证实

是英国情报机构的特工（她很有可能是知道的；她那么精明，不可能注意不到他们的所作所为，而且她早已跟英国秘密情报局的特工乔治·希尔有过多次接触），穆拉都很喜欢已经开始笼罩这座昔日的大使馆的尔虞我诈、神神秘秘的气氛。生活——这一年开年的时候曾一度显得那么枯燥乏味，那么令人绝望——无论从哪一个方面来说，都在日益变得令人兴奋和满足。

她也许猜到了这样的生活是长不了的。3月2日，已经断断续续在彼得格勒上空飞了一段时间的德军飞机开始投炸弹了。第二天，布尔什维克在这一不可避免的结果前面做出了让步，签署了布列斯特—立陶夫斯克和约，接受了德国的全部条件。3月8日，他们向公众宣布了和约的批准书。列宁遭到了党内极左派的痛斥，骂他是犹大，但他顶住了这场风暴，坚持住了自己的立场。德国已经征服了昔日沙俄帝国西边的大部分附属国。由于被打败的布尔什维克签订了这个和约，俄罗斯丧失了三分之一的人口和领土。其中就有爱沙尼亚，在德国的保护下成了名义上的独立国家。

于是伊凡·冯·本肯多夫如愿以偿地得到了他所渴望的东西——和平、秩序和爱沙尼亚在德国君主制庇护下的一种表面上的自由。爱沙尼亚与俄罗斯的边界砰的一声关闭了。穆拉回不到雁得尔去了，她的孩子们也将与他们的父亲天各一方了。

过了不到两个星期，穆拉又进行了一次告别。为了预防德军入

了一点，她此时可能已经是大名鼎鼎的德国间谍的名声肯定是后来添枝加叶，加到穆拉神话中去的。但并不能就此排除她也许曾经是德国间谍的可能性（虽然这样的可能性不大），不过这一点倒是可以证明（文中所表述的）很多人都相信她是间谍的观点是经不起推敲的。

侵之不测，布尔什维克政府决定迁都莫斯科。除了其战略位置不利，容易遭到攻击之外，他们还发现无论是从城市特点还是空间距离而言，彼得格勒都太靠近欧洲了。莫斯科的亚洲风格更适合于布尔什维克一些。这就意味着洛克哈特的那个小小的使团将不得不舍弃宫廷堤岸路的那座公寓，跟在布尔什维主义后面，搬到四百英里开外的新首都去了。

整个这段时间以来，政治形势——以及洛克哈特的任务——都变得越来越紧张了。劳合·乔治还是一如既往地认为应该与布尔什维克政府保持沟通。可战时内阁却担心德国将俄罗斯彻底拿下进而在太平洋获得一席战略之地。那将是不可想象的事情，所以内阁通过投票，决定照会日本，如果日本希望在西伯利亚干预俄罗斯的话，英国将同意其采取这样的行动。美国也做出了类似的表态。①洛克哈特试图劝说自己的政府支持布尔什维克同德国打游击战。而英国政府不仅没采纳他的意见，反而开始制定他们自己在摩尔曼斯克和阿尔汉格尔斯克侵袭俄罗斯北海岸的计划——表面上是冲着德国对波罗的海东部的影响而去的。德国人还在作战，还在抢夺已经割让给了他们却还未占领的领土。他们似乎极有可能不会止步于约定好的界线，而会继续向前推进。

此外，英国政府也开始考虑采取秘密措施搞垮布尔什维克政权的可能性了。风险有增无减，赌注越来越大，包括穆拉和洛克哈特在内的几个大玩家，马上就要前所未有地深深陷入这一赌局了。

---

① 凯特尔：《协约国与沙俄的崩溃》，第260—261页。

* * *

眼下,他们还跟一切正常、若无其事似的。这个英国使团在彼得格勒的最后一周碰巧跟谢肉节①撞在一起了,谢肉节是俄罗斯东正教的传统节日,是大斋期开始前纵情狂欢,放开肚子大吃大喝的"黄油周"。星期一,穆拉在自己的公寓里张罗了一个小型的午宴。客人是她还留在俄罗斯的四个英国朋友。②

有弗朗西斯·克罗米,依旧英俊潇洒,风度翩翩,只有他一人会继续留在彼得格勒,管理英国在那儿的驻军。克罗米发现生活在布尔什维克治下的俄罗斯经济上有点儿吃紧——一只羊腿就得两英镑,他还对回了国的人抱怨,"还得生活在说出来都没人信的恶劣条件下"。③不过,只要像穆拉那样舍得也能够大把大把花钱的话,生活也还是很舒适的。

---

① 又称送冬节(Maslenitsa),因节日的象征是油煎薄饼(呈金黄色,象征着太阳,表示春天的来临和白昼越来越长),为期一周,故亦称烤薄饼周、黄油周等。是信奉多神教的古斯拉夫人留下的文化遗产,前身为春耕节,东正教传入后改为谢肉节。有点类似咱们中国的"春节"。—译注

② 洛克哈特在《一名不列颠代表的回忆录》第244页中把这个午宴说成是为弗朗西斯·克罗米开的一个生日派对,为克罗米作传的班顿在《为陌生人所敬重的人》第139页中重复了这一说法。但实际上克罗米的生日是1月30日(旧历1月17日)。谢肉节,是在复活节的7周之前,当年的谢肉节是新历1918年3月11日到17日,而这个午宴的举办日期是11日星期一(洛克哈特未出版的1918年3月11日日记)。其实,可能是穆拉在给她自己补过生日(通常是3月6日)。同样可能的是,也许是洛克哈特把"生日"张冠李戴或是记错了。从他的记述中看不出客人中有没有俄罗斯人,但给人的感觉好像是没有。

③ 克罗米:1918年2月1/19日致S·S·霍尔准将函(Cromie, letter to Commodore S. S. Hall),引自琼斯:《英国关系文献汇编》第IV辑,第550页。1918年的两英镑相当于现在的100英镑。

另一位客人是年轻的丹尼斯·贾斯汀,还是和往常一样生气勃勃,兴高采烈——正像他的一个上司所形容的,他就是"好人国里的王子"。① 他已经被洛克哈特亲手挑选为手下成员。就连贾斯提诺百折不挠的性格在这样的压力下也开始磨没了,但他和他那永远充沛的乐观主义还远未到油尽灯枯的程度。他最近还见过声名狼藉、提倡"布尔什维克婚姻"的亚历山德拉·柯伦泰。与其名声相反的是,贾斯提诺认为她是一个"住在一间凌乱、昏暗的公寓里的不起眼的小个子女人,公寓里面挤满了布尔什维克"。他在她狭小的卧室里对她进行了采访:"我跟她讲了我不赞成布尔什维主义的原因,还让她像一个宣传者对另一个宣传者那样,解释了很多事情。"他对她的回答留下了深刻印象,而且还发现她很有魅力。"她人并不漂亮,年纪也不轻了。"他坦言道:"可她还是把我迷倒了。"② 这次见面令彼得格勒的布尔乔亚们大为震惊。一个英国的骑兵上尉跟一个人民委员单独会面——尤其还是跟一个有着如此轰动名声的人民委员——还有比这更荒唐的吗?

这个午宴上的三个军官中的最后一个是希克斯,他很快就会继洛克哈特、克罗米之后成为这个英国使团的第三人。这些人中仅有洛克哈特是个文官,他给每个人作了一首打油诗。克罗米来了一段轻松愉快的致辞,穆拉则上了一轮又一轮传统的谢肉节鱼子酱烤薄

---

① 芬利森将军(Gen. Finlayson)语,转引自德·吕维尼出版社出版的《丹尼斯·诺曼·贾斯汀》,第66页。
② 贾斯汀:1918年2月14日函,转引自沃波尔:《丹尼斯·贾斯汀》,第600—601页。(参见本书第42页脚注。—译注)

饼①，全让他们在把酒言欢诉衷肠，推杯换盏话情谊的过程中，用一杯杯伏特加给送到肚子里去了。②

这是这几个英国"演员"在俄罗斯的告别演出；从此之后，赌注将猛涨，他们得放手一搏才能奉陪了。不等这个夏天结束，出席这次午宴中的两个人就将身亡，而其余三人则将身陷契卡监狱，不知道会不会随时都有可能发现自己站在了一支行刑队前面。

政权机构迁到莫斯科已经开始了。列宁是第一个动的。接下来的那个星期六，3月16日，托洛茨基也跟着搬了。他乘坐的是一趟专列，护送他的是700名拉脱维亚士兵。陪同他的还有他的下属以及贵宾罗伯特·布鲁斯·洛克哈特和威廉·希克斯。他们在途中与他一起用餐，而且他依旧向洛克哈特保证，他是打算打德国人的。他刚刚被任命为陆海军人民委员——或者按照一般的叫法，国防部长——并说除非俄罗斯出战，否则他就不接受这一任命。洛克哈特暂时还是选择了相信他。

* * *

穆拉很孤独。大家都走了，把她丢在了彼得格勒。她身边还有孩子，可那也是持续不了很久的事情。他们待在这座城市里太危险了，穆拉很不情愿地做出了让基拉、帕维尔和塔尼娅去雁得尔并交给伊凡看管的决定。

由于边界关闭而且爱沙尼亚又在德国的控制之下，因而这是一

---

① 原文为blini，是俄语блины的音译（罗马化）。—译注
② 洛克哈特：《一名不列颠代表的回忆录》，第244页。

个冒险之举。孩子们是用一辆快速的三套车①从彼得格勒偷运出去的，三套车在当时仍然是俄罗斯邮政服务的主要运输工具。米姬跟他们同行。她将要面临的危险是最大的，一个英国臣民闯进一个德国控制的国家。穆拉给她准备了一个假护照而且叮嘱她在雁得尔安顿下来之前一个英文单词也不能冒出来。②米姬的俄语一直就不是很好，因此这是一趟危险重重之旅。除了米姬以外，陪着孩子们的还有他们外婆的两只猎狐犬。这座都市的食物严重短缺，扎克列夫斯卡娅夫人养不起它们了。

备足了一天的吃喝，在一个以帮人偷越俄罗斯边境为生的瑞士人的护送下，这一个小小的逃亡团坐上那辆跑邮递的三套车启程了。米姬，虽说胆儿很大，但她还是替孩子们担心。她自己的嘴，她可以管得住，可孩子们打小就是说英语长大的，而且都才那么大点年纪——塔尼娅三岁，帕维尔五岁，基拉七岁——就是千叮咛万嘱咐，叫他们万万不可开口，可谁知道他们会脱口而出，蹦出点儿什么来呢？

经过一段漫长而又疲惫的跋涉之后——地上依然有雪，降低了轮式三套车的速度——他们来到了爱沙尼亚边界。孩子们都没出声，

---

① 原文为 *troika*，是俄语 **тройка** 的音译。原文对这个词的注释为：字面意思为"三"，一种由三匹马拉的交通工具（雪橇或马车）。—译注

② 塔尼娅大略地描述过一番这一旅程（亚历山大：《爱沙尼亚的童年时光》，第5页）。具体日期没有交代，但据说是早春，而且当时地上还有雪。塔尼娅也没有具体说明米姬的护照是从那儿弄来的。很可能是穆拉托她在秘密情报部门的熟人弄来的，另一种可能就是洛克哈特利用了自己与托洛茨基这层关系的影响。塔尼娅暗示这一旅程是在一天之内走完的，考虑到他们乘坐的是一辆马拉车，行程又在200英里以上，因而可能性极小。

然后他们过了边界，没有受到哨兵的盘问。他们终于到了雁得尔，见到了来接他们的伊凡。

在德军的保护下，爱沙尼亚的秩序已经恢复了，本肯多夫一家——伊凡、孩子们以及他们所有的亲属——安心地过上了平静而又安全的生活。可是孩子们现在却陷入了困境。横亘在他们和他们的母亲之间的是敌对国家之间的边境，他们永远也回不去了。

穆拉解释过她留在俄罗斯的原因——她的母亲在这里，腿脚不便，不能远行。但她有一个更急迫得多的原因。现在她甩掉了自己最紧迫的责任，一身轻松，正盼着可以旅行四百英里，到莫斯科去跟洛克哈特相聚的那一刻。

6 激情与阴谋
1918年4月—5月

1918年4月12日，星期五，莫斯科

一名年轻女子脸朝下横在地毯上，周围全是昂贵瓷器的碎片和破裂的香槟酒瓶。华丽的奥布松地毯让酒和一摊摊鲜血给浸透了，客厅光滑如丝的墙上留下了密密麻麻的弹孔。契卡副主席雅科夫·彼得斯使劲将自己的靴子尖伸到女子的腹部下面，将她翻了过来。她让一颗子弹击穿了脖子，而她乱蓬蓬的头发则沾满了一大团紫红色的血块儿。

"妓女。"彼得斯咕哝道，不以为然地耸了耸肩。她并不是殃及了这幢房子和这个地区好几十幢其他房子的这一仗所针对的目标，而只是那帮把莫斯科有钱的精英弃掉的家变成了自己老巢的无政府主义者无意中把她给捎带进去了。但依然不值得谁去关注。

洛克哈特低头看了看这个女子僵硬、斑驳的脸。他估计，充其量也就20岁。他环顾一周，瞅了瞅墙上和天花板上的弹孔，还有看上去像是某种放荡行为所留下的一堆破玩意儿。房子里还横七竖八躺着一些别的尸体，有的手无寸铁，有的则是全副武装。[①]契卡已经

[①] 洛克哈特：《一名不列颠代表的回忆录》，第258—259页。洛克哈特称这栋房子属于一个叫格拉切娃（Gracheva）的人，但没有提供更进一步的信息。房子

开始从反革命的乌合之众手里夺取对新首都的控制权了,而这一次是他们的第一次大规模行动。

这一天对于洛克哈特来说一直是一个不可思议而又令人深感不安的日子,是在莫斯科单调的第一个月里的一个令人震惊同时又令人兴奋的插曲。

在从彼得格勒搬来之后业已过去的几周里,生活已经变成了一连串无休无止的会晤与面谈。他常常不得不强迫自己集中注意力。随着时间日复一日,周复一周地过去,他对穆拉的思念让他越来越分心。她什么时候才会按她所答应的,按他们所计划的来到他身边啊?这样的等待他还能忍耐多久?已经四个星期了。路途遥远,需要许可证,她有她的工作而他也有他的……可是即便如此,这样焦虑的等待还是难以忍耐,影响了他的工作。他已经写过信,拍过电报,告诉过她这些了。她那一封封火速的、撩拨人心的回信,他字斟句酌地读完后都小心翼翼地保存着,如同她的每一封信一样,都会一直保存到他死的那一天。有一次说好了要来的,结果又取消了。后来丹尼斯·贾斯汀去彼得格勒出差后回来带回了一封信和穆拉生病的消息。

"亲爱的洛克哈特。"她在信中写道,依然保持着他们已经养成的拘谨:"还是只是一封信而不是我这个人。具体原因贾斯提诺会加以

的主人可能是玛丽亚·格拉切娃(Maria Gracheva),她是一个艺术收藏家,属于革命后逃离俄罗斯的有钱的流亡者。其藏品(或部分尚存的藏品)被政府没收,最后藏于鲁勉采夫博物院(the Rumantsyev Museum,俄罗斯国立图书馆[旧称列宁图书馆]的前身。——译注)(瑟嫩柯:《19世纪晚期私人收藏品》,第19—21页 [Senenko, *Late 19th Century Private Collections*, pp.19-21])。

解释的。不过我希望你很快就会又见到那件红毛衣，并且把工作做得更多更出色……谨致以诚挚的爱，穆拉·本肯多夫。"①只要一想到这些，就足以让他渴望她。

  与此同时，接二连三的会晤之后，还有更多的会晤在后面等着。其中大部分——与列宁、托洛茨基或其他人民委员的会晤——他得亲自去，洛克哈特将自己的总部设在了精英酒店的一间套房里，酒店很精致但相当低矮，占据了彼得罗夫卡大街边上的一整条岔道。精英酒店是莫斯科为数不多的一家至今还在营业的高档酒店。②似乎莫斯科的每一个人都需要询问、结交或者探一探这个英国代表的口风，或者向他透一点口风——俄罗斯人、英国人、法国人、美国人，以及原沙俄帝国各附属国的代表，为了自身利益或者他的利益，都得跟他说上几句。不是请别人帮忙，就是帮别人的忙，互通情况，交换看法。

  这些都是白天要处理的事情。天黑之后，他就写报告拟电文，亲自做加密和解密工作，因为他手下人手不够。只有一个秘书（涉密的工作一般是不会交给秘书去做的）、洛克哈特本人、希克斯，偶尔还可以算上贾斯汀。在俄罗斯有一批彼此联系不是很紧密的其他英

---

① 穆拉：1918年4月16日函，藏于利利图书馆。这是偶尔用印有休·利奇公司抬头的信笺写的几封信中的一封，这封信的信笺抬头是用西里尔字母（斯拉夫字母）写的"法兰·法兰诺维奇·利奇"（Farran Farranovich Leech）。信中提到的"红毛衣"可能是他留在她那儿的一件衣服；穆拉的信函中偶尔提到过他让她把某次搬家后留下的某样东西带给他的事情。

② 精英酒店（The Elite Hotel，曾先后易名为罗西亚酒店[the Rossiya]和奥罗拉酒店[the Aurora]）即现在的布达佩斯酒店（the Hotel Budapest），位于彼得罗夫斯基林荫道（Ulitsa Petrovskiye Linii），靠近彼得罗夫卡大街（Petrovka Street）。

国人——商人、记者、军人,他们都跟洛克哈特的使命无关,而是有着他们自身的特殊任务,往往是听命于英国政府,但更多的还是劳合·乔治赌桌上五花八门的筹码。洛克哈特对他们的事情不是知之甚少,就是一无所知,然而俄罗斯人却以为这些事情也都是洛克哈特负责的。① 只有几件事情跟他有直接的关系。克罗米与彼得格勒的一些情报人员会定期取得联系,有时候还会见面。当时在彼得格勒和斯摩尔曼斯克设有军事代表团,其任务是不让沙俄时代所留下来的大批英国补给物质落到德国人手里。当时围绕形成一支进攻部队的核心力量这一使命有过旷日持久的密室讨论,洛克哈特对于这个主意是竭力抵制的。他与《曼彻斯特卫报》记者亚瑟·兰瑟姆也有很多交往,兰瑟姆是"一个蓄着海象胡子的堂吉诃德",他对布尔什维克非常友好,是一个很好的情报来源。洛克哈特很喜欢他。

洛克哈特偶尔还会应邀列席在大都会酒店的餐厅召开的中央委员会会议。整个大都会酒店都已经被征用为议会大楼兼布尔什维克代表宿舍,更名为苏维埃第二宫。②

在4月初的一次中央委员会会议上,他首次被介绍给费利克斯·捷尔任斯基,契卡的创始人,首任主席。一个富裕的白俄罗斯家庭出身的瘦长、无可挑剔的恶棍③,流着一嘴灰白的山羊胡,长着

---

① 洛克哈特:《一名不列颠代表的回忆录》,第262—263页。
② 洛克哈特:《一名不列颠代表的回忆录》,第256—257页。洛克哈特将大都会酒店说成是"苏维埃第一宫"('First House of Soviets');事实上,它是"第二宫","第一宫"是原来的国家酒店(National Hotel)。
③ 这些说法有些冤枉捷尔任斯基,他本人并不是一个独裁者,更不残忍好杀。1922年苏联建国,捷尔任斯基削减了契卡的一半成员,改组为国家政治保安总局(克格勃),交由自己的战友接管,自己则更多地投入到了经济建设。虽

一个弯刀鼻。他曾多年遭监禁被流放，但终身都是一个激进主义者，十月革命时曾在布尔什维克党的军队中服役。他获得过列宁的高度评价，而且还因为对凡是有点反革命味道的东西都坚决消灭、毫不留情而出了名。这次会议给洛克哈特留下了深刻的印象。尽管捷尔任斯基有一对忽闪忽闪的眼睛，薄薄的娇巧小嘴想挤出一个硬生生的假笑，但洛克哈特从他身上感受不到一丝的幽默。

陪伴在契卡老板身边的是一个个头较矮，体格粗壮的四十岁左右的男子，一头朝后梳着的浓发下面，有着一对细长、深邃但不怎么幽默的眼睛。经人介绍后，洛克哈特跟他握了握手，但两个人都没说话。这个人名叫约瑟夫·朱加什维利，一个对这名英国代表而言并不熟悉的名字。他料到了这个人不简单，但没太当回事。可是朱加什维利已经在树立一个钢铁般强硬的人物形象了，而且还为自己取了一个革命的化名，斯大林。①

已经为列宁筑起了一道安全网的捷尔任斯基，此时正把眼光投到外面那些针对布尔什维克政府的威胁上。经历了几个月的混乱之后，新政权开始对莫斯科市进行管制了。反革命阴谋家将被铲除，

然1991年苏联解体前夕，他的塑像曾作为"苏联恐怖统治的象征"被推倒，但13年后的2004年9月11日，俄罗斯政府重塑了他的塑像并把它重新树立了起来。——译注

① 常被误译为"钢铁之躯/钢铁男人"('man of steel')，斯大林（Stalin）这个名字没有字面意义完全对应的英译；更接近"斯蒂尔曼"（'Steelman'）或"斯蒂尔森"（'Steelson'），是由俄语的"钢"——stal——与标准的表示姓的后缀"—in"构成的。（斯大林是一个极具争议性的人物，在西方更是一直饱受诟病和指责，但在2008年俄罗斯国家电视台举行的"最伟大的俄罗斯人"的评选活动中，斯大林却高居第三，而列宁才名列第六。——译注）

而在拟清除对象的名单上,无政府主义者高居榜首。他们在头一年里曾被视为布尔什维克的革命同志,但看到布尔什维克放弃他们废除政府的理想而开始建立自己的政府时,这些无政府主义的共产党员便纷纷与之分道扬镳了。这些被迫转入地下的无政府主义者已经演变成一个奇怪而又可怕的怪胎,既大搞政治颠覆活动,又从事刑事犯罪,他们的队伍是一个由退伍士兵、激进学生和犯罪分子拼凑起来的大杂烩。他们的头目们试图否认其犯罪成分,但布尔什维克政府认定这些无政府主义者过去可能也算是盟友,但现在已经变成反革命的歹徒,必须除掉。契卡打响了一场清除他们的战役。

对他们的第一次大举进攻是4月12日开始的。导火索是几天之前的一起事件,身份与洛克哈特相当的美国人雷蒙德·罗宾斯的一辆汽车被盗了,据称是无政府主义者所为。①那天上午一大早,一千多名契卡队员对26个确认为无政府主义者据点的地方发起了攻击,其中大部分据点设在富裕的商人原来所居住的莫斯科西区的波瓦尔斯卡娅街上的豪宅里。无政府主义者装备精良,枪战持续了好几个小时,逐门逐户,每一个房间都未放过。好几十个无政府主义者被当场击毙,②另有25个被契卡成员当即处决。③五百多人被活捉带走。

下午,捷尔任斯基派了一辆车来接罗宾斯和洛克哈特,同时安排他的副手雅科夫·彼得斯带领他们参观了突击现场。

① 阿乌里奇:《俄罗斯无政府主义者》,第184页(Avrich, *The Russian Anarchists*, p.184)
② 洛克哈特(《一名不列颠代表的回忆录》第258页)给出的被击毙的数字是"一百多人",但阿乌里奇(《俄罗斯无政府主义者》第184页)称40人被击毙或受伤。洛克哈特所看到的尸体有些可能是契卡成员的。
③ 沃斯:《一个与民为敌的政府》,第64页(Werth, *A State Against Its People*, p.64)。

彼得斯是一个令人难忘的人物。他是拉脱维亚人，是一个狂热的革命者。他曾流亡英国若干年，而且曾因参与围攻西德尼街于1911年在伦敦中央刑事法院受到审判，那场围攻事件中有三名警察被一帮激进分子开枪打死。彼得斯被判无罪，并于1917年回到俄罗斯参加了革命。他有一张宽宽的圆脸，鼻子朝天，嘴巴朝地，形似镰刀，眼神犀利，目光如炬。作为一名契卡成员，他铁面无私，冷酷无情。如果需要，他会无所顾忌地充当酷吏甚至刽子手，但他并不以此为乐。国家安全才是最重要的，和捷尔任斯基一样，他也认为恐怖统治才是求得国家安全的最有效的途径。①

不过他也有文明的一面，而且说起话来轻言细语。那一年晚些时候，洛克哈特将被迫对雅科夫·彼得斯有更深入的了解，尽管他听说过这个人的一切，尽管他草菅人命，让那么多人遭到严刑拷打或者掉了脑袋，而且他本人也在他手上受了尽了折磨，但洛克哈特还是发现难以讨厌他。

彼得斯对英国人和美国人有好感，非常喜欢洛克哈特和罗宾斯。他似乎很高兴带他们沿着波瓦尔斯卡娅街挨家逐户地走一遍，向他们展示契卡无情处理反革命的成果——那些尸体和攻击所造成的满目疮痍。洛克哈特对死难者和受惩罚者无法产生多大的同情，他

---

① 迪肯：《俄罗斯情报工作史》，第168页（Deacon, *History of the Russian Secret Service*, p168）；莱格特：《契卡》，第118—119页（Leggett, *The Cheka*, pp.118-119）。1918年11月在接受一份莫斯科报纸的采访时，彼得斯坚称："我并不像人们所说的那样残忍好杀"（转引自沃斯：《一个与民为敌的政府》，第75页）。彼得斯的姓有时英译作Peterss，而他的名字在英语则有Yakov, Iacob或Jan.几种不同译法。

们把这里搞得脏兮兮的,还有他们所住过的那些奢华、舒适的房子里——到处都脏乎乎的,油画全划破了,地毯上全是粪便——让他感到恶心。①这个地区曾经是他担任领事时住过的地方。他和他的妻子琼所住的一套公寓距这个地方只有一街之隔。这些被弄得脏兮兮、糟蹋得不成样子的房子原来的主人,都是他的邻居和熟人。

可是格拉切娃家客厅中那个被击毙的女人却不一样。不管是不是妓女,她还很年轻,而且可能还有些少不更事。彼得斯冷冷地说了句,她死了是最好的事情,但他的意思是说因为她是一个妓女还是仅仅因为她不是一个很漂亮的女子,他并没说清楚。②

这是一个会永远留在洛克哈特记忆里的日子。它证明了一点——布尔什维克虽然在是战是和的问题上举棋不定、优柔寡断,但在控制他们的城市的问题上,却完全毫不手软,铁拳出击。他们还可能创造出一个强大的国家。

*　*　*

1918 年 4 月 21 日,星期天

俄罗斯又披上了绿装。冰雪已经消融,透过车窗,枝头的嫩芽新叶在眼前飞速掠过。

穆拉在彼得格勒窝得太久了,这么久之后再挪挪窝儿都不习惯了。上一年这个时候她去了雁得尔,期望那股革命的疯狂劲儿会过

---

① 洛克哈特:《一名不列颠代表的回忆录》,第 258—259 页
② 洛克哈特似乎是在暗示他的意思是前者,但考虑到妓女在彼得格勒和莫斯科的契卡总部里面生意都很红火(费吉兹:《一个民族的悲剧》,第 683—684 页),因而彼得斯持这种看法的可能性似乎不大。

去，世界可以重新安定下来。现在雁得尔已经被隔绝了，世界又重新陷入了无可救药的疯狂状态。她不知道还能不能再见到自己的孩子。穆拉愿意承认自己没有太多的母性本能，但在她自己想来，她还是爱自己的孩子的。不过她爱他们是否爱到了可以牺牲自己的程度，这还有待检验。①

到莫斯科路程很长，要一天一夜的时间，让她想起了小时候回贝里欧佐瓦亚鲁德卡家庭庄园的那一趟漫长的旅程。有差不多到莫斯科两倍远——约有八百英里——而且自打她父亲去世后，老家那一头就毫无乐趣可言了。眼下的情况，从哪方面来讲，都大不一样。每走一英里，距离她终于要见到洛克哈特的那一刻就又近了一步。

列车缓缓地驶过莫斯科北郊时，穆拉的心跳加速了。火车吐着一团蒸汽与烟雾在尼古拉耶夫斯基车站②刚一停稳，她就拎起手提箱，正了正裙子，走下了站台。在一旁殷勤帮她的是乔治·勒·佩吉中校，一个坐同一趟火车来的体型健壮、留着一嘴大胡子，为人和蔼可亲的海军军官。勒·佩吉是根西岛人，弗朗西斯·克罗米代表团的成员，他是有急事找洛克哈特来莫斯科的。

英国或俄罗斯海军方面的情况不是很顺利。克罗米——穆拉管他叫老克——过去两周都很郁闷，因为最终还是不得不把自己心爱的潜艇舰队给炸掉了。4月初，确认了德国要派一支部队去控

---

① 穆拉：致洛克哈特函，藏于胡佛研究所档案馆。未署明日期：大概是1918年6月（穆拉1918年10月之前写给洛克哈特的28封信中大多数都没署日期，这些信的时间顺序都从内容和前后联系来理清。她信中经常提到当时所发生的事情，这对日期的确定很有帮助）。

② 现在的圣彼得堡车站。

制芬兰的局势,那里红军与白军的芬兰和俄罗斯部队之间的冲突仍在噼里啪啦地进行。自雷瓦尔撤退之后依然还躲在赫尔辛弗斯皇家海军舰队处在了受威胁的境地。由于没有操作人员,所以没法调动这支舰队。克罗米4月3日专程赶到了赫尔辛弗斯。那里赞助过德国入侵的商界人士给他出50,000英镑,请他阻止俄罗斯红军舰队干预德军登陆。克罗米要是个见钱眼开之辈的话,那他早就成了大富翁了——就在前不多时反布尔什维克的俄罗斯白军卫队还开出了五百万的大价钱,让他把这支舰队转手给他们。①

不管这些潜艇在公开市场上值多少钱,对于德国人来说都是无价之宝。克罗米命令他的二把手唐尼上尉炸掉了舰队。在接下来的五天多时间里,在这支德国小分队登陆并逼近赫尔辛弗斯时,这些潜艇被拖到了浮冰中,装上炸药后引爆了。每过几分钟就有一艘潜艇在一声巨大的爆炸声中沉没,海水便冲进被破坏了的船体并将巨型电池摧毁。②克罗米继续留在赫尔辛弗斯,执行凿沉三艘英国商船的任务。③接连数日"集工程师、司炉工、甲板水手和船长数职于一身的辛苦劳动"累得筋疲力尽之后,他"带着一群无用的军官于千钧一发之际"在他白军朋友们的帮助下"离开了赫尔辛弗斯"。④潜艇的

---

① 克罗米:1918年4月致S·S·霍尔准将函,引自琼斯:《英国关系文献汇编》,第Ⅳ辑,第550—551页。
② 唐尼报告(Downie report),转引自班顿:《为陌生人所敬重的人》,第214—215页。
③ 班顿:《为陌生人所敬重的人》,第220—223页。
④ 克罗米:1918年4月致威廉·雷金纳德·霍尔(W. R. Hall)上将函,引自琼斯:《英国关系文献汇编》,第Ⅳ辑,第551—552页。

损失令他非常心烦意乱，觉得为此自己永远也不会原谅那些芬兰白军。①舰艇沉没后，克罗米上校的最后一点海军角色也就荡然无存了，从此往后，他完完全全是一名外交官兼特工了。

这一切，每天都在英国驻彼得格勒代表处工作的穆拉，全都看得清清楚楚。阴谋令她感到很刺激，而且她一直就渴望得到情报。她这种爱刨根问底的好奇心部分源自于一种了解自己故国的情况和未来可能会如何的需要，但感觉自己在改变世界的事件中也起了一份作用也是很令人兴奋的。②她的这种兴趣已经引起了人们的注意，英国代表团中一两个成员就很担心她与洛克哈特之间的友谊——"得提醒洛克哈特注意本肯多夫有没有可疑之处。"其中一人写道。③但穆拉从来没有给他们留下任何值得怀疑的把柄，因而也就允许她继续工作了。

她和勒·佩吉叫了一辆出租去彼得罗夫卡大街。穆拉不太熟悉这座城市，于是好奇地打量着所经过的每一条街道。比起彼得格勒来，它的欧洲色彩要淡一些——有更多的洋葱形的尖顶和低矮的亚洲风格的拱门，帕拉第奥风格的立面要稍少一些——但总体说来区别不是很大。不过她很快就会发现，气氛正在起变化，变得越来越受到控制了，激进的异见分子少了，犯罪少了，而且还有一种紧张

---

① 克罗米：1918年4月致S·S·霍尔准将函，引自琼斯：《英国关系文献汇编》，第IV辑，第550—551页。
② 穆拉对小道消息、情报和政治的痴迷从她1918年到20世纪20年代早期的许多信件中都能看出来。
③ A·E·莱辛：1918年3月7日发给凯斯上校的电报附言（A. E. Lessing, Addendum to telegram to Col Keyes）转引自凯特尔：《干预之路》，第3页。

的恐怖气氛。

这就是莫斯科了。穆拉不知道自己会不会喜欢这座城市。和彼得格勒比起来,这个地方就像是另一个国家。她不知道它是不是已经让洛克哈特变了个人,也不知道这么多周的焦急等待之后见到他时,自己对他会是怎样的一种感觉。

* * *

自袭击无政府主义者后,已过去了一周的时间,洛克哈特的工作负担没有显出减轻的迹象。他还得继续一个人应付几乎这一整摊子的事儿。

到了莫斯科之后没几天,希克斯上尉就不在他身边了。洛克哈特派他去了西伯利亚,因为有报告说一支德国部队开小差了,这支部队是由战俘构成的,由布尔什维克提供武装,听从布尔什维克调遣。于是希克斯就奉命前去调查了。报告来自秘密情报局,报告内容遭到了托洛茨基的断然否认,他还愉快地为调查送上了自己的祝福。希克斯此时已经去了一个多月了,足迹踏遍了整个西伯利亚,与一名美国红十字会的军官一道造访了所有的战俘集中营。但一个有武装的德国人也没找到。①洛克哈特把这出闹剧的屎盆子放到了其政敌外务大臣亚瑟·贝尔福极其可笑决策的门口——"只有上帝知道我们在搞什么名堂。"他在日记中酸溜溜地写道:"可话又说回来,一个74岁的外务大臣,我们也不能做太大的指望。"②

---

① 洛克哈特:《一名不列颠代表的回忆录》,第251—252页。
② 洛克哈特:1918年3月19日日记,《日记》,第34—35页。贝尔福(Balfour,

现在希克斯说不定哪天就回来了,洛克哈特见到他会非常高兴。"希基"已经成了不可或缺的同事和朋友了。他也是一个密码高手。

与此同时还有工作。星期天上午完全让在精英酒店他房间的各种会见给占去了。这是再正常不过的事情。不寻常的是压抑的兴奋之情让他皮肤下面有一种针扎一般的刺痛感。10点钟,从彼得格勒远道而来的勒·佩吉到了。① 各方面都在担心俄罗斯的黑海舰队,随时都有可能成为在乌克兰作战的德军的囊中之物。英国担忧的原因很明显,而布尔什维克则对水兵们是否忠诚没有把握。② 勒·佩吉革命之前曾在这支舰队服役,对它的情况很了解。他需要听一听洛克哈特对于政治形势的看法,也需要通过他与托洛茨基取得联系(尽管俄罗斯依然未能与德国重开战火,但托洛茨基出任了国防委员这一职务)。

从彼得格勒还传来了其他令人忧心的消息。麦卡尔平少校,负责疏散物质的军事代表团的一名成员,他把自己当作俄罗斯局势的专家,向伦敦打报告,批评洛克哈特"盲目支持"布尔什维克政府的政策。③ 而且捣乱的还不止麦卡尔平一人,好几名军官(好在克罗米和贾斯汀依然忠诚)也在跟他唱反调。"简直就是一群愚蠢的白痴,"洛克哈特在日记中尖刻地评论道。④ 可是由于和平的持续和一名德国

出生于1848年)当时实际上只有69岁。
① 洛克哈特:未公开出版的1918年4月21日日记——《一名不列颠代表的回忆录》,第269页。
② 凯特尔:《干预之路》,第16—17页。
③ 4月18日内阁会议记录,转引自凯特尔:《干预之路》,第68—69页。
④ 洛克哈特:未公开出版的1918年4月21日日记。

大使即将到访莫斯科,要反对布尔什维克不可信赖的观点变得越来越难了。①

洛克哈特拿出了很长时间与勒·佩吉交谈,可他心里面却不耐烦得很。他只对跟勒·佩吉一起来的那位客人感兴趣。接到贾斯汀上周带回来的令人大失所望的信之后,洛克哈特又接到了一封令他很兴奋的便函,写在从一个便携记事簿上撕下来的一张纸上,字迹仓促潦草:"亲爱的洛克哈特,只能在办公室中匆忙地写上几句告诉你我好些了……盼复并在星期天前后给我在精英酒店订一个房间。谨致以诚挚的爱,穆拉·布——"②

勒·佩吉走后,还有几个人要会见。还有完没完啦?会见一个接一个进行。穆拉在这里,就在这幢大楼里,而他却迟迟不能与她相见。最后一位客人握完手,被领出门时已是将近下午一点了。洛克哈特在镜子前面停了一会儿,调整了一下领带,把头发朝后拢了拢,然后冲到了楼梯口。他打起精神,冷静地下楼来到了下面一层,这一层留有一间套房作为代表团的起居室兼餐厅。他在门外停了一下,吸了一口气,然后进去了。

---

① 在《一名不列颠代表的回忆录》第263页中,洛克哈特只是称赞麦卡尔平(McAlpine)少校是("一个有着一流智慧的人")并且暗示他们两人在反对协约国对俄罗斯进行军事干预的问题上看法是一致的。然而,他确实提到了麦卡尔平与不理解自己的政策并"阴谋反对我"的军官有联系。事实上,麦卡尔平在干预问题上的观点似乎和所有其他人一样,一直是糊里糊涂和不明确的。(例见凯特尔:《干预之路》,第99—100页)

② 穆拉:致洛克哈特函,藏于胡佛研究所档案馆。未署明日期,大概是1918年4月16日到20日之间(穆拉1918年10月之前写给洛克哈特的28封信中大多数都没署日期,这些信的时间顺序得从内容和前后联系来理清)。

正午，春天明媚的阳光把房间照得亮堂堂的。站在窗户边上，顶着一头乌黑靓丽的波浪形头发的，正是穆拉。洛克哈特停顿了片刻，然后静静地朝她走了过去，激动得都说不出话来了。当那双眼睛转过来看着他，露出了那样的一笑时，他知道两人之间将发生一种非比寻常的关系，他遇到了一个自己永远也不会放手的女人。"有一种东西已经走进了我的生命。"他回忆道："这种东西比其他任何联系都要牢固，比生命本身都要持久。"①

从这一刻起，将再也不用装样子了，再也不用偷吻了，再也不用拘礼了。对于洛克哈特而言，这将是一次充满激情的冒险；对于穆拉而言，这将是努力接受他在自己内心唤起的情感的开端。

* * *

那天晚上他们去莫斯科大剧院看了一场芭蕾舞剧，演出的是《葛蓓莉亚》。②洛克哈特曾来过这座剧院一次，当时他坐在一个包厢里，观看过克伦斯基那场以其三寸不烂之舌令一名贵族听众如痴如狂的演讲。(他哪能想到此刻坐在自己身边的这个女人曾经做过几天克伦斯基的情妇。)《葛蓓莉亚》较之于克伦斯基的演讲而言，要平静多了。包厢里坐的已不再是贵族，而是布尔什维克的高官了，但芭蕾舞剧并没变，还和从前一模一样，因而把发生过革命这件事都给忘了也不是没有可能。③

---

① 洛克哈特:《一名不列颠代表的回忆录》，第269页。
② 洛克哈特：未公开出版的1918年4月21日日记。
③ 洛克哈特:《一名不列颠代表的回忆录》，第260页。

洛克哈特清不清楚这个芭蕾舞剧主题中的讽刺意味——如果清楚的话，那么他是否认为弗朗兹就是自己的写照，痴迷的也是一个自己想象中的鲜活女人，或者说他知不知道有一个葛白留斯博士在幕后拽着线扯来扯去——对此，他从来没有留下任何记录。他对穆拉的爱是全心全意的。就穆拉来说，她依然不是很清楚该如何处理自己的感情。她不是一个爱过某人的女人，在这方面一点也不比葛蓓莉亚强多少。或者至少，直到现在为止还不是。回首这段时间时，她才逐渐相信自己要醒来了，要活起来了。

他们恍若回到了革命前的时代，随着大幕落下，管弦乐队奏起的是《国际歌》而不是《天佑吾皇》，才打破了这种错觉。

走出剧院，洛克哈特和穆拉在春寒料峭的夜幕下，径直回到了精英酒店。城市管紧了，也没有别的地方可去了。在莫斯科的头几周里，洛克哈特、丹尼斯·贾斯汀和前来参观的秘密情报局特工乔治·希尔曾去过一家非法的夜总会，名字取得倒挺恰当，叫"泼得颇来"[①]，位于猎人商铺下面的一间地下室，猎人商铺是连接莫斯科大剧院和红场的一条街，距离克里姆林宫只有一个街区。在这地下世界，可以喝香槟，一群有钱的反布尔什维克的听众在那儿听演员、作曲家兼电影明星亚历山大·维经斯基[②]演唱激进、颓废的歌曲，他在自己演唱艺术里融进了吉卜赛音乐，这种音乐洛克哈特觉得有一种不

[①] 此处原文为Podpolye，是俄语Подполье的音译（罗马化），字面意思为"地下/秘密/非法的"。——译注

[②] 曾来华帮助创立中国共产党，是共产国际内的"中国通"。在华期间化名吴廷康，笔名魏琴、卫金等。中共建党90周年献礼片《建党伟业》就有他的身影，其扮演者是海豚音王子维塔斯（Витас）。——译注

可抗拒的美感。维经斯基忧郁的演唱风格在意志消沉、充满绝望的听众内心深处产生了强烈的共鸣。一天夜间，"泼得颇来"夜总会遭到了一帮强盗的袭击——这帮强盗过去是沙俄军队的军官，现在落草为寇了。他们在把从客人手上抢来的钱和手表塞满自己的口袋时，注意到了希尔和贾斯汀身上的制服，不打算拿走他们的东西——"我们不抢英国人的东西，"强盗头子对洛克哈特说完，还为自己的国家陷入了这种境地而代表国家道了歉。①

现在夜总会已经绝迹了。布尔什维克政府已经把它们视为犯罪行为而取缔了，清剿无政府主义者的大整肃行动也把这座城市的地下夜生活给清除掉了。

《葛蓓莉亚》的音乐还在脑中回荡，洛克哈特和穆拉就已经回到了精英酒店。由于希克斯还没回来，所以这间套房的每一间屋子，洛克哈特都可以一人享用。他本来已经给穆拉预订了一间房的，但她并不是特别急于回房就寝。在接下去的一周里，她的那间房注定不会怎么用。

* * *

---

① 洛克哈特：《一名不列颠代表的回忆录》，第261—262页。很巧的是，猎人商行（Okhotny Ryad）1935年变成了一个莫斯科地铁站的站点，后来依然是一家地下商场。亚历山大·维经斯基（Alexander Vertinsky）是俄罗斯20世纪初的一个大明星。（斯蒂茨：《俄罗斯大众文化》，第14—15页 [Stites, *Russian Popular Culture*, pp.14-15]）。据称他后来是一名苏联间谍。

他为她作了诗,就像当年为他的马来亚公主一样。穆拉为此心花怒放。晚上他们又多次出去看芭蕾和郊游。洛克哈特有一辆汽车可随意使用,他充分利用了这辆车。春天来了,最喜欢的去处就是位于阿尔汉格尔斯克庄园的那座废弃的宫殿,距莫斯科以西只有几英里。从前是尤苏波夫亲王家族的乡间庄园,是一处世外桃源,一座玲珑别致的宫殿建在一片林地之中,这片林地位于莫斯科河的一段弯道上。虽然庄园的土地已经让农民给瓜分了,但房子却没人碰,这也算是奇迹了。没有遭到抢劫,也没有人擅自占住,就一座雅致的桃色宫殿,里面没住人,却塞满了价值连城的家具和艺术品。当时的莫斯科几乎没人有车,因此可以在这个地方安安静静地独享这段短暂的春光。①

到那周结束时,洛克哈特和穆拉已经越过了那道界线,浪漫的调情变成了身体上的结合,并把一切都抛之脑后了。他们已经成了情人。

* * *

我亲爱的……

穆拉停下来想了想,笔悬停在信笺上方。她该怎么称呼他呢?当然,现在不能称"洛克哈特"了。可他从来没有别的名字啊。她犹豫不决地划拉出了一行,末尾写上了……**洛基**。她笑了。

她在莫斯科待了一周之后,已回到了彼得格勒自己的公寓,依

---

① 洛克哈特:《一名不列颠代表的回忆录》,第260—261页。

然想弄清究竟是怎么回事。①她甚至对信中该用什么样的语气合适都拿不定主意。"匆匆提笔告诉你,我非常非常地想念你……我在莫斯科的一周,太谢谢你了。你不知道我这一周过得有多愉快。"

真是不可救药了——她是在给自己婆家本肯多夫家某个人写信吗?还是在向那个给了她最大兴奋,她刚刚敞开自己,将其身体迎进自己身体的男人诉说衷肠?

"这一切都很愚昧。"她不耐烦地继续写道:"像我这样的性格居然还要隐藏真实的感受。不过你清楚,我非常非常喜欢你,不然所发生的一切就不会发生了。"

可他们之间到底发生了什么呢?她为什么依然想不明白他们之间究竟是怎样的一种感情呢?她继续写道,一会儿是以朋友的身份,一会儿又变成了情人的口气。她信誓旦旦地答应和他保持"一种对一个'喜欢俄罗斯,有一个了不起的头脑和一颗善良的心'的男人的深厚、伟大的友谊"。她恳请他"别把我与其余的人归为一类,好吗?别把我与那些不拿你当回事和你不拿人家当回事的人归为一类——而是给我留下一点点单独的空间,我会长时间待在里面……"

意思还是没有恰到好处地表达出来。她就像一名试图驾驭一首难以上口的新歌的歌手,完全跑调了。

穆拉把感情撇到一边,又回到了她的第一本能——好奇上。她提到了各种谣传,说什么德国人侵迫在眉睫了,彼得格勒将无力抵

---

① 洛克哈特在回忆中称,穆拉在他们于莫斯科重逢后"将再也不会离开",是一种比喻说法而不能从字面上去理解,意思是说正是那次相遇,他们的关系才进入了一个新的、牢不可破的阶段。

抗。洛克哈特清楚德国会不会来吗?

磕巴了一会儿之后,她又恢复了轻松的语调,找回了自己所习惯的声音,对所有朋友都采用的那个腔调。"我希望能够于复活节那一周的某个时间过来。①我非常期待……好了——再见——或者再会②。请多保重。告诉我该给你带点什么过来,帽子我可没法带哟,你没给我钥匙。"

信末的落款是:"献上穆拉的爱和吻"。③

还要过上一段时间,她才能找到唱好这首不熟悉的歌的窍门,才知道如何表达自己的感受。而就感情本身而言,她将永远也不会驾驭得很好,或者说不能充分理解。

* * *

在穆拉与洛克哈特越来越如胶似漆时,他们两国之间的紧张关系正开始走向破裂。

4月23日,也是穆拉在莫斯科待的第二个一整天,这一天,德国新任驻俄大使威廉·冯·米尔巴赫伯爵抵达了莫斯科就任。洛克哈特听说布尔什维克要为米尔巴赫及其工作人员在精英酒店征用40间屋子——多数跟洛克哈特的房间在同一层后,感到怒不可遏。"他气得脸都煞白了"(没准是身边的穆拉诱发的强烈感情所致也未可

---

① 1918年俄罗斯的复活节是5月5日开始的。
② 此处原文为法文 au—revoir。——译注
③ 穆拉:致洛克哈特函,藏于胡佛研究所档案馆。未署明日期:大概在4月28日到30日之间。

知），去找托洛茨基的副手契切林发了一通牢骚。洛克哈特从契切林那儿得到了一堆道歉但并不满意，于是又联系托洛茨基本人，硬是让人把他从人民委员的一个会议上拽出来接了电话，并且威胁说如果米尔巴赫不搬出精英酒店的话，他就终止自己的使命，离开莫斯科。托洛茨基做出了让步，伯爵及其手下被重新安置到了一家档次低一点的酒店。①

就眼下而言，英国在外交上比德国还是占一点优势。第一次官方接见米尔巴赫的是一名副手而不是列宁本人，而且会见的基调是"带点酸味的彬彬有礼"。②与此同时，洛克哈特电告伦敦，说布尔什维克愿意接受英国拟借道俄罗斯领土，让其军队接近德国东部前线的所有提议。一支协约国军队可以经由北边的阿尔汉格尔斯克进入，或者经由西伯利亚从西边进入。只有几个症结有待解决。③闲暇时，洛克哈特沉浸在穆拉所带来的欢乐中，上班时间，他则一方面与托洛茨基谈判，一方面也和白厅交涉。他和贾斯汀拟出了一系列供英国政府考虑的建议，包括在布尔什维克如托洛茨基所表示的那样，对协约国借道俄罗斯进行军事远征开方便之门的前提下，与布尔什维克公开交往的可能性。洛克哈特和贾斯汀似乎找到了解决办

---

① 洛克哈特：《一名不列颠代表的回忆录》，第267—268页。洛克哈特将这次胜利归功于托洛茨基的秘书叶甫根尼娅·谢利皮娜（Evgenia Shelepina），她后来嫁给了洛克哈特的朋友亚瑟·兰瑟姆（Arthur Ransome）。他还了她这个人情，利用自己的职务之便为她提供了一份非法的英国护照，使她得以与兰瑟姆离开俄罗斯。

② 洛克哈特：《一名不列颠代表的回忆录》，第268页。

③ 凯特尔：《干预之路》，第71—72页。

法，甚至连外务大臣贝尔福也开始转而同意这一观点了。①

洛克哈特没有公开承认的是，他开始对自己奉行的亲布尔什维克政策失去信心了。米尔巴赫的到来使他产生了动摇，而且他知道秘密情报局正密谋强行解决这一问题。洛克哈特通过自己在情报部门的关系，已经注意到了俄罗斯存在着一群反布尔什维克分子，领头的是鲍里斯·萨文科夫，原克伦斯基政府的国防部长，他们正在策划一场政变。

尽管洛克哈特后来矢口否认，但他的确与萨文科夫有过联系，而且了解他的计划。②政变的时间定在5月1日。英国外交部对萨文科夫非常提防（他在沙皇时期曾经是一名反政府的恐怖分子），但是英国情报部门却在暗中计划支持其政变，而且一直在资助他。如果政变成功，洛克哈特的任务就会前功尽弃，化为乌有。

可5月1日这天到来时，萨文科夫的政变并未实现。契卡已经得到了消息，因此组织者被迫把政变的时间推迟了。相反，五一劳动节这一天，莫斯科在红场举行了首次红军的胜利游行。③

究竟是谁把这场政变的消息捅给了布尔什维克，始终都没搞清楚。或许是萨文科夫曾试图收买的某个列宁拉脱维亚"近卫军"中的指挥官。在这件事情上，德国人消息似乎特别灵通，这起未遂政变

---

① 斯温：《俄罗斯内战探源》，第139—141页（Swain, *Origins of the Russian Civil War*, pp.139-141）；凯特尔：《干预之路》，第66—67页。

② 洛克哈特：1918年4月21日发给贝尔福（Balfour）的电报，转引自朗：《寻踪西德尼·赖利》，第1227页（Long, 'Searching for Sidney Reilly', p.1227）。洛克哈特在其回忆录中，没有提及1918年初与反布尔什维克分子的接触。他发给贝尔福电报的日期与穆拉和勒·佩吉到达莫斯科的日期正好吻合。

③ 凯特尔：《干预之路》，第83页；亦见莱格特：《契卡》，第280页。

第一部 藐视一切习俗
1916—1918

的消息就是他们的新闻社发布出来的。

有一个人事先就知道这件事,这个人就是穆拉。她在莫斯科逗留期间就跟洛克哈特说起过,而且回家后又在给他的那封磕磕巴巴的信中提到了这事儿——"1日这一天什么样的事情都有可能发生,"她忧心忡忡地写道,显然是在担心一起反布尔什维克起义可能会导致德国入侵。① 大约就是在这个时候,英国驻彼得格勒代表团的一到两名成员——当然,没有一个是她朋友圈里的人——对本肯多夫夫人的可信度又开始产生怀疑了。不过什么行动也没有采取,她依旧做她所做的工作。几乎所有的英国官员都信任她,而且英国外交部对她的评价是可以信赖。尽管英国海军情报部门的负责人对用俄罗斯女人作办事员深感震惊(是从克罗米口中听说此事的),并建议马上停止这一做法,但外交部的意思却是这条禁令应只适用于"本肯多夫夫人之外的其他女士"。②

无论走漏消息的人是谁,政变流产后,鲍里斯·萨文科夫躲过了抓捕,并继续密谋。此时还有一个人逃离了彼得格勒,这个人就是金融家、秘密情报局特工兼穆拉的大老板休·利奇。他不仅帮着

---

① 穆拉:致洛克哈特函,藏于胡佛研究所档案馆。未署明日期大概在1918年4月28日至30日之间。不是完全清楚她是担心德国入侵还是在预测英国人可能会进攻,但她信中的语气很焦急,因此很可能是前者。

② 雷金纳德·霍尔(Reginald Hall)上将的建议及所附注释,外交部文件[外字] 371/3332号,编号为91788,第155—158页(Foreign Office document FO 371/3332, file 91788, 155-158),转引自林恩:《影子情人》,第192—193页(Lynn, *Shadow Lovers*, pp.192-193)。奇怪的是,林恩把这一点视为穆拉不受英国信任的证据。文件上的注释称"我不知道除了本肯多夫夫人外还有其他女士。我想应该提醒我们所有的代表团不要雇佣她们"。这句话的意思很清楚,其中的"她们"指的是"其他女士"。

给那些反布尔什维克阴谋家筹措资金,还因为一些见不得人的金融交易而失去了他们的信任。此外,契卡也在追踪他。他的名字是怎么引起了契卡的注意的也是一个不解之谜。也许是心灰意冷的白军反抗分子,也许是英国代表团内部的某个人……利奇蓄起了胡子,在皇村躲了一阵子,然后逃到了摩尔曼斯克,寻求英国军事代表团的庇护。①

就在英国在俄罗斯的种种活动眼看着要化为泡影之时,由米尔巴赫在前面打头阵的德国人充分利用了萨文科夫的未遂政变,瞅准了离间英国与布尔什维克的可能性,牢牢地把握住了他们在俄罗斯的控股权。欧洲战场开辟了一条新的战线——战壕就在莫斯科,而米尔巴赫和洛克哈特就是针锋相对的战士。这是一场火药味十足的较量,双方都力求保持军人的本色,必将以一方战死而告终。

---

① 凯特尔:《干预之路》,第83页。

7 老对头，怪盟友
1918年5月—6月

他们的生活就是八个字：急不可耐、焦虑不安。穆拉在彼得格勒，洛克哈特在莫斯科，都在为了他们下一次的相聚而活。书信和电报在他们之间飞来飞去，趁着开会和听汇报之间的几分钟，也要匆匆地写上几句问候之语；漫漫长夜里，便左思右想，琢磨信该如何写。他们的关系仍然叫人吃不透——远远超出了一般的亲密关系，进入了痴迷的境界，但依然不是穆拉能给它取个恰当名字的东西。他已经变成了"洛基"，她给他的是吻而不是她的朋友们所收到的"诚挚的爱"了，可她仍然还在努力理清自己的感情。她深深地喜欢上了他，而且还谈到了一种特别的友情，但"爱"这个已经从她的问候语中消失了的字，还没有以一种更有意义的形式出现。

她只是不太清楚自己对这个英国情人究竟是怎样的感觉，但她很清楚她是想跟他在一起的。

五月份他们有了一个再次见面的机会，而且愉快地抓住了这个机会。秘密情报局驻彼得格勒办事处负责人厄内斯特·博伊斯中校将要南下莫斯科去会会洛克哈特。穆拉抓住了与他同行的机会，[①]5月

[①] 穆拉：致洛克哈特函，藏于胡佛研究所档案馆。未署明日期，大概在洛克哈

9日，星期四，距他们上次见面两个焦虑不安的星期之后，她登上了火车。她的老朋友米丽亚姆与她同行。

也许，对于以拿洛克哈特为自己的情人为突破口让自己涉身其中的事情，穆拉有一个精明的主意，也许这一主意影响到了她的感情——让她更加心惊肉跳，令她更加兴奋，同时又增强了她的自我价值感。无论她怀疑过没有，这列急速驶往莫斯科的火车将要把她带到她人生中的最高峰。从这一刻起，轰轰烈烈的感情与身寄虎吻的危险，将如影随形地伴随她身边。

她与洛克哈特在莫斯科再次相会时，重新点燃的激情标志着他们的关系、还有她的人生开始进入了一个新的阶段。她开始学会了如何去爱。

* * *

洛克哈特已经在心急如焚地等待那列发自彼得格勒的火车的到来了。他迫不及待地想见到穆拉——情绪上的激动和身体上的渴望——只是一部分原因。莫斯科的事态眼看就要出现危机了，差不多每天都会有一个新的令人不安的意外发生。他急不可待地想见到博伊斯，他已经于两天前以居高临下的口气命其前来对一名新的英国特工突然来到了俄罗斯做出解释。①

那周早些时候，洛克哈特从布尔什维克政府外交部的一名成员口中得知一个自称"赖利"的英国人出现在克里姆林宫门口，说自己

特下令博伊斯来莫斯科的5月7日到约定动身的5月9日之间。

① 洛克哈特：《一名不列颠代表的回忆录》，第276页。

是劳合·乔治的特使、要求见列宁后，就已经深感不安了。①"赖利"受到了讯问，布尔什维克想知道洛克哈特能否为他担保。洛克哈特以为那个"赖利"肯定是四处漂泊的疯子——不过他也知道，没有什么胡扯是可以越过英国情报部门的——于是他传唤了博伊斯。博伊斯坐下一趟火车赶了过来。

令洛克哈特惊讶的是，博伊斯确认那名男子代号ST1，是秘密情报局特工。实际上，自他来了以后，他就与乔治·希尔上尉一起成为在俄罗斯最重要的一线特工。他几周之前就已经来到了这个国家，来莫斯科之前最初的落脚点是彼得格勒。他叫西德尼·赖利（Reilly），可李维诺夫（就是那个和洛克哈特在里昂转角餐屋一块儿吃过午饭的外交官）给他的通行证上，把他的名字拼错了，拼成了"Reilli"。他的任务表面上和洛克哈特一样，是充当一名非官方特使。实际上，他是派来负责英国针对德国的地下工作的。至少，他最初的任务似乎是这样。随着时间的推移，西德尼·赖利在俄罗斯究竟在干什么，其所作所为是否与官方要求相符，（官方要求本身也一样不清楚），都变得越来越模糊了。英国政府在这张赌桌的红色垫子上散布着五花八门的筹码，他显然是其中的又一个筹码。

洛克哈特见到他时，几乎不知道该做何想法。赖利已人到中年，黑眼睛，身材单薄，脸庞瘦小；有些人认为他是希腊人，有些人则认为他是犹太人。他的特工同伴乔治·希尔觉得他"衣冠楚楚，长相很像外国人"，而且还特别提到了他的外国口音。②不管西德尼·赖

---

① 洛克哈特:《一名不列颠代表的回忆录》，第276—277页；罗宾·洛克哈特:《王牌间谍》，第67—68页（Robin Lockhart, *Ace of Spies*, pp.67-68）。

② 希尔:《行探异国》，第201页。

利是哪国人，显然不是爱尔兰人。①洛克哈特因为他在克里姆林宫捅了娄子，很生他的气，"像老师训学生一样狠狠地训了他一通，并威胁要把他遣送回国"②。赖利应对得很好，找了一大堆荒谬可笑的借口来消除对方对他的敌意。洛克哈特不由得对西德尼·赖利产生了好感，不过要是他知道这一年结束之前这家伙会让自己陷入致命的麻烦，他没准儿就不会对他那么客气了。但话又说回来，对这个家伙十足的死猪不怕开水烫的勇气，他还是很佩服的。

从正门进入克里姆林宫的企图失败后，赖利又披上他惯常的伪装——一个叫"康斯坦丁先生"的地中海东部的希腊人——回到了彼得格勒。在那里，他通过一个俄罗斯老熟人，混进了契卡的刑事犯罪调查科，谋得了一个特工职位。有了这个身份，他就可以在俄罗斯境内畅行无阻，想从事什么样的地下活动就可以从事什么样的地下活动了。③

与此同时，洛克哈特又把注意力转移到了自己的正事和穆拉身

---

① 关于赖利的出身众说纷纭。罗宾·洛克哈特(《王牌间谍》，第22页)称他是俄罗斯—乌克兰天主教徒，名叫格奥尔吉(Georgi)，而杰弗里(《军情六处》，第136页)则认定他是什洛莫·罗森布鲁姆(Shlomo Rosenblum)，一个乌克兰裔犹太人。凯特尔(《干预之路》，第85—86页)却说他名叫西格蒙德·格奥尔基耶维奇·罗森布鲁姆(Sigmund Georgievich Rosenblum)，系一波兰犹太人地主之子。
② 洛克哈特:《一名不列颠代表的回忆录》，第277页。
③ 罗宾·洛克哈特:《王牌间谍》，第68页；希尔，《行探异国》，第239页；按照朗的说法(《寻踪西德尼·赖利》，第1229页)，赖利在契卡的职位一直被视为他是一名双面间谍的证据。然而，此时秘密情报局与契卡之间有过惊人程度的秘密合作；此外，有大量不同民族的人曾效力契卡。俄罗斯曾经是一个国际化的帝国，对于"外国人"没有大多数西欧国家那样敏感。

上。他生活中的两股线——爱情与阴谋——正不知不觉地慢慢纠缠在一起,而穆拉正心甘情愿地把自己跟这些线绑在了一起。

* * *

1918年5月20日,莫斯科

就在市外,莫斯科河向西南方向拐了一个大弯。河边上是一溜儿低矮的树木繁茂的小山,名叫麻雀山。在黎明前的黑暗中,清晨第一阵叽叽喳喳的鸟叫声让一台汽车引擎的呜呜声给打断了。汽车在爬那段缓缓的蜿蜒而上的坡道时,车灯在树木之间扫来扫去。

车子在山顶停下,从车里走出了两个人。他们手挽手走进了树林。在树林的另一边,他们站在树下凄冷的空气中,由于鱼水之欢和睡眠不足而显得有些昏昏欲睡,在等待旭日初升。

洛克哈特和穆拉都很疲倦而且醉得不轻。他们彻夜未眠,和他们的朋友们——在莫斯科越来越不安定的环境中聚到洛克哈特身边的那一小圈子英国人——庆祝了一通宵。洛克哈特手下又招了一个小伙子,一个叫盖伊·坦普林的炮兵中尉,他出生在俄罗斯,说一口纯正俄语。①头一天是坦普林25岁生日,洛克哈特决定开个派

---

① 多里尔:《军情六处》,第193页(Dorril, *MI6*, p.193)。坦普林(Tamplin)后来在里加(Riga)开银行,二战时曾是英国特别行动处(the Special Operations Executive)的一名上校。1943年在埃及执行任务时因心脏病殉职。参见《国防部:第二次世界大战荣誉名册》(War Office: *Roll of Honour, Second World War*)数据库、1939—1945年军人荣誉名册(Army Roll of Honour 1939—1945)、二战中阵亡士兵名录。(Soldiers Died in World War Two)(WO304)。CD Rom. 海军与陆军出版社。(Naval & Military Press)在线查阅地址:ancestry. com(检索日期:2014年4月23日)。

对，地点选在市外彼得罗夫斯基公园的史翠娜夜餐馆。公园里有好几个这样的夜餐馆，史翠娜是其中的一个，是一个美不胜收的地方——一间巨大的玻璃暖房，即使在莫斯科的三九寒天，里面也种着热带植物，客人们则在玻璃房内修筑的石窟和小木屋里用餐。史翠娜夜餐馆是洛克哈特在莫斯科领事馆任职时最喜欢光顾的地方。掌柜的是玛利亚·尼古拉耶夫娜夫人①，一个风韵犹存的半老徐娘，唱起吉卜赛歌曲来，令人如痴如醉，而最能让洛克哈特热血沸腾的正是吉卜赛音乐。不知是什么原因，她的这家夜总会餐馆没有被契卡关掉。

然而，她的日子也不长了，这一点大家心里都很清楚。这个英国人在莫斯科的日子，似乎也不长了。坦普林的生日派对是——或者说在当时看来似乎是——洛克哈特使命的一场告别演出。而对于洛克哈特本人而言，这个派对也是在为穆拉饯行，跟他在一起待了10天的穆拉第二天就要回彼得格勒去了。②

那是高度紧张的10天，原因是多方面的。赖利偷偷溜走后不久，另一个神秘人物又在莫斯科冒了出来，还跟洛克哈特接上了头。这一次是一个洛克哈特和穆拉都认识的人。这个纠集军事力量对抗布

---

① 勿与沙皇之女玛丽亚·尼古拉耶芙娜女大公（Grand Duchess Maria Nikolaevna）混淆。
② 洛克哈特：《一名不列颠代表的回忆录》，第279—280页。洛克哈特给出的日期是5月24/25日夜，但按照其未出版的日记上的说法，穆拉是5月20日回彼得格勒的。（出版和未出版的）日记中的其他确定日期的证据表明真实的日期是5月19/20日。如此疏漏对他而言是很少见的，因为他写《一名不列颠代表的回忆录》时是查阅了自己的日记的。我们知道穆拉曾坚决要求他对回忆录中涉及她的好几处原文字做过修改（1932年6月18日函，藏于利利图书馆）。这可能是改动的几处之一。

尔什维克失败后正在担心自己小命不保的不速之客不是别人，正是全俄的前总理和人们的宠儿，亚历山大·克伦斯基。他正装扮成一名塞尔维亚士兵东奔西跑，急于赶在布尔什维克抓住并干掉他之前逃出俄罗斯。

他唯一的希望就是借英国这条途径，由沃洛格达和摩尔曼斯克逃出去。他已经去找过年老的沃德罗普总领事（英国在俄罗斯残存的最后一个使节）了，目的是想要从他那里得到一份签证，但没成功。沃德罗普不是一个会先斩后奏的人，他做任何事情都会先征求伦敦方面的意见。洛克哈特无权签发签证，但他却生造了一份签证，在克伦斯基的假塞尔维亚护照上伪造了一个签名，盖了一个橡皮图章。①

这就够了。克伦斯基带着几个忠诚的同伴，直奔北方巴伦支海海岸荒凉的英国前哨阵地而去了。几周之后，他出现在了伦敦，在铺天盖地的报道中，他声称是"直接从莫斯科"而来的，但拒绝透露具体的细节。②

就在克伦斯基离开自己祖国的海岸时，布尔什维克政府正在推翻其临时政府最受欢迎的一条措施——6月16日，《消息报》宣布恢复死刑。

洛克哈特与托洛茨基的关系也在破裂了。在穆拉造访期间，克罗米曾从彼得格勒两次南下莫斯科，而且他们两人曾与托洛茨基坐到一起，讨论过摧毁黑海舰队的问题。这将是洛克哈特与托洛茨基本人最后的几次会晤了，以后他将只能见到他的代表了。

---

① 洛克哈特：《一名不列颠代表的回忆录》，第277—278页。
② 《曼彻斯特卫报》，1918年6月27日，第4版。(*Manchester Guardian*, 27 Jun. 1918, p. 4）

英国之星似乎要陨落了,因此史翠娜夜餐馆那天夜里的气氛也是一种离别前夕的气氛。尼古拉耶夫娜夫人的吉卜赛歌声让那个夏夜充满了愁思,吉他的节拍和她浑厚的女低音嗓音令洛克哈特久久不能忘怀。"这一切会时时浮现在我眼前,"他写道:"就像我们无法重复的经验一样。"①除了他本人和穆拉外,参加这次派对的还有五个人。年轻的坦普林,小寿星,是一个。另一个是从西伯利亚远道回来的希克斯,还有另一名助手,洛克哈特管他叫林格尔。丹尼斯·贾斯汀和往常一样给派对增添了很多快乐成分,此外,还有秘密情报局的杰出特工乔治·希尔,也从他的间谍生活中抽出时间来参加了这次派对。

他们都不同程度地喝醉了,还轮流到外面的酸橙树下去醒酒。只有洛克哈特留在屋里,在音乐的萦绕下,陪着穆拉。穆拉酒量很大,可以把壮实的男人喝得人事不省,而自己说话舌头都还不打战。

洛克哈特让尼古拉耶夫娜把一首歌唱了一遍又一遍,这首歌的歌名叫《我忘不了》,与"我自己骚动的心灵很合拍",是一个号称花心萝卜却被一个女人完全迷住的男人对"渴望与欲望的一种撕心裂肺的悲叹"——"……我为什么把别的都忘记,却单单依然记得你……"②

派对结束之后,在天亮前的几个小时里,他和穆拉取来汽车,驱车来到了麻雀山。从郁郁葱葱的山坡向东看去,可以饱览这座城市的壮丽景色。这对情人看到太阳升起,在克里姆林宫的尖塔和闪

---

① 洛克哈特:《一名不列颠代表的回忆录》,第280页。
② 洛克哈特:《一名不列颠代表的回忆录》,第280页。

亮的圆顶上洒下了一片火红的光，在洛克哈特看来就像是强烈复仇情绪的预兆，这种情绪已经在往外渗了，很快就会开始泛滥，殃及整座城市。

* * *

穆拉终于知道，终于明白自己是什么感觉了。是一种开了窍的感觉。她一回到彼得格勒便急急忙忙地把自己的感受付诸文字。"我终于彻底明白了"，她在给他的信中写道。①现在对她来说只有一件事是要紧的了："我对你的爱，我的心肝宝贝儿。它让我开心得跟个孩子似的，让我对未来充满了信心。"与爱情相伴而来的是挂念，和对与他长相厮守的渴望。可是却障碍重重，他们都是结过婚的人，加上革命的潮流一浪高过一浪，正强行将他们分开。他可能很快就不得不离开俄罗斯，而她则被困在了这里，她的孩子们更是滞留在了德国边境之外的爱沙尼亚。他们在麻雀山守候日出之后，他来车站给她送行时，她曾傻乎乎地、语无伦次地试图向他表白自己对他的感情。但他没让她开口。他们所能做的就是希望自己会想出战胜命运的办法。

爱情不是会帮助他们度过这些可怕的时期，就是会把他们毁掉。但是有一件事情是肯定的——穆拉为了活命，不管是什么样的事情，只要是她非做不可的，她都会去做。在这点上她本性未改。她对洛克哈特的柔情面临着种种难题，但这些难题与她正卷入的其他活动

---

① 穆拉：致洛克哈特函，藏于胡佛研究所档案馆。未署明日期，大概是1918年5月21日或22日。

的种种矛盾一比，就微不足道了。

她最初是什么时候涉足这些活动的，从来没有留下任何记录。历史也未能记下她是怎么涉足这些活动的，又是谁把她扯进来的。同样也不清楚的是，她受到了什么样的诱惑或威胁。人们所知道的，而且仅限于几个人所知道的，就是穆拉替契卡暗中监视洛克哈特及其同事了。

后来传出的那些谣言都是错误的和不准确的。他们所忽略的是，监视洛克哈特只是她所做事情中的一小部分。有一点似乎谁都没产生过怀疑，那就是，为她从事间谍活动做好了铺垫和准备工作，为她打开了通往契卡之路的那个人，正是洛克哈特本人。

在春夏的那几个星期里，他比往常更加关注自己肩负的使命所处的状态：关注布尔什维克的政策，德国在其政策中的位置以及英国多股相互冲突的势力在俄罗斯的活动。会进行军事干预，秘密颠覆，还是会展开外交？

他太全神贯注于这些了，害得穆拉担心起来了，担心自己回到彼得格勒后，他也许不会像她爱他那样爱她了。她愿意为他做任何事情，渴望跟他在一起。她想要"幸福、和平、爱情与工作"，抱怨命运以及"夹在我和所有这一切之间的那一大堆事情"。① "我想要你来到我身边。"她写道："当你累了时，跟我说一声，当你需要我帮忙……而且我想做你的情妇，当你激情难耐时。"可是眼下他们所能做的就是等待，期待，以及抓住他们能在一起的分分秒秒——"这样

---

① 穆拉：致洛克哈特函，藏于胡佛研究所档案馆。未署明日期，大概是1918年5月21日或22日。

你就会明白,你是不是真的爱我。"①

或许正是这样的不确定性,使得她收缩了自己愿意为他去做的事情的界线。

事情起于流言。她那一封封满页都散发着爱的气息的信中,充斥着成段的有关英国其他驻俄使团来来往往的消息和道听途说。她很了解他们,无论是从个人还是从专业角度而言,都是如此。弗雷德里克·普尔将军②是关注的重点,他正率领一支英军前往阿尔汉格尔斯克,部队规模和去那儿的目的都不确定。穆拉提醒洛克哈特,有谣传称普尔是"带着更大的权力而来的",可能全权负责所有的英国军事行动,并把所有的军事行动朝着军事干预方向扭转。不过穆拉阴险地加了一句,如果有必要让普尔及其使命名声扫地,"最容易的做法莫过于揭穿他"。他"跟犹太人有交往",她隐晦地写道。③作为休·利奇的一名雇员,她知道涉及好几名有俄罗斯背景的英国军官的不正当金融交易的一些内幕。这些交易的目的在于为反布尔什维克的白军筹措资金和搞垮德国在俄罗斯的银行,不过也有迹象表明,利奇躲躲闪闪的行为可能是在干挪用资金的勾当。④如果是这样

---

① 穆拉:致洛克哈特函,藏于利利图书馆。未署明日期,大概是1918年5月22日。
② 即弗雷德里克·卡斯伯特·普尔(Frederick Cuthbert Poole, 1869—1936)少将,1918年8月2日以协约国军队北俄总司令的身份率870名法国殖民地步兵在阿尔汉格尔斯克登陆。—译注。
③ 穆拉:致洛克哈特函,藏于利利图书馆。未署明日期,大概是1918年5月22日。按照库克的说法(《王牌间谍》,第187—188页),普尔将军与两个女人有染;穆拉也有可能指的是这件事情。
④ 凯特尔:《干预之路》,第83页;《丘吉尔与阿尔汉格尔斯克惨败》,第428—429页(Churchill and the Archangel Fiasco, pp. 428-429)。

的话，穆拉将会是那个能够嗅出其味道来的人。他曾经逃到摩尔曼斯克去过一次，后来又溜了回来。

她可以向自己的心上人打包票，弗朗西斯·克罗米和勒·佩吉对他是真心实意的（对此，她觉得有自己的一点功劳在里面），而秘密情报局的厄内斯特·博伊斯中校对他的评价很高。不过也还是有些顾虑。克罗米有一天把她叫到一边悄悄问了她一句，"你跟洛克哈特好，不希望他受到任何伤害吧？"这令她深感担忧。

她吓了一跳，回答说："当然不啦，我干吗要希望他受到伤害？"

"那行，别再去莫斯科了。"克罗米说："否则会伤害他的，他在莫斯科有很多老对头。"①

她写信问洛克哈特，克罗米这话是什么意思。"我一点也不明白，不过在某些方面，我当然有鸵鸟心态。"她的心态实际上与鸵鸟心态正好相反，但克罗米给她敲了一下警钟。很显然，他指的是那些嫉妒心很强的外交官和商人，他们憎恨这个平步青云的年轻人及其亲布尔什维克政策，可能会逮住一切机会败坏他的名声。

穆拉的地平线上还有另外一团乌云。具体说来，就是虚张声势、留着一嘴小胡子的卡德伯特·桑希尔上校，此人是前来为普尔在北方的使命搞情报的秘密情报局军官。他以前来过彼得格勒，1915年在英国驻彼得格勒大使馆任职。是什么原因穆拉并没有具体说明，但对桑希尔，她既不喜欢，也不信任。这种感觉似乎是相互的，尽管她也没有详述其原因。"我对他方方面面都很怀疑。"她在信中对洛克哈特说道："如果他来这儿是怀疑你我之间有什么事，而且即使

---

① 穆拉：致洛克哈特函，藏于胡佛研究所档案馆。未署明日期，1918年5月下旬。

没有那事——他也肯定会设法败坏我在你眼里的形象。"也许那事就是自"布夫人"及其沙龙时期起就一直在流传的某个传言。不管桑希尔可能告诉洛克哈特的是什么,她都担心万一洛克哈特会信以为真。"也许不会的。"她思忖道:"但会让他起疑心——而这是我最活该的事情。"①很快她就很有把握地告诉他,桑希尔是一个暴脾气,跟人一般都合不来。②这倒是句真话,他与诺克斯将军之间无疑有过摩擦,跟曼斯菲尔德·史密斯·卡明(神秘的"C"),秘密情报局局长,关系也很紧张。③按照穆拉的说法,桑希尔与普尔之间也是你不喜欢我,我不喜欢你,因而注定了阿尔汉格尔斯克任务,不论其最终结果是什么,都将以失败而告终。

但是穆拉的作用远不止是散播流言。洛克哈特的外交工作正进入一个新的危险阶段。他看到了干预行将发生,彼得格勒和摩尔曼斯克的英国人中弥漫着赞成干预的气氛。他比以往任何时候都感到国内政府根本不重视自己的工作。随着5月最后几天的过去,他情绪上开始变得更为激进了,主要是针对德国人的。

在这方面,他的反感与布尔什维克对被占领的巴尔干半岛各省

---

① 穆拉:致洛克哈特函,藏于胡佛研究所档案馆。未署明日期,大概是1918年5月22日或23日。
② 穆拉:致洛克哈特函,藏于胡佛研究所档案馆。未署明日期,大概是1918年5月22日或23日。致洛克哈特函,藏于利利图书馆。未署明日期,大概是1918年5月22日。
③ 杰弗里:《军情六处》,第102页。就连其讣告(《泰晤士报》,1952年8月16日,第6版)中都称卡德伯特·桑希尔(Cudbert Thornhill)的态度"有时是错误的……由于缺乏判断"并暗示他后来二战期间效力于特别行动处(SOE)时也有过同样的失色(不公平)之处。没有证据可以表明他与穆拉之间相互讨厌的具体原因。

以及乌克兰严峻得多的威胁的担心和怀疑是相一致的。在2月和3月以闪电般的速度推进中，德军已经攻克了乌克兰，根据《布列斯特—立陶夫斯克和约》占领了乌克兰——表面上是作为一个自治保护国——并开始按照他们自己的目的对其进行改造了。

4月29日，一起政变推翻了乌克兰民主社会主义政府。这起政变是由乌克兰哥萨克贵族帕夫洛·斯科罗帕德斯基领导的，背后的支持者是德军。在布尔什维主义崛起之前，斯科罗帕德斯基曾经是乌克兰最大的地主之一，一个忠诚的沙俄帝国主义者，曾在沙俄军队中担任参谋官兼沙皇尼古拉二世的侍从武官。①

在德国的扶持下，一个由乌克兰地主组成的新政府成立了，这些地主很多都有哥萨克血统。斯科罗帕德斯基被任命为统治者，沿袭了传统的哥萨克的称号酋长——统辖部长会议的独裁统治者。这个（后来称作）酋长国政府的第一个法令就是撤销社会主义政府实施的土地再分配，将乌克兰的大块庄园与农地归还给了它们原来的主人。罢工遭到了禁止，异见遭到了打压，农民起义遭到暴力弹压。②乌克兰变成了德国的附庸国，成了德国战争机器的丰富的粮仓，同时也成了在西线作战中累垮了的德军部队的疗养院；傀儡政府不惜牺牲农民的利益，纵容他们恣意地在这片土地上吃喝拉撒，养精蓄锐。③

在莫斯科，布尔什维克大为震惊。他们所震惊的不只是这个酋

---

① 萨布泰尔尼：《乌克兰》，第19章。(Subtelny, *Ukraine*, ch. 19)
② 萨布泰尔尼：《乌克兰》，第19章。
③ 希尔：《行探异国》，第182页，第202—203页；亦见斯温：《俄罗斯内战探源》，第149—150页。

长国所代表的东西——典型的资产阶级对无产阶级令人发指的镇压——还有那种这便是德国的真实嘴脸的可怕感觉。莫非他们就是打算以这样的方式对待俄罗斯？乌克兰的这起政变是在米尔巴赫伯爵以德国大使身份抵达莫斯科仅三天之后发生的，因而加剧了布尔什维克的担忧。

洛克哈特私底下有些幸灾乐祸。在他眼里，德国人无异于在他们自己与布尔什维克之间打入了一大块乌克兰形状的楔子。5月6日他在日记中写道，布尔什维克"认为这是对他们政府的一个直接威胁"；这起政变被看作是发动反革命的一次尝试，"针对的不只是乌克兰而是全俄罗斯"。他和克罗米一周之后会见托洛茨基讨论德国对俄罗斯黑海舰队的威胁时，当时这支舰队在乌克兰人手中，托洛茨基告诉他们和德国的这一仗"不可避免"，并且表示英国可能提出的任何建议，他都愿意洗耳恭听。① 就连坚定奉行孤立主义的列宁也开始觉得与德国可能要开战了。他告诉洛克哈特，他看到了一个未来，俄罗斯会变成德国与英国交战的战场。他愿意不惜一切代价，来阻止其变成现实。② 洛克哈特听了这一含糊其辞的保证后备受鼓舞——没有意识到列宁对于解决这一困境，有他自己的秘密打算。

对于洛克哈特及其心腹来说，乌克兰危机为他们送来了希望。俄罗斯的反英、反法、反美情绪正到了一触即发的地步。坦普林生日派对上的告别心情反映出了他们也相信这样的情绪会进一步发展，会在中央委员会中占上风，并最终把英国人赶出俄罗斯。可是如果

---

① 洛克哈特：1918年5月15日日记，《日记·卷一》，第36页。
② 洛克哈特：《一名不列颠代表的回忆录》，第271页。

德国的威胁被视为大于英国的威胁，那么一切都会改变。但话又说回来，由于有那支象征性的英军在摩尔曼斯克，还有一支新的军队正在开往阿尔汉格尔斯克的途中，在未征得布尔什维克同意的前提下针对德国东线的军事干涉的可能性看上去正在增大。直接对布尔什维克本身进行干涉的可能性也不能排除。

还有把布尔什维克争取过来的一线希望，洛克哈特相信，可是时间不多了，而他的政府又没有给他任何实实在在的东西让他献给托洛茨基。

布尔什维克——说得更准确一点，是其中的不少人——开始支持乌克兰的游击战。洛克哈特秘密情报局的朋友乔治·希尔上尉与契卡有密切的合作关系，而且深得布尔什维克领导层的信任，他帮助托洛茨基建起了自己的军事情报组织格勒乌①。希尔在该组织的运作中发挥着核心作用。他和他的加拿大朋友乔·博伊尔上校帮助组建了一张由特工、情报员和破坏分子构成的网，这张网在乌克兰采矿区已经活跃数月了，重创了其对德国战争经济的贡献能力。从5月份开始，他唤醒自己的特工，组织了多次对德军休养营地的攻击。②

---

① 又译格鲁乌，俄文缩写为 ГРУ（Гла́вное Разве́дывательное Управле́ние），英文缩写为 GRU（即该机构的俄文音译 Glavnoe Razvedivatelnoe Upravlenie 的首字母缩写），全称为俄罗斯联邦军队总参谋部情报（管理）总局，隶属于军队，与契卡（后来的克格勃）的关系类似于美国联邦调查局和美国中央情报局。格勒乌拥有一支近三万人的特种部队——俄罗斯特殊用途联队（Войска специального назначения，英文为 Russian special purpose regiments）军队，即著名的雪域特战队（Spetsnaz），该特种部队比 1974 年才组建的阿尔法特种部队（阿尔法小组 альфа—специальных сил）早了半个多世纪。——译注

② 希尔：《行探异国》，第 88—89 页，第 202—204 页；亦见凯特尔：《干预之路》，第 81—82 页。这个爱尔兰裔加拿大人约瑟夫·W·博伊尔（Joseph W. Boyle）

至于穆拉究竟是如何卷入乌克兰阴谋的,从无文字记录,至少是没有以现存的任何形式记录下来。不过,让她参与其中的原因却是很清楚的,同样也很清楚的是她所扮演的角色——不是破坏者,而是情报收集员。①她不仅与洛克哈特关系亲近,而且能得到他的绝对信任,并渴望得到他的赞许。她有过一些从事间谍活动的经验——虽然是上流社会所热衷的东家长西家短的那一种,而且她认识英国秘密情报部门的人,其中就包括乔治·希尔。如果说有人能拍胸脯给她在契卡谋得一席之地的话——要想获得必要的旅行权,这样的一席之地是少不得的——就非他莫属了。

契卡成员都还乳臭未干,身上还带有他们新生组织的皱褶。他们急缺人手,对新招人员并不进行特别严格的审查。别忘了,西德尼·赖利都成功地混得了一个职位。此外,契卡内部也有人对破坏德国在俄罗斯和乌克兰的地位特别感兴趣,而且已经在采取措施,将问题推到非解决不可的地步。以契卡的副头目拉脱维亚人马汀·拉齐斯和乌克兰人雅科夫·布柳姆金为核心,成立了一个反间谍处以打入德国驻莫斯科大使馆,与乔治·希尔进行合作。②

在这样的环境下,要在契卡里面安插一名好的特工是很容易的

是一名冒险家兼私掠者,一战期间曾游历过欧洲和俄罗斯。关于希尔、托洛茨基和格勒乌,参见迪肯:《俄罗斯情报工作史》,第160—161页。

① 洛克哈特在其回忆录中对穆拉卷入的任何种类的间谍活动都只字未提。然而,在其原始初稿(显然未得到保存)中似乎确实还是提了的。我们不知道他写了什么,但我们知道,对这个文本有否决权的穆拉,曾坚决要求他删掉"有关从事间谍活动的部分",她称这部分给了她一点"玛塔·哈莉味儿",这是"我绝对无法接受的"。(穆拉1932年6月18日致洛克哈特函,藏于利利图书馆)。

② 莱格特:《契卡》,第293页。

事情。

关键是,穆拉是乌克兰人。她出身于一个显赫的地主家庭,又被培养成了目前统治这个国家的上层阶级(这个阶级在她小时候就统治过国家)。如果你想要一名间谍渗透到这个酋长国的内部,你得找上很长一段时间才能碰上一个比穆拉·伊格纳季耶芙娜·冯·本肯多夫更合适的人选。论让人心悦诚服的魅力,没几个人能与她相比;论勇气,没有人能胜过她。

大约就在这个时候,洛克哈特表达了一种内心的担忧,契卡可能已经搞到了他用来给自己发往伦敦的电报加密的密码复印件。[1]多年以后,才有人说他们是通过穆拉搞到的,是她与契卡某种具体内容不得而知的安排的一部分。[2]

狼群在奔跑,但这一次她是在跟狼群一起跑——同时又在同猎狗一起追。她身上有一种狩猎所要求的东西——有勇有谋,临危不惧,别人所不具备的敏锐嗅觉——这些东西永远都不会弃她而去,直到终其一生。

---

[1] 洛克哈特:《一名不列颠代表的回忆录》,第278页。他5月中旬安排克伦斯基逃出俄罗斯时,直到确认逃亡者已安全逃出国境之后才敢电告伦敦此事,因为他怀疑自己加密的电报正在被布尔什维克破译。

[2] 例见别尔贝洛娃:《穆拉》,第44—47页;林恩:《影子情人》,第193—194页。此一说法究竟有无任何真实成分很不清楚。两位作者都对穆拉卷入过在乌克兰的间谍活动(及与契卡/秘密情报局的合作)一无所知,而且似乎都忽略了这样一个事实,即洛克哈特不会是仅有的一个使用这套密码的英国外交官。当时外交人员使用的密码一般都是密码本或"字典"类型的密码。(原注对各种密码进行了较为详细的介绍,考虑到现在获取相关知识的渠道甚多,故从略。——译注)

* * *

6月,狩猎游戏轰轰烈烈地开始了。①穆拉从彼得格勒去了一趟基辅。她上一次踏上这段旅程还是回扎克列夫斯基家庭庄园时候的事情。距今似乎好久了——已经是物非人非事事非,世界变了,人也变了。路上坐火车要走两天多。要不是她在俄罗斯边界这边有布尔什维克的正式授权,在乌克兰那边又是奉命会见酋长国的领导人的话,花的时间还会长得多——而且可能还要铤而走险编出一大堆托词来——才能蒙混过关。

乌克兰草原熟悉的单调乏味与穆拉凄凉的心境倒是很匹配。她动身前曾试图跟洛克哈特取得联系,但他没有回复。她从报纸上得知他于5月底去了沃洛格达,去见龟缩在那儿的各协约国的大使。"没收到你的任何消息,"她写道,"我想死你了。我可能得离开一阵子,想在走之前见见你。"她听说了——不是从他那儿听说的——他要来彼得格勒。"务请尽快过来!"她恳求道:"你不在,我孤独得不行了。"②

洛克哈特6月2日抵达了彼得格勒,向克罗米咨询了阿尔汉格尔

---

① 穆拉1918年全年大多数时间的活动在其信函或他人的日记和回忆录中都有记述。唯6月份是一片空白。该月从头到尾的绝大多数时间她都没给洛克哈特写过信,也没跟他在一起。她在俄罗斯和基辅之间来回跑来跑去极有可能就是在这段时间。巧合的是,6月的后半个月里,洛克哈特的日记也有长达两周的空白。可能(尽管这种可能不是很大)她在7月和8月两个月去过乌克兰几次。

② 穆拉:致洛克哈特函,藏于胡佛研究所档案馆。未署名日期,大概是1918年5月31日。洛克哈特5月29日到31日在沃洛格达(Vologda)(《一名不列颠代表的回忆录》,第281—284页)。

斯克的情况。但他没有见到穆拉,他到达这座城市时,她已经走了,已经踏上了自己的旅程,不单单是字面意义上的基辅之旅,还是更漫长、更凶险的为布尔什维克秘密政府效力之旅。

在基辅,她不失时机地与酋长国政府取得了联系。除了她的出身与阶级外,进入他们的圈子,她还有一块很管用的敲门砖。当然单单是出身与阶级这些东西就可以成为乌克兰人眼中很可靠的人,不过她还有一个直接的门道。5月初,斯科罗帕德斯基酋长任命了一个叫费奥多尔·利佐古布①的人两项职务:内务部长——赋予了他负责国家安全的责任——和首相。利佐古布作为酋长的得力右臂,沿袭了哥萨克传统的首领②头衔。同斯科罗帕德斯基一样,利佐古布也是一个很有钱的地主。战前,他在波尔塔瓦地方政府中曾是举足轻重的人物,③认识穆拉的父亲伊格纳季·扎克列夫斯基。

穆拉找到利佐古布——一个严肃、庄重的老先生,额头陡峭,一嘴白胡子干净利落——主动请缨当间谍,去刺探布尔什维克的情报。老头儿由衷地相信了她的话,(他有什么理由不该相信一个贵族同胞的女儿呢?何况人家还有如此不可抗拒的魅力!),并马上命令乌克兰情报部门雇用了她。④

穆拉还被引荐给了斯科罗帕德斯基本人和外交部部长季米特

---

① 原文Fedir Lyzohub,原作注称此为乌克兰语拼法,俄语作:Fyodor Lizogub。——译注
② 原文为otaman,原作给出的注释是Chieftain。——译注。
③ 柯察诺夫斯基等:《乌克兰历史词典》,第347—348页(Katchanovski et al., *Historical Dictionary of Ukraine*, pp. 347-348)。
④ 军情五处穆拉·布德贝格档案,1932年第16号文件,原始俄文文件的译文。

里·多罗申科。下一个月的大部分时间及其后来断断续续的时间里，她都在基辅与俄罗斯之间来回穿梭，向双方传递情报。①她最擅长的是从事社交生活方面的间谍活动——侦听流言蜚语，扩散小道消息。不可低估略有点儿权力的男人的虚荣心，他们碰到一个姿色诱人的美女，就喜欢对她透露一些秘密，以显摆自己的重要性。直到后来很久——到了为时太晚，已无计可施的时候，酋长国政府才意识到和他们自己的女儿一样的穆拉一直在把他们出卖给布尔什维克。而到了那时，穆拉自己也有更重要的事情要担心了，于是她抛下自己出生的这个省份一走了之，再也不会回去了。

1918年的那个夏天，那还依然是以后的事。与此同时，在来回奔波期间，穆拉意识到自己正面临一个使所有其他问题都黯然失色的大问题。她怀孕了。

---

① 基里尔·季诺维耶夫：与安德鲁·博伊尔访谈录，藏于剑桥大学图书馆，编号为 Add 9429/2B/125（Kyril Zinovieff, interview with Andrew Boyle, CUL, Add 9429/2B/125）。1929年还是一名年轻人的季诺维耶夫曾在柏林与帕夫洛·斯科罗帕德斯基（Pavlo Skoropadskyi）一块儿用餐，并且问过这个前酋长认不认识穆拉·布德贝格。想了片刻之后，斯科罗帕德斯基回忆起了她："革命之后他在乌克兰认识了她，而且还把她当作为自己卖命的特工。后来他意识到她一直在给布尔什维克当间谍。"

8 战争一触即发
1918年6月—7月

洛克哈特改变了主意。几乎就在一夜之间,他彻底了改变自己的看法和态度。他对布尔什维克的信心,4、5两个月一直在不断减弱,终于在6月份彻底丧失了。他们靠不住,不会言听计从地去支持英国针对德国进行军事干涉。这样一来,不管布尔什维克愿不愿意,军事干预都势在必行了。

在他6月初造访彼得格勒期间,他见到了一名从阿尔汉格尔斯克考察归来的军官,让他相信了军事干预将在所难免,但一时半会儿还不会发生。①这是英国政府的典型做法——力主进行军事干预,却又犹豫不决,拖一天是一天。唉,这真得改一改。

一回到莫斯科,他就给伦敦发去一份火药味儿十足的电报:如果他们打算在北俄罗斯采取军事行动的话,就必须马上动手。否则的话,他就辞职不干了。②外务大臣亚瑟·贝尔福听到了这一让人惊讶的一百八十度的大转弯后,像一只极度兴奋的母鸡一样咯咯直叫。洛克哈特必须学会懂得国际外交的微妙复杂性,贝尔福坚持道。可

---

① 洛克哈特:《一名不列颠代表的回忆录》,第285—286页。
② 洛克哈特:1918年6月6日给外交部的电文,转引自休斯:《探秘》,第132页。

是洛克哈特对于外交家们的微妙复杂性既没有时间也没有耐心。他自己就面临一大堆微妙复杂的问题,而且这些问题越来越具有风险。他早在那起流产的政变之前,就已经在4月份与萨文科夫的反布尔什维克活动有过秘密接触;现在他开始更深地卷入反布尔什维克活动了。

他原本期望自己能够扭转布尔什维克对德国的态度,现在这一希望眼看要落空了——自打米尔巴赫伯爵到了莫斯科以来,就已经在一天天化成泡影了。5月15日,也就是洛克哈特和克罗米会见托洛茨基并被告知与德一战势不可免的同一天,列宁会见米尔巴赫并提出了一项协议。德国在俄罗斯必须接受布尔什维克政策并保证不干涉俄罗斯的内政,作为交换,俄罗斯将保证与德国保持友好和有利可图的贸易关系。①列宁曾对洛克哈特说过,他将采取一切必要手段防止俄罗斯成为英国和德国的战场,洛克哈特压根儿没想到列宁脑子里想的是这一招。如果这一协议获得签认,那么除了通过军事行动达到既痛击德国又击溃布尔什维主义这一一箭双雕的痴心妄想之外,英国在俄罗斯的所有希望都将彻底泡汤。

6月12日,就在穆拉还在忙于刺探情报时,乌克兰酋长国与俄罗斯布尔什维克之间签署了一个和约。②这个和约并未结束彼此间的敌意,也没有结束彼此间的间谍活动,而只是差不多彻底摧毁了洛克哈特和希尔——以及托洛茨基和契卡——对于最终关系破裂所抱的一线希望。

---

① 斯温:《俄罗斯内战探源》,第151页。
② 萨布泰尔尼:《乌克兰》,第19章。

* * *

　　这场乱作一团的政治纷争牵扯到了最基本、最迫切的人类危机。他们上一次在莫斯科共度了激情良宵一个月之后，穆拉发现自己怀上了洛克哈特的骨肉。

　　她于6月最后的几天里，尽快赶到莫斯科告诉了他这一消息。他们曾开玩笑，说穆拉会给他生个胖小子，他们会拿生肉喂养他，长大后将很会踢足球，不承想这个笑话突然就变成真的了。

　　穆拉的感受又一次让自己感到了惊讶。这种感受让她确认洛克哈特是她想长相厮守、离了就不能活的男人。"一天到晚我无时无刻不在想着你，没了你我就感觉魂不守舍——唉，宝贝儿，你对我都做了什么呀，你这无情的小冰柱！"[①]能给他生个儿子，她感到很兴奋——他们俩谁都不怀疑会是个男孩儿，而且连名字都给他想好了，就叫"小威利"——或者稍微正儿八经一点的话就叫小彼得。本来能得到穆拉是福气，有了孩子更是喜事，可是这两桩好事儿却并未给洛克哈特带来欢乐，反而是在那一大堆令其日不能思、夜不能寐的烦心事儿上平添了更多的烦恼。

　　同时他们还面临着拿小彼得如何是好及如何应对未来的问题。一个在英国有老婆，一个在爱沙尼亚有老公，且不说穆拉还有其他孩子。这往后怎么办？决定是，穆拉必须去雁得尔——她有来往的自由而且有过穿越边界的经验，应该问题不大。她去那儿的目的是设法让伊凡跟她同房。这样，小彼得出生时，其身份的合法性就无

[①] 穆拉：致洛克哈特函，藏于利利图书馆。未署明日期，大概是1918年7月5日。

可置疑了,而这对情人也就可以为所欲为而不至于给他们的小孩留下人身污点。

这是一个疯狂的计划,前景也很可怕。出奇的是,穆拉退缩了,没有实施这一计划,拖延了从莫斯科出发的时间。一个月没有躺在他的怀中,没有得到他的亲吻,更没享受他的"临幸"了,所以她粘着洛克哈特不肯松手。不过最终她还是得从他身边离开。他在俄罗斯的处境到那周时变得越来越危险了,穆拉在7月4日登上了开往彼得格勒的火车,等她回来时他没准儿就不在这里了。

穆拉到达彼得格勒后发现有一封信在等着她,是伊凡写来的。她联系过他,提出了想去看看他,可他现在还希望见到她吗?上一次他们在一起还是那年开年时候的事了,当时两人关系很僵,处于彼此都很看不顺眼的状态。他知道洛克哈特吗?她撕开信封,飞快地看了一遍,如释重负地发现他想要她去雁得尔。[1]

舒了一口气的同时也夹带着一丝愧疚之情。穆拉对于即将实施的计谋有些于心不安。"我非常喜欢我的孩子。"她在彼得格勒给洛克哈特写信说:"不说失去他们了,把他们蒙在鼓里……对我来说真是非常非常痛苦的事情。"不过她的决心已定,"绝不能让这种想法干扰我的决定,绝不能因此就想:'是不是放弃他——重新回到原来的生活更好'——与其这样,我还不如干脆放弃阳光和空气呢。"[2]

不管她的感情如何,她都不能马上就做任何事情。彼得格勒和

---

[1] 穆拉:致洛克哈特函,藏于利利图书馆。未署明日期,大概是1918年7月5日。
[2] 穆拉:致洛克哈特函,藏于胡佛研究所档案馆。未署明日期,大概是1918年7月中旬。

爱沙尼亚之间不通火车，因此她打算乘坐3月份孩子们坐的那辆送邮件的三套车去，请护送过他们的那个人护送。可是由于她在莫斯科动身就耽搁了，所以错过了发车时间，只好在彼得格勒逗留，等那个人回来。①

彼得格勒已经变成一个惨不忍睹的地方——因为贫穷和饥饿而在"自然死亡"。②已经爆发了好几次霍乱，每天都会新增300多个病例。③什么东西都短缺，穆拉和她的母亲已经只能靠洛克哈特或丹尼斯·贾斯汀从莫斯科寄来的面粉度日了，莫斯科倒是不愁吃的，前提是你得有钱，吃得消飞涨的物价。

就在她回到了自己平常的生活时——工作，见一见克罗米和使馆的其他人，收集一些八卦消息，一封接一封地给洛克哈特写信——情况突然出现戏剧性的变化。7月6日，星期六，就在穆拉回到彼得格勒两天后，德国驻莫斯科大使，洛克哈特的对手威廉·冯·米尔巴赫伯爵在莫斯科遇刺——在他自己的大使馆中被人开枪打死了。

关于这起谋杀案的报道众说纷纭，但彼得格勒的红色报纸称是由英法帝国主义的代表策划煽动的。穆拉听到这一消息时吓坏了，不知道这会给洛克哈特带来什么样的影响。④

---

① 穆拉：致洛克哈特函，藏于利利图书馆。未署明日期，大概是1918年7月6日或7日。
② 穆拉：致洛克哈特函，藏于利利图书馆。未署明日期，大概是1918年5月21日。
③ 克罗米：1918年7月26日致霍尔上将函，引自琼斯：《英国关系文献汇编》第IV辑，第560页。
④ 穆拉：致洛克哈特函，藏于利利图书馆。未署明日期，大概是1918年7月8

* * *

这是一起蓄谋已久的暗杀行动。不管彼得格勒的红色报纸说什么，这个阴谋都是由契卡高层酝酿、策划和执行的。

在全俄苏维埃第五次代表大会，即俄罗斯苏维埃共和国①执政党制定重大决策的会议上，争论达到了白热化的程度。这次代表大会是在莫斯科的莫斯科大剧院召开的，开幕的时间是7月4日，星期四，和穆拉动身去彼得格勒是同一天。

1918年夏天革命的开诚布公和平等主义精神还未消失殆尽，本着这种精神，所有党派、所有意见、所有反对的声音都可以畅所欲言，也鼓励外国使团的所有代表以观察员的身份列席会议。洛克哈特在乔治·希尔上尉及其代表团部分工作人员的陪同下列席了会议，与法国和美国代表团的代表一起被安排在了台上左侧的一个包厢里。正对面是轴心国——奥地利、匈牙利和德国人所在的包厢，为首的便是春风得意、踌躇满志的米尔巴赫伯爵。②

整个代表大会——从与会代表到听众到会议的主席团成员——自一开始就充满了紧张和敌意。出席会议的代表有1200人，来自苏维埃共和国全国各地。他们所代表的只是十月革命斗争中结

日；亦见厄尔曼：《干涉》，第230页（Ullman, *Intervention*, p.230）；凯特尔：《干预之路》，第256页。

① "俄罗斯苏维埃共和国"这一正式名称是在1918年1月8日召开的苏维埃第三次代表大会上采用的。除了执政党外，几乎没有人使用这一名称。
② 希尔：《行探异国》，第206—209页；洛克哈特：《一名不列颠代表的回忆录》，第295—300页。希尔与洛克哈特两人对这次代表大会的描述在细节上略有不同，（譬如发言人的顺序及包厢的分配）但对会议的气氛和主要事件的描述是一致的。

成过非正式联盟的仅存的两个政党——布尔什维克和左派社会革命党。列宁的布尔什维克毫无疑问是掌握政权的党。清洗和摧毁了包括无政府主义者和孟什维克在内的大多数其他政党后,布尔什维克取得了主导地位,现在他们在人数上以二比一的优势超过了左派社会革命党,正执意建立一个完全独断的政权。苏维埃第五次代表大会很快就演变成了两党最后摊牌的前奏。

两党的相互憎恶于会议的第二天公开化了。左派社会革命党的领袖开始向布尔什维克发难——表达了他们对从恢复死刑到农村农民依然贫困如故的不满。最重要的发言人是一个身材瘦小、面色苍白的年轻妇女,名叫玛丽亚·斯皮里多诺娃。她全心全意地致力于社会主义事业,年轻时就因开枪打死了一个凶残的地主兼地方政府执法者而出了名。她的声音单调刺耳,但她的精神很有冲击力,她承诺如果布尔什维克继续现有的对农民的政策,她就会像12年前惩罚沙皇的执法者那样,让他们受到同样的惩罚。①

剧院里爆发出狂烈的呼声时,列宁一声不响地坐着,显得非常自信,洛克哈特觉得差点儿到了令人不快的地步。列宁坚信自己的权力,坚信自己的安全。他有契卡,还有他忠诚的近卫军拉脱维亚步枪团——整座剧院不仅处在他们的包围之中,而且剧院里面他们的人也无处不在。他相信自己很安全,狂热分子的手枪休想伤着他,同时他也坚信自己的新政权固若金汤,政治上的激进分子根本就奈何不了它。

斯皮里多诺娃还没说完,她还猛烈抨击了他们包厢里的那帮

---

① 转引自洛克哈特:《一名不列颠代表的回忆录》,第297—298页。

德国人，向他们挥舞拳头，坚称俄罗斯决不会成为德国的殖民地或附庸国。坐在洛克哈特旁边的乔治·希尔不得不强忍着，才没有欢呼。① 洛克哈特很清楚，左派社会革命党人对于英国的军事干涉的态度并不比布尔什维克热情多少，因而不像希尔那样倍受鼓舞。

接过反德这一话题的是鲍里斯·卡姆科夫，他也是一名左派社会革命党人，是一个出色的演说家。他也冲着德国包厢发出雷鸣般的怒吼："无产阶级专政已经演变成米尔巴赫的专政了。"他谴责列宁给"居然还胆敢在这座剧院里露面"的德国帝国主义者磕头的可耻行为。就在洛克哈特惊叹卡姆科夫的激情与自取灭亡的蛮勇时，听众席中的左派社会革命党人发出了欢呼并高喊"打倒米尔巴赫！"②

他在发言中一次又一次地提及德国对乌克兰的占领及斯科罗帕德斯基酋长国政府，以此来证明德国的本性及其对俄罗斯怀有狼子野心。

米尔巴赫听到这些谴责后，仿佛若无其事似的。同列宁一样，他也根本不把左派社会革命党人的威胁当回事，认为他们只是在过过嘴瘾而已。可他们俩都在犯一个严重错误。他们俩谁也没有意识到，在剧院之外，斯皮里多诺娃和她的同志们已经做好了把他们的原则付诸行动的准备。他们已经掌控了契卡的必要部门，随时准备发起攻击了。

7月6日，星期六下午三点钟左右，也就是代表大会的第三天，两名契卡军官来到了位于钱巷——市西一条很富有的街道——的德

---

① 希尔：《行探异国》，第209页。
② 转引自洛克哈特，《一名不列颠代表的回忆录》，第299页。

国大使馆①。两人中年长的一位是契卡防止反革命部反间谍处处长雅科夫·布柳姆金②。布柳姆金是来自敖德萨的一名乌克兰犹太人,虽说很年轻——年方二十——但在革命的武装部队服役时有过引人注目的战绩,而且已经在契卡被委以重任。他的正式职务是监视外国代表和外交使团的活动,主要是德国人的活动。同契卡另外几个关键官员一样,他也是左派社会革命党党员,玛利亚·斯皮里多诺娃的一位亲密同志。她曾帮助制定了布柳姆金来此执行的这次行动的行动计划。③

布柳姆金和他的搭档随身携带了一份授权他们面见德国大使的文件,文件上有契卡的授权印章和契卡主席费利克斯·捷尔任斯基(也就是洛克哈特很讨厌的那个脸似刀刃的恶棍)的签名。米尔巴赫伯爵的助手,看到这份令状后肃然起敬,直接把这两个人领进客厅,带到了大使面前。

实际上,捷尔任斯基的签名是伪造的,印章是以非法的手段盖上去的,而且授权书都是布柳姆金以官方的口吻自己杜撰出来的。

这两名契卡队员与米尔巴赫交谈了几句,然后布柳姆金便拔出一把左轮,毫不迟疑地朝伯爵开了好几枪。米尔巴赫受了伤,试图逃跑,德国卫兵开枪还击,布柳姆金和他的同志爬到了窗外。布柳姆金逃跑时摔断了小腿,还中了一弹,但为了万无一失,他还朝屋

---

① 原文为 Denezhnyy pereulok,是俄文 Денежный переулок 的音译,意为 Money Lane。—译注。

② 原文采用的是乌克兰文拼法:Yakiv Blyumkin;俄文拼法为:Yakov Blumkin,并加了注。—译注。

③ 莱格特:《契卡》,第71—74页。

子里扔了一颗手榴弹。两名契卡队员成功地逃出了大使馆的地盘，一辆等候在那里的汽车拉上他们，冲回了总部。①

他们成功地完成了任务。当天晚些时候宣布了米尔巴赫伯爵的死讯。契卡和布尔什维克政府内部马上炸开了锅。捷尔任斯基本人企图逮捕布柳姆金和契卡队伍中的左派社会革命党人，不想反而让他们给逮捕并囚禁起来了。

左派社会革命党人的起义就这样开始了。尽管是暴动，但从来就没打算搞成政变，而只是想迫使布尔什维克废除其对德政策和对农民的政策。

就在同一天，显然与莫斯科所发生的事件没有任何联系，一直有协约国在背后秘密支持的反布尔什维克的军事领导人鲍里斯·萨文科夫，终于发动了其拖延已久的起义。继其放弃了五一政变后，他就一直在筹备对布尔什维克发起新的攻击，7月6日，他的部队夺取了对雅罗斯拉夫尔的控制权，雅罗斯拉夫尔是介于莫斯科和沃洛格达之间的伏尔加河上的一座小城，但它却是一处战略要地。萨文科夫的起义是由法国驻沃洛格达的使团资助的，资助数额高达数百万卢布之多，对此，洛克哈特是知道得一清二楚的。②

---

① 对该起事件的描述在细节上不尽一致。洛克哈特(《一名不列颠代表的回忆录》，第301页)听到的情况是米尔巴赫(Mirbach)是被布柳姆金的左轮打死的，而费吉兹(《一个民族的悲剧》，第633页)则称子弹都打偏了，伯爵是被手榴弹炸死的。莱格特(《契卡》，第74页)补充了摔断了腿这一细节。洛克哈特说布柳姆金进去见大使的托词是要与之讨论契卡发现的一个所谓的暗杀阴谋，而(提供了令状细节的)莱格特则称表面上的事由是要与大使讨论米尔巴赫的侄子被捕一事。

② 斯温(《俄罗斯内战探源》，第172—175页)暗示洛克哈特在萨文科夫

布尔什维克新闻界一片哗然，纷纷指控英法两国当了萨文科夫和左派社会革命党人的帮凶，他们的起义第二天便蔓延到了彼得格勒。那天一大早，列宁生怕德国可能做出什么令人惊骇的反响，于是给自己的副手斯大林发了一份电报，介绍了契卡内部爆出了问题的情况："这起暗杀行动显然符合君主主义者或者说英法资本主义者的利益。"列宁义愤填膺地谴责背信弃义的左派社会革命党人道，"我们今晚就要对他们进行清算，而且我们将告诉人民真相：我们距离战争已经间不容发了。"①

* * *

在彼得格勒，穆拉怀着又鄙夷又恐惧的心情目睹了当地左派社会革命党人的起义。鄙夷的是其精神上的贫乏，恐惧的是洛克哈特此时肯定已身陷其中的危险。听了莫斯科发生暴乱的小道消息，以及正在疯传协约国卷入了暗杀行动的传言后，她把已经推延了的雁得尔之行又往后推了推，并给他写信，倾吐了自己的忧虑。"你知道那可能意味着什么。"她说，指的是协约国卷入暗杀行动的传言，"我吓坏了，吓得不知所措了。"

星期天，也就是彼得格勒暴动的那天晚上，穆拉和弗朗西斯·克罗米一起去暴动现场看了看。凡是期待布尔什维克垮台的人，看了

（Savinkov）政变这个问题上是难逃干系的。他接到过贝尔福的命令，让他不要与萨文科夫有任何瓜葛，但7月6日他给这位外务大臣拍了一份电报，敦促协约国尽快进行军事干预，以巩固萨文科夫正试图守住的战略位置；在随后的几个星期里，他还擅自为萨文科夫筹措了资金。(厄尔曼：《干涉》，第231页）

① 转引自莱格特：《契卡》，第82页。

之后都会感到很失望。

  侍从学校是市中心的一所著名的军事学校,靠近涅夫斯基大街,距英国大使馆只有大约半英里远。革命后已被征用为左派社会革命党军事部门的总部,其职责是保护彼得格勒不受德国人和芬兰白军的攻击。①占据大楼的是一群不明就里的士兵,加起来有好几百人。绝大多数都是小伙子,多半是雇佣兵。他们的队伍所剩无几了,因为奋不顾身的左派社会革命党战士大都去对付俄罗斯偏远地方如高加索和西伯利亚的反革命力量去了。当红军逼近大楼,以不缴械就逮捕他们相威胁时,这些左派社会革命党人,由于对莫斯科所发生的事情几乎一无所知,于是就奋起反击了。围攻战打响了。红军发起了强烈进攻,在街对面的一家商场里架起了枪炮,炮轰侍从学校。左派社会革命党人则以步枪还击。②

  街上硝烟弥漫,穆拉和克罗米站在吓坏了却又入神的围观者中,对眼前的景象没提起多大的兴趣——"40分钟后他们失去了勇气,投降了",她在给洛克哈特的信中写道,"看了很可笑"。③有些守军举手投降了,有些则从屋顶上逃跑了。到9点钟时,整个战斗就全部结束了。彼得格勒的左派社会革命党就这样完蛋了,而在莫斯科,由于有着更完善的组织、更得力的领导,所以还在继续战斗。

  克罗米并不像穆拉那样把事情看得如此轻松。自从听到了米尔

---

① 拉宾诺维奇:《布尔什维克当政》,第184页,第299页。
② 契卡后来的一次调查表明,彼得格勒的左派社会革命党人原本并不打算抗击布尔什维克,他们多数都不是热忱的武装分子,也不清楚莫斯科的起义。红军对侍从学校的攻击是蓄意挑衅之举,旨在捣毁左派社会革命党在彼得格勒的权力基础。(拉宾诺维奇:《布尔什维克当政》,第300—301页)
③ 穆拉:致洛克哈特函,藏于利利图书馆。未署明日期,大概是1918年7月8日。

巴赫的消息后,他就开始销毁自己的官方文件了;一场危机正在到来,他认为留下文字记录并不安全。①这件事情是他完全没有碰到过的新情况。他习惯于在海上发号施令,但现在他是在一片不熟悉的水域航行,驶入的是一个充满阴谋和间谍活动的黑暗领域,每天都在跟秘密情报局的特工打交道,跟波罗的海地区各省的宣传与反布尔什维克活动打交道,这很令他紧张不安。

穆拉认为,他完全不是干这种事情的那块料,在这方面他缺乏天生的判断力。她利用他好八卦的秉性和容易为其魅力所迷住这两点,把他变成了她了解英国诸方面代表团情况的最重要的情报来源。她将自己发现的情况传递给了洛克哈特,提醒他谁跟他过不去,谁在背后说他的坏话,并安慰他说最重要的人——克罗米本人,就是一个——都是真心实意地。就连她在为米尔巴赫遇刺的危险后果而忧心忡忡,掰着指头计算再过多少天就要去雁得尔时,她也还在继续收集情报。

有一件事情把她吓了一跳。麦卡尔平少校(军事代表团一个跟洛克哈特唱反调的成员)跟人讲了个故事,说有人看到过穆拉"跟一个德国大使馆成员在莫斯科逛过街"。她对这种说法嗤之以鼻:"除了六个英国人之外,我没跟任何男性在一起过。"她告诉洛克哈特:"我怀疑是有人把你们中的哪一个当成德国人了。真是可笑。"②尽管嘴上说得轻描淡写,但内心里她还是让这个故事搅得忐忑不安,而且还刻

---

① 克罗米:1918年7月26日致霍尔上将函,引自琼斯:《英国关系文献汇编》第IV辑,第559—560页。
② 穆拉:致洛克哈特函,藏于利利图书馆。未署明日期,大概是1918年7月8日。

意指出她的朋友，秘密情报局的特伦斯·凯斯上校知道她反德的态度是何其坚决——他曾经开玩笑说她是亲手刺杀了米尔巴赫后才逃到彼得格勒来的。"在我内心里，从民族的角度说，"她写道，"我倒真希望是我……"

穆拉是一个天不怕地不怕的人，什么情况下都很少把事情看得真的很严重。可是洛克哈特顶着极度的压力，因为自己和英国在俄罗斯的未来利益面临了突如其来的冲突和危险，就更不想不把它当回事了。他苦苦地想念她，牵挂着她肚子里的孩子，加之对英国驻彼得格勒使馆那边很多听着像极其口无遮拦的飞短流长感到很惊讶，他约好了跟她通个电话，既是为了安慰她，也是为了敲打敲打她。

穆拉激动得说不出话来了——"一想到你在电话的另一头，我就激动得落了泪！"她放下电话就马上给他写信说："而我却不能捧住你的头，吻你的眼睛和嘴唇，让你把我搂入怀中……"①

他盘问她都跟人们说了些什么，又听到了些什么。莫斯科的形势比以往任何时候都要微妙，洛克哈特和克罗米已开始卷入穆拉尚不知道的反布尔什维克秘密活动，这些活动的全部情况洛克哈特甚至对他伦敦的上司也未和盘托出。他要求她告诉他，她对克罗米说过什么，而且提醒她注意自己的言谈。她也卷入了乌克兰的秘密活动，要是让她在彼得格勒的英国同事知道了，同时又误解了其目的的话，她的处境也会很不妙。

她反过来也怨怪他把她的轻率误当成粗心了。"你真逗！"她后

---

① 穆拉：致洛克哈特函，藏于胡佛研究所档案馆。未署明日期，大概是1918年7月8—10日。

来取笑他:"我说到信件遭到搜查时,你先是很焦虑不安——你是怎么想的——以为我很信任克罗米,是不是啊?你真是了不起!"她让洛克哈特放心,克罗米对她说的,她只信了一半——"而且不像你想的那样,我在他面前还是很留神的"。确实,有失谨慎的是克罗米——"他就是一台留声机,成天播放着大使馆所有讨厌的流言蜚语,"她说,"这也是我跟他套近乎的原因。"①

以这样冷嘲热讽的方式提到一个自己真正喜欢的朋友实在是有些不可思议,不过,别看穆拉嘴上说得轻巧,内心里还是很震惊和愤慨的,因为她没想到自己深爱的宝贝儿居然会怀疑自己。也许还略微有点警觉,对于审查,她也并不像原来所以为的那样,还是有些在乎的。

但有一件事是她深感担忧的,那就是洛克哈特的安全问题。在莫斯科,已日渐重掌契卡大权且在大力清洗左派社会革命党人的布尔什维克,正在想方设法对德国人进行赔偿,虽然他们划出了一条底线,只允许一个营的德国部队守卫其大使馆。尽管进行了大范围的宣传,说暗杀行动是由协约国在背后支持的,但外交部还是给洛克哈特配了一个保镖,防止德国人对其进行报复。

穆拉还是不大放心。②她感觉得到彼得格勒的街头正在泛起一股反英情绪。她的雁得尔之行——保护其腹中孩子名声的一个计

---

① 穆拉:致洛克哈特函,藏于胡佛研究所档案馆。未署明日期,大概是1918年7月8—10日。
② 洛克哈特后来称他曾笑拒了布尔什维克给他配的保镖,(《一名不列颠代表的回忆录》,第303页)但在穆拉的印象中他似乎并未拒绝。

策——是无法取消的，而等她回来时，洛克哈特也许早就离开俄罗斯或者遇上某种新的大麻烦的可能性看起来是越来越大了。她在彼得格勒的那些日子里，一封接一封地给他写信，直到她不能再拖了为止。

"如果我在那儿待的时间超过了一个星期，"她写道："但愿我不会的——可是万一——你务必相信①那只是因为火车和通行证出了问题。宝贝儿，千万别想多了。"②

到她出发前夕，她的希望已经落空了，但她不服输的精神和勇气却鼓了起来。"我真的很痛恨这一切。"她写道，对欺骗自己丈夫的做法感到惴惴不安："可我只想大声地对你说，让全世界都听到，我是那么爱你……你知道你的爱带来了什么吗？它把我从一个弱女子变成了一个女汉子，让我有了男人的正派感、幽默感，像男人一样看待什么是公平的，什么是不公平的。现在我这名先生已经不缺乏决心了。我知道自己想要的东西，而且我一定要得到它。"③

她怀着这样的想法入睡了，知道天一亮就得起床，开始这一趟令人讨厌的旅程。

---

① 原文中穆拉把"相信"（believe）误写成了beleive，原注指出尽管穆拉很有语言天赋，但她从来没有把含"ie"的词拼对过。此处，为了体现这一疏漏，故意将"务必"错成了"务比"。——译注。
② 穆拉：致洛克哈特函，藏于利利图书馆。未署明日期，大概是1918年7月6—7日。
③ 穆拉：致洛克哈特函，藏于胡佛研究所档案馆。未署明日期，大概是1918年7月10—15日。

9 穿越边境
1918年7月

7月15日，星期一，爱沙尼亚纳尔瓦

从某种特定的立场来看，这对她而言是一趟前所未有的艰难旅程，其难度甚至比她那几次去乌克兰搞那些两面三刀的把戏的危险之行，还要有过之而无不及。危险是穆拉可以从容应对的事情；但羞辱和贬损却伤到了她的灵魂。哪怕放到一年前，她都绝不可能想到雁得尔之行除了是一件乐事之外，还会是其他别的事情。此刻一想到自己到了那儿之后不得不做的事情，她心里就充满了厌恶之情。

这一天过得是那样的漫长而又困乏。她天没亮就起了床，收拾好了最起码的行李，因为她将不得不又一次尽可能轻装上路。5点半她登上了那辆邮车——之前孩子们去爱沙尼亚搭乘的就是这同一辆老式三套车，而且这种邮车依然是彼得格勒和边境地区之间唯一可靠的交通工具。以前认为还很快，但在一个蒸汽机和内燃机的时代，它已成了一个慢得令人恼火的老古董。三匹马拉着一小时接一小时慢腾腾地前行，每到一个村庄都会停下来，换完牲口，然后又以穆拉觉着跟步行差不多的速度出发上路。

1916—1918

在小城雅姆堡①以西，便是沼泽密布的沿海地区了——将爱沙尼亚和俄罗斯连接起来的湖泊、湿地和堤坝地带。吊人胃口的是，现已废弃的铁轨就在路边上，直直地横跨沼泽地。从这里开始便是边境地带，也就是分界线了。邮车在这里停了下来，接待和护送从俄罗斯到爱沙尼亚——或者如今穆拉眼里的德国——这边来的人是一群德国士兵。他们的接近，让穆拉觉得受到了羞辱，甚至是污辱。她感到了一种深深的耻辱，自己的同胞太可悲了，居然听任德国人的占领——他们"像孩子一样完全昏了头，任由那帮猪欺负"。②

在这一行人拖着沉重步子沿着那条笔直的沼泽路，朝边陲小城纳尔瓦艰难行进途中，其中一个士兵看上了她，悄悄地凑到了她身边。穆拉把头扭到了一边，浑身直打哆嗦。"你是德国人吗？"他用德语问道。

穆拉毫无表情地死死地盯着他，竭力控制住自己的情绪并努力装出一副听不懂德语的神情。士兵于是又结结巴巴用生硬的俄语问道："你是俄罗斯人？"

"是。"她冷漠而且（期望以）目中无人的口气肯定道。没错，她是俄罗斯人——怎么会有人竟敢厚颜无耻地认为她是德国人？她看

---

① Yamburg，今金吉谢普（Kingisepp）。

② 穆拉：致洛克哈特函，藏于胡佛研究所档案馆。写于纳尔瓦（Narva），未署明日期，大概是1918年7月15日。穆拉没有提到进入爱沙尼亚的许可证，不过作为爱沙尼亚人的妻子，她应该有权获得了一张可以允许她入境的"保护证"。此次旅行的日期，从洛克哈特的陈述（《一名不列颠代表的回忆录》，第307页）来推断，是7月25日，也即穆拉"离开莫斯科"前往雁得尔的第10天；参较其他证据（如他的日记和她在信中提到的各种历史事件），可以看出她指的是彼得格勒而不是莫斯科。

着像德国人？他真是吃了豹子胆。

最终她安全地过了边境，出面为她担保的正是帮助米姬带着孩子们过境的同一个友好的官员。到了纳尔瓦，她便直奔火车站而去了。现在终于有像话一点的交通工具了！她在候车室坐了下来，给洛克哈特写了一封信，用笔尖磨秃了的铅笔在她身上仅有的一张薄纸上倾吐了自己的感受。

"如果有什么值得一提的心灵感应的话，"她写道，"你，我的宝贝儿，肯定感觉到了我所经受的折磨。我不知道这一天是如何能够忍受下来的。"她竭力表达自己所感受到的侮辱——仿佛不得不跟德国人打交道是背叛洛克哈特及其国家似的——"那天真让我的自尊扫地，无时无刻不在遭人践踏"。只是想到了"小彼得"，才让她好不容易挺了过来。

她已经在担心令人疲惫不堪的返程了，但她更怕的是到达雁得尔以及她要在那儿做的事情。她把纸上剩下的空白处都塞了个满满当当，恳求道："宝贝儿，再见，我的宝贝儿爱人，我永生永世的爱人，照顾好自己，与我终身相依。上帝保佑。吻你，穆拉。"

她把这张薄薄的纸折好收了起来，希望有机会把它寄出去。很可能得等到她回去的时候了。可她还回得去吗？到那时洛克哈特还会在俄罗斯吗？说不定，他没准儿会遭到驱逐或被迫逃离这个国家——这样她就永远也见不着了——也有可能被投进了布尔什维克的监狱。穆拉甚至不愿想到他弄不好会有掉脑袋的可能性。

* * *

外交已经是死路一条了。洛克哈特还在跟自己在外交部的熟人会面，但所有合作的伪装都已经脱去了。他们的谈判和讨论已经变成了两个处在敌对边缘的国家之间的谈判和讨论了——虽然依旧彬彬有礼，个人之间甚至很亲切，但双方都已剑拔弩张。

洛克哈特已经彻底一屁股坐到了主张协约国进行军事干预那边去了。在东线与德国重开战火的唯一途径是布尔什维克所反对的。反对就反对吧，也顾不了那么多了。他现在面临的问题——令他七窍生烟的始终搬不掉的绊脚石——是英国外交部的犹豫不决。这帮人对他通过外交途径把俄罗斯拉回战争的计划嗤之以鼻，阻碍了其计划的实施，嚷着要直接进行军事干预，嘴上喊得比谁都凶，现在倒好，在一大堆后勤和政治的关键问题上又拖拖拉拉，迟疑不决。

起义和反布尔什维克冲突此起彼伏，遍及整个俄罗斯。白军、孟什维克、左派社会革命党军团都在作战，让红军的日子很不好过，而且到仲夏时，几乎整个西伯利亚都掌握在了反布尔什维克的人手中。而英国外交部、战时内阁及普尔将军还在决定如何利用这一优势的问题上左右为难。他们虽然力主武装干涉，却又发现没有足够的兵力。

解决这一问题的关键是捷克斯洛伐克军团。这个数万精兵强将组成的正规军军团，曾参加过沙皇军队的对德作战。和约签订后，该军团作为一支独立的兵团曾获得布尔什维克的许可，离开俄罗斯去了法国，继续与协约国军队并肩作战。由于德国控制了北方和南方的海上航线，因此决定让他们绕远路，经由跨西伯利亚铁路去海参崴。这条路可不好走。铁路交通断断续续，而且主要都用在了把德国和奥匈帝国获释的战犯从西伯利亚遣送回国上。沿途晚点是家常便饭，而这些捷克斯洛伐克士兵越来越不耐烦，越来越难以管束——既让布尔什维克头疼，也让他们自己的指挥官们感到棘手。托洛茨基曾下令强行解除他们的武装，结果愈发加大了摩擦。军团停止东进，反而又向西杀了回来。

在摩尔曼斯克，英国人需要这个捷克斯洛伐克军团就像需要呼吸一样。这么大的一个兵团可以一举解决协约国兵力不足的问题，从而使武装干涉得以实施。制定了夺取阿尔汉格尔斯克—莫斯科这根要害之轴，进而控制北俄罗斯的种种方案，所有方案都涉及利用捷克斯洛伐克军团并让他们与当地反布尔什维克势力，如鲍里斯·萨文科夫那股小小的叛军，协同作战。

在莫斯科，洛克哈特密切关注着事态发展并力所能及地提供了各种帮助，与此同时还在软磨硬泡要求白厅抓紧推进这项工作。莫斯科的反英情绪正日益高涨，而从穆拉的来信中可以看出彼得格勒的局面也同样在一天天恶化。

英国的计划是在7月初开始出现严重问题的。在摩尔曼斯克，普尔将军在对到来的捷克斯洛伐克军团和一支美国军队都感到绝望的情况下，把其主力部队登陆阿尔汉格尔斯克的时间推迟到了8月份。可莫斯科与摩尔曼斯克之间的沟通处于时断时续的状态，而秘密监视叛军动态的洛克哈特没能及时提醒萨文科夫，阻止其在左派社会革命党莫斯科行动的那一天在雅罗斯拉夫尔发动起义（雅罗斯拉夫尔是从莫斯科过伏尔加河到阿尔汉格尔斯克这条线路上的一个要冲之地)①。他的几百名战士被红军围困在了城中。

南俄的一个红军将领站了出来,支持左派社会革命党,让自己的部队调转枪口对准政府,拟成立一个伏尔加独立共和国并对德宣战。红军正处于内外交困、四分五裂的状态,而与此同时,那支捷克斯洛伐克军团还在大举长途西进,正奔向战争的下一个转折点。

军团须途经乌拉尔的叶卡捷琳堡市。这是一个平坦乏味的地方,很不起眼,可是它很快就将变成俄罗斯最臭名昭著和最恐怖的城市。在市中心一所呆笨、昏暗但很舒适的商人的房子里住着前沙皇尼古拉二世、皇后和他们的五个孩子,凑凑合合平静地度过了遭监禁的几个月,也不知道最终会怎么处置他们。这个问题不经意间有了确定的答案,而决定这个答案的正是捷克斯洛伐克军团的到来。由于军团开始包围叶卡捷琳堡,7月16日到17日的夜里,当地契卡的头目决定将沙皇全家——父母、孩子及所剩下的几个仆人统统处决。当天夜里,就在这所房子里,沙皇一家惨遭杀害。

第二天消息传到了莫斯科,洛克哈特是将这一骇人听闻的消息电告外界的第一人。②

到这一天时,他自己的处境也变得更加严峻了。英国人与捷克斯洛伐克军团联盟成了一个已知的事实——它把英国摆在了直接与俄罗斯开战的位置上——布尔什维克对洛克哈特的看法现在成了彻

---

① 斯温:《俄罗斯内战探源》,第172—175页。洛克哈特在其回忆录中断然否认自己支持过萨文科夫以及雅罗斯拉夫尔(Yaroslavl)起义。(《一名不列颠代表的回忆录》,第303页)。事实上,他是知道这次起义的,而且在起义开始后曾试图出钱帮助萨文科夫。(厄尔曼:《干涉》,第231页)
② 洛克哈特,《一名不列颠代表的回忆录》,第304页。

头彻尾的怀疑。只有他与政府中的某些中层成员培养起来的友好关系,加上他(已不再准确的)亲布尔什维克的名声保护他了。莫斯科和彼得格勒的所有英方人员都接到禁令,不得旅行,而且也不再有任何直接与外界取得联络的可靠方式了。他似乎已有年把时间没有听到穆拉的任何音信了。他开始极度担心她的安全了。

* * *

7月20日,雁得尔

她简直无法忍受这里的一切,比她所能想象的还要糟。她快到边境时,那个德国士兵试图跟她调情时的感受,跟她眼下所感受到的愤怒与憎恶一比,根本就算不了什么。

伊凡,她所谓的丈夫,原来沙皇的军官兼外交官,俄罗斯忠诚的儿子,已经一心一意地投靠德国人了。他已经把自己成功地变成了一个德国人,好像爱沙尼亚德国人还不够多似的,到处都是他们的士兵。连雁得尔都住着一个德国军官——这儿曾是她的家,曾是她英国的朋友聚会游乐的场所!她丈夫非但不把他视为占领家园的敌人而避之不及,反而还把他当作座上宾,在一张桌子上吃一个锅里的饭。穆拉感到很震惊。[①]

不管这个军官是否意识到了她的鄙视之情,伊凡肯定是注意到了的。很快他们两口子就故态复萌,争论起政治问题来了。伊凡指责她站在协约国一边,说对了一半,但也很荒唐;在对他不利之前,

---

[①] 穆拉:致洛克哈特函,藏于胡佛研究所档案馆。写于雁得尔(Yendel),日期署为"星期六",大概是1918年7月20日。

他一直也是他们的朋友。他又是如何忠诚于爱沙尼亚的呢？雁得尔主人新效忠的主子，会让他在当地人中交不到什么朋友。爱沙尼亚的德国占领者们目前的所作所为同乌克兰的那些占领者如出一辙。政府里青睐波罗的海日耳曼人。而爱沙尼亚人则遭到排挤，工人们都下了岗，工资减少了，报纸和爱沙尼亚的文化团体受到了打压，波罗的海日耳曼人地主拱手给德国殖民者送上了大片农田，他们多数人都希望爱沙尼亚完全并入德国。①原沙俄帝国的这个省，虽缺乏独立性但至少有一些自己的文化特征，眼下正在全盘德化，这令穆拉感到很不舒服。

伊凡给了她一个选择——要么选择他，要么选择自己的信仰。②

就算她能够让自己屈服于任何一个男人，她也不可能为了伊凡而这样做。来这儿之前，她还为自己按计划的方式利用和欺骗他而有些于心不安。毕竟，也会连带着把孩子们给骗了。可现在她觉得自己实在无法骗下去了，却完全是因为别的原因。穆拉不想让自己的丈夫碰自己。这个她曾引为浪漫，与之朝夕相处，为其生过两个孩子的男人，无论是从身体上还是从道德上都让她感到厌恶。

她在给洛克哈特的信中写道："我想尖叫，说我一点也忍受不下去了。只是想到了他，咱俩的小家伙，我才只好硬着头皮坚持——可是我不知道，宝贝儿，我能不能坚持到底。"③她所想要做的就是扔下一切赶紧回到俄罗斯，回到她唯一心爱的人身边。

---

① 劳恩：《爱沙尼亚与爱沙尼亚人》，第105—107页（Raun, *Estonia*, pp.105-107）。
② 穆拉：1918年10月13日致梅里埃尔·比尤肯宁函，藏于利利图书馆。
③ 穆拉：致洛克哈特函，藏于胡佛研究所档案馆。写于雁得尔，日期署为"星期六"，大概是1918年7月20日。

仅有的一丝安慰是好在爱沙尼亚处于军事统治之下，孩子们很安全。乡村的秩序已经得到了恢复，农民匪徒和闹事者暂时消停了。可她想念自己的孩子，想着能拥抱他们，担忧他们的未来。但就连孩子们也不能把她牢牢地绑在雁得尔，敌不过来自几百英里之外的莫斯科那头，洛克哈特的吸引力。

她将自己的计划搁置到了一边，当面驳回了伊凡的最后通牒，丢下做母亲的职责，离开了雁得尔，重新奔向边境。未来能够照顾好自己的，当下，她想要的是自由，还有洛克哈特。

* * *

英国驻莫斯科使团的日子已屈指可数了。协约国在俄罗斯的前景黯淡——除非他们挺起脊梁骨，以征服者的姿态大举挺进。捷克斯洛伐克军团控制了俄罗斯中部，而协约国却毫无与之匹配的东西。由于夹在中间，处在前不着村后不着店的雅罗斯拉夫尔，萨文科夫的起义快要偃旗息鼓了。这场起义曾经蔓延到了附近的城镇，但缺乏必要的支援和武器装备，顶不住红军的进攻。7月21日，星期天，经过了两周的激战后，萨文科夫仅存的几百名战士投降了。[①]鲍里斯·萨文科夫本人又一次逃走了，以图东山再起，给布尔什维克制造麻烦，可协约国的计划却遭受了一次沉重打击。眼下在阿尔汉格尔斯克登陆的任何一支军队想要一路打到莫斯科都胜算渺茫，除非兵力充足。

[①] 斯温：《俄罗斯内战探源》，第172—176页。

7月25日，出现了一次惊慌之举，自春季以来就一直无能为力地窝在沃洛格达，只能监测事态发展而在实际外交上基本上发挥不了什么直接作用的英、法、美、意大使馆官员们，突然拔营启程，逃往阿尔汉格尔斯克，两艘轮船已在那儿恭候，准备将他们撤离。促成这次行动的是普尔将军发来的一条电文，称其部队不日就要在阿尔汉格尔斯克登陆了。大使们都生怕成为俄罗斯人手中的人质，他们的紧迫感非常强烈，害得几个掉队的英国人晚到了一点，不得不冲到码头，爬上了正徐徐起航的轮船。①

"至此沃洛格达插曲算是画上了一个句号，"洛克哈特在日记中酸溜溜地写道，"顶多算一段愚蠢透顶的插曲。"②

洛克哈特和几个手下眼下在莫斯科孤立无援了，而克罗米和他的小组在彼得格勒也处于类似境地。大使们的撤离，洛克哈特和克罗米事先都没得到任何通知，布尔什维克当然也没有。不过他们都猜对了一点，军事干涉肯定迫在眉睫了。虽然得到了人民外交委员格奥尔基·契切林的一再保证，但洛克哈特清楚他和他的人实际上已经成了他们对付协约国行动的潜在人质，随时都有可能遭到逮捕。③

见过契切林之后，洛克哈特回到了精英酒店自己的房间，开始准备大伙儿的撤离。已经商定好了，他离开之后，乔治·希尔上尉和西德尼·赖利将留在俄罗斯，继续完成他们秘密从事反革命活动

---

① 凯特尔：《干预之路》，第298页；厄尔曼：《干涉》，第234页。
② 洛克哈特：1918年7月25日日记，《日记·卷一》，第39页。
③ 洛克哈特：《一名不列颠代表的回忆录》，第306—307页。

的使命。①别的人都一律必须离开。

到今天,洛克哈特阴郁地算道,穆拉离开彼得格勒前往爱沙尼亚已经十天了,而他还是没有听到半点音信。②十天。他手边有一封她最后的来信。"如果我在那儿待的时间超过了一个星期,"她写道,"你务必相信那只是因为火车和通行证出了问题。宝贝儿,千万别想多了。"她曾保证她一回到俄罗斯就会直接来莫斯科——"如果到那时还有可能的话"。③

如果可能的话。她也知道,他做了这样有风险的事情,在这里没准儿待不了那么久。十天杳无音信,一无所知;自从他上次见到她搂着她已经整整三个星期了。真叫人难以忍受。难道他离开前就再也见不到她了吗?如果现在离开的话他又怎么能知道她出了什么事情呢?

就在身边的人继续做各种各样的离开的准备工作时,洛克哈特陷入了懒洋洋的状态。他推迟了动身时间。第二天还是没有穆拉半个字的消息,但他还是迟迟不肯离去。他人都快疯掉了,夜不能寐,处理不了公务,集中不了思想,满脑子想的全都是她。他在自己的屋子里坐了好几个钟头,一个人不过脑子地在那儿一把接一把地玩纸牌,"缠着希克斯要他回答一些愚蠢透顶的问题"。④一向耐心、始

---

① 希尔:《行探异国》,第212页。
② 在《一名不列颠代表的回忆录》(第307页)中,洛克哈特写的是她离开莫斯科已经十天了,信函和日记都表明这是一个笔误,他指的是彼得格勒。这个笔误可能是因为在其回忆录的这一部分中,他在掩盖和隐去穆拉的活动和行为方面的情况所致。
③ 穆拉:致洛克哈特函,藏于利利图书馆。未署明日期,大概是1918年7月6—7日。
④ 洛克哈特:《一名不列颠代表的回忆录》,第307页。

终忠诚的希克斯能够理解。他喜欢穆拉,他之所以留下来有他浪漫的考虑——具体说来就是年轻的柳芭·玛琳娜,她和穆拉都成了洛克哈特和希克斯身边亲密小圈子里的一员。①但是耐心和忠诚肯定都是有自己的极限的。又过了一天,还是没有任何消息。出发的时间不能永远拖延下去,洛克哈特很快就得决定动身了。

星期天下午,也就是沃洛格达的大使们逃离三天后,萨文科夫的起义失败一周之后,洛克哈特房间里的电话响了。他抓起电话,怀着一阵极大的喜悦之情听到电话那头传来了一个清脆熟悉的声音。是穆拉打过来的,她已经平安无恙,毫发无损地回到了彼得格勒,就是让这一趟冒险之旅给累得气喘吁吁了。她当夜就会去赶开往莫斯科的火车。明天她就会跟他在一起了。

笼罩在洛克哈特头上的无精打采的阴霾一下子就烟消云散了。"当时的那种反应真是妙不可言。"他后来回忆道,"现在什么都不重要了。只要我能再次见到穆拉,我就觉得自己能够面对一切危机,面对未来也许为我准备的一切不快之事。"②

* * *

一回到洛克哈特的怀抱,穆拉就滔滔不绝地把自己的故事倒了出来。从爱沙尼亚回来的那一路上是一次可怕的磨难——从雁得尔到彼得格勒整整走了六天,途中有时还得步行经过可怕的危险和困

---

① 柳芭·玛琳娜(Lyuba Malinina)是前莫斯科市长米哈伊尔·切尔诺可夫(Mikhail Chelnokov)的侄女,早在洛克哈特任莫斯科领事初期就成了他的好朋友。
② 洛克哈特:《一名不列颠代表的回忆录》,第307页。

难地带，不是偷偷摸摸地从德国边境哨兵身边溜过去，就是靠着自己的魅力让他们放行。(几个月后她听说那个过境时帮过她的官员因为帮助了一名英国间谍而被逮捕了，而且还向他出示了一份关于她的卷宗)①但不管怎样，她回来了——安全地回来了，而且是像以往一样，带着满满的爱回来了。为了庆祝，这对情侣开车去了彼得罗夫斯基公园的另一家叫"雅店"的豪华夜餐馆吃晚饭。②

由于过度沉溺于她回到身边的喜悦，洛克哈特或许没想到去质疑她所讲的故事的真实性。两百英里的路程花了六天，用时也太长了吧，就算她得走22俄里③从纳尔瓦步行到雅姆堡是确定无疑之事，这一点她事先也早就知道。④这一趟行程始终都笼罩着一层神秘气氛。她在后半生中会进一步夸大其词，说什么从雁得尔到彼得格勒，她全程都是走着去的。⑤她在途中也许去过别的地方，也有可能在雁得尔没有待像她所说的那么久，这些可能性洛克哈特从来都没提出来过——至少是从未写下来过。他是唯一的知情人，因为她回来后对他讲了这段经历。⑥

---

① 穆拉：1918年10月28日致洛克哈特函，藏于利利图书馆。
② 洛克哈特：未公开出版的1918年7月29日日记。
③ 1俄里(verst) = 2/3英里
④ 穆拉：致洛克哈特函，藏于胡佛研究所档案馆。写于纳尔瓦，未署明日期，大概是1918年7月15日。
⑤ 这里依据的是其女儿塔尼娅（亚历山大：《爱沙尼亚的童年时光》，第152页）的说法，不过她对这一说法的真实性也深表怀疑。
⑥ 穆拉对《一名不列颠代表的回忆录》一书有监督权，而且曾要求他加以修改，删掉了其中"从事间谍活动方面的内容"（穆拉1932年6月18日致洛克哈特函，藏于利利图书馆）。

此行最后一段,她的腿脚倒是够快的。她当即就登上了开往莫斯科的火车,而放在以前,她总得等到通过外交界的朋友弄到通行证和车票才成。现在,有了契卡这一权威后盾,在俄罗斯境内她可以想去哪儿就去哪儿。而这样一来,从雅姆堡到彼得格勒花了那么长的时间,就更不可思议了。

毫无疑问,穆拉到达莫斯科后的次日,几百英里之外的基辅就发生了一件令人震惊和不安的事情,这完全是巧合。7月30日,星期二,陆军元帅赫尔曼·冯·艾希霍恩这个遭人憎恨的驻乌克兰德军总司令遭到暗杀,此人实际上是斯科罗帕德斯基酋长的"太上皇"。一辆路过的出租车里扔出一颗炸弹,扔进了他的汽车,给他和一名助手造成了致命伤害。这名助手,一个叫德雷斯勒的上尉因失血过多而身亡。陆军元帅艾希霍恩多处受伤,在医院里苟延残喘了几个小时之后,也死于了心脏病发作。[①]

对这起谋杀事件的反应各方不一且耐人寻味。刺客是一个二十三岁的学生,来自莫斯科,名叫鲍里斯·顿斯科伊,当场就被捕了。德国军方当局在审问他时,上来就问的第一个问题是:"你认识洛克哈特吗?你知道我指的是谁吗?"他们把审讯报告给莫斯科传了一份,外交人民委员契切林给了吓了一跳的洛克哈特一份摘要。契切林和他的副手列夫·卡拉汉对整个这件事都幸灾乐祸——从他们个人的观点看,这是帝国主义者违背无产阶级意愿所罪有应得的下场。[②]不难想象,布尔什维克内部希望这个德国陆军元帅不得好死

---

① 转引自1918年8月1日《泰晤士报》第6版上的官方新闻稿。
② 洛克哈特:1918年7月31日日记,《日记·卷一》,第39页;洛克哈特:《一名

的也大有人在。

一开始，顿斯科伊否认了同洛克哈特或任何英国人有联系。他是左派社会革命党党员，是在替米尔巴赫遇刺事件后自己遭到镇压的同志报仇雪恨。可是到了8月10日星期六这一天，在按照德国军事法庭的判决公开在基辅处决顿斯科伊时，他却声称自己所在的左派社会革命党小组早已被协约国的代表们所"收买"。①

托洛茨基和列宁都愤怒至极。尽管某些人民委员关起门来会说些什么，但列宁很看重俄罗斯与德国的和平相处，而且已经开始公开发表演讲，称德国是俄罗斯唯一的朋友，而"英法帝国主义此刻正对苏维埃共和国构成巨大威胁"；眼下他对艾希霍恩暗杀事件进行了公开抨击，称其为协约国企图挑起德国干涉俄罗斯的一次图谋。②

与此同时，乔治·希尔——他手下的特工自该年春天以来就一直活跃在乌克兰——与托洛茨基进行过一次临时会面，两人长期以来关系一直亲密友好。在这名英国军官的眼前，怒火中烧的托洛茨基一把撕掉了希尔的旅游通行证，并把他从自己的办公室轰了出去。裂痕并未到此为止。那天傍晚晚些时候，希尔接到了他在契卡的一个熟人的密报：托洛茨基已下令逮捕他。希尔上尉是一名经验丰富的特工，曾两次躲过德国刺客的暗杀，对此他早就有所准备了。他丢下自己的大多数物品，只带了他信赖的藏剑棍杖，溜出了精英酒店，设法赶到了他早已偷偷安排好的一所安全公寓。他已经成了一

不列颠代表的回忆录》，第308页。
①《泰晤士报》，1918年8月13日，第6版。
②《泰晤士报》，1918年8月15日，第5版；凯特尔：《干预之路》，第298页。

个被追捕的人,从现在起将靠自己的智慧生活了——一种他完全习惯了的生存形式。①

如果说希尔或者他在乌克兰的特工与艾希霍恩暗杀事件有任何牵连的话,他从来没有在正式出版物中承认过。同样,如果说洛克哈特知道此事,或者如果说穆拉并没有把所有的时间都花在对自己丈夫的触碰不寒而栗或长距离走路上的话,他们俩都彻底掩盖了自己的行踪。有一个人没把自己的每一条痕迹都擦得很干净,这个人就是弗朗西斯·克罗米,他一直忙于策划在各条战线上对付布尔什维克的种种阴谋。7月26日他在给海军情报机构的头头霍尔上将的信中称他已经"派了一名可靠的特工去基辅与黑海阴谋保持联系"。②

按照西方媒体的说法,布尔什维主义注定要完蛋了。就连列宁本人7月28日在中央执行委员会上讲话也充满了悲观情绪。他讲到了与德国"举步维艰而又颜面尽失的和平",讲到了帝国主义协约国、白军及左派社会革命党反革命者是如何正在开始"在东线打造一个铁环,以达到扼杀苏维埃共和国之目的"。甚至连德国报纸也在预言"布尔什维主义必将崩溃"③。

穆拉既大睁着双眼,又用纤巧的手指按着每一根脉搏,崩溃了她有崩溃的准备。同样,不崩溃她也有不崩溃的准备。无论谁存谁忘,她都一定会活下来。自她天真地投靠那个由统治者变成逃犯继

① 希尔:《行探异国》,第213—214页。
② 克罗米:1918年7月26日致霍尔上将函,引自琼斯:《英国关系文献汇编》第IV辑,第559页。认识克罗米可以接触的这个人,结合对有名的秘密情报局特工的活动记录,如果不是穆拉,则很难猜出这个"可靠的特工"还能是谁。
③ 《新自由报》(*Neue Freie Presse*),转引自《泰晤士报》,1918年8月15日,第5版。

而又变成了流亡的贱民的克伦斯基以来,她已经有了很大的长进(穆拉最近在红色报纸上看到克伦斯基第一次在伦敦公开露面时让"工人给揍了一顿"的消息后,还淡淡地笑了笑①)。

她已经学会了如何与潮流保持同步——与狼群一起跑的同时又与猎人一起追。她还没有学会的是如何才能不伤心欲裂。

---

① 穆拉:致洛克哈特函,利利图书馆。未署明日期,大概是1918年7月5日。苏维埃的报道有些言过其实。偷偷抵达伦敦后,他会见了劳合·乔治,让其相信了俄罗斯人愿意把德国人赶出去。英国政府曾试图让他闭口,因为担心惹恼布尔什维克(厄尔曼:《干涉》,第209页)。6月26日,他突然意外地出现在了工党会议上;多数代表都对他鼓掌表示欢迎,但也有一小部分能造声势的人给他拼命地喝倒彩。搞不清楚他是如何能够按他自己的说法"直接从莫斯科"而来伦敦的(《曼彻斯特卫报》,1918年6月27日,第5版;1918年6月28日,第4版)。

第二部

爱情与生存
1918—1919

那是很特殊的时代,生命是所有商品中最廉价的,没人能看到未来的二十四小时。我们藐视过所有的传统。我们一起到过世界各地,在一个度日如年的时期,甘险与共。

罗伯特·布鲁斯·洛克哈特:《告别荣耀》,1934年

10 洛克哈特阴谋
1918年8月

如果布尔什维主义要崩溃的话,那么现在就到了其基础破裂、基石垮掉的时候了。英国的军事力量,两个多月来一直都是谣传和猜测的话题,终于在8月2日,星期五,开始在阿尔汉格尔斯克登陆了。协约国已经下定决心开辟他们对德作战的东部战线,并打算冲破布尔什维克的阻拦去做这件事情。

那个炎热夏天的周末,这消息就像个火球一样飞速地从一个城镇蹿到另一个城镇,从报纸上蹿到了人民委员办公室,而且越来越大。据说普尔将军已率一万人登陆——不,是两万;不,是五万,不,是十万人的协约国大军已经上了岸,将很快沿沃洛格达—莫斯科一线蜂拥南下,与伏尔加河上的捷克斯洛伐克军团会合。与此同时,日军七个师正从西伯利亚袭来;协约国部队将联手击败红军仅有的几个忠诚之师,把布尔什维主义扼杀在摇篮之中。

一些头脑欠冷静的人民委员开始慌神了,并且采取了行动,准备销毁布尔什维克的档案文件。外交部的列夫·卡拉汉告诉洛克哈特,必要时政府将转入地下,展开斗争。与此同时,他们向自己的新朋友求援。在德国驻俄大使馆的一次会议上,新任大使卡尔·赫弗里希拒绝了布尔什维克提出的建立俄德军事联盟以应对英国进攻的紧急请求。相反,他偷偷地给柏林去电建议德国现在应采取行动,打垮布尔什维主义。他的建议虽然与德国的官方政策背道而驰,但在政府中却获得了许多人的支持。不过这是不可能的事情;德国西线春季攻势失败后还没缓过劲儿来,抵抗那儿的敌军进攻都捉襟见肘,压力重重;若其东部边境再生混乱与战事那将是不可想象的。于是,不想落一个和其前任一样的下场或是因为协约国的侵袭而困在了莫斯科的赫弗里希,在莫斯科只待了一个星期,就打道回府,回柏林去了。①

布尔什维克的领袖们开始明白什么是真正的恐惧了,于是对于凡是在他们看来构成威胁的一切展开了比以往更严厉的打击。阿尔汉格尔斯克登陆几天之后,莫斯科和彼得格勒便开始了逮捕英国人的行动。一夜之间,洛克哈特和他的手下就变成这个国家的敌人了。

* * *

穆拉自打从雁得尔回到莫斯科后,就开始跟洛克哈特生活在一起了,她之所以形影不离地待在他身边,一是她不想与他分开,但同样重要的另一个原因则是时局的力量不允许她离开他。

后来人们始终相信还有别的关系,让她待在莫斯科。她在乌克兰从事间谍活动的日子已经结束了,但是契卡有一项更迫切的任务

---

① 按照凯特尔(《干预之路》,第313—314页)的说法,赫弗里希(Helfferich)是因其过激的反布尔什维克建议才被召回的。洛克哈特(《一名不列颠代表的回忆录》,第309—310页)得到的消息是,他是因为担心即将到来的入侵才回去的。

有待她去完成。①能博取这名不列颠代表的真心使得她成为一名理想的间谍；和他住在一起使她处在了一个再好不过的位置。后来人们会相信——虽然从未得到证实——她从洛克哈特使团内部向契卡传递了情报。

倘若她做了问心有愧的事，其动机是深刻而复杂的，是生存的意志使然。她对洛克哈特的爱是刻骨铭心的，令她既兴奋不已又茫然不知所措。不过于穆拉而言，生存的本能还是要更为强烈，在下注时学得精明而谨慎了。

生存是头等大事，对于一个生活在1918年这个红色浪涌中的贵族阶级妇女来说，这绝非是一件轻而易举就能做到的事情。她这个阶层像她这样的其他人——贵族、资产阶级、有钱人、有产有土地者——都是布尔什维主义决心要杀掉的恶魔，而且是想真正地去杀。凡是不想或是想不到办法或者没有门路逃出俄罗斯的人都将遭到驱逐，成为自己祖国的敌人。针对他们的运动一直呈缓慢上升趋势，但在1918年春夏之交时势头越来越猛了。革命之后列宁起草了《被剥削劳动人民权利宣言》，这一宣言在1918年1月召开的第三次苏维埃代表大会上获得了通过。宣言给这个新国家取了一个名字——俄罗斯苏维埃共和国——并成为这个国家的首部实用宪法。②宣言缔造

---

① 穆拉1918年8月大部分时间的活动都没留下任何记录。不过，既然找不到一封她写的信，那她很可能就跟洛克哈特在一起。她在其他（如洛克哈特的）著述中露的那几面表明她人在莫斯科。她是不可能以间谍的角色再去基辅的，但没有证据能证明这一点。

② 费吉兹：《一个民族的悲剧》，第516—517页。网上可找到该宣言的全文，俄文版网址为：www.hist.msu.ru/ER/Etext/DEKRET/declarat.htm；英文版网址为：www.marxists.org/archive/lenin/works/1918/jan/03.htm（检索日期：2014年4月8日）。

了红军和苏维埃官僚机构，否掉了俄罗斯的主权债务，废除了财产和资本的私有制，实行了俄罗斯土地、工业和银行的国有化。1月底之前，大部分农村土地和城市房屋都已被政府根据一个更早的法令没收，但私人住宅和个人财富，除遭到泛滥成灾的抢劫和擅自占用外，基本上都没有受到触及。不过从1918年春天起，情况就不一样了。

穆拉所属阶层的人都被官方称为"前朝旧人"。他们失去了权力和土地，现在又到了剥夺他们所剩下来的一切的时候了。到了盛夏时，越来越多的人成了无家可归的人，或者只能和别人挤在一起住了，而且还要被强迫劳动；现在甚至在传要把诸如神甫和地主之类的一些更难缠的捣乱分子送进集中营了。

在银行有保险箱的人都被迫上交了他们存在里面的钱物。富人中那些更有远见的人已经把值钱的东西不是封进了自家宅子的墙壁里，便是埋到了园子里。① 在彼得格勒生活的穆拉，手头拮据得很，根本就买不起价格高得惊人的食物、燃料和衣服，无力维持自己和年事已高且疾病缠身的母亲的生计。春天的时候，她通过自己的老板休·利奇卖掉手上的股票，筹集了一些现金，又向丹尼斯·贾斯汀借了一万卢布，以让自己渡过难关，洛克哈特听说后深感震惊。"别因为我没向你开口而生气，"她给他写信说，"因为我是有意不想我俩之间有钱的问题的，宝贝儿，明白吗？"② 不过她在信的页边空

---

① 史密斯：《前朝旧人》，第133—137页。
② 穆拉：致洛克哈特函，藏于胡佛研究所档案馆。未署明日期：很可能是1918年5月。此时，10000卢布并不是一大笔钱。给个大致的参考吧，1普特（约合16公斤）的面粉易手的价钱要超出350卢布，打一辆出租要花100卢布；俄罗斯陷入恶性的通货膨胀，而且到了1919年初，黑面包的价格为每磅20卢布，

白处还是提出了面粉和食糖方面的请求，而且她母亲的健康始终是她担心的事。① 玛利亚·扎克列夫斯卡娅知道自己女儿与洛克哈特的友情，并且认为他相当年轻。"多聪明的一张脸——但他看上去只有18岁！"穆拉给她看他的照片时，老人家说道。穆拉去雁得尔时，心里充满了不祥的预感，曾做出过安排，必要时她母亲可以给洛克哈特打电话，而洛克哈特则会在经济上照顾老人家。② 从她感到有必要做这样的准备这一点就可看出，她是有更坏的心理准备的，她也许要去做一件比去见自己的丈夫要更为危险的事情——比方说，顺便去一趟基辅。

穆拉已经成功地避免了最恶劣的生活条件，而她这个阶层的人目前的生活条件正在降低到这样的程度。她已不再有自己的（说得确切一点，是伊凡的）房子了，但她却设法保住了她母亲在夏帕勒尔纳亚街③8号的公寓，靠近涅瓦河和英国大使馆。是如何保住的，她从来没有透漏过。④

一套二手衣服要2000卢布，一双靴子要800卢布（引自外交部《俄罗斯问题白皮书》[Foreign Office, *White Paper on Russia*]中的各种报告，第16页，第22页，第24页）。

① 食物极其短缺且价格极其昂贵，弗朗西斯·克罗米4月份曾提醒凡是派往俄罗斯的英国官员均须随身携带6个月的给养（1918年4月16日致霍尔上将函，引自琼斯：《英国关系文献汇编》第IV辑，第552页）。
② 穆拉：致洛克哈特函，藏于利利图书馆。未署明日期，可能是1918年7月6/7日。
③ Shpalernaya ulitsa（俄文 Шпалерная улица 的音译），原注为 Tapestry Street，此处按中文通行译法音译。——译注。
④ 穆拉：致洛克哈特函，藏于利利图书馆。未署明日期，很可能是1918年7月8日。她后来的确暗示是颇费周折经过了一番讨价还价的，而且为了"找到解决问题的办法"，她还不得不"使出了浑身解数"（se mettre en quatre）（穆拉1919

1918—1919

比剥夺财产还要糟糕的是布尔什维克政府和契卡的态度。由于他们对权力的掌控看似要失控了,他们对于"前朝旧人"就变得愈发不能容忍了。那年晚些时候,一名资深契卡官员将会宣布:"我们是在把资产者作为一个阶级来消灭。在侦讯过程中,不要寻找被指控者从事反苏维埃政权……的证据。你首先应该问这样几个问题:他属于哪个阶级?他是什么出身……而且被指控者的命运也应该由这些问题来决定。"①哪怕这个阶级已经几乎被打败了,但阶级斗争仍是前进的方向。"除了用暴力镇压剥削者,"列宁说,"没有别的办法解放人民群众。契卡就是干这个的,其中也就包括了他们对无产阶级的服务。"②

也不知是用了什么办法,什么强迫劳动啦,个人物品被盗啦,遭到驱逐啦,遭到逮捕和审讯啦,这些穆拉都躲过去了,尽管她很显眼,有那样的背景,且谁都知道她跟彼得格勒和莫斯科的那些英帝国主义的代表团打得火热,而这些个代表团到了1918年夏还被契卡认定参与了各种反革命活动。她本人曾经是契卡的一员,但在7月的左派社会革命党起义之后,契卡一直在进行内部清洗,肃清潜在的反革命渗透者。穆拉肯定看着像一个潜在的清洗对象。

有一件事救了她。历史将得出这样的结论,除了在派她去乌克兰从事间谍活动的安排之外,她还签订了一项协议。契卡最高层

年 2 月 18 日致洛克哈特函,藏于利利图书馆)。

① 马汀·拉齐斯:发表在契卡期刊《红色恐怖》1918 年 11 月号上的文章(Martin Latsis, article in the Cheka periodical *Red Terro*),转引自莱格特:《契卡》,第 114 页。

② 列宁:1918 年 11 月 7 日演讲,转引自莱格特:《契卡》,第 119 页。

的两个人——主席费利克斯·捷尔任斯基和他的助手雅科夫·彼得斯——正在静悄悄地密切监视弗朗西斯·克罗米和罗伯特·布鲁斯·洛克哈特，而在7月末8月初穆拉在莫斯科安顿下来时，他们正在开始刺探这两个英国代表最隐秘的勾当。

* * *

自从穆拉上次跟他在一起之后，洛克哈特的使团和家庭方面已经发生了变化。所有留下来的人就是洛克哈特本人、他的秘书乔治·林格尔、年轻的中尉盖伊·坦普林，当然还有他忠诚的得力右臂威尔·希克斯上尉。乔治·希尔已经躲藏起来了，丹尼斯·贾斯汀已经早就离开了，在登陆前几个星期就奉命北上，加入阿尔汉格尔斯克的军事机构了。

住的地方也变了。8月初洛克哈特就接到了当局通知，说他不能再住在精英酒店了。酒店正在被苏维埃政府征用——这次的征用单位是俄罗斯工会总理事会。他已经被迫去为自己的外交事务找办公场地了，结果在卢比扬卡大街的一栋楼里找到了一间办公室，紧挨着令人避之不及的契卡总部(真像是冤家路窄，怎么都躲不开他们)。

俄罗斯安全局和洛克哈特使团占据这条古老的街道都有一个难以发现的偶然意义。如果沿着卢比扬卡大街往外走，过了东北郊，就会发现它就变成了通往雅罗斯拉夫尔、沃洛格达和阿尔汉格尔斯克的大道。如果协约国军队来莫斯科的话，卢比扬卡大街就是他们的必经之路。

就家居住处而言，洛克哈特运气还是很好的，他设法弄到了在莫斯科领事馆任职时跟老婆琼住过的那套公寓。这套公寓在面包巷①19号的一幢公寓楼的五层，所在的莫斯科这片地区，4月份曾对无政府主义者展开过暴力袭击。现在多多少少又安全了。洛克哈特和穆拉是8月3日搬进去的，和他们一道搬进去的还有希克斯。②

就是在那个周末，在他们搬家期间，英军已经在阿尔汉格尔斯克登陆的消息传到了莫斯科——这一消息让布尔什维克陷入了近乎恐慌的状态。

而此时此刻，洛克哈特正忙着为自己在俄罗斯的任务另辟蹊径。刚开始的时候他是布尔什维克的朋友，现在他则开始卷入一个旨在通过打入布尔什维克禁卫军——拉脱维亚步枪团，从内部搞垮布尔什维克政权的危险阴谋。

在这件事情上，洛克哈特向来就三缄其口，没怎么讲过真话；数十年后，苏联和英国的档案才披露了他所掩盖的事实——他自己的活动，同时暗示穆拉也涉身其中。他一直都爱着她，保护着她，她对他也是一样，尽管那年夏天他们彼此做出了那样的事情。

那个周末，就在搬入新家和登陆的消息还在从阿尔汉格尔斯克传来的途中时，洛克哈特在自己的使团办公室接待了两个自称是拉脱维亚军官的人。③两人报出的名字分别是斯密德肯和布雷迪斯，称

---

① 原文为 Khlebnyy pereulok（俄文 Хлебный переулок 的音译），所给的注释是 Bread Lane（面包巷）。—译注
② 洛克哈特1918年8月3日未出版的日记；《一名不列颠代表的回忆录》，第308页。给出这一确切地址的是马尔科夫《回忆录》(Malkov, *Reminiscences*) 的第二十章和拉齐斯《两年的斗争》(Latsis, *Two Years of Struggle*) 的第19页。
③ 在《一名不列颠代表的回忆录》(第315页) 中，洛克哈特称此次造访的地点是在他的公寓，时间是8月15日。然而，其他资料表明地点是他位于卢比扬卡

他们是弗朗西斯·克罗米上校从彼得格勒派来的,而克罗米上校当时正计划利用拉脱维亚兵团内部的不满情绪发动叛乱。

谁都知道红军中数拉脱维亚兵团最为忠诚,这支部队是抵抗反革命进攻的中流砥柱,也是抵御协约国部队入侵的唯一可靠屏障。可是他们的士气低沉,忠诚度也变得堪疑了。同其他兵团一样,他们也遭到了清洗,许多人对布尔什维克未能兑现其社会主义承诺,容许德国人控制包括他们的故乡拉脱维亚在内的波罗的海诸省而感到不快。7月,他们认定布尔什维主义已经走到了尽头,于是和德国媾和,获得了允许他们回归故土的特赦。不过他们并没有回去。牢骚满腹的军官大有人在,斯密德肯说道,两人中他年长一些,主要是他在讲,如果善加鼓动,这些军官是愿意发动兵变的。① 阿尔汉格尔斯克的消息传来,布尔什维克明摆着慌了神,哗变的希望更大了。

可洛克哈特怎么能确定这两个人真是克罗米派来的呢?他与彼得格勒音信不通,完全失去联系已经有一段时间了,没办法核实。他们很有可能是布尔什维克政府内某个部门派来的卧底线人。他们带来了一封介绍信,据称是克罗米亲笔写的。洛克哈特后来承认,

---

大街的使团办公室,因而时间也必定是在8月5日之前,因为所有协约国使团的办公场所都于8月5日关闭了(依据是朗在《寻踪西德尼·赖利》第1230页和第1238—1239页第46条注释中援引的其中一个拉脱维亚人的说法)。

① 几十年后,苏联和西方历史学家把这个故事拼缀到一起后,得出的结论是洛克哈特和克罗米太天真太容易上当了,居然相信拉脱维亚兵团可以策反(例见朗:《阴谋与反阴谋》[Long, 'Plot and Counter—Plot']),但正如斯温(《一个有趣且貌似合理的提议》['An interesting and plausible proposal'],第91—100页)所指出的那样,当时的情况和拉脱维亚兵团动摇的士气使得这一主意听上去言之成理。关于拉脱维亚人归国的问题,参见凯特尔:《干预之路》,第259页。

正是这封介绍信让他对这二人信以为真了。在这封介绍信中克罗米称自己不想在俄罗斯多待了——"不过我想在离开前砰地把门甩上"。可怜的老克是一个了不起的海军指挥官,但他老爱写别字。没有哪个伪造者可以把这么一个细节也伪造对。①

斯密德肯和布雷迪斯是从克罗米那儿来的,这一点不假。克罗米和西德尼·赖利已经与这两个人打了几个星期交道了,一直在寻思如何利用他们,派他们到拉脱维亚兵团的军官中去试探以期找到敏感之处,广泛宣传占领波罗的海诸国的德国人的行为。② 7月29日,克罗米和赖利在彼得格勒的一家旅馆里会见了斯密德肯。克罗米给洛克哈特写了那封介绍信,那两个拉脱维亚人受命前往莫斯科去推动这一阴谋的实施。关键是煽动驻守沃洛格达的拉脱维亚兵团起义,这个兵团是横亘在协约国部队和莫斯科之间的主要障碍。

介绍信是真的。那两个拉脱维亚人也的确是克罗米派来的。不过,洛克哈特之所以讲那个白字故事(有理由相信是他自己瞎编的),是因为他在掩盖自己信任这两个拉脱维亚人的真正原因。有人——某个不明身份的人——为这两人做了担保。洛克哈特信得过,同时不久前又在彼得格勒且跟克罗米关系密切,这样的人莫斯科只有两个。一个是西德尼·赖利本人,但洛克哈特没有理由替他

---

① 洛克哈特:《一名不列颠代表的回忆录》,第315页。(引号中克罗米是把door拼写成了dore,译文将本该写作"摔"的写成了"甩",以体现其老是写别字的特点。—译注)

② 克罗米:1918年7月26日致霍尔上将函,引自琼斯:《英国关系文献汇编》第IV辑,第559页。

遮遮掩掩。另一个是穆拉。①他掩盖她与此事的牵连,尤其是从此事所导致的结果来看,是完全有这个可能的。

尽管有人出面为这两个拉脱维亚人做了担保,但洛克哈特还是不完全满意,要么是因为这两个人自身的原因,要么就是对发动兵变的前景不太看好。他对斯密德肯和布雷迪斯说,如果他们能找到一名更资深的拉脱维亚军官来助一臂之力的话,他就参与其中。待此事办妥后,他们当再回来见他。

过了一个多星期,他才见到他们,而此时俄罗斯的局势已经发生了巨大的变化,对拉脱维亚人发生兵变的需求更加迫切了。

* * *

星期一下午,就在布尔什维克还在对阿尔汉格尔斯克传来的消息而惊惶无措之时,洛克哈特和希克斯又偶尔地去了一趟英国领事馆。领事馆设在沃尔科夫—尤苏波夫宫,一座距莫斯科市中心只有几条街之遥的小型宫殿,非常适合选作外交办公之所——一座主体为鲜粉红色前廊为薄荷绿色的奇迹建筑,屋顶是粉瓦与白瓦构成的方格图案;殿内如同一个镀金音乐盒的内部,有着新艺术风格的绚丽,还饰有数不胜数的金叶。

---

① 朗(《寻踪西德尼·赖利》,第1238—1239页第46条注释)对这封白字信提出了质疑,指出洛克哈特在一份汇报其在俄罗斯任务完成情况的报告这样一个完全不同的语境下也用到了这个故事(洛克哈特1918年11月5日打给贝尔福的报告,外字371/3348/190442号 [Lockhart to Balfour, 5 Nov. 1918, FO 371/3348/190442])。朗的言下之意是为这两个拉脱维亚人担保的是赖利,没有理由认为洛克哈特要掩盖这一点。

在这里，总领事奥利弗·沃德罗普与自己手下寥寥可数的工作人员于这让人焦心的和平中从事着他们正式却徒劳无益的工作，而洛克哈特和克罗米所干的才是真正的外交、间谍和宣传工作。沃德罗普是一个身材修长，慈眉善目的人，有学者风度，身体比较虚弱。他与洛克哈特关系不错，在协约国干涉的问题上有着相同的看法——同洛克哈特一样，沃德罗普也持反对态度；他明白俄罗斯革命是不可避免的，但他与洛克哈特也有分歧，认为干涉会无果而终。[①]现在他们两个人都身陷布尔什维克旋风之中了。

那天天亮之前，领事馆就遭到了当地契卡一个全副武装的十人小组的袭击；在持枪硬闯进去之后，最后还是离开了。走时还道了声歉。可那天上午晚些时候，沃德罗普就开始听说莫斯科抓英国人了——商人、教士、记者，而且还抓了领事馆的一名女工作人员。然后，下午的时候，契卡又浩浩荡荡地闯了回来，这一次他们带来了搜捕令。他们以武装卫兵包围了这幢建筑，长驱直入，控制了每一间办公室，每一个贴有方格瓷砖、镶有金边的休息厅和精巧雅致的大厅。负责这次行动的长官来到了沃德罗普的办公室，沃德罗普正在里面与洛克哈特和希克斯开会，然后长官宣布楼里的每一个人都被捕了。

洛克哈特和沃德罗普提出了异议。长官向他们亮出了搜捕令，可洛克哈特还是不肯束手就擒，拿出了托洛茨基给自己签发的护照，这份护照可以让他和希克斯享有外交豁免权。长官转向沃德罗普，

[①] 沃德罗普：1918年3月24日致外交部电报，转引自休斯：《探秘》，第135—136页。

只见他连连摇头,对这份搜捕令不以为然:"除非动粗,否则别想我屈服,"他宣称道。契卡长官迟疑了,意识到了粗暴对待一名老牌外交官的严重性,最终还是忍住了没动手。沃德罗普得势不饶人,提到人民委员契切林曾做出过保证,不论在什么情况下,领事都不会遭到逮捕。①

契切林的保证压根儿就没起到一点保护领事馆工作人员的作用。洛克哈特、希克斯和沃德罗普被扣留在沃德罗普办公室期间,契卡队员把办公室挨个儿走了一遭,往柜子、保险箱和抽屉上贴封条,拘捕领馆工作人员。楼上,英国情报人员趁着还未被拘留,正拼命地烧掉手上的秘密文件。沃德罗普早已销毁了自己的机要文件。洛克哈特和希克斯最终还是给放了,撇下了遭到软禁的沃德罗普孤身一人与自己的卫兵,待在他那形同虚设的巧克力盒子似的领事馆里。

洛克哈特和希克斯直接回到他们位于卢比扬卡大街的使团总部。总部也遭到了袭击,而且手下的工作人员也被捕了,林格尔和坦普林已被带走并投进大牢。法国领事馆和使团办公室也遇袭了,人也被抓了。②几天之后,彼得格勒契卡也如法炮制,开始逮捕外交人员

---

① 沃德罗普:1918年8月5—8日发自莫斯科的急电,载外交部《俄罗斯问题白皮书》,第1—2页。

② 洛克哈特:1918年8月5日日记,《日记·卷一》,第39—40页。洛克哈特称乔治·希尔也在被捕者之列。这一点肯定有误,因为这名秘密情报局特工自己的回忆录(《行探异国》,第228页)表明他此时早已躲了起来;再者,当时的任何一封急电或回忆录中开列的被捕者名单中都没有把他列入其中(如沃德罗普,1918年8月5—8日发自莫斯科的急电,引自外交部《俄罗斯问题白皮书》,第1—2页);林格尔《1918年在莫斯科》(Lingner, 'In Moscow, 1918');1918年8月10日《泰晤士报》第6版上的报道;《泰晤士报》驻彼得格勒记者1918年

1918—1919

和其他协约国公民,且平白无故地把他们投进了监狱。①

局势非常一目了然。"他们没逮捕我本人和洛克哈特,我并不认为这证明了比起我们的工作人员来,他们是在有意对我们客气一些,"沃德罗普在遇袭的当天写道,"而是恰恰相反。"这些囚徒的命运就是充当人质。"我认为布尔什维克拘留我们的国民,目的并不是阻止我们采取强有力的行动。"而是出于对布尔什维克领导人的安全考虑。"他们正在把市中心的房屋改造成临时堡垒,因为他们认定不久会爆发一次严重的叛乱,而被他们关在监狱中的那些协约国的囚徒将是这次叛乱的核心力量。末了,如果觉得大势已去,他们很有可能会煽动民众屠杀这些囚徒。"②

笼罩在政府头上的就是这样一种大难临头之感,甚至传出了谣言,说有一艘快艇停泊在彼得格勒,列宁就躲在快艇上,随时准备逃亡。③

在这种紧张压抑的气氛下,洛克哈特和沃德罗普还是竭尽所能,对这些囚徒进行了救助。一共有近二百名英国人和法国人,全都挤在一小套屋子里,除了面包什么食物也不给。④中立国——主要是瑞典、丹麦和荷兰——的外交官与布尔什维克交涉,要求释放这些在押人员。逐步开始放人了。先是放了女人,接着,囚禁了三天之后,

---

8月14日的报道,载1918年9月25日《泰晤士报》第9版;路透社驻莫斯科记者的报道,载1918年8月27日《曼彻斯特卫报》第5版。
① 克罗米:1918年8月9日致普尔将军电报,引自见外交部《白皮书》,第1页。
② 沃德罗普:1918年8月5日急电,引自外交部《白皮书》,第1页。
③ 克罗米:1918年8月9日致普尔将军电报,引自外交部《白皮书》第1页。
④ 林格尔:《1918年在莫斯科》。

最后一批领馆工作人员获释了。他们全都依然处于严密的监视之下,因而有关方面制定出了将他们撤出彼得格勒的计划。

洛克哈特现在身边只剩下希克斯和穆拉,外加与西德尼·赖利偶尔联系一下,还有就是寄望那两个拉脱维亚人的再次造访——假定他们已设法找到了一个更资深的军官来支持他们。可这事看上去希望渺茫——一个星期过去了,可还是没见到他们的身影。

那批囚犯获释几天之后,洛克哈特曾遭受了一次可怕打击,这一打击已经让他不对暴动抱任何幻想。准确的情报总是不及胡乱的谣言来得快;终于,在8月10日周末这一天,普尔将军在阿尔汉格尔斯克的登陆部队人数的确凿消息传到了莫斯科,过去一直谣传这支部队有数万人之多。而结果证明要远远小于这个数字。洛克哈特听到这个消息后开始是不敢相信,但很快不信就为厌恶和愤慨所取代了。英国及其盟国"干了一件让人难以置信的蠢事,在阿尔汉格尔斯克登陆的部队不足1200人"。他称这是一个"不亚于克里米亚战争最严重的错误的错误"。[①]洛克哈特很了解俄罗斯人,他知道俄罗斯人会怎么看这件事情。正如克罗米所言,也正如过去一周的气氛所证明的那样:"俄罗斯人只知道大棍打在身上疼,大威胁吓死人,换了别的,他们都会误认为是软弱的表现。"[②]

[①] 洛克哈特:《一名不列颠代表的回忆录》,第310—311页。说句公道话,普尔将军等待过增援,而且他之所以匆匆登陆是因为当时正发生好几起反布尔什维克起义。登陆部队包括法军一个营,英国皇家海军一个小分队和50名左右的美国水兵(厄尔曼:《干涉》,第235页)。此外,普尔当时依靠的主要是捷克人(凯尔特:《干预之路》,第306页)。

[②] 克罗米:1918年8月14日致霍尔上将函,引自琼斯《英国关系文献汇编》第IV

那天下午，洛克哈特去外交部拜访了列夫·卡拉汉，此前外交部也弥漫着一股沮丧悲观的气氛，只见这位副外交人民委员的脸上"眉开眼笑"。他和洛克哈特一样，知道白卫军和捷克斯洛伐克军团虽有实力，但缺少了一支强大的协约国部队的支持，是成不了气候的。

一改往日对克罗米和赖利收买拉脱维亚兵团计划的犹豫不决，决定必须尽自己最大的努力，将这一计划付诸行动。协约国及反布尔什维克的事业需要得到一切可以得到的帮助。自他开始履行自己的使命以来，他已经有了长足的进步。他对布尔什维克政府的好感已经彻底没了，而且铁了心，誓死也要把它搞垮。

几天以后，洛克哈特在自己的公寓里接待了那个面色蜡黄的拉脱维亚年轻军官斯密德肯的再度造访。这一次，他那个年轻的同志没来，取而代之的是一个年纪更大的人，这个人"个子高，体格强壮"，"五官轮廓分明，一对眼睛凌厉而又冷酷"。他做了个自我介绍，称自己是E·P·别尔津中校，拉脱维亚特别轻型炮兵团的指挥官，该团隶属于"禁卫军"，职责是保卫克里姆林宫。他已经与斯密德肯谈过了，并且答应只要给予恰当的好处，就可以劝说自己的军官同僚与布尔什维克政府为敌。而且，他们肯定不想跟协约国部队开战。①

辑，第561页。
① 洛克哈特（《一名不列颠代表的回忆录》，第314—315页）称这是他第一次见拉脱维亚军官，而且说日期是8月15日。实际上日期是8月14日（例见朗：《寻踪西德尼·赖利》，第1231页及其他材料）而且是他第二次见斯密德肯（Smidkhen），第一次见别尔津（Berzin）。

第二天，洛克哈特征询了协约国留下来的代表，美国总领事德·维特·普尔和法国总领事费尔南·格列纳尔的意见。（虽然这两个国家和英国一样也同样是协约国的一份子，但布尔什维克对他们，尤其是对美国人的反感远没有像对英国人那样厉害。）两人都赞同这个方案，而且当天格列纳尔和洛克哈特还会见了别尔津中校。在场的还有西德尼·赖利，他刚从彼得格勒回到莫斯科，他在契卡的假身份还未被揭穿。他现在所用的名字是"康斯坦丁"。

当被问及要怎样才能策反拉脱维亚兵团时，别尔津的回答很简单，就一个字：钱。有三到四百万卢布就应该可以成事。洛克哈特和格列纳尔同意考虑这个数额。他们还做出了保证，尽管他们没有得到各自政府的支持，只要打败了德国，推翻了布尔什维克政府，拉脱维亚何去何从完全可以自行决定。[1]别尔津的任务是不让布尔什维克用拉脱维亚部队来对付普尔将军的部队；就算他们不出手相助，那支小得可怜的队伍也应该能和捷克人联手拿下沃洛格达。本着这一目的，洛克哈特为别尔津准备了一些签名文件，供挑选出来的拉脱维亚军官用作去往英军防线的通行证，这样普尔便可了解这一计划了。

就算想到了这些有他签名的小纸片，有可能是把一件致命的武器送到了敌人手里，他也没有因此而打退堂鼓。

赖利还提出了另一套方案——收买莫斯科和克里姆林宫里面的拉脱维亚兵团，发动政变，将列宁和托洛茨基逮起来。洛克哈特和

---

[1] 朗：《寻踪西德尼·赖利》，第1232页；彼得斯：《洛克哈特案》，第489页、第491页(Peters, 'The Lockhart Case', pp. 489, 491)。

格列纳尔断然拒绝，不想跟这么危险的一个计划扯上任何关系。或者说，洛克哈特后来是这样声称的。他还声称这是他最后一次见到西德尼·赖利，在拉脱维亚阴谋这件事上，他启动之后就交给赖利去管了，从此就没再参与了。①事实上，赖利又回到了地下，将自己在秘密情报局的特工同事乔治·希尔——当时还躲在莫斯科——拽入了这场阴谋。他们开始在莫斯科城内和周边组建情报搜集网，筹划利用拉脱维亚人发动据称洛克哈特曾明令禁止的斩首政变。洛克哈特与赖利和希尔以及他们的代理人保持着全面联系，而且还备有安全的秘密情报局密码系统，以便他们可以与他进行联络。②

洛克哈特在玩一个极其危险的游戏。他在这个阴谋中所扮演的角色是策反拉脱维亚人，这一角色后来从历史的角度来看，是几乎看不出来的。但在当时他跟赖利和希尔不一样，缺乏隐身方面的优势。他的一举一动都赤裸裸地暴露在光天化日之下，全靠保密和寄望他外交身份的那点残余来保障他的安全。可要是布尔什维克发现了他参与的勾当，那玩意儿根本就保护不了他。

---

① 洛克哈特：《一名不列颠代表的回忆录》，第316页。

② 希尔（《行探异国》，第236—238页）描述了赖利的方案，就是活捉布尔什维克领导人并"押着他们光着下半身穿过莫斯科的大街小巷，目的就是要把他们奚落死"。希尔称洛克哈特没有参与这一阴谋。然而，他的这一说法却与他自己的报告互相矛盾（《在俄罗斯所做工作的汇报》，外字371/3350/79980号['Report of Work Done in Russia', FO 371/3350/79980]，转引自库克：《王牌间谍》，第171页），在这份报告里，他描述了通过秘密情报局密码电报让洛克哈特了解最新进展的情况。此外，那个叫斯德肯的拉脱维亚军官后来也称洛克哈特赞成克里姆林宫政变计划，而且还断言他坚决要求置列宁于死地（多份俄文材料，转引自朗：《阴谋与反阴谋》，第132页，140页第38条注释）。

* * *

所有这一切进行的时候，穆拉都处在暗处。每个参与其中的人都三缄其口，没向她吐露半点儿风声。如果说洛克哈特会见赖利、别尔津和斯密德肯时她在公寓里的话，可谁都没留下任何文字记录。也没有人提到她对阴谋一向嗅觉敏锐的鼻子是否嗅出了什么。更少有人言及她是否还与契卡有联系，如果有的话，也无人提及有没有面包巷19号内部的任何信息从她漂亮的双手中传递到卢比扬卡大街11号那些阴森森的办公室里去。

她和洛克哈特依然在政治动荡的间隙中过着他们浪漫的私生活。有时候还到已名存实亡的英国领事馆的花园里去放松一下，英、法、美三国的大老爷们儿会在那儿踢踢足球。

而且依然还有夜生活。一天晚上，为了重温一下盖伊·坦普林生日派对的记忆，洛克哈特和穆拉与希克斯一道，去了彼得罗夫斯基公园，那个过去有很多夜餐馆的地方。遗憾的是，史翠娜餐馆已经被关掉了。他们找到了住在附近一栋别墅的老板娘，洛克哈特的老朋友玛利亚·尼古拉耶夫娜。"她抱着我们泪如雨下，痛哭了一阵，"洛克哈特回忆道，然后以微弱而又哀伤的声音给他们唱了几首他们最爱听的吉普赛歌曲，恳求他们留下来住在她那儿——"她看出了我们将要面临的悲剧。"她的那番话和情绪让洛克哈特感到心都凉了，而且他们分别时的记忆经常浮现在他眼前，"在彼得罗夫斯基公园的冷杉下，秋日的满月在我们身边投下了一片片鬼影。这之后我们再也没有见过她。"①

* * *

洛克哈特和穆拉沉醉于激情之中，憧憬着与他们未出生的孩子同享天伦之乐的时候，他和他的助手们密谋策划的时候，他们都正处在密切的监视之下。

在洛克哈特公寓的那次密谋会议之后，拉脱维亚的那两名军官斯密德肯和别尔津中校已经穿过莫斯科中心来到了卢比扬卡，在这里别尔津向也是拉脱维亚人的契卡副主席雅科夫·彼得斯做了完整的汇报。事实是别尔津中校根本就不是一个心怀不满的军官，而是一个诚实而又严谨的军官，百分之百地忠诚于布尔什维克政府。是奉了契卡之命他才与斯密德肯一块儿去见洛克哈特的。

同样，斯密德肯本人也不是一个伺机反水者，而是契卡的一名官员，真名叫扬·布伊基斯。他和那个与他一道第一次接近洛克哈特的同伙——自称"布雷迪斯"，真名叫扬·斯普罗基斯的人——两人一开始就都是受彼得斯和他的上司费利克斯·捷尔任斯基事先指点过的。

洛克哈特当初的担心没有错，这三个拉脱维亚人都是卧底线人。他们的任务已经准备了数月了。斯密德肯和布雷迪斯曾奉命与英国驻彼得格勒使团取得联系，经过两个月的精心准备之后，他们已经成功地让克罗米上校跟自己"套近乎"了，他们给他出了个策反拉脱维亚兵团的主意。克罗米被打动了，很信任他们。他将这一计划付

① 洛克哈特：《一名不列颠代表的回忆录》，第316—317页。

诸行动,把他们派到了洛克哈特那里。他们一到莫斯科,就向他们契卡的头头们做了汇报,而且整个这场阴谋下来,他们自始至终都是这么做的。洛克哈特提出了要找一个级别高的军官后,契卡便从克里姆林宫卫队中挑选了别尔津中校,并指示他摸清洛克哈特的计划。①

骗局要结出果子来都会很慢,可随着1918年夏去秋至,这个收获的季节看来可望收割到一大批英、法、美的外交官和代表了。契卡期望他们张网已待所捕获的,以及他们打算拿丰收的果实所做的事情都落了空,因为突如其来的两道晴天霹雳把整个计划都给击毁了。

8月30日,星期五上午,彼得格勒契卡负责人莫伊谢伊·乌里茨基——一个因残酷地奉行一报还一报原则而闻名的人——在去办公室的途中被人开枪打死了。凶手是列昂尼德·康涅基歇尔,一个年轻的军校生,有诗人加才子的名声。有关康涅基歇尔政治方面的情况,只知道他曾经是克伦斯基的热情支持者。②

这起谋杀案的消息不胫而走,转眼就传到了莫斯科的契卡和克里姆林宫。列宁亲自命令费利克斯·捷尔任斯基(此时已在7月初左

---

① 契卡骗局真正的复杂性过了很久才浮出水面。其细节是在数十年的过程中逐渐披露的,而且是契卡文件的解禁才曝出了他们的卷入(参见朗:《阴谋与反阴谋》)。

② 拉宾诺维奇:《布尔什维克当政》,第326—328页;莱格特:《契卡》,第105—106页。乌里茨基(Uritsky)残酷的名声得的有些冤枉;对很多处决他都曾试图加以阻止,但都没成功,然而,作为当地契卡的负责人,处决令上的公开署名正是他的字。后来发现康涅基歇尔(Kannegisser)的一个朋友就是被处决的人之一。

派社会革命党叛乱之后重新牢牢掌控了契卡,但严格地说,是处于一种半退休状态)放下手头的一切事情,立即前往彼得格勒去进行调查。

把自己的顶尖人物派去处理这件事后,列宁又回过头来,继续完成自己这一天的计划。晚上,他在莫斯科米海尔松军工厂工人的一次公开集会上发表演说。演说的主题是反革命的毒害及从体制上加以清除的必要性。"只有一个问题,"他断言:"不胜则亡!"

晚上8点左右,列宁穿过一片密密麻麻拥挤在过道和路边的人群,离开了工厂。他刚一出来,一个妇女就走到他跟前,冲他破口大骂起来,骂政府没收人民的面粉是不义行为。列宁驳斥了这一指控——然后,他一句话还只说了半截,人群中另一个妇女掏出一支左轮手枪,对着这个领导人就开了三枪。第一发子弹击中了列宁的肩膀;第二发命中了他的脖子;第三发打歪了,落在了站在旁边的一个妇女身上。列宁的司机,刚才一直在备车,挤过逃离、尖叫的人群冲着枪声的方向奔去,只见这名领导人脸朝下躺在地上。[①]

抓捕行动立即展开。当场抓了16个人,带到了卢比扬卡。列宁被抬进汽车,拉到了克里姆林宫。他还活着,但已情况危急。

费利克斯·捷尔任斯基听到这一令人震惊的消息时还在去彼得

[①] 目击证人证言,转引自米特罗欣:《契卡主义》第65—67页(Mitrokhin, Chekisms, pp.65—67);利安德雷斯:《1918年行刺列宁事件》,第432—433页(Lyandres, 1918 Attempt on the Life of Lenin, pp.432—433)。(米特罗欣是苏联解体后叛逃到英国的一名原苏联国家安全委员会[克格勃]的高级官员,他的叛逃造成了史上最大规模的情报泄露,包括曾把英国原子弹秘密情报传递给苏联,有"老奶奶间谍"[granny spy]之称的梅利塔·诺伍德[Melita Norwood]在内的一大批克格勃间谍因此而暴露。—译注)

格勒调查乌里茨基遇刺案的途中。他立即掉头回到了莫斯科。他赶到之前,调查工作就已经由以雅科夫·彼得斯为主的副手们展开了,彼得斯开始了对疑犯的审问。第二天一大早,彼得斯就撬开了嫌疑最大的——一个名叫范妮亚·卡普兰的年轻的乌克兰裔犹太女人的嘴,她供认"我就是向列宁开枪的那个人",并且承认她已经筹划了好几个月。但除此之外,关于她的动机、政治倾向和她的同伙,她半个字也不肯说。①

这两起枪击事件令布尔什维克大惊失色的同时也把他们给激怒了;两起枪击事件前后相隔只有几个小时,就像山体滑坡之初的岩石崩塌。毫不留情地彻底消灭反革命势力变得更加刻不容缓了。"我们绝不心慈手软,要成十上百地杀掉我们的敌人!"流行一时的《红色报》宣称②:"让他们成千上万地淹死在自己的血泊中。列宁和乌里茨基的血不能白流,要让资产阶级血流成河——越多越好,能让他们流多少就让他们流多少。"③

8月的最后一天里,乌里茨基的尸体躺在停尸房里,列宁生命垂危,命悬一线,彼得格勒和莫斯科的英国人都不知道什么事情会降临在自己头上。这两起暗杀事件正不可避免地被归咎于各种各样的反革命活动——无政府主义者的、社会革命党的、白卫军的——但

---

① 米特罗欣:《契卡主义》,第65—66页。卡普兰(Kaplan,真实姓氏为罗伊特曼[Roitman])别名"芬妮[Fanny]"和"多拉[Dora]"。
② 准确地说,是季诺维也夫(Grigori Evseevich Zinoviev, 1883—1936)在该报上撰文宣称的。—译注。
③《红色报》(*Krasnaya Gazeta*),1918年9月1日,转引自费吉兹:《一个民族的悲剧》,第630页。

一个反复出现的主题把它们全都串到了一起，这就是英法帝国主义者。这些帝国主义者肯定插手了此事，现在到了把这只手从操纵它的胳膊上斩断的时候了。

11 夜里响起敲门声
1918年8月—9月

1918年8月31日，星期六，彼得格勒

在英国，人们把这一天发生的事情叫作谋杀。真正在那儿的人对于所发生的事反倒是没那么确定，但英国的报纸和政治家们，对一切跟布尔什维克沾点儿边的事情都感到义愤填膺，于是异口同声把这件事说成是对一个优秀勇敢的人的残忍无情的谋杀。

这件事无论人们把它说成什么，都是一件悲惨的事情，而且在穆拉心里留下了一个抹不去的印记。出事的时候她不在场，但几周之后她看到现场，发现还留在那栋人去楼空、闹鬼的建筑地板上的斑斑血迹时，她那颗已经伤心欲裂的心又一次心如刀割。她生活中的男人——三个最亲密的——一个接一个，都被她力争去弄明白的力量硬生生地从她身边拽走了。这一连串纠缠不清的事件可以追溯到很久以前，但最终的这一幕悲剧是8月最后一天在遥远的彼得格勒拉开大幕的。①

---

① 当天的事件存在多种描述，常常相互矛盾，而且又被很多不准确的英国与俄罗斯的新闻报道进一步歪曲。弗朗西斯·克罗米的传记作者核对整理了各种目击者的陈述，从中提炼出了一个较为连贯的描述。(班顿：《为陌生人所敬重的人》，第250—257页；亦见布里特涅娃：《一个女人的故事》，第76—81

第二部 爱情与生存
1918—1919

这一天从一开始就很怪异。炎夏在一片冷飕飕的潮湿之中消融，乌里茨基和列宁遭遇枪击后所带来的仇恨与恐惧气氛影响到了每一个人。布尔什维克报纸上全是要帝国主义者血债血偿的愤怒要求。

在昔日驻彼得格勒大使馆工作的英国人强烈地感受了这种气氛。警惕性最高的人——譬如弗朗西斯·克罗米——似乎感觉到打击就要降临了。克罗米上校所不知道的是打击已经开始了。他隐隐有些不安，因为他难得的得力右臂，乔治·勒·佩吉中校那天上午没来上班。有些不太对劲。或许与乌里茨基和列宁枪击案有关；不过另一方面，由于街头几乎完全陷入了无法无天的境地，外国人被强盗杀害后抛尸涅瓦河也不是什么稀奇事。克罗米也知道西德尼·赖利带着满腹阴谋，怀着在莫斯科与拉脱维亚人取得进展之后的喜悦之情回到了彼得格勒。这愈发令人不安。克罗米站在勒·佩吉的办公室时，一个突如其来的念头让他打开了写字台抽屉，拿出了放在里面的左轮手枪。也不知是由于什么原因，他把自己的手枪落在了家里，尽管在当月早些时候接二连三的抓捕和反英报复行动期间，他的性命多次受到了威胁。①他把勒·佩吉的手枪放进了自己的裤兜里，关上了抽屉。

页 [Britnieva, Mary, *One Woman's Story*, pp.76-81]）此处的叙述主要依据的就是这一描述，从而解决了主要的自相矛盾之处。

① 克罗米：1918年8月14日致霍尔上将函，引自琼斯：《英国关系文献汇编》第IV辑，第561页。克罗米的传记作者对于他没带枪感到不解。有可能是秘密情报局的同事，譬如赖利，建议他不要带枪。乔治·希尔认为"一把左轮手枪十次当中有九次是没有一点用处的，很少能让人摆脱困境"，而倒是更可能使持枪者陷入麻烦。（希尔：《行探异国》，第214页）希尔有一些经典的维多利亚时代的冒险家的风格，他更喜欢以藏剑棍杖作为自卫武器。

那一刻,手枪的主人正在河对面彼得罗巴甫洛夫斯卡亚要塞的一间牢房里,头天夜里与另外几个英国臣民一起遭到了契卡的逮捕和审讯。契卡正把其愤怒的注意力转到了那些已知的或被认为深深卷入反革命活动的外国帝国主义者身上。

4点之后的某一刻,几辆汽车来到了宫廷堤岸路,停在了英国大使馆外面。一群契卡军官仗着一队红军卫兵撑腰,下了车,迅速包围了大楼。尽管大门上贴着告示,称这座过去的大使馆现在受中立的荷兰公使馆的法律保护(荷兰公使馆自8月初的抓捕行动以来已经接手了为英国臣民代言的工作),但他们对这个告示置若罔闻,强行闯进了大楼。他们相信会在楼内找到英国与乌里茨基枪击案有关的证据。[1]

在海军与陆军办公室所在的一楼,克罗米正在同他的几个秘密特工开会。院子里传来了汽车声。与此同时,锁着的门上的把手让外面的什么人弄得嘎嘎响。

克罗米瞅了一眼窗外。同时,他的一个叫霍尔的特工走到了门口。克罗米已经马上猜到是怎么回事了。"别开门!"他喊道,可是已经太晚了——霍尔发现一个人正拿手枪比着自己。他立即砰的一声关上了门。克罗米几大步来到屋子的另一边,从口袋里掏出了勒·佩吉的那把左轮。"就在这儿别动,"他说,"在我后面把好门。"

他猛一把打开门,用左轮瞄准了那个吓了一跳的契卡队员。"滚,你这蠢猪!"克罗米边吼边举步向前。那人步步后退,克罗米拿枪逼

---

[1] (荷兰驻彼得格勒公使)欧登科(W. J. Oudendijk)1918年9月6日的报告,引自外交部《白皮书》,第3—4页。

着他沿着过道朝主楼梯口退去。另一头是一条通往档案室的走廊；右边是通往上面楼层的旋转大楼梯，左边是又长又宽的直梯，顺着这架直梯下去就是正门。档案室走廊里有更多全副武装的契卡队员，控制了整个档案室并持枪把全部员工都集中到了一起。

是谁先开的枪，始终都没得到确定，但是谁先杀人的却是确定的。克罗米到楼梯口时，与从大厅上楼的一个契卡队员撞到了一起。克罗米把对方推开，扭头下楼朝门口冲去。就是这个时候开始开火的。

一个契卡队员当即毙命，还有一个腹部中弹。这名契卡队员一边疯狂地开枪还击，一边尖声呼救，从门口退回到了档案室，吓坏了的使馆工作人员都被关押在这里。克罗米一步两级地朝大门跑去，子弹横飞，落在他身边的墙上，震碎了大门上的玻璃。

年轻的娜塔丽·巴克纳尔是使馆一名员工的妻子，刚才一直坐在接待室里。她让枪声吓坏了，同时又替自己刚刚上楼去的丈夫担心，于是急匆匆地冲进门厅，只见克罗米上校正飞奔下楼朝她这边跑来，俄罗斯人正在楼梯口朝他开枪。突然，他似乎趔趄了一下；他扭动了几下，然后仰面朝天从最后几步楼梯上栽了下来，头撞在了最后一步楼梯上。

纳塔丽跑到他身边，把他的头抬了起来。他的眼皮还在颤动，而且她能感觉到自己的手上有暖暖的热血在流淌。

她话都还说不出来时，就被刚才一直在不停开枪的一个契卡队员粗暴地抓住了；他狠狠地扇了她几巴掌，强逼她上了楼，不仅愤怒地破口大骂她，还一个劲打她的后背。她和自己的丈夫及其余的使馆工作人员一起被关进了档案室。搜身检查后,他们统统被赶出了大楼。他们下楼和经过门厅时,纳塔丽看到克罗米的尸体已经被扔到了一边的衣帽架下,包括使馆牧师在内的好几个人都曾试图为他收尸,但契卡队员不让。

这批被捕者游完街后,被押解到了契卡总部。有几个妇女,纳塔丽也在其中,被审讯了大半夜后,第二天就放了——其余的则被送到了彼得罗巴甫洛夫斯卡亚要塞地牢。与此同时,契卡为了寻找英国与乌里茨基和列宁枪击案,以及他们怀疑英国人有份的所有其他反革命活动都脱不了干系的证据,把英国大使馆查了个底朝天,也就彻底违反了治外法权法。①

要过些时间穆拉才会知道她亲爱的克罗米出了什么事。彼得格勒和莫斯科之间的通讯时断时续,而且她自己很快也要麻烦缠身,应付不过来了。

就在彼得格勒上演那致命的一幕时,莫斯科这边,布尔什维克对协约国的行动要慢一些,但更从容一些。自从听到了列宁的消息以后,洛克哈特和希克斯就一直在盘算着怎么办了。离开俄罗斯不是一个选择——就算让他们离开,他们也不会离开,希克斯得考虑

---

① 克罗米之死在英国的报纸上报道为谋杀。有报道称克罗米被碎了尸且不让下葬,还说他是在办公桌上被人从背后开枪打死的,有的则说他是在保护受到攻击的妇女和儿童时中弹身亡的。公众对此笃信不移,结果在下议院的一个委员会里引起了(当时在现场且否认克罗米是被谋杀的)泰迪·莱辛(Teddy Lessing)和奥利弗·洛克—兰普森中校(Cmdr Oliver Locker-Lampson)及众多其他议员之间的激烈争论(《议会记事录》,外交部 下议院 辩论,1924 年 7 月 7 日,第 175 卷,第 1847—9 编 [Hansard, Foreign Office HC Deb, 7 Jul. 1924, vol 175, cc1847—9])。

他的俄罗斯未婚妻柳芭，而洛克哈特则有穆拉放不下。他们俩都既没本事也没办法，可以像希尔和赖利那样转入地下。于是他们商量来商量去，商量了半夜也没商量出个法子来。他们无计可施，无处可藏。

1918年9月1日，星期天，莫斯科

深夜两点左右，一辆汽车拐进了面包巷。汽车缓缓地顺着黑灯瞎火的窄巷行驶；快到巷子尽头时，一栋灰色的六层公寓楼赫然耸现在大灯的光束里。车停稳后，下来了三名男子：两个穿便服，另外一个着警官制服。

穿便服的两人中年轻一些的那个是契卡队员兼莫斯科克里姆林宫卫队长帕维尔·马尔科夫。他走到了公寓楼的正门门口。借着汽车的灯光，他看清了楼号——19。就是这栋楼，英国代表洛克哈特的老巢就在这栋楼里。

马尔科夫半夜刚过就被契卡副主席雅科夫·彼得斯叫到了卢比扬卡总部。彼得斯有很重的拉脱维亚口音，而且说起话来总是很慢，就像是不善措辞似的。"你去逮捕洛克哈特，"他简洁地说道。[①]

这名年轻的契卡队员接到这一命令时很平静。他见过洛克哈特几次：第一次是在当时还是布尔什维克总部的彼得格勒斯莫尔尼宫任保卫局长的时候，后来是三月份在来莫斯科的火车上。他对这名英国代表有很深的印象，但不喜欢他那副高高在上的样子。他后来回忆到他时，说他"表面上显得很镇定，有军人风度，是一个不露声

---

① 马尔科夫在其回忆录中详述了这段对话，《回忆录》第303—304页。

色、精力充沛的人,顶着一头茂密的深棕色头发,梳着大背头",虽然年纪不大,却摆出一副很有阅历的样子。他俄语说得很流利,不带一点儿口音。马尔科夫和洛克哈特彼此都很谨慎地跟对方套过近乎,装得很友好,实际上彼此都是想从对方那里套情报。①

"记住!"彼得斯说:"我们行事得果断,但得……讲究策略。尽量对他客气一点。不过你要彻底搜查一遍,如果他试图拒捕,那就……"

马尔科夫摇了摇头。"他不会拒捕的。"

彼得斯点了点头。"也许不会。那不是他的风格。他是个胆小鬼;把自己搞得跟圣人似的,所有见不得人的事儿都交给自己的手下去干。不过还是得有所准备,明白吗?"马尔科夫明白。暴力行为对他来说已不是什么新鲜事儿了,而且他做好了应对一切的准备。

他抬头瞅了瞅黑咕隆咚的公寓楼的黑色窗户,检查了一下别在后裤兜里的柯尔特半自动手枪,然后,打了个手势示意他的契卡同志和那个警察跟上,便一脚迈进了那漆黑的门厅。借着打火机的光亮,三个人小心翼翼地上了楼,中间还不时地停下来看一看门牌号。终于,到了第五层,他们来到了24号门口。

* * *

穆拉被前门传来的一阵雷鸣般的砰砰的拍打声吵醒了。她在黑暗中侧耳听了听,心怦怦直跳,在想是不是自己做了个梦。敲门声又响起来了。她开了灯。在她旁边,洛克哈特睡得沉沉地,什么都

---

① 马尔科夫:《回忆录》,第307—309页。

没听到。这可怜的宝贝儿,忧心忡忡,压力重重。他和希基谈事儿一直谈到半夜过了很久,最后在她身边的床上倒头睡下时,已经彻底精疲力竭了,马上就睡得死死地了。

又在敲了。我的天哪!①穆拉穿上睡衣,来到了前厅。没听到希基的房间里有任何动静。再次传来了敲门声,响彻了整个公寓楼。不管外面是谁,反正没打算罢休。都是什么时间了啊?

她拔掉门闩,开了一道缝。她瞪大眼睛向外看了看,黑乎乎的门厅里什么也没看见,但她能感觉到有人。她还没来得及开口,就有人用手紧紧抓住了门边,使劲往外拉(门装得很奇怪,是朝外开的)。②只拉动了一点点,就拉不动了,因为穆拉很谨慎,没把门链取下来。只听外面黑暗中一个男人的声音骂了一句,然后一个人影走进了公寓里泄出去的灯光之中。

穆拉认出了这张脸——长长的,跟块木头似的,一对眼睛靠得很近——马上感到不寒而栗。她不知道这个人叫什么名字,但她知道他是契卡的人。

"你是谁"她问道,加重了自己很浓的英语口音,装出了一副糊涂的神情,"你想怎样?"这名契卡队员迅速将一只脚塞进了门缝里。"我是来见洛克哈特先生的,"他说。

---

① 此处原文为 *Bozhe moy*!是俄文 Боже мой!的音译,所给的注释是 My God!——译文。

② 马尔科夫(《回忆录》,第310页)明确地说"*Poproboval potyanut dver na sebya* …(俄文 Попробовал потянуть дверь на себя…的音译。——译注)",别尔贝洛娃(《穆拉》,第65页)也将其译成了"我试着把门朝我这边拉"(I tried to pull the door toward me)。也许是一扇外防护门。

"怎么会有人这么晚了要找洛克哈特先生?"穆拉问。

"我来做什么,只跟洛克哈特先生单独谈!"他咆哮道。

穆拉能够觉出这名契卡正在迅速失去耐心,可她还是不让步,一个劲儿地质问他,死活也不取下门链。

她身后传来了一个声音,回头一看是希克斯从自己的房间里出来了。他睡眼惺忪,头发蓬乱,打门缝里朝外看了看。一看到那名契卡军官,他马上就僵住了,脸色也发白了。"是曼科夫先生啊?"①他说,马上挤出了一个礼貌的笑容,取下了门上的门链,"我能为您做点什么?"

马尔科夫一把将门拉开,把希克斯推到一边,大步跨进了公寓,两个同伴紧随其后。他的契卡助手是一个身材魁梧、长相粗野的中年人,皮肤上有着根深蒂固的黑色污垢——是长年在工厂干活所留下的洗不掉的印记。

"带我去见洛克哈特。"马尔科夫命令道。

"对不起,"希克斯说,"洛克哈特先生睡着了,我得把他叫醒。"

"我自会叫醒他的。"马尔科夫说道。

希克斯带他去了洛克哈特的房间。两名契卡和那名警察全都大步踏进了房间。马尔科夫扫视了一周,看到华丽的卡累利阿桦木衣柜和橱柜,堆满了穆拉的珠宝首饰的梳妆台,一对安乐椅,深花纹地毯,还有房间中央那张奥斯曼软床,上面盖着一张漂亮的织锦罩

---

① 英国总是把马尔科夫(Malkov)叫成"曼科夫"(Mankoff)。(马尔科夫:《回忆录》,第311页;洛克哈特《一名不列颠代表的回忆录》,第317页)这一点似乎令他很生气。

毯，下面还躺着一个英国代表，他那颗无产阶级的灵魂就隐隐感到不快，尽管突然闯入了三个全副武装的男人，灯也打开了，但这家伙仍在呼呼大睡。

马尔科夫走到床边，轻轻地推了推洛克哈特的肩膀。

洛克哈特隐隐约约地意识到一个粗嗓门在叫自己的名字。他从昏睡中缓慢地醒了过来，睁开眼睛后，他模模糊糊地觉得屋子里全是人——少说也有10个，他起初的印象是，全都拿着家伙。不过让他集中了注意力并突然彻底清醒过来的，还是几英寸之外的一把手枪的枪口，正稳稳地指着他的脸。手枪后面的那张脸常常浮现在他眼前，非常熟悉——他在斯莫尔尼宫就见到过，后来又见过几次，他知道这张脸的主人有一个让人不寒而栗的名声。"曼科夫先生！"他紧张地喃喃自语道。

"洛克哈特先生！"粗嗓门说道："奉契卡之令，你被捕了。请穿好衣服，跟我走。"① 洛克哈特穿衣服的当儿，马尔科夫和他的同志

---

① 马尔科夫：《回忆录》，第311—313页；洛克哈特：《一名不列颠代表的回忆录》，第317页。马尔科夫写自己的回忆录时看过《一名不列颠代表的回忆录》，并对洛克哈特的说法予以了尖锐抨击，称逮捕过程中自己并未掏出手枪。对于洛克哈特称屋里有10个全副武装的男人的说法，马尔科夫给出的解释是恐惧常常会让人把东西看重，而洛克哈特则看成了三重。然而，考虑到穆拉和希克斯的阻挠，而且他所处理的是一起行刺未遂的案子，还有一点，就是当天在试图抓捕英国臣民的过程中有两名彼得格勒的契卡成员丧命，所以马尔科夫似乎不太可能不以防万一而拔出自己的武器来。他似乎从头到尾就不喜欢洛克哈特，而且在这段插曲里他似乎是刻意尽可能地把洛克哈特描绘得不像样子。马尔科夫对洛克哈特的厌恶可能源自2月份在斯莫尔尼宫的一件事，当时他想扣留洛克哈特，阻止他见托洛茨基；这件事情让他遭到了托洛茨基的一通严厉斥责和洛克哈特的一顿盛气凌人的奚落。（马尔科夫：《回忆录》，第306—309页）马尔科夫似乎已经意识到了自己的农民出身，此外尽管他崇

去了书房，开始搜查。马尔科夫的灵魂又一次受到了打击，这一次是富丽堂皇的陈设——一张红木书桌、一对昂贵的长毛绒扶手椅和一块厚厚的地毯。派他的助手们去搜查其他房间后，他开始搜查书桌。翻找信件和文件时，他发现了一把左轮手枪和一些子弹，还有大捆大捆的钞票，包括沙皇时代的旧卢布，苏维埃政府新发行的卢布，甚至还有一些"克伦斯基票"——克伦斯基钞票。所有东西一件不落，全被当作证据带走了。

洛克哈特刚穿完衣服，就和希克斯一起被带上了楼下的汽车。两人一边坐着一个全副武装的卫兵，被拉走了。当时大概是5点光景，曙光正开始洒在毫无生气的建筑和冷冷清清的街道上。他们过了克里姆林宫后拐上了卢比扬卡大街，驶过洛克哈特一个月前还把自己的办公室设在里面的那栋大楼，缓缓地在11号，也就是莫斯科契卡那座低矮的、令人望而生畏的总部，停了下来。两名被捕者被押了进去，丢在了一个很小的空荡荡的屋子里，里面只有一张粗糙的桌子和几把椅子。

他们俩只在那儿待了几分钟，洛克哈特就又被带出去，顺着一条走廊，被押进了一间办公室。办公桌后面坐着一个人，此人嘴形状若镰刀，挤成了一条充满敌意的弯弧，一双眼睛在灯光下闪闪发光。洛克哈特上一次见到他时，他所扮演的角色是当向导，带他们参观清剿波瓦尔斯卡娅街上的无政府主义者的屠杀现场。在困惑不解的洛克哈特眼里，雅科夫·彼得斯俨然是一个诗人，穿一件宽松的白衬衫，留着一头从额头向后梳的长长的黑发。在他前面的办公

拜列宁但却不是太喜欢托洛茨基。

桌上，放着一把左轮手枪。①

把卫兵打发走后，彼得斯默默地盯着洛克哈特看了好大一会儿，然后打开了一个文件夹。"在这个位置上见到你，真是不好意思。"他说。

他没有理睬洛克哈特的抗议及要见外交人民委员的要求。"你认识那个叫卡普兰的女人吗？"彼得斯问道。

"你无权向我提问。"洛克哈特回答。

"赖利在哪里？"

提到这个名字，着实让洛克哈特第一次吓了一大跳。彼得斯从自己的文件夹中掏出一张纸条儿，亮给他看了看。"这是你的笔迹吧？"又吓了一大跳，洛克哈特认出了自己开给那两个拉脱维亚人去见普尔将军的那张通行证。他感到极不自在。他想到过一场将他与列宁枪击案扯到一起的徒劳尝试会给自己带来不便；但他不知道他们已经发现了他与拉脱维亚人之间的瓜葛。他们已经摸清了多少情况，他一点儿都没谱。

"我无可奉告。"他谨慎地说道。

"你最好还是从实招来。"彼得斯轻声说道。

洛克哈特没有吭声。彼得斯叫来卫兵，让他们把犯人押回到他的房间去。

他和希克斯一起被晾在了那儿。意识到有人监听，他们只是有一句无一句地闲聊一些鸡毛蒜皮的小事儿。洛克哈特被吓坏了；契卡了解拉脱维亚阴谋；那样的话，他们会怎么处置他就不好说了。

---

① 洛克哈特：《一名不列颠代表的回忆录》，第318—319页。

外交协议没准儿就狗屁不是了;他已经违背了自己这一方在外交谈判上的承诺;他真的能期望布尔什维克遵守他们的承诺吗? ①

情况比他想到的还要糟糕。当天夜里契卡就已经对他们的拉脱维亚线人所提供的所有线索进行了突袭,而且洛克哈特并非是唯一的斩获。

将抓获的人丢到了卢比扬卡总部后,马尔科夫就赶回克里姆林宫去了解列宁的情况和检查其警卫工作了。几个小时以后他在回家途中,到契卡去找彼得斯,发现他在一张沙发上睡着了,连续三天的戒备状态已经让他精疲力竭了。枪击事件以来,洛克哈特并非唯一一个如临深渊的人。彼得斯留了条子,让人叫醒他,于是马尔科夫为了把他弄醒,只好把他从沙发上几乎是硬拖了下来。

又取得了新的进展。契卡军官们一直留在洛克哈特的公寓里继续搜查。一个女人来到了门口,想送一个无标记的包裹,当场被一个女契卡队员给逮捕了。马尔科夫来的时候,她刚好被带到彼得斯这里来接受审讯,于是他也参加了审讯。结果发现这名女士很年轻,穿着考究,而且在马尔科夫眼里,还非常漂亮。她说自己叫玛利亚·弗里德,但其他情况,一问三不知,半个字也不说。彼得斯打开了她企图送到洛克哈特公寓去的包裹。里面是一份叫人难以置信,同时又令人不安的文件——一份详细描述了红军前线兵团部署情况的厚厚的报告。整份东西都出自一个行迹不定的人的手笔。标题为"第12号报告",而且甚至还包括了德军从苏维埃军方情报中摘选出

---

① 洛克哈特:《一名不列颠代表的回忆录》,第317—320页。

的若干详细资料。①

玛利亚·弗里德称她对文件内容一无所知,对面包巷那间公寓主人的情况也一无所知;她是出来买牛奶的,(她身上确实有一罐牛奶)包裹是一个陌生人给她的,让她送给24号公寓。她甚至对那个陌生人还详细描述了一番——中等身材,穿一身军装。

彼得斯听了几分钟,然后平静地打断了她:"你撒谎。"

可是尽管他步步紧逼,她还是一口咬定她说的是真话。"我对上帝发誓!"她坚持道。

"不要对我们不相信的上帝发誓了。你这里有亲戚吗?家人?"

她承认有两个为政府工作的兄弟,但称不知道在哪个部。彼得斯意识到从这个顽固的女人嘴里再也掏不出什么来了,就把她单独监禁起来了。②

那天晚些时候,玛利亚·弗里德的两个兄弟就被查了出来。其中一个叫亚历山大·弗里德③,曾是沙皇军队的一名上校,现在人民军事委员会情报处工作。他曾利用自己的职位获取过秘密文件,并将这些文件传递给洛克哈特和西德尼·赖利,有时候会用他的妹妹

---

① 马尔科夫:《回忆录》,第315—320页。雅科夫·彼得斯在一份报告(《洛克哈特案》,第495页)中抄录了该文件。按照彼得斯的说法,玛利亚·弗里德是在谢里梅提耶夫斯基巷(Sheremetievskiy pereulok, 现罗曼诺夫巷Romanov pereulok)西德尼·赖利所使用的公寓附近被捕的。这一说法在赖利的好几本传记中都有引用。但是,除了与当时参与审讯且做出了生动细致描述的马尔科夫的说法相矛盾外,彼得斯的报告包含好几处前后不一致的说法,从而使得好几处与洛克哈特有关的陈述的可信度堪疑。参见第12章。
② 马尔科夫:《回忆录》,第317—318页。
③ 原文为Aleksandr Fride,他的名字在英文里一般拼作Alexander Friede。——译注

作传递员。他们提供的情报正是所需要的那种,对于反革命叛乱分子攻打红军非常有用,对于那些想在忠诚的兵团中煽动兵变的特工也很有用。亚历山大·弗里德马上就被拘捕而且全盘招供了。[④]玛利亚的公寓遭到了搜查(公寓位于城市的另一边,这也使得她说自己是出来买牛奶的说法不攻自破了,尽管她身上带着牛奶罐)。在突袭洛克哈特公寓的同时,西德尼·赖利租下的公寓楼和他的情妇也遭到了突然袭击和搜查。赖利本人已经到彼得格勒找克罗米去了,躲过了抓捕。

有了弗里德上校的招供,加上拉网式搜捕中落网的其他人的供述,契卡对活跃在莫斯科市内和周边的这个由英、法、美间谍、特工及通讯员构成的网络的罪证已经有了完整而深刻的了解。

间谍组织虽然阴毒,但它所干的也就是搜集情报而已。相比较而言,洛克哈特所卷入的收买拉脱维亚兵团——担负着保卫苏维埃政府安全的人——的图谋就更加十恶不赦了。而且现在乌里茨基死了,列宁也可能命在旦夕。这是洛克哈特干的吗?现在是找出范妮亚·卡普兰与罗伯特·布鲁斯·洛克哈特之间的联系的时候了。

契卡知道其中一个可能但比较牵强的联系。乌克兰。卡普兰,同布尔什维克在基辅的间谍穆拉·本肯多夫一样,也是乌克兰人,而且穆拉还是洛克哈特的情妇。他们一直都知道这一点,尽管英国的秘密特工和契卡一边进行着很不舒服的合作项目一边又互相窥探对方。不过这其中是不是也有着不为人知的联系呢?

[④] 彼得斯:《洛克哈特案》,第502—503页。亚历山大·弗里德后来被判处死刑并枪决(拉宾诺维奇:《布尔什维克当政》,第338页)。

卡普兰曾被旁敲侧击地问及过她的动机是否与酋长国政府有关系，或者说她是否知道与反革命的鲍里斯·萨文科夫有联系的恐怖分子组织。她对这两项指控都予以了否认。①契卡似乎老是发现可能有党内人士与那起行刺未遂事件有关的迹象，结果每次都是极其失望地收手了。②这里面有些东西是契卡所琢磨不透的——他们是一个新组织，对恐怖活动和草菅人命的事情很拿手，但在调查和谋划方面却依然缺乏经验。他们能想到的把卡普兰与洛克哈特联系起来的唯一办法就是让两人面对面，看会产生什么结果。

* * *

　　洛克哈特和希克斯已经被羁押好几个小时了，他俩都在尽力不去想自己将受到怎样的处置。

　　草草审判便立即处决已经开始了。莫斯科和彼得格勒到处都能听到零零星星的枪声，因为死刑行刑队要对每个涉嫌从事反革命活动或同情反革命活动的俄罗斯人开刀问斩。布尔乔亚们是主要目标，还有所有忠于他们的人——家人和仆人都一样。而且在两座城市里在押的英国人看上去都有可能是下一个靠墙挨枪子儿的。

　　洛克哈特不知道穆拉怎么样了。她是被留在了公寓，还是找到别的地方落脚了？

　　门开了，洛克哈特和希克斯惊讶地看到一个年轻女人被带了进来，从头到脚一身黑。卫兵出去了，把她留在了屋里。洛克哈特饶

---

① 米特罗欣：《契卡主义》，第65—66页。
② 米特罗欣：《契卡主义》，第70页。

有兴趣地打量了她一番。"她的头发是黑色的,一对眼睛,直愣愣地死盯着一个地方,下面有很大的黑眼圈儿"。①她冷静沉着得让人有点匪夷所思。她对这两个英国人视而不见,直接走到了窗户边上,站在那儿朝外看,单手托着下巴。一段长时间的奇怪而又尴尬的沉默之后,看守又来把她带走了。洛克哈特猜出了她就是被指控向列宁开枪的那个女人,而且猜出了把她带过来跟他面碰面的理由。谅必彼得斯是希望看到她与洛克哈特露出一点彼此相识的破绽来。结果呢,他一无所获。要是他俩彼此以前见过的话,那只能说两人谁也没流露出半点儿见过的样子来。

洛克哈特和希克斯已经被羁押6个小时了,不成想这时突然出人意料地得到通知,他们可以走了。

出来后,他们发现天气"潮湿而且糟透了"。两人好不容易打到了一辆出租车,疲惫不堪、灰溜溜地回到了家。②

雅科夫·彼得斯很是沮丧。他接到了人民委员契切林——洛克哈特在政府里仅剩的一个朋友——的指示,以外交人员享有豁免权为由让他放了洛克哈特——尽管事实是政府即使在此时也认为应该剥夺法国和美国领事的这种豁免权。

马尔科夫听说洛克哈特被释放了后,简直不敢相信这是真的。彼得斯只是耸了耸肩就没当回事儿了。既然洛克哈特已经被捕过了,

---

① 洛克哈特:《一名不列颠代表的回忆录》,第320页。
② 洛克哈特,1918年9月1日日记,《日记·卷一》,第40页。在《一名不列颠代表的回忆录》第320页中他说自己是上午9时获释的,而按照马尔科夫的说法却是几个小时以后的事情。在其日记里,洛克哈特令人困惑地称他是从9时起遭到羁押的(《日记·卷一》,第40页)。

加上他的大部分同谋不是关起来了就是受到了监视，他也就不再危险了。随时都可以把他再抓起来。他会受到严密的监视，如果他还有契卡所不知道的特工，他们可能就会设法取得联系，而那样一来……更多反革命的鱼就会自投罗网了。①

回到面包巷的公寓后，洛克哈特和希克斯发现公寓被翻了个底朝天，抽屉全都拉开了，东西乱扔了一地。家里空无一人。洛克哈特的男仆伊万、厨娘多拉都走了。穆拉也走了。大楼的门房告诉洛克哈特，整个上午的事情他都看到了，说所有的仆人和那位太太都被契卡的人带走了。

---

① 马尔科夫：《回忆录》，第319页；彼得斯：《洛克哈特案》，第514页。是洛克哈特本人请求契切林出面干预的(《一名不列颠代表的回忆录》，第320页)。

12 舍身献祭
1918年9月—10月

1918年9月4日，星期四，莫斯科

被捕了！怎么会呢？这些畜生怎么会逮捕她呢？她替他们冒过那么大的险，把命差点都搭进去了，为苏维埃政府搜集情报，把自己的民族都出卖了。现在居然被捕了！这就是布尔什维克的做事风格——他们除了眼前的需要，什么义务都不认，除了忠诚于列宁和革命之外，毫无忠诚可言。

他们指责她同情协约国——跟当年伊凡对她的指责如出一辙，而且同样危险，因为只有一半是事实。他们说她有"亲英倾向"。她曾经为英国卖过命，她的朋友都是英国人，而且情人也是英国人。①这一点，他们以前没觉得是问题——实际上，还让她成了他们眼中不可多得的宝贝。可现在她的熟人和同事都被揭露出来了，他们的手都很不干净，参与了种种反革命阴谋。7月叛乱和乌里茨基遇刺，

---

① 别尔贝洛娃(《穆拉》，第79页)称穆拉曾对她说第一次受到审讯时，她否认两人有私情。然后审问她的契卡官员给她看了她跟洛克哈特在一起的一沓让人难堪的照片，穆拉看完照片就昏过去了。除了这一幕暧昧的情节之外，还有1918年隐蔽式长镜头监视拍照用的老古董，加上他们的关系在当时就众所周知（连穆拉远在彼得格勒的母亲都有所耳闻）这一事实。这似乎是穆拉喜欢用来给自己的人生故事添枝加叶的精彩情节之一。

把契卡的人吓得胆战心惊，草木皆兵，对自己的影子都要怀疑，动不动就先把人处决，根本就懒得审问。穆拉是贵族的千金宝贝儿，自然就是敌人。

他们把她从卢比扬卡总部转移到了臭名昭著的布特尔卡监狱城堡。这一扎眼的六边形环状砖体牢房群，有四座矮墩墩的圆形塔楼把守，就像一座工厂和一座城堡之间的一个十字路口。这座监狱长期以来就是关押政治犯的地方——费利克斯·捷尔任斯基当年闹革命被抓以后就关押在这里，二月革命时才获释。现在他大权在握，统辖的机构将落到自己手里的人都送到这里来了，这些人可能没有一个会像他那样获救。穆拉不是唯一的一个。许多英国和法国的公民，同与他们有勾结的俄国人一道，都遭到了围捕。西德尼·赖利的情妇和穆拉一起被关在了女囚区。

监狱的条件很恶劣——脏就不说了，还到处都是虱子跳蚤，而且拥挤不堪。每天就给点水和半磅黑面包，有时候会加点儿寡水清汤或是马肉。在这样的条件下，囚犯们很快就会一天比一天瘦，身体也会一天比一天差。有些人无罪在这儿也一关就是好几个月。他们所有人每天都提心吊胆，等着他们的不是死亡的恐惧（从脑袋后面开枪是契卡最喜欢的方式），就是残酷的刑讯，要不就是移送到新的集中营去。①

洛克哈特在哪儿呢？她的情人、生命、心肝宝贝儿在哪儿呢？她看见他们把他从公寓里带走了，之后就没有听到任何消息。说不定，他已经被枪决了。他们又开着另一辆车回来把她和仆人们带走

---

① 莱格特：《契卡》，第193—194页。

了。谁都不肯向她透露半点风声。要是她的"宝贝儿"洛克哈特出了事,她是怎么都无法忍受的,此刻她的肚子里还怀着他的小宝贝。

她在这个该死的肮脏的地方已经待了四天,可还是毫无消息。穆拉隐隐觉得,自己的勇气是一件脆弱的东西,迟早会撑不住的。

* * *

洛克哈特在从卢比扬卡回家的路上买了一张报纸。在关于列宁伤情报道的字里行间,充斥着对布尔乔亚、反革命分子和协约国的愤怒。

在接下来的几天里,各大报纸都重复着这一刺耳的调子。有的还公开要求对英国和法国公民大开杀戒。官方报道称,在乌里茨基遇刺身亡后的三天之中已经对500来人——主要是俄罗斯的资产阶级,其中包括商店老板、军官和生意人——执行了立即处决,而且还有更多的人将被立即处决。[①]数十名在押的外国人——主要是英国人和法国人,加上几个美国人——被关押在莫斯科和彼得格勒。穆拉也在其中。

刮完脸,洗掉了卢比扬卡留在身上的臭味后,洛克哈特便去打探消息了,把还坚守在莫斯科的外国代表处挨个儿跑了一遍。[②]协约国已经遭到了揭露,是从事阴谋活动的敌人;如此一来,以后这些

[①] 1918年9月3—9日诸中立国公使的报告(Reports by ministers of neutral nations, 3-9 Sept. 1918),引自外交部《白皮书》,第2—5页。

[②] 洛克哈特:《一名不列颠代表的回忆录》,第320—321页。

国家公民的一切事情就由中立国的代表们负责了——就英国来说，就是由挪威公使馆和荷兰公使馆负责。洛克哈特找到了由彼得格勒到访的荷兰公使欧登科。这位公使是一个和蔼可亲、心地善良的人，而且洛克哈特发现他忧心忡忡，心事重重。从他那里，洛克哈特第一次听到了英国大使馆遇袭和克罗米遇难这一可怕而又令人震惊的消息。

洛克哈特更加忧虑了，他找到美国红十字负责人艾伦·沃德韦尔少校，问他能否打探到穆拉的消息，如果可能的话，还请他出面请求放了她。沃德韦尔是一个冷静、自信的人，他答应会尽力而为，令洛克哈特倍感安慰。他得到的承诺是第二天同契切林见个面，并把这件事情提出来。[①]

这一安慰感没能持续多久。到了第二天，洛克哈特就再也无法忍受这样的悬念了。他不习惯依赖别人去同政府交涉，于是就自己去了外交部，要求见列夫·卡拉汉。虽然沦为官方所唾弃的人了，但他还是马上获准进了外交部。无论他们指控他做了什么，他辩称，布尔什维克以穆拉作人质来对付他都是不人道的。他恳求卡拉汉把她放了。而这个人民委员所能给予他的又是一句我会尽力而为的承诺。这种承诺没多大用处，不过总比什么也没有强。

洛克哈特垂头丧气地穿过悄无声息的街道往家里走。此时的气氛就像头一年革命前的那些日子——每条街的街角上都有士兵把守，

---

① 洛克哈特：《一名不列颠代表的回忆录》，第321页。沃德韦尔（Wardwell）已经取代了洛克哈特的朋友雷蒙德·罗宾斯（Raymond Robins）。罗宾斯具有双重身份，既是红十字会负责人，又是非官方外交代表。

仅有的那么几个出门在外的人走路都低着头,而且都不在一个地方逗留。空气中弥漫着恐怖气氛。

回到公寓后,希基给他们俩都准备了一份由黑面包、沙丁鱼和咖啡组成的晚餐。这一天是洛克哈特的生日,他三十一岁了,还从来没有像现在这样不想过生日的时候。

第二天他坐在屋里无事可做,只有看报纸,而此时的报纸上已满是对已经被称为"洛克哈特阴谋"的事件最骇人听闻的描述了。不仅说他试图煽动拉脱维亚部队兵变,还说他和他手下的特工打算炸毁主要桥梁,让俄罗斯人民忍饥挨饿,以此来帮助白军和协约国部队征服俄罗斯。说他们一旦得逞就会任命一个新的帝国主义独裁者。《真理报》率先呼吁对付包括英国人在内的所有的革命敌人。①

到了第二天,洛克哈特就再也坐不住了。他决定直奔问题的源头而去。如果荷兰公使馆、美国红十字会,甚至连布尔什维克外交部都帮不了穆拉的话,他就别无选择只有直接去找契卡了。一想到要再次回到他们的地盘上去就很恐怖,但他必须去。他又找了一次卡拉汉,请他即刻安排一次跟雅科夫·彼得斯一对一的会面。卡拉汉答应了,但结果如何却不敢抱多大的希望。②

两人是在卢比扬卡总部见的面。穆拉此时已经入狱四天了。而这期间事态一直在升级。就在前一天,范妮亚·卡普兰已经从卢比扬卡被带到了克里姆林宫,到那儿后既没有审判也没有进一步讯问就被枪决了——一颗左轮手枪子弹命中了后脑勺,这是契卡的风

---

① 洛克哈特,1918年9月3日日记,《日记·卷一》,第40—41页。
② 洛克哈特:《一名不列颠代表的回忆录》,第324页。

格——而且还被毁了尸，没有埋。处决她的刽子手就是把洛克哈特和穆拉带到卢比扬卡的那个人——卫队长帕维尔·马尔科夫。在这样的气氛下，谁也不安全。

雅科夫·彼得斯对洛克哈特很冷漠。在陈述自己的来意之前，洛克哈特坚持双方要达成一个君子协定——这次会谈必须以非正式会谈对待，不做记录，而且完全保密。彼得斯同意了。洛克哈特直奔主题，充满激情地提出了释放穆拉的请求。他称关于拉脱维亚阴谋的报告是捏造的——退一步说，就算其中有真实的成分，穆拉也是完全清白的。

彼得斯耐心地听完了以后，答应对洛克哈特的这番话给予适当考虑，[1]然后就换了个话题。

"你来这里可省了我不少事儿。"他说："我的手下过去的一个小时一直在找你。我已经拿到逮捕你的逮捕证了。"

* * *

到第二天时，大家都在说洛克哈特要被枪毙了。穆拉从沃德韦尔嘴里听到了他获释和再次被捕的消息，美国红十字会这个英勇善良的人定期来给布特尔卡监狱里协约国的俘虏们送食品。[2]他说布尔什维克正在成百成百地杀人，洛克哈特也可能成为其中的一个。

---

[1] 洛克哈特：《一名不列颠代表的回忆录》，第324页；彼得斯：《洛克哈特案》，第514页。在其报告中，彼得斯称他只同意在洛克哈特不诽谤苏俄的前提下私下相见——很可能是为了自保。

[2] 洛克哈特：《一名不列颠代表的回忆录》，第340—341页。

她的情人、生命,她的一切要死掉了。

那些日子她是怎么挺过来的而没有急疯,将始终是个谜。穆拉要是不坚强,那她就什么也不是了——别看她从小被娇生惯养,身体上的不适,她都能忍受(尽管有个可以让她诉苦的人,她也会诉诉苦)。但是精神上的痛苦就不一样了。这一段时间她急得百爪挠心,让她老了许多,也变了许多,使她失去了自己个性中的一些重要成分,这些东西她将再也无法完全找回来了。以为自己将要永远失去洛克哈特了,这一点给她留下了一个永远也无法愈合的伤口。为了见到他、守住他,她将在所不辞。就算守不住,至少也要把他从死神手里或者可怕的契卡监狱的监禁中救出来。

* * *

洛克哈特被关在卢比扬卡总部的一间屋子里,是一间初级职员的寒碜简陋的办公室,里面有一个破旧的沙发,职员们工作的时候,有时允许他在两名看守的监视下在上面睡觉。①

夜里,彼得斯随时都可能让人把他带到自己的办公室去审问。讯问持续时间长,不过还算平静。彼得斯称洛克哈特的同谋已经招了,劝他和他们一样承认自己的罪行;否则就会移交到革命特别法庭去受审。洛克哈特说他所做的都是自己的政府要他去做的事情,别的他什么也没做,而且坚称那些把他说成是反革命阴谋主谋的说法都是不实之词。但契卡手上从事间谍活动的铁证和从事阴谋活动

---

① 洛克哈特:《一名不列颠代表的回忆录》,第326—327页;《日记·卷一》,第41—42页。

的人证俱全，证明洛克哈特深陷其中。

荷兰公使欧登科曾与外交部和契卡疏通，让他们饶洛克哈特一命。他打报告给自己的英方联络人，称俄罗斯政府已经"堕落到了犯罪组织的程度"。在他看来，布尔什维克"认识到自己大势已去，于是干起了疯狂犯罪的勾当"。①欧登科警告外交人民委员格奥尔基·契切林，说英国比俄罗斯强大，即使数以百计的英国人被处决了也不会令其却步。

在有关其交涉情况的报告中，欧登科对俄罗斯的政治形势和布尔什维克的政策给出了自己的看法。大家都认为他是一个厚道、可敬的好人，认为他不得不说的这些话是一点也不会与时代的步伐相脱节的，却是对欧洲未来的一个让人不寒而栗的预示。他觉得自己有义务告诉世界各国政府，"如果不马上扑灭俄罗斯的布尔什维主义，全世界的文明都会受到威胁……我认为立即剿灭布尔什维主义是当前世界面临的头等大事"。他坚信布尔什维主义"肯定会以某种形式传遍欧洲和全世界，因为其组织者和运作者是没有自己的国家的犹太人，而且它要达到的一个目标就是为了他们自己的目的而摧毁既有的秩序。能够避免这一危险的唯一办法就是所有国家齐心协力共同采取行动"②。欧登科指出德国人和奥地利人也在这么想。他们谁也没想到的是，这一方案将最终被看成是解决想象中的威胁的方案。

在荷兰和瑞典外交官与布尔什维克交涉之际，中立的挪威公使

---

① 欧登科(荷兰驻彼得格勒公使)1918年9月6日的报告，引自外交部《白皮书》第5页；亦见厄尔曼：《干涉》，第293页。
② 欧登科1918年9月6日的报告，引自外交部《白皮书》第6页。

馆成了身在莫斯科的协约国不法之徒的避难所。威尔·希克斯与洛克哈特的助手坦普林和林格尔,同许多其他英、美、法通缉犯一道,已经到那里躲起来了。挪威公使馆遭到了契卡的围困;由于不想此时强行闯入中立国的外交地盘,所以他们希望把这些罪犯活活饿死。这将是一次旷日持久的围困——这座公使馆之前是美国红十字会的总部,地下室有丰富的食物储备。

不幸的是,彼得格勒的囚徒们就不一样了——他们被禁闭在彼得罗巴甫洛夫斯卡亚要塞的地牢里,正在没有厕所的牢房里慢慢被饿死;许多人得了慢性腹泻却不给医治。①

交涉了两天后,欧登科回到了彼得格勒,他得到了释放洛克哈特的承诺,但他并不放心——"他的处境极端危险,"他在报告中说。②

然后,一切都突然改变了。

这一变化的原因将始终也无法完全弄清楚,因为与此相关的人——洛克哈特、雅科夫·彼得斯及穆拉——动了手脚,把记录涂得看不清了。

现实情况发生了变化。9月6日宣布列宁脱离了危险。布尔什维克人的复仇情绪很快就被松了一口气的心情所取代了。与此同时,与英国的一个交易也在考虑之中了。出于对克罗米上校之死的报复,英国逮捕了苏维埃驻伦敦大使马克西姆·李维诺夫。他和他手下的工作人员被关押在布里克斯顿监狱。交换俘虏的谈判正在进行之中。

---

① 彼得格勒囚徒1918年9月5日来函,引自外交部《白皮书》,第6—7页。
② 欧登科1918年9月6日的报告,引自外交部《白皮书》第5页。

洛克哈特也许在交换之列。但不管情绪怎么变，不论外交形式如何，洛克哈特被指控从事间谍和反革命破坏活动，对苏维埃政府领导人的生命构成了绝对威胁，这些滔天罪行是怎么都抹不去的。这样一个阴谋的始作俑者还指望人家放自己一马，做梦吧？

洛克哈特已经被关了三天了，接着被告知要把他从卢比扬卡移送到克里姆林宫去。彼得斯已经把帕维尔·马尔科夫叫来，让他为洛克哈特准备住的地方了。马尔科夫从卢比扬卡带到克里姆林宫去的上一个人是范妮亚·卡普兰，五天前他已经将她处决了。洛克哈特的命运将不一样——至少暂时是这样。他将被关押到做出了如何处理他的决定为止。

马尔科夫对于自己又得负责洛克哈特的羁押并不特别高兴。他在基本上仍是空着的大克里姆林宫的弗雷林斯基走廊留出了一个套间。这个套间看上去曾是某种供侍女住的地方——小而且没有窗户。具有讽刺意味的是，他无意中从克里姆林宫的拉脱维亚兵团中挑了几个卫兵，而这个兵团正是洛克哈特阴谋案中曾试图收买的禁卫军。①

洛克哈特惊恐地发现有一个同伴住在自己的房间里——斯密德肯，那个一个多月前从克罗米那儿来找他的拉脱维亚军官——那个让他卷入了那起阴谋的人，那个带别尔津中校来见他的人。洛克哈特猜到了这是个圈套，目的就是想让他露出有罪的破绽来，他有两

---

① 马尔科夫：《回忆录》，第327页。按照洛克哈特（《日记·卷一》，第42页；《一名不列颠代表的回忆录》，第329页）的说法，他的房间是在卡瓦列尔斯基大楼（Kavaliersky Korpus）里。但身为克里姆林宫卫队长的马尔科夫对这个地方的地理位置的了解很可能要在洛克哈特之上。此外，洛克哈特称这几间屋子曾是侍女住的地方与马尔科夫的说法是一致的。

天没敢说一句话。最终斯密德肯让他们给撤走了。洛克哈特从没听说过他的遭际,还以为他已经被枪决了呢。他根本不知道这个拉脱维亚人从一开始就是契卡安插的卧底。①

洛克哈特一直在逼迫彼得斯和马尔科夫释放穆拉。他一口咬定她是清白无辜的,指责彼得斯拿女人出气,要求把她放了。彼得斯同意让洛克哈特给穆拉写一封信——前提是必须用俄文写,以便需要的话他可以审查。

就是从这一刻起,情况开始发生了急速而又戏剧性的变化,而当事人中谁都没对这一变化的来龙去脉给出过一个清晰或前后一致的解释。他们不是缄口不言,就是谎话连篇。

* * *

"亲爱的,亲爱的宝贝儿!"穆拉写道:"我刚刚收到你托彼得斯先生交给我的信。请别为我担心。"②在肮脏而又拥挤的布特尔卡监狱待了一个多星期后,他的信给她带来了莫大的宽慰,让她在暗无天日的囚禁中见到了一线蓝天。他还活着,这才是最重要的。

彼得斯见到穆拉后是怎么想的,是什么感觉,他们俩说了什么,这些都没有留下任何记录。穆拉给洛克哈特的回信是用彼得斯给她

---

① 洛克哈特:《一名不列颠代表的回忆录》,第329—330页。洛克哈特的担忧在他9月8日的日记(《日记·卷一》,第42页)中有所反映,在这篇日记中,大概是怕别人会看到,他暗示自己一点都不知道斯密德肯(Smidkhen)是谁。

② 穆拉:致洛克哈特函,藏于利利图书馆。未署明日期:很可能是1918年9月9日。注:当时的英国外交礼仪以法语风格的敬语"M."称呼俄罗斯官员,故"M. Peters"。

的带有契卡抬头的信纸写的，她在回信中要告诉他的是一个惊人的消息："彼得斯先生已答应今天就放了我。"可是没了洛克哈特，她获释了也没多大意义：

> 只要你不获释，多等几天，我一点也不介意。不过，我出去了就能给你送点棉织品和东西来，也许他会安排我来见你的。亲爱的宝贝儿，我爱你，超过了对生命本身的爱。过去这些天所经受的一切痛苦只是把我这一辈子与你联系得更紧了。请原谅我这封信写得有些前言不搭后语——我仍有些茫然不知所措，为你担心，而且非常孤独，但希望一切都会好转。
>
> 祝福你，我的至爱。
>
> 你的穆拉

她不知所措得太厉害了，走出监狱大门后，转身走了很长一段路才意识到自己把方向搞错了。她最终还是在初秋日渐凋零的树木下一路蹒跚，回到了面包巷——俄罗斯早早地就遭遇了寒冷的天气——然后爬了五层楼，回到了公寓。一个人极其孤独地在屋里坐了下来。仆人们都还在监狱里，希克斯被围困在挪威公使馆里，而洛克哈特则在克里姆林宫里。

穆拉知道与那个名字连在一起的恐惧。有人说被带到克里姆林宫高墙里面去的囚犯就再也别想出来了。但穆拉有信心，而且只要知道她爱的人还活着就够了。

第二天早上，她开始收拾东西给他带去，因为彼得斯已经答应了她，可以给他送东西去。装进她篮子里的东西有衣服和书，外加烟丝和一些咖啡，还有她设法弄到的一根极贵的火腿。而且她又写了一封信，想表达自己爱与绝望交织的困惑感。

> 宝贝儿，我的宝贝儿——所有这一切都让我发生了极大的变化。我现在已经是一个很老很老的老女人了，而且我感到只有享受到上帝再次把你赐给我的喜悦时，我才能再次露出笑容了……啊，我的宝贝儿——没有你的自由算什么呀。我以为你自由了那会儿，坐牢对我来说根本算不了什么，后来就不同了，就成了一种不确定和焦虑的痛苦。不过我知道我俩都必须勇敢一些，并想一想未来。有一点——生活的所有细节——所有那些我以前常跟你唠叨的小事儿——全都化为乌有了。我只知道我想让你幸福而这对我才是最重要的。宝贝儿——没有哪个女人像我爱你一样爱过哪个男人，你就是我的生命、我的一切。我写不下去了——我太痛苦了，我太想你了。[1]

她奢望会允许自己去看他——彼得斯允诺洛克哈特会收到那封信和那一篮子礼物，她只得相信他会说话算话。彼得斯兑现了自己的诺言，洛克哈特确认穆拉获释后精神为之一振，并且深深感激她给自己送来了那些日常用品。

穆拉知道他遇到压力时的习惯，在那包东西中塞了一副纸牌。他例行公事般一把接一把地玩起了中国的纸牌游戏来[2]，就像她7月

---

[1] 穆拉：致洛克哈特函，藏于利利图书馆。未署明日期，很可能是1918年9月10日。
[2] 这个游戏的英文名字叫 Chinese patience，一种类似于纸牌接龙的纸牌游戏。——译注

份到雁得尔去完成那一趟危险任务时一样。这一次，他感觉自己是在赌自己的命，迷信地推断如果每天能赢一把，他就会平安无忧。尽管他已不再惧怕处决，但他还是担心自己被交给革命特别法庭来审判并做出长期监禁的判决。真正的监禁，而不是像这样。①外面传来的消息并不鼓舞人心。红军正在恢复元气，实力在一周周壮大，正在击退伏尔加河上的敌人，收复越来越多被白军和协约国军队占领的失地。

洛克哈特翻牌、看书和思考自己命运的时候，想没想过穆拉是怎么玩转这一招的呢？他嘴上从来没说过，但心里肯定还琢磨过的。她是一名贵族，一个所谓敌特的众所周知的配偶和情妇，英国人的一个老朋友……不管她过去曾给布尔什维克效过什么样的力，能让她活下来就是一个奇迹，更别说获释了。居然还让她每天来克里姆林宫给自己的情人送吃的和礼物——而且还交换信件，这是多不同寻常啊。有时候彼得斯坚持信得用俄文写以便他检查，但有时候他又允许他们用英语通信。②她是怎么做到这一切的？难道她过去对契卡的贡献有这么大？还是有别的什么原因？

莫斯科有几个爱飞短流长的人认为自己可以给出一个答案。雅科夫·彼得斯和其他任何一个男人一样，在穆拉的魅力面前同样毫无招架之力，而且如果受到恰当鼓励和操纵，也同样愿意乖乖地听

---

① 洛克哈特：《一名不列颠代表的回忆录》，第331—332页。
② 穆拉在洛克哈特被囚禁在克里姆林宫时寄给他的信留存下来的有20来封；其中，有6封是用英文写的；其他的则都是用俄文写的。后者主要是一些非常短的便函。有几封长一点也重要一点的俄文信都插入了另一（？洛克哈特的）笔迹的译文。

她的，让她的三寸不烂之舌哄得团团转。怀孕显然没有减少她的魅力。有人曾看见这位年轻的女士坐在彼得斯的摩托车的后座上在城里兜过风。很显然，她把自己卖给了契卡的这个副主席，做了他的情妇。也有另外一些人认为还有一种可能性更大，那就是她同意契卡把自己连人带心都招进去，成为契卡自己的人。①

　　穆拉从来没有说起这一次的事，只是在若干年后承认她发现雅科夫·彼得斯人"很好"。②洛克哈特也想把水搅得更浑，称他主动做了人质才确保了穆拉的获释。③真实情况——双方的妥协与讨价还价——被永远掩盖了；所留下来的只是一堆证明这些结果的证据。

　　事情到此还并没有完。外交已经把洛克哈特从刽子手的枪口下救了下来；穆拉搞定彼得斯换来了自己的获释，也使她能够给洛克哈特带去日用品和礼物。但她的心爱之人还是一名囚徒，依然面临着革命特别法庭不可猜测的判决。而且她正在慢慢地意识到即使出现某种奇迹使他得以获释，也会被俄罗斯驱逐出境。反正她都将失去他。那她和她未出生的孩子将怎么办呢？她能抛下一切跟他走

---

① 说穆拉成了彼得斯的情人的说法来自于秘密情报局官员厄内斯特·博伊斯关于穆拉的一份扼要报告（1940年7月11日，穆拉·布德贝格军情五局档案）。齐里尔·季诺维也夫（访谈录，1980年，安德鲁·博伊尔存档文件）认为她的特权待遇表明她已经成了一名苏维埃特工。

② 别尔贝洛娃：《穆拉》，第63页。

③ 在其回忆录《一名不列颠代表的回忆录》的第一部分中，洛克哈特对于1918年9月的事情多少是按事情发生的顺序叙述的，而且没有试图对穆拉的获释进行解释。但在《告别荣耀》（第5页）他却谎称"我以自己的再次被捕为代价确保了她的获释"。穆拉对这本书比对之前的那一本有更大的编辑权，因而很在意，把使得她显得唯利是图的东西都统统删掉了（1933—1934年致洛克哈特函，藏于利利图书馆）。

吗？就算她能，又会让她走吗？

"别以为我是一个歇斯底里的胆小鬼。"她写道，不能见到洛克哈特，也不能摸摸他，让她备受折磨。"我流下了痛苦的热泪，感觉自己如此渺小，如此无助，如此痛苦之至。不过我拼了命也要勇敢起来，宝贝儿。我们俩都需要勇敢起来，这样才能保存我们的全部力量，创建一个幸福的未来。"日子一天天流逝，她孜孜不倦地在彼得斯身上下工夫，感到自己取得了一些成功。"我苦苦祈求上帝让我们快快度过这段可怕时光，我感觉上帝正在慢慢答应我的祈求。"①

答复的第一个真正迹象出现在洛克哈特被囚禁的第二个星期，穆拉终于获准去看他了。②彼得斯陪同她来到了克里姆林宫中的那个房间。这个走廊现在用作囚室了，关押了几个高级别囚犯，其中包括前帝俄军队的布鲁西洛夫将军，左派革命党阴谋家玛利亚·斯皮里多诺娃。

从穆拉走进房间，与洛克哈特四目相遇，看到他眼里的喜悦那刻起，每一个细节都栩栩如生地留在了她的记忆里。"铺着我送给你的那块蓝色小垫子的沙发，你可爱的满头卷发的头枕在上面——还有凌乱堆放着的几本书；还有那副纸牌——还有你，我的宝贝儿，

---

① 穆拉：致洛克哈特函，藏于利利图书馆。未署明日期：很可能是1918年9月12—15日。
② 洛克哈特在其回忆录中给出的这几件事的顺序似乎与其在日记中所给出的不一样，而日记中的顺序又与穆拉信件中的顺序略有差异。此处给出的版本解决了这些矛盾之处，把信件和日记当作了更可靠的材料。

孤身一人……"①不允许他们俩有身体上的接触，也不允许交谈。彼得斯把他们两人隔开了。他当时聊兴很浓，于是就坐下来跟洛克哈特聊开了，回忆自己的革命生涯。

彼得斯聊得津津有味，穆拉站在他身后，假装在翻阅一张边桌上堆放的几本书。她给洛克哈特递了个眼色，举起一张字条儿，将它塞到了卡莱尔的《法国革命》里。"当时我的心跳都停了！"洛克哈特回忆道，"幸好彼得斯什么也没注意到，否则穆拉就活不了几天了。"彼得斯和穆拉人一走，洛克哈特便冲到桌边，拿起那本书就翻，最后发现了一张小纸片儿。上面只有六个字："别吭声——没事了。"②

无论穆拉私底下付出了什么样的代价，看来在起作用了。彼得斯答应带她再去见洛克哈特一次，而且继续让她与他通信，给他带东西。她在那间公寓的生活是孤独而又悲惨的。仆人多拉和伊万虽然已经获释回家了，但多拉病了而且两人精神都遭受了重创——"他们愁死我了，"穆拉写道："成天哭哭啼啼，不停地回忆他们在监狱中的经历。"③

虽然她相信自己的努力、所做出的牺牲和信心能够让她度过这

---

① 穆拉：致洛克哈特函，藏于利利图书馆。未署明日期：很可能是1918年9月18日。

② 洛克哈特：《一名不列颠代表的回忆录》，第337页。（严格说来应该是六个词，原文为：'Say nothing — all will be well.' 因而译得更准确一点，应该是"什么也别说——一切会好起来的。"—译注）

③ 穆拉：致洛克哈特函，藏于利利图书馆。未署明日期：很可能是1918年9月18日。

段可怕的时光,能够让洛克哈特的一切好起来,但她下一次见到他时,还是给他带去了一个可怕而又令人心碎的消息。她流产了。他们的"小彼得"已经没了。很少在日记里提到自己内心感情的洛克哈特写道:"昨天穆拉带来非常不幸的消息。我心里很难过,不知道一切会怎样结束。"④ 穆拉试图给他提提精神:"别为我昨天跟你说的事而伤心了,因为那样会让事情变得更难忍受。"⑤

穆拉自己也很悲伤,都快要惊慌失措了,担心没有孩子把两人的未来绑在一起,洛克哈特对自己的爱会产生动摇。他们此前已经在制订初步的计划了,如果他获释,两人就一起经由瑞典逃走,可是现在他似乎在摇摆不定了。"你这么伤心,我非常沮丧,"她在给他的信中说。"想必是你现在不像原来那样在乎我了?"她许诺要弥补这次的损失:"别担心,宝贝儿。祈求上帝让我将来能够给你生一个可爱的壮实的宝宝。"⑥

彼得斯依然预计洛克哈特会受到审判,但是穆拉并没放弃。她把能使的法子和招数(她的功夫十分了得,这一点了解她的人都可以证明)全都使出来了。三天之后,洛克哈特接到了获释的正式通知。李维诺夫大使及其手下的工作人员正从布里克斯顿监狱获释并被遣返俄罗斯,洛克哈特也将在交换之列。

尽管接到了通知,但他还是高兴不起来,夜不能寐。宝宝没了,

---

④ 洛克哈特:1918年9月23日日记,《日记·卷一》,第44页。
⑤ 穆拉:致洛克哈特俄文函,藏于胡佛研究所档案馆。未署明日期:很可能是1918年9月23日。
⑥ 穆拉:致洛克哈特的两封信,藏于利利图书馆。均未署明日期:很可能是1918年9月23—30日;一封是用俄文写的,一封是用英文写的。

即将丢下穆拉离开俄罗斯,弟弟在西线阵亡三周年的忌日,这三件事赶在了一起,令他精神不振,意志消沉。

唯一让他心情为之一爽的事情是穆拉又来看了他一次。还是彼得斯带她来的。这一次,彼得斯是一身执勤的行头,身穿一件皮夹克,皮带上别着一把毛瑟手枪;他带来了洛克哈特将于几天之后获释的确定消息。更重要的是,他把穆拉带来了,而且这次他让他俩交谈了。

"这次重逢爽极了,"洛克哈特在日记中写道。①他在克里姆林宫最后的几天里,她获准与他真正在一起——待了几整天。穆拉回忆这段宝贵的时光时,饱含细腻的情思:"我们彼此紧紧地贴在一起,整个世界上什么都不存在,只有你和我。"他们在克里姆林宫花园里长时间地散步,没完没了地聊天,在惬意的宁静中比肩而坐——"挨得很近,感觉很幸福,经历了那么多可怕的折磨后又在一起,真是不胜欣喜。我非常高兴,高兴极了。"②

洛克哈特为什么对他们去瑞典的计划心存疑虑,原因很快就清楚了。他是在慎重考虑继续留在俄罗斯的事儿。彼得斯已经喜欢上穆拉了,而且对洛克哈特似乎产生了一种奇怪的复杂感情,既充满了天然的敌意、嫉妒之情,但同时又有点友爱之情,他想不明白,洛克哈特怎么居然能打算丢下穆拉回到那个堕落、腐朽的资本主义世界呢?洛克哈特自己也觉得难以置信。他过去对自己的国家在俄罗斯危机中的所作所为也一直很不感冒,和同时代的其他年轻人一

---

① 洛克哈特:1918年9月28日日记,《日记·卷一》,第45页。
② 穆拉:1918年11月29日致洛克哈特函,藏于利利图书馆。

样，对革命似乎带来过且没准还会带来的那种短暂的民主自由的理想，他依然还有好感。彼得斯饶有兴趣地注意到了洛克哈特的犹豫不决，但眼下他把自己的这些想法都烂在了肚子里。

在别人的推动之下为洛克哈特的获释扫清了障碍之后，彼得斯不得不处理细节问题了。他负责契卡对这起协约国阴谋的调查工作。洛克哈特被指控——确切地说是，当场抓住——从事了最十恶不赦的针对苏维埃政府的阴谋活动。他的名字在整个布尔什维克的新闻舆论中都跟血债是联系在一起的。那么把他放了就得给公众一个说法，同时还得（代表契卡）给政府一个交代。要把他彻底从相框中抹去已经来不及了——他已经被人说成是冠上了他的名字的那场阴谋的主谋了。不过彼得斯在汇编此案的卷宗和写报告时，就开始动手脚了，对证据进行了系统的处理，把洛克哈特与以其名字命名的阴谋联系起来的线索都切断了，将他的参与程度降到了最低，并对他性格中的恶进行了淡化处理。

总之，为了让各协约国的使团显得比实际上更加难辞其咎，而让契卡的罪过显得比实际上要轻，彼得斯已经在报告上弄虚作假了。他隐瞒了捷尔任斯基派拉脱维亚人去卧底的计谋，这是违犯外交豁免权法的行为。彼得斯称这个阴谋完全是协约国想出来的，是因为别尔津中校的忠诚才被揭穿，斯密德肯（"洛克哈特的代理人"）去找了别尔津，别尔津当即就揭发了他。有了这样一个假前提，再撒几句谎，歪曲几个事实也就不足为怪了。①

---

① 彼得斯：《洛克哈特案》，第489页。这个版本直到1960年都是苏联当局力推的一个版本，1960年出版了拉脱维亚步兵师政治委员1918年撰写的一份报

最简单的任务就是把洛克哈特与以亚历山大·弗里德为核心的间谍团伙撇清关系,也许这是他最无法抵赖的活动。撇清的办法就是称玛利亚·弗里德是在把她的那包秘密文件送到西德尼·赖利租下的那套公寓,而不是洛克哈特的公寓时被抓住的。等到彼得斯把弗里德在为这起阴谋提供军事与经济情报中所扮演的角色描述完了之后,给人的感觉好像是他们跟差不多每一个驻莫斯科的协约国代表和领事都打过交道,只有洛克哈特例外似的。①

在一个没有偏见的人看来,洛克哈特没有参与肯定会显得奇怪。而这才哪儿到哪儿啊,大量的谎言和删节还在后头呢。彼得斯不是一个特别老到的掩饰者或者说撒谎者,他做出了种种努力,想把自己的那一套把洛克哈特撇得干干净净的说法与公众已经知道的东西统一起来,可他最后搞出的一份报告却通篇自相抵触,矛盾百出。洛克哈特既像一个主要的操纵者又像一个倒霉的冤大头,既像一个胆大的特工,又像一个软弱的懦夫。

彼得斯最赤裸裸的谎言是洛克哈特是被误抓的——与同一份报告中称突袭早就锁定了目标与洛克哈特和他的手下早已被监视了一

告,这份报告披露这起阴谋是一次派卧底打入敌人内部的反间谍行动,一开始就是由捷尔任斯基和彼得斯精心策划的(参见朗:《阴谋与反阴谋》,第130页起)。彼得斯还将自己的调查时长缩短了,目的是要给人以契卡行动比以往更及时的印象。帕维尔·马尔科夫《克里姆林宫卫队长回忆录》(*Reminiscences of a Kremlin Commandant*)的出版,1961年第一版,后来又出版了含有更多细节的1967年版,也都暴露出了彼得斯报告中的某些虚假成分,譬如抓捕玛利亚·弗里德的地点。

① 彼得斯的说法是官方版本,直到马尔科夫对玛利亚·弗里德的审讯的描述出版为止都没有受到过质疑,而且甚至在此之后依然得到了认可。

段时间的说法自相矛盾(这又是为了掩盖对外交豁免权法的违犯)①。而在洛克哈特接受讯问(当然是自愿的啦,为了不违反外交人员豁免权法的规定)时,据说他已承认了一切而且称是奉自己的政府之命才实施这一阴谋的。彼得斯把他描绘成了他自己政府的一件不情愿的工具,情不得已地启动了策反拉脱维亚兵团的计划,但后来就退出了,很少或者说没有进一步参与了。尽管这个阴谋在契卡内部被称为"卡拉马蒂亚诺—洛克哈特公司团伙"(以被抓获的美国特工色诺芬·卡拉马蒂亚诺②命名,此人是该间谍团伙中的一个主谋)是不争的事实,但洛克哈特在彼得斯这儿的描述却鲜被提及。

至于洛克哈特去找彼得斯求他释放穆拉时被重抓一事嘛——嗨,那只是做做样子,以示对李维诺夫在伦敦被捕的报复。这一说法根本就不成立:苏维埃政府可是在那天晚些时候才得知李维诺夫被抓的,况且,逮捕洛克哈特时所给出的理由是,契卡发现了他签署的保证为参与此次阴谋活动的成员提供英国外交保护的文件。③

彼得斯还在自己的报告中作了一些折中处理,诋毁了洛克哈特的人格。他把自己的情绪带进了这一部分——在彼得斯的笔下能读

---

① 有关方面马上就意识到违法了,而且《消息报》(*Izvestia*) 得知(并及时报道了)洛克哈特是被误抓的,身份一确认马上就释放了(1918年9月3日《消息报》,转引自别尔贝洛娃:《穆拉》,第71页),这是一句谎言,与洛克哈特和马尔科夫的说法都相矛盾。

② 英文拼作 Xenophon Kalamatiano,可见有希腊血统,其中 Xenophon 除了译作色诺芬外,还有塞诺芬、薛诺丰、克塞诺丰、克塞诺冯等译法。他被抓获时手上持有亚历山大·弗里德为其提供的假护照,护照上的名字是 Sergei Nikolayevich Serpukhovsky (谢尔盖·尼古拉耶维奇·谢尔波夫斯基)。——译注

③ 厄尔曼:《干涉》,第290—291页。

出一种友情遭到背叛的意味来。他和布尔什维克的领袖们曾打心底里相信,洛克哈特是同情和支持他们的事业的。彼得斯带领洛克哈特参观摧毁无政府主义者的战果时,曾以为自己是在跟一个朋友打交道。可是现在却(错误地)认为自己让人家给耍了;口是心非的洛克哈特一直在试图实现阴谋毁灭苏维埃的梦想。在一个像彼得斯这样的坚定的空想家眼里,一个人居然会见风使舵,奉行务实主义政策是不可思议的。因此洛克哈特肯定一直都在搞阴谋诡计。"在被捕之前,洛克哈特逢人便称自己在为苏维埃政权获得承认而奔走呼号,"彼得斯写道,而"在这种信任的掩护下,洛克哈特干的却是他那些见不得人的勾当。"①

在彼得斯对洛克哈特加以贬低的描绘中很可能夹带着嫉妒的成分——由穆拉而生的嫉妒之情。他笔下的这个人似乎最不可能是一个头号主谋。彼得斯称"洛克哈特进了契卡的那副可怜兮兮的胆小鬼的样子,进过契卡的罪犯中还找不出第二个来。"②当场被抓后,"洛克哈特就像个可怜的胆小鬼一样,一个劲儿地辩称并非自己主动所为,而是迫于其政府的指示,他才这么干的"。这样一来,洛克哈特就显得只是一个外交官,而不是大家普遍相信的那个危险的阴谋家了。

与洛克哈特自己对他们的私交津津乐道的回忆不符的是,彼得斯更多的是把洛克哈特的个人危机而不是他未来该怎么办描述为自身利益的痛苦:

---

① 彼得斯:《洛克哈特案》,第516页。
② 彼得斯:《洛克哈特案》,第516页。

洛克哈特是个可怜的人，有好几次他甚至提笔想把所发生的一切……和对自己政府的看法写下来。可由于他是一个可怜的一心想发迹的人，他就像一头处在两堆干草之间的骡子一样，一会儿被英国和世界帝国主义拉了过去，一会儿又被一个新的、欣欣向荣的世界拽了过来。而且每次谈起这个新的欣欣向荣的世界……洛克哈特都会抓起一支笔，想把全部真相都记下来。然后，过了几分钟之后，这头可怜的驴子又会再一次被另一堆干草吸引过去，并把笔扔掉。①

认识洛克哈特的人没有一个会认可这副败坏人家形象的画像。不过其中倒是有关键的一点值得肯定：谁也不可能去反对释放这么一个可怜、软弱的人。谁也不会认为他很危险。

彼得斯精心编造自己的报告并且往里面添油加醋的时候，洛克哈特和穆拉在讨论他们的未来。洛克哈特不能忍受与自己的祖国一刀两断的痛苦，也不能忍受在这个已经沦为堕落、残酷之所的俄罗斯成家的痛苦。唯一的解决办法就是穆拉随他去英国。在那里他们将勇敢地面对社会的羞辱并过上自己的新生活。她将跟伊凡离婚，而他也同样将与琼分手。

可是怎么才能做得到呢？穆拉不能丢下她生病的母亲不管，没有别人照顾她。穆拉的哥哥已经死了（又一个谜——他可能是在俄罗斯的某次战争中阵亡的，但是卫国战争还是内战却并无记载），她任性的姐姐亚拉已经跟恩格尔哈特离了婚，同她的第二任丈夫住在巴

---

① 彼得斯：《洛克哈特案》，第516页。

黎，而亚拉的双胞胎妹妹阿西娅则生活在乌克兰。加上还有孩子：帕维尔、塔尼娅和基拉，跟着伊凡在爱沙尼亚。这一切真是复杂得要命。

穆拉承受了一次可怕的感情伤害，做出了决定：她此时不能离开。一切都必须处理妥当。目前，他们必须分开。她要设法确保自己拿到父亲在乌克兰的庄园（仅剩的东西）留下来的那笔钱，她需要这笔钱，要让伊凡同意离婚，还要弄到把她自己和她母亲从俄罗斯弄出去所必需的许可证、通行证和签证。①

与此同时，洛克哈特将尽量通过英国和瑞典在芬兰和瑞典的外交部门走走关系。他们将在斯德哥尔摩会合，然后去英国。

穆拉同意这套方案时也许有点儿犯晕。过去的这些天里，她身体都不大好。由于流产的影响，压力及狱中的缺吃少喝，她病倒了，高烧39度不退。但在他受囚禁的最后一天，她还是挣扎着去了克里姆林宫，一起度过了他们极其宝贵的最后几个小时。②

* * *

1918年10月2日，星期三

晚上9点半，洛克哈特被人用瑞典总领事提供的一辆汽车从克

---

① 穆拉在自己的信中曾两次说起她期望能得到乌克兰的那笔钱，（1919年1月26日与2月14日致洛克哈特函，分藏于利利图书馆和胡佛研究所档案馆）据推测这笔钱肯定来自于其父亲的庄园。虽然最初制定这套方案的时候酋长国政府还存在，但到了写上述两封信时，它已经垮台了，红军已经收复了乌克兰，因此肯定没有任何遗产可以继承了，于是这一说法就遭到了一些质疑。

② 洛克哈特：1918年10月1日日记，《日记·卷一》，第46页。

里姆林宫接走,直接拉到了火车站,车站里有一列火车正等着开往边境。

不只有他一人,还有用以交换李维诺夫的其他获释的外国囚犯。其中包括希基,陪着他的是他的俄罗斯新婚妻子柳芭。应她的请求,洛克哈特通过彼得斯安排,让希基获得许可,提前一天从挪威公使馆出来,这样小两口儿就能及时成婚,一起离开了。

洛克哈特和穆拉没有这样的可能性,而他们朋友的幸福触痛了他们的伤口。

火车停在与车站有点距离的暗处,由一个排的拉脱维亚士兵警戒。乘客沿着铁轨闷不吭声地走过去上车;他们感觉离开俄罗斯之前都没法松一口气。有些朋友前来为他们送行——柳芭的亲戚们,美国红十字会的沃德韦尔,还有穆拉。①

不到一年的时间里,穆拉发现自己已是第二次在寒风中站在一列火车边,对亲爱的英国朋友说再见了。这一次没有眼泪——震惊与痛苦太大了,让人欲哭无泪。她和洛克哈特没怎么说话,只聊了一些不疼不痒的小事儿,两人都在竭力不让自己崩溃。穆拉怕自己显得像个胆小鬼,于是极力控制住自己的情绪。"记住,"洛克哈特对她说,"每过一天就离我们再次相聚又近了一天。"火车还没开走,她就被沃德韦尔护送回了车站。回头看见火车渐渐远去,消失在茫茫的夜色之中,她感觉真正的自己,自己的灵魂,与洛克哈特一起上了车;而这个跟着沃德韦尔,紧咬着牙关,紧攥着拳头,穿过莫斯科的街道回家的人,只是自己的一个外壳,一个半昏迷的机器人。

---

① 洛克哈特:《一名不列颠代表的回忆录》,第344—345页。

她的嘴里在不停地重复一句话:"千万不能垮掉,一定要战胜艰难险阻,对未来充满信心"。①

---

① 穆拉:致洛克哈特函,藏于利利图书馆。落款为"星期四":无疑是1918年19月3日。

13 一切……都结束了
1918年10月—11月

1918年秋,彼得格勒

死神将她喜欢和珍视的人一个接一个地带走了。洛克哈特离开了,或许再也回不来了。(尽管她不许自己这样去想)克罗米死了。此时,穆拉从莫斯科一回到彼得格勒,就得知丹尼斯·贾斯汀——她亲爱的贾斯提诺,好人国里的王子——已经在阿尔汉格尔斯克的行动中阵亡了。

这一消息用了将近两个月的时间才通过彼得格勒与外界联系的脆弱渠道传来,而要了解事情的来龙去脉则还需要更长的时间。和弗朗西斯·克罗米一样,丹尼斯·贾斯汀也死得很英勇——或者说死得很无谓,很愚蠢,这就要看你怎么去看了。贾斯汀在莫斯科协助洛克哈特完成其使命时接到了命令后,就徒步北上,扮成农民穿越红军防线,于7月底赶到了英国部队。作为西线战场上的一名老兵,他激情满怀地投入了战斗,他曾将这样的激情带到了生活的每一个方面。他的部队遭遇苏联机枪和装甲车部队时,他率领部队发起了一轮冲锋。一个人就缴获了一辆装甲车,他又发起第二轮冲锋,眼看就要达到目标时,一颗步枪子弹射中了他的脖子,当场就毙命了。①

死得多不值,但又是多么不可思议地正得其所啊。在去世的前几周里,他那特有的乐观主义精神,已经让苏联的吞噬和穷人依旧受苦消磨得所剩无几了:

> 我……对自己在这里的一切努力都已经大失所望了,有过一次又一次的机会,却眼睁睁地看到它们全都被那无情的命运一扫而空了,这一命运似乎就驻扎在这广阔的土地上,并把人类那些区区的计划和希望扭曲成恶性的东西,要不就是让人措手不及地将它们马上消灭。不过,也许正是因为这个原因,我将永远也无法彻底,甚至是部分地把俄罗斯从我的生活中抹除。②

正如他的朋友休·沃波尔所言:"他居然死在了自己所热爱的那个民族的手里,这真是对生活的一个悲剧性讽刺,他对这个国家的未来充满信心,而这个国家的许多公民却不然。"③到达北方后,由于面前摆着一项明确的任务,他的精神曾得到恢复,但回家是他死时梦想的一件事情——"我首先想到的就是回家,回家,回家。"④

穆拉不知道自己是否还能继续忍受这一切。"这个可爱、勇敢、忠诚的小伙子——他为未来制定了那么多精彩的规划——这个可爱

---

① 芬利森将军(Gen. Finlayson)语,转引自德·吕维尼出版社出版的《丹尼斯·诺曼·贾斯汀》,第66页。
② 贾斯汀1918年6月6日函,引自沃波尔:《丹尼斯·贾斯汀》,第605页。
③ 休·沃波尔:《序》(Hugh Walpole, preface),引自丹尼斯·贾斯汀:《当兵的人》,第xi页(Denis Garstin, *The Shilling Soldiers*, p.xi)。
④ 贾斯汀:1918年6月6日函,引自沃波尔:《丹尼斯·贾斯汀》,第605页。

的旧式理想主义者。"①她深感愧疚，自己有时候对他太刻毒了——说他"就是一头猪"。②贾斯提诺离去后，把一大堆文件，还有他的那条叫"贾里"的狗留给了穆拉照管。穆拉把自己的爱转移到了这条狗身上，到哪儿都带着它——"我们坐在一块儿，你看着我，我看着你，就想起了他"。③

尽管如此，她还是硬撑着，没有失去勇气。克罗米和贾斯提诺死得如此之惨，她又怎能指望天理让她与洛克哈特重聚呢？这个世界上已经没有可以依赖的东西了。

她去了昔日的英国大使馆一趟，越发感到悲伤了。她是为了找梅里埃尔·比尤肯宁和爱德华·丘纳德寄给克罗米的几封信而去那儿的④。大楼此时已经成了行李寄存处，偶尔也用作避难所，成为仍然困在俄罗斯的绝望的英国侨民的容身之处。大楼的主人安娜·萨尔蒂科娃公主依然住在大楼的一翼，但其余的部分现在都没住人了，有关系的人轻易就可以进去。大使馆时期留下来的就剩威廉一人了，他曾是乔治·比尤肯宁爵士的侍从兼管家，现在是大楼的看门人。当年他是一个很风光的人物，可如今由于孤独和饥饿，他已经老态尽显，愁容满面了。⑤

---

① 穆拉：1918年10月13日致梅里埃尔·比尤肯宁函，藏于利利图书馆。
② 穆拉：致洛克哈特函，藏于利利图书馆。未署明日期：很可能是1918年10月10日。
③ 穆拉：1918年10月13日致梅里埃尔·比尤肯宁函，藏于利利图书馆。穆拉与洛克哈特在莫斯科时，想来肯定把贾里留给了她母亲照管。
④ 穆拉：1918年11月14日和12月2日致洛克哈特函，藏于利利图书馆。
⑤ 克罗斯：《异乡一隅》，第352—354页；比尤肯宁：《维多利亚画廊》，第103—145页（Buchanan, *Victorian Gallery*, pp.103—145）。

这是一次极度的伤心之行。破了的窗户上面都用木板封住了,正门上还钉着一张纸条,称此地受荷兰公使馆保护。

迈进大楼后,穆拉发现自己来到了通往二楼楼梯口的那段长长的楼梯脚下。不到一年的时间之前,她曾挽着丈夫的胳膊登上过这段楼梯,去参加比尤肯宁家的圣诞派对,那是一次不寻常的喜忧参半的聚会,吃的是牛肉罐头,中间还即席演奏了两国的国歌,办公室里备足了步枪以防不测。

大厅的地板和最下面的楼梯上有一块暗褐色的血迹。穆拉猜到了是谁留下的,心如刀绞。克罗米背上连中契卡数弹后,倒在了这里——最下面的那一级楼梯是他的头落地的地方。可爱的老克真是可怜。就在几天之前,穆拉在清理旧信旧书时,发现了史蒂文森的《寄少男少女》①,是克罗米送给她的,以便"他死了,她看到书后会想起他来"。一股痛苦与遗憾之情油然而生。②她沉浸于那一篇篇汪洋恣肆、真挚感人的美文中,在她1918年最后那几个月所写的信中,处处弥漫着这些美文中的情绪与思想。

克罗米挑了这本文集送给穆拉,送给这位对自己也有好感却不爱自己的女人,心里是怎么想的呢?感觉差不多每两页就有一些内容关乎他本人与穆拉。也许他希望穆拉会被史蒂文森的一个说法所打动,那就是"要想得到有爱情的婚姻,嫁给一个船长就对了,因为

---

① 史蒂文森的小品文集,原书全名为 *Virginibus Puerisque and Other Papers*,其中前两个词为拉丁语。一译《给青年少女》,亦有音译为《维琴伯斯·普鲁斯克集》者。一译注

② 穆拉:致洛克哈特函,藏于利利图书馆。未署明日期,很可能是1918年10月10日。

小别胜新婚，别离会使爱情常新而美妙……"①而克罗米的妻子格拉迪斯又怎么样呢？他的这个威尔士表妹是十多年前在朴次茅斯嫁给他的，她嫁了一位舰长的感受如何呢？她现在又是什么感觉呢？

还有穆拉自己的丈夫又怎样呢？跟穆拉所钦佩和喜欢的那些男人一比，伊凡显得相当古板乏味。这一点又让史蒂文森说中了，真是适逢其时。

> 雄心勃勃的计划中途突然夭折，充其量也只是一个悲剧；但一个人若在生活中对自己抠抠搜搜的同时，把一切都为永远不会到来的节日攒着，那就成了那种让人呼天抢地的悲剧，属于闹剧范畴。②

这话用在伊凡身上恰到好处——远远地躲在雁得尔，把自己的命为一个注定完蛋的日耳曼未来和一去不返的帝国社会制度留着。如果他像克罗米那样，落个暴死的下场（有人希望如此），那么就比较完整了。

可史蒂文森真正切中穆拉的要害且触动了其内心深处的灵魂的文字还是在该书的第三篇随笔，所谈的是坠入爱河的问题：

> 坠入爱河是一次毫无逻辑可言的奇遇，一件令我们想入非非，视其为我们俗套的理性世界中的神奇之事。因果关系完全不成比例。两个人，可能都不是很可亲或很漂亮，相遇了，说

---

① 史蒂文森：《寄少男少女》之一（R. L. Stevenson, *Virginibus Puerisque*, I.）。
② 史蒂文森：《寄少男少女》之《衰老与青春》（R. L. Stevenson, *Virginibus Puerisque*, 'Crabbed Age and Youth'）。

了几句话，看了对方几眼……马上就陷入了这样一种状态，彼此成了对方眼中的唯一，上帝就是为了对方才创造世界的，从而以一个微笑就把我们许多艰深的理论摧毁了……对生活本身的热爱也就演绎为与如此宝贵、如此称心如意的人儿在同一个世界长相厮守的愿望。而他们的熟人则始终茫然不解，并以近乎激昂的强调语气相互问道，某某究竟看中了那个女人哪一点，或者这个人究竟看上那个男人什么？诸位看官，说实话，我还真说不上来。①

穆拉也说不清爱情怎么就突如其来地俘获了她，改变了她，让她做出了有违其与生俱来的自尊的事。她在给洛克哈特的信中写道："你远在异地，让人心痛难忍，所以什么勇气和理性之说都一扫而光了。"②

看到克罗米悲惨的血迹和这座旧大使馆阴森的氛围后，穆拉的心不由得一紧。每间屋子都是一团糟；红军卫兵到这里来抢劫过贵重物品，契卡来搜寻过证据。在舞厅里，穆拉找到了损坏的家具和摞在一起的公文箱，上面的锁已被撬开了，还有一个保险柜，也被撬开了。"真是惨不忍睹啊，"她写道，"即使对我这半个英国人而言，看到这样的景象，心里也受不了，燃起了一股莫名的怒火。"她找到克罗米的信件后就离开了。"我的心情非常沉痛……我的世界里只有

---

① 史蒂文森：《寄少男少女》之三：《坠入爱河》（R. L. Stevenson, *Virginibus Puerisque*, III: 'Falling in Love'）。

② 穆拉：致洛克哈特函，藏于利利图书馆。未署明日期，很可能是1918年10月10日。

你一个人,其余的一切都已经失去了意义。"①

她能做的就是力争两人团圆。而要重聚就得去斯德哥尔摩,并且需要一大堆让人头疼的许可证、通行证、签证、文件和费用。穆拉施展自己的全部魅力,弄到了一张可以在莫斯科和彼得格勒之间往返的许可证,又跟每一个中立国的外交官和苏联的部长们套近乎。她拜访了雅科夫·彼得斯,依靠他的影响确保自己不再次被捕;她担心彼得格勒的契卡(此时的头儿是一个女性,这正是穆拉所犯愁的地方)会怀疑她并自行其是将她抓起来。她几天前刚刚听说7月份帮她越境的那个爱沙尼亚官员已经被德国人逮捕了。②一听到这种闲话,她就很紧张。

也有一些关于她的八卦,好在都是一些无关紧要的事情。从莫斯科到彼得格勒再到伦敦,每个人都对她与洛克哈特的风流韵事有所耳闻,还听说过她丈夫的那些"自大的亲戚"已经开始对她"蹬鼻子上脸,很是不屑了"。穆拉的朋友米丽亚姆的父母已经不许自己的女儿在公开场合跟她在一起了。"我一点儿也不在乎,真的。"她在给洛克哈特的信中写道:"再说这些有朝一日都会烟消云散的。"③

她更担心的是,他在经芬兰和瑞典回国途中有可能从所遇到的人口中听到了诋毁她的传言。那个曾与阿尔汉格尔斯克的英国军队待在一起的桑希尔,这个可怕的、恶毒的家伙又在国外了,他对穆

---

① 穆拉:1918年12月2日致洛克哈特函,藏于利利图书馆。
② 穆拉:1918年10月28日致洛克哈特函,藏于利利图书馆。
③ 穆拉:致洛克哈特函,藏于胡佛研究所档案馆。未署明日期,用的是美国红十字会的信笺;很可能是1918年10月10—15日。

拉有一种莫名的怨恨。由于对洛克哈特,她已经鞭长莫及了,于是很担心会发生什么事情,致使他不再像先前那样爱她了。"我恨不能立即去斯德哥尔摩一个星期,然后再回来。"她写道:"要不是流言缠身,就像苍蝇让粘蝇纸给粘住了一样——而且人们肯定会说我是一个双面间谍的话。"①

他似乎很少给她写信,令她很伤心。常常一连几周甚至几个月都收不到一封信。虽然她很清楚,只有等到可托友善的外交官带信时,他们的信件才能带进和带出俄罗斯,但长时间的杳无音信,既让她感到痛苦,又让她感到忧心。

* * *

洛克哈特的回国之路漫长而又险象环生。与他同行的是他的一群幸存的朋友——乔治·希尔(他躲过了抓捕并恢复了自己的身份)、林格尔、坦普林,当然还有希基和他新婚宴尔的妻子柳芭。他们谈论自己的经历,想弄明白其中的意义。

刚一离开俄罗斯就有人开始对他们反唇相讥了。他们的难民同胞把自己落到这步田地的责任归咎到了洛克哈特头上,而且当面怪罪他。算是预先体味了一下回国后将遭受敌意的滋味。

在瑞典,他染上了西班牙流感,死于这种病的人数不亚于战争的伤亡人数。他躲过了这一劫,就像他在与迅速传播的布尔什维主义的遭遇中幸存了下来一样,并于10月19日取道阿伯丁到达了伦敦。

---

① 穆拉:1919年1月24日致洛克哈特函,藏于利利图书馆。

在国王十字车站,他还没下火车,就被一群记者团团围住了——他们进入他的车厢,兴奋地向他提问,要看他射击列宁时用过的那把左轮手枪。①

他更担心的是即将面对的来自妻子和家人的盘问。他与穆拉有染在外交部并不是什么秘密,而他的对手们则肯定会不遗余力地将这件事进一步进行扩散。不过,他最怕的人还是他那令人敬畏的苏格兰祖母,她老人家要查起他来,比任何一个契卡探员都要可怕。老人家势必会严厉地训斥他一顿,"引用《圣经》中大量的比喻,说明纵情肉欲必然带来的种种后果"。他的担心是很务实的——如果在外交部谋不到一个新的职位,那他在经济上就得仰仗这位老太太的资助了。

而结果很可能就是这样——他曾经同布尔什维克打得火热,在贝尔福的支持下与劳合·乔治串通一气,加上还同情报人员一道干过一些罪恶的勾当,这些都使得他在外交部极不招人待见。

他在等待自己职业生涯未来的走向趋于明朗的过程中,也从煎熬和疾病中恢复过来了。他采取各种措施,修复了和妻子琼的关系,在海滨城市贝克斯希尔和埃克斯茅斯各待了一段时间,钓钓鱼、打打高尔夫。他写了一个长篇报告,详细介绍了俄罗斯和布尔什维主义的情况,并建议如果英国要继续其干涉策略,必须以恰当的规模

---

① 洛克哈特:《告别荣耀》,第11页。穆拉当时得的也是西班牙流感,而且传染给了洛克哈特,这也不是没有可能,但考虑到他俩在一起到洛克哈特患病之间的时间间隔,这样的可能性并不大。更大的可能性是他在旅途中染上此病的。穆拉当时的病可能是流产后的感染所致。

进行。此时与德国的战事已经结束，所需部队将不成问题——他建议两支部队，各五万人，同时从黑海和西伯利亚侵入。他的报告得到了外交部的好评（不管他们对洛克哈特的外交工作如何看，他的知识和智慧还是无可厚非的），不过他的建议却并没有被采纳。

休养期间，带着琼下馆子，同朋友一起泡夜总会，在高尔夫球场上踱步以及与情报部门和外交部谈论政治时，他老是想到穆拉。他依然爱她。他回忆了自己被囚禁时她是如何帮助他，让他没有绝望。"要是没有我们被捕那场灾难的话，我想我可能就在俄罗斯永远待下去了。现在我们已经被强行分开了……我总觉得我可能再也见不到她了。"[1]

他给她写过信，而且和她一样，也有过全靠要好的外交官帮着捎信而一隔很久都音信不通所带来的沮丧。穆拉的来信让他挺过来了——"支撑着我活了下来"。[2]他盼着穆拉能逃离俄罗斯，要不就是布尔什维克垮台。无法预料这两个愿望哪一个更渺茫。

有些人认为布尔什维主义肯定很快就会走到尽头，有些人（包括英国保守党和乔治五世）则担心它会在整个欧洲蔓延开来。德国有可能就是下一个受害者。洛克哈特也这么认为，不过他指出："我认为德国也会经历一个布尔什维克阶段，虽然其进程会与俄罗斯的有所不同。"[3]他还没有完全丧失自己的理想，同情羽翼未丰的工党。他们在他的俱乐部与一些朋友共进午餐时，意识到如果英国的"白"和

---

[1] 洛克哈特：《告别荣耀》，第5—6页。

[2] 洛克哈特：《告别荣耀》，第43页。

[3] 洛克哈特：1918年11月4日日记，《日记·卷一》，第48页。

"红"两派哪天开战的话,自己不知道该站在哪一边。"最后的决定是我们都倾向于待在床上。"①

他与穆拉重聚的一个途径就是能以官方身份重返俄罗斯。11月下旬,外交部提议给他在彼得格勒安排一个职位,身份是"助理商务专员"。但这与其说是一个机会,还不如说是一种蓄意侮辱,是完全无法接受的。②

没准儿还会有致命危险。洛克哈特阴谋所引起的愤怒还没有平息。尽管雅科夫·彼得斯使劲对洛克哈特的卷入程度做了淡化处理,但11月25日革命特别法庭对他和一批别的反革命特务和煽动分子提起了公诉,罪名是从事间谍与阴谋活动。洛克哈特和西德尼·赖利,与他们的法国同事格列纳尔一道,被缺席宣判有罪并判处死刑。如果他们在苏联境内落网了,无疑会被执行死刑。③

只要苏联政府不垮,洛克哈特就永远也别想回到俄罗斯去。而穆拉也不可能来英国——至少是暂时还不行。他们这一时期的唯一期望就是在斯德哥尔摩重聚一下;然后,过了一段时间之后,穆拉也许可以为他们的永久重聚做好一切必要的安排。她需要钱,需要与伊凡解除婚姻关系并保证儿女和母亲的安全。这一切似乎都是无解的难题。

与此同时,洛克哈特回国后身体状况一直不佳,他一方面在顽

---

① 洛克哈特:1918年11月16日日记,《日记·卷一》,第48页。
② 洛克哈特:1918年11月23日日记,《日记·卷一》,第51页。
③ 1918年11月25日和12月19日的《消息报》(Izvestia)报道了该法庭及其判决结果。(转引自朗:《寻踪西德尼·赖利》,第1234页)亚历山大·弗里德上校也被同一法庭判处死刑并处决了。

强地与健康问题做斗争，一方面期望找到一个工作机会，让他重新成为一个自食其力的人，此外，就是给穆拉写信。

* * *

到这个月时，俄罗斯的铁桶阵变得更加坚不可摧了。列宁此时已恢复得又可以继续发表演讲了，他称红军很快就会壮大到300万人。尽管仍有谣言称北方的协约国部队会攻克莫斯科和彼得格勒，但只要是有点儿头脑的人，谁都不再信以为真了。穆拉是肯定不会信的。她从多方得到的消息，虽然证明列宁有些夸大其词，但也证实了红军现在已有大几十万人马。由于几个月前其地位大有摇摇欲坠之势，布尔什维克加强了其统治，所以出国就变得更加必要，也更加困难了。

穆拉已经搞到了所需要的大部分证件和批文。就缺她母亲去芬兰的许可证了。没有这张许可证，扎克列夫斯卡娅老太太便无法离开俄罗斯，穆拉也就无法前往英国与洛克哈特会合。一旦能成行，（前提是能过境）她就会前往爱沙尼亚，办理离婚手续。她已经收到了伊凡的一封信，信中称他的那些德国朋友正"跟他过不去，让他很不舒心"，因为他们相信她在为协约国从事间谍活动。她给他带来了这么大的难处，她开玩笑说，有机会的话，他没准会想宰了她。①

由于德国战败，红军正大举挺进波罗的海诸省，与各支民主独

---

① 穆拉致洛克哈特函，藏于胡佛研究所档案馆。未署明日期：很可能是1918年10月13日。

立主义抵抗力量作战，穆拉在爱沙尼亚的孩子们正处在战火的硝烟之中。

穆拉的母亲体弱多病。要不是穆拉还有点影响，她的家就被征用了，扎克列夫斯卡娅夫人也就饿肚子了。10月初，公寓遭到了政府官员的搜查，家里所有的食物都被缴获一空，据说是要拿去再分配。在这个"新兴的世界里"，用雅科夫·彼得斯的话说，除非你是工人阶级的一员，你才有权吃东西。穆拉不得不找了一份工作，做了一名办公室主任，这样一来她可以用来为动身而找门路的时间就少了。

她投入了巨大精力跟外国的外交官们套近乎。最重要的就数瑞典总领事阿斯克尔了，他也是最友好的，曾经为洛克哈特和其他外国囚徒而仗义执言。他个子不大，穿戴整洁，举止严谨，有一个年轻漂亮的妻子。他喜欢穆拉，见了她总是以"男爵夫人"相称，令她很开心，可她总让他捉摸不透；他有一种"见到什么都想说出个一二三来"的心理——"而不知是怎么回事，他却说不出我一个子丑寅卯来，因而让他很迷惑"。①

哪怕是在新俄罗斯一切都还是一团糟的情况下，穆拉也还是勉强维持了社交和精神生活，把烦恼忘在书中和音乐厅里——她和她红十字会的那些朋友一起去听过费多尔·夏里亚宾的演唱会，还陪上了年纪的萨尔蒂科夫公主去冬宫听过一场瓦格纳音乐会——"想当初和这位老太太坐在一起听那曼妙的音乐真是一种莫大的享受。而

---

① 穆拉致洛克哈特函，藏于利利图书馆。未署明日期，很可能是1918年19月4日。

如今瓦格纳的焦躁不安，对我来说再适合不过。"①

这段时间她一直都在制定去斯德哥尔摩和与洛克哈特团聚的计划。随着政治形势的变化或他健康方面姗姗来迟的消息，计划每个月都在调整。重逢的时间每往后推一次，穆拉的希望都要减少一点点。

12月的一天傍晚，下班后她经宫廷堤岸路和夏园步行回家。俄罗斯的冬天又回来了，什么上面都罩着一层松软的白雪。硕大的公园冷冷清清，见不到半个人影。她在一条长椅上坐了下来，梦想着洛克哈特和他俩沿着涅瓦河驾着雪橇兜风的情景。穆拉路过英国大使馆和涅瓦河这一带时，总是会想起那些开心快活的雪橇之行，那段时间，他俩刚刚萌生爱情，灿若初春。"想当初我们多像两个懵懵懂懂的孩子呀"，她伤感地回忆道："如今我们是多么老的老朽了。不过上天让我遇到了你，对此我真是感激不尽，我的宝贝儿，你给了我那么多的快乐，教会了我如何去爱。"②可是随着时间一周一周地过去，她的神经已经有些紧张了。此刻，坐在条椅上，置身雪地和寂寥之中，她觉得自己要崩溃了。就在那天早上，她在整理东西时，翻出了孩子们小时候穿过的一些旧衣服。"这些不起眼的小物件勾起了我对小彼得的深深怀念，"她在给洛克哈特的信里写道，"他要是在，就是你和我的骨肉了。"

不过现在看来，洛克哈特对她许下的诺言，兑现的可能性比较渺茫，不靠谱了。"我紧张不安，提心吊胆，惶惶不可终日，我对你无比坚定的信心有时候会莫名其妙地消失，为彻头彻尾的沮丧感和

---

① 穆拉：1919年1月24日致洛克哈特函，藏于利利图书馆。
② 穆拉：1918年10月31日致洛克哈特函，藏于利利图书馆。

折磨人的种种猜测所取代。"她在信中写道,"我要吃醋了,宝贝儿。不过你会真心对我的,宝贝儿,对吧?你要让我失望了——那我可就一切都完了……"①

---

① 穆拉:1918年12月16日致洛克哈特函,藏于利利图书馆。

14 使出浑身解数①
1918年12月—1919年5月

这一年又有两个圣诞节。第一个是12月25日。俄罗斯没把它当圣诞节来过——尽管布尔什维克坚持反宗教的立场,但教会还是采用旧历。穆拉私底下还是悄悄把这个日子标了出来——那是英国大使馆招待会的周年纪念日。此时她已确知那个英国人不会回俄罗斯来救她了。干涉已经以彻底失败而告终了。协约国虽然还在阿尔汉格尔斯克坚守,但绝无战胜日益强大的红军的可能了,谣传一支英国舰队正从波罗的海疾速驶来,不过是痴人说梦。俄罗斯未来的航船得由自己来把舵了。

在英国最近的大选中,托利党大获全胜,穆拉冷眼旁观,注意到了布尔什维克有点不知所措。他们曾坚信社会主义必将传遍整个欧洲,怎么也想不明白为什么并没有这样呢。不过穆拉也同样有过一厢情愿的想法,坚信不出一个月,俄罗斯必将爆发一场新的革命,摧毁布尔什维克政权。② 通常情况下,她都还是很精明的,不

---
① 原文为法语 Se Mettre en Quatre,字面意思是手脚并用,意为竭尽全力或使出浑身解数。——译注
② 穆拉:1918年12月26—28日致洛克哈特函,藏于利利图书馆。

像这一次。

也许是生活的压力和困苦让她的洞察力下降了。她一直在日益消瘦,老是咳嗽不止,室内的温度始终只在6度左右。烧柴高达500卢布一捆,相当于一个工人一个月的工资了,而且就是这么高的价格,还难以买到。有时候为了寻找燃料,穆拉要花上一整天,拖着沉重的步子把这座雪城走个遍。① 当局把有轨电车给停了,不给家庭供电了。"毫无食物来源,"穆拉写道,"从今天起他们不发面包,只给燕麦和麦麸片了。所以我们大家都要慢慢变成瘦小的牛马了。"她惊恐地发现,城里已经有开始有商店卖狗肉了;穆拉带贾里出去时都格外当心,生怕让人给抢了。②

那个英国人过的圣诞节期间来了两位客人,其中有一位不如另一位受欢迎。一位是红军的一个军官,知道她与英国情报部门有联系。此人自称是一帮白卫军渗透人员的代表,这些渗透人员正准备背叛红军,投奔协约国部队。炮兵中有四分之三的人愿意倒向白方,还有很多步兵团也有此意愿。穆拉问他是否认为没有外国人的帮助,俄罗斯人便无法推翻布尔什维克政权。"看到此人拒不承认没有外国干涉终将一事无成,令我很反感,而且相信他说的也不对。"③ 此外,

---

① 穆拉,1919年2月致洛克哈特诸函,藏于胡佛研究所档案馆和利利图书馆。亦见关于1919年俄罗斯情况的报告,载外交部《白皮书》第30页起。工资级别已经于1918年7月以法令的形式确定下来了;通货膨胀已经使其比战前涨了10倍,但物价却超出了工资的涨幅,尤其是像茶叶、黄油和烧柴等紧俏商品更是如此。

② 穆拉:1918年12月26—28日及1919年2月18日致洛克哈特函,藏于利利图书馆。

③ 穆拉:1918年12月26—28日致洛克哈特函,藏于利利图书馆。

她也不觉得他的那套说法中有什么实质性内容,但他还是把这个情报传递给了洛克哈特,就像她把自认为他会感兴趣的一切谣传和零星的政治新闻都告诉了他一样。

也许她是在无意识地重复两人相好的最初几个月里自己所做的事情,那时候,他很欣赏她的才华和眼光,对于这种欣赏,她做出了热情的回应,总是提出一些自己的看法,透露各种消息,以求给他留下深刻的印象。她博览群书,在通晓的各种语言的文学海洋中尽情汲取营养——"我会不停地看书,"她曾向他保证,"成为一个大才女,让你所有的学识跟我的一比什么都不是。"① 她还上大学读了一个文凭——作为"一种补品……以便多少平衡一下心态——不然,在这种气氛下内心就会崩溃了"。②

她的努力开始得到回报了。12月末的另一位客人要招人待见多了。头发蓬乱、胡子浓密的亲英派文学批评家、讽刺作家科尔涅依·楚科夫斯基来看她时,给她送来了一份翻译英语诗歌的工作。和穆拉一样,楚科夫斯基也曾给英国各种使团当过翻译。③ 眼下他加入了一个新企业,这个公司是为出版英国文学名著的俄译本而成立的。穆拉听后非常兴奋,当即就打定主意接受这份美差了,但还是吊了吊他的胃口。第二天,她专程上他办公室去跟他讨论了这项提议。

---

① 穆拉:致洛克哈特函,藏于利利图书馆。未署明日期:大概是1918年10月13日。
② 穆拉:1919年2月14日致洛克哈特函,藏于胡佛研究所档案馆。
③ 据穆拉写给洛克哈特的一封信(藏于利利图书馆,未署明日期,很可能是1933年)来看,楚科夫斯基曾在阿尔汉格尔斯克前线为桑希尔当过翻译。如果是这样的话,那他可能就不会把有关穆拉的负面看法当回事,穆拉认为这些看法都是桑希尔散布的。楚科夫斯基后来成了俄罗斯著名的儿童文学作家。

1918——1919

在那里，楚科夫斯基第一次将她引见给了这个出版社的社长——小说家、诗人、剧作家、散文家，同时也是最伟大的在世的俄罗斯人这一称号的有力竞争者，马克西姆·高尔基。除了列宁之外，俄罗斯很可能再也找不出比他还要有名、还要受人崇拜的人了。

他刚过五十，年轻时那英气逼人、光芒四射的俊美外貌已经不见了，取而代之的是与其年龄相称的憔悴疲惫的容颜——剃刀般的颧骨里面一天天空虚起来，胡子越来越浓密，在发灰和下垂，仿佛也感受到了年岁的压力，但他那对锐利的黑眼睛在起皱的眼皮下依然炯炯有神。

对于一个在文学上像穆拉那样自负的女人来说，能够引起这样一个人的注意并委以重任，是一个很了不起的成就。但她在给洛克哈特的信中却表现得很冷静。"我们谈到了英国作家。"她在信中说，"说来也怪，他知道的英国作家还真不少，甚至连现代作家都知道很多。他让我给他列一个我有兴趣翻译的书目清单！这令我相当开心，我一周会去那儿两次消磨时光。那里的氛围非常放荡不羁——不过很刺激。"①

她对高尔基的政治态度很好奇，虽然是个社会主义者，但他却很护着他的那些贵族熟人，凭借自己的影响保护他们不受布尔什维克政府的打击。穆拉怀着愤世嫉俗的心态，猜想他这么做的动机是不希望"国外损害"其声誉。他告诉她，他的理想是"让有创意的人来统治这个世界……不分阶级。他自认为是俄罗斯的邓南遮"。②

---

① 穆拉：1918年12月26—28日致洛克哈特函，藏于利利图书馆。
② 穆拉：1919年2月18日致洛克哈特函，藏于利利图书馆。此处所指的是意大

这一命运的转变若发生在另一个时间,在她人生更早的时候,说不定会给她留下更深刻的印象。可偏偏发生在现在这个时候,她觉得俄罗斯必须有所改变,不然就会留不住她。她想活得自由一些,过得舒适一些,她想跟自己的孩子们在一起,而她最想要的还是跟洛克哈特朝夕相处。"宝贝儿,我多想你的信来得更勤一些呀。在这种可怕的日子里,多了解一点你的情况将是一种莫大的宽慰。"对于一个爱打听消息,靠知识起家的女人来说,得不到音信是无法忍受的。"今天我觉得自己很愚笨,写不出什么东西来。有时候对你、对你的确定性、对你是属于我的那种感觉的渴望之情是如此强烈,以致写信都变成了一种折磨,文字不再有任何意义。"①

不过,看到交给她翻译的第一本书(稿酬优厚,一行10个戈比)是沃尔特·司各特的传记时,她还是把它看成了一个好兆头,因为传记的作者是约翰·吉布森·洛克哈特,说不定意味着点什么呢。②

正式的俄罗斯圣诞节是在一月上旬。虽然穆拉从来没有像现在这样不想过这个圣诞节,但她还是从市场上买了一棵脏不拉几的圣诞树,穿过寒冷的大街小巷,艰难地把它搬回了家。

自她上次见到洛克哈特到现在已经是三个月零两天了(她一直都

利作家和政治理想主义者加布里埃尔·邓南遮(Gabriele d'Annunzio)。
① 穆拉:1918年12月26—28日致洛克哈特函,藏于利利图书馆。
② 穆拉:1919年1月1日致洛克哈特函,藏于利利图书馆。约翰·吉布森·洛克哈特(John Gibson Lockhart,1794—1854)1837—1838写出了其《沃尔特·司各特传》(Life of Walter Scott,该传记号称在英语传记中仅次于鲍斯威尔〔Boswell〕的《约翰逊传》。——译注)并娶了司各特的女儿为妻;他与罗伯特·布鲁斯·司各特没有血缘关系,不过穆拉也许以为有。粗略的计算表明要挣得和一个熟练工人一样多(一个月500到1000卢布),穆拉每天大约得翻译8到20页。

在数天数），和每天晚上一样，她坐下来给他写信，把一些鸡零狗碎的消息、八卦和政治方面的情报一股脑儿与她内心的想法糅到了一起。她在描述一则说彼得格勒苏维埃极具感召力的首脑格里戈里·季诺维也夫，"因为不遵守规定服从命令"已经被列宁给抓了起来的传闻时，她母亲突然开口，打断了她的思路。

"你又在给那个人写信？"老人家说。

穆拉顿了一下。"嗯。"她承认道，但没有多说一个字。

"不顶用的——我敢肯定，他这个时候已经早把你忘得一干二净了。"

穆拉"呃"了一声后继续写信，几分钟后又被打断了。"他现在正津津有味地吃布丁过他的圣诞节呢，"扎克列夫斯卡娅夫人苦涩地说道，"而我们在这儿却只能吮大拇指，嚼燕麦。可他才不在乎呢！"

穆拉盯着眼皮底下的信纸，触动之余，原封不动地记下了母亲说的话，然后加了一句："你在乎吗，宝贝？"①他在乎吗？到时候他会来斯德哥尔摩吗？他会带她们母女走出这个噩梦吗？她开始对未来失去信心了，有时候还讨厌给他写信："书信是极其讨厌——很不让人满意的东西。而你似乎是那样的不真实——远远地躲在暗处——这些小小的纸片儿也许从来都到不了你手里。"②

圣诞节期间困扰她的还有其他一些原因。她在装饰圣诞树和给母亲准备礼物时，心里不免为孩子们而难过——因为"想到了我的孩子们远在千里之外，说不定正身处险境，而我却不能往他们的小袜

---

① 穆拉：1919年1月4日致洛克哈特函，藏于利利图书馆。

② 穆拉：1919年1月4日致洛克哈特函，藏于利利图书馆。

子里塞玩具。宝宝们——我的日子也极其艰难啊——总而言之。里加今天已经被红军攻克了,而且他们正向雷瓦尔挺进。"①

洛克哈特还是两个月前给她来过一封信。

那个月晚些时候,布尔什维克终于来收缴本肯多夫剩下的财产了。穆拉接到通知,说她丈夫在银行的保险箱将被撬开,其中的东西将一律没收(对新政权影响力较小的别的有钱人早在一年前就经历了这样的洗劫)。穆拉坚持那"几个现在成了我银行的主宰者的毛头小子"撬保险箱时自己要在现场。她对他们施展了自己的全部魅力,费尽了口舌,总算保住了全部财物。这些年轻人对于一个色诱政府官员而从契卡监狱中都大摇大摆出来过的女人来说,根本就不在话下。"在他们所有人面前,我真的都有极大的优势。"她写道,"因为就心智的训练而言,连他们中最聪明的也不过是怀中无可挑剔的婴儿。他们……依旧站在过去常在那儿碰头的小小的瑞士三流旅馆的角度看待生活。"②

她不得不又一次利用自己的影响力和魅力——使出浑身解数③,用她自己的话说——来保住公寓不被征用。她成功了,但是这种持续不断的避免穷困潦倒的挣扎,把她的精力都耗尽了。④

那年冬天余下的日子里,她的情绪一直都随洛克哈特来信的消长而起伏。长时间的沉寂之后,一来就是一批,一般都要晚上好几个

---

① 穆拉:1919年1月5日致洛克哈特函,藏于利利图书馆。
② 穆拉:1919年1月24日致洛克哈特函,藏于利利图书馆。
③ 此处原文为法语:se mettre en quatre。——译注。
④ 穆拉:1919年2月18日致洛克哈特函,藏于利利图书馆。

月,但却能带来潮水般的喜悦。"你可贵的来信——真是太好了。你说出了我想听到的一切,我的宝贝,说你爱我——信我——要我。"①

他给她写的信没有在历史记录中保留下来,但即使在她对这些信激动难捺的欣赏中,也能隐约听到他瞻前顾后的回响。他口口声声说两人成双入对在社交场合会很尴尬,她一句话就挡了回去,要他相信,对于可能招致的风险和耻辱,她比他还要清楚,而她愿意面对一切。她完全没去想他为什么居然这么不情愿,只是把满门心思放在了他对爱情的言辞上。

她想好了一个计划。就算两人还不能永久团聚,也可以短时间在一起——两人在斯德哥尔摩的相见,几个月前就提了出来,依然还在往后拖,可能只是一次短暂的重聚,是他们在英国永久团聚之前对爱情的一次确认。穆拉想出了通过瑞典领事与洛克哈特在赫尔辛弗斯和斯德哥尔摩的外交界的关系弄到签证的办法。

几个星期过去了,她开始将这一计划付诸实施,伺机而动。与此同时,她提出要到爱沙尼亚去开始办理离婚手续——这是一次铤而走险,风险极大,因为激战正酣的独立之战就在离雁得尔和雷瓦尔不远的地方打得不可开交,更别提她在某些地方还背着个间谍的名声了。她分析了一下,觉得取道芬兰,再走五十英里的海路从赫尔辛弗斯到雷瓦尔是最安全的。②

她听说洛克哈特病了,需要做个手术,把鼻子里的软骨拿掉,于是这个计划在二月份就推迟了。他写信诉说自己有一种累垮了的

---

① 穆拉:1919年1月25日致洛克哈特函,藏于胡佛研究所档案馆。
② 穆拉:1919年1月26日致洛克哈特函,藏于利利图书馆。

感觉。他的健康状况把她急坏了——不只是因为想到了他的痛苦，还因为担心靠着呵护他的健康，他的妻子会让他回心转意。他得了流感后，她曾做过一个梦，被折磨得够呛，在梦里，他对她说，为了不辜负琼，他打算跟她断了。① 还有一点也让她忧心忡忡，他想要的那个儿子，她没能给他生下来，而且她许诺会把此事当作"自己生活的目标——对你的幸福而言，这是必不可少的"。

在感情问题上她开始有点信宿命论了，乐观的信念已经为对未来的一种更忧郁更沉重的意识所取代。"我爱你，"她向他保证，"这种爱庄严而又沉重，比死还要强烈。"② 她的这番话不只是单纯的效果问题。过去她身边总在死人——她失去的朋友不仅有死在布尔什维克枪口下的，也有病死和饿死的。斑疹伤寒又一次在彼得格勒爆发，到二月份时已经夺去了好几个熟人的生命。人们还总是担心芬兰人入侵这座城市，因为芬兰的国界距此也就几英里。"宝贝儿，"她写道，"我多么想你来到我身边，搂着我，抚慰我，抱着我，让我把这场噩梦彻底忘掉啊。"③

在生日前夕，穆拉收到了最好的礼物——洛克哈特来信问他俩约定的见面还见不见。"我的小宝贝儿，我最亲爱的！"她回信说，"我当然会来……也许从今天算起一周或十天后我就会在你怀里了。我亲爱的，我的宝贝儿——那将是何等幸福、何等快乐之事啊！"④

---

① 洛克哈特：1919年2月23日未出版日记；穆拉，1918年11月2日，1919年2月14日致洛克哈特函，藏于胡佛研究所档案馆。
② 穆拉：1919年2月14日致洛克哈特函，藏于胡佛研究所档案馆。
③ 穆拉：1919年2月12—13日致洛克哈特函，藏于利利图书馆。
④ 穆拉：1919年3月5日致洛克哈特函，藏于胡佛研究所档案馆。

她生日当天可以说是苦乐参半。距她在自己公寓里开的那个派对正好一年了，那个派对，她要好的男人——洛克哈特、克罗米、贾斯汀——全都来了，当时还有鱼子酱、薄饼和伏特加。可眼下寒冷的公寓里只有麦麸片和燕麦，外加贾斯提诺母亲寄来的一封悲伤的信，老人家知道穆拉曾经是自己孩子多要好的朋友。她的生活中有了一些新人，但他们似乎都无足轻重——就连令人敬畏、极具吸引力的高尔基也比一个当老板的强不了多少。对高尔基崇拜得五体投地的《芝加哥论坛报》记者弗雷泽·亨特给她送了一本惠特曼的《草叶集》（"这是一个年轻的美国民主人士所应该做的"），另外，还有丹麦红十字会会长福尔默·汉森送的巧克力和红酒，此人还替洛克哈特给她带过一封信，并开玩笑说自己成了传书送话的马车夫了。①

此时她二十七岁，但给人的感觉要老一些。

一想到要跟洛克哈特在一起，跟心爱的人沉浸在温柔乡里，她就什么都不管不顾了。这一天已经指日可待了——很快就可以快乐得死去活来，难以言状了。她相信，他们的爱情是旷世无双、无与伦比的——比惠特曼笔下"难以形容的激情之爱"和"啜泣的生命之液"还要伟大和强烈。②这样的爱必须也一定会得到满足。

* * *

---

① 穆拉：1919年3月6日致洛克哈特函，藏于利利图书馆。
② 惠特曼：《我自己的歌》，见《草叶集》（Whitman, 'Song of Myself', *Leaves of Grass*）。

1919年4月12日,星期六,芬兰赫尔辛弗斯

芬尼亚酒店应该是该市最好的酒店之一了。酒店高耸在宽广的大马路边,毗邻火车站,看着豪华而又舒适。不过芬兰也和俄罗斯一样,饱尝过内战之苦,而穆拉又早就囊中羞涩了。因此,她订的房间极小极糟,不带浴缸,床上到处都是臭虫。①从某种程度上说,考虑到她的情况,这已经是很完美的住宿了。

团聚并没发生。②

穆拉成功地离开俄罗斯进入了芬兰——越过边境来到了实际上属于敌方的领土。在赫尔辛弗斯,她发现自己身陷困境了。要去斯德哥尔摩见洛克哈特,就需要一份瑞典的签证。可尽管她和洛克哈特与瑞典驻俄罗斯代表阿斯克尔关系很好,但赫尔辛弗斯的瑞典人就是不给她签证,非要见到英国签证不可。原本是该由洛克哈特给(不清楚是赫尔辛弗斯还是克里斯蒂安尼亚③)领事馆的某个朋友打个电话来安排这件事情的。整个计划穆拉把每个细节都考虑到了,本来可以按部就班地实现的,她本来也可以顺利入境瑞典,躺到洛克哈特怀中,再次感受他那温暖人心、给人快慰的风采,欣赏他那可爱的脸蛋,计划下一步繁文缛节的游戏,从而让他们能永远在一起。

可是英国签证的事儿并未办妥。不仅如此,她还发现洛克哈特

---

① 穆拉:1919年4月12日致洛克哈特函,藏于利利图书馆。
② 穆拉:1919年4月12—20日致洛克哈特函,藏于利利图书馆和胡佛研究所档案馆。后面的描述所根据的都是这些信的内容。这些信有缺页——很可能是洛克哈特为了不让穆拉对自己这一阶段的活动的陈述得到扩散而删掉的。
③ 现在的奥斯陆(Oslo)。

并未在斯德哥尔摩等她。倒是有一封给她拍来的电报。他又病了,无法旅行。他和以前一样,极力要求她撇下一切,直接来英国。

这不是一个抵制诱惑的问题——就算她能撇下自己的母亲,摈弃见到自己孩子的希望,可没有那个签证,她也无法从瑞典过境啊。而眼下芬兰人正在催她回俄罗斯。

这样的失望是很痛苦的。洛克哈特也许会因为她迟迟不肯离开俄罗斯来英国而觉得她是个胆小鬼,这一想法始终萦绕在她脑际,不免"心酸,令我感到不寒而栗,浑身麻木"。没准儿他已经不再在乎她了;没准儿他不想得到她了。这样的担心始终折磨着她,而他加剧了她的担忧。几个星期前,她听高尔基讲法国诗歌时又勾起了这一点,她记得洛克哈特很喜欢背诵马格尔的《贬低》,这首诗似乎能让他产生共鸣:

> J'ai le besoin profond d'avilir ce que j'aime …
>
> Je sais que la candeur de ses yeux ne ment pas,
>
> Qu'elle m'ouvre son coeur quand elle ouvre les bras,
>
> Je sais à voir ses pleurs que sa peine est extrême
>
> Et malgré tout cela j'affecte de douter.
>
> Je cherche avec une soigneuse cruauté
>
> Ses erreurs, ses défauts, ce qui fait sa faiblesse,
>
> Et m'en sers pour froisser, déchirer sa tendresse…①

---

① 莫利斯·马格尔:《贬低》,见《浪漫与感伤之作》,(巴黎:珍奇图书馆出版社,1922 年),第 174 页 (Maurice Magre, 'Avilir', *L'Oeuvre amoureuse et sentimentale* [Paris: Bibliothèque des curieux, 1922] p. 174);穆拉 1919 年 2 月 12 日致洛克哈

（我有一种想贬低我所钟爱之人的强烈冲动……

我知道她眼中的坦诚不会口是心非，

她张开双臂时，也向我敞开了心扉，

见她热泪滚滚，我知道她痛苦万分

可是尽管如此，我还是疑窦丛生。

我睁大冷酷的眼睛，仔细挑

她的错误、弱点，还有毛病，

到头来，揉碎、撕裂了她的柔情……）

这是他现在心情的写照吗？他会不会对她的这些行动产生误解？他是不是和马格尔一样，也想毁掉自己的爱情，逃之夭夭？

别无选择，只有回到俄罗斯去。她必须摆脱一切羁绊——然后从赫尔辛弗斯到斯德哥尔摩，再到英国去，"跟我过去的所有义务做一个了断"。

其中必须了结的一件事情，一个特别令人头疼的束缚，就是她的婚姻问题。对了，这件事情可以马上解决。她与爱沙尼亚和伊凡之间只隔着一道窄窄的海峡。她以前去过那里，现在是时候再去一趟了。这是她的计划万无一失的一部分。

随后的日子里发生的一系列事情后来成了穆拉一生中最诡诈最神秘莫测的部分之一。

* * *

特函，藏于利利图书馆。

1918——1919

4月18日,星期六,爱沙尼亚雁得尔

德国人已经从爱沙尼亚撤走了,无政府状态又卷土重来了。农民团伙又开始在乡下四处流窜了,暴力行为因为民族独立战争的爆发而进一步加剧了。

在雁得尔,本肯多夫一家遭到的袭击更多了,比一年前的那一次更严重了,在那次袭击中,穆拉不得不带着孩子躲了起来。有一天,趁着伊凡不在家,一伙匪徒闯进庄园,把起居室挨个儿横扫了一遍,能抢的则抢,抢不走的就砸。

那里已经没法待了,太危险了,于是3月末,伊凡决定把家搬到庄园的另一处去。在南湖的另一头有一栋小得多的房子,名叫"卡丽嘉夫",是伊凡的母亲曾经住过的地方。以往夏天穆拉和她那帮不三不四的朋友在湖里嬉戏,那个老婆子就是窝在这里酸溜溜地观看的。这栋房子要简朴多了,而且离主干道也要远一些,因而引起袭击者注意的可能性也要小一些。

复活节前的那个星期六,伊凡从"卡丽嘉夫"步行去了"红宅",想去查看一下那里的一切是否井然有序,外带处理一些庄园上的事情。他曾提过要带四岁的塔尼娅——他的"小姑娘"——一起去的,但她的保姆不让,所以就独自去了。他答应过孩子们和下人会赶回来吃午饭的。①

滴答滴答,几个小时过去了,而他却并没回来。午饭时间到了,还是连他的影子也没见到。事后好几个人回忆说当天上午听见了三

---

① 亚历山大:《爱沙尼亚的童年时光》,第1—3页,第8页。

声枪响,但具体时间谁也记不起来了。枪声在雁得尔周围的乡村根本不是什么稀罕事,所以谁都没在意。唯一的例外是米姬——她后来称,听到枪声后,自己曾有过一种不祥的预感。但她当时既没说什么,也没做什么。

一点钟的时候,他们做出了决定,觉得最好是去找找他。三个孩子的俄国保姆玛丽乌萨给他们穿好了棉袄,戴好了帽子。米姬的身份更像是一名家庭成员而不是仆人,因此看孩子已不再是她的职责了。基拉、帕维尔、塔尼娅和玛丽乌萨离开舒适的小房子,带着房子里做饭、油灯和煤油取暖器的味道,沿着湖岸朝"红宅"出发了。

冬天在渐渐离去——厚厚的积雪已经在消融,冰封的湖面也在解冻,化成一块块浮冰。三个孩子边走边拿棍子往冰上捅。过了第二个拐弯处有一条上山的小径,而人行小路则在两座小山之间继续延伸。小径横跨两座小山,中间有一段小小的跨度,名叫魔鬼桥,是一个僻静的地方,两边全是树,终日阴森森的。走近后,他们看到桥下面的小路上横躺着一个人。

一看就一目了然,正是伊凡。玛丽乌萨尖叫了一声,想把孩子们吓开,可是他们已经看见了,而且连最小的一个都意识到发生了可怕的事情。她跪倒在他身边,想把他拉起来。没用,他已经死了。

伊凡·冯·本肯多夫已经中弹身亡了。至于是谁开的枪,没有留下任何线索——没留下半点痕迹、半个脚印、半点气息。仅有的就是有人记得当天上午听见过三声枪响,而且具体是什么时间还想不起来了。

* * *

1918——1919

复活节,星期天,芬兰特里约基[①]

特里约基是一座奇特的小镇。位于俄罗斯边界与芬兰湾交汇的夹角处,是芬兰人对边境口岸进行管制的地方。这个小镇是从一片茂密的森林中凿出来的,城中的绝大部分都是林地。

穆拉在这儿滞留了几天,经历了过去几周的奔波劳顿后,想从这里回俄罗斯去。她觉得洛克哈特正在无可挽回地从她身边溜走。她给芬尼亚宾馆去过电话,打听他又给她发过电报没有,结果是压根儿就没有。

今天是复活节,礼拜天,所以她去了特里约基的小教堂。礼拜仪式结束后,她便开始往自己寄身的私人小旅店走。她很快就开始讨厌起自己那间糟糕的房间来了,房间里摆着天竺葵,挂着白色蕾丝窗帘,夜里月光可以透进来照到她身上。她并不急于回到旅店,所以走得慢吞吞地。[②]

从教堂出来的小路,同特里约基大多数的路一样,要穿过一片高高的树林地带。天气很暖和,雪化后大街上都成了河。脚底下绿草茸茸,树梢间蓝天片片。穆拉抬头之际,想起了与洛克哈特手挽手在莫斯科索科尔尼基公园的林荫道上散步的情形。突然,看到满眼的蓝天后,仿佛他就在眼前似的。她感觉看到了他实实在在的真人,生龙活虎,历历在目,犹如幻觉一般……然后,他又突

[①] 今俄罗斯的泽列诺戈尔斯克(Zelenogorsk)。

[②] 穆拉:1919年4月18日及复活节[4月20日]致洛克哈特函,藏于利利图书馆和胡佛研究所档案馆。

然消失了。

这一刹那刚一过去,她就感觉又回到了自己那永无尽头、沉重不堪的孤独状态。她彻底崩溃了。他离开后的这么多个月里,穆拉第一次陷入了强烈的悲伤而不能自拔。她一屁股坐到又湿又冷的地上,哭得肝肠寸断。

哭完之后,她爬起来回了自己的房间。几天后她穿过边境,回到了俄罗斯。她刚一过境,身后的边境大门便砰的一声彻底关上了,声音肯定还能听得见。

回到彼得格勒后两周不到,穆拉发现过去捆住自己手脚的两个羁绊突然间没了。5月7日,她得知了伊凡已经遇害的消息。她给洛克哈特写了一封很短却近乎疯狂的信——"我丈夫4月19日已经让一些爱沙尼亚人出于报复给打死了……"①写这封信的时候,穆拉的母亲正在住院,预定第二天要做一个手术,所以在老人家面前,她竭力控制着自己的情绪。"你明白这是多大的压力吗?"穆拉在给洛克哈特的信中写道,"我拿不出任何计划,脑子里一片空白,宝贝儿。我必须想办法尽快把孩子们从那个地方接走……"

为什么就收不到他任何音信,既没有信,也没有电报呢?

我不明白你为什么一声不吭,宝贝儿。看在上帝的份上,你有什么话就爽快点儿跟我直说吧,宝贝儿,我一直而且永远都会对你坦诚相待的,请你对我也一样。

愿上帝保佑你平安无恙。

---

① 穆拉:1919年5月9日致洛克哈特函,藏于胡佛研究所档案馆。在塔尼娅的记述中(《爱沙尼亚的童年时光》,第1—3页),谋杀发生在18日。

1918—1919

请记住，宝贝儿，我是多么爱你。

你永远的穆拉

她从来没有收到回信。就在那一周，她的母亲去世了。穆拉彻底成为孤家寡人了。①

* * *

是谁杀了伊凡·冯·本肯多夫？穆拉当时在场吗？是她扣动扳机的吗？4月18日，谋杀的当天，她曾从特里约基给洛克哈特写过一封信，而且在信的末尾还加了一句："我已于前天开始办理离婚事宜了。"②要真是这样，那她必定见过伊凡——不是在雷瓦尔就是在雁得尔——得找他签字。两天后他就死了。

穆拉肯定有强烈的动机，想赶紧跟伊凡一刀两断，趁政治形势，还有她从事间谍活动的名声尚未把她永远困在俄罗斯之前而远走高飞。可是雁得尔附近，因为其亲德倾向而恨死了这个庄园主的人肯定不少。波罗的海的日耳曼地主纷纷把爱沙尼亚农民赶走，将土地租给了德国人，他说不定就是其中之一。

穆拉在谋杀当天从特里约基寄出去的那封信可以算作不在场的证据，但不是强有力的证据。

可是即便假定不是她亲手开枪打死了他，她也可能插手了此事。

---

① 在1919年5月9日给洛克哈特的信中，穆拉说她的母亲第二天要做一个手术。根据她女儿塔尼娅（《爱沙尼亚的童年时光》，第12页）的说法，扎克列夫斯卡娅夫人卒于"4月，只比我父亲晚了一两个星期"。大概是塔尼娅把准确的日期弄错了，她外祖母实际上是在5月10日或5月10日之后的一台手术中死去的。
② 穆拉：1919年4月18日致洛克哈特函，藏于利利图书馆。

对于爱沙尼亚的政治形势,没几个人比穆拉了解得还清楚;她熟悉雁得尔的人,按说也理解他们的苦衷。加上她极会耍嘴皮子,能让人乖乖地听她的摆布,这一点她在银行对付那些人民委员时就得到过充分的证明——"在他们所有人面前,我真的都有极大的优势,因为就心智的训练而言,连他们中最聪明的也不过是怀中无可挑剔的婴儿。"①只要当地有怨恨伊凡的人,她是完全有能力去左右这些人的。过去的一年中,她大多数时间都跟一帮身上经常别着左轮手枪的男人在一起,所以说不定她甚至能够提供作案工具。

最终,真相——不管是什么——都始终未能揭开。穆拉的亲人——她的孩子们——从来没有怀疑过她。仅有最乏力的证据表明她1919年4月曾经去过爱沙尼亚。她在芬尼亚宾馆写给洛克哈特的那封信可以表明她去雷瓦尔前一夜的行踪,但这封信却缺了一页,而这一页似乎要提到她的爱沙尼亚之行:"我们分开后最糟糕、最漫长的这段时间就要结束了。"她写道,还在尽力让自己坚信继续实施那个计划是值得的——"我们只需再稍稍等一等了。我希望……"②

她希望怎么样?是洛克哈特为了保护她,免得引起别人的怀疑把那一页撕掉了吗?如果是这样的话,那么他动了手脚,把不慎重的地方都删掉了的就不会只是她这一封信了。

* * *

1919年年底,洛克哈特离开英国赴任一项新职。他已被任命为

---

① 穆拉:1919年1月24日致洛克哈特函,藏于利利图书馆。
② 穆拉:1919年4月12日致洛克哈特函,藏于利利图书馆。

英国驻布拉格公使馆的商务干事。此前他拒绝了派驻俄罗斯的又一项（更为严肃的）任命，理由是"我最好离开俄罗斯一段时间"[1]。做出这一任命，要么是外交部不知道俄罗斯判处了他死刑，要么是认为他很安全，不会真的对他执行死刑。

已经有几个月没有接到穆拉的来信了——透露了她丈夫死讯的是最后一封。现在，由于俄罗斯切断了与外界的联系，已经没有可以信赖的外交官替他们传递信件了。

他仍然爱穆拉，但在他心里他们那不可能的恋情已经到头了："她在我心里留下了一道伤口，但正在愈合。"[2] 也许正如穆拉所猜测的那样，他正想着马格尔，无意识地忆起了他的诗句——"'C'est une tache au coeur dont aucune eau ne lave. / Je voudrais oublier, je voudrais m'en guérir（它是我心头一块洗不掉的污迹／我想忘记，想彻底抹去）。"

与此同时，穆拉也在开始设法治愈自己的伤口。对她来说。这将是一辈子的任务。

她再也不会让哪个男人如此贴近她。没有哪个男人可以俘获她的芳心，或者成为她的偶像；也没有哪个男人可以拥有她了。

除了洛克哈特之外。不管她身在何处，也不管她经历了什么，她将再无法找回自己属于他的那一部分。

---

[1] 洛克哈特：1919年10月24日日记，《日记·卷一》，第54页。
[2] 洛克哈特：《告别荣耀》，第43页。

第三部

流放
1919—1924

她,尽管有那么多缺点和问题,但我爱她,这既自然又必然……她彻底满足了我对肌肤之亲的渴望,没有人能超过她。我仍完全"属于"她,无法真的离开她。我对她依然一往情深。

H·G·威尔斯:《绝世佳人穆拉》,
引自《恋爱中的威尔斯》

15 "现在我们都是铁"
1919年—1921年

1920年9月下旬，彼得格勒

这座城市死气沉沉。城市的心脏停止了跳动，但不知怎的气还未断，仍在苟延残喘着。

威尔斯于革命的第三年秋来到彼得格勒时，这里发生的变化令他难以置信。他上一次造访是1914年，那时，战争尚未开始，帝国的首都仍是人口过百万的热闹繁荣的大都会，宫殿华丽耀眼，街上挤满了购物和散步的人。这一切都不见了，只剩荒芜。

威尔斯对十月革命精神的同情是出了名的，尽管他断然不是一个共产主义者。他在伦敦的一位俄国朋友曾跟他提过一嘴，去看看上次拜访以来所发生的变化会很有意思。因此，1920年9月末，他和自己十九岁的儿子乔治·菲利普（一般叫吉普）前往新苏俄，开始了为期两周的旅行。

所见所闻让他们异常沮丧。宫殿仍在原处，但大部分已经人去楼空。也许因为威尔斯家族是开商店的，最让他心情沉重的就是那些倒闭的商店。他估计了一下，彼得格勒仍在正常营业的商店不超过六家，其他的都停业了。关门的商店"看起来残破无比，一副被人遗弃的样子。油漆剥落，窗户破裂，有的彻底破了，钉上了木板，有的还陈列着几件脏乎乎的残货，有的贴着告示……店里的固定设施上已经积了两年的灰尘。这些商店已经死去，永远不会再开张了"。城市的街道因此也生气了无了。"人们不由得意识到，一座现代城市不过是一条条商店云集的长巷……把商店关掉，街道的意义就荡然无存了。"①

威尔斯有意避开了外国人通常下榻的国际酒店，住到了他的老朋友马克西姆·高尔基家里。他发现自己走进了一个不同寻常的家庭场景中，有点什么之家的味道，是高尔基为作家、艺术家和要好的朋友们开设的，大家伙全挤在一个大公寓里，公寓位于一栋楼的四层，从这栋楼可以俯瞰亚历山大公园。

栖居在这里的人当中，有一个年轻女人显然既是高尔基的住家秘书，又是他的情妇，不过威尔斯没有看出来。尽管衣着单调简陋，乏善可陈，碰破过的鼻子也很不中看，但她仍旧是一个魅力四射、让人魂不守舍的人儿。威尔士愉快地得知，当局批准了在自己停留期间由她来做他的导游兼翻译。她的全名叫玛利亚·伊格纳季耶芙娜·扎克列夫斯卡娅，但大家都叫她穆拉。

威尔斯拈花惹草的风流程度几乎可以和他作为作家的高产程度相提并论，他将永远把此番相遇当作自己人生中最重要的邂逅之一来铭记。②

---

① 威尔斯:《阴影中的俄罗斯》，第14—15页（Wells, *Russia in the Shadows*, pp.14-15）。

② 威尔斯:《恋爱中的威尔斯》，第161—164页。

* * *

穆拉是怎么住进高尔基家的,自最后一次跟俄罗斯之外的世界有过联系以来,她又是如何度过这十六个月的,几乎是一纸空白。或者,说得更准确一点,这张白纸上倒是胡乱地涂了几笔,粗略地勾勒了几下;但都堪疑,仅留下几个明确的印象。

1919年5月,随着伊凡遇刺,母亲生命垂危,爱沙尼亚的民族主义力量将红军逼回彼得格勒的郊区,穆拉给洛克哈特写了最后一封绝望的信后,就淡出了人们的视线。她的亲笔手迹,一个字也没有留下,同时代的人中没有几个能解释这到底是怎么回事。流传后世的大多是道听途说,其中很大一部分都不靠谱。①

5月末,穆拉在这个世界上成了孤苦伶仃的一个人。洛克哈特遥不可及。术后并发症,也有可能是手术试图治愈的疾病本身,夺走了她母亲的生命。②她的孩子们在爱沙尼亚,她在俄罗斯,已经没有任何家人了。

---

① 别尔贝洛娃:《穆拉》,第98—100页;亚历山大:《爱沙尼亚的童年时光》,第56—59页。别尔贝洛娃的叙述混乱不清,明显是基于对穆拉本人的口述故事的曲解。她称,1919年初,穆拉无家可归,年迈的亚历山大·莫索洛夫将军收留了她。这和穆拉的信件内容有冲突,这些信件表明她与母亲住在一起。别尔贝洛娃和塔尼娅两人皆称1919年的春季或夏季,穆拉找到楚科夫斯基,求他给自己一份翻译的工作。楚科夫斯基没有答应穆拉的请求,而是带她去见了马克西姆·高尔基(这是她第一次见高尔基)。于是穆拉才成了高尔基的住家秘书。我们可以从穆拉的信件中得知,是楚科夫斯基先找到了穆拉,而且1919年1月初,穆拉已经在为其翻译书籍了(见第14章)。此处的描述是在解决了之前不同故事版本中的矛盾和讹误后才得出来的。

② 穆拉:致洛克哈特函,藏于胡佛研究所档案馆,1919年5月9日;亚历山大:《爱沙尼亚的童年时光》,第12页。

第三部 流放
1919—1924

穆拉最后还是没能保住母亲的公寓,她的艰难处境日益恶化。年迈的老太太已经去世,穆拉不可能再利用政府官员的同情心做文章了。她发现自己无家可归,不得不依靠朋友的救济生活。她后来称年迈的亚历山大·莫索洛夫将军收留了她一阵子。莫索洛夫曾是沙皇尼古拉二世时期大臣官署的主管。

1919年夏末,距穆拉最后和洛克哈特在一起的日子已过去整整一年,那时他们处在监禁的噩梦之中,在克里姆林宫一起度过了最后幸福的日子。冬天即将来临,但她还是居无定所。她找到了额外的工作,给她的老朋友科尔涅伊·楚科夫斯基做助手。楚科夫斯基除了出版工作之外,还经营一间工作室、图书馆以及艺术之家的儿童剧院。

接着,另一个谜出现了。晚夏时,穆拉被契卡抓捕拘禁,原因不明,不过那时常有人因为一些微不足道的小事而锒铛入狱,比如在深夜出门,或是没有随身携带必需的身份证件。楚科夫斯基很担心穆拉。有一天,马克西姆·高尔基来到他这儿,语无伦次,火冒三丈地说起自己的一个朋友也让契卡给抓了,楚科夫斯基听后,请高尔基也用自己的影响力去帮帮穆拉。高尔基威胁,如果不释放囚犯,他就会散布丑闻,同时拒绝与布尔什维克往来。①

穆拉一获释,楚科夫斯基就带她去见了高尔基,就像头一年12月那样。由于之前为高尔基的世界文学出版社做过翻译,穆拉已经对这位伟大的人物很是了解了。②

---

① 楚科夫斯基:1919年9月4日日记,《日记》,第53页(Chukovsky, Diary, p.53)。
② 1919年年中,穆拉寻求翻译工作并首次见到了高尔基,别尔贝洛娃和塔尼娅

这次见面的地点是高尔基的公寓。那是一个奇特的地方,在克容维尔科斯基大街23号一栋公寓楼的四层,大街如一弯巨大的新月,俯瞰着彼得格勒岛上的亚历山大公园(过去穆拉和洛克哈特喜欢乘雪橇来玩的地方)。这栋由粗糙的石头和灰泥堆造起来的大楼本身看上去相当丑陋,有着巨大的拱门和六角形窗子,很容易让人想起雁得尔的庄园。楼内的气氛却截然相反。高尔基已成为圣人般的人物。十月革命后,他成为俄罗斯艺术界的中流砥柱——或许也是最重要的救星。他曾利用自己的影响力帮助创建了科学之家和文学艺术之家,这两所机构促进了新苏俄的文化生活。在他自己的倡议下,他创办了世界文学出版社,致力于将外国作家的作品译成俄文。

在自己的领地里,高尔基就像是在自家庄园的男爵,被志同道合的同伴和投靠者环绕。他的外貌变得有些奇特了。与穆拉同时代的诗人弗拉季斯拉夫·科霍达舍维奇曾描述高尔基看上去像"一个博学的中国人,身穿红色丝袍,头戴杂色瓜皮帽",把他尖削的颧骨和亚洲人的眼睛衬托得愈发明显了。他从前浓密的头发已经剪得短短的,紧贴着头皮了,脸上布满了深深的皱纹,鼻尖上架着一副眼镜,手里总是拿着一本书。"从早到晚,公寓里都挤满了人",科霍达舍维奇回忆道。"住在那儿的每一个人都有访客,高尔基自己肯定会被这些人团团围住。"① 住在或路过那儿的人中有作家、学者、出版商、

在自己的书中都有记述。两人似乎都误解了穆拉的故事,将两件事混为一谈了。别尔贝洛娃并不确定穆拉住进高尔基家的具体时间,但塔尼娅称是1919年9月发生的事。

① 弗拉季斯拉夫·科霍达舍维奇:《高尔基》,第228页(Vladislav Khodasevich, *Gorky*, p.228)。

1919—1924

演员、艺术家，还有政客。陷入困境的人蜂拥而至来到这间公寓，请求高尔基保护他们免受大权在握的彼得格勒苏维埃兼北方公社主席格里戈里·季诺维也夫的迫害，或者帮他们获得食物、交通还有其他数不过来的忙。高尔基聆听每次恳求，不厌其烦地努力帮助他们。

与穆拉在世界文学办公室和高尔基第一次见面一样，楚科夫斯基是下午带着穆拉去见他的。在宽敞、装修精致的餐厅里，主人从一把俄式茶壶里给客人倒了一杯淡茶。这是公寓里唯一的公共房间，其他房间都是众多住客的卧室。①

自打九个月之前见到穆拉以来，高尔基就让她迷住了。"他才华横溢，口才极佳。"多年后，穆拉回忆起他们的第一次会面，这样写道："在一个陌生的年轻女子面前，他表现得特别能说会道。"②高尔基给穆拉提供了一个稳定的工作，做他的秘书兼翻译，并邀请她搬到公寓里来住。

穆拉用回了自己做姑娘时的名字，摇身一变，又成了玛利亚·伊格纳季耶芙娜·扎克列夫斯卡娅。也许她想把伊凡从记忆中抹去，也许她希望用这个名字正式登记之后，可以扰乱契卡或外国情报人员的视线，给他们追踪她出点难题。许多人相信，她仍在为契卡效力，她是受契卡指示来监视高尔基，并反馈其态度及交往情况的。

高尔基和政府的关系并不稳定。他政治观点"左倾"，支持革命；但他既不是共产主义者，也不是布尔什维克。高尔基支持革命，

---

① 别尔贝洛娃:《穆拉》，第100页。
② 穆拉：致洛克哈特函，藏于利利图书馆。未注明日期，可能是1933年。

帮助革命长达几十年后，已经改变了看法。他看到了战争中普通人的所作所为，很不喜欢。"你真是太对了，"他写信给一个对此早有预见的朋友，这场革命"催生了真正的野蛮人，跟那些毁掉了罗马的野蛮人如出一辙"。①新成立的政府是一个由腐化的乌合之众和暴君组成的政府。他在《新生活报》(*Novaya Zhizn*)上撰写了一系列文章，严厉批判布尔什维克成了言论自由的敌人。1918年1月，红军士兵射杀了游行示威者之后，高尔基深感悲痛，痛惜为促进苏俄革命民主这一珍贵的理念而付出的鲜血与汗水，"如今，'人民委员会'已经下令向体现缅怀这一理念的民主开枪了。"②高尔基能够发表这样的言论却几乎未遭到任何惩处，足以表明他在苏俄的声望。

高尔基的性格中交织着愤怒、悔恨和不满。他的别名是根据感觉选的，他的本名是阿列克谢·马克西莫维奇·彼什科夫，年轻时就给自己起了个别名高尔基(*Gorky*，意为"苦")，尽管基斯里(*Kisly*，意为"酸")这个名字可能也很合适。

高尔基梦想着建立一个艺术与科学的共和国，它既不是民主国家，也不是社会主义国家，而是一个由知识分子、艺术家、富有创造性的思想家治理的社会，他自己则处在共和国的核心。正如几个月前穆拉对洛克哈特调侃地评论道："他以为自己是俄罗斯的加布里埃尔·邓南遮。"③高尔基曾和列宁密切交往多年，但现在两人关系敌

---

① 转引自费吉兹：《一个民族的悲剧》，第208页。
② 高尔基语，《新生活报》，1917年11月7日及1918年1月9日，引自莱格特：《契卡》，第45页、第304页。
③ 穆拉：1919年2月18日致洛克哈特函，藏于利利图书馆。

1919——1924

对。高尔基和许多当权人物交恶,其中就包括季诺维也夫。但他的声望之高,名气之大,没有人敢直接动他一根汗毛。尽管1918年7月《新生活报》在列宁的命令下停刊①,但他这个人却毫发无损,大多数人民委员——甚至是他的敌人——都认为,只要是高尔基提出的要求,一律批准才是上策。

在这样的政治气候下,苏维埃政权选择监视高尔基并不让人惊讶,而穆拉没准就是他们派出的间谍。另一方面,说她是政府在高尔基家中的耳目的传闻可能比这一流言还要难以甩掉。②不过,她偶尔对这一流言的抱怨,同样有可能是良心有愧而产生的自然而然的愤怒。

虽然穆拉起初作为译者是负责将书籍译成俄文,但高尔基主要把她当作自己的翻译秘书用的,涉及的主要是一些生意上的事情。③于是,她开始对出版和翻译行业有了一个全方位的了解,而这两样工作将成为她一生主要的谋生手段。

公寓里一共有十二个房间,四间小屋子供高尔基个人使用——分别是他的卧室、书房、图书室和摆放着他收藏的东方手工艺品的小小博物馆。除了一间公用的餐厅之外,其他房间均是卧室。穆拉和年轻的医学生玛丽亚·海因策共用一个房间。玛丽亚的外号叫"分子",在他人的描述中,她是"一个出色的女孩儿,高尔基某个

---

① 莱格特:《契卡》,第65页。
② 穆拉:1919年1月24日致洛克哈特函,藏于利利图书馆。
③ 瓦莲京娜·科霍达舍维奇(Valentina Khodasevich,弗拉季斯拉夫[Vladislav]的侄女)的回忆,转引自亚历山大:《爱沙尼亚的童年时光》,第61页。

老相识的孤女"①。家里的人数时有变化,但是长住的包括艺术家瓦莲京娜·科霍达舍维奇、她的丈夫安德烈·季捷里赫斯(外号季季)和伊万·拉基茨基,后期还有诗人弗拉季斯拉夫·科霍达舍维奇(瓦莲京娜的叔叔)和作家尼娜·别尔贝洛娃,他们也是一对夫妻。还有很多人来来去去。

穆拉有过与他人同住的经历,最接近的就是在洛克哈特豪华的公寓里,不过也只是和希克斯和几个仆人一起住。她必须适应这种全新的生活模式。好在她已经这样生活了两年了,而且在一栋拥挤的公寓里和人共用一个房间总比在寒冷的街上挨饿受冻强。绝大多数其他富有阶层的"前朝旧人"现在都是跟人挤在一间屋子里,而且条件很差,又脏又乱,还得靠强迫劳动为生。在高尔基家里,屋子温暖不说,桌上还有吃的。

在某个时刻——也许是马上,更有可能是几个月之后——穆拉成了高尔基的情妇。这将是一桩麻烦的恋情;穆拉年轻,足以做高尔基的女儿,而且她反复无常、暴躁易怒的性格常常惹高尔基生气,可是同所有拜倒在穆拉石榴裙下的男子一样,高尔基爱上了她。

高尔基和女人们的关系就如同他和政治的关系——摇摆不定,而且独特怪异。他喜欢自己说了算,会疯狂地吃醋,一旦妒火中烧,就会动粗。许多女人都曾是马克西姆·高尔基实际意义上的妻子,但他明媒正娶的只有一人——叶卡捷琳娜·彼什科娃(娘家姓沃

---

① 弗拉季斯拉夫·科霍达舍维奇:《高尔基》,第227—228页;瓦莲京娜·科霍达舍维奇语,转引自瓦克斯伯格:《高尔基遇害之谜》,第67页(Vaksberg, *The Murder of Maxim Gorky, p.67*)。

金娜）。叶卡捷琳娜与高尔基志同道合，也是一个革命者。高尔基于1896年在伏尔加河中游城市萨马拉与她相识并结婚。当时高尔基还是个小伙子，叶卡捷琳娜比他大八岁，为他生下了一儿一女，儿子马克西姆，女儿幼年就夭折了。①

到1902年，高尔基已经是声名鹊起的剧作家了，也是可与托尔斯泰相媲美的全球闻名的作家了，托尔斯泰认识并且欣赏他。他的剧本《底层》在全国顶级剧场莫斯科艺术剧院上演，并走向世界。玛丽亚·费奥多罗芙娜·安德烈耶娃，莫斯科艺术剧院的当家花旦之一，成了他的情人。②安德烈耶娃是一位金红色头发的美人，拥有一双黑色的眼睛，为人直率，是一名政治激进派，她迷住了高尔基。尽管嫁给了一名政府官员，但是作为作家和革命者的高尔基更合她的口味。1903年，高尔基离开了心烦意乱的叶卡捷琳娜，搬去与安德烈耶娃同居。他与叶卡捷琳娜从未离婚，而且一直给她和儿子提供赡养费。

1905年的起义失败后，高尔基和安德烈耶娃和其他革命者一起流亡到了卡普里岛，并去美国游览了一番。信守清教主义的美国人让他们不得安生，没有旅店愿意让这对没结婚的夫妇投宿。迫于无奈，两人只好回到了卡普里岛。③安德烈耶娃自称"伯爵夫人"，在遭

---

① 特罗亚:《高尔基》，第62—63页（Troyat, *Gorky*, pp.62—63）。（特罗亚[Henri Troyat, 1911—2007]，一译特鲁瓦亚，原名列夫·阿斯兰诺维奇·塔拉索夫[Lev Aslanovich Tarassov]，极负盛名的俄裔法国小说家、传记家和历史学家。——译注）

② 特罗亚:《高尔基》，第87页。

③ 特罗亚:《高尔基》，第104—105页。

到流放的革命者中间不受欢迎,他们认为安德烈耶娃不过是看上了高尔基的财富和地位。

两人的关系紧张起来。安德烈耶娃的固执和蛮横渐渐惹怒了"我"字当头的高尔基,他什么都想按照自己的方式来。他考虑过回到妻子身边,但安德烈耶娃无处可去,而且高尔基并非真心想要弃她而去。他写信给叶卡捷琳娜:"我求你,别打电话来,别逼我……现在我力不从心,下不了这个决心。"他想要的只是"不吵不闹,可以安心工作,为此,我愿意不惜一切代价"。①1912年,安德烈耶娃与政府讲和,回到了俄国。而高尔基仍是政治流放者身份,无法跟她一起回国。

1913年,沙皇尼古拉二世为庆祝罗曼诺夫家族统治俄国三百周年而大赦天下,所有的流放者都获得了特赦。叶卡捷琳娜和儿子马克斯回到了莫斯科,而高尔基在附近的一个小镇暂住了一段时间。尽管他已经不再和安德烈耶娃同居,但还是会定期去看她。最后,高尔基搬到了彼得格勒,选定了克容维尔克斯基大街23号这间可以俯瞰亚历山大公园的公寓。从那儿可以看到彼得保罗要塞,高尔基曾一度被囚禁于此。

与德国开战不久后,安德烈耶娃和她的新情人——年轻的律师彼得·克留奇科夫搬进了这间公寓,克留奇科夫成为高尔基的秘书。二月革命以后,安德烈耶娃又搬走了。她加入了启蒙委员会,该机构负责艺术推广及艺术品保护。1918年,在列宁的支持下,安德烈

---

① 高尔基:致叶卡捷琳娜信函,1911年5月,转引自瓦克斯伯格:《高尔基遇害之谜》,第40页。

耶娃成为北方公社主管剧院与表演的人民委员，又于1920年出任教育委员会艺术部部长。玛丽亚·安德烈耶娃渐渐成了一个有权有势的女人。①

随着克容维尔克斯基之家的成立，高尔基的生活终于出现了稳定的迹象，但尚不完整，因为少了一个女人。

在1919年秋天穆拉搬到这里之前，还曾有过其他女人走进高尔基的生活。她们给客人上茶，与高尔基同睡一张床，也被他称作"妻子"；但是穆拉，虽然正式身份是他的新秘书，却会成为高尔基最迷恋，也是和他关系最稳定的女人。人人都喜欢穆拉。她主管家务活，管着两个老仆人，打理一切。高尔基的儿子马克斯之后过来时，对发生的变化很是满意，还说"没人管的日子可结束了"②。在这个大家庭里，大伙都管她叫"季特科"——"阿姨"的意思。

穆拉对洛克哈特的爱丝毫未减，这份爱无可替代，或者说举世无双。但时间长了，她对马克西姆·高尔基也会日久生情。

在高尔基家的屋檐下，穆拉安然度过了1919年的冬天，但到次年2月时，她开始感到不安。某种无法言说的感觉或动机让她蠢蠢欲动，尝试着逃离俄罗斯。③1920年2月，苏俄西北部的温度降到了最低点，平均只有零下10摄氏度。这一年和以往每年几乎一样，从俄罗斯到芬兰海岸的芬兰湾封冻。据穆拉自己的叙述，她曾在某一天

---

① 菲茨帕特里克：《启蒙委员会》第149页、第293页（Fitzpatrick, *Commissariat of Enlightenment*, pp. 149, 293）。

② 别尔贝洛娃：《穆拉》，第105页。

③ 关于这次出逃的许多资料在时间和地点上都有冲突。此处的叙述也是解决了不同资料中的矛盾之处才得出的。

从彼得格勒出发,试图从结冰的海湾上走到芬兰去。①

这是一次铤而走险、糊里糊涂之举,连她自己都承认是在犯傻。她的动机是什么,以及她想要去哪儿,都是个谜。她声称是想回到爱沙尼亚和孩子们团聚。但如果是这样的话,为什么不直接去爱沙尼亚呢?俄国与爱沙尼亚的战争已经结束,爱沙尼亚已经独立。也许她觉得,去芬兰的话自己会有更多的选择。一年前她计划从赫尔辛弗斯到雷瓦尔,也许她要重新踏上这条路线。又或许,她可能伺机穿过瑞典,前往英国,然后奔向洛克哈特。

她选择的地方位于彼得格勒西部的海湾狭窄的颈部,中间矗立着俄罗斯波罗的海舰队基地,海岛要塞喀琅施塔得。

她没走多远,就和其他几个难民一起在冰上被一支俄罗斯巡逻队给抓住,并被押回了彼得格勒。这一干犯人和押送他们的军人穿过城市街道时引发了不小的轰动。围观的人群中有一个人是穆拉住过的一栋公寓楼的门房,他认出了穆拉。高尔基从此人的口中得知

---

① 穆拉:致洛克哈特函,藏于利利图书馆。未注明日期:可能是1933年;安娜·科楚贝(阿西娅)(Anna Kotschoubey [Assia]),致威尔斯信函,藏于(伊利诺伊)珍本和手稿图书馆;以及威尔斯:《阴影中的俄罗斯》,第10页。这三处与塔尼娅给出的叙述(亚历山大:《爱沙尼亚的童年时光》,第65—66页)有出入。塔尼娅称,她母亲的这次出逃尝试发生在1920年12月,而且是从封冻的涅瓦河出发,逃到爱沙尼亚的。塔尼娅给出的时间与同期的证据不符,这些证据表明,出逃时间是2月末或3月初。此外,到1920年2月,封冻的涅瓦河将不再是通往爱沙尼亚的必由之路,因为涅瓦河已不再是边境线。1920年2月签订的俄爱和约规定,边界线划定在涅瓦河东几英里处。(《塔尔图和约》第3条,引自《国际联盟条约汇编》第11卷,1922年,第51—71页 [Article III, Peace Treaty of Tartu, in *League of Nations Treaty Series* vol. XI, 1922, pp. 51-71])。

了穆拉的困境。

犯人们被关在了位于豌豆街的契卡总部,在那里,穆拉让人认出来了,她就是玛利亚·本肯多夫,劣迹斑斑的过去让她深陷怀疑之中。她从未和彼得格勒契卡有过任何直接的联系,她被抓捕的情况,再加上她对外国人出了名的支持,敲响了警钟。高尔基郑重其事地请求契卡放了她,却遭到了断然拒绝。这太不寻常了——高尔基和契卡保持着良好的关系,而且还是费利克斯·捷尔任斯基很看重的老朋友。① 然而,他的请求却遭到了北方公社主席季诺维也夫的百般阻挠。季诺维也夫是高尔基的死对头,而且对年轻的木肯多夫夫人疑心重重。

穆拉最终还是获释了,可是介入并促成这件事的人,还真是出人意料。玛丽亚·安德烈耶娃,高尔基原来的情妇,因此按说就是穆拉的情敌,写信给彼得格勒契卡的领导人I·P·巴卡耶夫,做出了令人震惊的承诺:"我请求您和契卡委员会释放玛利亚·伊格纳季耶芙娜·本肯多夫,让我来监护她……我用生命保证,她已经向我承诺,不会再重蹈覆辙,即使是为了孩子,也不会再做出这样的事。"万一最糟糕的事情发生了,"您尽管枪毙我好了:穆拉看了这封信,见了我的签字后,她绝不会背着您动一根指头。她是一位母亲,也是一个非常好的人"。②

契卡释放了穆拉,她回到了克容维尔克斯基大街。

为何区区一个艺术与教育委员对只手遮天的契卡有如此大的影

---

① 莱格特:《契卡》,第251页。
② 转引自瓦克斯伯格:《高尔基遇害之谜》,第105页。

响力，而伟大的高尔基却无能为力呢？

玛丽亚·安德烈耶娃在政府中的角色很可能比官方承认的要更为重要。自1918年以来，她和高尔基就在保护俄罗斯文化遗产——艺术作品和文物——方面担任重要角色。注册登记委员会成立，负责收集（必要时没收）、保存并编目从前被私人收藏的艺术品。但是高尔基不知道的是，玛丽亚·安德烈耶娃并非在保护俄罗斯艺术品，而是参与了变卖这些艺术品的秘密计划。①

苏俄的经济已经陷入绝境，亟须硬通货来支撑。同时还要促进国际革命的发展。为了满足这一需求，货币计划启动了。该计划将从贵族和资产阶级那里没收来的资产，从珠宝黄金到艺术品，统统卖到国外以换取外币变现。玛丽亚·安德烈耶娃是该计划的代理人，因此对契卡有一定的影响力。释放穆拉的协议中未言明的一部分似乎是，穆拉将加入这个计划，成为一名下属成员。她的地位，她和外国的联系，她从事秘密活动的经验以及她的文化背景都将让她成为这一角色的不二人选。②

出狱后，穆拉重新回到了与高尔基的生活中，虽然受到了惩罚，

---

① 麦克米金：《史上最大艺术品盗窃案》，第57—61页及各处（McMeekin, *History's Greatest Heist*, pp. 57-61 and *passim*）。到1919年末，仅在彼得格勒就收集了价值三千六百万金卢布的艺术品。至1921年春，安德烈耶娃公开进行销售；自1922年起，她为对外贸易委员会工作。（菲茨帕特里克：《启蒙委员会》，第293页）

② G·L·欧文在其未发表的文章《布德贝格、苏联和赖利》(G. L. Owen, 'Budberg, the Soviets, and Reilly')中概括了穆拉参与此计划的证据。（大多是间接推测）为威尔斯作传的作者安德烈·林恩获得了该资料，并将其交给了黛博拉·麦克唐纳。

但她却并未屈服。恰恰相反，这段经历让她更加坚强了。高尔基也许很强大，但是在这段关系里，穆拉才是占上风的那个。在高尔基之前的情史里，他说一不二，有时还动粗，但现在是穆拉在操纵着大权。她在高尔基面前表现出来的是一副无求于他的样子，搞得他不知所措。有一次，他斥责她刚毅冷酷，将她比作普希金的情人，那位倔强得出了名的"青铜维纳斯"。

"你不是青铜，"高尔基用锐利的目光怒视着穆拉说，"你是铁，这世上没有比铁更坚硬的东西了。"

"现在我们都是铁，"她回道，"难道你想我们都像蕾丝一样？"①

* * *

1920年9月末，威尔斯来到彼得格勒的时候，穆拉成为这个大家庭的一员已有一年。她已经习惯艺术家和知识分子涌入这里，向自己的守护神致敬了。

威尔斯并不是那一年唯一一个造访的英国名人。伯特兰·罗素初夏时也来过俄罗斯，并拜访过位于克容维尔克斯基大街上的这栋公寓。高尔基当时身体不适，两人在他的卧房会谈，穆拉在那里为他们上茶、做翻译。②罗素觉得有点难以集中注意力，因为他被这个

---

① 别尔贝洛娃：《穆拉》，第115页。"青铜维纳斯"是亚历山大·普希金1812年给自己的情人取的外号，这名女子同时也是他笔下两个虚构人物的原型。据信她就是阿格拉芬娜·扎克列夫斯基伯爵夫人。（即 Agrafena Fyodorovna Zakrevskaya, 1799—1879，内务大臣扎克列夫斯基伯爵之妻。——译注）别尔贝洛娃称，高尔基误以为扎克列夫斯基伯爵夫人是穆拉的祖先。

② 瓦克斯伯格：《高尔基遇害之谜》，第99页。

妙龄女郎所吸引，有些魂不守舍。高尔基和罗素很谈得来，两人都支持推翻旧的社会机器，也都为布尔什维克的暴虐行为所困扰。和许多为布尔什维克辩解的人不同，罗素不愿意将其归咎于协约国"气急败坏、徒劳无益的"干涉。他分析道，"布尔什维克理论里一直都有对这种反抗的预期，阶级斗争理论预见并触发了这一点。"①罗素和许多俄国哲学家一样，因自己的立场而坐过牢。不可否认，1918年，他因参与反战活动而在布里克斯顿监狱蹲过几天大牢。

高尔基"明显病得很重、极为伤心"的面容让罗素感到震惊。他写道："是人都可以感受到高尔基对俄罗斯人民的热爱，这种爱让他看到俄罗斯人民眼下的殉难后，几乎不堪忍受。"他深为高尔基的病情及其可能对俄罗斯艺术未来的预示担忧——"高尔基为了保护俄罗斯的精神生活和艺术生活，做了他能做的一切。我担心他要气息奄奄了，也很担心俄罗斯的文学艺术，没准也要气息奄奄了。"②

威尔斯和许多人一样读过罗素笔下的印象，也担心高尔基生命垂危，朝不保夕了。当他九月份来到这里时，欣慰地发现老朋友一切安好。"我想罗素先生是让结尾须忧郁凝重、辞藻华丽的艺术诱惑引入了歧途。"事实上，"现在高尔基看起来身体健康得和我在1906年第一次见到他时一样"。③

威尔斯把目光从罗素华美的文字和高尔基抱恙的身体上移开，第一次落在了穆拉，这位秘书、翻译兼他停留期间的向导身上，并

---

① 罗素：《布尔什维主义的实践与理论》，第22页（Russell, *Practice and Theory of Bolshevism*, p. 22）。

② 罗素：《布尔什维主义的实践与理论》，第43—44页。

③ 威尔斯：《阴影中的俄罗斯》，第31页。

为之倾倒。

终其一生，威尔斯都难以理解为何穆拉会令他如此魂牵梦萦。她的样貌并不出众。她身材瘦弱，而且已略显憔悴。在苏俄，衣物很难获得，每个人都得凑合着过。想当年穆拉在波茨坦的无忧宫与沙皇、德皇起舞，在一片争奇斗艳中，她华丽的服饰曾让一名皇太子惊呼"太高贵了"①，可如今，她却套上了穷人的衣服。她身穿一件英国军队的防雨大衣，大衣里面是一件见证过好日子的纯黑裙子，头戴一顶简陋的帽子，帽子是一块皱不拉几的黑色布料做的，一看就是一只旧长袜拆出来的，要不就是一块毛毡。但无论她相貌如何，无论她的处境如何破落，在威尔斯的眼中，"她雍容华贵"。她的姿态并未被经历的一切所腐蚀。"她把双手插在防雨服的口袋里，似乎不只是对世界无所畏惧，而且还有意驱使世界"。②

把洛克哈特迷住的是穆拉聪明敏锐的头脑，为高尔基所倾倒的是她的魅力和才华，但是吸引威尔斯的是她在困境中生存的无畏骄傲，还有她身上散发的强烈的性感，在这点上她所有的情人也是一样。他回忆道："她现在是官方派给我的翻译，在我面前她展现出了自己的勇敢、坚强和可爱。"③

穆拉是怎么看威尔斯的，她从未留下任何记录。也许她注意到了威尔斯和伊凡的相似之处。和伊凡一样，威尔斯面相直率且迟钝，

---

① 亚历山大:《爱沙尼亚的童年时光》，第33页。
② 威尔斯:《恋爱中的威尔斯》，第163页。瓦莲京娜·科霍达舍维奇用河狸毛毡给穆拉做了这顶帽子，这是当时常见的制帽材料。(别尔贝洛娃:《穆拉》，第127页。别尔贝洛娃，此书的英译者将"河狸毛毡"误译成了"河狸皮"。)
③ 威尔斯:《恋爱中的威尔斯》，第164页。

有一双悲伤的眼睛,半球形的额头上顶着一头稀疏平直的头发,嘴唇上方蓄着一圈胡子。不管她看到了什么,也不管是怎么想的,她都开始按照自己的想法发展和威尔斯的关系,从自己慢慢积攒起来的那堆随时可用的谎言中为威尔斯奉上了一份。她声称自己的叔叔曾是俄国驻伦敦的大使,她本人和英国有着极深的渊源,曾在剑桥大学纽纳姆学院就读。革命开始后,她已经被布尔什维克政府囚禁过五次了。

这些谎言都与现实有关联,但有过于生拉硬拽之嫌,严重走了样。在威尔斯发表的关于苏俄之行的文字里,他忠实而天真地复述了穆拉的谎话,把她的话当成了苏俄政府对他坦诚相见、开诚布公的证明。以穆拉的贵族背景、英式作风以及和布尔什维克的关系,她是"最不可能欺骗我的那个人"。在英国(和俄国)他都曾受到过警告,"对现实情况最精心的伪装仍会继续,旅行中务必一直小心谨慎"。① 批准这样一位女士做他的向导,这表明布尔什维克政府并不打算蒙蔽他。

穆拉跟威尔斯只说了一句真话,就是她曾因在芬兰湾被捕而被关在了彼得格勒。这加深了威尔斯对穆拉的同情,他答应一离开俄罗斯就设法给她的孩子捎个信。

在穆拉的陪同下,他整天都在彼得格勒转,参观学校和其他政

---

① 威尔斯:《阴影中的俄罗斯》,第9—10页。替穆拉说句公道话,有些看似她对威尔斯说过的一些谎话可能是威尔斯自己的误解或错误的记忆。比如,穆拉已故丈夫的一个远方堂兄弟确实担任过沙俄驻伦敦大使,她也确曾被关入布尔什维克监狱三次。但鉴于穆拉喜欢编造和添油加醋,威尔斯天真地引用的谎言很可能就是穆拉告诉他的。

府机构。除了倒闭的商店和荒凉的大街之外,他还了解到,上一年冬天为满足对柴火的迫切需要,彼得格勒所有的木制建筑都遭到了拆除,留下了七零八落的街道和成堆的废弃砖石。铺路的木板被撬起来当了燃料,路上到处都是大坑小洞。政府对即将到来的冬天似乎有了更充分的准备,大堆大堆的木材堆在码头和主要街道的中央。①

眼下白天电车已恢复了运行。晚上六点电力切断后,电车停运。尽管有一半市民,能逃往国外的逃到了国外,不能逃的移居到了乡下,但电车里永远都是人满为患,车外也挂满了人,经常发生事故。威尔斯和穆拉曾看见一群人聚在一个孩子的尸体周围,这个孩子从电车上摔了下来,摔成了两截。②

在如今的俄国,最合算的阶层似乎是农民。布尔什维克在农村依然没有什么影响力,所以工人和旧贵族都在挨饿,而农民却摆脱了霸道地主的欺压,也从旧政权的重税中解放出来了,活得轻松,吃得也好。他们来到彼得格勒和莫斯科,在街角售卖食物。这种行为是非法的,食物分配是受政府控制的,但当局却很少采取行动,因为担心农民会不再带来任何食物。赤卫队试图控制黑市交易时,就会发生武装冲突,通常都是农民将士兵们打得溃不成军。③

在威尔斯看来,苏俄的贫困不应归罪于布尔什维主义,而应归罪于资本主义——这是无法避免的结果。威尔斯和伯特兰·罗素不

---

① 威尔斯:《阴影中的俄罗斯》,第16页、第26页。
② 威尔斯:《阴影中的俄罗斯》,第15—16页。
③ 威尔斯:《阴影中的俄罗斯》,第19—20页。

同，他的确认为协约国的干预是错误的。他认为，布尔什维克是一场革命发生后必然会出现的政府形式。

克容维尔克斯基大街的大家庭躲过了最严重的贫困。晚上的时候，栖居在这里的人及其客人会聚集在餐厅里，桌子的中央放着一盏硕大的煤油灯。灯光下，人们坐在一起，谈论艺术、政治，或是听高尔基讲自己的人生故事。高尔基把讲故事变成了一个才华横溢的说书人和戏剧家炫耀技艺的表演。①

有一次高尔基陪威尔斯和穆拉一同出游。这次要去的地方对穆拉来说具有双重意义，是艺术和文物委员会在彼得格勒的仓库。这是收缴、评估艺术品的国家机关，其秘密目的是为货币计划提供资源。高尔基很可能对这个计划一无所知，也不知道穆拉此时已参与其中了。然而，这次参访对她而言还有一层额外的意义。委员会作为仓库的大楼正是宫廷堤岸路上曾经的英国大使馆。

克罗米去世已有两年，自穆拉上次来到这里，几乎也过去了同样长的时间，当时这里到处都是破碎凌乱的家具。如今，在威尔斯的眼中，这里"像是某个拥挤的二手艺术商店"。

> 我们穿过一间又一间堆满漂亮物件的屋子……有一些大房间里塞满了雕塑，我从来没一次性见到过这么多雪白的维纳斯和仙女的大理石像……这里有一大堆画作，什么种类的都有，雕花的储物柜堆到了走廊的屋顶，有一间屋子里到处都是古老的蕾丝罩和成堆的华美家具。②

---

① 弗拉季斯拉夫·科霍达舍维奇:《高尔基》，第226—228页。
② 威尔斯:《阴影中的俄罗斯》，第51—52页。

第三部 流放
1919—1924

　　这些艺术品全都编目了,但似乎没人知道要如何处理"所有这些可爱优雅的废纸杂物"。高尔基可能只希望这些艺术品得到保存,而穆拉则很可能清楚,其中很大的一部分最终将会被卖到海外。

　　随着时间的流逝,威尔斯培育并持之以恒地拉近和穆拉的关系,直到她终于同意委身于他。"我爱上了她,"他回忆道,多年后依旧迷离惝恍,"有一天晚上,在我的恳求下,她轻手轻脚地穿过高尔基公寓拥挤的房间奔向了我的怀抱。我相信她爱我,相信她对我说的每个字。从没有哪个别的女人像她那样让我印象深刻。"①

　　但这都是暂时的,不过是一时的放纵。仅仅过了几天,威尔斯和吉普就离开了。访问莫斯科之后,他们返程路过彼得格勒,接着前往雷瓦尔搭乘开往斯德哥尔摩的轮船,然后回到了英国。②

　　雷瓦尔和斯德哥尔摩。这两个地名必定触动了穆拉的某根心弦,而且还是一根很杂乱而又忐忑的心弦。一个是她与洛克哈特的团圆梦未能如愿以偿的异国之都,一个是孩子们依旧生活在那里的遥不可及的故土。威尔斯同意在路过爱沙尼亚时给他们捎个信,让他们知道她还健在。还有英国,那是洛克哈特的家所在的国度。此时距上次和他相见已有两年,距最后一次听到他的音信已一年半有余。穆拉已经有三年多没见过自己的孩子了。

　　时机再度来临,她想设法让一切恢复正常。

---

① 威尔斯:《恋爱中的威尔斯》,第164页。据别尔贝洛娃所说,(《穆拉》,第164页)这个大家庭中有流言称是威尔斯不请自来去了穆拉的房间,两人之间发生了什么,有好几种不同的版本。有的说穆拉"一脚踢开"了威尔斯,也有的说他跟她聊了一宿。别尔贝洛娃不相信穆拉与威尔斯发生了关系。
② 威尔斯:《阴影中的俄罗斯》,第96页。

* * *

高尔基大家庭在彼得格勒的来日不多了,已屈指可数。到1920年末,高尔基和北方公社主席季诺维也夫的关系日益恶化。"事态一度发展到季诺维也夫几度下令搜查高尔基公寓的地步,"11月加入大家庭的弗拉季斯拉夫·科霍达舍维奇回忆道,"他还威胁要逮捕某些跟高尔基走得近的人"。① 穆拉是季诺维也夫监视的对象之一,因为他怀疑她参与了各种各样的间谍活动。

穆拉曾经对威尔斯说,自己现在比革命前的旧时代要幸福,因为"如今生活更加有趣,更加真实"②。她总是倾向于说一些好像很合时宜的话。也许她想起了和伊凡压抑的婚姻,说这话有几分真心。但事实上,苏俄是一场噩梦,而她在等待某种东西把自己从噩梦中唤醒。

1921年春天,她等来了这种东西。高尔基在苏俄的生活开始难以为继。列宁向他施压要他出国,表面上是在为他的健康着想。的确,彼得格勒极端恶劣的条件正在让高尔基的身体状况恶化。他的目的地定在了德国。

一年前,禁止离开彼得格勒是穆拉获释出狱的条件。然而4月时她却拿到了护照,还获许前往爱沙尼亚。这件事是怎么做到的,她总是闭口不谈。也许高尔基介入了此事,就像他为许多想逃亡的人

---

① 弗拉季斯拉夫·科霍达舍维奇:《高尔基》,第229页。
② 雕塑家克莱尔·谢里丹(Clare Sheridan)当时正在莫斯科等待为列宁制作半身塑像的机会,威尔斯将此话告诉了谢里丹。(谢里丹:《从梅菲尔到莫斯科》,第109—110页 [Sheridan, *Mayfair to Moscow*, pp. 109-110])

所做的那样——可如果是他做的，却找不到半点蛛丝马迹。①

高尔基已经选定柏林作为他的新家，也在为他动身做准备工作了。他的儿子马克斯、私人秘书彼得·克留奇科夫和玛丽亚·安德烈耶娃已先行一步，为高尔基布置新家去了。

理论上穆拉也在这一行人之中，但她会绕道爱沙尼亚。玛丽亚·安德烈耶娃现在公开为对外贸易委员会工作，她在柏林另有目的，作为一名卓越的女推销员，她的提包里装着俄罗斯帝国的财富。因此，也许是穆拉在货币计划中充当代理人的潜力，为自己赢得了安德烈耶娃的庇护，这也是她得以离开俄国的原因。1920年和约条款规定俄罗斯可以全权使用爱沙尼亚的铁路和雷瓦尔的港口，这是古董和贵重金属运往国外的必备条件。彼得格勒的港口设施在革命中已悉数被毁，雷瓦尔已经成了俄国黄金流向斯德哥尔摩的主要通道。②在那里另有一位与外国外交人员保持友好联系的代理人无疑是非常有益的。

* * *

就在穆拉应该出发的前一天，她收到了一则让她震惊得差点崩溃的消息。这一消息是谁带来的不得而知，但是却是关于洛克哈特

---

① 瓦克斯伯格对此完全不解，他暗示高尔基的其他女人（包括玛利亚·安德烈耶娃和叶卡捷琳娜）策划了一场复杂的阴谋，用她们的影响力将穆拉和高尔基分开。这是有可能的，但如果她们想要这样的结果，可以直接让穆拉烂在契卡监狱里。(《高尔基遇害之谜》，第105—106页）

② 麦克米金：《史上最大艺术品盗窃案》，第61页，第143—146页；欧文：《布德贝格、苏联与赖利》。

的，两年来她还是头一次听到关于他的消息。穆拉一直兴奋地期待着在国外享受通讯自由，同时做好了一到达爱沙尼亚就狂轰滥炸般地给自己的心上人发电报、寄信的准备。可在俄国的最后一天，消息传来，洛克哈特撇开她，实现了心中的夙愿。他的妻子给他生下了一个儿子。

穆拉所有的希望都化为碎片，一个月后她才控制好自己的情绪，写信给他。

> 为什么会这样？怎么发生的？什么时候的事？问你这些已毫无意义，是不是？当然了，实际上这封愚蠢的信也根本没有必要——只是我心里奇痛难忍，必须冲你发泄出来。
>
> 你的儿子？是个好小子？你知道吗，我写下这些的时候，一想到这，我似乎就忍无可忍。我为自己的泪水感到羞愧——我还以为自己早就不会流泪了呢。但"小彼得"曾经存在过，你知道的。①

穆拉和洛克哈特曾一起读过彭斯的一首诗——《一朵红红的玫瑰》，两人在莫斯科分别的时候，曾以此为誓。

> ……纵使四海干枯失浩荡，
> 太阳将岩石化为熔浆，

---

① 穆拉：1921年6月24日致洛克哈特函，藏于胡佛研究所档案馆。洛克哈特的儿子罗宾出生于1920年。长大后，他成为一名作家，写过一本关于西德尼·赖利的书。信件并未说明这则消息是如何传到穆拉耳中的，但是她的用词暗示消息并非来自洛克哈特本人，有可能是从与威尔斯、柳芭或是威尔·希克斯的通信中得知的。

> 亲爱的，我仍将爱你，
> 只要生命的沙漏尚流淌。
>
> 道一声珍重，我的唯一，
> 道一声珍重，暂时别离，
> 但我定会回来，
> 哪怕千里万里！

"对我来说，太阳没有将岩石化为熔浆。"她写道，"而且永远不会。"

洛克哈特离开了穆拉，他伤了两人之间的缘分，也伤了穆拉的心。"但世界这样小，又这样令人恶心。"她想知道："假若我们再度相逢，我该如何称呼你？"

穆拉生命中俄国岁月的结束与她和洛克哈特爱情之门的关闭重叠在了一起，这也许是适得其所。他们的爱情在俄国生根发芽，又被俄国的各种势力冲淡、撕裂。然而，只要生命的沙漏尚在流淌，穆拉便永远无法放弃洛克哈特。

16 布德贝格男爵夫人
1921年—1923年

1921年5月，爱沙尼亚

　　一辆来自纳尔瓦的列车驶进雷瓦尔的波罗的海车站，现在穆拉得学着改口管雷瓦尔叫塔林了。为了显示民族主义精神，这个由芬兰语和德语混合而成的旧称已被弃用，传统的爱沙尼亚式名字重新启用。列车已驶过了雁得尔和埃格维杜村的小站，家乡近在咫尺，撩人心怀，但穆拉却没有下车。尽管她渴望见到孩子们，且与他们分别已有三年之久，但重逢的时机还未到来。她的一举一动都身不由己。还有些事情要做。

　　不过，无论是与她之前从赫尔辛弗斯前往爱沙尼亚相比，还是与她由德国士兵护送徒步穿过边境区的漫长之旅相比，这次旅程都更为轻松容易。这一次她应有尽有，一应俱全——护照、爱沙尼亚入境签证、离开苏俄的许可书，还有半官方的任务在身。

　　穆拉走下火车，找了一个搬运工来提那口破旧的行李箱，里面装着她所有的私人物品——毛毡帽、穿旧了的皮大衣、过时的拖鞋、还有一些零碎的小玩意。走出车站之后，她环顾了一下广场周围，想叫一辆出租车。她还没来得及抬起手来，就有两个穿着制服的男

1919—1924

子走到了她的身边。"你被捕了!"其中一个人用俄语说道。他们抓着她的手臂,把她塞进了一辆马车里。一个人和她一起坐进车厢里,另一个则爬到车厢上方,用鞭子抽马起步。①

这对穆拉来说,几乎成了一种习以为常的生活方式。她既没有惊慌失措,也没有痛斥警察。她冷静地说道:"一切都合乎程序。"

"什么合乎程序?"

穆拉摆出了自己的护照、签证、许可书——所有批准她出现在爱沙尼亚的官方文件。

警官不以为然。"你犯了法,被捕了。老实点。"

她被关进了一间牢房里,在那儿待了好几个小时。她吃上了饭,振作了起来。油腻的肉汤配上白面包,赛过了她在彼得格勒长期以来吃的任何食物。

接下来的审讯对一个进过契卡监狱两次的女人来说并不新鲜,也不是什么要命的折磨。她之前就听说过,1918年时帮助她穿过边境线的那名军官被捕了,德国人把档案放到他面前,逐条列出了穆拉被指控从事间谍活动的证据。如今,穆拉亲眼看到了爱沙尼亚人掌握的关于她的档案。他们知道她是高尔基的同事,之前还当过雅科夫·彼得斯的情妇,同时也是他手下的特工。②她无疑是布尔什维

---

① 别尔贝洛娃:《穆拉》,第127—128页。别尔贝洛娃的叙述是基于穆拉的说法。然而,她把时间误记成了1月,实际上此事发生在5月。根据一封留给高尔基的信,穆拉在5月18日离开了彼得格勒。(穆拉1921年5月18日致高尔基函,谢尔教授提供)在这封信中,穆拉对高尔基倾吐了自己的爱意,说她信仰上帝但高尔基却不信,还告诉高尔基自己要去爱沙尼亚看望孩子们。

② 军情五处穆拉·布德贝格档案,1940年7月11日厄内斯特·博伊斯所写的关于穆拉的报告。

克的间谍,因而进入爱沙尼亚肯定是来从事间谍活动的。

穆拉知道他们没有什么铁证来证明任何一条指控,但他们接下来说出的事情着实让她大吃了一惊。她来爱沙尼亚的消息,早在她到达之前就捷足先登了。她已故丈夫伊凡·冯·本肯多夫的兄弟姐妹已向当局请愿,要求将穆拉遣返苏俄,禁止她见自己的孩子。他们视她为布尔什维克间谍,有的甚至怀疑她与伊凡谋杀案有牵连。本肯多夫家和席琳家还有好几个亲戚也帮了腔。

她马上要求请律师。警方给了她一串名字供她选择。穆拉研究着这份名单,心渐渐沉了下去。名单上的一些人是俄国人,他们很可能是沙皇时期的遗老,对与苏维埃有联系的任何人都心存偏见。另外一些人则是自中世纪起就统治着波罗的海地区的条顿人①,他们全都会与她为敌。的确,名单上的许多人都与本肯多夫家族关系密切。她毫无希望。

名单上还有两个名字,这两人都是犹太人。穆拉所处的世界里,漫不经心的反犹主义几乎无处不在,穆拉难免不受其影响。和本阶级、本种族的大部分人一样,她以一种轻蔑的宽容看待犹太人,这颇像她看待农民的态度。她沮丧地选了一个名字。事实证明,她选的是个不错的律师,他心地善良,同情她遭遇的困境。②

---

① 古代日耳曼人的一个分支。—译注
② 穆拉书信中时常会提及犹太人,尽管她没有恶意,但却存在着一定程度上不经意的轻蔑。在洛克哈特、梅里埃尔·比尤肯宁、丹尼斯·贾斯汀和几乎所有非犹太人这一时期文字中也存在同样的情况。和一些同时代的人不同,穆拉的圈子里没有人将犹太人视为威胁,也没有人重视有如此之多的布尔什维克都是犹太人的事实。

第三部 流放
1919—1924

警察放了穆拉，很明显是由于证据不足。他们很乐于按照习俗将穆拉转移到波罗的海男爵们主持的法庭——所谓的共同利益协会①的一个荣誉法庭②。尽管已经独立，但爱沙尼亚的上层阶级仍旧多是日耳曼人。虽然自1918年以来出现了社会主义改革和土地重新分配，可贵族仍具有影响力。这个法庭由波罗的海贵族推举出来的领袖伊格纳季耶夫伯爵召集，③目的是查明穆拉和苏维埃政权是否有联系以及有着怎样的联系。在律师的帮助下，穆拉开始准备自己的辩护。这场诉讼将持续数月之久。

与此同时，她多多少少地得到了些自由。时间正在流逝，作为一名苏俄公民她只能在此逗留三个月。起初，在法庭讨论她的案子的时候，本肯多夫家的那些亲戚们不允许她接近自己的孩子。他们对她的说法心存疑虑。为什么1918年她没带着孩子们一起离开俄国？为什么次年她没带着自己的母亲经过芬兰离开？为什么她以前来爱沙尼亚时没和丈夫孩子待在一起？还有，她和布尔什维克之间究竟是什么性质的关系？本肯多夫家族和他们所有波罗的海同类人一样，曾近乎虔诚地遵奉旧帝国的秩序，并"认为共产党政权实施了罪恶的阴谋，杀害了沙皇"④。

穆拉将真相、遗漏和谎言搅在一起，奉上了自己编出来的故事。她不得不留在苏俄照顾母亲；她如实地告诉他们，布尔什维克曾一

---

① 原文为德语：*Gemeinnutz Verband*。—译注
② 原文为德语：*Ehrengericht*。—译注
③ 亚历山大：《爱沙尼亚的童年时光》，第69页；军情五处穆拉·布德贝格档案，1940年7月11日厄内斯特·博伊斯所写的关于穆拉的报告。
④ 亚历山大：《爱沙尼亚的童年时光》，第68页。

直拒绝授予她母亲许可书,而且办理瑞典和英国的签证困难重重。这些都是真的。但她断然否定和苏维埃政权及其间谍有任何关系,并且对自己和洛克哈特的关系也闭口不谈。如果说本肯多夫家族的人怀疑伊凡遇害时,穆拉正试图离婚,并到访过爱沙尼亚的话,他们并没有把这种怀疑说出来。

最后,他们不情不愿地同意了穆拉重新回到本肯多夫家族中来。她可以看望孩子们了。她离开塔林,踏上了前往雁得尔的短程旅途。①在雁得尔庄园,至少还有一个人在盼望着穆拉的归来。那就是米姬,她爱穆拉就像爱自己的女儿一样。随着日子一天天过去,米姬越来越兴奋,她的兴奋也传染给了孩子们。

穆拉是在夜间到达的。她从车站出发,沿着熟悉的笔直车道,经过了庄园农场和宅邸。这些现在都不再属于本肯多夫家了。雁得尔和爱沙尼亚境内所有其他的领地一起被收归国有,现在的雁得尔成了一所农学院,只留给本肯多夫一家一个小小的农场和古朴的湖畔小屋卡丽嘉夫。

到家和米姬打过招呼之后,穆拉就去睡觉了——睡在她自己屋子里自己柔软的床上,睡在乡间不受打扰的僻静处。在经历了过去几年那样的生活之后,总算祈祷成真了。她不愿从这张床上起来。随着年岁增大,穆拉的床将始终是她心爱的宝贝——她世界的中心。

* * *

---

① 别尔贝洛娃(《穆拉》,第130页)称这场重逢发生在塔林,而亚历山大(当然在那儿)称其发生在雁得尔庄园的卡丽嘉夫。

1919—1924

第二天早晨，米姬带着孩子们来见妈妈。他们满怀期望，受米姬的热情感染，好奇地想知道这位陌生的妈妈会是个什么样。只有基拉年纪够大，还清楚地记得穆拉。穆拉自己的孩子里，帕维尔上一次见到穆拉时才四岁，而对于如今六岁的塔尼娅来说，仿佛还是头一次见到自己母亲一般。①

他们被带到了穆拉的屋子里，看到穆拉正坐在床上。塔尼娅完全没认出她来，对这个完全陌生的女人毫无感觉。她回忆道，母亲"比我预想的要高大些"，她有些失望，因为"这位看上去相当健康的人与我们听到的穷困潦倒的故事对不上号"。②米姬告诉过他们穆拉在莫斯科蹲监狱时曾在身上捉过虱子，但是塔尼娅完全没看出来穆拉的身上有虱子。米姬不让孩子们问她为什么会进监狱的问题，那些"都结束了，过去了"。

这次重逢并不愉快——所有人都尴尬难堪。米姬在穆拉身边叽叽喳喳、大惊小怪，孩子们刚要好好地看看穆拉，她就把他们"嘘"走，跟他们说，他们的妈妈遭了罪，身体上和精神上都疲惫不堪。

在卡丽嘉夫的第一周，穆拉几乎就没从床上起来过。她想见的人都是被带到她面前来的。不管是家里人还是远房亲戚，谁都没在孩子们面前谈起过穆拉的过去，但塔尼娅还是听够了那些把她的母亲说得神乎其神而又坏透了的流言蜚语。小姑娘既着迷又疑惑。

穆拉到家后不久，全家人就在复活节之后俄国东正教一个盛大节日，不是升天节就是五旬节，一起去了教堂，穆拉同他们一块去

---

① 亚历山大：《爱沙尼亚的童年时光》，第67—70页。
② 亚历山大：《爱沙尼亚的童年时光》，第67页。

了。塔尼娅和大伙儿成群结队地去领圣餐的时候,注意到自己的母亲没有跟上来,而是滞留在教堂的后面。塔尼娅以为,只有良心上背负着最沉重的罪孽,沉重到不敢在告解时承认的人才会拒领圣餐,她想知道穆拉是不是干过杀人越货的勾当。

穆拉的良知可能正在令她受到煎熬。她对待自己的宗教信仰严肃认真——至少这几年在挣扎着渡过艰难困苦的时候,她自己对上帝的信仰曾多次被唤起。然而,她却义无反顾地犯了罪,这种义无反顾几乎到了逞强的地步。也许她的信仰曾受到打击,她曾拼命祈祷洛克哈特一切安好,却只尝到了心碎的滋味。不过这也不至于阻碍她装装样子去领圣餐啊。她拒领圣餐必然是她的心境和良知的写照。

塔尼娅转头看了看她的母亲,好奇她究竟犯下过什么样的罪,心头第一次感受到一阵爱的痛苦。"我感到,不管是什么罪过,我都要保护她。"她回忆道。从圣餐台回来后,她站在穆拉身旁,抚摸着她的毛皮大衣,"以安抚她,告诉她我站在她这边"。穆拉回以小姑娘莞尔一笑。①

在卡丽嘉夫休息了一段时间后,穆拉开始打发在塔林的光阴了。不管是当时还是后来,塔尼娅都不清楚穆拉在那儿做什么。她只知道母亲被安置在了本特·斯塔克尔伯格男爵和其夫人名下的一处公寓里,这两人是本肯多夫一家的故交。穆拉每周一到周五都待在那里,只有周末才回到卡丽嘉夫。她与为高尔基去柏林打头阵的先行

---

① 亚历山大:《爱沙尼亚的童年时光》,第70页。

人员中的其他成员取得了联系，汇报了自己被爱沙尼亚当局逮捕的事情。在高尔基的请求下，有人从柏林给她汇来了一笔钱。①这笔钱可能来自于贸易部，而汇款人则有可能是玛丽亚·安德烈耶娃。塔尼娅之后从来未曾想过，为什么穆拉工作日的时候在塔林，周末的时候在雁得尔。如果穆拉在塔林的工作和玛丽亚·安德烈耶娃在柏林的工作有关，那她确实是绝佳人选。

穆拉一辈子只间接提到过一次她在塔林的工作。许多年后，她承认自己受雇于一个卖黄金和钻石的荷兰人。②

从前一年夏天起，塔林就已经成为黄金洗钱计划的中转站。俄国的黄金从彼得格勒运至塔林，再运往斯德哥尔摩，经过回炉熔化，继而抛售。瑞典、德国和英国公司都入股了这项利润丰厚的计划，硬通货和从机车到药品的工业品纷纷流回了莫斯科。苏俄的饥荒和骚乱日益严峻，这些贸易产品——尤其是步枪和弹药——越来越多地限于军用。尽管英国的许多公司在这次黄金洗钱活动中获益，但英美两国政府及其情报人员却在努力阻止非法的俄国黄金进入他们的市场。③

也许正因为如此，穆拉在塔林才成了宝贝。过去在彼得格勒和俄国的日子让她结识了那些外国的外交官员和情报人员，而且，对于她当时的老板休·利奇在1918年搞的那些金融交易，她也一定知

---

① 亚历山大：《爱沙尼亚的童年时光》，第70—71页。
② 军情五处穆拉·布德贝格档案，1947年3月31日伦敦警察厅特别行动部记录。该记录是对穆拉的一次面谈记录，面谈与穆拉申请加入英国国籍有关。
③ 麦克米金：《史上最大艺术品盗窃案》，第143—146页、第158—161页。

道些内幕。在苏俄,没有几个人有穆拉的才华和见识。对玛丽亚·安德烈耶娃来说,这必然让穆拉显得无比珍贵,从而保释了她。如今,显然有某些势力在为穆拉铺路。那年夏天晚些时候她甚至飞到了彼得格勒去跟安德烈耶娃会面。①

大约也就是在这时期,军情五处第一次为穆拉建立了档案。②

* * *

无论穆拉有着怎样的人脉,她能待在爱沙尼亚的日子都十分有限。她的签证只允许她待三个月,之后就得返回苏俄。

这并不是一个诱人的前景。享受了卡丽嘉夫的安逸之后,一想到回彼得格勒就让人惊骇无比,尤其是眼下高尔基已经另谋出路,穆拉将不再有安全的避难所。穆拉的律师建议她逃到别的国家去,比如说瑞士。然而那样一来恐怕又会引发一场抓捕。他体贴地补充道,也许她最好的出路是结婚。③嫁给一名爱沙尼亚公民可以让她永远摆脱苏俄的控制。这位律师甚至为她物色了个人选,还将穆拉介

---

① 穆拉:1921年8月18日至10月1日致高尔基函,藏于高尔基档案馆。有些人怀疑穆拉此时秘密地非法去了英国,但几乎可以肯定她没有。1921年10月,威尔斯向他的老朋友莫里斯·巴林(一个颇有资历的俄国通)提议去诺福克郡克罗默拜访"本肯多夫伯爵夫人"。(威尔斯,第1335号函,致巴林,引自《威尔斯通信集》[Correspondence of H. G. Wells]第3卷)此处的伯爵夫人极有可能是苏菲·本肯多夫伯爵夫人,已故驻英大使的遗孀,彼时住在萨福克。

② (KV2 1971)第一部分的第一条所署日期为1921年12月9日,摘录了截获的致皮埃尔·沃孔斯基王子(Pierre Volkonsky)一封信中的内容,信中提到穆拉新近嫁给了布德贝格。

③ 别尔贝洛娃:《穆拉》,第130页。

绍给了他。

　　尼古拉·布德贝格男爵当时二十六岁，比穆拉稍稍年轻一点。他和伊凡有许多相似之处。和本肯多夫家族一样，布德贝格家族也拥有波罗的海贵族和俄国贵族血统，是个古老的地主家族。在战争爆发前，尼古拉——跟他亲近的人都叫他"拉"——也曾跟伊凡一样，在圣彼得堡的军事学院上过学。但是在其他任何方面，尼古拉·布德贝格伯爵都和伊凡·冯·本肯多夫毫无相像之处。伊凡为人古板、富有责任心，而且头脑理智（可能有些令人沉闷），而尼古拉则是典型的纨绔子弟。他是个臭名昭著的决斗者，曾四次与人决斗，在最后一次决斗中杀死了自己的对手。[①]还有传言说他曾经是沙皇的秘密警察机构奥克拉那的特工。[②]他年轻时就继承了男爵的头衔和财富，把钱挥霍在了花天酒地和赌博上。此时他的处境微妙，债务缠身，想要离开爱沙尼亚，但是债主们岂会便宜了他，让他一走了之。[③]

---

① 穆拉：1921年12月16日致高尔基函，藏于高尔基档案馆。军情五处关于穆拉德档案中有一份记录表示—俄国情报来源确认了布德贝格曾为圣彼得堡的秘密警察效力，但并未具体交代其效力的机构是帝国的奥克拉那（Okhrana）还是布尔什维克的契卡。

② 军情五处关于穆拉德档案中有一份记录含有这个意思，法国总参二局也记录了此事。（总参二局遣返档案，"1921年至1936年疑为苏联提供情报的俄罗斯移民：本肯多夫伯爵夫人、布德贝格男爵、特里尔比·艾斯彭贝格"档案，第608箱，第3529卷 [Deuxième Bureau Documents Rapatrié, dossier on 'Russian Personalities of Emigration Suspected of Informing the Soviets: Countess Benckendorff, Baron Budberg, Trilby Espenberg, 1921—1936', Carton 608, Dossier 3529]。转引自林恩：《影子情人》，第195—196页）

③ 亚历山大：《爱沙尼亚的童年时光》，第71—72页。

穆拉和尼古拉达成了一项协议。他们可以结婚，条件是穆拉替他还赌债。她这笔钱的来路是苏俄从柏林拨给她的资金——很可能是从货币①计划的收益中拿出来的。作为回报，穆拉得到了"男爵夫人"这一响当当的头衔（这让她心花怒放），更重要的是，还得到了爱沙尼亚的公民身份和护照。她终于获得了想去哪里就去哪里的自由。

后来，穆拉只要一听到有人暗示这是一桩交易性的婚姻就会恼羞成怒。她对尼古拉产生了一种同情的怜爱，而且相信他以自己的方式爱着她。她觉得自己"找到了唯一一个可以让自己想要继续活下去的理由——对某个人来说还有点用。我承认，这只是一个很牵强的理由，而且我觉得我这个人太自私了，是不会满足于此……"②

穆拉的这个婚结得并不轻松。六月下旬，压抑了自己的情感一个月之后，她终于提笔给洛克哈特写信，表达了自己听到他儿子出生的消息后的悲伤与惊愕之情。③此外，她对高尔基的感情（以及高尔基对她的感情）也要考虑到。她离开彼得格勒的那天，给高尔基留了一封信（当时他去了莫斯科）。前一天传来的关于洛克哈特的消息

---

① 原文为俄语：*valiuta/валюта*。——译注

② 穆拉：1923年1月6日致洛克哈特函，藏于胡佛研究所档案馆。洛克哈特在20世纪30年代时撰写回忆录的时候，穆拉要求他删去了所有提到布德贝格的部分，声称自己绝不会"为了得到某些便利就嫁给一个男人"。（穆拉，致洛克哈特函，藏于利利图书馆。未署明日期，可能写于1933年）当他在一篇文章里再次提到穆拉这桩交易性的婚姻时，穆拉将这部分划掉，在页边的空白处打了好几个愤怒的感叹号，并作了修订，将其改成"她回到爱沙尼亚后嫁给了家族的世交布德贝格男爵"。（洛克哈特：《布德贝格男爵夫人》未发表的初稿，藏于胡佛研究所档案馆）

③ 穆拉：1921年1月24日致洛克哈特函，藏于胡佛研究所档案馆。

1919—1924

让她又难过又迷茫，她试图点燃一种深过一个伟人和其情妇之间的情感。"我希望你可以感受到我内心强烈的情感，我觉得一生中这样的感受只会出现寥寥几次。"她写道："这个来自科别利亚基的女孩的爱将会陪伴你度过生命中困苦、焦虑、无趣和黑暗的日子……你是我的欢愉，我实实在在的欢愉，真希望你知道我是多么需要你。"①即使是在这样一封看似诚挚的信中，穆拉也在言不由衷地瞎编。科别利亚基，这个乌克兰波尔塔瓦省的小镇并非穆拉的出生之地。她出生在贝里欧佐瓦亚鲁德卡的扎克列夫斯基庄园，位于皮里亚京镇附近，距科别利亚基有一百多英里。编造这个谎言的目的何在，人们不得而知，但把谎言和爱的宣言放在一起似乎并没有让穆拉过意不去。那一整个夏天她都在给高尔基写信，提醒他别忘了自己对他的爱，表达自己对他老是一声不吭的不快，并催促他赶紧离开苏俄，逃离布尔什维克最近的压迫运动。②

　　10月，婚礼前的最后几个星期，穆拉到芬兰去见了高尔基，跟他说起了布德贝格这个人。压力的减轻让她恬静温柔起来，高尔基发现她"整体上变得更可爱了些"。至于布德贝格，高尔基反对这桩婚事，似乎主要是基于意识形态的考量："她告诉我她要嫁给一个什么男爵，但是我们都极力反对——让那个男爵另谋佳人吧——穆拉可是我们中的一员！"③

---

① 穆拉：1921年5月致高尔基函，转引自瓦克斯伯格：《高尔基遇害之谜》，第104页。科别利亚基当时的写法是"Kobelyak"，现作"Kobeliaky"。
② 穆拉：1921年6月至8月致高尔基函，藏于高尔基档案馆。
③ 高尔基：信函，转引自亚历山大：《爱沙尼亚的童年时光》，第72页。

11月,婚礼在塔林的俄罗斯东正教教堂举行。这场婚礼普通得很,让穆拉在爱沙尼亚的那些闷闷不乐的亲戚们搞得很阴郁。他们拿这场婚礼同十年前穆拉和伊凡在圣彼得堡举办的豪华婚礼对比,让人很不愉快。

穆拉的近亲有过之而无不及,更不高兴。塔尼娅和帕维尔对妈妈的婚姻很是沮丧——他们不喜欢尼古拉·布德贝格的长相,他"样貌丑陋,光秃秃的脑袋,长得像个鸡蛋"。他们试图离家出走以示反对。米姬也不认可这门婚事。但是什么都无法阻止这场婚礼,也无法消除对它的需求。婚宴在塔林的一家贵族俱乐部举办,气氛要欢快一些,每个人——甚至包括本肯多夫家族的人在内——都沉湎于这场无可避免的婚礼中,决定好好享受一番。①

这婚一结,穆拉自来到爱沙尼亚以来所遭遇的敌意就奇迹般地消失了。她摇身一变,成了爱沙尼亚遗留贵族中另一分支的一员,得到了社会的接纳。关于她的流言蜚语仍在流传,但不会持续下去了。穆拉和尼古拉各有打算,婚礼之后只过了几个月,他们就离开爱沙尼亚来到了柏林。孩子们不得不再次习惯当孤儿的滋味。

* * *

柏林是俄国流亡者的中心。1921年高尔基加入其中的时候,有三十万俄国流亡者居住在柏林。这里有俄式剧院、俄语出版社、多家俄文报纸,还有俄式餐厅。俄国的老派知识分子聚在一起谈论政

---

① 亚历山大:《爱沙尼亚的童年时光》,第72—73页。

治，畅谈对过去的怀恋。

高尔基没有融入这个群体中，甚至没有和知识分子打成一片。处于安全距离的高尔基写信给列宁，告诉列宁自己打算写一本书，这本书将为"苏维埃政权辩护"，并认为苏俄的一次次胜利"彻底地证明了它有意无意犯下的罪过都是正当的"。①也许高尔基真的打心底里就是这么认为的，但也许不是真这么认为的。不过他仰仗列宁的允许，拿到了自己的版税，所以还是维持好与他的关系为好。

穆拉渴望去柏林，去高尔基身边。上次她来到柏林还是1914年的时候，当时她是一名年轻外交官的娇妻。从政治上说，她是一个比高尔基更加坚定的社会主义者，也更具有适应力，可以让自己沉浸在外国的语言和政治之中，在这两方面都驾轻就熟，游刃有余。但和高尔基一样，现在她回到了欧洲，看到了这里令人讨厌、顽固守旧的贵族——连爱沙尼亚都不如，那里贵族的自由都因改革而受到了限制——她开始对布尔什维主义产生了更强烈的喜爱之情。她自塔林写信给高尔基："我很想……和你聊一聊苏俄，现在隔着一段距离，我感觉并发现它比从前更好了。"她反对高尔基的悲观主义，坚持说："不，不，它不会消亡。许多俄国人在死去，这很糟糕、很恐怖，但苏俄不会终结。它将要经历一场严峻残酷的磨炼。可是，在走向腐朽的欧洲大陆上，难道不是苏俄正在发生的事情更好？"②

当一个人不再有可能成为某项事业的下一个受害者时，选择相

---

① 高尔基:1921年11月22日致列宁函，转引自瓦克斯伯格:《高尔基遇害之谜》，第141页。

② 穆拉:1921年致高尔基函，转引自瓦克斯伯格:《高尔基遇害之谜》，第148页。

信这项事业的终极正当性无疑更为轻松。

高尔基的身体状况在苏俄时就已然堪忧,如今在柏林更趋恶化了。高尔基在寻医问药的同时,还为穆拉的到来做了些准备工作。圣诞时,他给列宁写信,建议任命穆拉做玛丽亚·安德烈耶娃的官方助手,为苏俄筹募资金,称赞穆拉"是个精力充沛的女子,受过良好教育,会五国语言"①。他不知道安德烈耶娃已经这么做了,更不知道他的新欢早就参与其中。

1922年5月,完成了在黑森林的"治疗"后,高尔基在波罗的海海滨的黑灵斯多夫租了一处房子避暑,那儿距柏林有四小时的车程。穆拉离开了布德贝格,去那里和高尔基相会,继续做他的正房"妻子"。②

此时穆拉已经30岁了。她有一头长长的秀发,与当时流行短发的潮流不合,脖子后面低低地绾了个髻,随意地固定住,还有几绺散发动人地落在脸上和前额上。为了进一步挑战时髦,她连帽子都不戴。尼娜·别尔贝洛娃大约就是在此时与穆拉相识的,她生动地回忆道:"她淡描的眉眼总是很传神……她身板挺直,身体强健。就算穿着简朴的衣服,她的身材也很优雅。"渐渐地,穆拉再次习惯了生活的舒适,买起了从英国进口的精品服饰和价格高昂的鞋子。她的风格是重舒适和品质,轻款式。她不戴任何珠宝首饰,只戴着一块男式腕表。(这块表的主人是谁?也许是洛克哈特?还是克罗

---

① 高尔基:1921年12月25日致列宁函,转引自瓦克斯伯格:《高尔基遇害之谜》,第144页。

② 瓦克斯伯格:《高尔基遇害之谜》,第150页。

米？）"她的手指上总是墨迹斑斑，让她看上去就像个学生。"①

穆拉实现了自己的预言，成了命中注定的"才女"，越来越深地沉浸在自己的出版事业中。她利用从前的经验和门路，在柏林开了一家小出版社——时代出版社②，在库达姆大街③上的一间办公室里出版高尔基和其他外国作家作品的德语译本。

到德国后不久，穆拉就不得不赶回爱沙尼亚去。米姬生病，需要穆拉照看孩子们。他们的保姆玛丽乌萨已经照看不了他们了，米姬也快60岁了。得想出个一劳永逸的办法来。

让孩子们跟自己一起挤在一个社区里是根本不可能的，尤其是考虑到她在柏林大多数时间都花在了工作上，于是穆拉决定送他们去寄宿学校。她首先想到的是英国。她申请了英国签证，称自己想在伦敦为孩子们选一所学校。她给出的两个推荐人是厄内斯特·博伊斯中校和桑希尔上校，她在彼得格勒结识的两个英国秘密情报局同事。想来她已经不再怀疑桑希尔对她心存疑虑了。对她进行申请面试的是秘密情报局塔林站新任站长罗纳德·米克尔约翰上校，此人曾效力于驻摩尔曼斯克的英国干预部队。考虑了穆拉的情况后，米克尔约翰汇报称："这名女士并不是真的想前往英国。爱沙尼亚政府和其他一些人对她的诚意并不满意，她之所以申请签证，只是想

---

① 别尔贝洛娃：《穆拉》，第166页。
② 此处原文为俄语：Epokha Verlag/Эпоха Верлаг。——译注
③ 一译选帝侯大街，又译裤裆大街（Kurfürstendamm，简称Ku'damm），柏林最著名的大道之一，得名于昔日的勃兰登堡选帝侯，现已成为了柏林西城区一条举世闻名的购物街。——译注

如果成功了，就用这张签证来达到让他们信服的目的。"①穆拉的申请遭拒，从来没有人告诉她原因，但她的确发现，自己的推荐人没有受到询问。②

穆拉带着孩子们回到了德国，1922年末他们寄宿在德累斯顿的一所学校。按照计划，他们会在假期回到卡丽嘉夫，穆拉也会过去陪他们。

高尔基并不想在黑灵斯多夫定居，他希望去一个冬天更温暖的地方。1922年末，这家人又搬了家，来到了勃兰登堡的湖边矿泉疗养城巴特萨罗。湖边有一大栋白色别墅，名叫新疗养所，③高尔基将随行人员安置在别墅的房间里。这里是一个富有诗情画意的度假胜地，湖上还可以坐帆船。穆拉又一次当起了管家。

日子过得按部就班，有条不紊。高尔基早上八点起床吃早饭——一杯咖啡，两个生鸡蛋，然后一直工作到下午一点。他的朋友们会劝他稍事休息，但高尔基通常都不会休息。他会赶快回去工作，一直工作到晚饭的时候。弗拉季斯拉夫·科霍达舍维奇回忆过高尔基的工作模式：他喜欢书写工具——"优质纸张、不同颜色的铅笔、新钢笔和笔筒"，而且总是备好香烟和"各种各样的烟嘴，红的黄的绿的都有"。④他不光不知疲倦地写作，还阅读并回复世界各

---

① 军情五处穆拉·布德贝格档案：1922年5月15日补充的记录。米克尔约翰塔林站站长的身份是可以确认的，引自杰弗里：《军情六处》，第184页。
② 穆拉：1922年7月28日致威尔斯函（Moura, letter to Wells），藏于珍本和手稿图书馆。
③ 现为卡尔·马克思堤道15号。
④ 弗拉季斯拉夫·科霍达舍维奇：《高尔基》，第231—232页。

地寄来的用各种语言写的不计其数的信。(穆拉有一项工作就是帮高尔基翻译)总有人不停地给他寄来书和手稿,"他阅读这些书和手稿时的专注让人震惊。他会给寄来书和手稿的作者回信,详细地阐明自己的意见"。他给每一本书、每一份手稿做批注,甚至还会用红色的铅笔修改拼写和标点错误。"有时候他读报纸也这样,读完后就扔了"。而且,他似乎能记住读过的一切,再小的细节都不会忘。

穆拉回忆道,对高尔基来说,"每个人都能激起他的好奇、他的同情和他的注意";他相信"当人类得到了应得的世界时,所有的乐器和声音在人类将听到的伟大乐章中都必不可缺"。他"痴迷地相信工作、善和知识的力量,这三者是未来人类社会的根本特征"。①

随着与高尔基的关系越来越近,穆拉对他的艺术及其与他自身的紧密联系的理解也越透彻了。穆拉在高尔基的戏剧作品中找到了共鸣与激励,学会了自己的一套描绘自身生活经历的方法。在评论他讲故事,把人物写得活灵活现的能力时,她和大家一样,也相信"在他的记忆中,所有事情都具有历史性、表演性。艺术真实比经验真实、干巴巴的事实更令人信服"②。因此,穆拉心血来潮地自我杜撰,给自身经历添枝加叶,把发生在别人身上的事情移花接木说成是发生在自己身上的,这些都起到了把她的人生变成一种艺术真实的作用。

回忆起高尔基的时候,穆拉似乎一半是在说高尔基,一半是在说自己,"像一棵饱经风霜,在恶劣的气候下成长起来的节瘤很多的

---

① 穆拉·布德贝格:高尔基《我的日记片段》序,第 vii 页。
② 穆拉·布德贝格:高尔基《我的日记片段》序,第 ix 页。

大树……这个人历经坎坷，经受了残酷生活一次又一次的磨难"，尽管如此，他还是在生活中找到了欢乐和希望。"天生就是个诗人的他成了一名老师，不是因为他喜欢好为人师，而是因为他喜欢未来。"①

高尔基偶尔会放纵一下。每当周日天气不是特别冷的时候，他都会叫来马车夫，每个人都会用最保暖的衣服把自己裹得严严实实地去电影院看电影。穆拉和高尔基一般都会一起坐在马车的后座，其他人则能挤在什么地方就挤在什么地方，姑娘们都坐在男人的腿上。

尽管工作量和社交娱乐没什么变化，但如今这一大家子人却丝毫不真的是从前的样子了，四周已不再是一个缺衣少食、险象环生的外部世界了。在彼得格勒时他们团结融洽，在这里却因怨恨而四分五裂。玛丽亚·安德烈耶娃常常来访，她一来就不停地抱怨，把这里的气氛搞得一团糟。她那个当了电影导演的儿子有时陪她一起来，她对待自己的儿子和其他人都是一副"轻蔑的屈尊俯就"的派头。②高尔基分居的合法妻子叶卡捷琳娜也来过这里，但从来没有和安德烈耶娃同时来过；两人都极为厌恶对方。

穆拉把自己的时间一分为三，一部分花在了高尔基的个人生活上，一部分用在了他的工作上，还有一部分用来和孩子们在卡丽嘉夫度假，她的时间安排取决于高尔基的旅程和孩子们学校的假期。与此同时，她还要顾及生命中的另外两个男人——布德贝格和H·G·威尔斯。她充分利用了刚刚获得的国家资助的经费，将自己

---

① 穆拉·布德贝格：高尔基《我的日记片段》序，第 ix—x 页。
② 别尔贝洛娃：《斜体乃笔者所加》，第 178—179 页（Berberova, *The Italics are Mine*, pp. 178-179）。

的丈夫安置在柏林的一间公寓里,他可以在那里快活地赌博,消磨夜晚的时光(以及穆拉的金钱)。年轻的布德贝格男爵似乎认为,"挣钱只适合那些除了挣钱以外什么都不会干的人来做",穆拉在给威尔斯的一封信中这样写道。①

由于始终怀揣着有朝一日要去英国的夙愿,加上她意识到威尔斯可能是个有用且有影响力的朋友,所以穆拉从苏俄一脱身,就开始和他通信了,而且从那时起就一直在探他的口风。与威尔斯相隔那么远,两人之间肢体上的接触又那么少,在这种情况下,她对他态度摇摆不定——有时候对他以"我亲爱的威尔斯先生"相称,有时候又以"亲爱的H·G·"相称。她开始诱惑威尔斯放弃之前与他合作的德国出版社,转而与她的时代出版社合作,向他允诺"我们的稿酬更优厚"。她还邀请他为高尔基正在创办的文艺与科学杂志《俄罗斯评论》供稿。②

在这段时间里,穆拉一直对世界时局忧心忡忡,德国的动荡不安、民族耻辱感以及激进工人政党的增加尤为让她焦虑不安。她写信给威尔斯,说这个世界"又准备生出一个杂种来了"。她的措辞具有无与伦比的预见性。"太不成体统了!"她补充说。③

由于欧洲堆起了火药桶,英国必定显得更加诱人了,要是英国能向她敞开大门该有多好啊。穆拉培养着威尔斯对自己的兴趣,同时极力削弱自己与高尔基的关系。她说是因为他身体不好,自己才

---

① 穆拉:1923年10月11日致威尔斯函,藏于珍本和手稿图书馆。
② 穆拉:1923年致威尔斯函,藏于珍本和手稿图书馆。
③ 穆拉:1923年1月26日致威尔斯函,藏于珍本和手稿图书馆。

来这儿给他的出版事业帮忙的。穆拉和威尔斯调情，提起两人在克容维尔克斯基大街公寓里共度的良宵，还期待在即将到来的意大利之行中和他有类似的露水情缘。"如果你真的能来里维埃拉的话就太棒了，你肯定会让我去你的草庵找你，对吧？"她挑逗道，她说的"草庵"指的是威尔斯打算下榻的酒店。①

不过，到了1923年末时，穆拉已经被威尔斯给惹怒了。他给穆拉回信已经不像他应该的那样勤了，而且他其他情人间争风吃醋得非常厉害。威尔斯是臭名昭著的好色之徒。洛克哈特的一个朋友（当时还不知道穆拉和威尔斯之间的关系）对威尔斯的精力深感惊叹，每年写出四本小说，还能养五个情妇。②威尔斯和他的妻子简仍是合法夫妻，他正想了断与丽贝卡·韦斯特持续了很久的情人关系。而1923年夏天，他又与奥地利记者海德薇格·加特尔尼格有了一段风流韵事，加特尔尼格提出把威尔斯的一些作品译成德语。这只是一次短暂的鱼水之欢，但她却开始不断纠缠他。威尔斯深受其扰，但又无法抗拒她的诱人魅力。后来，加特尔尼格闯入威尔斯家，以死相威胁，警察把她带走后，这段情缘也就结束了。③

威尔斯没有试图跟穆拉旧情复燃，而是和荷兰记者、旅行家奥黛特·科伊恩④开始了一段困难的恋情。两人在法国相识，科伊恩是

---

① 穆拉：1923年10月11日致威尔斯函，藏于珍本和手稿图书馆。威尔斯偶尔会下榻蓝色海岸上的草庵酒店。
② 洛克哈特：1919年5月22日日记，《日记·卷一》，第53页。
③ 威尔斯：《恋爱中的威尔斯》，第104页。
④ 全名奥黛特·佐伊·科伊恩（Odette Zoé Keun, 1888—1978），荷兰冒险家、记者、作家，1924—1933年曾是比她年长22岁的威尔斯的情妇。——译注

1919—1924

一个特别反复无常的女人,接下去的九年,威尔斯都是和她痛苦地纠缠在一起的。然而,一直以来,三年前穆拉在彼得格勒给威尔斯留下的特别而又无法挣脱的吸引力仍在那里。

尽管威尔斯对穆拉的未来有着极为重要的作用,尽管穆拉对威尔斯不热情的回应大为恼火,但穆拉没有因为他而太过忧心忡忡。1923年整整一年,她都在被一个念头温暖,那就是她有可能可以与洛克哈特重逢。旧情的烈焰仍在燃烧,而现在他们又恢复了联系。

17 别让美事变憾事
1923年—1924年

尽管洛克哈特自始至终都令穆拉失望,让她伤透了心,但她却无法斩断自己和他的情丝。她试图将他逐出自己的脑海,而且好像就要成功了。但1923年初,她又收到了他的来信,却又一次伤害了她。

洛克哈特在信中说自己无时无刻不在想念她,并坦言自己觉得她在1919年时胆小,没能鼓足勇气去见他。"你那么了解我,"她气愤地在回信中写道,"怎么会认为我会逃走,不敢去见你?"还问他能不能体会她现在是什么心情。"说我还和当年那样爱你似乎徒劳无益,因为'爱'甚至似乎根本不是一个恰当的词。只有和你在一起,我才体验了之前或之后都不曾体验过的幸福,而从长远来看,始终都是那样的幸福才是最重要的。"①

穆拉向他倾诉了自己是怎样度过他离开后的岁月的,有时候很绝望,有时候又"找到了无数让人心怀希望的理由……我还活着,不知为什么,肯定地感觉到你就在那里。你明白我的意思吗?"然后,就在她即将离开苏俄,相信自己将很快可以重获自由,再次与他相

---

① 穆拉:1923年1月6日致洛克哈特函,藏于胡佛研究所档案馆。

1919—1924

遇的时候,却传来了令她伤心欲绝的他儿子出生的消息。"我不得不面对一个没有你的未来",她写道,"我想那种感受就像是死亡之于那些突然不再相信来世的人一样。而且,为了面对这样的未来,我还得给自己找一个合适的理由"。穆拉是一个很会演戏的女人,她似乎意识不到自己言过其实了,将自己真实的情绪演绎成了夸张的故事。比如,她说自己是出于非常希望能有益于别人这一点,才嫁给了布德贝格,这桩婚姻给了她活下去的唯一理由,就是一个例子。

也许正是这句夸大其词的话让洛克哈特对她产生了怀疑。在洛克哈特看来,这完全是一桩利益婚姻。也有可能他的疑虑来自马格尔诗中那"想贬低我所钟爱之人的强烈冲动",——"见她热泪滚滚,我知道她痛苦万分,可是尽管如此,我还是疑窦丛生"。

她情不自禁地催促洛克哈特立刻来到她身边,和她在柏林相会。他必须马上写信告诉她何时会来。她劝他小心谨慎,请求他这次对自己耐心些,和她一起合计出能让她逃离束缚的最好、最没有害处的方法。

要是她能冷静地想一想,就会知道自己是在异想天开,洛克哈特不会前往柏林,而且根本就没有出路。然而,她仍不死心。那一年,她一边过着自己的生活,工作、在威尔斯身上下工夫、照顾高尔基、陪孩子们度假、享受愉悦带来的那种可以"让我对自己也知道很重要的其他事情麻木不仁"的麻醉感,一边等待着一个可以让她重新回到洛克哈特怀抱的机会。

就像从前一样,还有丈夫这一阻碍。但这一次,穆拉的这任丈夫布德贝格是个彻头彻尾的吃软饭的,她把他送到了能送到的最远的地方——里约热内卢。在那儿，布德贝格将不得不以教人打桥牌来维持生计。① 他们俩将永远也不会有再相见之日了。既然她对洛克哈特还抱有希望，那她所宣称的那个面对没有洛克哈特的未来的"合适的理由"，也就派不上什么用场了。

日子一天天过去，洛克哈特那边却了无音信——只是沉默。在宁静的巴特萨罗小镇，几个月就这样慢慢地过去了。

那年夏天，穆拉去了巴黎。她的姐姐亚拉住在这里，此时已嫁给了她的第三任丈夫，一个叫特鲁布尼科夫的人。夫妇俩都吸食鸦片成瘾，到了不可救药的地步，于是穆拉被叫来帮帮她姐姐——这并非最后一次。她写信给高尔基，说她觉得这一次亚拉已经摆脱了毒瘾。②

穆拉还到爱沙尼亚待了一段时间，但是每次去那儿都让她很沮丧。她喜欢和自己的孩子们在一起，但也怀念在高尔基的羽翼下生活的日子。一想到别人可以跟高尔基在一起，而她却不能，她心里就很不是滋味。给列宁、托洛茨基和捷尔任斯基塑过像的英国雕塑家克莱尔·谢里丹，1923 年 8 月拜访高尔基的时候，穆拉因为工作和治牙留在了柏林，彼时她正在经营高尔基在柏林创办的那份苦撑着的杂志《对话》③，同时一直被牙病所困扰。不在高尔基身边的时候，穆拉觉得情感上也和高尔基有了距离，而高尔基冷冰冰、不带感情的来信令她不安。一想到谢里丹（"那个英国女人"）可能和高尔

---

① 军情五处穆拉·布德贝格档案：1923 年 7 月 31 日，秘密情报局 1B 处。
② 穆拉：1923 年 8 月 7 日致高尔基信函，藏于高尔基档案馆。
③ 此处原文为 *Beseda*（俄文 беседа 的音译）。——译注

基待在一起太久，她就尤感不快。①

12月时，穆拉被迫再次离开高尔基的身边，她要回爱沙尼亚和孩子们一起过新年，中途她回到了巴黎。亚拉的毒瘾还是没有戒掉，还因为焦虑症被送进了医院。从她母亲，到高尔基，再到亚拉，穆拉的一生似乎都在照料长期生病的人。圣诞节过后，穆拉本人得了流感，基拉也生病了，于是被困在了卡丽嘉夫。

1924年2月前，穆拉回到了巴特萨罗。距离她上次给洛克哈特写信已经过去了一年，然而她还是没有看到洛克哈特能回到她身边的迹象。

圣诞节之前，穆拉在巴黎差点儿就和威尔斯相遇了。"我们又开始思念对方了。"她写信给威尔斯："而且我非常想见你。好吧，让我们都耐心些。"② 她以"亲爱的H·G·"开头的信始终都非常热情，似乎暗示着一种可能的浪漫，但是眼下她却很有分寸，总是以"祝你和吉普一切安好，穆拉·布德贝格"来落款。和从前她与洛克哈特在一起的时候一样，穆拉"祝安好"的落款总是留给那些她感兴趣但究竟值不值得她感兴趣又还没得到验证的男人的。

高尔基在巴特萨罗的休养结束了，他和他的家眷将继续前往意大利。革命前，高尔基曾流亡到卡普里岛住过一段时间，他想回到那里去。可是，在意大利当政的墨索里尼，和所有精心守护自己地位和所受到的个人崇拜的理论家一样，对高尔基心怀警惕。经历了不懈的游说之后，高尔基终于获许在意大利暂住，但不能回到卡普

---

① 穆拉：1923年8月4日至29日致高尔基信函，藏于高尔基档案馆。
② 穆拉：1924年2月10日致威尔斯信函。

里岛,于是他改而在索伦托定居。在那里,高尔基和他的随行人员搬进了一栋名叫伊尔索利托的别墅。①

别墅就坐落在索伦托镇外,风景秀美,有一个种满了柏树的大花园,还有一个可供他们进晚餐、品美酒、讲故事的露台。高尔基的卧室在顶层,俯瞰着那不勒斯海湾和维苏威火山,这里的气候有益于他的健康,而他很快就成了当地的名人。尽管高尔基热爱意大利,但他却不会说意大利语,也从来没试着学过,要靠说一口流利的意大利语的穆拉帮他翻译。高尔基也思念自己的祖国,可谁也无法一解他的思乡之苦。

不过高尔基还是很开心。现在跟他住在一起的这个群体中除了穆拉之外,还有了自己的儿子马克斯及其妻子蒂默莎,他们是高尔基生命中最重要的三个人。然而,马克斯搬来与父亲同住的背后有一个不可告人的理由,他受列宁的指示,试图改变高尔基的政治倾向,对此,马克斯有些敷衍,并未全心全意地去争取。②他喜欢挥霍父亲的财富,对生活没有什么真正的目标,也没有正式的工作和职业。按说马克斯应成为他父亲的帮手,不想却是穆拉和彼得·克留奇科夫在做这项工作,而他却在打网球、骑摩托车、集邮、看侦探小说和看电影。他渴望回到苏俄,因为当局答应过给他一辆汽车。③

住在索伦托的这段日子,穆拉意识到她和高尔基受到了意大利法西斯当局的监视。由于高尔基的签证是墨索里尼亲自批准的,因

---

① 弗拉季斯拉夫·科霍达舍维奇:《高尔基》,第234—235页。
② 瓦克斯伯格:《高尔基遇害之谜》,第173页。
③ 弗拉季斯拉夫·科霍达舍维奇:《高尔基》,第236—237页。

此穆拉替高尔基感到愤愤不平。她成功地安排了一场和墨索里尼的会面，就这一点向他提出质疑。穆拉指出高尔基在意大利的居留是合法的，应当得到尊重的对待。墨索里尼对她说："我看，应受到尊重的不是高尔基，而是你。"还告诉她，一名苏俄流亡者曾公开指责过她；法西斯主义的支持者们都觉得不可思议，一个男爵夫人居然会跟高尔基这样的社会主义者关系亲密。穆拉机敏地答道，"可是，人难道不会变吗？"她提醒墨索里尼，他自己从前也是个社会主义者，还曾经编辑过左翼报刊《前锋》①。（墨索里尼转向了法西斯主义之后，他的黑衣党成员放火烧了《前锋》报的办公室）墨索里尼听出了穆拉话里的讥讽意味，哈哈大笑，下令停止了监视。②

尽管穆拉已经适应了这个群体的生活作息习惯，但她仍旧烦躁不安。她心中一直以来的渴望始终困扰着她，她决定是抓住机会的时候了。夏天的时候，她定期去爱沙尼亚看望孩子们，中途停在了维也纳。她的老朋友威尔·希克斯和妻子柳芭住在那里，希基已离开了外交部门，谋得了一份执掌丘纳德公司驻维也纳办事处的差事。穆拉找到了他，问能否有劳他替她和洛克哈特取得联系。

* * *

---

① 原文为意大利语 *Avanti*。—译注
② 凯思琳·泰南：穆拉·布德贝格访谈录，《时尚》（美国版），1970年10月1日，第210页（Kathleen Tynan, interview with Moura Budberg, *Vogue* [US], 1 Oct. 1970, p. 210）。这可能是穆拉编造或发挥的故事，但高尔基和穆拉确实受到过监视。（凯思琳·泰南 [Kathleen Tynan, 1937—1995]，加拿大裔英国记者、作家。讲述阿加莎·克里斯蒂1926年冬天神秘失踪11天的电影《难补恨晴天》[*Agatha*] 就是根据其小说 *The Summer Aeroplane* 改编的。—译注）

洛克哈特在外交部的职业生涯持续得并不长，他在布拉格的英国领事馆领到的微薄薪水不够支付他的生活开销。1923年初，他得到了一份薪酬丰厚得多的工作，在布拉格一家英国公司吞并的银行做"工业总监"。

他被派往伦敦学习了三个月的业务。其间，他结识了薇拉·罗斯林夫人，社交场上人们都叫她"汤米"，她是臭名昭著的酒鬼兼赌棍罗斯林伯爵的妻子。① 洛克哈特和汤米开始有了私情。除了满足洛克哈特旺盛的情欲之外，汤米还拓宽了洛克哈特的社交圈，将洛克哈特引见给了威尔士亲王的圈子。汤米还是个天主教徒，她对洛克哈特产生了很大的影响，使其改信了天主教。

他们两人都是在信仰上并不刻板的天主教徒，这种灵活性可以让他们随心所欲，尽情沉迷于肉体欢爱的罪恶之中。洛克哈特的生活开始失控了，与他在俄国革命前几乎毁掉其职业生涯的自我毁灭的不羁行为如出一辙，而按理说他和琼的婚姻应该早就治好了他这一毛病的。洛克哈特和琼仍是合法夫妻，他新皈依的宗教使他们想离却离不成婚。1923年7月，琼精神崩溃，在疗养院待了一段时间。② 然而两人的婚姻还在艰难地维持。洛克哈特不知道该怎么应对自己的生活。从苏俄回国后，他当了一段时间的记者，取得了一些成绩，但他的志向是写书。他从为人父的过程中受到了启发，写了一本童

---

① 洛克哈特《日记·卷一》编者注，第55页。(此处的罗斯林伯爵 [the Earl of Rosslyn] 是第五代罗斯林伯爵詹姆斯·弗朗西斯·哈里 [James Francis Harry, 1869—1939]；薇拉，全名薇拉·玛丽·贝利 [Vera Mary Bayley, ?—1975]，是其第三任妻子。——译注)

② 洛克哈特：1923年7月30日日记，《日记·卷一》，第56—57页。

话，投给出版社，但让出版社给拒了。如今他已是入不敷出，债台高筑。

回到布拉格银行重操旧业是唯一的出路。除此之外，还需吃苦耐劳，努力工作，戒绝罪恶的声色之乐。洛克哈特以前就这么做过，但是从来没坚持下来。到了1924年盛夏，他就厌恶起自己每分每秒的工作来了。他觉得那些会议"极为枯燥乏味"，觉得生活通常都不称心如意。"一周六天，我尽职尽责地坐在银行里，尽我最大努力做好自己的本职工作，默默地祈祷礼拜天的到来……"①每到礼拜天他就去射击或打高尔夫球，晚上的时候则漫不经心地写一本关于捷克斯洛伐克的书。"有十周我都过着圣人般的生活。"

7月末的一个周二下午，洛克哈特就处于这样的状态。他在和一个叫格杜尔迪格的人谈事儿（此人名义上是洛克哈特的本地工业顾问，但实际上承担了所有的工作）时，电话响了起来，是威尔·希克斯从维也纳打来的。两人聊了一两分钟，洛克哈特纳闷儿，希基为什么打一个昂贵的国际长途，却只聊些鸡毛蒜皮的琐事。突然，希克斯顿了顿，说"我这儿有人想跟你说话。"

话筒交到了另一个人手上，洛克哈特又一次经历了令他永生难忘的时刻。维也纳那头的电话里传来的声音"低沉悦耳"，听起来"仿佛来自另一个世界"。②是穆拉的声音。自打他们于1918年10月的茫茫夜色中在莫斯科的铁路上分别之后，洛克哈特还是第一次听到穆拉的声音。话筒在他的手中颤抖，他发现自己傻乎乎地问了一句"你

---

① 洛克哈特：《告别荣耀》，第232—233页。
② 洛克哈特：《告别荣耀》，第233页。

还好吗，亲爱的？"他完全沉浸在了回忆之中——格杜尔迪格和办公室都消失不见了，他仿佛又回到了莫斯科的那间公寓里：那没完没了的纸牌游戏，打到彼得格勒却无人接听的电话，当时穆拉到爱沙尼亚执行任务去了，他担心两人再也无法相见。还有，后来电话响了，他听见了穆拉的声音，知道她当晚就会回到自己身边时的欣喜若狂、如释重负。洛克哈特没有意识到，回忆中的那一天——1918年7月29日——正好是六年前的今天。①

听着穆拉那叙述着自那以后的生活的熟悉而平稳的声音，洛克哈特的心中只有一个想法。他结结巴巴地让穆拉把电话交还给希基。"我能来过周末吗？"他问，"能让我借住在你家吗？"

然后，洛克哈特离开了银行，"恍恍惚惚地回了家"。

这些年里，正如他循着一条最没有阻力的途径回到了自己从前的生活和习惯一样，他始终都矢志不渝地爱着穆拉，从来就没有停止过。穆拉在他离开彼得格勒后那糟糕的几个月里寄来的每一封信，他全都保留着。穆拉的承诺很容易让他起疑，她没有随他去英国也很容易让他觉得这是她怯懦的表现。但再次听到穆拉的声音，让他这样去想就难多了，她的声音将那股无比强大、把两人紧紧地拴在一起，度过了1918年那个危险的夏天的爱情的力量栩栩如生地浮现在了他脑海里。

也许是时候与英国一刀两断了——他在克里姆林宫最后的日子

---

① 洛克哈特:《告别荣耀》，第233页；未公开出版的1918年7月29日日记。奇怪的是，洛克哈特给出了穆拉从维也纳打来电话的日期，也回忆了从前的往事，(他是根据日记撰写回忆录的)却对两个日期的巧合未置一词。

1919—1924

里曾躲躲闪闪，不愿如此。可话又说回来，他已近中年，离婚已断无可能，还有四岁的儿子罗宾也需要考虑。

星期五这一天，苦恼了四天之后，仍未做出决定的洛克哈特坐上了前往维也纳的夜间列车，星期六一大清早便到达了目的地。① 入住酒店的手续都还没办，他就跑去参加了圣斯蒂芬大教堂的弥撒，以期得到指引。结果无济于事。他去希克斯办公室和他见面前，还有几个小时要消磨掉，于是就坐在酒店里喝咖啡，一支接一支地抽烟，还试图看看报纸。他终于把最后一根烟掐灭，开始沿克恩滕大街慢吞吞地往前走，边走边看商店的橱窗，以消磨更多的时间。那天艳阳高照，蓝天上的太阳火辣辣的，把脚下的柏油路都晒软了。他在街道的尽头拐进了格拉本大街，丘纳德公司办事处就设在这条街上一家书店的楼上。

穆拉在那里。在楼梯的台阶下，洛克哈特看见她一个人站在明亮的阳光下，正等着自己。此情此景就像是1918年4月的那个早上，穆拉第一次来到他在莫斯科下榻的酒店，他跑下楼梯去迎接她。

六年的时光改变了多少啊！她看上去不一样了，老了一点，更严肃了，有了少许白发。穆拉有着非凡的自制力，她平静地跟洛克哈特打了个招呼，将他带到了楼上的办公室，希基和柳芭正等着他们。

"好了，"穆拉说，"我们到了。"

---

① 洛克哈特:《告别荣耀》，第234页。洛克哈特把时间缩短了，说他"次日夜里"就走了，但这与他1924年8月2日至4日的日记相矛盾。(《日记·卷一》，第58—59页）

对洛克哈特来说,那一刻,"就和往昔一样"。①

* * *

四个老朋友乘电车来到了辛德布鲁尔,维也纳城外山上的一处恬静宜人的森林胜地,希基和柳芭在这里有一幢别墅。

洛克哈特的心里仍然是一团乱麻。他们离开办公室的时候,希基在他耳边悄声让他悠着点儿,洛克哈特明白他的意思。虽然穆拉的外表有了些许变化,但变化最大的还是洛克哈特,"而且不是朝好的方向变"。洛克哈特很紧张,希基和柳芭也是如此,一路上他们都滔滔不绝,大笑不止。四人当中,只有穆拉看起来很稳重沉着。

在别墅用过午餐后,洛克哈特和穆拉一起上山,散了很长时间的步。他不敢说出自己的想法,来到水花飞溅的小溪边一块高耸的石崖跟前时,他已累得满头大汗,也有紧张的因素在里面。穆拉给他讲述了自己余下的经历——从彼得格勒到索伦托的那一段。她的冷静与坚强的性格,就像自打他们第一次见面起那样,令他深感叹服。"她是我最佩服的女人。她的心胸、天赋和涵养都非常出色,"他在日记里写道。"但从前的那种感觉已荡然无存了。"②

不只是那种感觉已荡然无存了——她已经远远地超过了他,经历了多年的折磨和困苦,她活了下来,更成熟、更强大了。"能与她的忍耐力相媲美的,只有她能完全驾驭自我的能力。她对生活有了全新的态度,这一点令我佩服得五体投地,也是我自己难以

---

① 洛克哈特:《告别荣耀》,第235页。
② 洛克哈特:1924年8月2至4日日记,《日记·卷一》,第58页。

企及的。"

他们在溪边的石崖上坐下来歇了歇。他结结巴巴地讲了一通自己的经历,和她的经历一比,他自己听了,都觉得空空洞洞,无地自容。"我甚至连过去的那点狂妄自恃的劲儿都没了。"他悲伤地写道。①谈起自己的妻子和孩子这一尴尬的话题时,他承认自己已经成了一名天主教教徒,还"像学生跟舍监承认过错一样"坦白了一大堆"自己的过失和蠢事"。

听完后,她只小声说了一句"我的天啦!"他以为会受到责备,但穆拉一句责备的话也没说,只是默默地听着。"她皱着眉头,下巴支在手上,目光投向下面被热气遮去了一半的山谷。"

他说这些的时候,她心里在想什么,她从未留下任何记录,不过她似乎是在琢磨,六年前的那个人是如何变成了如今坐在她身边的这个人。那一刻,她终于意识到,1918年的那一场爱情永远也找不回来了。

洛克哈特说完以后,穆拉若有所思地对他说,"9月2日,你就37了。那天是色当战役和恩图曼战役的周年纪念日,对吧?你瞧,我记日子厉害吧。一个37岁的人——男人是另外一回事儿——跟27岁时是不一样的。"然后,她压制住自己心里这么多年来一直熊熊燃烧的感情,还有对坐在自己身边这个男人的渴望,说出了一个一定让她付出了很大代价的恳求,做了一件克制至极的事情。"别做糟践在咱俩生命中都曾很完美的那事儿,好吗?"她说。"那是在做傻事

---

① 洛克哈特:《告别荣耀》,第237页。

儿，会留下遗憾的，对吧？"①

  洛克哈特不知道说什么好。"我的眼前升起了一团雾，太阳穴突突地跳着。我知道她说得对，她把我的性格吃得准准的。"

  她站起身，握住他的手，坚定地说道："没错，那是做傻事儿。"

  他们已经聊了几个小时，太阳都西沉了。落日的余晖染红了树林，穆拉转身开始顺着山路下山，洛克哈特跟在她身后。

---

① 洛克哈特:《告别荣耀》，第237页。

第四部

英国
1924—1946

> 智力上,她与威尔斯旗鼓相当。她机智敏捷,知识面宽得出人意料……堪与威尔斯媲美。而且,在威尔斯心情不佳的时候,她的一阵笑声、一个笑话,甚至是用来捉弄他的高高在上的冷漠样子,就能让他转怒为喜。
>
> 穆拉就是威尔斯的凯瑟琳·帕尔①,是他的主心骨和精神慰藉的源泉。
>
> ——穆拉和威尔斯的朋友里奇-考尔德勋爵

---

① 凯瑟琳·帕尔(Catherine Parr, 1512—1548),英格兰国王都铎王朝亨利八世的第六位也是最后一位妻子,极具皇后威严。—译注

18 爱与怒
1924年—1929年

洛克哈特对待穆拉的方式令威尔斯愤愤不平，他发表自己的看法，认为洛克哈特是"一个可鄙的小无赖"①。这倒不是因为他对待那些讨厌得让人无法挽留，但又诱人得让人无法舍弃的情人的行为，与威尔斯自己的行为截然不同；而是因为他对穆拉这个丝毫用不着他来保护的女人产生了一种充满嫉妒的保护之情。在经历了自己人生中迄今所有的失误与折磨之后，穆拉完全有能力根据自己的时间、按照自己的方式来处理任何不测事件。

那天晚上洛克哈特和穆拉下山回到别墅的时候，空气更加清新了。穆拉、洛克哈特、希克斯和柳芭这四个老朋友一直聊到了深夜，当年他们在莫斯科的公寓里，仿佛手里握着俄国的未来时，也像这样经常聊到深夜。现在，可能除了穆拉以外，他们中没有一个人的指尖能触碰到任何一个国家的命运了，于是他们就只能预言这预言那，过过嘴瘾了。

"穆拉预言世界经济体制会飞速变化。"洛克哈特回忆道："不出20年，世界经济体制就会愈发向列宁主义而非战前的旧资本主义靠

---

① 威尔斯：《恋爱中的威尔斯》，第167—168页。

拢。"她预测，将两种体制的最优之处结合起来也许是条折中之路，但"如果资本家们足够聪明的话，这种情形不需要革命就可以发生。"①

洛克哈特1933年写下这段回忆的时候，他仍然不知道穆拉的预言有多么精准，但他的确猜对了，他们那一代人不会带来根本的改变。他们已经在战后出卖了自己的理想，重新回到了一蹶不振的低谷。

发觉青春已经一去不复返的那个周末让人愉快，也让人感伤。他们试着打了一会儿圆场棒球，从前契卡蠢蠢欲动地想要逮捕每一个身在苏俄的英国人和法国人时，他们在莫斯科的英国领事馆的花园里也玩这个，来打发漫长的夏日时光。这次他们没能玩太久，洛克哈特从来就不太健康的身体已经让纵欲给毁了，其他几个人的身体也好不了多少。

洛克哈特不得不于礼拜天晚上返回布拉格，穆拉将经过柏林前往爱沙尼亚，所以旅程的第一段，他们俩同路。这列火车没有卧铺，而且拥挤不堪。两人坐在一个拥挤的头等车厢里聊了一通宵。保险起见，他们选择了俄语，缅怀了两人在苏俄共度的那几个月时光，聊到了托洛茨基和契切林，聊到了雅科夫·彼得斯与赖利的阴谋，还聊到了柯伦泰提倡的"布尔什维克婚姻"。

早上六点，他们在布拉格火车站分别。回家的路上，洛克哈特心神不宁，怀疑自己是不是做了一个错误的选择。他自问道："我拿不定主意，犹豫不决，是因为缺乏勇气，还是因为我们之间爱情的

---

① 洛克哈特：《告别荣耀》，第238页。

火焰已经熄灭？"①

洛克哈特，或者说得确切一点，他那男人愚蠢的虚荣心认为两人分别之际，穆拉看上去似乎"有点儿苦涩"②。事实上，如果说她对洛克哈特沉默以对的话，那是因为她很气恼他不能理解自己要从他那里得到什么。他们在辛德布鲁尔聊了那次之后，穆拉就已经提出过两人五年之内不要见面，也不要再联系，五年后才可以再在一起。③洛克哈特觉得穆拉是想用一个不可能实现的诺言束缚他。洛克哈特满脑子都是爱情和床笫之欢，他不明白他们的爱情对她有多么重要——不明白它曾经给过她面对未来怎样的活力、养分和希望。几天后，穆拉在柏林给他写信，想把自己的意思解释清楚。

她责备他对"那种再也找不回来的快感"流露出了些许的遗憾。在穆拉看来，这话听上去"像是对性的狂热，而我本该想到你比那更过分"。

> 这些年来，我一直都在对我自己的自尊、我的孩子们和你的回忆尽我应尽的责任……
>
> 我觉得你并未真正明白我几天前提出的那个计划。我丝毫没有想要束缚你的意思——我跟你说过的。我想要的不过是一个可以让我活下去的幻想，而对你来说，这会让你那个更好的自己得到一定的满足……不过我们还是不要再提这个了。

---

① 洛克哈特：《告别荣耀》，第240页。
② 洛克哈特：1924年8月2日至8月4日日记，《日记·卷一》，第58页。
③ 洛克哈特的回忆录中并未提到这一建议，而只是在当时的通信中隐约提到过，但几年后，穆拉在给洛克哈特的一封信中却明确提到了（该信写于1933年5月30日，藏于利利图书馆）。

1924——1946

我不想对你说,再次见到你对我来说意味着什么,我也不想说明白爱情比死亡更为强大后那种令人欢欣鼓舞的感受——从今往后,这些都是属于我一个人的。

不过,我想这——应该就是永别了。并不是因为你也许不想亲吻我,我才不想再见到你,别这么想。而是因为会扰乱你内心的平静……而对我来说,也许会毁掉一样东西,上帝面前不说假话,那真的是"世间最美好的爱情"。

所以,再见了,我最亲爱的。我要永永远远地走出你的生活。愿上帝赐予你……对了,赐予你幸福。我衷心地祝福你。

穆拉①

人们永远也不会知道,穆拉是付出了多大的代价才写下了这封信,才让自己镇定下来,才把自己那只常常无拘无束的手调教得循规蹈矩,写出了一个心平气和的淑女才写得出来的一手灵巧、流畅的好字。这封信中既有经过美化的事实,也有一些干巴巴的真相。然而,在生活的真相里,尽管穆拉维持着自己的尊严,但她却并没有完全收回她那颗属于洛克哈特的心,而且永远都不会收回。

* * *

回到柏林后,穆拉立刻重新投入到了自己的工作中去。她给高尔基写了一连串的信,通报其文学杂志《对话》及其出版商岌岌可危的状况。由于苏联禁止该杂志在苏联发行,高尔基的整个计划都快

---

① 穆拉:致洛克哈特函,藏于胡佛研究所档案馆。未署明日期(标注为星期四):大概是1924年8月7日。

濒临破产了。① 到了8月末，穆拉回到了爱沙尼亚，和孩子们待在一起。

她和高尔基的关系正在发生180度的转变。就在一年前，穆拉还在为自己不在高尔基身边而烦恼，嫌高尔基给她写信太少了。如今，是高尔基在埋怨穆拉给自己写信少了。穆拉告诉他自己身体抱恙，而且需要安顿孩子们。她向高尔基保证就算她人不在他身边，她也把自己的心留在了他那里。② 高尔基对她和洛克哈特的见面全然不知，但他那出了名的醋瓶子还是被打翻了。

那一年，和每个俄罗斯人一样，高尔基的人生掀开了新的一页。1924年1月21日，高尔基还在等待进入意大利的签证时，弗拉基米尔·伊里奇·列宁逝世了。列宁的去世迫使高尔基重新评价自己与作为普通人的列宁和作为理论家的列宁之间的关系。他送去了一个花圈，挽联只有简单的四个字——"朋友，好走"。然而，就在几天前，他还给自己的作家朋友罗曼·罗兰写信，对自己无法回到祖国感到悲痛，同时哀叹他和列宁的争吵"唤起了他们对彼此精神上的仇恨"。③ 他试图表达了自己对这位已逝领袖的复杂感情："我热爱他。愤怒地热爱他。"④

穆拉帮着高尔基写了一篇回忆自己这位朋友的文章，这篇文章

---

① 穆拉：1924年8月4日至14日致高尔基函，藏于高尔基档案馆。
② 穆拉：1924年8月20日致高尔基信函，藏于高尔基档案馆。
③ 高尔基：1924年1月15日致罗曼·罗兰（Romain Rolland）函，转引自瓦克斯伯格：《高尔基遇害之谜》，第167页。
④ 高尔基：1924年3月3日致罗曼·罗兰函，转引自瓦克斯伯格：《高尔基遇害之谜》，第167页。

将会在全世界以各种语言出版。列宁的逝世,高尔基在文章中写道,给了"那些认识他的人心上痛苦的一击":

> 就算仇恨他的阴云越积越厚,就算污蔑与诽谤他名声的阴云越堆越多,也不会产生任何分别:列宁在惊恐的世界里这片闷热的漆黑中举起的火把,任何势力也休想使之变暗。①

高尔基这一观点的发表,既惹怒了苏联政府,也引起了世界各地俄国流亡者的反感。对于一个曾迫使他们这么多人亡命天涯,还羁押过他们的同胞的人,高尔基怎么能写出这样的文字呢?政府继续给高尔基寄钱,但他感到手头开始拮据起来了,而且由于俄罗斯同胞的敌意,他愈发觉得自己成了一个受排斥的人。他每年靠版税可以挣到可观的一万美元,虽然他不怎么在自己身上花钱,但有许多人都靠他生活,而且他总是有求必应,从不回绝任何人的乞求。②

捷尔任斯基把高尔基的前妻叶卡捷琳娜派往了索伦托,目的是让她尽力劝说年轻的马克斯回到莫斯科为契卡效劳。高尔基猜到了他们是在用马克斯当诱饵,想诱引他回去。"他们以为我会跟在他屁股后面跑回去。"高尔基写信给叶卡捷琳娜:"但是我才不会呢,就是他们要了你的命也不会!"③高尔基留在了伊尔索利托,而那个群体也依然存在,没有散伙。

---

① 高尔基:《一个人》(Gorky, 'A Person'),转引自瓦克斯伯格:《高尔基遇害之谜》,第167页。
② 弗拉季斯拉夫·科霍达舍维奇:《高尔基》,第238页。
③ 高尔基:1924年7月致叶卡捷琳娜·彼什科娃函,转引自瓦克斯伯格:《高尔基遇害之谜》,第175页。

1925年的大部分日子里,穆拉都没有和高尔基在一起。她先是在巴黎打理高尔基的文学事务,然后前往柏林与玛丽亚·安德烈耶娃会了面。7月,她和孩子们在尼斯度假,她的姐姐阿西娅和姐夫巴兹尔·科楚贝亲王在那里有一间小小的公寓。①

　　穆拉和高尔基严肃地讨论了两人的关系后,怀着沮丧的心情离开了高尔基。他们两人之间有摩擦,而且一场危机正在酝酿之中。他觉出事情已经不知怎地起了变化,正拼命努力,争取重新赢得她的芳心。高尔基正在经历洛克哈特曾感受过的那种对穆拉不可抑制的迷恋。也许是因为日复一日地生活在一个拥挤的群体里的缘故,四年后高尔基才产生这种感觉,而威尔斯在和穆拉共度第一周之后就已然有了这种感觉。

　　高尔基告诉穆拉,她是第一个自己真正真心相待的女人,并抱怨穆拉回报给他的却是冲突和争吵,他开始感觉到情况不会变好了。②穆拉向他保证,尽管他们的关系已经过了"新鲜"期,但她对他的感情并没有变。③可高尔基并没有受到安抚,他坚信穆拉想要离他而去,他告诉穆拉,没有她自己的生活将会难以忍受。④

　　他们的关系处在了来自四面八方的压力之下。在俄国流亡者的

---

① 穆拉:1925年7月29日致高尔基函,藏于高尔基档案馆。(巴兹尔·科楚贝[Basil Kotschoubey]亲王是有着鞑靼人血统的科楚贝[Кочубей,英语作Kochubey,法语作Kotchoubey,Kotschoubey是德语中的写法,一译科丘贝]家族后裔,亦可译为瓦西尔·科丘贝亲王。—译注)
② 高尔基:1925年8月2日致穆拉函,藏于高尔基档案馆。
③ 穆拉:1925年8月5日致高尔基函,藏于高尔基档案馆。
④ 高尔基:1925年8月8日致穆拉函,藏于高尔基档案馆。

报刊上，高尔基因自己的政治理念受到了攻击，《对话》仍在苏联遭禁。而穆拉又几乎经常不在他身边，不是在柏林打理生意，就是在卡丽嘉夫和孩子们在一起，再不就是在欧洲旅行。意大利警方搜查了位于索伦托的公寓，9月，穆拉遭意大利警方逮捕，还被关押了一小段时间。① 高尔基的健康状况正在恶化，他敏锐地意识到了自己的衰老和身体的恶化。他越来越不满于穆拉对他的漠视，认为她和一个比自己年轻的男人好上了，这个神秘人在他们的通信中只直接提到了一次，而且只以"罗"（R）相称，显然住在索伦托。②

高尔基指责穆拉的来信虚情假意——她偶尔也会写得很坦诚，但多数时候她都似乎在试图达到一种效果，一种戏剧化的装腔作势。这是穆拉的作风，而且是一贯的作风。当她直接写出自己的真情实感时，她的信总是仓促而就，笔迹潦草。但有时，她会小心翼翼地措辞，写出与自己眼中极适合表现其生活中的场景的想法与感受。在她的心目中，"比起经验和干巴巴的事实来，艺术的真实更令人信服。"③ 这也是她对高尔基作品的看法。但对高尔基来说，艺术的真实只适用于艺术。在现实生活中，他想要的是经验的事实。高尔基想

---

① 穆拉：1925年9月29日致高尔基函，藏于高尔基档案馆。
② 研究穆拉与高尔基通信的学者（包括瓦克斯伯格：《高尔基遇害之谜》，第186页，及巴里·P·谢尔未出版的笔记）推断"罗"是罗伯特·布鲁斯·洛克哈特。（此人只在穆拉于1926年4月19日写给高尔基的信中被直接提到过一次）然而，穆拉从来不用"罗伯特"或是"罗"称呼洛克哈特，她总是亲密地叫他"宝贝"或"宝贝儿"。在他们交往的早期，穆拉只是简单地称他为"洛基"和"伯蒂"，但从未以"罗伯特"相称过。因此，"罗"的身份成了谜。唯一的线索是，据说穆拉曾对威尔斯坦白自己在索伦托有过一个意大利情人（姓名未知）。（威尔斯：《恋爱中的威尔斯》，第168页）这是最有可能的解释。
③ 穆拉·布德贝格：高尔基《我的日记片段》序，第ix页。

要的是真诚,所要求的也是真诚。

他如愿以偿,得到了真诚。10月23日,穆拉说出了自己真实的感受。她坚称,在苏俄的时候她爱过他,而且持续到了他们在巴特萨罗的那段日子。然后,她渐渐意识到,"我不再爱你了。我爱你,却领略不到爱的感觉了"。她竭力想描述清楚所失去的是什么,并提到了她对洛克哈特的感觉——"那种感觉能让鸟儿欢叫,让你在脑海中看到上帝"。她恨自己感觉不到那种欲死欲仙的销魂感,只能感受到温柔了。"我努力说服自己,这些都不重要,可以将这一邪念掐灭,可不仅没掐灭,反而越来越强大了"。然后,穆拉用自认为恰当的方式坦诚地告诉高尔基,她渴望"感受到自己的生命再次被那种付出一切却不求回报的美好爱情点亮,那种只要有了它,就没有枉活的爱。我对洛克哈特和你都曾有过这种爱——但它已经消失了"。她说,没有那种爱,"我还能做什么?你怎么还能需要我?"在她看来,"不能与你同声相应,同气相求,无法从你的抚摸中产生兴奋之感,从而剥夺你的销魂感,这是一种侮辱"。她最后总结说:"我亲爱的朋友,上帝知道,如果我让你遭了罪,那我自己也为此承受了百倍的痛苦。"[①]有一段时间,这场危机似已过去。穆拉表现出了真诚,而这正是高尔基想要的一切。但到了12月,抱怨又出现了。穆拉觉得回到单身的时候到了,她已着手办理与布德贝格离婚的手续了。穆拉认为和高尔基的关系也该有个了结了,加上工作和家庭上都有压力,于是给高尔基写信时又"谨慎"起来了,字斟句酌起来了,高尔基则

[①] 穆拉:1925年10月23日致高尔基函,转引自瓦克斯伯格:《高尔基遇害之谜》,第184—185页。

又把这种谨慎理解成了她想要掩盖自己真情实感的行为。他宁要真诚的残酷,也不要虚假的客套。"你事事都是先想到你自己,在这点上我也没好到哪里去。"他明确地告诉穆拉:"我希望你能受到外科医生的博爱精神的激励,不要像过去这一整年你折磨我那样受到折磨。过去的几个月里,你的信尤为冗赘而又无聊。"①

高尔基的敌意让穆拉大为震惊并受到了伤害。她慌乱地一连给他回了好些封信,情绪一次比一次激动,信誓旦旦地说她爱他,为自己给他带来了焦虑而道歉,否认自己"内心有一个秘密角落"一直藏着掖着,把他瞒得紧紧地。她拒不接受高尔基的无聊与冗赘不堪之说,提醒他正是他教会了自己要小心谨慎。说他如果想要"外科医生的博爱","你用'外科手术般的'坦诚对待我,难道不是更好吗?"②

高尔基大动肝火,夜不能寐已经有五夜了。痛定思痛后,他决定两人必须分手,他们的关系必须一刀两断。没有"最基本的平和心态",他无法工作。而且只要穆拉还在那里折磨他,他就无法平心静气。他再也受不了她的"谨慎"了。

> 之前我跟你说过多次,我对你来说过于年长了,我这么说,是希望听到你说句诚实的"没错!"你从前不敢说,现在也不敢,而这一点已经造成了对你我来说都完全无法忍受的局面。

---

① 高尔基:1925年12月21日致函穆拉,转引自瓦克斯伯格:《高尔基遇害之谜》,第185页。
② 穆拉:1925年12月23日致高尔基函,藏于高尔基档案馆;以及1925年12月29日函,转引自瓦克斯伯格:《高尔基遇害之谜》,第185页。

你迷上一个比我年轻,因此也比我更值得得到你的爱情和友情的男人,这是完全正常的。而你想用那些遮遮掩掩的"好"话来隐藏发自本能的声音,这是绝对没用的。①

穆拉对那位更年轻的男人——神秘的"罗"——的迷恋,也许只存在于高尔基的想象之中,不过是为了解释穆拉对自己不再热乎而凭空杜撰出来的一个故事。没有关于这段恋情的明确证据留存下来,何况穆拉从来都不擅长隐藏自己的风流韵事。高尔基认为,穆拉去柏林打理他的生意、去爱沙尼亚看望她的孩子都是托词。两人还是分手了好,他对穆拉说:"你将不用把自己分成两半,不必'为了考虑我'而挖空心思地去编造出一些小小的谎言,不用克制自己,也无须扭曲自己了。"高尔基说清了自己的意图,维护了自己的自尊与尊严后,在信的结尾处却失控了——"毕竟,我爱你,有爱吃醋等毛病。对不起,也许你不需要我提醒你这个……这一切都太沉重、太糟糕了。"

她已经把他逼得太狠了。她需要高尔基,需要这个朋友和文学上的导师,而且在这个不友善的世界里,她还需要高尔基为自己遮风挡雨。用一周的时间调整好自己的心情后,1926年1月初,她给高尔基写了一封耐人寻味的信。在信中,她引用了谢尔盖·叶赛宁那首著名的告别诗。叶赛宁是俄国流亡诗人,就在两周前,他在彼得格勒自杀了。叶赛宁年轻且极为英俊,是广受欢迎的浪漫主义诗人,他是俄罗斯的年轻宝贝,也是众多女人的情人。他曾和伊莎多

---

① 高尔基:1925年12月30日致穆拉函,藏于高尔基档案馆;节选自瓦克斯伯格:《高尔基遇害之谜》,第185—186页。

拉·邓肯有过一段短暂的婚姻,最近又娶了托尔斯泰的一个孙女。在抑郁的折磨下,他在旅店自己的房间里自杀了,留下一首写给一位朋友的绝笔诗。据说因为没有墨水,他是用自己的血写下了这首诗。

在给高尔基的信中,穆拉引用了这首诗,暗示自己可能想与他也这样作别:①

> 再见,我的朋友,再见,
> 亲爱的,你就在我的心里。
> 命中注定你我要分离,
> 并在将来某日重聚。
> 再见,我的朋友,无须握手,也无须话别。
> 莫难过,莫忧郁。
> 现在死亡并不新奇,
> 尽管活着更不稀奇。②

双方都陷入了一片沉默,都在沉思他们的感情,高尔基在俯瞰那不勒斯湾的房间里,穆拉在被雪封住的卡丽嘉夫。

接下来发生了什么,没有留下任何记录。也许拍过一封电报,打过一个电话,也许只是心情的镇定与平静。一周后,穆拉再次写信给高尔基。她说自己生病了,并因延误动身而道了歉。她将很快踏上重返索伦托之旅。

---

① 穆拉:1926年1月8日致高尔基函,藏于高尔基档案馆。
② 谢尔盖·叶赛宁:《再见,我的朋友,再见》,1925年12月。(Sergei Yesenin, 'Goodbye, My Friend, Goodbye', Dec. 1925)

* * *

  1926年初穆拉回去的时候，两人的关系仍在继续。伤口虽然缝合了却没有痊愈。二月时，高尔基进屋的时候发现穆拉正在藏一封信。①到了四月份，她又开始旅行了，去打理高尔基的出版事务，检查他岌岌可危的财务状况。高尔基最大的读者群体在苏联，但却没有报酬从苏联寄来。高尔基迫切需要现金，以至于在考虑把自己珍藏的一些翡翠塑像变卖掉。

  穆拉不在的时候，两人之间又出现了裂痕，他们很快就责备对方没有写信，不真诚。穆拉对高尔基说，她以为自己在冬天的时候已经让他相信，她打算继续做他的"妻子"，并不想离开他。她说自己已经"决定不再见罗了"。②

  她不仅要应对高尔基的多疑，还听说自己的姐夫自杀未遂。和姐姐亚拉一样，姐夫也吸食吗啡成瘾，而且健康也一直有问题。

  那年夏天，穆拉的孩子们终于见到了这个长期主宰着母亲生活的男人，孩子们收到过他的圣诞礼物，但从来没有见过这位遥不可及的大人物。已经十岁的塔尼娅、十一岁的帕维尔和十六岁的基拉和米姬一起乘火车去了意大利。天气闷热，经历了漫长的旅途之后，他们在傍晚的时候到达了索伦托。当晚，孩子们就被带去见了这个大人物。塔尼娅对他的第一印象是极高极瘦，但浑身散发着充满力量的气息。孩子们很紧张，但他友善的目光和温和的举止很快就安

---

① 高尔基:1927年2月3日(也许压根儿就没寄出)致穆拉函，藏于高尔基档案馆。
② 穆拉:1926年4月19日致高尔基函，转引自瓦克斯伯格:《高尔基遇害之谜》，第186页。

抚了他们，孩子们发现跟他在一起可以很放松。在孩子们的印象中，他戴着刺绣的鞑靼式瓜皮帽，留着一大嘴下垂的小胡子，还很容易被感动到落泪，似乎一天到晚都在工作。他很想参与到孩子们的游戏中去，但迫于劳累过度引发的咳嗽，他常常只好作罢。"这个身材高大，嗓门粗哑的男人很有人情味，甚至让人感动。"塔尼娅这样回忆道："我觉得他非常棒，严肃又不失爽朗，他对我们这些孩子很温柔，对每个人都有同情心。"①

如果穆拉曾期望把高尔基介绍给孩子们可以安抚他的话，她也许还真想对了。然而，他们之间的下一道裂痕来自一个全新的方向。高尔基再一次在公众中间引发争议，这一次，穆拉站在了公众的那一边。

1926年7月20日，令人闻风丧胆的契卡领袖费利克斯·埃德蒙多维奇·捷尔任斯基，此人身体本来就很少有好过的时候，现在身体状况又进一步恶化，终于死掉了。在革命前的逃亡岁月里，高尔基曾与他是朋友，保持着不错的关系。迫于夫人叶卡捷琳娜的压力，高尔基经不住劝，写了一篇悼文。"我对费利克斯·埃德蒙多维奇的逝世深感悲痛。"他写道，"我曾因诸多事情烦扰过他。因为上天赋予了他一颗敏感的心和强烈的正义感，我们曾做过许多有益之事。"②这篇悼文发表在苏联的报纸上。全世界的俄国流亡者都被激怒了。这比称颂列宁还要糟糕。捷尔任斯基掌门的契卡的铁拳曾让这些流亡者或其家人饱受折磨。一颗"敏感的心"？他手下的刽子手朝着多少

---

① 亚历山大：《爱沙尼亚的童年时光》，第84页。
② 转引自特罗亚：《高尔基》，第160页。

无辜俄国人的后脑勺开过枪？又有多少人在他的监狱里活活饿死？

穆拉也曾蹲过契卡的监狱，但她缓和了自己反对的口气，只是有所保留地谴责了高尔基一通。①

* * *

孩子们在高尔基的家里待了两个月，看到母亲的时间比以往都要多。（穆拉通常在爱沙尼亚只停留两三个星期，其间还要前往塔林）穆拉似乎没有察觉到，她长时间的离开让孩子们非常沮丧。每到八月，在穆拉到家之前，他们都在卡丽嘉夫做足了准备来迎接她。她的房间腾空后会被打扫一番，然后放上脸盆、水壶和便携式坐浴盆。花都采好了，房子也为她的到来做好了准备。穆拉一到家，就打开行李箱，里面装满了给每个人的礼物——衬衫（给米姬的）、丝袜、彩色铅笔、留声机、明信片簿……所有的礼物都被打开之后，他们便会坐下吃早饭。穆拉坐在桌子的上首，主导着饭桌上的聊天。她希望"被人喜欢，被人当作'西方圣贤'，她让大多数时候的气氛都沉浸在对她的崇拜之中"，塔尼娅这样回忆道。②

他们在一起玩游戏，到湖里游泳，这样几周过去后，穆拉离开的时间就到了。米姬会因为孩子们马上要失去妈妈而开始紧张起来。帕维尔和塔尼娅变得闷闷不乐，知道她马上就要离开。穆拉的行李打包好之后，按照俄国的旧习俗，其他人都要聚在一起沉默一会儿，为即将上路的人祈福。由于穆拉总是很晚才出发，孩子们会既疲惫

---

① 穆拉：1926年8月20日致高尔基函，藏于高尔基档案馆。
② 亚历山大：《爱沙尼亚的童年时光》，第93页。

又伤感。穆拉不在家的时候和米姬一起照顾孩子们的佐莉娅阿姨不赞成这样情绪化的、冗长的、近乎夸张的告别方式。

* * *

1926年的深秋，在穆拉和布德贝格都没有到场的情况下，两人的婚姻关系在柏林的一个法庭里悄无声息地解除了。

从那以后一直到第二年，穆拉和高尔基的关系都磕磕碰碰，不断产生裂痕，中间还爆发过一连串的抱怨和指责。高尔基的来信让穆拉沮丧，他已经开始指责穆拉没有将他的生意安排妥当起来了，将他的财务问题归咎于穆拉，而没有看到真正的原因在于苏联的政治环境，以及他和流亡者群体，尤其是流亡作家之间紧张的关系。

然而，他们仍然无法对彼此放手。在巴特萨罗和索伦托的时候，高尔基一直在创作他的四部曲史诗小说《克里姆·萨姆金的一生》。1927年，小说的第一部在苏联出版时，书上写着献给穆拉——或者说"玛利亚·伊格纳季耶芙娜·扎克列夫斯卡娅"，高尔基仍这样称呼穆拉。这部节奏缓慢、主题尖锐的长篇巨作将是高尔基的封笔之作，讲述了俄国革命前的知识分子阶层中一个平庸的自由派律师的故事。高尔基打算借此书嘲讽流亡的俄国知识分子——几年以后，他会这样评论，说这些流亡者身在异国，"散布诋毁苏联的谣言，煽动谋反，而且总体而言，言行举止卑鄙无耻。这些知识分子的大多数都是他笔下的萨姆金"。[①]

[①] 高尔基：1931年1月12日与俄国作家的辩论，(Gorky, in debate with Russian writers, 12 Jun. 1931) 转引自特罗亚：《高尔基》，第162页。

虽然穆拉永远不愿真的放手,但她却准备朝这个方向努力。她继续与威尔斯通信,请他帮忙,有时候语气嘲讽,想迎合他的政治理念和幽默感。她吩咐他去联系那些"统治世界的人物,不管他们是谁",请他们帮助爱沙尼亚振兴经济,使其得以抵抗布尔什维主义。①她谈到了威尔斯作品的俄语和德语译本,还与他打情骂俏:"不要这样一副完全公事公办的样子。告诉我什么时候才能见到你!"②穆拉从来没有放弃过在将来的某天前往英国,并希望定居在那里的念头。威尔斯不仅认识所有有用的人,而且自己还是个富人,有权有势。

英国的吸引力似乎在与年俱增。1927年,意大利警方对穆拉的注意力加强了。他们在跟踪她。穆拉还认为警方在拆阅她的信件了,并用俄语以暗语的方式向高尔基暗示了此事,"玛丽有只小羊羔／不管玛丽去哪里／小羊羔都必定跟到哪里"。③几年前穆拉曾经被意大利警方关押问讯,因此她的疑心并非毫无根据。

并不只是意大利人有所怀疑。军情五处关于穆拉的档案如今已经立档好几年了,而且法国的情报机构总参二局④也正在注意她的一举一动,留意俄国流亡者之间传出的流言。"这个女人似乎是苏联和德国的双面间谍。"他们的报告里写着:"她一直在整个欧洲旅行。"报告里面还写着:

---

① 穆拉:1926年2月12日致威尔斯函,藏于珍本和手稿图书馆。
② 穆拉:1926年10月4日致威尔斯函,藏于珍本和手稿图书馆。
③ 巴里·P·谢尔提供的私人通信。
④ 原文为法语 Deuxième Bureau(二局),是 Le Deuxième Bureau de l' État—major général(总参二局)的简称,是1871—1940年期间法国的对外军事情报局。——译注

有犯罪嫌疑。据报告,她拥有许多西方国家的签证,是布德贝格男爵的未婚妻,曾是沙皇的密探,后来成了马克西姆·高尔基、季诺维也夫的朋友和苏联特工。

她十分聪明,受过非常良好的教育,可以流利且不带口音地说英语、法语、德语和意大利语。她似乎是苏联情报机构中一名非常危险的间谍。①

一些目击证人称,穆拉曾多次回过苏联,还称柏林的某特别部门给她提供了"一种特殊的入境许可证,可以在其护照上不留下任何行踪记录的那种"。法国总参二局认为成功策反穆拉的可能性很大:"她经常以探望两个姐姐为借口回到法国。只要我们愿意付钱,布男爵夫人无疑会为我们工作。"

总参二局和军情五处都不清楚的是,此时这位男爵夫人所监视的是谁。事实上,她监视的是斯科罗帕德斯基的乌克兰酋长国政府的前任成员,如今他们正流亡在柏林。她又重操旧业,干起了自己1918年夏天就开始干的勾当——充当双面间谍。她的姐夫,阿西娅的丈夫是乌克兰的巴兹尔·科楚贝亲王,他是那场运动中的活跃分子,穆拉利用他作为消息源,向苏联输送情报。②到了1929年,情

---

① 总参二局遣返档案,"1921年至1936年疑为苏联提供情报的俄罗斯移民:本肯多夫伯爵夫人、布德贝格男爵、特里尔比·艾斯彭贝格"档案,第608箱,第3529卷。转引自林恩:《影子情人》,第195—196页。信息来源的真实性存疑。没有标注任何时间,(是对十五年观察的一个笼统的总结)而且似乎将好几个人混为一谈了,有一处将穆拉与特里尔比·艾斯彭贝格弄混了,还有一处将穆拉与已故俄罗斯驻英国大使的遗孀、俄国革命后定居英国的苏菲·本肯多夫伯爵夫人混淆了。

② 军情五处穆拉·布德贝格档案:1932年第16号文件,原始俄文文件的译文。

报源已经枯竭,当时帕夫洛·斯科罗帕德斯基本人已经察觉到穆拉1918年就一直在背叛酋长国了。①于是她和乌克兰流亡者的联系终止了。

穆拉所从事的活动的真相总是和传闻混杂在一起。其中的一些传言她有所了解,但还有一些是秘密情报部门的绝密文件。而如果说这些谣传中有真相的话,也只有穆拉自己知道其中有多少属实。假如于1921年离开之后,她真的带着关于高尔基或流亡同伴的信息又回到了苏俄的话,那么她就成功地瞒过了所有与她熟识的人,而高尔基对她仅有的怀疑只是她和年轻的"罗"之间所谓的瓜葛。

穆拉和高尔基的生活正缓缓走向结束,不过他们的情人关系并没有。列宁去世后,斯大林力压群雄,坐上了苏联最高领导人的位置。1928年间,他开始努力劝说高尔基回到自己的祖国。就算不愿回来定居,那他起码也应该回国访问。穆拉竭力劝阻高尔基,告诉高尔基她不想回去,他只能自己一个人去。

钱已经愈发成为高尔基的心头之忧了。斯大林承诺,高尔基在苏联会得到财富和汽车,过上奢华的生活。苏联各地的来信也如雪花般飞来,高尔基的仰慕者们对这位名作家的离开感到非常苦恼。这些信是在斯大林的要求下,由取代了契卡的国家政治保卫局(格伯乌②)局长亨利希·亚戈达③一手组织策划的,旨在用这些信来迎

---

① 基里尔·季诺维耶夫:安德鲁·博伊尔访谈录,藏于剑桥大学图书馆,编号为 Add 9429/2B/125。
② 英文缩写为(GPU),全称国家政治保卫局,1923年由契卡改组而成。—译注
③ 全名亨利希·格利戈里耶维奇·亚戈达(Genrikh Grigoryevich Yagoda, 1891—1938),一译根立克·雅戈达,苏联国家安全部门首脑,联共(布)中央候补

合高尔基的虚荣心，而且算好了时间，正好赶上了高尔基的60岁生日。①

虽然穆拉亲口说过不想访问苏联，但现在她却加入了宣传高尔基的运动。她在柏林拉拢文学和流亡团体中有影响力的人物，修补高尔基对这群"克里姆·萨姆金"的态度所造成的破坏。文学界的巨匠——西奥多·德莱塞、约翰·高尔斯华绥、萧伯纳、托马斯·曼、罗曼·罗兰，还有其他作家——都纷纷来函，夸赞高尔基，称他是"世界文学的天才""新俄罗斯的强劲生命力"。1928年3月25日，高尔基生日这一天，《纽约时报》上刊登了一封有50人签名的贺信。②

这样的瞩目和吹捧令高尔基受宠若惊。他很喜欢自己听说过的斯大林提出的许多新计划，尤其认可农业集体化的想法，认为农业集体化可以把"苏联村庄里半野蛮、愚蠢、粗笨的农民"转变成"农业无产阶级"。③

但最重要的是，马克西姆·高尔基，也就是阿列克谢·马克西莫维奇·彼什科夫，产生了思乡之情。1928年5月，阔别祖国七年后，在儿子马克斯的陪伴下，他第一次回到了苏俄。

在苏俄逗留的第一个夏天期间，高尔基和斯大林、亚戈达见了第一次面。一场精心安排的伪装大戏拉开了帷幕，为了让高尔基和马克斯能够在莫斯科周围散散步，两人被要求戴上假发、化好妆，

委员、委员，国家安全总政委。1938年3月15日被枪决。——译注
① 瓦克斯伯格：《高尔基遇害之谜》，第200页。
② 瓦克斯伯格：《高尔基遇害之谜》，第200—201页；特罗亚：《高尔基》，第165页。
③ 转引自瓦克斯伯格：《高尔基遇害之谜》，第200页。

乔装打扮了一番。高尔基没有意识到,那天自己接触到的大部分人也是精心策划的假象。这场伪装大戏以在火车站特别准备的一顿晚餐而告终,饭菜是所谓的普通菜肴,但和老百姓通常能吃到的饭菜完全不同。

高尔基甘愿上当受骗,他想要相信苏联是一个安居乐业的好地方。他谴责布尔什维克的日子已经是遥远的过去了。作为交换,斯大林看重高尔基的名气,以及他团结、安抚普通人的潜力。[①]一场取悦就这样开始了,并最终让高尔基永远地结束了流亡生涯,重归了故土。

* * *

高尔基和苏联重修旧好的同时,也就结束了与穆拉的亲密关系,然而穆拉还在继续打理高尔基的一应事务——翻译版权、公司交易和书籍出版,以及其他作家的这些事务。

与此同时,她也在激发威尔斯对自己产生更多的兴趣。

威尔斯正在逐渐解除自己和生命中其他女性的关系。丽贝卡·韦斯特已经是过去时,他的妻子简身体抱恙。他和情人奥黛特·科伊恩住在格拉斯附近法国蓝色海岸边的度假屋时,他的儿子吉普送来了简患癌的消息。威尔斯回到家中,陪在简身边,直到她于9月去世。既然威尔斯自由了,奥黛特看不出他有什么理由不娶自己。但她反复无常的个性、对威尔斯的苛求和两人激烈的争吵一直使他们

[①] 特罗亚:《高尔基》,第165—168页。

的关系时冷时热，威尔斯并不想匆忙结婚。奥黛特经常拆看威尔斯的信件，她震惊地发现威尔斯一直在给穆拉写信。威尔斯知道自己应该和奥黛特一刀两断，可他鼓不起这样的勇气，也下不了这样的决心。

穆拉跟威尔斯套近乎的动机很复杂。威尔斯很有影响力，作为一个爱好文学的女人，穆拉忍不住仰慕威尔斯，作为一个浪漫的女人，她受到了威尔斯的吸引，但真的爱上了他却不太可能。和高尔基与洛克哈特不同的是，威尔斯只是勉强欣赏穆拉的智慧或才华。他认为穆拉聪颖精明，但也觉得她的思考方式"像个俄国人：想法多，绕弯子，带着俄国人说话时那股装腔作势，故弄玄虚的劲儿，不从某一个特定的地方开始，而是早早地就得出一个结论"。穆拉是"一个有教养的人，她思考问题用的是文学批评的方式，而不是严谨的科学方式"。威尔斯觉得穆拉的思维能力比自己的妻子和女儿逊色，她们"受过科学教育，用英国人的方式思考问题"[1]。威尔斯极为相信理性主义，甚至将其应用到政治上。一些比威尔斯年轻的同时代人，譬如乔治·奥威尔，认为这是威尔斯的致命缺点，蒙蔽了他的双眼，让他看不到人性的存在。

威尔斯一定告诉过穆拉自己对此的看法，因为在围绕高尔基苏联之行而忙得团团转之后，为了让自己和威尔斯保持一致，她平静地写道，自己正努力"改变自己亚洲人的习惯，学习西方人的习惯"[2]。当威尔斯批评她的文风或她的英语时，她总是以讨人喜欢的方

---

[1] 威尔斯：《恋爱中的威尔斯》，第165页。
[2] 穆拉：1928年5月2日致威尔斯函，藏于珍本和手稿图书馆。

式痛快地接受。("我真的说成'publishment'了吗？太丢人了！")①在后来的生活中，威尔斯的这股迂腐之气会把穆拉的牙齿都酸倒，但现在却只会让她觉得有趣。

7月，穆拉回到了卡丽嘉夫。在那里，时隔四年之后，她给那个认为她的思维与才华在所有人之上的男人，那个永远不会责怪她的"亚洲人习惯"，也不会以充满嫉妒的占有欲对待她的男人写了一封信。

"亲爱的宝贝儿，"她写道。"你还好吧？"她怀着沉重的心情提到自己违背了四年前许下的诺言："那句俄国谚语说得对，只有坟墓才能治好驼背。"她想知道近期他会不会在巴黎或是柏林，想不想与她见面。她急切地想知道他一直打算写的那本"名著"怎么样了，还有他的回忆录进展得如何了。

收到他的回信后，一看到他的名字就似乎"回到了10年前，把我又变成了从前那个总是用颤抖的手指撕开你信封的幸福的小傻子"。7月28日，她再次写信给他，提醒他，从说出"我从雷瓦尔启程前往莫斯科，奔向你的怀抱"的那天算起，已经10年了。②在继续讨好、迁就和吸引威尔斯的同时，穆拉恢复了10年前标志着她开始与洛克哈特有染的那一习惯——向他传递消息。高尔基在苏俄之行结束后回到了索伦托，而此时正在靠给伦敦《标准晚报》写八卦专栏谋生的洛克哈特，已经听到有传言称高尔基"和布尔什维克发生了争吵"。穆拉否认了这一说法，还描述了高尔基身体不佳以及需要继续

---

① 穆拉：1924年2月10日致威尔斯函，藏于珍本和手稿图书馆。
② 穆拉：1928年7月28日致洛克哈特函，藏于胡佛研究所档案馆。

完成他那部史诗性小说余下的几卷等情况。"你写这个的时候，请不要透露我的名字。"她告诫洛克哈特。①

在未来的几年里，穆拉将证明自己不愧为高级八卦消息非常有用的源头。但这和他们年轻时的情形已不可同日而语了。向一位参与到重大政治事件中的重要外交官提供情报和给报纸的专栏作家透露小道消息是两码事，何况还是给那样庸俗的八卦专栏提供消息。

凭借她与洛克哈特和威尔斯的交情，穆拉还在苦苦争取，孜孜以求进入那个她梦寐以求的地方——英国的许可。

1928年6月13日，她提交了签证申请。她说想陪自己的养女基拉前往英国，基拉如今18岁，已被伦敦的皮特曼秘书学院录取。穆拉的推荐人之一又是她秘密情报局的老朋友厄内斯特·博伊斯中校。（后来有传言称他是苏联的一名双面间谍）②与不同的政府部门和警察局来来回回通了好几次信之后，由于认为穆拉是一个安全威胁，她的申请再一次遭到拒绝。

高尔基正在考虑回到苏俄长期定居，他问穆拉愿不愿意和他一起走。穆拉拒绝了他。如果她住在苏俄，就将无法再见到自己的孩子了。"而这种想法，意味着要和你分别，这让我非常非常难受，亲爱的，我说的都是真心话！"她写道。③

1928年8月，穆拉将帕维尔转到了柏林的一所学校。事实证明，

---

① 穆拉：1928年11月1日致洛克哈特函，藏于利利图书馆。
② 斯宾塞：《别信任何人》，第483页（Spence, *Trust No One*, p. 483）；库克：《王牌间谍》，第259—263页（Cook, *Ace of Spies*, pp. 259-263）。
③ 穆拉：1928年8月21日致高尔基函，转引自瓦克斯伯格：《高尔基遇害之谜》，第211页。

这次转校并非明智之举,次年3月,一位老师将这个15岁的男孩带到了一家酒馆,打探他的政治倾向,还提到了穆拉是个革命者。帕维尔马上挺身而出为自己的母亲辩护,还打了老师。帕维尔和这名老师双双被学校开除。帕维尔离家出走,消失了好几天,待在一家旅店里,靠洗盘子维持生计。①后来他转到了德国的另一所学校就读,一直待到要回爱沙尼亚服役的时候。

到1929年为止,穆拉大多数时候都住在柏林的一间脏乱的小公寓里,这间公寓位于科布格尔街——舍嫩贝格区的一条小街。她把时间花在了社交、发展自己的出版和翻译事业上。穆拉掌握着高尔基著作的国外出版代理权,可以随意商谈有关这些书籍的翻译事宜。②穆拉是高尔基作品的代理人,自己也在翻译高尔基的许多著作。她还组织了一批没什么名气的苏俄作家的作品在国外出版。

1929年,她一直以来等待并为之努力的机会终于到来了。

春天时,威尔斯抵达德国,在柏林发表了以《谈世界和平的常识》为题的演讲。就在他要上台演讲前,有人递给了他一封来自穆拉的信。穆拉看到了演讲的广告,抓住了安排和威尔斯见一面的机会。后来,观众散去后,她却站在那里,"身材高挑,目光平静如水,衣着寒酸但充满尊严,一看到她,我的心就奔向了她"。③

她衰老了,也发福了,但这根本就算不了什么,威尔斯见到她后还是照样没救了。第二天,他们和哈罗德·尼克尔森共进了晚餐。

---

① 谢尔:对1929年3月24日穆拉致洛克哈特函所做的注解,藏于高尔基档案馆。
② 亚历山大:《爱沙尼亚的童年时光》,第119页。
③ 威尔斯:《恋爱中的威尔斯》,第140页

事后,尼克尔森告诉自己的妻子薇塔·萨克维尔—韦斯特,说当晚大多数时间里威尔斯都在和穆拉调情。①他们最后去了"穆拉那间破旧的小公寓",威尔斯回忆道,"从见面的那一刻起我们就成了情人,好像我们两人从未分开过一样"。②穆拉得到了她一直在等待的契机。

几乎是威尔斯前脚刚离开柏林,洛克哈特后脚就到了。穆拉告诉了洛克哈特所有关于高尔基提议回到苏联的消息,并向他坦白,她打算趁高尔基不在时离开他。③

他们在一起待了一周,这次相遇重新点燃了穆拉的激情。她在辛德布鲁尔曾试图有尊严地结束的爱情又再次令她不能自拔。她想要洛克哈特回来,想帮他从他所处的那个有损尊严而又庸俗的文学洞穴中爬出来。最重要的是,她想要洛克哈特永远的回来。穆拉又一次渴望艺术的真实了,她觉出了欧洲正在酝酿着另一场战争,还有他们共同承担过、植根于他们的过去的那些使命。"为什么不向我屈服?"她写信给洛克哈特。"为什么就不能'牺牲'你自己?毕竟,事情已经发生了,有时候,我是如此想要你——而且是如此厉害。"④

她永远都无法放弃他——只有坟墓才能治好驼背。

---

① 尼克尔森:1929年4月12日致薇塔函(Nicolson, letter to Vita, 12 Apr. 1929),引自《哈罗德·尼克尔森日记书信集》,第69页(*Harold Nicolson Diaries and Letters*, p. 69)。
② 威尔斯:《恋爱中的威尔斯》,第141页。
③ 洛克哈特:1929年4月9日日记,《日记·卷一》,第81页。
④ 穆拉:致洛克哈特函,藏于胡佛研究所档案馆。未署明日期:写于1929年于柏林刚刚重逢后。

1929年夏天,穆拉最渴望的梦想之一实现了。7月,厄内斯特·博伊斯(他已于1928年从秘密情报局退休)给护照管理处寄了一封信,在信中他承诺"以个人名义担保,没有任何政治理由可以说明布德贝格男爵夫人不应访问英国"。① 最终,经过10年的努力,她终于得到签证,可以进入这个几乎是她精神故乡的国家了。

---

① 军情五处穆拉·布德贝格档案:博伊斯,1929年6月10日致伦敦护照管理处斯宾塞少校函。关于博伊斯退休的情况,见杰弗里:《军情六处》,第191页。

19 才不是这样的傻瓜呢
1929年—1933年

1929年9月18日，星期三，英国多佛

穆拉第一眼看到的英国是白垩悬崖下的内港，港口的码头里挤满了烟囱高耸的拖船和横跨海峡的汽船。从加来驶来的那艘肥艄型的小船拖着烟囱喷出的白烟，徐徐驶入，停在了船坞边。

当年的那个小姑娘，如今已经37岁，她还在摇篮里时就已经开始学英语了，她最亲密的朋友都是英国人，她还冒着生命危险，维护过英国的利益。为了来到这个国家，她努力了十余年，今天终于看到了它的模样。①

她没有很多时间来领略它。这张勉强发给她的签证有效期只有一周，而她还有事要做，有人要见。

她的主要任务是来见威尔斯，把基拉安置在伦敦后，她继续旅行，来到了埃塞克斯，威尔斯在这里有自己的乡间宅邸。伊斯顿格

---

① 当穆拉申请签证的时候，她宣称自己曾经于1911年造访过英国，而且曾住在克拉里奇酒店。（军情五处穆拉·布德贝格档案，1928年6月13日巴黎英国护照管理处文件提供的记录）这次造访的细节无人知晓，也没有人知道是否真有其事。

利布①是一座宜人又低调的维多利亚式房屋，坐落于伊斯顿庄园。自1910年起，威尔斯就从沃里克伯爵夫人黛西·格雷维尔的手中租下了这栋房屋。这里是威尔斯静居的世外桃源，他的不少著作都是在这里写成的。其中之一就是刻画战时人类勇气的小说《布特林先生看穿了它？》，这部小说的乡村背景就是以伊斯顿为基础的。《布特林先生看穿了它？》曾在布尔什维克的俄罗斯大受欢迎，洛克哈特被囚禁于卢比扬卡的时候，雅科夫·彼得斯送给他的两本书之一就是这本小说(另一本是列宁的《国家与革命》)。②

威尔斯和穆拉一起共度了一周。穆拉看到了让威尔斯尤为喜爱的花园，他曾给她寄过花园照片的明信片。然后，两人前往伦敦，威尔斯在威斯敏斯特的圣尔敏酒店614号拥有一间套房。

他们度过了一段斯文而又高雅的时光——或者说至少穆拉是试图这样去努力的。穆拉正不得不根据威尔斯对自己的看法改变自己，而对于如何改变自己，她往往会形成误判。一些优秀的男人认为穆拉的智慧可与自己比肩，或者至少认为她是个有才华的女门客，对于已经习惯了这种仰慕的穆拉来说，要想为了一个欣赏自己的聪颖，却似乎想以玩弄般的浪漫方式来对待自己的男人而改变自己，绝非易事。她该如何应对呢？

她选择了以带刺的轻浮之言来激起威尔斯的嫉妒之情。在英国短暂停留后，她回到了欧洲大陆。中途在巴黎的莫里斯酒店歇脚时，

---

① Easton Glebe，1912年威尔斯在埃塞克斯郡一个叫邓莫的地方买下的一处房屋。—译注
② 洛克哈特：1918年9月5日日记，《日记·卷一》，第41页。

她匆匆地给威尔斯写了一封短笺，提到自己正在等着和一个"薄幸郎"（很可能是洛克哈特）相会。更有幸的是，她写道，可以"写信告诉你，亲爱的，你让我的伦敦之行变得多么迷人，多么愉快"。她还愉快地自贬说，"我是个非常感激你的小人物……而且那种感受我会终生难忘"。①

这是失策之举。威尔斯的回信令她震惊，他在信中指责穆拉的轻浮和她写信的语气。他读后的印象是穆拉享受了欢愉之后，现在要"走自己的路了"。她感到恐慌，在返回柏林的路上，她给他写了一封更长的信。她否认自己想要抛下他。她坚持说，相反，"我想，以一种非常女性化，哪怕是非常'不理智'的方式，去感受自己属于你。"说自从在彼得格勒相识以来，他对她来说就十分重要。那封"从巴黎寄出的愚蠢的信"是她故意写的，这样"你才不会感受到我的心痛"。还说，威尔斯在她身上看到的一个品质显然是她的"坚强"，所以她就投其所好。"没错，我是很坚强，我想，坚强到了不去欺骗自己的程度。"但她劝威尔斯"不要太坚强，我亲爱的威尔斯，稍稍'软弱'些……如果这意味着你要多想我一些，超出你应该想我的程度的话"。②

* * *

如果讨好威尔斯让穆拉的自尊受损了，那她并没有让这一点表

---

① 穆拉：致威尔斯函，藏于珍本和手稿图书馆。未注明日期：邮戳日期为1929年，很可能写于9月末。
② 穆拉：1929年9月29日致威尔斯函，藏于珍本和手稿图书馆。

现出来。在契卡的监狱里，从雅科夫·彼得斯那儿，她明白了迎合男性虚荣心的重要性，而且多年与秘密警察、间谍、政治委员和外交官员打交道的经验已经把她的"脑子磨炼"得更加敏锐了。一个英国男人，不管多让人敬畏，都不应该会对如此有才华的女人构成强大的挑战。

也很可能还有一个秘而不宣的动机：她不光是在拉近与威尔斯的关系，也不是在引诱他，而是在训练他。如果那些关于她在为苏联政府搜集情报的传言并非空穴来风的话，如果英国和法国情报部门的疑虑言之成理的话，那么英国对穆拉而言会是一个好上一倍的地方。威尔斯的朋友来自世界各地，他的社交圈里有皇室成员、作家、影星、贵族和处在权力巅峰的各国政要。洛克哈特虽然不像威尔斯和高尔基那样有名，但也与富豪和名流交际，和洛克哈特在不同场合有过交集的人包括丘吉尔、奥斯瓦尔德·莫斯利、比弗布鲁克勋爵、布伦丹·布拉肯、威尔士亲王和华里丝·辛普森。处在这两个男人之间，一个擅长政治绯闻的间谍会大有收获。

但她也有强烈的情感需求。她的情人们从来都不只是工具，对洛克哈特来说尤其如此。即使是她的女儿塔尼娅也从来都看不透穆拉性格中隐藏的部分。她永远想不明白为什么"一个像我母亲那样受了那么多折磨，失去了那么多的人，仍然会期待并且博得这样的吹捧"。

毫无疑问，她做到这一点的一个方法就是运用感情的吸引力：她曾经对我的一个朋友说过，她认为，一旦自己和男人们有了肌肤之亲，他们就会一直依恋她。然而问题在于，这其中有多少是想要控制别人的自我主义欲望，或者说是对她心中强烈需求的回应。当然了，一旦男人们爱上她，她就永远都不会放手。不过，对那些陷入其中而不能自拔的人来说，这似乎也是她魅力的一部分。①

弥补了自己最初的失策之后，穆拉与威尔斯开始步入了按部就班的稳定关系。然而，双方都既没有无拘无束，也没有忠贞不移。高尔基仍住在索伦托，而穆拉还是高尔基家中的一名临时成员。与此同时，她还时不时地就和洛克哈特来一段偷鸡摸狗的小插曲。

与此同时，威尔斯仍然和奥黛特·科伊恩纠缠不清。奥黛特隐居在里维埃拉，威尔斯在冬天时会造访那里。他拒绝在别的地方和她见面，还向她隐瞒了自己的新恋情，生怕事情败露后必然会引发的猛烈争吵。虽然威尔斯十分确定自己爱的是穆拉，但他却从来都不擅长一干二净地断绝关系，而如今他都六十出头了，已经到了经受不住生活再起波澜的年纪。简去世后，他度过了一段焦虑的时期，觉得自己的生命正走向尽头，产生了完成重要的作品的紧迫感。只要是有可能影响到这件事的事情，他都不愿意去做。

与此同时，威尔斯跟穆拉把话说清楚了，他打算继续和奥黛特在一起，他不能和穆拉要孩子，也不企求她忠贞。②穆拉"寒酸"、囊中羞涩的日子让威尔斯动了恻隐之心，他决定每年给她200英镑的年金，补贴她的生意收入，这笔收入约为800英镑。

威尔斯开出的条件正合穆拉的心意。高尔基夏天时待在苏联，

---

① 亚历山大：《爱沙尼亚的童年时光》，第148页。
② 威尔斯：《恋爱中的威尔斯》，第143页。

而威尔斯冬天时与奥黛特相伴,一切都再合适不过了。穆拉依然有时间和洛克哈特调情。

不知怎的,威尔斯似乎并没有意识到穆拉和高尔基已有过肌肤之亲,仍然相信她只是他的秘书。他也不知道穆拉对洛克哈特的感情有多深。他以为自己是穆拉唯一所爱的人。尽管穆拉对他说过自己爱他、属于他,但她却从来没有像对洛克哈特那样,发自内心地对他说过半句爱他爱得要死要活的话。

* * *

如今的穆拉已青春不再,正在走下坡路,慢慢步入中年。她正开始体验一种新的烦恼——比自己年轻的一代成年女子的出现。

1929年10月,她带基拉到柏林与自己同住了一段时间。公寓狭小,她很快就发现基拉的出现令自己恼火,束缚了自己的行为方式。她不擅长在聚会上介绍这位漂亮的年轻姑娘,只要有哪个男人注意到了基拉,她便会醋意大发。她似乎讨厌基拉的出现,觉得她侵扰了自己的生活,抢去了她自己需要的风头。基拉在柏林只待了几个月。

1930年,高尔基的健康状况恶化。他的结核病在那年冬天尤为严重,无法前往苏俄。穆拉留他在意大利,自己到亚拉那里待了一段时间。亚拉的丈夫又试图自杀,这一次他成功了,而亚拉则吸食吗啡,旧瘾复发。3月,穆拉将她送到了精神病院,但她还没有病到需要强行关起来的地步,结果她从医院逃跑了。穆拉为错过了高尔基的生日给他写了一封信致歉,然后继续照顾亚拉。6月,穆拉将她转到了一家专治毒瘾的医院。其间,她在孜孜不倦地翻译高尔基的

《克里姆·萨姆金的一生》同时，打理着自己的出版事业。①

她成功地挤出时间再次申请了签证，并与威尔斯在伊斯顿格利布度过了6月份的部分时光。穆拉到那儿的时候，丽贝卡与威尔斯之子安东尼·韦斯特也在。穆拉抵达时，安东尼出去散步去了，回来时，发现这对爱侣正坐在一棵树前的长椅上。"重逢的欢乐之情让他们容光焕发，两人显而易见的幸福感让这一幕令人难忘。家父一旦心情愉悦，就是最能给人带来快乐的人。"安东尼回到母亲家中时，浑身洋溢着这段美好时光带来的兴奋感，却受到了丽贝卡的冷遇，她气愤于儿子竟会如此不忠于自己。②

两人在伦敦待了一段时间。在这里，穆拉开始渗入英国的文学界和出版界。她被引荐给了令人望而生畏的海涅曼出版社老板芭芭拉·拜克。芭芭拉是个男人见了就迈不动腿的女人，据说她曾经同时与毛姆及其秘书兼同性情人杰拉德·哈克斯顿在床上翻云覆雨。她叫自己办公室的勤杂工，年轻的鲁珀特·哈特—戴维斯与她搭档，与穆拉和威尔斯打羽毛球。结束后，他们又一道去威尔斯在贝克街的新家喝茶。哈特—戴维斯对穆拉印象深刻，认为她在羽毛球场上是个精力充沛、满腔热情的对手。她没要茶，而是要了"一杯掺了苏打水的白兰地，配了一大支雪茄"，一边喝着抽着，一边与威尔斯谈论政治和政府。③她给这位二十三岁的小伙子留下了很深的印象，后

---

① 穆拉：1930年3月至7月致高尔基函，藏于高尔基档案馆。
② 安东尼·韦斯特：《我父亲欠下的风流债》(Anthony West, 'My Father's Unpaid Debts of Love')，《观察家评论》(*Observer Review*)，1976年1月11日，第17页。
③ 鲁珀特·哈特—戴维斯：安德鲁·博伊尔访谈录 (Rupert Hart-Davis, interview with Andrew Boyle)，藏于剑桥大学图书馆，编号为 Add 9429/2B/119。

来,他对穆拉是又爱又敬,认为她为人善良而又热情。"她不只是用双臂,而是用全身在拥抱你。"①那个夏天剩下的日子里,她途径巴黎、柏林和爱沙尼亚,不紧不慢地回到了在索伦托生病的高尔基身边。但到了10月,她又回到了伦敦,在动身前往热那亚和柏林前,她与洛克哈特在萨沃伊酒店共进了午餐。两人八卦了一大通——穆拉告诉洛克哈特,作家阿诺德·贝内特厌倦了自己的演员情人,"而且自从她不让他穿带'勿忘我'花的衬衫以后,他就找不到灵感了"②。她还给洛克哈特讲了一大堆高尔基的故事。高尔基虽然每年在苏联能卖出二百五十多万本书,但他已经把钱施舍一空,每年只能挣三百镑左右。斯大林不肯让财富流出苏俄,他让高尔基无法不回国。与此同时,穆拉每年见到他的时间越来越少,她前往英国的次数越来越多,待在这儿的时间也越来越长。

每一趟行程下来,她都拓宽了自己的社交网,收集到了新情报,给时代出版社的名单上添了新作家。关于她的流言从来就没有停过——她的旅行是在为从事间谍活动打掩护,她不是苏联间谍,就是英国的双面间谍。同时,她躁动而汹涌的情感驱使着她去寻找新情人。

她在英国的时候没有和威尔斯住在一起,而是与康斯坦丁·本肯多夫伯爵及其妻子同住。康斯坦丁是她已故丈夫伊凡的远方堂兄,亚历山大·康斯坦丁诺维奇·本肯多夫伯爵的儿子。亚历山大

---

① 鲁珀特·哈特—戴维斯:与安德鲁·博伊尔访谈录,藏于剑桥大学图书馆,编号为 Add 9429/2B/119。

② 洛克哈特:1930年10月4日日记,《日记·卷一》,第127页。

第四部 英国
1924—1946

是俄罗斯帝国最后一位驻不列颠大使①,他的遗孀苏菲伯爵夫人,自他1917年逝世后就定居英国,把她在伦敦的房子租了出去,住在萨福克郡克莱登村古朴的花园别墅里,别墅名叫"石灰窑",她在那儿养了很多玫瑰。1928年苏菲去世,康斯坦丁继承了"石灰窑"。穆拉厚着脸皮搬出自己与本肯多夫家族的关系,同时施展出自己的魅力,把自己送到了康斯坦丁面前,利用他的热情好客——得到了想要的结果。②在之后的15年里,她将会从他那儿得到更多的东西。

康斯坦丁在政治上很开明,他娶了竖琴家玛利亚·科钦斯卡③为妻,有一个7岁的女儿,名叫娜塔莉。康斯坦丁长穆拉12岁,曾在俄罗斯帝国海军服役,在1905年的日俄战争中被日方俘虏过,还和父亲在伦敦工作过一段时间,结识了既是作家又是旅行家的上流社会名人莫里斯·巴林④。巴林把他介绍给了包括亚瑟·贝尔福、萧伯

---

① 原文为the Court of St James,直译为"圣詹姆斯官",代指英国王室,故而意译。——译注

② 娜塔莉·布鲁克(康斯坦丁之女,娘家姓本肯多夫):安德鲁·博伊尔访谈录(Nathalie Brooke [née Benckendorff, daughter of Constantine], interview with Andrew Boyle),藏于剑桥大学图书馆,编号为Add. 9429/2B/114 (i)。康斯坦丁(Constantine)和伊凡(Djon)的关系无法确定,但是他们似乎是第四代表兄弟,有一位共同的祖先约翰·迈克尔·伊万诺维奇·冯·本肯多夫(Johann Michael Ivanovich von Benckendorff, 1720—1775)。

③ 一译玛利亚·科钦丝卡(Maria Korchinska, 1895—1979)20世纪杰出的俄罗斯竖琴演奏家,移居英国后亦成为英国20世纪最重要的竖琴演奏家之一。曾担任莫斯科音乐学院竖琴教授和莫斯科大剧院首席竖琴师。1922年嫁给曾先后担任沙俄驻丹麦和英国大使的亚历山大·康斯坦丁诺维奇·本肯多夫伯爵(1849—1917)的侄子康斯坦丁·本肯多夫伯爵,而这个康斯坦丁·本肯多夫既是穆拉的前任丈夫伊凡的远房堂弟,又是穆拉的情人。——译注

④ 莫里斯·巴林(Maurice Baring, 1874 — 1945),英国多才多艺的文人,既是戏剧作家、诗人、小说家、翻译家、旅行作家,还当过战地记者。——译注

纳、爱德华七世、威尔斯在内的政治和文学圈子的人。一战前,康斯坦丁回到了俄国,打理家族产业,在圣彼得堡与巴林合住一间公寓。革命后,他决心与无产阶级共命运,加入了红军。但他的前途却变得令人担忧起来,让布尔什维克对其背景的怀疑给蒙上了一层阴影。他曾多次被关押在克里姆林宫和布特尔卡监狱——就是1918年9月,穆拉在里面度过了恐怖的两周的那座监狱。①

康斯坦丁和穆拉都曾是契卡监狱的老常客,又都是为布尔什维克效过力的进步贵族,也许有一种惺惺相惜之情让他们走到了一起。和穆拉一样,"康尼"在一些俄国流亡者看来也是苏联间谍。②一些人相信,早在穆拉1930年踏入他伦敦的家门之前,两人就已经认识了。他曾一度在爱沙尼亚做边境委员,而其间穆拉曾穿越过俄爱边界。③

康斯坦丁和伊凡很像——冷漠、呆板,而且眼下日趋发福了。但在性情上他与穆拉更为相似——进步、开明、能够适应不同的环境,而且有修养。他是个长笛手,从海军退役后加入了一个管弦乐队,在那里遇见了自己的妻子玛利亚·科钦斯卡。当时他40岁,玛利亚27岁。他们于1927年逃离苏俄,投奔到了住在英国的苏菲伯爵夫人那里。和许多其他俄国流亡者一样,康尼在英国无事可做,开始赌博,让自己的妻子去挣钱。玛利亚大多数时间都在伦敦谋前程求发展,而康尼则住在"石灰窑"。

---

① 本肯多夫:《半辈子》,第150页(Benckendorff, Half a Life, p. 150)。
② 娜塔莉·布鲁克(娘家姓本肯多夫,康斯坦丁之女):安德鲁·博伊尔访谈录,藏于剑桥大学图书馆,编号为 Add. 9429/2B/114 (i)。
③ 基里尔·季诺维耶夫:安德鲁·博伊尔访谈录,藏于剑桥大学图书馆,编号为 Add . 9429/2B/125。

第四部 英国
1924—1946

穆拉到英国没几个月,一阵迷魂汤就把康尼灌得魂不守舍了,两人开始了一段注定会持续15年的暧昧关系。康尼富有魅力,讨人喜欢,颇有人缘。① 多年以后,穆拉亲口对一位朋友说:"我爱高尔基和威尔斯。就康斯坦丁来说,我感到他满足了一种肉体上的激情。"② 康斯坦丁的女儿娜塔莉从家人的闲言碎语中得知了两人的私情,她从小到大一直厌恶穆拉。③ 1935年她12岁的时候,被连拖带拽硬拉到卡丽嘉夫去度了一次假,这次相处彻底惹恼了她,而且她憎恨穆拉全家。尽管她觉得塔尼娅很漂亮,但她极不喜欢帕维尔,同时认为基拉是一个"宗教狂,每天都去领圣餐,脑子有问题"④。

那些本肯多夫家族的远亲,本来跟穆拉的关系就已经比较冷漠了,现在因为两人的私通更加疏远了她。康斯坦丁在穆拉身上花了不少钱,给她买珠宝,陪她去看戏、看芭蕾。娜塔莉认为自己的父亲是个勇敢的人,但在道德上软弱,"毁在了"穆拉手里。⑤ 她还厚颜无耻地把威尔斯带到克莱顿来拜访康尼。在周末带一个情人去见另

---

① 娜塔莉·布鲁克:黛博拉·麦克唐纳访谈录。(黛博拉·麦克唐纳为本书作者之一。—译注)
② 转引自迈克尔·伯恩:安德鲁·博伊尔访谈录(Michael Burn, interview with Andrew Boyle),藏于剑桥大学图书馆,编号为 Add 9429/2B/115 (ii)。
③ 她觉得穆拉"臃肿、骨骼粗、力气大、不迷人……她让我倒胃口"(娜塔莉·布鲁克:安德鲁·博伊尔访谈录,藏于剑桥大学图书馆,编号为 Add. 9429/2B/114 [i])。
④ 娜塔莉·布鲁克:安德鲁·博伊尔访谈录,藏于剑桥大学图书馆,编号为 Add. 9429/2B/114 (i)。
⑤ 娜塔莉·布鲁克:安德鲁·博伊尔访谈录,藏于剑桥大学图书馆,编号为 Add. 9429/2B/114 (i)。

一个情人,也只有像穆拉这样能干的女人才有这个胆子。①

穆拉的生活与多名情人交织在一起。高尔基在索伦托,仍举棋不定,不知是放弃他所热爱的意大利,还是永远回国;康斯坦丁带来了激情与偷情;而威尔斯则被蒙在鼓里,以为自己是穆拉唯一的情人,他认为穆拉不是"奥黛特那样狂躁又淫荡的女人",只会跟自己爱上的男人上床。②这倒是没错,但正像低估了穆拉的智商一样,威尔斯也低估了她爱上男人的能力。

经历了这一切之后,把她和洛克哈特拴在一起的那根红线仍然很牢固。他们之间藏着一个不为人知的真相——如果可能的话,她希望自己可以和他在一起,不去顾及世上的任何事、任何人。

洛克哈特的生活一团糟。他依旧在写自己的八卦专栏,依旧负债累累,而且依旧在为自己千疮百孔、残缺不全的婚姻而痛苦不已。穆拉想帮帮他。她努力鼓励他冷静下来,偿清自己的债务,写一点像样的东西。"她是个心胸宽广的女人。"1931年初,他在日记里这样写道。③他知道自己已经变得多么难以相处,也清楚对一个仍肆无忌惮地爱着自己的女人来说有多难。她曾经对他说过,他"有点儿坚强,但是坚强得不够。有点儿聪明,但是聪明得不够。有点儿软弱,但是软弱得不够"④。现在,她敦促他"不要再把自己的生活搞成这样一团糟",利用好自己面前的机遇。"你务必找时间写作,务必同自

---

① 娜塔莉·布鲁克:黛博拉·麦克唐纳访谈录。
② 威尔斯:《恋爱中的威尔斯》,第168页。
③ 洛克哈特:1931年1月6日日记,《日记·卷一》,第145页。
④ 洛克哈特:1924年8月2日至4日日记,《日记·卷一》,第59页。

第四部 英国
1924—1946

己身体上的毛病做斗争……你为什么不听我的呢?"①他们时不时地见面,再度点燃从前的激情火焰。偶尔,显然要么是酩酊大醉,要么是激情难耐的时候,她会用潦草的笔迹给他写一些很肉麻的信:"我亲爱的,我有多爱你,你想必是知道的……我所有的爱都属于你",并发誓说从1918年起她对他的爱就不曾减弱过。②

1931年,高尔基身体恢复了,又可以再次去莫斯科了。为了增加他在欧洲的收入,穆拉忙于变卖他收藏的翡翠,却失望地发现拿到的钱只是自己希望的一半。③1931年圣诞,基拉订婚了。她的未婚夫名叫休·克莱格,是一名医生,还是《英国医学杂志》的编辑。次年,两人在伦敦的俄罗斯东正教堂结了婚。④

到了1932年,洛克哈特基于自己的外交及间谍生涯而创作的回忆录有了不错的进展。穆拉渴望看到他写出一本像样的书,而且同样急切地想要对他在书中写了什么把关。她非常上心,以自己经验丰富的编辑眼光相助。3月,她在卡丽嘉夫("这个简陋的小屋")度过了一段无聊得令人窒息的时光,其间,她在一封信中漫不经心地提到,"罗(R)并没有像我们的朋友所说的那样,已经死去"⑤,以此

---

① 穆拉:1931年12月29日致洛克哈特函,藏于胡佛研究所档案馆。
② 穆拉:致洛克哈特函,藏于胡佛研究所档案馆。未署明日期:很可能是1931年。
③ 穆拉:1931年4月4日致高尔基函,藏于高尔基档案馆。
④ 基拉(Kira)和休·克莱格(Hugh Clegg)育有一子,名叫尼古拉斯(Nicholas)。尼古拉斯如期长大并结了婚,有了一个儿子,也叫尼古拉斯(即尼克·克莱格,全名为 Nicholas William Peter "Nick" Clegg,1967— 。一译注),长大后成了一名政客,曾任(英国)自由民主党领袖兼副首相。
⑤ 穆拉:1932年3月17日致洛克哈特函,藏于胡佛研究所档案馆。

回应洛克哈特说过的某些话，这些话现已无案可稽。又冒出了一个神秘的"罗"，此"罗"与令高尔基震怒的彼"罗"显然不是同一人。

几乎可以肯定，穆拉这里所指的是秘密情报局间谍，拉脱维亚阴谋中洛克哈特曾经的同谋——西德尼·赖利①。1925年，他在前往苏联执行一项任务期间失踪了。据推测他已经死了，在越过边境不久之后被击毙了。事后看来，似乎是秘密情报局的厄内斯特·博伊斯下了套故意让他去送死，博伊斯被怀疑是苏联的双面间谍。有些人后来认为，赖利是诈死，这名在乌克兰出生的间谍实际上是叛变了。②如果这是真的而且穆拉又知道此事的话，那她一定同样也深深地卷进了间谍活动中，就像指控她的人所说的那样。

说赖利诈死不是没有道理的。一直以来，他似乎都表现出强烈的反布尔什维克倾向，但1918年末，刚从苏俄回国的洛克哈特收到了一封他寄来的信。当时，赖利住在伦敦的萨沃伊酒店，翌日便将和乔治·希尔一起回到苏俄去执行一项任务。洛克哈特去世多年以后，这封信才被公开，在信中，赖利称布尔什维主义"必将通过一个进化的过程征服全世界……没有什么，尤其是暴力反动势力，能够阻止其越来越高涨的势头"。他发表了自己的见解，"饱受批评而又极少有人理解的'苏联'，是布尔什维主义应用到现实政府时的外在表现，是我所知道的，通往以真正的社会公正为基础的真民主的最便捷的途径"。不仅如此，他还相信"苏联也许注定要带领全世界实

---

① 赖利的英文Reilly，首字母与罗伯特(Robert)的首字母相同。—译注
② 罗宾·洛克哈特：《赖利：始作俑者》，第12页、第115页（Robin Lockhart, *Reilly: the First Man,* pp. 12, 115）。

现政治家的最高理想——国际主义"。①

赖利非常了解洛克哈特，而且肯定知道他对社会主义的同情和对英国政府干预的愤怒，没准儿还隐约地知道洛克哈特曾为了穆拉而考虑过留在苏俄。他完全有变节的可能。如果穆拉确实是在让洛克哈特知道赖利之死是个骗局，那这种行为要么是极度的莽撞，要么是勇敢的信任。如果有一件事是穆拉从来都没学会忍住的，那就是她总是很冲动，老想让人们意识到，人家不了解的事情，她都了若指掌。

* * *

1932年间，人们注意到穆拉和威尔斯出双入对，一起外出越来越频繁了。他们常和比弗布鲁克勋爵（洛克哈特的老板）在他名叫"彻克利馆"②的乡间别墅共度周末，而且威尔斯还给了穆拉一把他贝克街公寓的钥匙。4月，他们一起在雅士谷马场度假，住在皇家酒店。皇家酒店的老板约翰·福瑟吉尔是个怪人，身穿一套配有黄铜纽扣的绿色西服，脚蹬一双带搭扣的鞋子，还在酒店里养了三头大象。穆拉喜欢喂"贫果"给它们吃，她叼着个俄语腔，把"苹果"说成了"贫果"。

就是在这儿，威尔斯第一次开始跟穆拉提出了结婚的事，她不

---

① 赖利，1918年11月24日致洛克哈特函，转引自罗宾·洛克哈特：《赖利：始作俑者》，第115页。
② 英文为Cherkley Court，无现成的中文译名，权且作此译。位于萨里郡莱瑟海德（Leatherhead）附近。——译注

出意料地反对了他的提议。她想维持现状,坚称自己不想两人的关系发生变化。

威尔斯和奥黛特·科伊恩正处在分手的边缘,然而,尽管他和穆拉谈起了婚姻,他却仍然没有结束这段关系。他厌恶奥黛特喜怒无常的行为,但似乎不敢跟她提出来分手。头年,他被诊断出糖尿病的时候,奥黛特来了伦敦,参加了短期的医护培训,要求威尔斯允许自己来照顾他,希望他会出于感激之情娶了她。威尔斯告诉她自己完全可以照顾自己,无疑是不希望她介入。他第一次在自己家看到她,意识到两人的共同点是多么的少,她怪异的行为和古怪的打扮把他搞得有多尴尬。

1932年末,威尔斯最后一次和她一起在格拉斯过冬。奥黛特的疑心越来越重,发现了穆拉寄来的信。她以自杀相威胁,说自己会公布这些信并把威尔斯写给她的信卖掉,然后写一本关于他们共同生活的书。1933年3月,威尔斯与奥黛特分手,1934年,她出版了《我了解英国人》,在书中谴责了英国人的性观念。威尔斯对此非常冷静,还说他看到一切都这么顺利和她的书大获成功,自己很高兴。她告诉他,自己在劳合·乔治与斯坦利·鲍德温都出席了的一次聚会上败坏了他的名声。她告诉他:"我讲你和你的穆拉的那些事时,他们一个个全都听得聚精会神。你知道吗,我还给她编了个名字呢。这个名字马上就要传遍全伦敦了,实在是太逗了。整个伦敦都会笑话你。我管她叫……床虱男爵夫人。"[①]可惜奥黛特不知道,关于布德

[①] 威尔斯:《恋爱中的威尔斯》,第159页。("床虱"[Bedbug]与"布德贝格"[Budberg]在英语中谐音。—译注)

贝格男爵夫人，也就是曾经的本肯多夫夫人，英国政府的那些男人们听到过的闲言碎语可比这有料多了。

威尔斯是彻底让穆拉迷得五体投地了，根本就不在乎奥黛特所做的一切。他一直很清楚穆拉的过错，（或者说那些他能看到且愿意看到的过错）然而他还是爱她。1934年，他写下自己关于穆拉的想法，努力想搞明白是什么让他如此依恋。

> 她一看就是个不太整洁的女人，额头上有块疤，带着愁容，鼻子碰破过……还有几缕白发。她的体格有些粗壮。她吃饭很快，大口大口地进食，喝掉许多伏特加和白兰地后都可以面不改色。嗓门很大但声音柔和，也许是吸烟太多，听起来不够圆润。一般情况下手里都攥着一个鼓鼓的黑色旧包，很少有系紧的时候。她攥着包的那双手手形优美，从来不戴手套，经常脏兮兮的。然而，我很少见到她跟别的女人同处一室而不明显是最靓丽也最有趣的风景——不只是在我眼里，在其他很多人眼里也是如此。[1]

她不大上相——"我从来不知道照相机会对谁有这么大的敌意……通常，相机照出的是赤裸裸的丑陋。一个凶神恶煞的女子的脸，童年时碰破过的短粗的鼻子下面，是一对大鼻孔。"[2]

威尔斯将她的魅力归结为她的勇气、沉着和胸有成竹的自信。她那对淡褐色的眼睛"从容而又宁静"，还有她那"鞑靼人宽宽的颧

---

[1] 威尔斯:《恋爱中的威尔斯》，第162页。
[2] 威尔斯:《恋爱中的威尔斯》，第163页。

骨"让她即使心情不佳时看起来也和蔼可亲。

威尔斯纠结于自己的情感的时候,穆拉继续在欧洲各地旅行,她不在,让威尔斯感到很痛苦,正如高尔基曾体会到的那样。

* * *

1933年,高尔基终于离开意大利,定居苏联。3月,在他离开前,穆拉去索伦托看望了他最后一次。这是一次重要的拜访。如何处理高尔基信件和手稿的存档文件引发了争论,穆拉到那里时争论正在进行。这些文稿中包含的材料,在斯大林看来,可能会牵连到这些材料的作者——那些20世纪20年代给高尔基写过信,想劝说他不要再为苏联政府背书的俄罗斯流亡作家和知识分子。这些充满了反斯大林主义情绪和个人信息,还包括对仍在苏联的一些人的评论的信件,全都被收到了一个行李箱里,但没有人能决定该如何处置这些信件。高尔基的儿子马克斯知道这个行李箱的存在,他的秘书克留奇科夫很有可能也知道。(如果他们知道,那么亚戈达和他的秘密警察也会知道)但是,他们无法决定,是让这些文件中出现的人(而且可能还包括高尔基本人)受到牵连,还是激怒亚戈达和斯大林。

最终的决定是将这个行李箱托付给穆拉,一同交给她的还有一把钥匙,这把钥匙可以打开放在德累斯顿的一个装有其他档案材料的保险箱。①现在,穆拉手上握有一件可以杀死成百上千人的危险武器。

同年,军情五处存档的一份报告称,尽管布德贝格男爵夫人得到了签证,但她仍被怀疑有"政治嫌疑",而且英国内政部还下达了

---

① 瓦克斯伯格:《高尔基遇害之谜》,第287—289页。

针对她的监听令。她前往索伦托之前待在英国的那一个月里,她的信件都被拆阅了,行动受到了监视,电话也遭到了窃听。收集到的资料——没有一样是证据确凿的——都被补充到了军情五处穆拉的档案里。

* * *

穆拉好像还嫌事儿不够多,良心上也没什么不安,闲得慌似的,又勾搭上了一个新情人。同时,她牵涉其中的那些没完没了的间谍活动又多出了一个花样。

保罗·舍尔弗是反纳粹的开明报纸《柏林日报》驻伦敦记者。穆拉可能是通过柏林的时代出版社,或两人在伦敦共有的社交圈而认识他的。要是没有军情五处的一些档案,几乎无法了解穆拉和舍尔弗的关系。军情五处对两人都采取了监视措施。

舍尔弗的职业生涯起步于担任《柏林日报》驻莫斯科记者。在莫斯科的七年里,他成了一位重要且有影响力的作家。他对布尔什维克统治下的俄罗斯生活发表的评论直言不讳,深深地激怒了斯大林。1928年,他报道了许多革命领导人被强制流放到西伯利亚的事情。而且他还预测斯大林强制推行的苏联农业集体化——高尔基曾对此持支持态度——将会产生灾难性的后果。舍尔弗成了不受欢迎的人,被禁止入境苏联。

穆拉是对保罗·舍尔弗的人感兴趣呢,还是对他的政治感兴趣呢?她急切地想知道关于纳粹领导层的内部消息,他们正处在夺取实权的边缘。(她把这一情况捅给了洛克哈特,他热衷于给自己的专栏写"希特勒故事",尤其是涉及其性丑闻的故事)。两人交往期间,即从1932年初到至少是1933年末,舍尔弗关于集体化的预言在乌克兰可怕地应验了。管理不善,再加上与不愿向国家上交牲畜的农民间的矛盾,带来了骇人的饥荒,最终夺走了上百万人的生命。1933年4月,舍尔弗在《柏林日报》发表了一篇文章,宣传英国记者加雷思·琼斯(原劳合·乔治的政治秘书)的调查报告,该报告揭露了集体化在导致饥荒中所扮演的角色。

但是苏联称此事有不为人知的一面。1938年,他们宣称舍尔弗是纳粹间谍,而且他本人对饥荒的发生负有责任。他们声称,舍尔弗是戈培尔与时任乌克兰贸易人民委员的苏联叛徒米哈伊尔·切尔诺夫的中间人①。切尔诺夫曾根据戈培尔和舍尔弗所传达的纳粹政府指示,蓄意制定了导致饥荒的政策。②在二战期间,舍尔弗去了美国,由于被怀疑是纳粹间谍,他在美国遭到了逮捕和审讯。他在洗清嫌疑后与战略情报局③一同工作,并在纽伦堡审判中担任控方顾问。

保罗·舍尔弗是个秘密纳粹呢,还是愿意为他们工作?1933年纳粹上台,接管了《柏林日报》。舍尔弗成为主编时,戈培尔放了他一马,免掉了其发表纳粹宣传的义务。然而,他却未能免于压力,

---

① 戈培尔,全名保罗·约瑟夫·戈培尔(Paul Joseph Goebbels,1897—1945),德国政治家,演说家。曾任纳粹德国国民教育与宣传部部长,有"无敌宣传家"、"纳粹喉舌"之谓,被认为是"创造希特勒的人"。切尔诺夫,即苏联农业人民委员会委员米哈伊尔·切尔诺夫(Mikhail Chernov,1891—1938)。1938年的莫斯科审判(又称二十一人审判中[Trial of the Twenty—One])把乌克兰大饥荒的责任推到了切尔诺夫身上。——译注
② 塞耶斯和卡恩:《蓄意破坏》,第17—21页(Sayers & Kahn, Sabotage, pp. 17-21)。
③ 美国二战期间成立的情报组织,是中央情报局的前身。——译注

最终辞职离开了德国。

在乌克兰危机从始到终的整个期间,穆拉和舍尔弗都是情人关系,这可能是个惊人的巧合,也可能不是。他们用德文通过信,其中有一些被军情五处拦截了。除了一些关于出版事宜的内容,主要都是情书。"我睡意蒙眬。"穆拉写道:"可是在睡梦中我看见了你闪烁的眼睛,还有你的下唇,然后我就醒了。我很高兴,我亲爱的,事情按照应有的方式发生了……我身边的世界空空如也。"①

另一封信是用有"玛丽·布德贝格,作家代理人,中心西一区威洛比街3号"抬头的信纸写的,提议在伦敦附近驾车度一次假。她告诉舍尔弗,说自己"极为"爱他。②1933年,她同威尔斯在萨尔茨堡和维也纳度假时,抽出时间给舍尔弗写了封信:"我几乎没有一点儿属于我自己的时间。"她抱怨道,"我们见了许多人,茨威格、弗洛伊德等。那个小老头迂腐极了,而且和所有身材矮小的杰出人物一样,为人苛刻。"③

她提到威尔斯时能用这么麻木不仁而又不屑一顾的口气,可能只是为了提前防止舍尔弗吃醋,也有可能是她对威尔斯真实感情的一瞥。威尔斯一心扑在她身上,这一点有时令她很恼怒。她这个人可能很冷酷。有一次,威尔斯带她去布罗姆利大街上看自己1866出

---

① 穆拉:致保罗·舍尔弗函,含在军情五处穆拉·布德贝格档案中,军情五处译。未署明日期,但很可能写于1932年6月。

② 穆拉:致保罗·舍尔弗函,含在军情五处穆拉·布德贝格档案中,卡洛琳·施密茨(Caroline Schmitz)译。

③ 穆拉:致保罗·舍尔弗函,含在军情五处穆拉·布德贝格档案中。邮戳显示为奥地利(Österreich),日期不明,但副本日期为1933年1月11日。卡洛琳·施密茨译。

生的那个铺子。汽车缓缓驶过时,他指着一个又小又破的铺子,不无自豪地说:"我就是在那里出生的。"

穆拉看了看那个铺子,瞅了威尔斯一眼,没好气地说:"果不其然。"①

到了1933年,威尔斯逮着机会就向穆拉求婚,高尔基一个劲儿地恳求她和自己一起回俄罗斯,康斯坦丁·本肯多夫仍和她打得火热,而且保罗·舍尔弗也加入了她的情人名单。这些人一个个全都在被各国情报机构监视着。唯一一个不想她想得发狂的男人却是她真正想要的那个男人——洛克哈特。他享受着与她的友谊以及两人时不时地调情,她对他写回忆录的鼓励也令他受益。她恳求他把她据为己有,但他却跟没听见似的。

穆拉时不时地也见见旧日老友,梅里埃尔·比尤肯宁就是其中一位。梅里埃尔现在的职业是作家,事业很稳定,她已经把自己在俄国的经历写成了三本书,第一本出版于1918年,穆拉在书中被匿名称为"我的俄国朋友"。梅里埃尔如今嫁给了威尔士卫队的哈罗德·诺林上校,两人生了一个小男孩。穆拉并没有对上校留下什么好印象,管他叫"梅里埃尔那个该死的丈夫"②。

结婚是个让人恼火的话题。在奥地利度假的时候,穆拉在游览风景和给舍尔弗写情书之余,还不得不忍受威尔斯不停火地求婚轰炸。

"这只是我们共同生活的开始,"在萨尔茨堡,他对她说,"我们

---

① 威利斯勋爵:1980年7月11日致安德鲁·博伊尔函(Lord Willis, letter to Andrew Boyle, 11 Jul. 1980),藏于剑桥大学图书馆,编号为Add 9429/2B/109。
② 穆拉:致洛克哈特函,藏于利利图书馆。未署明日期:很可能是1933年。

不久之后就会结婚。"

穆拉被惹怒了。"为什么要结婚呢？"她问。她知道他娶她是希望把她囚禁起来，把她拴在自己的身边，直到永远——或者直到他特别厌烦她为止。"如果我一直在你身边，我会让你烦的。"她对他说。①

正是在这种心境下，她向舍尔弗抱怨了那个迂腐的"小老头"。洛克哈特对威尔斯的态度也大同小异。在席间讨论了俄国政治的一次晚餐之后，他评论说，"威尔斯没什么了不起的。他就像寄宿学校的老师一样，把他知道的所有事实整理好，装出一副伟大的原创思想家的样子发表一通陈词滥调……他是个虚荣的老男孩。"②他的总结里无疑有一些嫉妒的成分——不是一个情人的嫉妒，而是一个挣扎着想成为伟大且受欢迎的作家的嫉妒，一个受挫的职业外交官想成为一名受人崇拜的业余爱好者的嫉妒。不过，不只是洛克哈特一人对威尔斯持此看法。这位维多利亚时代末期的激进思想家看起来愈来愈与现代世界脱节，对这个世界拒绝他的建议也变得越来越暴躁。

威尔斯已经注意到了他们离开的时候穆拉在向苏联发电报，但他当时并未多想。他不清楚她别的风流韵事。穆拉拒绝他求婚的次数越多，他就越来越依恋、痴迷于穆拉。穆拉对朋友伊妮德·巴格诺尔德(《玉女神驹》的作者)说："我不会嫁给他，只是他自己觉得我会。我才不是这样的傻瓜呢。"她不打算让人家把自己变成一个管家婆。③几十年前，伊妮德自己差点和威尔斯坠入爱河，且一直为他的

---

① 威尔斯:《恋爱中的威尔斯》，第170页。
② 洛克哈特：1931年10月3日日记，《日记·卷一》，第189页。
③ 别尔贝洛娃:《穆拉》，第257页。

魅力所倾倒——他那张"呆板、去雕饰"的脸上雄踞着一个"大鼻子情圣"契罗诺般的大鼻子，上面那对"奇小的蓝眼睛""蓝得如恣肆的汪洋一般"，总是笑眯眯的，令她念念不忘。她发现，成为"那个贪婪的小男孩"注意的目标是梦幻般的体验。不过，伊妮德喜欢穆拉，而且敬佩穆拉应付威尔斯的方式。①

1933年7月，在奥地利假期快结束的时候，穆拉撇下威尔斯一个人回了家，她急匆匆地赶到了伊斯坦布尔，与高尔基在一艘苏联汽轮上相会。这艘船将载着高尔基从那不勒斯驶向克里米亚。穆拉向他道了最后一次别，而他则继续航行，进入了黑海。他永远都不会再回西方了。他得到了三所豪华的大房子、一群仰慕者和获得财富的机会，但却失去了自由。

就在高尔基返俄几个月后，穆拉写信告诉他，自己正在计划去他那儿短暂地拜访他一下。她获得这样一个国家的出入境签证实际上是一件不可能的事情，但她显然没有怀疑自己拿到签证的能力。而事实证明她也的确具有这个能力。高尔基刚一回国，穆拉就神奇般地可以畅通无阻地进入并离开苏联——这两件事之间仿佛有着某种联系。

与此同时，洛克哈特的回忆录已经大功告成。他将手稿寄给穆拉以征得她的同意。她觉得这本书"非常棒"，但要求对涉及两人关系的章节做一些修改。她要求他称自己为"本肯多夫夫人"，他没有乖乖地依从。但在她的坚持下，他让了步，删掉了有关"从事间谍活动"的段落，称这些段落把她写得有了"一点玛塔·哈莉味儿，纯属

---

① 巴格诺尔德:《自传》，第130—134页（Bagnold, *Autobiography*, pp. 130-134）。

1924—1946

画蛇添足……而且是我绝对无法接受的"。①他还抹掉了自己在拉脱维亚兵团阴谋中的主要责任，将自己从阴谋的中心摆脱出来，并与他和穆拉、雅科夫·彼得斯三人1918年在克里姆林宫编造出来的那个版本一致起来了。

1932年11月，这本书以《一名不列颠代表的回忆录》为名出版，并成了畅销书。次年，华纳兄弟电影公司将其改编成了电影，由莱斯利·霍华德主演"史蒂芬·洛克"，凯·弗朗西斯主演"伊莲娜·穆拉"。片名为《不列颠特工》②，由迈克尔·柯蒂斯(后来导演了《卡萨布兰卡》)执导。由于剧本写得不好，这部电影不及原著那么成功。"洛克"和"伊莲娜·穆拉"之间的爱情故事简单而扣人心弦。伊莲娜是一名契卡间谍，被派来监视打算刺杀列宁的洛克。伊莲娜向托洛茨基(主要反派角色)透露消息，让契卡找到了洛克的藏身之处。托洛茨基下令摧毁洛克所在的大楼。但伊莲娜爱上了这名不列颠特工，当冲突爆发时，她不惜为他牺牲自己，选择了和他一同赴死。然而，列宁从受伤中恢复过来以后，下令赦免了所有的政治犯，两人都获得了缓刑。

面对电影，穆拉显得镇定自若，而且似乎很享受它给自己带来的恶名。电影最有趣的特点之一就是将她描绘成契卡间谍，然后又

---

① 穆拉：致洛克哈特函，藏于利利图书馆。未署明日期，很可能是1932年1月18日。
② 英文名为 British Agent，无现成中文译名，暂且作此译。"agent"一词既可作"代表"解，亦可作"特工"解，洛克哈特的回忆录更多的是以自己是英国政府驻苏联代表的身份写的，虽然他后来也干了一些特工该干的事情，故我们将其回忆录译作了《一名不列颠代表的回忆录》。——译注

不惜牺牲自己。当时，故事中的这两点都还没有公之于众，洛克哈特已经把它们从书中删去了。考虑到电影非常短暂的制作时间，很有可能是编剧莱尔德·多伊尔就剧本向洛克哈特讨教之后，得到了书中没有的信息。

如果影片里有什么地方让穆拉感动或者不舒服的话，那很有可能是它的结局——伊莲娜和洛克一起离开莫斯科，去了英国。然而，又一次，艺术"真实"胜过了经验真实。

洛克哈特继续与自己的各种恶习做斗争。他在日记中抱怨自己必须做"最后的不懈努力，过上禁欲的生活。如今，我无疑已经到了可以不吃喝嫖赌，而从其他事情中获得满足的年纪了"[1]。他从来都没有到过那个年纪。

《一名不列颠代表的回忆录》成功后，他想再接再厉，于是开始勤奋地写这本书的续作。穆拉看到手稿后，觉得它比前一部还要好。但1918年到1930年间他和其他女人的风流韵事——一共有七次——让她怒火中烧。（"你越来越行了！"她对他说）她很没面子地发现，1919年他得到了两个去苏俄工作的机会，却一个都没有接受，而那时的她正在尽自己的一切努力想与他团聚。"为什么？"[2]她问。她显然忘记（而他在书中也忘记提到）了一点，如果他再次踏上苏俄的领土，就会被处以死刑。

---

[1] 洛克哈特：1932年2月5日日记，《日记·卷一》，第202页。

[2] 穆拉：致洛克哈特函（Moura, letter to Lockhart），藏于利利图书馆。未注明日期，很可能是1933年。

20 骗子和撒谎精
1933年—1934年

尽管威尔斯对穆拉很上心,但他还是没有改掉拈花惹草的本性。

希尔达·马西森(外号"斯托克")是英国广播电视公司《谈话》栏目的主管,她劝说威尔斯来上她的节目。对于威尔斯来说,能有机会向着迷于电视的全国观众展现他的智慧,这让他无法拒绝。他谈论的话题包括"民主能坚持走下去吗?""世界和平"和"英国将向何处去"。[①]他一夜之间成为电台红人,并且和希尔达也成了朋友。这个时候,希尔达是薇塔·萨克维尔-韦斯特的情人,[②]但威尔斯并不清楚她这一性取向,以至于在他们友谊刚开头的时候,他还曾试图在自己的寓所内勾引她。在写给薇塔的信里,希尔达抱怨他那寓所位于大楼的最高层,"喊破喉咙都没有人会听到。所以我只能尽量不委屈自己……"在她看来,激烈的反抗只会更加撩起他的情欲,因此她"采取了最不在乎的态度不说,还嘲笑了他……到最后,他无奈只

[①] 史密斯:《威尔斯》,第316—322页(Smith, *H. G. Wells*, pp. 316-322)。
[②] 薇塔·萨克维尔-韦斯特(Vita Sackville-West,1892—1962),英国作家、诗人、园艺家,与丈夫哈罗德·尼克尔森(Harold Nicolson)实行"开放式婚姻",各自有同性情人,薇塔最出名的一段恋情是与英国作家弗吉尼亚·伍尔芙(Virginia Woolf)。——译注

好转为慈爱的一面了"。① 另一回,是在格拉斯小镇越冬的时候,他与旧情人,小说家伊丽莎白·冯·阿尼姆②(外号"小伊")共进午餐。后来他告诉她,他很喜欢她的新作,却闹着玩似地责怪她:"你的有些句子意思太暧昧,我可要打你的屁股(是爱昵地打,打完还想再亲亲的那种)。"③ 他大可以做到对穆拉非常上心,但他决不会只满足于一个女人。

1933年夏末,穆拉和威尔斯打算到波特梅里恩度假。那是一个仿意大利式的乡村,是克劳夫·威廉姆斯—艾利斯在北威尔士海岸上一块小小的世外桃源上兴建起来的。然而,7月28日,穆拉给威尔斯去了一封信,信中证实了他们一度担心且拿来开涮的那件事——她怀孕了。④ 那时她四十一岁,威尔斯则已六十七。

不论对他俩谁来说,这都不是一个好消息,因此穆拉打算去堕

---

① 马西森:致薇塔·萨克维尔-韦斯特函(Matheson, letter to Vita Sackville—West),转引自卡尔尼:《斯托克》,第45页(Carney, Stoker, p. 45)。

② 原名玛丽·安妮特·比彻姆(Mary Annette Beauchamp, 1866—1941),澳大利亚裔英国小说家,亦用笔名爱丽丝·乔姆利发表作品。最著名的是其半自传性质的小说《伊丽莎白和她的德国花园》(Elizabeth and Her German Garden),有影响的作品还有《薇拉》(Vera),《魔幻的四月》(The Enchanted April),《史格芬顿先生》(Mr. Skeffington),后两部曾改编成电影。——译注

③ 威尔斯:1934年1月22日致冯·阿尼姆(von Arnim)函,引自威尔斯:《威尔斯信札》第三卷,第513—514页。

④ 这封信的落款日期是7月28日,但没有标年份,虽然在出版的威尔斯信件中被归为了1930年,但却与事实相悖。在编号为1941、日期为1933年8月2日的信中,威尔斯向朋友提及去波特梅里恩的度假计划。穆拉并没有署上写信的地点,但确实写道,她怀孕的事实是由一名她在俄国时认识的医生确诊的。1930年高尔基没有去俄国,穆拉8月时在柏林,她写信给威尔斯说很想他,可她并没有频繁地去英国看他。

胎。她似乎对他们之间的这场风流韵事整个都感到厌倦了，她称这是小事一桩，不足挂齿，要不是他们在假期还打算去兰迪德诺附近的博德南特，拜访威尔斯的朋友克里斯塔贝尔·阿伯康韦的话，她压根儿就懒得写信告诉他；此行的前两周，穆拉是赶不上，只能错过了，因为她得去欧洲做堕胎手术（1933年时，英国不仅不允许堕胎，还刚刚严格了相关法规）。

她告诉威尔斯，他没法寄信到她要住的地方（具体是哪儿她也没说）；而只能寄往另一个地址，她会安排人去取信。

她是真的怀孕了吗？如果这是一个什么计谋的话，那一定是为了给某件非常重要的事情打掩护——而不是跟保罗·舍弗尔或是跟康尼·本肯多夫一起出游那么简单。她装腔作势地让威尔斯不要担心，信誓旦旦地对他说她会想他的，还说万一她没能平安回来的话，基拉、塔尼娅和保罗就托付给他了。①堕胎手术风险很高，全欧洲唯一堕胎合法的国家俄国，刚于1919年取消堕胎的入刑。如果穆拉秘密行程的目的地是俄国的话，那么不仅是对堕胎手术，而且是对这个行程本身，她心里没准也不踏实过。她以前收到过高尔基的来信，说他现在已经无法出国了。她有没有想过这种遭遇也会落到她头上呢？

但还好并没有。她完成了手术——或是用手术打掩护的那件事，并很快就回到了威尔斯的身边，和他一起在波特梅里恩和博德

---

① 这封信的原件存于（美国伊利诺伊州的）珍本与手稿图书馆（RBML）。原件上写得很清楚，基拉、塔尼娅和保罗是她的三名子女。在编号为1735的出版信件中却是维克多、塔尼娅和保罗，这显然是誊写错误。从此时起，她的儿子，帕维尔（Pavel），就改称为保罗了。

南特,度过了余下的假日时光。

* * *

既然已经失去了高尔基,穆拉便全心全意地巩固与威尔斯的感情,但她还是拒绝了他不懈的求婚攻势。保罗·舍弗尔和康尼·本肯多夫给她带来了激情,而洛克哈特则是她的真爱,生活中失去了高尔基这棵大树,威尔斯就成了她的保护伞,成了她的安全和势力的来源。

尽管只有访客身份,穆拉却在伦敦定居了下来。她住进了骑士桥88号的一间公寓,与现在已是寡妇的老朋友柳芭·希克斯同住。"希基"身患肺结核多年后,已于1930年去世。柳芭的亡夫没有给她留下任何遗产,因此她自己开了一间小时装店来维持生计。虽然人生背景不同,柳芭和穆拉俄国的那段相同经历,把她俩拴在了一起;尽管两人都想成为自己生活圈子中的核心,却依然还是朋友。①

穆拉再也不需要大老远跑到爱沙尼亚去看望孩子们了——现在他们都在英格兰的眼前。基拉和休·克莱格住在伦敦。保罗1933年(丢下自己的俄国名字"帕维尔")移民来到了英格兰;他读了农业专业并在约克郡当起了农民。1934年,塔尼娅也来了伦敦,在一家事务所谋到了个工作,并住进了柳芭和穆拉那栋楼的另一间房里。塔尼娅觉得她俩都不好相处。穆拉经常邀请她参加各种聚会,却从不把她介绍给任何人,穆拉自己在混乱的人群中滔滔不绝,把她晾在

---

① 1936年柳芭与莱昂内尔·弗莱彻爵士结婚,而后随他移居到了坦桑尼亚。弗莱彻爵士是一位退休的工程师和航运巨头。

一旁，无人搭理。

穆拉仍保持着对床的热爱。她上午会在床上工作，安排一下这一天的会面啦，写写信啦，一直待到午饭时间。通常她都会与朋友共进午餐，下午就到威尔斯那儿去待上一两个小时，傍晚时客人们会应邀来喝杯雪利酒；待到一个小时左右之后，她就会把所有人哄走，不过要是没安排与威尔斯一起用餐的话，她倒是希望有人会陪她出去共进晚餐。周末的时候，她通常会陪威尔斯到他那些个有钱又有名望的熟人的乡间别墅去作客。

威尔斯仍确信，穆拉会答应嫁给他。为了庆祝他们的"婚姻"，他在伦敦索霍区的"君往何处"餐馆举办了一个盛大的宴会。这是一次没有婚礼的婚宴。他们邀请了所有的朋友。来宾中有漫画家戴维·洛[1]、维奥莱特·亨特[2]、马克斯·比尔博姆[3]、莫里斯·巴林、哈罗德·尼克尔森[4]、朱莉叶特·赫胥黎[5]、丘纳德夫人和伊妮德·巴格

---

[1] 即戴维·洛爵士（Sir David Low, 1891—1963），英国政治漫画家，以英国政治家讽刺漫画和尖刻滑稽的法西斯领导人漫画而闻名。——译注

[2] 全名伊莎贝尔·维奥莱特·亨特（Isabel Violet Hunt, 1862—1942），英国女作家。——译注

[3] 一译麦克斯·毕尔勃姆（Max Beerbohm, 1872—1956），英国著名讽刺散文家、剧评家和漫画家。以刊登在19世纪90年代以嘲讽和激烈言论而著称的杂志《黄皮书》(The Yellow Book)上的讽刺短文和漫画而闻名，著有唯一一部小说《朱莱卡·多卜森，或曰牛津爱情故事》(Zuleika Dobson, or An Oxford Love Story)(1911年)，讽刺了牛津大学的生活。——译注

[4] 全名哈罗德·乔治·尼克尔森（Harold George Nicolson, 1886—1968），英国外交家、政治家、作家。他即是上文提到的作家薇塔·萨克维尔-韦斯特的丈夫。——译注

[5] 原名玛丽·朱莉叶特·巴约（Marie Juliette Baillot, 1896—1994），《天演论》作者托马斯·赫胥黎之孙媳，联合国教科文组织首任总干事朱利安·赫胥黎之妻，

诺尔德①。当伊妮德走到穆拉身边祝贺她新婚时,穆拉笑了笑,说她并没有打算嫁给他。席间,穆拉向来宾们宣布,这个活动从头到尾就是一个玩笑,"我们是在逗大家玩,我们今天并没有结婚,今后也不会有这样的打算"。②

鉴于威尔斯是不大可能对朋友们开这种"玩笑"的,所以他一定是寄希望于穆拉在公共场合碍于情面,会给他一个面子,答应他的求婚。穆拉的这一番宣布,可着实为自己受到的胁迫出了口气,同时也教他彻底明白了,她的拒绝并不是说着玩的。

晚宴后,客人们又受邀上威尔斯在比肯哈尔大厦的寓所作客。寓所里提前摆好了一排排租来的镀金椅子,等待着宾客入座,欣赏竖琴家玛利亚·科钦斯卡,亦称本肯多夫伯爵夫人的表演。在穆拉这场弄虚作假的婚礼晚宴上,请她情人的正牌夫人来表演,这馊主意不知是谁想出来的。好在伯爵夫人并没有如期而至。伊妮德·巴格诺尔德事后回忆起来还是感到惊讶,当时居然没有一个人想到要把椅子给搬走,因而客人们只好白白坐了一晚上。③这对情侣借用伊

著有自传《郁金香的叶子》(*Leaves of the Tulip Tree*)。荒唐的是,朱利安告诉妻子自己爱上了梅·萨藤(May Sarton),而这个美国女作家在跟他相好的同时,却更痴迷于比自己年长16岁的朱丽叶,把她称为自己永恒的缪斯。两人半个世纪的同性恋情留下了一部《亲爱的朱丽叶:梅·萨藤致朱丽叶·赫胥黎书信集》(*Dear Juliette: Letters of May Sarton to Juliette Huxley*)。——译注

① 全名伊妮德·阿尔及林·巴格诺尔德(Enid Algerine Bagnold, 1889—1981),英国小说家、剧作家。戏剧代表作为《寂寞庭院恩怨深》(*The Chalk Garden*),还有一部剧名叫《中国总理》的剧作。小说《玉女神驹》(*National Velvet*)曾两度搬上银幕。——译注
② 别尔贝洛娃:《穆拉》,第257页。
③ 巴格诺尔德:《自传》,第134页。

第四部 英国
1924—1946

妮德位于苏塞克斯郡罗廷迪安的别墅,还是按计划度了"蜜月"。

后来,威尔斯还是独居,只有他的儿媳玛乔丽做他的管家兼秘书。

威尔斯就像在他之前的高尔基一样,也被穆拉老在国外飞来飞去搞得心烦不已,有些死心了。她总是会告诉他自己要去哪里,而他也信任她,但他却始终无法打消心中的疑虑。终于,由于一次匪夷所思的意外,她的一个私情才浮出了水面。他们的关系再也回不去从前了。

1934年,威尔斯叫穆拉陪他前去美国。他抱着一线执着而又渺茫的希望,向她解释,他们必须在去之前结婚;因为美国清教徒般的媒体是不会放过未婚同居的情侣的(跟高尔基和玛丽亚·安德烈耶娃1905年去的时候相比,也没多大改变)。她告诉他,如果是这样的话,他就只好自己一个人去了。那年晚些时候,他又叫她陪他去俄国,因为他想见见斯大林。

威尔斯自负得真是有些不知天高地厚了。他打算以一己之力,孤身远征,去实现世界和平,并且想按照自己的那统一的世界愿景去改造世界。为了达成这一目标,他打算与罗斯福总统和斯大林会面,设法在他们之间建立起友好的关系。尽管前赴后继的外交官们都栽了跟头,威尔斯却不觉得他堂堂的威尔斯,有任何失败的可能。穆拉非常肯定地告诉他,她是万万不能回俄国去的,一旦入境,她就会像高尔基那样无法离开了。她还告诉他,说不定甚至还会被枪决。

于是威尔斯独自上路了。四月的时候,他登上皇家邮政奥林匹克号邮轮,动身前往美国。他郁郁寡欢。他想要一个情人,能够在他这暮年之时,时时在他身旁,照顾他的需要,陪伴着他。他开始觉得,自己和穆拉是永远不可能的了。在航行途中,他给克里斯塔贝尔·阿伯康韦写了一封信:

> 我觉得我真的要跟穆拉分手了。她在我眼里是很可爱——她很讨人喜欢——但我实在是再也承受不住这种半分半合的生活了。我累了,这样的穆拉让我厌倦,她不跟我一起去美国,又常在街角转悠,我看她该不会是个什么毒贩或是间谍之类的厉害角色吧。①

他比自以为的还要更接近事情的真相。他刚安全抵达美国,穆拉就把去苏联看高尔基的计划付诸行动了。她已给高尔基写过信了,说如果能在莫斯科见到他,她会非常开心,但她觉得那里的生活对于现在的自己来说已经太过艰难了。因此她打算改一下安排,趁他去克里米亚海边的乡间别墅度假时,再去找他。②

7月,威尔斯从美国回来之后,再一次试图说服穆拉随他一起去俄国,但她还是坚称那是不可能的事。她告诉威尔斯,她要去爱沙尼亚。她提议,他回程时可以取道爱沙尼亚,这样一来就可以与她在卡丽嘉夫共度一个月时间。他同意了。到了送她离开的时候,威尔斯与她在克罗伊登机场依依作别,他跟她吻别,在飞机开始滑行

---

① 威尔斯:1934年5月20日致克里斯塔贝尔·阿伯康韦函(Wells, letter to Christabel Aberconway, 20 May 1934),转引自林恩:《影子情人》,第199—200页。

② 穆拉:1934年1月—12月致高尔基函,藏于高尔基档案馆。

时,他仍一直注视着她洋溢的笑脸。对于这个他自以为熟识的穆拉,这是他的最后一瞥了。①

一周后,他与吉普动身前去俄国。

在莫斯科和彼得格勒(现在的圣彼得堡),他们参加了几次文学聚会,在这些聚会上认识了包括阿列克谢·托尔斯泰在内的一些作家,这些作家苟全于政权之下,还未遭到杀害或是被发配去西伯利亚。威尔斯在行动上受到了限制,这让他感到非常厌烦;他变得焦躁不安,身体也每况愈下。他与斯大林谈了一次话,由于彼此语言不通,谈得很不顺畅。威尔斯并不信任斯大林,认为他有可能是个独裁者,但嘴上也只能承认,国家治理有方,欣欣向荣。尽管威尔斯觉得斯大林很让人讨厌("一个极其内向矜持,以自我为中心的狂人,一个嫉妒心很重的大权独揽者"),但他还是认定斯大林对这个国家来说确实是个不错的人选。"我跟他说了几分钟的话,所有暗涌的紧张情绪都涣然冰释了……我从未碰见过如此坦诚、真实、没有成见的人。"②威尔斯这一评价准不准确,大概就跟他1920年对穆拉第一印象的总结一样吧。威尔斯又一次被他的苏联东道主给蒙骗了。

紧接着他又发现了一个可怕的事实。在与斯大林会面的几天之后,有人带他去高尔基在莫斯科附近巨大的乡间别墅进晚餐。③威尔

---

① 威尔斯:《恋爱中的威尔斯》,第174页。
② 转引自罗宾·洛克哈特:《赖利:始作俑者》,第57—58页。
③ 这栋乡间别墅位于高尔基小镇,但并不是列宁去世前几个月间待过的那个小镇,也不是以高尔基重新命名的其出生地。"高尔基(Gorki)"在俄国是一个常见的村镇名;高尔基的乡间别墅所在的小镇被称为高尔基—10号,另一个则被重命名为高尔基—列宁斯基。有可能正是冲着这名字上的巧合他才选择这个小镇置宅。

斯当时正致力于推进俄国的言论自由,高尔基倘若回到1920年,肯定会满腔热情地赞同。但这次,接待威尔斯的,是一个已经脱胎换骨的高尔基了。尽管岁月并未在他的脸上留下什么印记,他却已经变成了一个"不合格的斯大林产品①"②。于是他们便起了争执,还是通过翻译之口笨嘴拙舌进行的。

在一片尴尬之中,为了缓和气氛,翻译问起了威尔斯的行程。威尔斯提及他将到爱沙尼亚去,与朋友布德贝格男爵夫人待一段时间。翻译惊喜之余,漫不经心地来了一句,男爵夫人上周还与高尔基在一起呢。

"可我收到她从爱沙尼亚寄来的信了呀,"威尔斯说,"就在三天前呢!"③

翻译感到尴尬又不解,于是不吱声了。威尔斯此时的心情是不能用"惊喜"来形容的。他竭力保持镇定,继续与高尔基交谈,"期待着穆拉会突然从某个转角处出现,对我笑脸相迎"。到了要吃晚饭时,威尔斯再也憋不下去了,于是又提起了穆拉的事。高尔基证实,穆拉头一年来拜访了他三次。翻译与官方派来的向导匆匆商量了一下,向导跟威尔斯解释道,"穆拉来俄的行程在一定程度上都是保密的,不然的话,不论是对于身在爱沙尼亚的她来说,还是对于她在

---

① 原文为 unqualified Stalinite,字面意思为"不合格的钢化玻璃",但因 Stalinite 前半部分与斯大林正好同音,有一语双关效果,故作此译。——译注
② 威尔斯:《自传实验卷二》,(伦敦:维克多·戈兰茨/克雷瑟特出版社,1934年),第 809 页(Wells, *Experiment in Autobiography vol. II*, [London: Victor Gollancz/ Cresset Press, 1934, p. 809.].
③ 威尔斯:《恋爱中的威尔斯》,第 175 页。

伦敦的那些个朋友来说,都会下不了台。"威尔斯得到的告诫是,最好不要向任何人提及穆拉的这些行程。①

听了这些话,"我那妙不可言的穆拉在我心里轰然瓦解了"。在俄国剩下的日子里,威尔斯夜夜失眠。"我从没有被人这样伤害过。简直令人难以置信。我躺在床上,像个失望的孩子一样啜泣。"他想不出一个理由来解释穆拉来俄国为什么没告诉他,为什么没在那儿等他。他感到自己遭人背叛、抛弃了,成了"一个孤苦伶仃的人"。

离开俄国之前,他取消了和穆拉两人从爱沙尼亚回英国的票,并在自己的遗嘱上加了一条,将她从遗嘱中剔除了。他下定决心,要将她从自己的生活中完全抹去。他本打算不去爱沙尼亚直接从彼得格勒飞到斯德哥尔摩的,可他无法自持,他必须要去见她。

穆拉到塔林的机场去接他,一如往常地镇静和充满深情,尽管他已经给她去过一张明信片,暗示了自己现在所知道的情况。威尔斯暗自恼怒,等待着时机质问她。"你在莫斯科的那些故事可真有意思。"他说。她问他是如何得知的,他搪塞了一阵子。但他没有那么多耐心与她周旋。"穆拉,你是个骗子,还是个撒谎精?"他说道:"你为什么要这样对我?"

她声称是到了爱沙尼亚之后才突然安排去俄国的。高尔基是临时做出的安排,而且能再看一眼自己的国家,这样的机会她也无法拒绝。"俄国对于我来说意味着什么,你是知道的。"她说道。可她明知道威尔斯不久会来俄国,为什么没有留下来等他呢?对此,她表示她可不能冒风险,让大家伙在俄国看见自己跟他在一起。她否认

---

① 威尔斯:《恋爱中的威尔斯》,第175—176页。

曾去了三次俄国的说法，坚称肯定是翻译弄错了。"我爱的人是你。"她告诉他。

威尔斯倒是想相信她，可他对她十四年来那一尘不染的天真的信任，已经被彻底摧毁了。

可是，就像当年同奥黛特那样，他却当断不断，无法完全分手。他们俩交谈、争吵，在卡丽嘉夫时还行了床笫之欢，"但那件事的阴影在我们之间一直阴魂不散"，威尔斯如是回忆道。她到塔林来为他送行——"因为她喜欢分离与重聚，她在这方面极其在行"。

一年后的1935年夏天，威尔斯将当时的那些感受写了下来。①他们仍未分手。"我们还在一起是因为我们真的无法分开。"他写道，"她顽强地耗着。"他变得疑神疑鬼，常常妒火中烧，穆拉则变得有戒心了。他监视着她所做的一切。威尔斯跑到北威尔士的博德南特，与克里斯塔贝尔·阿伯康韦待了一阵子。"我们都是骗子。"克里斯塔贝尔听了他的倾诉之后对他说道。在她看来，女人出轨有一个很好的理由："不是因为我们不爱你们，而是因为你们太不可理喻了，你们自己也乐于过这种生活，却不许我们过。"威尔斯不满地嘟囔了几句，但克里斯塔贝尔比他自己更为了解他。"别放弃她，威尔斯，睁一只眼闭一只眼。"她告诉他："你们一定还相爱。这不就够了吗？"

威尔斯却觉得不够；要不他就要拥有她的全部——"从皮肤到骨骼，从勇气到梦想"——要不就干脆什么都不要。他已经不再信任她了。"她简直像个孩子，好像她说什么就是什么。"他写道："对于

---

① 《影子情人》中关于穆拉的文章（第161—200页）写于1935年6月和8月，后于1936年间作了些许修改，但直到威尔斯去世几十年后才得以出版。

别人对她的不信任,她感到激愤,激愤不已。现在不经过一番我俩心照不宣的仔细审查,我根本不会相信她说的任何一个字。"①

但他却放不下她,两人还是保持着一如既往的关系——有时甚至还能重拾旧日的欢愉,其他的时候则是吵架、摔门而去,而后却又无法不回到彼此身边。他们去马赛度了假,圣诞节时则去了萨默塞特·毛姆在卡普费拉②的别墅,威尔斯在那儿迸发了许多创作灵感。他在给自己的奇幻小说《制造奇迹的人》做电影改编的工作。穆拉独自回了英格兰,威尔斯便与康斯坦丝·库里奇开始交往,她是一个能让威尔斯想起穆拉来的美国寡妇。之后不久,这两个女人便见了面。穆拉鼓足勇气,向威尔斯和另一个女人共浴爱河表示开心,以此来挑逗他。

有一天,威尔斯撞见她手里拿着一封电报,满脸泪水。她让他看了电报,是从爱沙尼亚拍来的;米姬病得很重。威尔斯说她应当立即飞去爱沙尼亚。"我要是去了你又要生我的气了。"穆拉流着泪说道。

"倘若米姬死了,你永远不会原谅自己的。"他说,并帮她收拾了行李。

她在爱沙尼亚期间,他去了美国,在那儿他与罗斯福见了面,还就罗斯福新政发表了几篇文章。在回程途中,他写信给穆拉,给她下了最后通牒:"要么就全身心地投入我的生活,要么就从我的生活中完全消失。"他束手无策了,穆拉也知道这一点。每当他说出这

---

① 威尔斯:《恋爱中的威尔斯》,第164页。
② 一译费拉角。—译注

样的话,提出这样的要求时,她都会用受伤的语调说,"你为何要写这般无情的话?"随后他们便和好如初,"情比金坚"了。

* * *

当然了,威尔斯并未发现穆拉在俄国究竟干了些什么。

1934年5月,她听闻高尔基的儿子马克斯死了,据说是死于肺炎。死后第二天,就匆忙下葬了。马克斯才三十七岁,而且身体看上去很健康,因此死于这种疾病实在是让人惊讶。高尔基彻底崩溃了;自此之后便一蹶不振。① 为了缓解他的丧子之痛,斯大林安排他乘游轮沿伏尔加河旅游了一趟。

"我只想轻轻地拥你入怀。"穆拉从伦敦给高尔基去了信:"我亲爱的,我最珍爱的宝贝……"② 然后,她打着去爱沙尼亚的幌子,旋即飞去了莫斯科,将还在傻傻信任着她的威尔斯抛诸脑后。很显然,这可不是她头一回获准出入苏联去看高尔基。

一旦踏入俄国国境,她就会面临被枪决的危险,这种说法可以休止了。穆拉后来的朋友中有个叫C·P·斯诺的,说她是"唯一能令斯大林语带尊敬的女性"。布思比男爵③ 这位争议缠身的保守党议

---

① 在1938年的摆样子公审中,亚戈达(Yagoda,一译雅戈达)和克留奇科夫(Kriuchkov)被控谋杀了马克斯。匆匆下葬被当作了他们的罪证。当时亚戈达与马克斯的妻子蒂默莎(Timosha)有婚外情。
② 穆拉,1934年致高尔基函,转引自瓦克斯伯格:《高尔基遇害之谜》,第316页。
③ 全名罗伯特·约翰·格雷厄姆·布思比(Robert John Graham Boothby, 1900—1986),英国保守党政治家,是一个公开的双性恋者,曾与英国前首相哈罗德·麦克米伦(Harold Macmillan, 1894—1986)的妻子多萝西·卡文迪什(Dorothy Cavendish, 1900—1966,旧译桃乐丝·卡文迪许)有长达35年的婚外

员也赞同这一说法:"在莫斯科,人们对待她有如对待一位来访的公主。"①显然就是在这个时候,法国总参二局不经意地听到了布德贝格男爵夫人去苏联的传闻,并把这些传闻写进了她的档案。

高尔基本人在斯大林的股掌之中越陷越深。伏尔加河之游便是对他的一次特意点醒,旨在帮他找回昔日那个坚信布尔什维克的自我。在马克斯丧命和他意识到自己的活动范围受到了极大的限制后,他对党的忠诚开始下降了。俄国的生活与他所设想的相去甚远了。

威尔斯抵达莫斯科时,高尔基刚游完伏尔加河回来,穆拉则已溜之大吉,去了爱沙尼亚。要不是翻译一时说漏了嘴,威尔斯可能永远被蒙在鼓里。穆拉在爱沙尼亚给高尔基写信的时候,威尔斯很可能已经跟她在一起,正非难她的欺骗行径,她在信里写道:

> 麻烦还没有彻底结束,但已经在平息了。在我的内心里,我一直与你在一起,这一次见了你之后尤甚。这里的一切看起来都很不真实、了无意义。在这里生活更加艰难了。我亲爱的朋友,你怎么样了?我给你写信有多困难,你是知道的。有些话你我都不喜欢挂在嘴上。不过你一定能感受到,你我的亲近有多强烈,没有什么能摧毁得了。②

她肯定是在对他撒谎,就像她巧舌如簧地跟威尔斯撒谎一样。

情,据说由于受此打击,麦克米伦在20世纪30年代主要都待在下院后座。——译注

① 罗伯特·布思比男爵,与安德鲁·博伊尔访谈录(Baron Robert Boothby, interview with Andrew Boyle),藏于剑桥大学图书馆,编号为 Add 9429/2B/113。

② 穆拉:1934年致高尔基第二封函,转引自瓦克斯伯格:《高尔基遇害之谜》,第316页。

这两个男人现在都不再相信她了。但离了她，他们也都忍受不了，两人都希望能独占她，永远将她拴在自己身边。

如果说谁听到过接近肺腑之言的话，那一定是洛克哈特了。穆拉回英国后，与他见了面。她向他倒了一晚上的苦水，之后又写信道歉，说不该表现得像个"极其自大的混球"，不该把与他的夜晚弄得如此沉闷无趣。"不过那晚之后我感觉好多了。拜托，告诉我你没有生我的气[1]，告诉我，我们还能再共度一个晚上，一个更美好的晚上。"她接着写道："我对你说的话，你永远跟谁都不会提起，对吧？我一向不爱'抱怨'，你是知道的，但你是我唯一可以如此'倾诉'的人了。"[2]

哪怕是对洛克哈特，她也不大可能透露半句接近整个事实真相的实话。她在高尔基事件中，卷入之深，超出了所有人的想象。从索伦托带走的那箱信件和那个德累斯顿银行保险箱的钥匙，都还在她手里——在一个安全的地方藏得好好的呢。

---

[1] 原文为法语：que tu ne m'en veux pas ——译注
[2] 穆拉：致洛克哈特函，藏于胡佛研究所档案馆，未署明日期，可能是1934年年中。

21 高尔基的离奇死亡
1934年—1936年

尽管威尔斯将他在莫斯科的骇人发现，连同他与穆拉的当面对质，以及随后几个月间的争吵，都详尽地记录了下来，但穆拉对于自己在俄国的种种活动给出的说法，他却语焉不详，没有留下只言片语。也许是他1935年动笔时，她尚未动用自己的最后一道防线。这大概是1935年末或1936年初的事了。

威尔斯又一次拿着穆拉去过俄国数次的证据去质问她，而后将她的回答透露给了自己的儿子安东尼·韦斯特。看到自己的魅力和不置可否的态度已经敷衍不了威尔斯时，她只得告诉了他一个难以置信的故事。①

穆拉说，自打1916年起，她的命运便不再掌握在自己手里了，那时一战战事正紧，她在为帝俄政府从事间谍活动的时候，让德国人抓了个现行。德国人以死刑相逼，策反了她，于是她开始转而为

---

① 韦斯特:《威尔斯》，第140—141页（West, *H. G. Wells,* pp. 140-141）。韦斯特并没有明确交代这次谈话发生在什么时候，但他暗示是威尔斯在爱沙尼亚摆出证据质问穆拉之后不久。很有可能是1935年夏天之后的某个时候（根据威尔斯当时自己留下的描述来看）。

德国人卖命,暗中打探俄国人的情况。她坦白,从那时起,她迫于形势,只能是哪个政府手里握有她的最大把柄,她就替哪个政府工作。因此三番五次地去俄国便是服从斯大林的命令,目的就是把高尔基哄得高高兴兴、无心反抗。她说这一切都是革命带来的后果;你必须做不得不做的事情,否则就是死路一条。

威尔斯是倾向于相信这个故事的——安东尼后来听说后,肯定也信以为真了。虽然威尔斯认为这纯粹是一个借口,但他听了以后还是惊骇万分。在他看来,"有些事情无论如何都不可为之,正所谓宁为玉碎、不为瓦全"。穆拉嘲笑了他,但并没有怪罪他那站在道德制高点的夸夸其谈。她提醒他,说他"从来没有体会过什么叫万般无奈"。只要还有一线苟活下去的希望,只要在肉体上还没有被摧残到非死不可的地步,"那么为了多活一天,付出多么大的代价都是值得的。毕竟在另一个二十四小时之内,什么都有可能发生"。[①]

她愿意告诉他的就是这么多了。除此之外,对已经风平浪静的事,就不要再掀什么波澜了,她不愿忆起的旧事也就休要重提了。倘若威尔斯还想两人相好下去的话,那他就得顺着她的意思来,"其中第一条就是对她避讳的那些见不得人的事情,一概不闻不问,绝口不提"[②]。

穆拉对威尔斯所说的其实真假参半。半个世纪过后,塔尼娅读到安东尼的描述时,她一眼就看出了一个致命的马脚:从穆拉1916所处的职位来看,根本不可能从事间谍活动而被德国人抓住并判处

[①] 韦斯特:《威尔斯》,第141页。

[②] 韦斯特:《威尔斯》,第141页。

1924——1946

死刑。因为如果是那样的话,她当时至少得身在德国境内,而这是断不可能的。①塔尼娅否认了她母亲当过间谍的可能性。

然而有些事实是塔尼娅所不知道的——在当时也没人知道。战争期间,穆拉无须跑到前线才能当间谍。塔尼娅对"布夫人"的事情一无所知,也不晓得她在彼得格勒的沙龙,更不知道亲德的俄罗斯人在这个沙龙里聚会,而这位沙龙的女主人一直在替克伦斯基的特工机构监视这些人。这些聚会是由德国特工组织的,这些德国特工只要是觉得谁威胁到了他们的安全,就会毫不犹豫地将其干掉。②之后的很多年间,穆拉在彼得格勒给德国人当间谍这一传闻就没有断过,只有英国秘密情报局(SIS)的特工,比如乔治·希尔,可能还有洛克哈特,才知道事情的真相——那就是她表面上虽然是德国人的间谍,实则是在为俄国政府工作。

穆拉讲给威尔斯的故事中的剩余部分倒是与真相差得八九不离十,牵涉到那些后来一直左右着她的各方势力。不论是她行踪不定的目的地,还是心猿意马的精神出逃,穆拉去过的地方甚至远远超出了威尔斯惊人的想象力所能想象的范畴。她曾经穷困潦倒;他却从没有。她曾经与死神擦肩而过,在一个把她这种人公开不当人的文化里,被国家机器的屠杀逼得无处可逃。只有那些除了安全和安稳,对什么都一无所知的道德理论家,才会相信这世上有值得"宁为玉碎,不为瓦全"的东西。而只有那些不得不在生死间抉择的人们才

---

① 亚历山大:《爱沙尼亚的童年时光》,第154页。韦斯特的书出版于1984年,塔尼娅的出版于1987年。

② 见本书第二章,及希尔:《行探异国》,第87—88页。

有资格去评判。

生活还在这样继续着。到了1936年,当威尔斯搬进他位于摄政公园汉诺威巷13号的新家,打算作为自己"颐养天年"的寓所时,他给了她一把钥匙。"隔阂总得有个头吧!"他写道:"就像行星运行也有个远日点一样。我不相信我们有一天会完全一刀两断。我们之间有一种莫名其妙的引力。"①

想必他会同意亚瑟·库斯勒②的看法,库斯勒虽然很喜欢穆拉,却把她形容为"一朵食人花,就算不如诱食昆虫的兰花漂亮,但也不能说一点儿不像"③。

威尔斯的预测是对的。虽然关系破裂了,但他仍会永远爱她。他始终无法接受的一件事情,就是她与他势均力敌,完全可以自食其力。他意识到自己需要她,却总道不出个中原因,因为他重视她并不全是为她本人着想。

他们的好友、苏格兰社会主义作家彼得·里奇-考尔德认为穆拉"智力上,她与威尔斯旗鼓相当。她机智敏捷,知识面宽得出人意料……堪与威尔斯媲美。而且,在威尔斯心情不佳的时候,她的一阵笑声、一个笑话,甚至是用来捉弄他的高高在上的冷漠样子,就能让他转怒为喜"。

---

① 威尔斯:《恋爱中的威尔斯》,第196页。
② 亚瑟·库斯勒(Arthur Koestler, 1905—1983),匈牙利裔英籍作家、记者。曾加入德国共产党,后因斯大林的大清洗致使其幻想破灭而退党,他的反极权主义小说《中午的黑暗》(*Darkness at Noon*)为他获得了国际名声。——译注
③ 转引自韦西勋爵1980年10月5日致安德鲁·博伊尔函(Lord Vaizey in letter to Andrew Boyle, 15 Oct. 1980),藏于剑桥大学图书馆,编号为Add 9429/2B/100。

第四部 英国
1924—1946

在里奇-考尔德看来，穆拉就是"威尔斯的凯瑟琳·帕尔，是他的主心骨和精神慰藉的源泉"。①

但她也给他带来了焦虑与自责。穆拉就是这样，也只能这样。

* * *

只要在伦敦，他们的关系就还不错，而且还能各自过好自己的生活。但当他们一起出国度假、不得不彼此陪伴之时，就会出现关系紧张的情况，1934年之后的那些紧张时期，尤其如此。"这种关系有一种非常可怕的消耗人的精力的特点，我感到自己被困在了一张网中，一张由种种最致命的情感——怜悯、骄傲、自责——编织而成的网中。"②穆拉在那年年末写给洛克哈特的信中说道。当时，她与威尔斯跟萨默塞特·毛姆一起待在他的别墅里。（她对毛姆很有好感，在1919—1920年英国对俄干涉时期，毛姆曾到俄国为秘密情报局工作过，不过有时候他的恶意也让她感到恼火）洛克哈特那时正打算前往东方，故地重游，并且还希望能写本书出来。③她半开玩笑地恳求他道："亲爱的，带我和你一起去东方吧。"

与此同时，高尔基的身体每况愈下，他想念着穆拉。同样地，她也是他的精神慰藉和焦虑的源泉。他疾病缠身、孤苦伶仃，需要她的陪伴。他写信给她，希望她能再来看看他。这是不可能的，她

---

① 里奇—考尔德爵士：安德鲁·博伊尔访谈录（Lord Ritchie—Calder, interview with Andrew Boyle），藏于剑桥大学图书馆，编号为 Add 9429/2B/124 (i)。
② 穆拉：1934年12月26日致洛克哈特函，藏于利利图书馆。
③ 该书名叫《重返马来亚》（*Return to Malaya*），出版于1936年。

告诉他,并怪罪于一个语焉不详的"黑暗势力",这个势力变得"超乎预料地强大",已经完全"无法逾越"。这个所谓的势力是怒气满满又疑心重重的威尔斯吗?也有可能是把她拒之于俄罗斯国门之外的某种更强大的势力。"别生我的气,"她写道:"也别怪罪我,我亲爱的,我的唯一。我也心如刀绞,不是你想的那样。但我会来的,一定。只是可能得晚一点点。"①

1935年9月,高尔基到克里米亚去过冬。他在捷谢利地区的海边小镇福罗斯②有一座乡间别墅。那里的海岸嶙峋多石,风景如画,有点像索伦托。他的活动越发受到限制了;他只能在自己的住所中待着,或来往于其间;别的地方哪儿也不能去。他的一个朋友曾听到他自言自语,"我非常疲惫不堪。感觉他们好像在我的周围竖起了一座无法翻越的围墙。我被层层包围,深陷其中。进退不得!很不习惯。"③穆拉只要一有时间就会去探望,而她的每次探望即使不得到克里姆林宫本身的批准,也必须得到卢比扬卡的总部的完全批准。亨利希·亚戈达是安全情报部门的首脑,这个部门从一开始的"契卡",发展为后来的"格伯乌",又到现在无孔不入的"内务部"④,他

---

① 穆拉:1934年8月致高尔基函,转引自瓦克斯伯格:《高尔基遇害之谜》,第352页。

② 福罗斯(Foros/Форос)曾是一处供苏联高级党政领导人度假的胜地,而且很多高级领导人在这里都有别墅。米哈伊尔·戈尔巴乔夫在1991年政变时就被软禁在他的福罗斯别墅里。

③ 什卡帕语,转引自申塔林斯基:《克格勃文献档案》,第267页(Shkapa, quoted in Shentalinsky, *The KGB's Literary Archive*, p. 267)。

④ 英文缩写为(NKVD),即人民内政委员会(People's Commissariat for Internal Affairs),于十月革命时成立,与"契卡"并立。后两部门合并为"格伯乌",

和斯大林一样，肯定知晓她的每一次探望，且是他亲自批准的。此时，苏联不仅是全世界监管最严的地方，而且马克西姆·高尔基还是其保护级别最高的宝贵人才之一。亚戈达甚至还在通过彼得·克留奇科夫为她提供现金，连收条都不要，谅必是为了保障她足以支付不菲的差旅费。此外，高尔基的一封信表明，有一次甚至是由斯大林本人陪同她前来看望高尔基的。①

真相很简单，苏联需要高尔基——人民需要他这个象征，苏维埃政权需要控制住这个象征。正如他的祖国需要他一样，高尔基也需要穆拉。尽管他知道他们身为"夫妻"的日子早已一去不返了，但她还是给他带来了慰藉和快乐。

这是简单的真相；更复杂的真相则包裹在穆拉因自己的卷入而欠下的那些债、撒过的那些谎中，说得明白一点，就是包裹在对威尔斯的欺骗里，对她家人的连累里，还有对她自己在西方的名声和生命安全所遭受的威胁里。这一真相只有穆拉才心知肚明。还有那些危险的归了档的信件问题，流亡海外的反斯大林人士写给高尔基的那些信，都还在她手上。高尔基为了这些信心急如焚，亚戈达则垂涎不已，但它们在穆拉手里，藏在某个安全的地方。

那年晚些时候，穆拉回到伦敦后，接待了一次令人意外且让人不安的造访。

高尔基之子马克斯的遗孀蒂默莎·彼什科娃，同她的婆母，高

又于1934年最终改组为"内务部"，全权负责情报和安全工作。1954年"内务部"再次经历了分化和重组，其中负责间谍活动和政治保卫工作的职能部门成了新的"克格勃"，刑事警务工作则交给了另一个组织负责。

① 瓦克斯伯格：《高尔基遇害之谜》，第354页。

尔基的结发之妻也是唯一的合法妻子叶卡捷琳娜·彼什科娃获准出国,到高尔基在索伦托的别墅清理他最后的一些财物。这两个女人都与"契卡"和"内务部"保持着长期而密切的工作关系;蒂默莎确实与亚戈达有过私情。蒂默莎出国期间来到伦敦,拜访了穆拉,希望能说服她交出高尔基的档案。结果她以失败而告终,空手而归,回到了莫斯科。①

* * *

尽管已年届七旬,威尔斯仍旧风流成性。他与一个离了婚的美国富婆康斯坦丝·库利奇、还有玛莎·盖尔霍恩②各有一段风流韵事。他很寂寞,并且讨厌寂寞;他对康斯坦丝说,他像孩子一样害怕孤单。"不过我想我是个希望自己的女人对自己言听计从的人。我可不想围着她转。我希望她围着我转。"他没能让穆拉围着他转,这让他恼羞成怒。"她总是不见踪影。当她像抛下一个坏孩子一样,把我一个人抛下时,我就会气得尖声怪叫。"③他还是那个二十年多前把伊妮德·巴格诺尔德迷得神魂颠倒的"贪心少年",一点没变。在威尔斯(大海般蓝汪汪的)眼里,是穆拉把他逼得去做狂蜂浪蝶。至于在遇

---

① 瓦克斯伯格:《高尔基遇害之谜》,第342—343页。
② 玛莎·盖尔霍恩(Martha Ellis Gellhorn, 1908—1998),美国小说家、战地记者,被认为是20世纪最伟大的战地记者之一。海明威的第三任妻子。她曾不顾丈夫的劝阻来中国报道过抗日战场,并见到过包括蒋介石夫妇和周恩来在内的国共两党政要。——译注
③ 威尔斯:1935年3月14日致康斯坦丝·库利奇(Constance Coolidge)函,引自威尔斯:《信札》。

到穆拉之前几十年的那些风韵事该怪谁,他却只字未提。

他与康斯坦丝的关系主要变成了书信关系。与玛莎·盖尔霍恩的关系则无疾而终,但威尔斯仍没有放弃追寻他难觅踪影的"影子情人",那个能在肉体上和精神上与他相辉映,并且照看他到耄耋之年的人。可惜这样的情人依然觅而不得,于是他只好退而求其次,满足于常常行踪不定的穆拉,从她卡多根广场81号的公寓(她和塔尼娅在骑士桥的旧居被拆除后便搬来了这里)来扮演这一角色。

尽管对于穆拉动不动就见不到人和开口就是满嘴谎言感到愤懑,威尔斯还是一直没有中断自己的工作。其中的一项工作便是与人合作,将他的两篇故事改写成了剧本。1936年,《制造奇迹的人》和《笃定发生》①(根据《未来事物的形态》②改编)发行,两部影片均由亚历山大·柯尔达,这位英籍匈牙利影业巨头制作。穆拉与柯尔达相识,大概是通过伦敦的流亡人士群体,也有可能是因为她在20世纪20年代时曾代表高尔基跟柯尔达谈过一些电影方面的交易。柯尔达的原名是山多尔·拉斯洛·克尔纳,他于1919年为躲避国内的反革命白色恐怖而逃离匈牙利。(电影《英国特工》和《卡萨布兰卡》的导演迈克尔·柯蒂兹也是1919年流亡海外的匈牙利人。)是穆拉将柯尔达介绍给威尔斯,两人才开始了电影合作关系。

柯尔达与洛克哈特也相识,他们1935年5月在西比尔·科尔法

---

① 英文名 *Things to Come*。—译注
② 一译《未来事物的面貌》,英文名 *The Shape of Things to Come*。—译注

克斯①的宅邸共进过晚宴,同桌的还有威尔士亲王②和华里丝·辛普森③。威尔士亲王在此次聚会上显现了其政治色彩;据洛克哈特说,亲王"非常强烈地提倡与德国搞好关系:以前可从没听到他对哪个问题这么明确地发表过意见"④。

眼下威尔斯与穆拉都喜欢混迹于爱看电影的人群当中,特别是里面有王室成员的时候。威尔斯不用等多久了,穆拉频繁去俄国的情况就要告一段落了。

* * *

1936年初,威尔斯乘船从美国回到伦敦。他顺着滑铁卢车站的月台前行,一路躲避着必然闻风而来的记者,看到了在等他的穆拉。她开玩笑地指责他在美国又找了个情人。没错,他也开玩笑地回答说,他狠狠地花了一回心,花到了不能再花的地步,心中也如释重负了。他认为自己终于不再迷恋于她,他们的关系现在可以进入一个更放松的阶段,不会为他过分的嫉妒心所累了。⑤

---

① 又称西比尔·科尔法克斯夫人(Sibyl Colefax, 1874—1950),英国著名的室内装潢设计师,20世纪上半叶的社会名流。——译注
② 即大约半年之后继位的英王爱德华八世(Edward VIII, 1894—1972)。亦见下一条注释。——译注
③ 一译沃利斯·辛普森(Wallis Simpson, 1896—1986),不爱江山爱美人的爱德华八世所迎娶的离异过两次的平民女人,因爱德华八世逊位后被其弟乔治六世封为温莎公爵,故获"温莎公爵夫人头衔"。此时两人还只是情人关系。——译注
④ 洛克哈特:1935年5月27日日记,《日记·卷一》,第321页。
⑤ 威尔斯:《恋爱中的威尔斯》,第208页。

1924—1946

穆拉一如既往地想来就来，想走就走。他们一起共度周末，聊起天来眉飞色舞、妙趣横生；做起爱来，已不像原来那样激情澎湃、死去活来，而是怎么舒服怎么来。

5月末光景，威尔斯注意到穆拉似郁郁不乐，常无缘无故就哭起来了，令他不明所以。但她不愿意告诉他她伤心的原因。

3月间，她曾悄悄去了一趟克里米亚，短暂地到捷谢利看望了一下高尔基。4月份回到英国后，她给他写了一封信，这封信将成为她写给他的最后一封信。"我亲爱的朋友。"她写道："我离开你身边已经快一个月了，但我总还感觉每天醒来，还会到书桌旁去骚扰你，帮着打理园艺，以及其他能令生活惬意的种种事情。"她告诉他，她突然觉得"我与你的关系是多么密不可分，多么弥足珍贵啊，我亲爱的"。①

收到穆拉的来信不久，高尔基就听说自己心爱的两个孙女都患上了流感。尽管他自己的健康也不佳，可他还是于5月26日抛下自己的护士兼陪伴利帕，只身前往莫斯科去看望了她们。

有的说他在火车上，让从窗户里灌进来的冷风给吹感冒了；有的则说他在离开捷谢利之前就已经病了。还有人认为，高尔基是在探望了孙女几天之后才生病的，而且是被传染的。对于高尔基这样的肺结核患者来说，染上流感是非常危险的。《真理报》报道，他于6月1日患病——就在他回到莫斯科附近的家中之后。十七名医生围在他床边打转。

---

① 穆拉：1936年4月致高尔基函，转引自瓦克斯伯格：《高尔基遇害之谜》，第364—365页。

莫斯科城里，斯大林的第一轮摆样子审判马上就要拉开序幕了，他所有的对头及其盟友和支持者都将遭到彻底清洗。到最后，那些从十月革命时期走过来的赫赫有名的布尔什维克元老们十有八九都会遭到逮捕、审判和处决。只有两个人——即斯大林本人和流亡海外的托洛茨基——将幸免于难。其实头一年，随着人民委员会前副主席列夫·加米涅夫和彼得格勒苏维埃及北方公社前负责人格里戈里·季诺维也夫二人的被捕和受审，诉讼程序就已秘密展开了；列宁逝世后，斯大林、加米涅夫和季诺维也夫组成了一度统治着苏联的三头政治。在随后争夺主导权的斗争中，斯大林取得了胜利，自20世纪20年代中期起，他就一直是苏联的实际统治者。但加米涅夫和季诺维也夫还活着，仍然是一个威胁，必须彻底清除。亚戈达下令逮捕并审问了他们（亚戈达自己也在1938年的第三轮审判中遭到了清洗）。

加米涅夫是高尔基的朋友，季诺维也夫则是高尔基的死敌。此时，面临受审和被处决的可怕前景，两人都向高尔基求助。高尔基当时依然深受大众崇拜，而他从来都无法对哀切的求助视而不见，哪怕求助的人是自己的宿敌。盘算着再多来几次这样的审判和处决的斯大林意识到，高尔基对他而言，已经更多的是一块绊脚石，而非垫脚石了。

没过几天，穆拉就赶到了他的床边。这又是一个不可思议的巧合。她是怎样在如此短的时间之内得知他的病情、办好了签证，又安排好了行程的呢？该不会这个行程是早就安排好了的，又碰巧撞上了高尔基突然患病的时间的吧？不会这么巧吧？据一位密友透露，穆拉是被一辆黑色豪华轿车从骑士桥的家中接走的,这辆车是由苏联大使伊万·马伊斯基①派来的。她先是飞往柏林,又于6月5日飞抵莫斯科;但她的护照上并没有此次入境苏联的记录。②

塔尼娅又得帮母亲的失踪打掩护了,这不是第一次了,也不是最后一次;她给威尔斯写信,说穆拉在巴黎看望姐姐时得了病,得在一家疗养院休养一阵子。威尔斯要么是出于疑心,要么是出于担心——也可能是二者兼有——不断地缠着塔尼娅,要她说出疗养院的名字,以便他能与她取得联系。塔尼娅不想对威尔斯撒这些谎。她乞求穆拉让她讲出实情。穆拉一开始拒绝了,但过了几天后她就松口了。塔尼娅获准告诉威尔斯,穆拉听说高尔基病了,便匆忙从疗养院赶去见他很可能是最后的一面了。"谢天谢地,不用再撒更多的谎了。"塔尼娅在自己的日记中写道,"不过我还是得装着对这一切一无所知,装到今天为止。我已经厌倦了每次都被夹在中间,左右不是人,搞得我看起来就像一个十足的傻子。"③

可是高尔基真的希望穆拉来送她最后一程吗?他有利帕护理,而利帕痛恨穆拉。鉴于穆拉从骑士桥的家中赶到莫斯科的速度之快,很有可能是斯大林直接下令把穆拉请回来的,以便她把剩下的那些档案随身带回俄国。不过,尽管她确实带了一些,可还是有很多文

---

① 一译伊万·麦斯基或伊凡·迈斯基(Ivan Maisky, 1884—1975),苏联外交家、历史学家和政治家,二战期间苏联驻英大使。丘吉尔曾当着斯大林的面称其为"外交天才"。——译注

② 威登菲尔德:《乔治·威登菲尔德》,第132—133页(Weidenfeld, *George Weidenfeld*, pp. 132-133)。威登菲尔德很久之后才认识穆拉,这一说法显然是从第三方听来的。

③ 日记内容转引自亚历山大:《爱沙尼亚的童年时光》,第127—128页。

件不知所踪。

高尔基的病情不断恶化,到了6月8日,谁都觉得他快不行了。他的亲朋好友纷纷开始赶来送他最后一程了。叶卡捷琳娜、蒂默莎和穆拉也在其中。

> 高尔基睁开眼,说道:"我在黄泉路上已经走了一大截了,很难回头了……"他顿了顿,接着说道,"我这一生都在思考,如何使这弥留之际不那么可怖……"克留奇科夫走进屋子,告知大家斯大林正在来的路上……"要是赶得及的话,他们想来就来吧。"高尔基说道。①

医生给高尔基注射了莰酮,让他多撑了一会儿,斯大林赶到时,高尔基看上去大有好转,完全不像他所预想的那样是一个行将就木之人了,不禁吃了一惊。斯大林命令所有人离开房间,他要跟高尔基单独谈谈。

尽管高尔基在6月16日又回光返照了一阵儿,但病情还是再度恶化了。6月17日夜,狂风呼啸,风暴大作,雹子砸得屋顶噼啪作响。高尔基靠氧气机维持着生命;但到了18日上午,显然已无力回天了。十一点时,他走了。悲恸不已的穆拉守在他的遗体旁,躺了一阵。

高尔基的葬礼于次日仓促举行。高尔基生前希望能葬在自己儿子的墓旁,但结果却是被匆匆火化,骨灰也被置于克里姆林宫墙内的公墓里②。尽管仓促,但估计还是有八万民众到红场为他送葬。高

---

① 申塔林斯基所编目击者描述:《克格勃文献档案》,第272页。

② 原文为:the ashes placed in the Kremlin wall,意思比较模糊,因考虑到其骨灰

尔基的死讯很快传开了。不少人在所难免地被挤伤了。穆拉以家属的身份出席了葬礼，她坐在叶卡捷琳娜和玛丽亚·安德烈耶娃（高尔基的另一个多年的情人）之间；前排坐着蒂默莎以及高尔基的两个孙女达娅、玛法。安德烈·纪德在葬礼上发表了演说。据穆拉说，纪德讲话时，斯大林曾侧过身来问作家阿列克谢·托尔斯泰："这人是谁？"托尔斯泰回答说："是纪德，他是我们的一大战利品。他是法国的重要作家，站在我们这一边！"斯大林哼了一声，说道："我从来就不相信这些法国佬。"①斯大林还真说对了；纪德返回法国后，立即写了一篇题为《访苏归来》②的反共长文。

穆拉在高尔基的病亡中扮演了什么角色，从来就不清楚。有传闻说，在他最后的几天里，她给他服用了致命的毒药。但就算有人能说服她做此事，可在有好几个"内务部"人员和一位护士在场的情况下，选择穆拉来执行这项任务的可能性并不大。更何况穆拉对高尔基的爱慕和敬仰，虽远不如对洛克哈特那般浓烈，却也是真情实意的。但她在此事中，也无法完全洗清自己的嫌疑。

高尔基患病期间，穆拉和彼得·克留奇科夫以高尔基的名义拟了一份遗嘱，将他的档案保管权和他出版物的国外版税都留给了穆拉，其余的则全部留给了克留奇科夫。高尔基拒绝在这份遗嘱上签字。于是穆拉就干了一件据说她之前已干过无数次的事情——伪造

实际上是入土于克里姆林宫墙下的小型公墓中临近基洛夫、古依贝什夫二人墓地的墓穴中，故稍作了调整。——译注

① 穆拉对洛克哈特所言，转引自洛克哈特1936年11月28日日记，《日记·卷一》，第358页。

② 原文为法文，Retour de l'URSS。——译注

了他的签名。穆拉将这份遗嘱交给了叶卡捷琳娜,并交代她转交给斯大林或者莫洛托夫。叶卡捷琳娜读了遗嘱,看到高尔基什么也没有留给自己,感到震惊不已。后来,她声称将这份遗嘱交给了斯大林,而他则又给了"别人"。这份遗嘱自此便不见踪影了。①尽管如此,先前借助律师的力量就一直在领高尔基的国外版税的穆拉,还是又继续拿了三年,直到这项权利在苏联法律规定下过期为止。

穆拉对高尔基那些归档文件——不只是那些信件,也包括手稿——下落的唯一说法是,她把它们留在了卡丽嘉夫,而1944年纳粹入侵爱沙尼亚时,便被悉数烧毁了。威尔斯相信,穆拉是严格按照自己1933年离开索伦托时所保证的方式处理高尔基的文件的;尽管背负着各方压力,穆拉还是没有让"内务部"得到那些文件,许多人也因此幸免于难,即使没有上百,大几十还是有的。

然而,威尔斯又一次让穆拉给骗了。葬礼后不久,穆拉回到伦敦作短暂停留后,7月26日又飞出国了。她说自己是要去爱沙尼亚。但有证据表明,她于9月末回到了莫斯科"整理"高尔基的文件。这可能意味着她又带了一批档案回俄国,大概是从爱沙尼亚的某个藏匿处取来的。此事的证据是,1933年3月,亚戈达通过彼得·克留奇科夫付给了她400英镑,作为此事的报酬。②之后不久,亚戈达就

---

① 瓦克斯伯格:《高尔基遇害之谜》,第386页。瓦克斯伯格声称俄国国家档案馆保存的几份文件可以证明这一点,但他并没有明说具体是哪几份文件。由于他书中引用的文字有失准确,导致他关于高尔基死亡情况的推测引起了争议。不过这份遗嘱,经科尔涅伊·楚科夫斯基证实还是存在的,楚科夫斯基则是从叶卡捷琳娜本人口里听说的。(楚科夫斯基:1962年4月30日日记,《日记》,[Chukovsky, *diary entry for 30 Apr.* 1962, Diary],第464页)

② 瓦克斯伯格:《高尔基遇害之谜》,第402—403页。

被斯大林下令逮捕了,并以贪腐和间谍罪受到了起诉。直至斯大林去世,穆拉再也没有回到过俄国。

高尔基其余的那些文件究竟下落何处?真的在爱沙尼亚被烧毁了吗?还是说1940年苏联吞并爱沙尼亚的时候,"内务部"就已经在穆拉藏匿文件的地方将其搜查到了呢?无论在爱沙尼亚发生了什么,穆拉1933年从意大利带出来的大部分文件,似乎在她的有生之年都一直保管在她自己手中。①

---

① 瓦克斯伯格:《高尔基遇害之谜》,第397—398页。

22 一个非常危险的女人
1936年—1939年

1936年10月13日,星期六,伦敦

这天晚上,萨沃伊酒店的大厅和楼梯上上演了一场文学界名流的狂欢盛宴。诗人、散文家和小说家俱乐部(简称"作家俱乐部")正大宴宾客,为前任主席威尔斯先生庆祝70岁生日。主宾站在楼梯的顶端,站在他一边的是这次庆祝活动的负责人J·B·普里斯特利;另一边则是临时充当妻子角色的布德贝格男爵夫人。普里斯特利的妻子也在现场,给晚宴增添了一种体面的气氛。[①]

威尔斯的晚宴在萨沃伊酒店的舞厅举办,可以容纳500人,而作家俱乐部收到了800名会员的申请。几乎所有知名的英国作家都出席了。(J·M·巴里[②]发来了致歉函,他觉得自己已经太老了,不适合参加这种活动,虽然他只比威尔斯年长六岁)

穆拉离开楼梯顶端拥挤的人群,进入舞厅,在餐桌间走来走去。

[①] 数百名作家出席了这次晚宴,其中不少人在自己的回忆录中都对晚宴有所描述。这里给出的大体细节取材于这一系列不同的描述。关于穆拉参加晚宴的细节源自别尔贝洛娃:《穆拉》,第256页。

[②] 全名詹姆斯·马修·巴里(James Matthew Barrie, 1860—1937),苏格兰小说家、剧作家,代表作《彼得潘》。—译注

负责安排座位的人员曾为布德贝格男爵夫人的座位而头疼不已。她虽然没有嫁给威尔斯，却要在这儿扮演他妻子的角色。而且，她本人也为作家俱乐部做了很多事情，包括努力劝说苏联当局允许苏联作家参加晚宴，尽管没有成功。她的位置被定在了主桌上紧挨着威尔斯的主位。旁边便是J·B·普里斯特利、戴安娜·库珀夫人、萧伯纳（发言人之一）、朱利安·赫胥黎、克里斯塔贝尔·阿伯康韦、维拉·布里顿、J·M·凯恩斯、萨默塞特·毛姆及其他十余人的名牌。在这样一个盛大的聚会上，在这么多目光密切关注着威尔斯的情况下，穆拉拿起自己的名牌，跟后面一桌不太出名的人中的一个名牌对换了，这也许证明她还是有些不好意思。

在这一场合，穆拉不想成为注意的焦点。这是为威尔斯和他朋友们举办的一个晚会。晚宴的菜单上配了《标准晚报》的政治漫画家大卫·洛的一幅画作，展现威尔斯朝气蓬勃地跨过了自己70岁的里程碑。谁都知道，是穆拉让他保持了活力。

* * *

在伦敦别的地方，穆拉正在受到更加黑暗也更加不祥的关注。一周前，英国空军部情报部门的戴维·"亚奇"·博伊尔接到了一封来自在英国驻莫斯科大使馆任空军专员的空军副元帅康拉德·科利尔的长信。这封信上标有"绝密"字样，里面介绍了一些令人忧虑的情况。[1]

科利尔描述了最近和法国大使馆一秘莫里斯·达耶的一次对话，

---

[1] 军情五处穆拉·布德贝格档案，1936年10月6日科利尔致博伊尔函。

其中提到了穆拉·布德贝格的名字。达耶说他觉得穆拉是一个非常危险的女人,他听说她去莫斯科参加了高尔基的葬礼,见了斯大林至少三次,还送给斯大林一架手风琴作为礼物,斯大林喜欢演奏手风琴可是出了名的。她没有苏联签证,而是直接从苏联驻柏林大使馆拿到了一张特别通行证。

达耶还听闻,那年早些时候她参加了某个社交活动,陆军大臣达夫·库珀①也是受邀的宾客。他在穆拉面前谈论了许多政治方面的重要事务,达耶觉得这是关系到英国国家安全的大事。达夫·库珀这次言行失检几周之后,穆拉曾前往莫斯科,再次见了斯大林。

此外,科利尔还写道,达耶说尽管过去三年里没人见到穆拉去过法国,但她最后一次造访法国的时间碰巧与一起间谍案发生的时间一致。在这起案件里,一名海军军官被指控弄丢了重要的密码。但那个被认为是这场阴谋主谋的女人始终都没有抓到,但知道她名叫"玛丽"。在达耶看来,这个女人就是穆拉·布德贝格。事实上,穆拉曾对威尔斯说过,1934年10月,她在法国阿尔卑斯山脚下的矿泉城布里德莱班接受"治疗"。②也许这只是她为了掩藏自己的行踪而编造出来的又一个故事。

空军副元帅科利尔还补充了他自己的看法,说自己对布德贝格男爵夫人也略知一二,因为他的儿子参加过她的养女基拉的婚礼。

10月14日(也就是威尔斯在萨沃伊酒店的晚宴后的那一天),科

---

① 达夫·库珀 [Duff Cooper, 1890—1954],英国政治家、外交家,曾任新闻大臣、陆军大臣、驻法大使。——译注

② 威尔斯:1934年10月13日致基布尔(Keeble)函,引自威尔斯:《信札》。

1924—1946

利尔的信被转到了负责反间谍活动的秘密情报局五处处长瓦伦廷·维维恩少校手里,随信附上的还有一则备忘录,上面提到了1935年以来的一些情况记录,还特别指出:"我承认自己一直以来都非常怀疑布德贝格,而且从来不认为她的情况已经得到了令人满意的解释。"这则备忘录还建议调查关于基拉的情况,以确定她是不是"完全可靠"。①

这封信和备忘录在白厅的情报部门中间引发了一系列的调查活动。他们想要证实消息来源,还有建议他们应该与法国总参二局取得联系。秘密情报局的一个仅以"莱·弗"表示其身份的线人称,他的妻子已经认识穆拉二十多年了,该年早些时候他第一次见到了穆拉。莱·弗证实了科利尔信中的不少细节,其中包括她和达夫·库珀的友谊。他还补充提到她是德国记者保罗·舍尔弗的亲密朋友。莱·弗写道,在他和穆拉见面前,他的妻子曾提醒他,穆拉喜欢别人把她当作欧洲消息最灵通的女人,她话多,人脉广,跟她聊天的时候须"小心谨慎"。莱·弗证实穆拉肯定已经从政府官员处听到了一些不应在她在场时提到的内容。②

"莱·弗"无疑是爱德华·莱昂内尔·弗莱彻爵士,柳芭·希克斯的新丈夫。弗莱彻比柳芭年长不少,他来自一个富裕的航运世家,是一名退休的海洋工程师兼海军后备队军官,曾担任白星航运公司的经理。(弗莱彻和柳芭很有可能是通过已故的威尔·希克斯在丘纳

---

① 军情五处穆拉·布德贝格档案,1936年10月14日致瓦伦廷·维维恩(V. Vivien)少校便函。
② 军情五处穆拉·布德贝格档案:1936年11月15日"莱·弗"发来的便条。

德公司工作的关系认识的)他们在1936年4月完婚,穆拉自然出席了婚礼,也参加了之后在威尔顿新月街15号举行的盛大喜筵。①柳芭碰巧也是空军副元帅科利尔和莫里斯·达耶共同的朋友。

英国情报部门和莫里斯·达耶安排了一次碰面,达耶确认科利尔信中所述属实。他还告诉他们,穆拉已经上了法国的安全黑名单,他认为她在充当苏联人的"信箱"。她的角色是传递她觉得苏联人可能会感兴趣的情报。不过他不相信她有反英倾向。

虽然流言蜚语满天飞,但仍然没有确凿的证据可以让英国下令逮捕布德贝格男爵夫人。她仍处在英法两国情报部门的监视之下。

穆拉档案中的记录和报告越积越多。后来一份来自特别行动部的报告称,1936年和1937年间,曾有人看到她定期在萨福克郡费利克斯托港的海边度假胜地和一名身份不明的男子在夜间见面。②当时那座小镇相当时尚,1936年秋,华里丝·辛普森曾在那儿租了一栋房子等待自己的离婚结果。国王爱德华八世动不动就乘飞机到这里来见她,她抱怨房子太小,淡季时小镇过于安静,她不喜欢。穆拉通过洛克哈特认识了华里丝和爱德华,所以她在那儿的时候很可能拜访过他们。她甚至有可能在收集、传递有关英国一触即发的宪政危机进展的情报。镇上有正规的铁路服务,所以她可以轻而易举地从伦敦来这儿。

她频繁造访的背后可能有一个更为平淡乏味的原因。那时她仍在和康斯坦丁·本肯多夫私通,康斯坦丁住在费利克斯托港几英里

---

① 《泰晤士报》,1936年4月4日,第17版。
② 军情五处穆拉·布德贝格档案:1944年4月24日特别行动部报告。

之外的克莱登村的"石灰窑"。

20世纪30年代期间,关于穆拉的另一个真相浮出了水面。军情五处得到的一份苏联文件中记述了她在1918年做苏俄布尔什维克和乌克兰斯科罗帕德斯基政府的双面间谍时的活动。这份文件还披露她在1927至1929年间继续监视在柏林流亡的酋长国成员,利用她姐姐阿西娅的丈夫作为情报源。①

欧洲的战争迫在眉睫,军情五处认为他们在布德贝格男爵夫人的活动中查出了她和德国的另一层联系。她结识了前纳粹叛逃者恩斯特·汉夫施丹格尔②。汉夫施丹格尔是一个在美国接受过教育的德国商人,曾担任纳粹党的外媒新闻官,还是阿道夫·希特勒的老友。1937年,由于对纳粹事业缺乏坚定的决心,加上口无遮拦,说了关于纳粹领导人的坏话,从而和戈培尔闹翻,并失去了希特勒的信任。没保住乌纱帽的他察觉到大祸将至,马上于1937年3月叛逃到了英国。

这一年的12月29日,军情五处截获了一封来自主张反战的美国记者路易斯·P·洛克纳的信。洛克纳是穆拉在柏林时的众多出版界的熟人之一,他曾担任美联社柏林分社社长,是保罗·舍尔弗的同事。这封信是寄给汉夫施丹格尔的,洛克纳在信中建议他和穆拉取

---

① 军情五处穆拉·布德贝格档案:1932年第16号文件,原始俄文文件的译文;基里尔·季诺维耶夫:安德鲁·博伊尔访谈录,藏于剑桥大学图书馆,编号为 Add 9429/2B/125。

② 恩斯特·汉夫施丹格尔(Ernst Hanfstaengl, 1887—1975),德裔美国商人、政治家。希特勒早期政治活动中重要的支持者,希特勒掌权后逐渐失势,1937年后逃往国外,二战期间担任过罗斯福总统的顾问。著有自传《未出庭的证人》[Unheard Witness]。——译注

得联系,说她是一个"非常聪明的俄国人"。他给了汉夫施丹格尔穆拉在伦敦的电话号码。①一年后,1938年12月,洛克纳再次致信汉夫施丹格尔,提到穆拉已经去了爱沙尼亚。他问汉夫施丹格尔知不知道"大戏"就要开场了。

　　根据军情五处的总结,这封信还提到了德国空军军官卡尔·包登夏茨于1937年春天在伦敦对汉夫施丹格尔的一次拜访。②据汉夫施丹格尔自己后来的叙述,是戈林派包登夏茨来的,带了戈林的一个承诺:汉夫施丹格尔可与其原来的部属一起官复原职。但战争一天天迫近,汉夫施丹格尔并不喜欢这个主意,拒绝了这一提议。③戈林提议的动机被美国报道了,但显然没有在英国报道:汉夫施丹格尔到伦敦的时候,有传言称他打算写一本名叫《我与希特勒为伍及与其分道扬镳之原因》的回忆录。纳粹领导层拼了命地想阻止他。包登夏茨约他到德国驻伦敦大使馆见面,但"他听从了自己律师的建议,拒绝了没去",一家报纸这样报道。"后来得知,他们早就做好了抓他并把他带回德国的一切准备工作。"④

---

① 军情五处穆拉·布德贝格档案:1937年12月29日洛克纳(Lochner)致汉夫施丹格尔(Hanfstaengl)函的注释,参见汉夫施丹格尔档案,1939年9月25日。(洛克纳虽然是个和平主义者,但却在刚开战时对战争兴趣浓厚。1939年,他设法让自己成为德军的随军记者,报道了对波兰的入侵。)
② 军情五处穆拉·布德贝格档案:1938年12月6日洛克纳致汉汉夫施丹格尔函的注释,参见汉夫施丹格尔档案,1939年9月25日。
③ 汉夫施丹格尔:《希特勒不为人知的一面》,第312页(Hanfstaengl, *Unknown Hitler*, p. 312)。
④ 《阿尔图纳论坛报》(Altoona Tribune),1937年7月27日,第4版。汉夫施丹格尔最终在1957年出版了回忆录《希特勒:逝去的岁月》(*Hitler: The Missing Years*)。

汉夫施丹格尔的书一旦出版必然会成为强有力的反纳粹宣传。保罗·舍尔弗和路易斯·洛克纳将会热心地帮助这本书付梓出版，而穆拉掌握着能促成这件事的人脉。但出于某些未知的原因，这本书并没有问世。

* * *

虽然白厅的疑心越来越重，战争也迫在眉睫，但穆拉的私人生活却按照多年来的方式一如既往地继续着。

眼下她暂居伦敦，已经拿到了半永久居住权。她和威尔斯也适应二人之间的关系，双方都接受了各自所扮演的角色。威尔斯（不情愿地）接受了她永远不会嫁给他，且永远不会成为他长期伴侣的事实，而她则（很知足地）接受了他和其他女人时断时续的小插曲。

1937年，威尔斯与穆拉和康斯坦丝·库里奇两人度完假后，前往法国南部到萨默塞特·毛姆家做客。他的右臂得了可能是糖尿病引起的神经炎，给他带来了不少疼痛之苦。

穆拉给他带来的情感上的痛苦（或者说得确切一点，他通过她强加给自己的痛苦）似乎终于减轻了。他说，"穆拉还是老样子；更胖了，白头发更多了，有时候讨人嫌，但更多的时候却很迷人，与我也更亲密了。"到了1938年，他强调"穆拉还是那个穆拉。她就是个普通人，有缺点，有智慧，有傻里傻气的地方，我爱她"。[①]

她照样去见洛克哈特。他此时已恢复了单身。1937年，琼终于

---

① 威尔斯：《恋爱中的威尔斯》，第217页、第219页。

忍无可忍，离开了洛克哈特，并开始办离婚手续了。她的律师们把洛克哈特出版的回忆录从头到尾梳理了一遍，一字不落地记下了提到他和穆拉恋情的所有文字。洛克哈特在午餐时和穆拉谈起了此事，尽管她早就对传言有所耳闻。她更感兴趣的是作家阿列克谢·托尔斯泰的事儿，听说他已来伦敦参加英苏和平友好全国大会，（英国"左倾"作家和政治家发起的一次活动）一直处于恐怖状态，不管到哪儿，身边都有一个"契卡的人"跟着他。①

洛克哈特的职业道路已经又改变了方向。他一直在为《星期日泰晤士报》"阿提库斯"这一固定专栏撰稿。然而，在离开外交部12年多后，他被游说继续回到那里工作。战争开始时，他加入政治战执行委员会②，很快就当上委员会主任，负责电台广播、散发传单、明信片和文件，以提高德占国人民的士气，打击德国人的气焰。

如果穆拉心里还寄希望于脱离了妻子束缚的洛克哈特也许终于可以对自己一心一意的话，那她并没有表现出来这一点。他们继续定期共进晚餐，常常暴饮暴食。她仍和波罗的海国家及苏联保持紧密的联系，因此可以给他的八卦专栏及后来的宣传工作提供各种各样的花边新闻。但到了1937年末，她从爱沙尼亚回来时，洛克哈特就意识到，自高尔基去世、亚戈达被捕后，布尔什维克就已经和她"断绝了关系"。摆样子审判正在清理她认识的那些还在苏联的人，她对此忧心忡忡，担心洛克哈特的老朋友马克西姆·李维诺夫会是

---

① 洛克哈特：1937年3月12日日记，《日记·卷一》，第368—369页。
② 一译政治战执行部，英文为"the Political Warfare Executive（PWE）"，考虑到其隶属于外交部，故作此译。—译注

下一个遭殃的。① 每个人都在提心吊胆，也许这就是阿列克谢·托尔斯泰在伦敦时担惊受怕的原因（如果是这样的话，他其实无须担心——他正吉星高照呢，被刚刚成立的最高苏维埃委以了重任）。

苏联的现状也引起了威尔斯的忧虑。他的朋友比阿特丽斯和西德尼·韦伯夫妇曾写过一本叫作《苏联共产主义》的书，他们在书中发表看法，认为莫斯科大审判最终会给俄罗斯带来一种更好的文明。英国的许多左翼作家也同意这一观点。但见过斯大林本人的威尔斯却不那么乐观。他写信给比阿特丽斯，说虽然他和穆拉都大体上同意她对时局的看法，但觉得她低估了斯大林的个人权力。当时所有人都认为，斯大林重建的苏联有着更好的新秩序，为了维护这个秩序几乎可以不惜一切代价。

1938年时，莫斯科大审判愈演愈烈。高尔基的前任秘书、原克容维尔科斯基大街那个群体中的成员克留奇科夫被指控对高尔基之死负有责任，受到审判，在3月被行刑队枪决。克留奇科夫的档案里还有一份名单，上面写着受到他连累的八个人。

穆拉的名字就在这份名单上。

据说，她曾经是"一个反苏维埃右派组织的成员"②。也许，这与她和舍尔弗的关系，以及她涉嫌为纳粹进行反苏维埃活动有关。名单上的八个人当中有七个人遭到逮捕并被处决。穆拉是唯一的幸存者。她也是唯一一个住在伦敦的，但这应该称不上是多充分的保护。两年后，苏联内务人民委员部一路追到墨西哥去暗杀托洛茨基。而

---

① 洛克哈特：1937年11月22日日记，《日记·卷一》，第382页。
② 转引自申塔林斯基：《克格勃文献档案》，第254页。

且穆拉常常旅行，要在爱沙尼亚逮捕或者杀了她应该易如反掌。可是什么都没有发生。可能的原因有许多，一个重要的原因就是她还保管着高尔基的一些文档。又或许，就像1918年和1921年时那样，苏维埃政府认为她立的功大于她涉嫌犯下的罪行。

* * *

1940年2月21日，《泰晤士报》的婚讯栏上登了一则简短的启事：

B·G·亚历山大先生与T·本肯多夫小姐

　　伯纳德·G·亚历山大……与家住伦敦安尼斯莫尔花园11号的玛丽·布德贝格男爵夫人和家住爱沙尼亚雁得尔庄园的已故约翰·冯·本肯多夫之女塔尼娅·冯·本肯多夫已喜定终身，特此公告。①

塔尼娅将伯纳德·亚历山大介绍给穆拉时，穆拉并不喜欢他的长相。"他很聪明，"穆拉承认，"但他并不适合你。他有律师善于分析的冷静头脑，性格也和你很不一样"。②伯纳德是个刚刚通过资格认证的讼务律师，他的父亲是纺织业大亨。他在伦敦对塔尼娅一见钟情，追她追到了塔林，和她一起在卡丽嘉夫度假。起初，塔尼娅并不喜欢他。他政治上右倾，是个严格的天主教徒，思想保守，而且正如穆拉所观察到的那样，思维沉着冷静。③塔尼娅的朋友们也不

---

① 《泰晤士报》，1940年2月21日，第11版。
② 亚历山大：《爱沙尼亚的童年时光》，第105页。
③ 塔尼娅·亚历山大讣告，《泰晤士报》，2004年12月9日，第74版。

1924—1946

喜欢他。然而他让她生气的同时也迷住了她，而且他心中藏着深深的爱意。塔尼娅表现出了和她母亲一样的轻率，坠入了爱河。①

威尔斯早就不存任何奢望了，不指望穆拉会嫁给自己，甚至也不祈求她会考虑和他同居了。实际上，这已经成为他们之间私密的玩笑话。1938至1939年英国的冬天，在他唯一一次去澳大利亚旅行期间，他写信给她。"亲爱的穆拉，宝贝穆拉，别忘了你属于我哟……"②他告诉她，澳大利亚人和他想象中的完全不一样——没有随处可见的圆桶铁皮罐、袋鼠和沙袋鼠。这里的人六点三十左右就早早起床，晚上十点半上床睡觉。"这里不适合你。"他说："你有没有像我一样好好表现，做个好穆拉？你的体重有没有一直在掉？"这两个问题很有可能都只能用断然的"没有"来回答。③

穆拉和保罗、塔尼娅一起在卡丽嘉夫度过了最后一个平静的夏天。二十二年前，正是在这儿，在雁得尔的极乐之中，她度过了另一个美妙的夏天。当革命在彼得格勒一触即发之时，她和梅里埃尔、克罗米、贾斯提诺和其他人还在一起游泳、嬉戏。如今，物是人非。孩子们长大了，塔尼娅有了伯纳德的追求，穆拉步入中年末期，而米姬已不在他们身边。穆拉最老也最亲密的朋友，她最爱的第二个妈妈，病入膏肓，在这年早些时候去世了。在过去的二十年里，米姬已经成了孩子们心中的雁得尔——他们拜访的焦点。但她去世时他们都在伦敦，无法陪在她身边——"她走的那一天，"塔尼娅回忆

---

① 亚历山大：《爱沙尼亚的童年时光》，第105页。
② 威尔斯：1939年1月18日致穆拉函，《信札》。
③ 威尔斯1938至1939年书信，《信札》。

道:"母亲和我抓住给爱沙尼亚打去的电话,哭得……"①

这将是他们最后一次回到雁得尔。爱沙尼亚正享受着最后一年的独立,它即将坠入其多灾多难的历史中最黑暗的阴影之下。纳粹德国国防军的铁蹄正踏向波兰西部,而东部的国家将会被苏联吞并。

穆拉从爱沙尼亚飞往斯德哥尔摩,在作家俱乐部在那儿召开的一次会议上如约与威尔斯碰面。9月3日,他们在斯德哥尔摩的时候,英国及其盟友对德宣战。穆拉和威尔斯遇上了些麻烦,搭不上飞往阿姆斯特丹的航班。他们在那里又被困了一个星期,直到登上最后一艘驶向英国的轮船。

---

① 亚历山大:《爱沙尼亚的童年时光》,第161页。

23 "为俄国人秘密工作"
1939年—1946年

威尔斯虽已74岁了,可他对旅行的热情却没有因为年龄或是战事有丝毫减退。1940年9月,不列颠之战战事正紧,大规模空袭即将开始,威尔斯在利物浦登上了丘纳德公司的赛西亚号轮船,前往美国,展开他常年的巡回演讲。当时的北大西洋航路处于德军U型潜舰的封锁之下;赛西亚号被迫停泊在港口中,等待护航的名额,但其所在的码头却遭到了空袭。幸运的是,赛西亚号并没有受到损伤,整个航行也很顺利。

从白雪皑皑的纽约到烈日炎炎的佛罗里达,威尔斯在各州巡回演讲,达拉斯、底特律、伯明翰和旧金山都留下了他的身影,期间不断有朋友问他怎么没见到穆拉,于是他给她写了一封阴阳怪气的信,说他还是得一如往常地替她不在他身边找借口(她倒是来了利物浦的港口给他送行,但那已是她愿意随他同行的极限了)。威尔斯见了朋友查理·卓别林以及"纽约的各位",大概还想方设法见了一些女性朋友。他与节育运动的领导人玛格丽特·桑格,以及玛莎·盖尔霍恩都保持着友谊。他跟自己的巡回演讲经纪人哈罗德·皮特在一起的时间也很多,皮特通过自己的公司——杰出人物管理公司——组织名人进行巡回演讲（在威尔斯的推荐下，温斯顿·丘吉尔也与皮特达成合作，涉足过收入颇丰的巡回演讲）。威尔斯高兴地注意到，皮特总能将年轻的女性吸引到自己身边，这样一来威尔斯也能享受一把"最后的感官刺激"。①

在英国这边，穆拉住到了伦敦之外的地方，因为德军的空袭让她彻夜难眠。她去儿子保罗在约克郡科雷克的农场打发了一段时间，农场是保罗从一个家族朋友那儿租来的。她还到住在牛津郡的女儿塔尼娅那里住了一段时间。塔尼娅不顾穆拉反对，嫁给了伯纳德，搬到了牛津郡的大黑斯利镇。1940年年底时，她已经身怀六甲了，伯纳德当时则在牛津郡和白金汉郡轻步兵团中服役。塔尼娅收留了不少难民，到1943年时，她已经有一双儿女了。

尽管伦敦空袭连连，穆拉还是常在伦敦来往。柳芭结婚后，穆拉从卡多根广场的寓所搬了出来，与另一个老朋友莫莉·克利夫合租了一套位于肯辛顿恩尼斯莫尔花园的公寓，莫莉的儿子托尼就是保罗在约克郡租下的那个农场的主人。莫莉当时是一名兼职的防空队队员，住了楼上的房间，穆拉则住在了楼下。②穆拉的起居室像个相当破旧的沙龙，这是她晚上接待客人的地方；而她的卧室，她能在单人床上做完大部分工作的那间卧室，则像一家繁忙的出版社的后勤办公室，架子上塞满了各种图书和文件，每张桌面上都摞着高

---

① 威尔斯:《恋爱中的威尔斯》，第224页。
② 亚历山大:《爱沙尼亚的童年时光》，第129页；军情五处穆拉·布德贝格档案：1940年6月21日关于恩尼斯莫尔花园11号（11 Ennismore Gardens）住户的报告；1942年3月5日克利夫夫人（Mrs Cliff）的一个表亲卡桑德拉·寇克（Cassandra Coke）提供的报告。

高一堆卷了角的手稿。

二战刚开始的时候，穆拉的老朋友（也是威尔斯的克星）希尔达·马西森①联系了她。希尔达那时已经离开了英国广播公司，投入了好几年的精力做了一项关于非洲的调查。在张伯伦政府对德奉行绥靖政策期间，英国人意识到，如果不仅能对友好国，而且能对潜在的敌对国进行亲英宣传的话，将会于本国大大有益。1939年初，英国秘密情报局（也就是战时以代号新命名的军情六处）的D处尝试与希尔达接触，请她掌管一个秘密的宣传组织——联合广播委员会。希尔达对于能回到自己喜爱的广播事业感到欣喜不已。

随着战争的脚步越来越近，"联广委"向外散布了令人振奋的信息，鼓吹英国军队的强大实力和丰富资源。这次宣传的计划是展现英国的生活场景、文化和战事准备，以表明一个爱好和平的国家，也会时刻做好迎战准备。②在欧洲各电台广播的时机不久到来，这些节目采取了旅行见闻的形式，着重介绍了英国的种种名胜。希尔达列了个名单，把英语水平高、对欧洲的了解也很深的流亡英国的人士都列了进去。穆拉于1939年9月加入了这个团队。希尔达忘了让军情五处审查她所雇的人员；不然的话，穆拉肯定会被禁止进入"联广委"工作。

希尔达雇员中可疑的人物，穆拉可不是独一个。盖伊·伯吉斯也受邀加入了，他自1936年起就是英国广播公司《谈话》节目的工作

---

① 希尔达·马西森（Hilda Matheson, 1888—1940），BBC谈话节目的先驱，一战时曾效力于军情五处。—译注
② 卡尔尼：《斯托克》，第117页。

人员。他当时已经身为共产国际的特工,在为苏联工作了。对他来说,能在英国政府的宣传机器内部工作,实在是个绝佳的机会。

委员会集思广益,想出了将宣传内容传播给更大的受众群体的各种方式方法。正如希尔达所说,让这些宣传内容进入瑞典、西班牙、葡萄牙等国不成任何问题,土耳其可以发电报过去,开罗可以通过外交人员带过去,南美洲和北美洲则都可以通过航运和空运,将录音磁盘寄过去。通过一些绝妙的方式,大部分国家很快就能定期收到消息了。这些国家中包括了斯堪的纳维亚、荷兰、匈牙利、罗马尼亚、南斯拉夫、希腊、保加利亚、中东、非洲部分国家、锡兰①、西印度群岛,甚至还包括德国本土。每月,节目录音大约能有150张磁盘,又会被制作成约3500张压片。节目主题范围很广,既有无伤大雅的艳俗内容,也有严肃的军事题材。比如"英国皇家植物园""乔治·艾略特"②"伦敦裙装款式""伦敦闪电战中的女孩儿们"和"英国空军的盟友"等。③

敌对状态开始之后,军情五处对于希尔达雇用了如此多未经审查的外国人开始感到不安。有一些人的名字让情报局感到很紧张,很快,就有人来盘查关于布德贝格男爵夫人的情况了。1940年2月底,军情五处派了一名代号为U35的特工前去对她进行调查。

U35就是乔纳·"克洛普"·乌斯季诺夫,此人是一名俄国流亡者,与德国有一些瓜葛。克洛普的父亲在沙皇俄国时,以宗教难民

---

① 锡兰(Ceylon),现斯里兰卡(Sri Lanka)。—译注
② 乔治·艾略特(George Elliot, 1819—1880),原名玛丽·安·伊万斯(Mary Ann Evans),英国文学史上的著名女作家,乔治·艾略特为其笔名。—译注
③ 卡尔尼:《斯托克》,第119页。

1924—1946

的身份出逃，后定居于巴勒斯坦，克洛普就是1892年在那儿出生的。克洛普与穆拉同年出生，但他们的相同之处可不仅限于此。克洛普与德国的关系错综复杂，他不仅在德国度过了大部分的学生时光，甚至一战时还在德国军队服过役。后来他回到了俄国，并在1920年时遇见了纳季娅·别努阿。纳季娅是一位戏剧布景设计师兼艺术家，参与过彼得格勒艺术之家的工作，那是马克西姆·高尔基帮助建立的一个机构。① 穆拉通过高尔基和玛丽亚·安德烈耶娃，以及1919年在柯尔涅伊·楚科夫斯基艺术剧院的工作室工作，而参与了这项工作。② 几乎可以肯定地说，她与纳季娅二人是相识的，穆拉甚至没准儿还见过当时已与纳季娅订婚的乌斯季诺夫。

这对订婚的准夫妻结了婚，同年离开了俄国，先是搬去了柏林；但由于纳粹势力的冒头，他们又再次启程，去了伦敦。在伦敦，乌斯季诺夫在德国大使馆任新闻专员，同时还是一家德国新闻社的记者。1935年，有关方面要求乌斯季诺夫证明自己的雅利安血统，于是他辞去了德国大使馆的工作，很快，他便被招进了外国线人组成的一个私人情报网络，这个机构是由英国外交部的罗宾·范西塔特爵士③领导的。乌斯季诺夫表现优异，凭借范西塔特爵士的影响，他取得了英国国籍，并受到了军情五处的雇用。克洛普·乌斯季诺

---

① 乌斯季诺夫：《克洛普》(Ustinov, Nadia Benois, *Klop amd the Ustinov Family*)。
② 楚科夫斯基：1919年9月4日日记，《日记》，第53页。
③ 即罗伯特·范西塔特爵士 (Sir Robert Vansittart)，全名罗伯特·吉尔伯特·范西塔特 (1881—1957)，第一代范西塔特男爵，二战前后英国的一名资深外交官。曾任两任英国首相斯坦利·鲍德温和拉姆齐·麦克唐纳的首席私人秘书、英国外交部常务次官 (Permanent Under-Secretary)、英国政府首席外交顾问。范西塔特还是一名诗人、小说家和剧作家。罗宾斯是罗伯特的昵称。——译注

夫成为军情五处最有价值、最有效率的特工之一。①

至于乌斯季诺夫是如何认识穆拉的，就不清楚了，不过直到战争开始他们一直都是要好的朋友。②正因是她的好友，又是深受信任的反谍报特工，所以克洛普成为监视她的最佳人选。据他的儿子演员彼得·乌斯季诺夫所言，克洛普"似乎总把自己幻想成一个神秘人物，可他并不是，至少不是如他自己想象的那般"③。克洛普是一个爱整洁的地道绅士，招摇地戴着单片眼镜，尽管身为一名成功的卧底特工，但看上去完全是个诚恳又包容的人。

他与穆拉共进过晚餐，出席过她的聚会，还到她的寓所与她单独对酌过，定期提交过不少关于穆拉的报告，包括她的朋友有哪些人，她去了哪里，干了什么等。1940年3月，他在报告中称穆拉"是个很难加以概括的人。她确实非常聪颖，可以从学术性立场去探讨各种各样的政治问题……"他判断她是亲苏派，尽管他也知道，当她听到俄国吞并波兰和波罗的海三国的消息时，确实深感震惊（听到波兰的消息时他正与穆拉、威尔斯在一起）。"我觉得说布德贝格男爵夫人是亲纳粹派，简直是无稽之谈。"克洛普直言："就我所知，她是

---

① 多里尔：《军情六处》，第407—408页；里德尔：《日记汇编》（Liddell, Guy, *The Guy Liddell Diaries*）。

② 在（1970年10月1日《时尚》）一篇穆拉·布德贝格访谈录中，凯思琳·泰南（Kathleen Tynan）提到演员彼得·乌斯季诺夫（Peter Ustinov）是克洛普（Klop）的儿子，同时也是穆拉的密友，彼得出生于1921年，自幼就认识穆拉。如果穆拉与克洛普在彼得格勒时并不相识的话，穆拉与保罗·舍弗尔以及之后与恩斯特·汉夫施丹格尔的关系或许也会让他们两人在20世纪30年代时相识。

③ 转引自多里尔：《军情六处》，第408页。

个彻底的反德分子。"①

克洛普甚至还成功地从穆拉那里得到了不少情报——或者说得更准确一点,是她成功地,正如历来那样,让自己成为一个重要的情报来源。她告诉他有一个娶了一个俄罗斯太太的叫耶茨—布朗的人请她去吃了一顿饭。席间所谈的全是亲纳粹和第五纵队的话题;穆拉对克洛普说,她听到他们"英国也需要一个自己的希特勒来统治"的观点时,着实被吓坏了。克洛普上报了这件事,于是这对夫妻就受到监视了。

穆拉反纳粹倒是也有可能,不过她对俄国一直都很忠诚,仍然是一个可疑人物。1940年6月,她遭到了"联广委"的解雇。她在这家机构工作的许可证被吊销了,就连她的警局登记证(在英的外国人士大多都必须持有)上也被盖上了"拒绝"两字的红章。这个红章②将使她无法从事任何敏感性的工作了。甚至还有传闻说她怕是要遭到拘禁了,但只是一场虚惊。

穆拉能够逃过此劫,很可能得益于自己与情报部门的一些人关系还不错——这其中就包括克洛普·乌斯季诺夫本人,他很喜欢她。她跟一个又高又瘦的小伙子走得也很近,这个人叫安东尼·布伦特,1940年5月被招进军情五处,爬得很快。还有厄内斯特·博伊斯中校,是她的老朋友了,而且是她在秘密情报局彼得格勒和赫尔辛弗斯站的老板。穆拉被"联广委"一脚踢出来之后,博伊斯写了一封字

---

① 军情五处穆拉·布德贝格档案,1940年3月8日代号为U35的特工所提供的报告。
② 军情五处穆拉·布德贝格档案:1940年6月26日,第106条注释,小纸片。彼时某些外籍在英人士仍需警局登记证。俄国在这些国家之列。

字铿锵的信,对穆拉表示支持。"尽管她好像有一种让自己陷入各种显然有损名誉的局面的天分似的。"他写道:"但我可以以个人名义担保,她对于大英帝国所奉行的一切都是坚定支持的。"他建议给她恢复工作,但是要安排到一个人尽其才,可以充分发挥她英语、俄语、法语、德语、意大利语和波兰语都很流利这一作用,而又不需要保密的岗位。①

鉴于博伊斯有可能是一个同时受雇于苏联的双面间谍,他想保住穆拉的职位恐怕也有自身的利益在其中。还有一种可能是,她手中握有他的把柄。1918年时,他就当过她的老板;秘密情报局彼得格勒站在安全上很马虎是出了名的,而穆拉没让一丁点的内部消息逃出过她的监视。安东尼·布伦特也是这样,他在进入军情五处之前,已经为苏联的"内务部"工作了好些年了。

但那个"拒绝"的红章还是留在穆拉的登记证上,于是她也就被挡在了"联广委"的大门之外。希尔达·马西森帮不上忙——她甲状腺出了问题,病倒了,并在1940年10月的一次手术中死在了手术台上。

虽然军情五处监视着穆拉的一举一动,可她的小日子还是依旧照常——威尔斯要出门就为他收拾行囊,不出门就陪他,不是到保罗那里去住上几天就是到塔尼娅那儿去待一阵子,没完没了的社交,还有就是继续完成那项将断断续续占去她大半辈子时间的任务——整理高尔基的作品并将之译成英文。

几乎就在穆拉被"联广委"拒之门外一年之后,德国宣布对俄开

---

① 军情五处穆拉·布德贝档案:厄内斯特·博伊斯1940年6月28日函。

战。已经接管了"联广委"的英国广播公司受命组建一个对俄宣传机构,于是穆拉的名字又再一次被人提起。英国广播公司向负责给外籍人士发放工作许可证的外国人战时服务部申请穆拉的工作许可,但在得到的批复上却只见重重地写了一个黑色的"否"字。英国广播公司不仅不能让布德贝格男爵夫人跨入其大门,而且不得以任何名义加以雇用。一名不愿透露姓名的军情五处工作人员对于这生硬的拒绝深表吃惊,因为他知道男爵夫人是达夫·库珀、哈罗德·尼克尔森、布伦丹·布雷肯的朋友,而且"很可能还是首相"的朋友。[①]

英国政府没有料想到,穆拉会有这么一股子无动于衷的韧劲儿。尽管有关部门已明令禁止她为英国广播公司工作,但在俄国问题上,英国广播公司有一段时间还是把她当作了一个了解相关看法和建议的源头。发现了这一情况之后,军情五处档案的小纸片上又加上了辛辣的一笔,说"无论我们认为男爵夫人的可信度如何,得知英国广播公司所搜集的关于俄国现状的情报都是从她那儿得到的,这一事实都不令人振奋"[②]。

最终不管是博伊斯还是穆拉的其他爱慕者都没能够推翻对她的这一决定。她仍被视为巨大的安全隐患,不得接近英国广播公司半步。话虽如此,他们却没法把她撵走。1941年6月24日,穆拉已经被正式解雇一年了,这天,她与洛克哈特相约共进晚餐。德国已于两天前入侵苏联,在英国国内激起了一阵对俄国的同情之声。穆拉

---

① 军情五处穆拉·布德贝格档案:1941年8月12日注。(布伦丹·布雷肯[Brendan Bracken,1901—1958],商人、政治家,曾任丘吉尔的私人政务秘书,库珀之后的一任新闻大臣。—译注)

② 军情五处穆拉·布德贝格档案:1941年7月17日,小纸片注。

告诉洛克哈特，英国广播公司的那帮人"都相当亲俄，而且都满怀着一厢情愿的想法"①。

穆拉和英国广播公司之间多舛的情缘还在不断延续。1942年她认识了身为作家和外交官的约翰·劳伦斯，他曾于1939年创建了英国广播公司全球服务的欧洲部，如今则被派往莫斯科去成立俄国部。（他可是个冒险家——有一次他所乘的船在俄国北部海域被鱼雷击沉了，他居然游到了摩尔曼斯克。）接到新的任命后，他立马就去向穆拉请教。"我想向她讨教，看看需要做什么，需要避免什么，哪些人该去见见，哪些人该绕着走。她给了我一些很有用的建议。"②

穆拉说动了"各种高层人士"给安全部门写信为她说话。结果是1941年8月，她警局登记上的红章已被抹掉了。可正如向内政部传达这一决定的人所言，"这其实是换汤不换药，唯一的实际结果只是抹掉了红色的'拒绝'二字所代表的一目了然的耻辱标记而已"。③男爵夫人仍将被禁止参与战争相关的工作，军情五处也一直密切地监视着她。

可事实证明军情五处根本就不可能阻止穆拉插手英国广播公司的事务。他们大可以逮捕并拘留她，可他们并没有这样做；因为她实在是太神通广大了。

---

① 洛克哈特1941年6月24日日记，《日记·卷二》，第107页。

② 约翰·劳伦斯（John Lawrence）爵士：安德鲁·博伊尔访谈录，藏于剑桥大学图书馆，编号 Add 9429/2B/120。关于游到摩尔曼斯克的故事，见2000年2月2日《卫报》关于他的讣告。

③ 军情五处穆拉·布德贝格档案：1941年8月11日F·P·奥斯本（F. P. Osborne）致斯特朗（Strong）上尉函。

官方依然认定她对国家安全是一个潜在的威胁,而且随着战事发展,各方对穆拉的兴趣也更浓厚了。英国情报部门中的一些强硬人物也介入进来了。1941年8月,特别行动部的副部长助理R·皮尔金顿向军情五处报告说,"某位布德贝格男爵夫人的活动对于盟军战事的最大利益来说,有害而无利……"他还提到了穆拉和洛克哈特、前新闻大臣达夫·库珀以及威尔斯的亲密友情。他报告说,"布德贝格男爵夫人以前与达夫·库珀先生一周少说要见上三次"。她否认与苏联大使伊万·马伊斯基相识,"可实际上她与他一直有秘密联系,而且她与马伊斯基二人都曾分别向达夫·库珀提供了相似的情报,以此制造一种这些情报来自不同线人的假象",进而影响库珀的判断。这位副部长助理总结道:"如此看来这位男爵夫人是在为俄国人秘密工作。"①

收到这份报告的是爱德华·辛奇利—库克上校,他是一位经验丰富的军情五处审讯员、间谍和侦探。这份报告引起了他的重视。令他尤其不安的是穆拉与马伊斯基的联系,他下令收集更多关于他们会面的情报。辛奇利—库克上校发现,穆拉与马伊斯基夫人关系密切,穆拉与她以及她的丈夫常常在"音乐聚会"和各种其他社交活动上碰面。

军情五处握有大量间接证据可以证明穆拉在从事间谍活动,但要想驱逐她出境或是拘留她,他们还需要一些更确凿的证据。不然,军情五处的任何一个人要是有个闪失,她认识的那些达官显贵和朋

---

① 军情五处穆拉·布德贝格档案:1941年8月13日伦敦警察厅特别行动部(Special Branch, Met. Police)致E·辛奇利—库克上校(Col E. Hinchley—Cooke)函。

友就可以把他烤成肉串儿。

1943年,达夫·库珀听到传言,说军情五处对穆拉很上心,而且他自己的名字很可能也被人提到了。库珀无疑是意识到了自己在穆拉面前说过不谨慎的话,于是他在1943年5月向军情五处的理查德·巴特勒打听,他们手里到底握有穆拉的什么把柄。事态愈发严重了;巴特勒将他打听情况的事儿,直接捅到了军情五处总掌门戴维·佩特里那里。

达夫·库珀于是疏远了自己与穆拉的关系,把她说得无足轻重,将她形容为"一个极烦人的老女人""大概造不成什么伤害吧",可他同时又逼着巴特勒向自己透露她的有关情况。[①]他显然是着急上火了。前一年,丘吉尔刚刚任命他为安全执行委员会主任,那可是英国政府的最高内部安全委员会。但在1943年9月他就被撤销了这一职务,贬到阿尔及利亚去担任英国政府与自由法国政府的联络人。[②]

尽管如此,穆拉却仍和他保持着友谊,与他的夫人戴安娜·库珀夫人的友情也一如往常,库珀夫人称穆拉为"我最亲爱的穆拉",

[①] 军情五处穆拉·布德贝格档案:1943年5月26日理查德·巴特勒(Richard Butler)致局座[戴维·佩特里]的便函。

[②] 刘易斯:《英国的绥靖政策面面观》,第140页(Lewis, *Prisms of British Appeasement*, p. 140)。刘易斯给出的库珀(Cooper)秘密任命日期为1943年1月,但这似乎是一个印刷错误,实则应为1942年。军情五处反谍报主管盖伊·里德尔(Guy Liddell)的日记表明,1942年7月之前库珀就已经在做那份工作了(里德尔:《日记汇编·卷一》,第280页)。里德尔本人是军情五处俄国方面的专家;后来他也受到怀疑,并遭到阻挠,未能继任军情五处总掌门一职。在盖伊·伯吉斯(Guy Burgess,里德尔与他关系曾过从甚密)变节之后,里德尔被彻底踢出了情报局。他在安全执行委员为任职期间,提拔了安东尼·布伦特(Anthony Blunt),并且与达夫·库珀(Duff Cooper)关系极其亲密。

并且还亲口证明,比弗布鲁克勋爵、莫里斯·巴林、雷蒙德·阿斯奎思,和她的丈夫一样,都很喜欢穆拉。①

几十年前,当穆拉还年轻,被困在俄国无法前往她渴求不已的英格兰之时,她对关于自己的那些漫天流言可是非常介怀的。可现在呢,随着年龄的增长,智慧的累积,她自己把人骗得团团转的本事也炉火纯青起来,对流言也就一笑了之了。她告诉威尔斯的朋友玛莎·盖尔霍恩,说在阿道司·赫胥黎的撺掇下,她找了一个很有名的看相师给自己看过手相。看了她的纤纤玉手之后(所有人都说穆拉的那双手很好看,尽管有时候有点脏),看相的女人对她说,"你的人生比你本人要有趣得多。"②穆拉被这番言论逗笑了——"她的笑声宛如银铃般悦耳。"盖尔霍恩回忆道——她感到有趣极了,便自己也开始研究起看手相来了,还产生了以看手相为职业的想法。看手

---

① 戴安娜·库珀夫人:安德鲁·博伊尔访谈录,藏于剑桥大学图书馆,编号为 Add 9429/2B/30。(比弗布鲁克勋爵,即威廉·马克斯韦尔·艾特肯,第一代比弗布鲁克男爵[William Maxwell Aitken, 1st Baron Beaverbrook, 1879—1964],加拿大裔英国政治家、报业大亨,两次世界大战期间均在英国内阁任职,因在不列颠之战中出任飞机生产大臣而闻名;莫里斯·巴林,见本书第165页和199页脚注;雷蒙德·阿斯奎思[Raymond Asquith, 1878—1916],英国律师、诗人,英国阿斯奎斯首相的长子,一战时于1916年9月15日阵亡于索姆河战役;戴安娜·库珀夫人[Lady Diana Cooper, 1892—1986],达夫·库珀的妻子。伦敦和巴黎当时以美丽著称的社交名媛,曾是红极一时的演员,在英国第一部彩色影片中饰演过女主角。—译注)

② 玛莎·盖尔霍恩(Martha Gellhorn):1980年6月30日致安德鲁·博伊尔函,藏于剑桥大学图书馆,编号为 Add 9429/2B/40。穆拉曾告诉电视制片人琼·罗德克(Joan Rodker, 1915—2010,英国政治活动家和电视制片人。—译注),是阿道司·赫胥黎建议她找这个看相师给她看手相的。(罗德克:致编者函,1974年12月29日《观察家报》第8版[Rodker, letter to the editor, *The Observer*, 29 Dec. 1974, p. 8])

相需要善于故弄玄虚能唬人,还要有令人买账的魅力,这两样穆拉无疑都具备,不过这件事最后还是不了了之了。①

* * *

当军情五处忙着调查穆拉,英国政府也忙着阻止她进入英国广播公司之际,穆拉自己倒打起了别的主意。

洛克哈特此时已经在为政治战执行委员会工作了,他把穆拉介绍给了法国流亡人士安德烈·拉巴尔特,此人在伦敦办了一份名叫《自由法国》的宣传杂志。该杂志欲将自己打造成自由法国运动的官方发言人,并取得了巨大的成功。拉巴尔特之前曾在戴高乐手下工作,深受戴高乐的青睐,他给戴高乐出了很多主意,包括武装方面等等。他着实是个了不起的人物,深谋远虑又敢于冒险,认识他的人都觉得他这个人说的话虚虚实实,很难甄别真假。②他与穆拉在许多方面都像极了。

很快,这份杂志就到了需要招贤纳士的时候,他们需要一位法语流利,又懂法国政治的人。有人推荐了穆拉,于是她加入了他们的队伍,负责赢得新闻部的好感以助筹集资金,因为有着与洛克哈特的关系,穆拉做起这项任务来无疑轻松了不少。她撰写、编辑了一些文章,又将《自由法国》杂志介绍给了她的文学知己们,比如萧伯纳、约翰·波因顿·普里斯特利,当然了,还有威尔斯。他们都

---

① 韦西勋爵(Lord Vaizey):1980年10月15日致安德鲁·博伊尔函,藏于剑桥大学图书馆,编号为 Add 9429/2B/100。

② 弗拉德:《安德烈·拉巴尔特与雷蒙·阿隆》(Flood, 'Andre Labarthe and Raymond Aron')

为杂志撰过文。

戴高乐虽然在一开始给《自由法国》送上了祝福,但杂志没有对他搞个人崇拜,把他给得罪了。最终因为米塞利埃事件,戴高乐跟拉巴尔特彻底闹翻了。埃米尔·米塞利埃是自由法国海军的指挥官,但他对戴高乐愈见妄自尊大的做派深感忧虑,提议组建一个新执行部门,由他任首脑,而戴高乐则任挂名首脑。丘吉尔不得不在两人中间调停,组建一个法国国家委员会,由戴高乐任领袖,米塞利埃任副职。拉巴尔特站在了米塞利埃的一边,《自由法国》杂志整个转向了反戴高乐的立场。①

穆拉对此深有同感。她厌恶戴高乐独裁专断的行事作风,而她反对戴高乐的立场成为她的一部分政治和社交本钱。威尔斯在自己位于汉诺威巷的家中,将一张放大的戴高乐画像贴在了马桶里边。穆拉完全赞成。"这就是他该待的位置。"她说。②

军情五处对于穆拉在杂志社的工作睁一只眼闭一只眼。外侨处处长说,"从她的整个经历来看,她显然对政治阴谋是很感兴趣的,要是她没有在一定程度上被俄国人利用的话,那我还真是要大跌眼镜了,不过,很可能是以一种相当公开的方式加以利用的"。她为《自由法国》所做的工作是有利于协约国的,他说,因此除了敲打敲打她一下,让她留点神外,没有必要采取任何进一步的行动。"如果要派人去警告她的话,我想还是外交部比较合适,不过我敢说,以

---

① 弗拉德:《安德烈·拉巴尔特与雷蒙·阿隆》
② 里奇—考尔德勋爵(Lord Ritchie—Calder):安德鲁·博伊尔访谈录,藏于剑桥大学图书馆,编号为 Add 9429/2B/124 (i)。

她的能力,她可以把想找她谈话的人耍得团团转。"①

《自由法国》编辑部的同事纷纷成了穆拉社交界的一分子,她经常带他们——有时还拉上威尔斯——到牛津郡塔尼娅家中去住上几天,从大规模空袭中逃出来,稍事喘息。他们白天为杂志撰稿,晚上打桥牌。他们搭伙过日子,再加上院子里的新鲜蔬菜,所以吃得还不错。威尔斯在卡丽嘉夫与穆拉家人过节时,就已经慢慢喜爱塔尼娅起来了,因此也很喜欢待在这里,有时穆拉回伦敦后,他都还会留下来待上几天。

尽管有这么一大堆分心之事,穆拉还是没有放下自己的出版事业。1939年,高尔基死后三年期的标准已到期,她已经不再拥有他的作品翻译代理权,因此已无法从中获得收入了。1940年她出版了高尔基《我的日记片段》的新译本,也给自己人生中最重要的一个阶段画上了句号。之后的岁月里,她仍继续翻译了高尔基和其他一些俄国作家的作品,可她已不再握有高尔基的遗产了。(除了藏在那个隐秘的手提箱中剩余的文件之外)

穆拉迫切需要工作,来维持自己的生活水平:位于伦敦最时髦地区之一的住所、海外旅行、举办宴会、外出就餐;这加起来可是一笔不小的开支。

1942年3月6日,穆拉度过了她50岁生日。这让威尔斯想起,他俩初次行床笫之欢已是20年前的事了。那时她还是一个"高挑又纤细的姑娘",可"如今我告诉她,她就像一个梵蒂冈的小天使,胖

---

① 军情五处穆拉·布德贝格档案:1942年4月8日K·G·扬格(K. G. Younger)在小纸片上所做的注释。

了三圈但还是很可爱"。他觉得她是"一个丰腴的女人；她的头发已经花白斑斑了，像她那个年龄的许多女人都会得古怪的水肿病，脚踝肿得老粗，她却完全幸免了"。①

那天中午，穆拉和洛克哈特一起进餐，他没有对她的外表评头品足，而是说"她满脑子里装的都是戴高乐与米塞利埃之争"，而且还坚持认为是时候把这个麻烦的将军给撤下来了。洛克哈特注意到，穆拉的看法与安东尼·艾登的个人看法以及整个内阁的意见不谋而合。②

到1944年时，威尔斯的健康每况愈下了。8月，穆拉向洛克哈特透露，威尔斯已经身患肝硬化和痴呆症。威尔斯仍坚持写作，但"他脑子已经不灵了"，写出来的文字已变得"机械生硬"；同时，他的脾气也变得"骄纵自负、容不得任何否定意见了"。在洛克哈特看来，这倒和威尔斯以往差不了多少。"因为威尔斯没有听从他的建议，新写过一篇猛烈抨击全人类的文章"。(这确实与他以往没差多少；1941年，在其1908年的预言小说《太空战》新一版的序中，威尔斯称自己的墓志铭应该这样写："我早告诉过你们了吧。你们这些该死的蠢货。")

那天洛克哈特是在帕尔摩街和干草市场街拐角的卡尔顿烤肉店请穆拉吃的午饭，他们边吃边交谈，"聊得很开心。"洛克哈特写道：

---

① 威尔斯：《恋爱中的威尔斯》，第227页。
② 洛克哈特：1942年5月6日日记，《日记·卷二》，第149页。(安东尼·艾登[Anthony Eden, 1897—1977]，一译安东尼·伊登，英国保守党政治家、外交家，历任陆军大臣、外交大臣、副首相、首相，被认为是英国历史上最差的首相。时任外交大臣。一译注）

"可请她吃一顿,或者说得确切一点,喝一顿实在是太花钱了。今天午餐她虽然只喝了啤酒,可开胃酒就点了三杯双份杜松子酒,这酒八先令一份啊,餐后喝咖啡的时候,她又要了一杯双份的白兰地,花了十二先令呀!"①

在战火中的伦敦,生活还在继续着。在1944年那个"嗡嗡的夏天",威尔斯在汉诺威巷13号(穆拉戏称它为"宿醉巷"②)的房子被炸弹炸毁了。穆拉当时正与塔尼娅待在牛津郡的家里。(塔尼娅刚生了第二胎)威尔斯给穆拉写了一封信——"其实也没有什么特别想说的,就是想写封情书,告诉你这边一切都挺好的,你提的要求我都一丝不苟地完成了。木匠按时来过了,把后门给钉上了,炸碎的玻璃碴子也都差不多收拾干净了。"③

* * *

也是时候该把其他残破不全的东西收拾干净了。

随着战争接近尾声,穆拉与康斯坦丁·本肯多夫的私情也接近尾声了。这些年来这段关系一直没断过,威尔斯却对此毫不知情,尽管往少里说,康尼④和穆拉在20世纪30年代也前往爱沙尼亚度过

---

① 洛克哈特:1944年8月日记,《日记·卷二》,第348页。卡尔顿烤肉店(The Carlton Grill)是1940年一次轰炸后卡尔顿酒店(the Carlton Hotel)的唯一幸存部分。20世纪50年代,这家烤肉店被拆除,原址上新建了新西兰之家。(帕尔摩街[Pall Mall],一译蓓尔美尔街。—译注)
② "汉诺威"(Hanover)与"宿醉"(hangover)一词在英语中读音很接近。—译注
③ 威尔斯:1944年夏致穆拉函,编号2747,《信札·卷四》,第500页。
④ 康尼(Cony)为康斯坦丁(Constantine)的昵称。—译注

一次假。之所以没有引起怀疑，大概是因为去的地方本来就是本肯多夫的地盘，而且他还拉上了他半大不小的女儿娜塔莉做伴。娜塔莉本人对这一切心知肚明，并为之感到恶心。

最终，康尼的妻子玛利亚·科钦斯卡在忍受了这段婚外情多年之后，终于下定了决心，在与康斯坦丁大吵了一架之后，给他下了通牒，要么离婚，要么与穆拉断绝关系。康尼给穆拉打了个电话，告诉她只能到此为止了。①

对于穆拉，甚至对于全世界来说，更重大的事情却是，威尔斯所剩的时日不多了。

在欧战胜利纪念日之后的那个星期四，洛克哈特又一次请穆拉去卡尔顿吃午饭。可她从头到尾只想谈论威尔斯。她每天都要去看望他。十八个月之前，皇家医生霍德勋爵诊断威尔斯患了癌症，只能活六个月了。可霍德错了——威尔斯并没有得癌症，于是还依依不舍地活着。7月时穆拉还带他去给大选投了票；他当时投给了工党。到了8月，穆拉已经确信他活不过一个月了。但穆拉也错了。②威尔斯活着迈进了80岁的门槛，不过他的身体已经每况愈下了，日夜都请了护理来帮着照顾他。他虽然没有遭到什么病痛折磨，可身体却逐渐消磨下去了。穆拉看望他去得很频繁；吉普和夫人玛乔丽也是，玛乔丽这些年一直在帮威尔斯料理家务，而这曾是威尔斯希望穆拉能为他做的工作。

---

① 娜塔莉·布鲁克（娘家姓本肯多夫）：安德鲁·博伊尔访谈录，藏于剑桥大学图书馆，编号为 Add. 9429/2B/114 (i)。

② 洛克哈特：1945年5月10日和8月3日日记，《日记·卷二》，第431, 480页。

尽管日渐虚弱，威尔斯直到生命最后还在写他最后的两本书——《幸福的转折》和《行将崩溃的理智》——这两本书在1945年出版，而他的最后一篇文章则发表于1946年7月。

威尔斯之所以著名，是因为他提出了一个未来图景，通过建立一个世界政府来限制军备、约束各国行为，以此来阻止战争的发生。他说，人类必须改变自己以适应环境，不然就会像恐龙一样灭绝。在当时世界大战的一片混乱之中，他的话听上去就像是无稽之谈。1941年乔治·奥威尔写道："过去这几十年之中，凡是有些理性的人都与威尔斯先生所见略同；但这些理性之人都无权无势，而且很多人也没有大义凛然、牺牲自我的性情。"威尔斯没有意识到，人类并不是靠理性生存的，因此他对于20世纪以来的许多历史事件都产生了误判，比如早期布尔什维克人的脾气，这群人在奥威尔看来"可能是天使也可能是魔鬼，就看一个人如何去看待他们了，但不论怎么说他们都不是什么理性的人"。威尔斯却一直"没能理解。奥威尔对于如此批判威尔斯感到有些愧疚，甚至将之比作弑父的行为：

> 21世纪初出生的一批懂得思考的人，在一定程度上可以说是威尔斯自己的创造……从1900到1920这些年，有谁写的书……对年轻人产生了这么大影响，我看一个都找不出来。倘若没有威尔斯，我们所有人的理智乃至整个客观世界，恐怕都会面目全非。使他如今成为一个浅薄、存在不足的思想家的，只是在于理智的单一性，在于他那显得像爱德华时代受神启的

预言家一般的片面想象。①

奥威尔在最后的分析中指出,威尔斯"太过理智,无法理解现代世界"。

不过他也没有多少时间去为这个世界而感到困惑了。1946年8月13日的下午,距他80岁生日只剩六个星期之时,威尔斯去世了。这在穆拉的生命中,是第三次她所爱的男人抛下自己先走了。不管怎么说,穆拉都还是爱威尔斯的,只是没有爱到他想要的那个程度罢了。这一次,穆拉再没有哪个人的臂膀可以依靠了。

---

① 奥威尔:《威尔斯、希特勒和世界政府》(Orwell, 'Wells, Hitler, and the World State'),1941年《地平线》杂志(*Horizon*)。

第五部

穆拉的沙龙
1946—1974

　　那些把她拍得像穿着邋遢的平常女人的照片，对我来说都是无数不解之谜，而且我忘不了第一眼见到她时那令人屏息的感觉，那是1931年的一天，在伊斯顿格利布的花园里，她坐在我父亲的身边，正与他交谈。她身上那种听天由命的情绪使她散发出令人非常安心的宁静感，她风趣幽默的言谈，使她的存在让人非常舒心，一点也不让人烦扰：我总是热切地盼望着与她再次会面，心里也念念不忘上次的相处。

安东尼·韦斯特：《威尔斯：多姿多彩的一生》

24 电影巨头
1946年—1948年

　　1918年10月一天夜里,一列火车缓缓驶出夜色笼罩的莫斯科火车站,随着这列载着洛克哈特的火车的远去,穆拉的生活变成了一个接一个的告别。大门将逐渐关闭、大幕将纷纷落下,她那满载记忆和秘密的行李箱也将"啪"的一声锁上。就连她一直在叩的一些柴扉也想闩上,不让她进去了。

　　洛克哈特的离去给她生命中那个了不起的冒险故事画上了句点。当时她还安慰自己说这不过是序幕罢了,可实际上却是,在洛克哈特那一年一月抵达积雪覆盖的宫廷堤岸路上的英国大使馆的当天,正剧就已经拉开了帷幕,这已是第一幕的结尾了。可是剧终的时刻是何时到来的呢? 大概是在特里约基的那片林地里,她瘫倒在湿漉漉的地上,为自己逝去的爱人哭得撕心裂肺的时候。又或许是在她听闻洛克哈特得子的消息,感到为他生个"小彼得"的愿望破灭之时。

　　穆拉在她两天之后越过边境进入爱沙尼亚时,就与她那"俄罗斯人中的俄罗斯人"的生活永远作别了。那天之后,她将永远也不再会在俄国有一个容身之所了,即使踏上俄罗斯的土地,也只能是匆匆地一瞥后就又要离去。高尔基去世后,她作为俄罗斯人的资格实际已经丧失了；最后这一意味深长的纽带被斩断，这扇门也就随之在她的面前关上了。

而威尔斯的逝世则意味着她作为一个情人、情妇、姘头的日子结束了。又一扇门咣当一声合上了，又一条生活的门路被封锁了。

生活将继续下去，大门将逐渐关闭，大幕将纷纷落下，行李箱将"啪"的一声锁上。穆拉的世界正变得越来越窄小、逼仄。但她还富有生气与活力，还有抉择等着她去做，有征途等着她去闯。

* * *

威尔斯逝世当晚，穆拉没有压抑自己，还是和两个朋友——作家丹尼斯·弗里曼及其伙伴演员内维尔·菲利普斯——一起去了一个小酒会。她曾给弗里曼的战时回忆录提供过一些帮助，菲利普斯则是她通过自己的新工作，在亚历山大·柯尔达的剧本部门当头儿认识的。那一整晚，她想做的就是喝伏特加、聊威尔斯。内维尔晚会结束就回家了，丹尼斯因为与威尔斯相熟，则留下来听了一通宵。[①]

第二天早上，穆拉孑然一身，仿佛回到了1919年时那般。洛克哈特溜到离她更远的地方去了。离婚后，他和"汤米"·罗斯林在萨里郡成了家，他与穆拉只在他来伦敦时才能偶尔见上一面。战争结束之前，他们沉醉过的那种通宵晚会，亦一去不复返了。

时年54岁的穆拉又开始了新的蜕变。她成年之后一直惯于成为

---

① 菲利普斯：《舞台令我神往》，第130—131页（Phillips, *The Stage Struck Me*, pp. 130-131）。

庞大的社交世界的一分子,活跃于各色有趣的人物之间。由于与像高尔基、威尔斯,甚至洛克哈特这些人物的关系,她结识了一些渴望结识的权势人物。现在威尔斯不在了,她发觉自己近乎处在了一个真空之中,于是她立马着手将这一真空填补起来。

她开始给自己打造起一个女家长式的强势女主人的新形象。多年来,她举办过很多酒会、午宴、晚宴,也组织过远足和聚会。如今她将这一点变成了自己生活的中心。她的沙龙使她名声大噪。她利用自己的神秘色彩,施展那令几乎每个人都难以抗拒却又无法解释的魅力,将自己位于肯辛顿的那套普普通通且相当邋遢的小小公寓变成了战后伦敦社交世界的中心之一。演员、作家、电影导演、政治家、间谍纷至沓来。吸引他们的不只是她的魅力和神秘,更是因为她的人脉。她似乎认识所有的人,而她的沙龙则更使她如虎添翼,提高了她在作家、导演、制片人、出版商之间牵线搭桥的能力。

沙龙也让穆拉有了工作。除了社交生活的危机外,她还需要更多经济来源来提高自己的收入。威尔斯留给了她一些遗产,但加起来并不是非常可观。这其中有 3000 英镑 "与她一生之尽责无关的额外遗产",以年金的形式发放,有 1000 英镑现金,再加上他总房产的九分之一,折合 6240 英镑。① 倘若她当年退让了,同意嫁给他,她本来是可以继承他的绝大部分遗产的,那她如今便是个富婆了。穆拉爱钱,但她更看重自己的自由。

那 3000 英镑的年金虽是一笔小收入,但就连节俭的生活,也不足以支撑;对于一个有着穆拉这般品味和生活习惯的女人来说,这

---

① 威尔斯的遗嘱。1946 年总计 10 240 英镑的遗产相当于如今的 374 000 英镑。

点钱连她的酒水单都不够付的,更别说她肯辛顿公寓的房租或别的开销了。按照她花钱的速度,这笔钱全加起来也用不了几天。

穆拉对此早有预见,她已经逐渐由编辑、翻译书籍转向兼职写电影剧本了。她与亚历山大·柯尔达爵士的相识可以追溯到20世纪30年代。那时他们年纪相仿,同为东欧国家革命时流亡至海外的人士。柯尔达原名山多尔·拉斯洛·克尔纳,1893年生于匈牙利。他通过拍电影创立起了事业,在1919年因白军推翻了社会主义政府而逃往奥地利之前,对左翼政治产生了兴趣。他雄心勃勃,才华横溢。他改了自己的名字,以自己的第一任妻子、演员玛利亚·柯尔达的姓为姓,即使在很穷的时候,他也过着富人般的生活。他的衣服都是最好的;他认为人看上去是什么样,就会成为什么样的人。20世纪20年代,他与玛利亚打拼起了一份事业,先在奥地利和德国,后来到了好莱坞发展。1932年柯尔达来到英国,开始建立自己的电影帝国。战争爆发时,他已经是全英首位、也是最伟大的电影巨头了。

至于他与穆拉是如何相识的就不得而知了。可能是在社交场上的相遇,或许是20年代初她在德国为高尔基谈电影合同的时候,又或许是因为政治上的联系。匈牙利的共产党垮台之前,柯尔达参与了把高尔基和托尔斯泰作品改编为电影的计划。不过可以确定的是,1935年时柯尔达和穆拉就已经是朋友了,当时她将他介绍给了威尔斯,促成了《笃定发生》和《制造奇迹的人》两部电影的拍摄。①

---

① 柯尔达:《魅力人生》,第120页。迈克尔·柯尔达认为他的叔叔是20世纪30年代在英国第一次见到穆拉的。

柯尔达的做法经常突破职业道德的底线。据弗兰克·威尔斯（H·G·威尔斯的儿子，曾为柯尔达工作）所言，如果柯尔达觉得一部已经拍完了的电影赚不了大钱的话，他就不会选择将其发行，而是会把它当作一笔虚拟资产存起来，这样就可以用来使他的银行账面收支平衡。① 洛克哈特也认识柯尔达，他还听说过很多柯尔达想尽办法拉资助的故事。1938年洛克哈特遇到了一个会计，柯尔达制作公司伦敦影业深陷麻烦时，他曾代表债权人处理过这起债务纠纷；他告诉洛克哈特，英国的电影行业亏欠银行和保险公司的钱约有四百万英镑之巨。而这其中大部分的亏欠都来自于柯尔达和他的匈牙利同胞马克斯·沙赫。在这名会计看来，这两个人中柯尔达要坏得多——他就是个邪恶的骗子。②

虽然柯尔达过着贵族般的生活——依旧显得像个贵族，也想变成贵族，他的债权人却常常亏得分文不剩。可他对此似乎毫不在意。尽管他是以拍摄共产党的宣传电影起家的，但他早就将自己的左翼政治思想，连同他的本名和他的发妻玛利亚·柯尔达一起抛诸九霄云外了。他成了一名彻头彻尾的保守派，1942年他的朋友温斯顿·丘吉尔为他谋了个爵位。给一个以拍电影为生的、离异的匈牙利犹太人授爵，一些英国人认为这是一件倒胃口的事情。

授爵的理由表面上是表彰他为英国电影产业做出了贡献，实则是因为他为战争做出了贡献。他制作和导演了一批以宣传为目的

---

① 弗兰克·威尔斯（Frank Wells）语，转引自库利克：《亚历山大·柯尔达》，第126—127页（Kulik, *Alexander Korda*, pp. 126-127）。

② 洛克哈特：1938年8月23日日记，《日记·卷一》，第392页。1938年的四百万英镑相当于现在的两亿五千万英镑。

的电影,其中包括备受欢迎的《那个名叫汉密尔顿的女人》,(又名《汉密尔顿夫人》)主演费雯·丽和劳伦斯·奥利弗分别扮演汉密尔顿夫人和纳尔逊勋爵。丘吉尔非常喜爱这部电影。片中拿破仑与希特勒的相似之处昭然若揭,有一句台词据说还是由丘吉尔本人建议加进去的:"拿破仑除非将我们赶尽杀绝,否则休想成为世界的主宰——相信我,先生们,他是打定主意要做世界的主宰的。向独裁者求和是与虎谋皮,必须摧毁他们。"①

柯尔达对于战争做出的贡献并不只是拍了些顺应时代潮流的电影。丘吉尔说服了他,让他在美国期间从事一些秘密活动。1940年,奉丘吉尔之命,军情六处在纽约设立了一个秘密的部门,称作英国安全协调处;该处的职能之一就是要影响美国国内的舆论走向,使美国放弃孤立主义,加入到战争中来。柯尔达的任务是在英美两国间秘密传送情报,同时将他在纽约的办公室拿来作为情报信息的交换所。②

柯尔达的电影帝国内部似乎透出了一股难闻的气味。嗅到了这股气味的人都非常提防他。这其中就有洛克哈特。1947年10月——大概是通过穆拉的关系——洛克哈特应邀参加了在柯尔达所住的克拉里奇酒店顶层套房开的一个会。③柯尔达给了他一个当顾问的工作。洛克哈特的老雇主比弗布鲁克勋爵告诉他,柯尔达那么有钱,可以开口向他要5000英镑的薪水。但到了11月,尽管洛克哈特已经辞去

---

① 柯尔达:《魅力人生》,第154页注。
② 库利克:《亚历山大·柯尔达》,第256—257页。
③ 洛克哈特:1947年9月21日日记,《日记·卷二》,第630页。

了自己在《泰晤士报》所负责的专栏的工作，但他对于接下这份工作却还是颇有疑虑。他的朋友布伦丹·布雷肯（前新闻大臣，丘吉尔的朋友，也是艾德礼政府国有化计划的激烈反对者①）警告他不要接这个工作，并且建议他终止已签订的合同。在布雷肯看来，电影这一行很不干净。或者说，起码亚历山大·柯尔达是如此。洛克哈特听从了布雷肯的意见，撤销了合同，作别了这份月薪一万两千英镑的工作。②

如果说穆拉也闻到了这股难闻的气味的话，她也并没有因此而乱了阵脚。作为一个曾经与雅科夫·彼得斯走得很近、鞍前马后替斯大林效过劳的女人，穆拉可不会被这点儿小打小闹的商业问题吓破了胆儿。而且像她这样的，她还不是独一人。会计们和领导层成员也许会当着他的面捂住自己的鼻子，但亚历山大·柯尔达爵士毕竟是英国战后电影业的核心人物，而且那个时代绝大多数大名鼎鼎的人物不是与他合作过，就是为他工作过。别的不说，卡罗尔·里德、大卫·里恩为他导演过电影，泰伦斯·拉提根为他写过剧本，演员阵容中则有劳伦斯·奥利弗、费雯·丽、拉尔夫·理查森、大卫·尼文、奥逊·威尔斯、查尔斯·拉夫顿、罗伯特·多纳特和杰克·霍金斯。很多人都知道他的一些灰色交易，但也一笑而过了，仍旧喜

---

① 克莱门特·理查·艾德礼，第一代艾德礼伯爵（Clement Richard Attlee, 1st Earl Attlee, 1883—1967），英国政治家，1945年大选带领工党取得压倒性胜利，并意外地击倒在第二次世界大战领导英国的丘吉尔，出任英国首相一职。他在任内对大工业实行了国有化，并设立了国民保健署，使英国逐渐走上福利国家的道路。—译注
② 洛克哈特：1948年1月8日日记，《日记·卷二》。1947年的一万两千英镑相当于现在的四十多万英镑。

爱他。理查德·波顿在被他以五十万美元的价格卖给了二十世纪福克斯之后，仍称他为"可爱的盗贼亚历克斯爵士"。①柯尔达拿这笔收益买了一幅加纳莱托的画，②对着这位年轻的演员洋洋自得地炫耀道："好好欣赏吧小伙子，是拿你换来的嘛。"③

　　穆拉另一位为柯尔达工作的朋友——很有可能是穆拉把他拉进来的——叫塞西尔·比顿。他之前一直回绝与电影相关的工作，认为拍电影的人都粗俗不堪。（尽管他很仰慕电影明星）柯尔达最开始去找他就印证了他的这一看法："我想把你买下来，"柯尔达道。"可我不想被人买走。"塞西尔回绝道："何况我价值连城，你买不起的。"可他还是让柯尔达高价买下了，（未尝不是好事，因为他当时正是急需钱的当儿）他为1948年的电影《安娜·卡列尼娜》制作了精美的设计，此片由费雯·丽主演。（穆拉也在剧组担任了个顾问）塞西尔终于也慢慢地喜爱上了这个买走他的人。④

　　柯尔达很喜欢穆拉，也很爱听她八卦。他雇她作驻厂文学经纪人兼剧本编辑。同时，她还做些翻译的活儿，但她最主要的工作，

---

① 亚历克斯（Alex）是亚历山大（Alexander）的昵称。——译注
② 加纳莱托（Canaletto，1697—1768），原名乔万尼·加纳尔（Giovanni Antonio Canal），威尼斯著名画家，以城市风景画闻名。——译注
③ 波顿:《理查德·波顿日记》，第575—576页（Burton, *The Richard Burton Diaries*, pp. 575-576）。
④ 维克斯:《塞西尔·比顿》，第307页（Vickers, *Cecil Beaton*, p. 307）。比顿的日记反映出，他与穆拉的友谊至晚在战争前期就已经开始了。（比顿:《这些年》[Beaton, *The Years Between*]，第69页："与穆拉·布德贝格进了晚餐，有了一瓶上好的克拉雷红酒助兴，我们都觉得整个夜晚过得轻松愉快。我们都认为，战争将一个人一下子就变老了。"）

是负责把亚历克斯爵士哄开心。①这有点像她与高尔基关系的翻版，只不过这次她不用打理他的家务，也不必做他的情妇。不过，当然了，她也感受不到与一个善变的杰出文学天才和国家英雄相处的感觉了。尽管柯尔达给她提供了及时雨般的收入来源，也使得她能够扩大自己的交际圈子，但对于穆拉来说，无疑是掉了价。

但她还是尽力而为，充分利用了这个机会。柯尔达的外甥迈克尔于1947年，也就是他13岁的时候，参加了克拉里奇酒店套房的一次酒会。这是个例行的活动，尽管举办酒会的人不干不净，但还是来了很多电影导演、演员和政界人物——其中包括布伦丹·布雷肯（穆拉曾经散布谣言，说布雷肯是丘吉尔的私生子）。卡罗尔·里德也出席了，费雯·丽预计也会露面（尽管她这个人脾气说变就变，一会儿一个主意，根本就不可预测）即使在如此群贤毕至的场合，穆拉还是一来就让自己成了光彩夺目的明星。门童把门一打开，她便以戏剧般华丽的姿态闪亮登场，直奔亚历克斯和他的兄弟文森特而去，给了他们一人一个饿熊扑食般的拥抱，这种拥抱已经成了她的一个标志性动作。在13岁的迈克尔眼里，穆拉身上穿的就像一顶嵌有一层薄纱的齐地黑帐篷，手上拿着一个镶满珠子的手提包和一副长柄眼镜。她那练了大半辈子的口音，透着俄国味儿。"宝贝——儿！"她跟目瞪口呆的迈克尔打了声招呼，坐到了他旁边的椅子上："给我来一点点伏特加和一口鱼子酱吧，让我这坐了半天出租车，大老远

---

① 军情五处穆拉·布德贝格档案：1948年7月14日伦敦警察厅（Metropolitan Police）报告，关于她从华沙途径布拉格入境英国的记录；迈克尔·柯尔达：2012年1月12日黛博拉·麦克唐纳访谈录。

从肯辛顿赶来的老太婆恢复一点力气吧。"①迈克尔照做了，然后看着这位"老太婆"将玻璃杯中的酒一饮而尽，接着又要了一杯。

一整晚，穆拉不停地八卦，把对八卦有瘾的柯尔达的注意力吸引到了自己身上。其他人也都被她吸引过去了。她那沙哑的口音、肥胖的体态和多年老烟枪练就的低沉嘶哑的笑声，非但没有使她成为嘲笑的靶子，反而成了痴迷的对象，她那机敏的才智也使得她在每一个聚会上都耀眼夺目。

晚宴结束后，大家伙儿来到了客厅，穆拉加入了男士们的队伍，点起一根大雪茄，听他们聊天。毕竟，要散布八卦的人必得先收集一番呀。所聊的内容全都是围绕着利益的，其中大多数都是关于政治的，穆拉在诱人失言说出秘密方面很有一手（达夫·库珀早就领教过）。她对于听到的一切从来不会漏掉或是忘记，不管肚子里已经装了多少伏特加。

迈克尔·柯尔达长大后，慢慢地对穆拉有了很好的了解，他发现穆拉从没失掉对俄国的热爱，但他同时也相信穆拉对英国是相当忠诚的。几十年过去了，她都没有变过。她那引人注目的能力，尤其是能让有名望或权势的客人注意自己的能力，令迈克尔感到惊奇不已。她给他们讲各种难以置信的故事，里面充满了添油加醋的谎言，把他们听得津津有味、如痴如醉。迈克尔觉得，穆拉对女人的兴趣不如对男人的大，有点儿像沙龙女主人或二奶。"表面上看，她既善良又有魅力，是个才华横溢的女人，但骨子里，她却是一块不

---

① 柯尔达:《魅力人生》，第214页。

锈钢。"①

穆拉是个不折不扣的沙龙女主人,但是二奶,她已经不当了。她的沙龙,一般都是在恩尼斯摩尔花园的公寓中举办,不过她也可以到哪里就在哪里举办。

* * *

1947年,穆拉对英国的忠诚度遭到了审查。她的三个孩子数年前就全都成为英国公民了——塔尼娅和基拉是嫁给了英国人,而保罗则是通过申请入的籍。十多年后的如今,穆拉显然意识到伦敦将永远是自己的家了,这才终于决定申请入籍。

申请过程中有一个程序是接受伦敦警察厅特别行动部的面谈。②比起社交谈话,穆拉对这次面谈只是稍微更当一回事而已。穆拉既拿不出出生证,也拿不出结婚证,只提供了一份掺杂了谎言的人生自述。这一次,谎言并不算多。穆拉16岁时到柏林,跟姐姐住在一起,在那儿她遇到了第一任丈夫,这部分是真实无疑的。十月革命爆发时,她遭到逮捕,因为与洛克哈特的关系蹲了十个月的大牢,这段就是实情与离谱的谎言虚实参半了。她描述了与高尔基的关系,说她1921年去了爱沙尼亚,称自己在那儿帮"一个荷兰人"做过钻石和黄金生意。这是穆拉生平唯一一次承认自己奉命为玛丽亚·安德烈耶娃和货币计划工作过。

---

① 迈克尔·柯尔达: 2012年1月12日黛博拉·麦克唐纳访谈录。
② 军情五处穆拉·布德贝格档案: 1947年3月31日伦敦警察厅特别行动部(Met Police Special Branch)记录。

申请入籍时，穆拉还在为《自由法国》工作。这份工作她一年能赚400英镑，文学代理那边还能再赚个300英镑。可她的银行账户已经透支了600英镑。她没有提到从柯尔达那里拿到的收入。军情五处经过调查，最终还是从一位"可靠人士"处获悉，布德贝格男爵夫人每年要从柯尔达那儿得到2000多英镑的高薪。正如记录这一信息的特工所说，这笔钱"支付她的酒水单"都绰绰有余了。① 在社交场上，穆拉从不提及自己的财政状况，给人以贫而不移、很有教养的印象。就连塔尼娅也以为，她每周只能从柯尔达那里拿到一笔少得可怜的钱，忽视了她可是有自己的办公室和秘书的人。②

在政治问题上，穆拉告诉特别行动部的人，她对于颠覆政府什么的没有丝毫兴趣，她也不是什么共产党员，不过她并没有否认，她有很多朋友都是左翼人士，也没有否认苏联大使伊万·马伊斯基及大使夫人是自己的朋友。当被进一步逼问的时候，她说，不，她并不蔑视苏维埃政权。

战争期间，军情五处和伦敦警察厅特别行动部一直监视着穆拉，1944年时，他们表示："这位聪慧过人的女士毫无疑问在为俄国做地下工作。"③ 可穆拉不仅没有遭到逮捕、拘禁或是驱逐出境，除了入籍申请时的面谈之外，她甚至从未被军情五处正式审讯过。她的入籍申请被详细调查之后，有关人员还写了一份长达五页的文件，主要是解释未批准申请的理由。④ 然而，6月，她的入籍申请还是得到了

---

① 军情五处穆拉·布德贝格档案：1950年3月30日记录。
② 亚历山大：《爱沙尼亚的童年时光》，第143页。
③ 军情五处穆拉·布德贝格档案：1944年4月24日伦敦警察厅特别行动部记录。
④ 军情五处穆拉·布德贝格档案：内政部编号为B 319的入籍申请笔录（note

批准。穆拉拿到了这个她自1919年起就一直渴求的身份，成了一个英国国民。

不过，军情五处仍没有放松对她的监视。

* * *

1947年快到年底时，穆拉手持自己的新护照，踏上了人生第一次前往美国的旅途。《自由法国》杂志刚刚关门大吉，穆拉需要找点事情做，也要寻找新的收入来源。

美国既然给穆拉发了签证，那就说明要么是军情五处没有给美国联邦调查局、中情局和国务院通气，说穆拉有苏联间谍的嫌疑，

---

recording Home Office Certificate of Naturalisation No. B 319），1947年6月19日军情五处编号为 PFR 3736 的记录。笔录写道："军情五处：家住伦敦恩尼斯摩尔花园16号，邮编为SW7的玛丽·布德贝格的入籍申请已批准，效忠宣誓也已按时完成。"做出这一出人意料的决定的原因，不得而知。申请评估材料中提到了 J·B·S·霍尔登（John Burdon Sanderson Haldane, 1892—1964，又译霍尔丹、海登、荷尔登。英裔著名科学家，在生理学、遗传学、数学等领域均有非凡建树。公开声称自己是社会主义者、马克思主义者、无神论者和人道主义者。后入印度籍。——译注）教授，一位"赫赫有名的共产党员"，期望这一点会对穆拉不利。这份文件还对穆拉面谈中所谈内容的真实性提出了怀疑，指出她所说的与情报部门早已掌握的情况相差无几。其中提到了1935年穆拉在费利克斯托港的那几次夜间密会。文件还提到了威尔斯想要带穆拉去俄国的情况，以及他认为应当同意穆拉入籍的意见。达夫·库珀亦被提及，说他曾拒绝让穆拉在女子勤务队工作。这份评估文件还写明了穆拉与俄国大使马伊斯基夫妇二人的关系。但也提到，穆拉曾将关于俄国大使馆的内幕消息传递给了达夫·库珀，这对于她肯定是有利的。但是整体看来，证据并不充足，只能猜测穆拉是通过自身的魅力获得了入籍批准，又或者是什么官僚系统内出了纰漏。在做出了该决定和穆拉入了籍后，军情五处的好几份文件都对这一纰漏提出了批评。

要么是美国人接到了通知，但认定允许她入境，看看她都干了些什么，还是值得的。

穆拉在美国最主要的联系人是亨利·勒涅里，他是一位声名赫赫的出版商，以出版保守派作家的作品闻名，如温德姆·路易斯①、威廉·F·巴克利②、拉塞尔·柯克③和弗兰克·迈耶④。勒涅里是个极具争议的人物，他发表过很多煽动性文章，到1941年为止，他还是奉行孤立主义的"美国第一委员会"的成员。穆拉来访时，他刚刚成立了勒涅里出版社；他对出版带有典型欧洲思想的欧洲书籍，尤其是有亲德倾向的书，很感兴趣。

穆拉在柏林时的老情人保罗·舍尔弗也在勒涅里的出版社工作。当年由于纳粹的干预，舍尔弗从《柏林日报》辞了职，尔后离开了德国，几经辗转来到了美国，却因为被怀疑为纳粹的间谍而遭到拘禁。在1938年的莫斯科审判中，他被指控与所谓的陷乌克兰于大饥荒的"戈培尔/切尔诺夫阴谋"有牵连，这个罪名他背了很久都没有洗脱

---

① 一译温德姆·刘易斯或温德汉·刘易斯（Wyndham Lewis, 1882—1957），英国艺术家、作家。漩涡画派的创始人之一，讽刺文学经典之作《上帝之猿》（The Apes of God）的作者。—译注
② 全名小威廉·法兰克·巴克利（William Frank Buckley Jr., 1925—2008），美国记者、专栏作家、小说家、中情局特工、电视脱口秀节目主持人、作家、保守主义政治评论家。政论杂志《国家评论》（National Review）创办人。有"美国现代保守派运动之父"之称。—译注
③ 全名拉塞尔·阿莫斯·柯克（Russell Amos Kirk, 1918—1994），一译罗素·柯克，美国政治理论家、历史学家、社会批评家、文学批评家，现代保守主义的奠基人之一。—译注
④ 全名弗兰克·施特劳斯·迈耶（Frank Straus Meyer, 1909—1972），美国哲学家、政治活动家，以其创立的"联合论"（fusionism）而知名。—译注

掉。后来,美国政府改变了对舍尔弗的看法,把他招进了自己的情报与别动处——战略情报局,也就是中情局的前身。战争结束时,舍尔弗成了纽伦堡审判的一名控方顾问。他已经开始为勒涅里做些非正式的工作了,看看手稿,或提提项目建议。几乎可以肯定的是,正是听了他的建议,穆拉才前来拜访了这家刚刚起步的出版社。穆拉成了勒涅里的英国代理,就应当出版哪些书给他提了很多建议。

在穆拉返回英国后不久,勒涅里给她写了一封信报喜,说她建议翻译的马克斯·皮卡德①的《我们自身的希特勒品性》已经出版了。他还告诉她,舍尔弗近期将会联系她,商量为翌年勒涅里出版社要推出的一批书在欧洲寻觅出版社事宜。②这批书包括汉斯·罗特菲尔斯的《德国对希特勒的抵制》、伦纳德·冯·穆拉尔特的《凡尔赛协议与当今世界》③以及恩斯特·荣格尔④的《和平》。穆拉回信道,她也会为他关注欧洲的"名作"。她还安排勒涅里与英国出版商维克多·戈兰茨会面。⑤戈兰茨是一位社会主义者,在政治上与勒涅里完全是对立的,但他对于德国国内困境的同情,使他对勒涅里计划出版的书

---

① 马克斯·皮卡德(Max Picard, 1888—1965),瑞士哲学家。—译注
② 勒涅里(Regnery):1947年12月10日致穆拉函,藏于胡佛研究所档案馆。
③ 伦纳德·冯·穆拉尔特(Leonard von Muralt, 1900—1970),瑞士历史学家。该书的英文版译名为《从凡尔赛到波茨坦》(*From Versailles to Potsdam*)。—译注
④ 一译欧内斯特·容格尔(Ernst Jünger, 1895—1998),德国作家和思想家。不少学者认为他是继尼采之后德国最伟大的思想家。—译注
⑤ 勒涅里:1948年7月11日致穆拉函,藏于胡佛研究所档案馆。(维克多·戈兰茨[Victor Gollancz, 1893—1967],英国出版商、作家,埃德加·斯诺的《红星照耀中国》[*Red Star Over China*]的英文初版就是由他创办的维克多戈兰茨出版社出版的。—译注)

单产生了共鸣。

要是军情五处或中情局一直在监视穆拉的话,那就该注意到穆拉与舍弗尔及其苏联联络人之间的接触,还有与社会主义者戈兰茨的联系了。①

尽管穆拉在出版方面搞得有声有色,已经恢复到了战前的水平,但她还是一如既往地为柯尔达工作。穆拉喜欢这项工作带来的丰富的社交生活,可她却经常抱怨工作并不总是很有趣。

1948年8月的一天晚上,洛克哈特带她到伦敦西区的常青藤餐馆共进晚餐。(穆拉电影圈和戏剧圈的那些朋友很喜欢上这家餐馆)这晚,穆拉情绪比较低落,出乎寻常地只喝了一点酒就不喝了。她告诉洛克哈特,为柯尔达工作不是件容易的差事——洛克哈特的一个朋友曾说,"柯尔达这个人结交一下还是很有意思的,但要为他工作可真是难于上青天",穆拉对此也深有同感。②她这2000英镑的年薪挣得不容易啊——或者至少是她觉得兼顾好这份工作和自己蒸蒸日上的出版生意很不容易。

这一晚,心情不佳的穆拉将所有人都埋怨了个遍——威尔斯留给她的遗产太抠门了,萧伯纳心眼小不说还好面子(都90多了还赖活着),最过分的还数萨默塞特·毛姆那极端自我的刻薄嘴脸。毛姆虽是她的朋友,可她一向认为他是"天底下最势利的人""是个好作家但心地很坏"。最令她讨厌的,是他对待自己的那些女性情人的令

---

① 穆拉与舍尔弗再续前缘后关系有多亲近不得而知;大概并不很亲近。舍弗尔在勒涅里出版社工作到了1951年,其间一直生活得非常简朴,也遭受着战时留下的伤病的不断侵扰。他于1965年逝世。

② 洛克哈特:1948年8月26日日记,《日记·卷二》,第672—674页。

人发指的态度；其中有一个可怜的女人，"因为非常漂亮"，他迟迟不肯放手，却只是为了在公共场合与她分手，杀她个措手不及。穆拉和洛克哈特谈到了他们认识的一些形形色色的"身体力行的同性恋者"，其中有毛姆，还有他们的俄国老友休·沃波尔（毛姆很看不起他，每次说起他"都语带恶毒、厌恶和嫉妒"）。洛克哈特被穆拉尖酸的评论给逗乐了——"她可真是把我们那些个有名的作家都说得一无是处呀，"他写道，"读者千万不要去了解自己喜欢的作家。每个作家在某些方面都是喜欢出风头的人，而喜欢出风头的人往往都是金玉其外，并非真有什么吸引人的地方。"①

不过，即使是在情绪最低落的时候，穆拉也没有说过威尔斯半句坏话，这令洛克哈特深受触动。穆拉对自己所爱的人都很珍视，哪怕他们身陷囹圄时也是如此。

---

① 洛克哈特，1948年8月26日日记，《日记·卷二》，第672—674页。尽管穆拉认为毛姆是"世界上最虚荣的人"，但她还是仍然拿他当朋友。那年晚些时候，她还请毛姆和洛克哈特到她位于恩尼斯摩尔花园的寓所吃过饭。毛姆已年近75，但体形在洛克哈特看来"非常棒"。席间，毛姆解释道，他之所以在《寻欢作乐》(Cakes and Ale)一书中攻击了休·沃波尔，是因为沃波尔曾试图称自己是"英文之父"(father of English letters)；毛姆称他自己现在已经达到了这个地位，尽管"我从来没有刻意为之"。(转引自洛克哈特，1948年11月16日日记，《日记·卷二》，第684—685页)

25 一个俄国爱国者
1948年—1956年

对穆拉的怀疑延伸到了她的沙龙里。军情五处在她入籍之后仍监视着她,对于她生活的这一方面则盯得尤其紧。

很多人都期盼收到布德贝格男爵夫人派对的请帖。在动静小一点的晚会上,她往往只招待十二至十五人,不过一旦手头宽裕了,她就会举办能容纳五十人之多的晚宴或酒会。

穆拉本人是吸引人来参加的原因之一,另外的原因则是客人鱼龙混杂,三教九流,济济一堂,聚集在这与其不甚相衬的简陋公寓里,里面摆满了笨重古旧的家具和宗教圣像,墙上挂满了灰不溜秋的俄国和意大利画作。

那些日子里,穆拉的熟人,军情五处B2a部门1950年10月将其归为四类人①第一类是她在外交部的那些朋友。然后就是"那群脂粉气十足的小白脸"。(B2a部门认为这群人全都是"室内设计师",但实际上他们大多是作家和演员)令军情五处最感兴趣的是她那群外国朋友,其中"许多是俄国人和知名的苏联支持者"。最后的一类是她的那些个"大人物朋友",包括像戴安娜·库珀夫人及其丈夫达夫·库

---

① 军情五处穆拉·布德贝格档案,1950年10月9日B2a部门提交的报告。

珀、劳伦斯·奥利弗、奥托琳·莫瑞尔夫人①这样的名流,还有很多她与威尔斯在一起时的老朋友。

穆拉的社交影响力非凡。有一次在哈罗德·尼克尔森家中,乔治·威登菲尔德和他出版社的合伙人奈杰尔·尼克尔森(哈罗德之子)在讨论理想的晚宴宾客时,穆拉的名字赫然列在了他们的名单之首。②哈罗德自20世纪20年代在柏林时就与穆拉相识,他确实认为她是"伦敦当时最聪明的女性"。③他这样想也是应该的——这些年间他目睹了她在聚会中的表现,丝毫不输于那个时代最聪明、最自命不凡的知识分子——如H·G·威尔斯、萧伯纳、毛姆、亚瑟·库斯勒和其他很多人。

她晚会上的客人通常是分拨儿的,很少有人会在两拨人之间窜来窜去。乔治·威登菲尔德被分在喧闹的文艺分子一拨,有一次他把日期记错了,到的时候发现穆拉的客厅里挤满了"头发灰白、军人模样的人,其中很多都留着小胡子、戴着单片眼镜"。穆拉感到很尴尬。"亲爱的,"她说道:"你可来早了一天呐。"然后便委婉地将威登菲尔德请了出去,拜托他次日晚上再来,届时聚在一起的就都是他所熟悉的那拨作家、出版商和艺术家了。④

---

① 奥托琳·莫瑞尔夫人(Lady Ottoline Morrell, 1873—1938),英国贵族,伦敦文学圈的沙龙女主人,有文坛教母之称,极具个性和慧眼,当时很多重量级的作家和艺术家都得到过她的赞助,如D·H·劳伦斯、弗吉尼亚·伍尔芙、阿道司·赫胥黎、伯特兰·罗素等。伍尔芙的《达洛维夫人》(*Mrs. Dalloway*)中的主人公克拉丽莎·达洛维的性格特征可能就源于奥托琳·莫瑞尔夫人。—译注
② 威登菲尔德:《乔治·威登菲尔德》,第131页。
③ 转引自罗宾·洛克哈特:《赖利:始作俑者》,第84页。
④ 威登菲尔德:《乔治·威登菲尔德》,第132页。

穆拉沙龙的常客之一是盖伊·伯吉斯，他是一名公务员。穆拉战争爆发之初在"联广委"工作时认识他的。他能进入穆拉的社交圈子大约是通过一些共同好友的关系，比如哈罗德·尼克尔森和以赛亚·柏林。①B2a部门可能将他划入了穆拉的外交部好友一类，而不是"胭脂气的小白脸"，相比起那些"知名的苏联支持者"，对他没什么兴趣。乔治·威登菲尔德是一名奥地利的犹太流亡人士，是穆拉派对上偶尔来的"外国人士"中的一个，他不喜欢伯吉斯，觉得伯吉斯很虚荣，是个自负的想抢风头的家伙，老爱插嘴打断别人的交谈，然后"不管其他人就自顾自地开始长篇大论"。②有一次在穆拉的一个晚会上，伯吉斯指责威登菲尔德支持一项亲欧政策。在伯吉斯看来，世界大国只有美国和苏联两个，所有人都必须在这二者中选边站队。

穆拉还是很喜欢伯吉斯的，而他也是她派对上的常客。她似乎在他的身上看到了自己的身影。安东尼·布伦特是这样描述伯吉斯的："他不仅是我认识的人中思想最具启发性的人，同时他也具有很强大的人格魅力和无穷的活力。"尽管他在很多方面有些刚愎自用、不合情理，可无论跟他讨论什么话题，他都能提出有趣、有价值的观点。③还有一点，穆拉和伯吉斯都喜欢酗酒，每次都是一醉方休。

沙龙的大部分常客对于穆拉是不是间谍一事都有着自己的看法。关于她的传闻在宾客中也一直没有断过。乔治·威登菲尔德认为她是一位俄国爱国者；"但她社交圈中那些在政治观点上很开明宽容、

---

① 威登菲尔德勋爵：2012年1月6日致黛博拉·麦克唐纳德私人信函。
② 威登菲尔德：《乔治·威登菲尔德》，第158页。
③ 转引自卡特：《安东尼·布伦特》，第79页（Carter, *Anthony Blunt*, p. 79）。

对她甚至有些偏心的朋友，可能都承认过，她也许是个双面间谍，至于她对哪一面更好，就有待各人自己去猜了。"①

1950年7月出现了一个新情况，加剧了军情五处对布德贝格男爵夫人的担心。穆拉举办了一个非常小的派对，邀请了她的老朋友，苏格兰出版商詹姆斯·麦克吉本（麦克吉本与基出版社的合伙创始人）；他在战时也曾有过情报工作的背景，是知名的共产主义者，也被军情五处监视着。那晚，盖伊·伯吉斯也在宾客之列，另外还有四人。几个小时之后，一个监控小组看到宾客们离开。"这六人每个人都喝得有点儿高。"一名特工报告说，男爵夫人以身作则做出了榜样："而这无疑是一个女主人应该做的。"②伯吉斯仍旧被认为是一个即使不是备受尊敬也值得信赖的外交部人员。在B2a部门看来，对于伯吉斯这样一个性格多疑、位居公职的人来说，布德贝格男爵夫人实在"不是一个可取的熟人"。她也许会给他带来坏影响。③

因此，军情五处并没有审查20世纪30年代起已秘密为苏联工作的伯吉斯，而是将注意力集中在麦克吉本身上了。战争期间，他一直为军情三处④工作，该处当时负责诺曼底登陆计划情报方面的工作。因为忧虑西方盟军的军事情报水平要比苏联的高出很多，麦克吉本将不少德国军队的情报传给了"内务部"。他相信此举是在帮助

---

① 威登菲尔德：《乔治·威登菲尔德》，第134页。
② 军情五处穆拉·布德贝格档案：1950年7月26日关于布德贝格/麦克吉本的记录。
③ 军情五处穆拉·布德贝格档案：1950年8月15日B2a部门特工致B·A·希尔先生便函。
④ 一战开始后，英国军情处曾一度发展到19个处，其中军情三处主要负责东欧的军事情报，已撤销。——译注

苏联的战事，因此也是为整个战争做出了贡献。战争结束后，苏联大使馆给了他2000英镑以示感谢，还有好几个不知姓名的俄国人试图劝说他继续做他们的线人，但他拒绝了。战争胜利了，他的工作也完成了，无意把做间谍当成职业。①但军情五处还是得知了他做过的这些事，一直严密地监视着他。

很有可能穆拉就是那些试图劝麦克吉本为苏联效力的俄国人中的一个。1950年，有一次她说有紧急的私事，叫他来相见。麦克吉本以为是个私人会面，结果却发现是一个热热闹闹的聚会，远不是他设想的两人单独会面，弄得他很不高兴。宾客中有那个叫伯吉斯的"外交部来的古怪家伙"，麦克吉本不喜欢他。那天夜里晚些时候，监听麦克吉本家的军情五处特工听到他向妻子抱怨，说穆拉骗了他，"简直就是一个彻头彻尾的坏蛋"。②麦克吉本的电话也被窃听了，监听他的人记录下了穆拉对他妻子说的话：俄国人"更希望詹姆斯来做这件事而不是别人"③。"这件事"具体指的是什么就不清楚了。

麦克吉本被带回军情五处，由军情五处的王牌审讯官吉姆·斯卡登审问。斯卡登早已成为传奇，别看他轻言细语、和颜悦色，但他很善于抽丝剥茧，摸透疑犯的心理，使其彻底崩溃。当年拿下克

---

① 麦克吉本2000年临终前在一份签名的12页自白书上讲述了这个故事。（见迈克尔·埃文斯和马格努斯·林克莱特 [Michael Evans and Magnus Linklater] 发表在2004年10月30日《泰晤士报》第1—3版上的文章）；亦见H·麦克吉本：《日记：我的间谍父亲》[H. MacGibbon, 'Diary: My Father the Spy'] 一文，刊于2011年6月16日《伦敦书评》[London Review of Books]，第40—41页。
② 军情五处穆拉·布德贝格档案：1950年7月26日记录。
③ 军情五处穆拉·布德贝格档案：摘自1950年8月18日B2a部门关于"麦克吉本案的进展"（'Developments in the MacGibbon Case'）的记录。

劳斯·福克斯这个"原子弹间谍"的人正是斯卡登,福克斯曾将曼哈顿计划的内幕消息泄露给了苏联。凡是落到斯卡登手上的人,都会不由自主地被他那温暖、讨人喜爱的举止所吸引,同时也因他的赫赫威名而暗自胆寒。他的审讯方法可以概括为三点,一是耐心地磨,以此耗尽对方的精力;二是快速地转换话题,把对方搞得晕头转向;三是设下巧妙的陷阱。

最终,斯卡登排除了麦克吉本的嫌疑,他的名字也从苏联特工嫌疑人员的名单上删除了。可他并不是唯一一个遭到过斯卡登审讯,却蒙混过关的人。军情六处的特工金·菲尔比也曾身背嫌疑,落到斯卡登手里,经历了一长串审问,吓出了不少冷汗;但他之后也同样被排除了嫌疑。斯卡登没能将他击溃,并得出了他大概是清白的结论,但军情五处并不买账,仍旧监视着菲尔比。[①]詹姆斯·麦克吉本比起菲尔比来,还要更幸运一些;他暂时脱离了危险,便继续从事自己的出版工作,也维系着与穆拉的友谊。

吉姆·斯卡登的一个熟人曾向他提议道,如能收服穆拉做线人,对于军情五处来说将非常有利。穆拉与许多苏联外交官有关系,这使得她的线索非常有价值。负责调查穆拉这一任务的B2a部门补充道,穆拉是一位极其聪颖的女子,她非常利己,没有什么正直的信条,只对自己忠诚。还有,因为最近被诊断出患有乳腺癌,她开始担心起自己的健康,害怕因为生病而失去收入。B2a部门记录道,穆

[①] 麦金泰尔:《混在朋友中的间谍》,第169—170页(Macintyre, *A Spy Among Friends*, pp. 169-170)。斯卡登(Skardon)的名声可能因为其在审讯富克斯上的成功而过分夸大其词了。他既没有让金·菲尔比(Kim Philby)坦白,也没有让安东尼·布伦特如实交代自己的罪行,尽管都经过了多次审讯。

拉是一位出色的文学评论家，也很会与人交谈；人们听她说话就会不自觉地入迷。①

军情五处拿不定如何是好——是把她招募进来为其所用呢，还是把她当作间谍而紧咬不放呢？有一份报告是这样结尾的："至于对穆拉——我并没有取得什么新的认识——介于半信半疑之间吧。"②

这份报告出来后不久，一份关于布德贝格男爵夫人的新证词送到了一名军情五处官员的办公桌上。威尔斯生前的旧情人、小说家丽贝卡·韦斯特近来在一个派对上见到过穆拉，这个派对是由她们共同的好友，美国记者多萝茜·汤普森举办的。同穆拉一样，多萝茜也志在出版外国文学，她20世纪30年代时也曾在柏林工作过。据丽贝卡所说，当天派对上的客人中有"一群很让人反胃的共产主义同情者，看他们对布德贝格男爵夫人那谄媚的样子就知道了"。③她补充道，威尔斯的家人一直以来都认为布德贝格是一个苏联特工。

这到底是出于事后的妒忌还是爱国之心呢？可能二者兼而有之吧。威尔斯曾对自己与丽贝卡所生的儿子安东尼透露，穆拉承认过自己是个苏联间谍，安东尼对此深信不疑，大概又把这话传给了自己的母亲。丽贝卡在这件事上起了妒忌之心也是说得通的，安东尼差不多和自己的父亲一样，也让穆拉给迷住了。④

---

① 军情五处穆拉·布德贝格档案：1950年8月28日B2a部门记录。
② 军情五处穆拉·布德贝格档案：1950年10月2日标为绝密（Top Secret）的记录。
③ 军情五处穆拉·布德贝格档案：1951年1月30日与丽贝卡·韦斯特（Rebecca West）的会谈记录。
④ 韦斯特：《威尔斯》，第139—140页。韦斯特在1976年1月11日的《观察家评论》第17页的《我父亲欠下的那些情债》一文中回忆了其母亲的妒忌之情。

类似于丽贝卡·韦斯特所提供的那样的证据,都被军情五处在这长达30年的调查中点点滴滴地记录在档案中了。有时,调查需要内政部再签发一份令状,授权情报部门对穆拉的电话进行监听,在她的房子装上窃听器,拆看她的信件,掌握她的行踪。穆拉清楚自己是他们的调查对象,并在克洛普·乌斯季诺夫面前提过一嘴,说她被人跟踪了。她甚至有可能已经察觉到了,他就是监视她的特工之一。

1951年2月,在与丽贝卡·韦斯特谈话两周之后,军情五处再一次审核了穆拉的情况,做出了一个很关键的结论。结论认为说来羞愧,在穆拉入籍申请时没有对其进行过全面审查,于是他们决定亡羊补牢,现在将这一疏漏补上,一定程度上也是为了让监视她所花费的巨额开销有个合理的说法。"既然她与那么多我们的主要怀疑对象都有联系,"穆拉档案里的小纸片上写着,"那么看来我们也就别无选择了,只能对她进行审问,以期摸清更多的情况"。①

但军情五处并没有将穆拉抓来正式审问,而是决定再次发挥克洛普·乌斯季诺夫的作用。作为秘密特工,他在战时表现优异,使得情报部门对他愈发青睐有加。军情五处选择他的理由也和1940年时如出一辙——既然穆拉与他夫妇二人都很熟,他便更容易不打草惊蛇地完成调查任务。(至少军情五处是这么觉得的)克洛普接到指示,打入穆拉的内部朋友圈、获得她的信任、彻查她到底对谁效忠。除此之外,若是可能的话,他还被授权,招募她为双面间谍。他安

---

① 军情五处穆拉·布德贝格档案:1951年2月12日编号为239的小纸片。

排了很多会面和饭局，以确保自己成为她派对上的常客，进而与穆拉和她那些深藏不露的共产主义者朋友面对面地接触。这些朋友中有几个差点就暴露了自己的身份。

谁曾想，1951年5月发生了一场危机，把所有人都弄得措手不及，穆拉的调查也迎来了一个转折点。

军情五处开始调查唐纳德·麦克利恩，克格勃方面认为军情五处若是审讯过严，麦克利恩很有可能承受不住压力，就把他的间谍同伙们给供出来了。克格勃揣测到可能发生的事情，决定保险起见，将麦克利恩召回了莫斯科；到了临行前，又突然传来命令，让伯吉斯与他一同离开。1951年5月25日，距军情五处所定下的审问麦克利恩的日子还有三天之时，伯吉斯到麦克利恩的家中把他接出来，开车去了南安普顿。他们二人乘轮渡到了法国的圣马洛港，然后又用假护照回到了莫斯科。他们的"失踪"引起了国际社会的恐慌。西方世界里没有一个人知道他们的下落，媒体则捕风捉影、猜得越来越离谱。

内政部立马下令恢复了对穆拉的调查。她的客人们对这两名失踪者的去向进行了种种推测，而他们的谈话内容则被她公寓中的窃听装置录下来了。六月，穆拉开了个派对，克洛普应邀参加了这个派对。受邀的其他客人包括几个出版商，一名英国文化委员会的女士，还有同样在受到军情五处调查的俄国人薇拉·特雷尔。席间，话题转到了盖伊·伯吉斯身上。派对上的每一个人都认识并且很喜爱他，尽管他有嗜酒和以自我为中心的毛病。其中一个出版商说他一定是叛逃了。穆拉则认为他可能是在欧洲遭绑架或是遭遇了什么意外。虽然众说纷纭，但大家都确信他肯定是个间谍，而不仅仅是外交部的官员。

穆拉已经察觉到自己正在受到监视，而且很可能也推测到事态将变得对身在英国的苏联特工和苏联同情者们极为不利。有着丰富经验，善于察觉风吹草动、见风使舵的穆拉，开这个派对实则别有深意。

其他客人纷纷离开之后，穆拉让克洛普留步片刻。她解释道，她是特意为了他才邀请其他那些人的——她觉得他会有兴趣听一听伯吉斯的朋友是如何看待这件事的。她说有一位出版商的妹妹是一名共产党，与麦克吉本有不少往来；麦克吉本曾告诉穆拉，他只在穆拉的派对上与伯吉斯打过照面。但她并不信他的话。

在关于这个晚会的报告里，克洛普表示穆拉如此肯帮忙，令他吃了一惊，他认为现在就看军情五处怎么利用好这一形势了。①

克洛普又约了穆拉一次。她的下一场晚宴安排在6月28日晚。客人中有乔治·威登菲尔德，他猜测伯吉斯和麦克利恩可能藏在德国。他说，他与伯吉斯已经相识七年了，他认为以伯吉斯在外交部的地位，是得不到什么能让俄国人感兴趣的秘密的。②

几天之后，克洛普和穆拉在佩勒姆街的雪利酒吧共进晚餐。九点店家关门之后，他们又回了克洛普的公寓，一直聊到了第二天凌晨。他们讨论了詹姆斯·麦克吉本、伯吉斯，还有穆拉的另一位客人——亚历山大·哈尔珀恩以及他的夫人莎乐美娅。哈尔珀恩是穆

---

① 军情五处穆拉·布德贝格档案：1951年6月19日U35提交的报告。
② 军情五处穆拉·布德贝格档案：1951年6月28日U35提交的报告。

拉的老相识了——他是一个律师，1917年曾给克伦斯基当过私人秘书。移民英国后，他加入了秘密情报局，二战时为设在纽约的英国安全协调处工作过——就是亚历山大·柯尔达也曾有过联系的同一个机构。①莎乐美娅，曾经是《时尚》杂志的模特，公开表达过对共产主义者的同情。

谈话间，穆拉说自己有这么多的左翼人士朋友，却从没受到审问，甚感奇怪。克洛普暗示说可能是因为他们俩是朋友的缘故。"自打战争开始，"他对她说："你的一举一动都有很多人想打探。每次有人问起你，我都会如此回答：这个女子聪明绝顶，不会做傻事的。"

穆拉却故作天真。"就算我想给苏联人透露情报，"她说："我哪儿有什么能让他们感兴趣的情报呢？"

"在这个领域，有绝对适合你去完成的任务，"他对她说："比如发现人才，就算一项。"

到了关键时刻——即克洛普的上级允许他好好利用的那个时刻。但克洛普得妥善行事——把想法直接灌输到一个潜在特工的脑袋里，断不可行。

穆拉告诉他，她之所以喜欢那些左翼人士，是因为他们看上去要比别人聪明。反正，在她看来，整个世界总有一天会变成共产主义的世界——尽管那可能要等到很久以后了。

这话听起来，仿佛是她在缴械投降之前最后一次忠诚地向自己的旗帜挥手致意。

---

① 韦斯特、查列夫：《御宝》，第180页（West & Tsarev, *The Crown Jewels*, p. 180）；卡特：《安东尼·布伦特》，第321页，第331页。

她告诉克洛普，麦克吉本到目前为止还没有向她透露过任何有价值的消息，只是在她的肩头哭哭啼啼地说了一番他生意上的伙伴基自杀未遂的事情，不过她说如果自己听到了什么有价值的消息，一定会告知克洛普的。

穆拉向克洛普道晚安时，已是夜里两点了。道别时，她邀请克洛普帮她为接下来的两场大聚会调酒。她打算每场邀请50位客人。发出这个邀请后，她才步入伦敦的夜色之中，朝着恩尼斯摩尔花园的家中走去。①

在接下去的数周甚至数月里，趁着报纸上仍在不断地对伯吉斯和麦克利恩这对"失踪的外交官"进行猜测（叛徒？或是绑架受害者？）之际，穆拉小心翼翼地躲开了追寻的目光，与克洛普越走越近了。她告诉他，她在苏联那边已经不吃香了——她写给高尔基家人的信一封也没有送达，一封也没有退给她。她举办的聚会，他都一次不拉地光临了，而每次聚会她都会把自己的客人当作一顿由嫌疑人构成的自助大餐送给他——"这儿的人都是你可能感兴趣的，你请自便吧。"克洛普在自己的报告中如是写道。②

穆拉供出的大多是英国人。在她的圈子里几乎没有什么俄国流亡人士。很多流亡人士从不信任她，对她避之不及。有一个曾参加过她的那些聚会，叫基里尔·季诺维耶夫，是一名作家兼翻译家，笔名叫菲茨里昂。（根据其作家夫人艾普丽尔·菲茨里昂的名字所取）

---

① 军情五处穆拉·布德贝格档案：1951年7月2日U35提交的报告。克洛普在这份文件中对这次重要会面做了详尽的描述。
② 军情五处穆拉·布德贝格档案：1951年8月10日U35提交的报告。

1946—1974

他20世纪20年代在柏林时就认识穆拉,当时他还是个十几岁的学生;他与原乌克兰斯科罗帕德斯基酋长相熟,知道穆拉1918年在乌克兰从事过间谍活动。他之所以还待在穆拉的朋友圈里,是因为他让她给迷住了,不过他觉得自己"无法尊敬或信任她";他认定她的一些秘密活动已经"导致好几个人丧了命"。①倘若一些更离谱的传言并不完全是空穴来风的话,那么与穆拉有关的人命可就远远不止"好几"条了。

穆拉还是一如既往地定期与克洛普·乌斯季诺夫会面。她传递了有关伯吉斯和麦克利恩的最新小道消息。有人说他们俩是一对同性恋人,到地中海乘游艇度假去了。无关"铁幕"的事儿,她说道。

如果说穆拉这条关于伯吉斯和麦克利恩的消息是错误情报(也有可能她是在存心误导克洛普)的话,那么她接下来揭发的就是确有其事了。她说,安东尼·布伦特曾是盖伊·伯吉斯"最上心的人",偶尔也来她的晚宴做过客,他是一名共产党员。

克洛普惊呆了。"我只知道他负责照看国王藏画啊。"他说道。

穆拉酸酸地来了一句:"这种事只有在英国才会发生。"②

克洛普对布伦特的了解很可能比他嘴上承认的要多一些;他俩战时曾在军情五处的反情报部门工作过。战争结束后,布伦特重拾旧爱——艺术史。到1947年时,他就当上了伦敦大学的教授,任考陶德学院③院长,还被任命为国王藏画鉴定师。穆拉告诉克洛普之

---

① 基里尔·季诺维耶夫:安德鲁·博伊尔访谈录,藏于剑桥大学图书馆,编号为 Add 9429/2B/125。
② 军情五处穆拉·布德贝格档案:1951年8月28日 U35 提交的报告。
③ 考陶德学院,全称考陶德艺术学院(The Courtauld Institute of Art),是伦敦大

前,布伦特因为与伯吉斯的关系密切已经受到嫌疑了。在1951年到1952年间,布伦特受到了吉姆·斯卡登的十一次审讯,但和菲尔比一样,斯卡登没能让他开口。布德贝格男爵夫人提供的情报被认定为"不够可靠",因而始终也没有写进他的档案中。尽管布伦特从来没有完全摆脱军情五处对自己的怀疑,但他还是自得地过着自己的生活,几年后他还因为皇室效力有功而封爵。

到了1951年10月,穆拉又一次在克洛普的公寓与他共进晚餐之时,她信誓旦旦地说自己将会上报身边的任何一点风吹草动、举报自己所怀疑的背叛英国的每一个人——"不管是真的叛徒还是潜在的叛徒"。作为回报,克洛普提出,可以让她在军情五处领工资。穆拉提到了几个令他感兴趣的名字。他挑出了其中一个名字——"苏联大使馆中的一名要员"——他告诉她,"如果你能把这个人和他的妻子策反过来,你的财政状况将大大改观。"

用餐时,穆拉对他说,自己的财政状况岌岌可危,急需"得到改善"。克洛普补充道,"只要能及时牵上线搭上桥,即使不是大鱼也行"。

没人会跟钱过不去,但对穆拉来说真正促使她接下这个活儿的原因与往常如出一辙——安全、稳定、求生,还有刺激感。

1951年10月25日,星期一,克洛普·乌斯季诺夫以自己的代号U35提交了关于这次谈话的报告。①这份报告经过处理后放入了穆拉

学的一所自治学院,专事艺术史研究与艺术品保护与修复研究。安东尼·布伦特是该学院的第三任院长(1947—1974)。—译注

① 军情五处穆拉·布德贝格档案:1951年10月25日U35提交的报告。

的档案中，她的档案已经有厚厚三卷了。这份档案已被加密，封存在一个档案馆里，永远也不会重见天日了。

布德贝格男爵夫人已被成功地招纳为一名英国间谍了，再一度。

这个女人在1917年俄国革命和之后的那段时间中曾效力于好几个危险的主子，她还曾数度神不知鬼不觉地在国境间穿梭，充当过流动特工，与斯大林有过直接联络，在好几个契卡的监狱里待过，这次的这点事儿对于她来说根本就不值一提。从某种意义上来说，穆拉已经走完了人生的一个轮回，又回到了她间谍生涯的起点，当初她这个"布夫人"在彼得格勒开办沙龙接待亲德的俄国人，实则却在为克伦斯基和她的朋友、秘密情报局的乔治·希尔监视那帮亲德的俄国人。

她在恩尼斯摩尔花园家中的晚宴如往常一样夜夜笙歌。赴宴的客人也是照旧是"胭脂气十足的小白脸"、电影和文学界的明星、外交部的人和"大人物朋友们"，荟萃一堂。但现在的晚宴有了一个秘而不宣的新目的。不过穆拉是否将自己客人的信息泄露了出去——她肯定这么做过——由于处于保密状态，依然不得而知。她自己的档案已经被封存起来了，她依旧只会以一个数字，一个尚不确定的特工代号，出现在其他人的档案里。

与此同此，在表面上，在大白天里，一切如常。

* * *

穆拉很爱自己的床。自打1921年被塔林的警察释放之后，在卡丽嘉夫的第一周里，她就对其产生了格外的喜爱。

有一份工作，容易影响到她对床的喜爱。穆拉的工作生活——在理想状态下——与她的社交生活颇为相似：旅游、谈判、结识一些有意思的新朋友，然后成为他们之间不可或缺的纽带。穆拉觉得为柯尔达工作很累，因为她必须每天从床上起来，到皮卡迪利146号的伦敦影业公司办公室去上班，在柯尔达的剧本坊里辛苦一整天。这工作一点也不适合她——特别是随着年岁的增长，如今她从前一晚的放纵中恢复过来越来越困难了——所以她与自己的秘书商量好了。如果重要的人物——尤其是如果是亚历克斯爵士本人——来了电话的话，秘书会解释说布德贝格男爵夫人刚出去了一会儿。然后她马上给穆拉打电话，穆拉就会从床上爬起来、抓些衣服穿上（她几十年前起就已经不再在衣着上花心思了），然后赶紧拦辆出租车赶去。

柯尔达十有八九是知道穆拉的小把戏的，但他觉得无碍于事。把人迷得鬼迷心窍的本事，穆拉倒是一点没丢。要是在20年前，她肯定会让柯尔达拜倒在她的石榴裙下，就如同威尔斯、高尔基，还有许多更出色、更伟大的男人们一样。但她的这一面，随着威尔斯的逝去和自己年岁的增长，已经消逝了。如今她改用了代理人的模式，给柯尔达找一个女人来维持他人过中年后的需求。

柯尔达与一个情妇处了一阵子。克里斯汀·诺登是一个轻浮、有追求的年轻演员，可她突然跟一个美国空军中士跑了。亚历克斯爵士曾求她留下来嫁给他，但于事无补。① 眼见着柯尔达身边没了

---

① 德雷津：《柯尔达》，第346—347页（Drazin, *Korda*, pp. 346-347）。

人，穆拉决定给他物色一个新人选。

柯尔达之前有过两段婚姻，第一次是与女演员玛利亚·柯尔达①，而后在1939年又与小他18岁的英国影星梅尔·奥勃朗②结婚，这段婚姻持续了六年。柯尔达年岁渐长，但新娘却越来越年轻。1953年穆拉给他找的新一任女友才24岁，而柯尔达已经60了。这个女人名叫亚历珊德拉·博伊肯，乌克兰裔加拿大人，是一名初露头角的歌手，外表美艳绝伦。她没有当演员的野心，似乎也不是个追名逐利的人。柯尔达曾对穆拉吐露过自己的心声，他不想再找女演员了；他想要的是一个家庭主妇，能在他的晚年帮他照料一切。

换句话说，他想要的就是当年威尔斯想要穆拉做的。而且，和威尔斯一样，他如愿以偿的概率也相当渺茫。亚历克萨也许不是一个攀龙附凤之辈，③可她是个无拘无束的人。

令所有人大跌眼镜的是，1953年6月，交往了没几天，这对并不般配的情侣就结婚了。穆拉当时也在场。亚历珊德拉的父亲发来了一封电报，说"亚历山大爵士对于我女儿来说，年龄太大了"④。整

---

① 玛丽亚·柯尔达（María Corda, 1898—1976），匈牙利女演员，无声电影时代德国和奥地利的影星。亚历山大·柯尔达的第一任妻子，曾在其丈夫导演的《海伦情史》（The Private Life of Helen of Troy）等影片中担任女主角。—译注

② 一译曼尔·奥勃朗（Merle Oberon, 1911—1979），原名埃斯特尔·梅尔·奥布赖恩·汤姆森（Estelle Merle O'Brien Thompson），好莱坞第一个跨人种混血明星、英国和好莱坞漂亮的黑发女演员，主要作品有《亨利八世的私生活》（The Private Life of Henry VIII）、《黑暗天使》（The Dark Angel）、《雾夜奇缘》（The Divorce of Lady X）、《呼啸山庄》（Wuthering Heights）等。—译注

③ 亚历克萨（Alexa）为亚历珊德拉（Alexandra）的昵称。—译注

④ 柯尔达：《魅力人生》，第323页。

个这件事就是一个错误；不一定是对于柯尔达或亚历克萨而言，而是对于穆拉来说。亚历克萨一旦成了柯尔达家的女主人，就不需要再仰穆拉的鼻息了，她自作主张起来，把穆拉一脚踢过了墙。穆拉好心好意给她提建议，出主意，可她把穆拉的好心当成了驴肝肺，认为穆拉是在好为人师。穆拉还在柯尔达晚宴的宾客名单上，但受邀没有以前频繁了，受到的欢迎也不如往常热烈了。①

因为和比自己小太多的女人交往，柯尔达为之付出了相应的代价——高尔基也为穆拉付出了同样的代价。亚历克萨有时会因丈夫的高龄和如今每况愈下的身体而感到厌倦，于是便会做出一些越轨的事情。她与柯尔达的年轻外甥迈克尔走得很近。那个1947年被穆拉迷得神魂颠倒的13岁的小男孩儿，现在已经二十多了，与亚历克萨年纪相仿，尽管迈克尔的父亲警告过他，可他俩还是越走越亲近。他们并没有上过床，只是亲密的朋友，而且迈克尔常常为亚历克萨的失踪打掩护。柯尔达妒火中烧，禁止两人见面。

这段婚姻撑满了需要撑住的时限，三年时间。1956年1月末，亚历山大·柯尔达去世了，死于困扰了他数年的心脏病。

---

① 柯尔达:《魅力人生》，第403页。

26 ……一切都结束了
1956年—1974年

1963年5月,伦敦

穆拉缓缓掀开厚重的窗帘,放眼窗外的沉沉暮色,她走近窗边,试图透过反射着自己炯炯如炬的眼神的玻璃看到点什么。初夏时节,肯辛顿繁花似锦,把傍晚染成了深蓝,将屋顶上的缭绕烟雾变得缥缈朦胧。在穆拉的窗台下,出租车一辆辆掠过,夜间公交顺着笔直的克伦威尔路气喘吁吁地行进,在伯爵府路口哼哧哼哧地放缓了车速。

乡村生活好是好,但穆拉离不开城市,就像她离不开呼吸一样。城市里有生机。这是一个适合开派对的良宵,一个与世界和睦共处,融为一体的夜晚。

她愉快地哼起了小调。玻璃上的影子也对她报以微笑。这张脸可真变了不少。脸上的皱纹更深了,眉不清目也不秀了,头发也白了,用别针和发胶从额头往后盘成了一个冠冕一样的银色的髻。但那双眸子没有变,依然闪亮,那对远眺过昔日月光下雁得尔雪地的猫眼石般的眼睛犹在。

她呼出的气在冰凉的玻璃上结成了雾。这确实是一个适合开派对的夜晚。

在她身后,叮叮当当的碰杯声和滔滔不绝的话音中突然爆发出阵阵欢笑声,穆拉从自己的梦幻中醒来。她将窗帘放下,转身面向房间。逗发笑声的是彼得·乌斯季诺夫——他正跪在地上,模仿维多利亚女王祈祷布尔战争旗开得胜;这是在模仿纳粹电影《克鲁格总统》①中的一个片段,真是令人拍案叫绝的模仿,他还不费吹灰之力地在大嚷大叫的克鲁格总统和维多利亚女王之间来回切换。②穆拉又抓起了一杯杜松子酒,又点上了一支雪茄,缓缓地走入人群;人们纷纷给她让路,她又回到了人群的中心。

他们——她所有最要好的朋友全都来了。克洛普·乌斯季诺夫的宝贝儿子彼得如今已经是个响当当的电影明星了,他也是穆拉最要好的朋友之一。和乔治·威登菲尔德一样,哈米什·汉密尔顿和他的夫人伊冯娜是派对上的常客,还有鲍勃·布思比男爵这个声名狼藉的保守党人。布思比性欲惊人,仿佛一座肉塔上耸立着两只虎视眈眈的眼睛。他男女通吃,来者不拒,他的情人中有首相夫人多洛茜·麦克米伦,最近(如果传闻属实的话)还刚勾搭上了黑帮老大

---

① 德文名为 *Ohm Krüger*,"Ohm"是荷兰语"oom"(叔叔)的音译,因而亦可译为《克鲁格大叔》,由汉斯·斯坦因霍夫(Hans Steinhoff)导演、第一届奥斯卡影帝埃米尔·强宁斯(Emil Jannings, 1884—1950,一译艾米尔·詹宁斯)主演的一部传记片,是纳粹德国为攻打英国而拍摄的系列宣传片之一,影片描述了南非布尔人政治家、南非共和国(即德兰士瓦[Transvaal])总统保罗·克鲁格(Paul Krüger, 1883—1902,一译保罗·克留格尔)的一生及其最终在第二次布尔战争中为英国人击败的故事。——译注
② 威登菲尔德:《乔治·威登菲尔德》,第132页。

罗尼·克雷。①布思比认为，穆拉是"我认识的最出类拔萃、最具鉴赏力的女人中的一位，她也是我最好的朋友"。②

不论是作家、演员，还是导演、外交官，全都如约而至，参加了穆拉的派对。既有老朋友，也有新朋友，但没有一个雁得尔的旧相识了。那些旧相识都已去世——梅里埃尔几年前过世了，过世前出版了一本回忆录，回忆了当年的那些假日时光，引用了贾斯提诺的诗句："……啊，生活/在雁得尔，直到永远……"一切都是过眼云烟了。如今已是一个新世界，唯有对过去世界的记忆一直由往昔延续至今。

客人们畅怀痛饮、高谈阔论、放声大笑。他们都受到了很好的招待；毕竟，他们是为此付了钱的。他们虽没有真想过要付钱，但这喝掉的不是别的，正是他们的钱。

* * *

对穆拉来说，日子越来越难过了。自打1956年亚历克斯·柯尔达去世之后，她便没了稳定的工作来提高自己做出版的收入了。她从称王于伦敦演艺界的剧院经理休·"宾基"·博蒙特那里得

---

① 布思比（Boothby）与克雷（Kray）在1963年开始交往，后来还为这对孪生兄弟的获释而奔走过。1964年，《星期日镜报》(*Sunday Mirror*)上刊登的一篇文章暗示两人之间存在性关系。布思比起诉了这家报纸并胜诉。数十年之后，当年的信函公之于世，证明了两人的确关系亲密。(见2009年7月26日《星期日电讯报》[*Sunday Telegraph*])

② 布思比:《布思比》，第199页（Boothby, *Boothby*, p. 199）。穆拉的鉴赏力，布思比认为，可以从她和他一样喜爱屠格涅夫这一点得到证明。

到了一些帮助。宾基与亚历山大·柯尔达有过很多合作。亚历克斯爵士会把跟自己签了约、却闲着的演员借给宾基去排戏。宾基在商业上非常精明，但生活中极其慷慨大方，都是出了名的，柯尔达去世后，他一直帮着补贴穆拉的收入。①

也有其他一些很可贵的熟人，穆拉依然跟别的制片人和导演合作，从事电影方面的工作，无论什么杂七杂八的活儿，能接的她都会接下来。1959年，她曾担任黛博拉·蔻尔和尤尔·伯连纳②主演的影片《旅程》的技术顾问，该片以当时还是共产主义国家的匈牙利为背景。1961年，彼得·乌斯季诺夫让她在自己的喜剧片《罗曼诺夫与朱丽叶》中扮演了一个小角色厨子基娃。制片人山姆·斯皮格尔和导演大卫·里恩非常喜欢穆拉，把她聘为他们的电影《阿拉伯的劳伦斯》的研究员。穆拉常常充当的是一个中间人的角色——她精心编织出来的庞大的朋友和熟人网给她带来了很多工作机会。里恩刚一有把E·M·福斯特的《印度之旅》拍成电影的冲动，就想到了福斯特是穆拉的朋友，于是便请穆拉出面去找福斯特，让他把电影改编权卖给自己。福斯特拒绝了穆拉，一如他拒绝了所有人一样。福斯特"简直是谈影色变"，里恩是这么认为的。③

---

① 迈克尔·伯恩：安德鲁·博伊尔访谈录，藏于剑桥大学图书馆，编号为Add 9429/2B/115 (i)。

② 一译尤尔·布林纳（Yul Brynner, 1920—1985），影史上著名的"光头影帝"。出生于远东共和国符拉迪沃斯托克，幼年曾随家移居哈尔滨。曾凭与黛博拉·蔻尔（Deborah Kerr）联袂主演的《国王与我》（The King and I）获得1956年奥斯卡最佳男主角奖。——译注

③ 大卫·里恩（David Lean）：访谈录，引自《泰晤士报》，1981年12月9日第8版。

穆拉的译作能够带来一点微薄的定期收入。作为高尔基和契诃夫的译者，她已经赢得了相当的地位和好评，不仅L·P·哈特利①曾称她为高尔基作品最贴切的译者之一，她翻译的高尔基《我的日记片段》译文优美，也颇受称赞。②但她的译作水准忽上忽下；由于手头拮据需要赚钱，穆拉来者不拒，有时也不怎么用心；她的一些质量较差的译本常常缺斤少两（有时碰上难度较大的句子或段落，她就干脆整句整段地跳过去不译），她的职业口碑也因此受到了影响。不过还是有人找她翻译，因为出版商们都经不住她的软磨硬泡。③

尽管穆拉一直很勤奋，但在花钱的问题上，她从来不善于精打细算，甚至连起码的责任都负不了。没有了高尔基、威尔斯或柯尔达等人的不断资助，她手头总是没钱，一有点钱又大手大脚地乱花

---

① 全名莱斯利·珀斯·哈特利（Leslie Poles Hartley, 1895—1972），英国小说家，他最著名的长篇小说是《优斯塔斯与希尔达三部曲》(*Eustace and Hilda: A Trilogy*)和《幽情密使》(*The Go—Between*)，其中后一部曾于1971年和2015年先后两次改编成电影。—译注
② L·P·哈特利：《绵羊与山羊》(L. P. Hartley, 'The Sheep and the Goats')，《观察家报》，1939年6月25日第6版；爱德华·克兰克肖：《俄式小品文》(Edward Crankshaw, 'Russian vignettes')，《观察家报》，1972年6月18日第33版。
③ 有了解穆拉译作的人称，总体说来她不是一个优秀的译者。比如，尼娜·别尔贝洛娃(Nina Berberova)对她的俄语译文就做出过贬评。同样，穆拉的好友哈米什·汉密尔顿(Hamish Hamilton)虽让她译过很多作品，却说她的译文水准参差不齐。汉密尔顿所说的情况，可能是将她上了年岁后的译作与早期译作混为一谈了。（据乔治·威登菲尔德说，她上了年岁后已无法勤勉工作，遂开始将工作分包给她的亲属们）有案可稽的评论基本上都认为她20世纪30年代至60年代之间的译作很优秀。当她觉得原作值得她付出精力的时候，她会竭尽所能，译出精彩的译本；而其他情况下，据说碰上难译的成语，她都会不求甚解，不能将这些成语乃至整段文字的真正意思译出来。

掉了。

1963年,她位于恩尼斯摩尔花园68号的公寓房租上涨了。她怎么也租不起了。对此,穆拉并没有感到丝毫地难为情;她已经变成了一个穷困潦倒的上层社会人士(洛克哈特也是如此)。穆拉有很多有钱的朋友,而且她对于让别人掏钱买单也从没有过丝毫的愧疚之情。出版商罗杰·米歇尔是哈米什·汉密尔顿的副手,有一次他刚抵达恩尼斯摩尔花园,准备参加穆拉的一个晚宴,却发现她正从一辆出租车中钻出来。她给了他一个结实的、熊一般的拥抱,并与他在路边闲聊了几分钟,这期间出租车的表还一直在走。然后她转身进了屋,留下他一个人面对闲停着的出租车和等着收钱的司机。米歇尔做了一个绅士该做的事——他掏钱给她付了车费。①穆拉的很多次出租车费都是用这一手法让别人给付的。尽管穆拉手头没钱,她还是一如既往地魅力四射,她的厚脸皮和足智多谋也一点没变,这些都能让她的日子过得不用太拮据。她从不坐公交车,也从没鼓足勇气去坐过地铁。

房租则不是那么容易的事情了。找了一圈之后,穆拉在克伦威尔路211号一幢古朴幽静的爱德华时期建筑的二楼,找到了一间便宜的公寓,于是1963年5月,她便从那间1939年初次搬入的家中搬了出来。这次搬家声势浩大,上了《观察家报》潘登尼斯的专栏:"木地板上钢制家具拖动的声音,在空荡荡、只剩地板的房间内回响……穆拉·伊格纳季耶芙娜身着一件蓝点睡衣,正在一个旧褥榻上整理

---

① 罗杰·梅切尔(Roger Machell):安德鲁·博伊尔访谈录,藏于剑桥大学图书馆,编号为 Add 9429/2B/118(i)。

一堆文件,她说,这堆文件少说已经20多年没人动过了。"穆拉这一搬,潘登尼斯写道,意味着"伦敦的又一地标"自此消失了。这些年来在这里款待过的客人名单被——列出,像一篇碑文:威尔斯、毛姆、库斯勒、海明威、安德烈·纪德、威廉·沃尔顿、哈罗德·尼克尔森、格雷厄姆·格林、罗伯特·格雷夫斯、伯特兰·罗素……这些人来这儿"可不是因为她的公寓有多么豪华精致,而是为了享受跟她在一起的刺激,还有她那透着俄罗斯人性格的、温暖的熊抱"。① 有些与她年龄相仿的男人幻想的还远不止此。1920年在克容维尔克斯基的公寓里初次见到穆拉的伯特兰·罗素,在威尔斯死后曾说过:"她在我的床上永远有一个位置。"②

《观察家报》上还登了给她在新公寓里拍的照片,在一堆还没收拾好的什物中,她显得有些疲惫,但心情还是很愉悦。

她的密友们都很担心她。穆拉刚满71岁。虽然大家一直都知道她手头拮据,但被迫搬家一事还是让大家吃了一惊。她的境况肯定是相当严峻了。彼得·乌斯季诺夫率先做出了表示,他本人慷慨地拿出了一千英镑,还邀请穆拉的朋友们都解囊相助。大家都响应了,有的数目还不小,总额达到了近六千英镑。③ 乌斯季诺夫组织了一个聚会,隆重地将一张支票交给了穆拉。

穆拉非常感激,好友们对她的爱令她既感动又激动。激动不已

---

① 潘登尼斯(Pendennis):《观察家报》(*The Observer*),1963年5月5日第13版。
② 转引自迈克尔·伯恩:安德鲁·博伊尔访问录,藏于剑桥大学图书馆,编号为 Add 9429/2B/115(ii)。
③ 约相当于现在的11万英镑。

的结果便是,她立即举办了一系列大型的派对。在接连举办派对的三个晚上,她所有的密友都来了,还有一些不那么亲的朋友、点头之交及其食客,都纷纷涌进了她的新公寓,与她共同庆祝。到了派对结束时,她已把大家给她凑的那笔钱挥霍一空,又回到了一贫如洗的状态。①

穆拉开始顺起商店里的东西来了,她的朋友们也就愈发着急了。1964年12月,她从哈罗德商场偷东西时被逮了个正着。她偷了一把雨伞、一个眼镜盒和一些别的东西(藏在了伞里),总价为九英镑七先令。她请法官们将她之前一次在斯隆广场一家商店偷的"一个化妆包和一些别的东西"也纳入考量。警方估算她的年收入有两千英镑,已经算小康了,因而最后处以重罚,让她交了25英镑,外加9几尼的罚金。②

穆拉偷的那些东西本是打算用来送给朋友作礼物的,她如此声称,可是她没钱,买不起。这一高尚的意图后来不攻自破了。有一次她对鲍勃·布思比哀怨地说,那把雨伞里"藏的都是些垃圾货"。布思比问她为什么要选择去偷垃圾货。她却并不觉得好笑。她曾向哈米什·汉密尔顿坦言,这其实完全是为了一种挑战——"和他们斗智"。③想当年,还有契卡、军情五处、克格勃以及整个欧洲大陆的

---

① 哈米什·汉密尔顿与夫人伊冯娜(Hamish and Yvonne Hamilton)、罗杰·梅切尔(Roger Machell)及罗伯特·布思比男爵(Baron Robert Boothby):安德鲁·博伊尔访谈录,藏于剑桥大学图书馆,编号为 Add 9429/2B/113 & 118(i)。
② 《泰晤士报》,1964年12月11日第5版。
③ 罗伯特·布思比男爵及哈米什·汉密尔顿:安德鲁·博伊尔访谈录,藏于剑桥大学图书馆,编号为 Add 9429/2B/113 and 118。

情报部门可以一决高下；看如今，只剩下一个伦敦警察厅和骑士桥百货商店的员工可以练练手了。最后，她受到警告，再不悔改就要进监狱，于是做出保证，戒掉了这个习惯；自此以后，她的朋友收到的礼物便越来越少了。

实则，穆拉已偷惯了手脚，成了瘾。有一次哈米什的妻子伊冯娜发现自己的一件艺术品不见了，她将此事告诉了自家管家，管家道："夫人，我要是您的话，就会去问问布德贝格男爵夫人。"

穆拉的宿敌丽贝卡·韦斯特，之前曾试图在军情五处那儿诋毁她，这次却一反常态，认为穆拉在偷窃商品一事上是清白的，理由是她并不认为穆拉是真的缺钱了。"我想她是哭穷哭累了吧！"她写道："但这是一个恶习，对很多在其他方面缺乏安全感且不能面对现实的人都会产生影响。"丽贝卡并没有明说她觉得穆拉缺乏的是哪方面的安全感。① 她认为穆拉的潜意识里有一种更深的不安，这一观点也许是正确的；如果真是这样的话，那么比起穆拉的那些认为她只是有些怪癖的朋友们来，丽贝卡对穆拉的认识就来得更为准确。

* * *

认识穆拉的人都喜欢认为自己了解她那谜一般的性格，但其实只有很少的几个人——包括洛克哈特和威尔斯——才有资格说自己足够了解她，而且就连他们也要费劲九牛二虎之力才能吃得透她。很多人似乎都与那个手相家的看法相同，那便是：穆拉的一生要比

---

① 丽贝卡·韦斯特（Rebecca West）：1980年9月9日致安德鲁·博伊尔函，藏于剑桥大学图书馆，编号为 Add 9429/2B/106(i)。

她本人有趣得多。20世纪50年代期间,在穆拉的出版商圈子内已经有些人开始意识到,她的人生故事可以写成一本绝佳的回忆录。

很多年前,在由高尔基过渡到威尔斯这一时期,穆拉就已经动笔写一本她自己的书了,似乎是一本回忆录。20世纪30年代初,洛克哈特在写《一名不列颠代表的回忆录》时,穆拉也在写一本书,她给这本书起了《混战之岸》和《混战之中》①两个不同的名字。②但这本书最后无疾而终了——可能是因为其他事分了心的缘故,也可能是因为她为了让自己心安理得,不惜把自己的人生经历编成无数版本,而她根本就无法把其中的任何一个版本付诸笔端,白纸黑字地写下来。其中有太多的秘密,太多自相矛盾的故事。这本《混战》,就算写出来了,也未必能见天日。

1951年,纽约出版商阿尔弗雷德·A·诺甫的妻子兼生意伙伴布兰奇·诺甫给穆拉写了一封语气恭维的信,请她考虑写一本自传,并提出从欧洲和美国出版商那筹集一笔预付稿酬及将连载权卖给一本美国杂志。③穆拉同意了,大概也收到了预付稿酬。她与布兰奇在巴黎里兹酒店的酒吧见了面,讨论这本书的事宜,同年底,布兰奇又给穆拉写了一封信,询问这本书的梗概进展得怎么样了。整整过了一年布兰奇才收到穆拉的回信。因为与别的工作相冲突,她只得

---

① 原文为法语,*À la Côte de la Mêlée*(《混战之岸》)、*Au Milieu de la Mêlée*(《混战之中》)。——译注

② 穆拉:1931年12月29日和1932年1月17日致洛克哈特二函,藏于胡佛研究所档案馆。

③ A·诺甫夫人(Mrs A Knopf):1951年9月14日致布德贝格男爵夫人函,阿尔弗雷德·A·诺甫资料。

把这项工作搁置下来了。"别担心。"她写道:"我一有功夫就动手写,你会收到的!"①然而她并没有兑现自己的承诺。时间一年一年地过去了,梗概还是没写出来,书就更别提了,出版社支付的预付稿酬早就被她付出租车费、开派对给花光了。1956年哈米什·汉密尔顿告诉布兰奇,穆拉终于准备动笔写自传了。大家还欢喜了一阵儿,结果穆拉还是一个字都没写,于是这个项目就彻底黄了。

20世纪60年代时,这个计划又被重提。穆拉受肯尼斯·泰南邀请,给他在英国独立电视台的艺术节目《节奏》高尔基一辑做特约访谈。穆拉问了这个节目的研究员琼·罗德克愿不愿意做她的捉刀人,帮她完成自传的写作。琼从某些方面来说与穆拉意气相投——她是一位左翼活跃分子,对开庭审判有着特别的嗜好,她将其描述为伦敦与共产主义者沙龙最接近的事物。她花了许多个上午的时间,坐在穆拉的床边,听穆拉讲述自己的人生和高尔基的故事。但这些讲述并没有出个什么结果,书还是没能写成。②

在穆拉生前身后,汉密尔顿曾好几次想为她出一本回忆录或是自传,但他从穆拉的家人那儿不但得不到什么信息,还受到了很大的阻挠。罗宾·布鲁斯·洛克哈特,这个1921年出生时伤透了穆拉的心的男孩儿,不少作家多次登门找他,希望他能够帮助他们完成

---

① 穆拉·布德贝格:1952年12月27日致布兰奇·诺甫(Blanche Knopf)函,阿尔弗雷德·A·诺甫资料(AAK)。(穆拉的原话为:Never mind, I'll do it once upon a time and you *will* have it! 可见其对英文习语确实是一知半解。故而将"一有工夫"译为"一有功夫"以显示其用词不当。——译注)

② 琼·M·罗德克(Joan M. Rodker):1974年12月29日致《观察家报》编辑函;琼·罗德克的讣告,《每日电讯报》(*Daily Telegraph*),2011年1月23日。

计划中的穆拉·布德贝格传记。他的确从父亲那儿听说了她从事间谍工作的故事,但对于她一生的大部分阶段,都因信息太少而无从下手。穆拉生前就确保了这一点。①

　　穆拉喜欢保持神秘,她喜欢让人们去猜测。而她肯定也意识到了,她最想要藏于心中的秘密,就是她的朋友们最想要知道的内容。正是因为她如此神秘,才让她如此耐人寻味。

* * *

　　尽管回忆录只字未写,穆拉别的工作还是在继续进行。她身为译者和作者的工作已经从书籍扩展到了戏剧和电影领域。1962年她重新翻译了高尔基的名剧《在底层》,供剧作家德里克·马洛将其搬上舞台。该剧由富尔顿·麦凯领衔主演,由年轻的普鲁内拉·斯凯尔斯主演。②除了高尔基之外,穆拉还翻译了契诃夫的作品,1967年,她受劳伦斯·奥利弗的委托,翻译了《三姐妹》,供英国国家剧院把它搬上舞台,由琼·普劳莱特、安东尼·霍普金斯和德里克·雅各比领衔主演;演出好评如潮,穆拉的译本在与近期其他译本的比较中也受到了称赞。③

　　同年,穆拉为西德尼·吕美特的电影《海鸥》编写了剧本,是根据她自己翻译的契诃夫同名剧作改编的。影片由瓦妮莎·雷德格

---

① 哈米什·汉密尔顿:安德鲁·博伊尔访谈录,藏于剑桥大学图书馆,编号为 Add 9429/2B/118;罗宾·布鲁斯·洛克哈特,《赖利:始作俑者》,第83页。
② 《泰晤士报》,1962年4月24日第14版。
③ 《泰晤士报》,1967年4月8日第9版;评论引自1967年7月5日《卫报》。

雷夫、詹姆斯·梅森和西蒙娜·西涅莱主演。在拍摄过程中,西涅莱——她也是个魅力无边的女子,只是容颜已随年龄老去——对穆拉产生了强烈的厌恶之情;"这个老妖婆称自己为男爵夫人,但我们都怀疑她是个冒牌货,是个俄国老骗子。"①这句话或许更多的是在说这个中年的法国女演员,而不是那个已经年迈的俄国编剧吧。

1972年,穆拉为电影做出了最后一次贡献,她被聘为英国广播公司改编的《战争与和平》的"俄方顾问",安东尼·霍普金斯担纲主演,饰演皮埃尔·别祖霍夫。她的工作又将她带回了原点。所有的事情都通过她与高尔基的关系而联系在了一起,高尔基既是阿列克谢·托尔斯泰的良师,也是他仰慕的对象;而这一切又被帝国时代的圣彼得堡与革命之前的俄国农村这两个不同的世界一扫而净了。穆拉出生于那个从拿破仑和亚历山大一世时代到拉斯普廷和尼古拉二世时代都没有什么变化的另一个世界。

一切都灰飞烟灭,往者不可谏了。很快就会到随着这逝去的一切隐没于黑暗之中的时刻了。

* * *

穆拉曾回过俄国。那里的一切如今都面目全非了,但有几个老人还在那儿。

穆拉回国大约是在斯大林走进了自己的坟墓,尼基塔·赫鲁晓夫开始对这位独裁者的某些高压权力工具有所放松之后。穆拉第一次回国是在1959年——中间隔了23年。陪同她的是乔治·威登

---

① 转引自罗宾·布鲁斯·洛克哈特:《赖利:始作俑者》,第84页。

菲尔德,他期望借机与苏联作家和出版商进行接触。①他下榻在莫斯科的一家酒店里,穆拉则被高尔基家人接回了家中。房子还在原地,1936年高尔基奄奄一息时她来过最后一次的地方。如今这栋房子里住满了他的家人,当家的是高尔基的合法遗孀、年迈的叶卡捷琳娜·彼什科娃。这个家依然是一个拥挤的小型群居之所。科尔涅伊·楚科夫斯基也还健在;他所剩无几的头发已经花白,曾经浓密的胡子也掉光了,但他的脸上仍挂着温暖的微笑,如同在当年那个寒冷的12月的一天,他带着穆拉初次去见高尔基,饶有兴趣地看着这个伟人,像只孔雀似的在那个迷人的妙龄女郎面前卖弄自己的学识时一样。

  这栋房子已经变成了苏联官方的高尔基博物馆,一楼的房间在白天的特定时间会开放给公众参观,这期间高尔基的家人就回到楼上的房间待着。到了晚上,他们就和昔日一样,慷慨地款待客人。餐桌上摆满了食物和酒水。从晚上八点到剧院散场的时间,客人们源源不断地到来,他们弹钢琴的弹钢琴,跳舞的跳舞,唱歌的唱歌,还有的则讨论国际大事。"一切都非常具有俄罗斯风格、非常具有精英风范。"看花了眼的威登菲尔德如此回忆道。

  叶卡捷琳娜虽然对穆拉的到来表示了欢迎,但对她还是怀有戒备之心,尽管时间已经过去了这么多年。1962年穆拉请求再次来访时,叶卡捷琳娜向楚科夫斯基吐露了自己对于那些仍在穆拉手中的高尔基的文件的忧虑之情。她听说这些下落不明的文件中有许多危险内容,包括高尔基随手写下的对于斯大林的真实看法。她还听说

---

① 威登菲尔德:《乔治·威登菲尔德》,第133—134页。

（其实是误传）穆拉将其中的一些文章卖给了英国报界。此外，高尔基遗嘱失踪一事也仍困扰着她；她并不知道遗嘱上的签名是穆拉伪造的，但她清楚这件事中一定有猫腻。① 不过这次访问还是成行了，而且穆拉还与叶卡捷琳娜和蒂默莎乘船同游了伏尔加河。

有一次，穆拉是在彼得·乌斯季诺夫的陪同下来的俄国，他此行的目的是了解自己父母的过去。在莫斯科时，他看到穆拉冲一个警察颐指气使，要他给她叫一辆出租车，深感震惊。这个警察拒绝被当作仆人一般使唤："我是一名民兵。"他说道："我的职责是管制交通。"

"别跟我瞎扯！"穆拉回答道。"给我找辆出租车来。我可是名老同志，你的礼貌跑哪里去了？"

那名警察"被训哭了"，乌斯季诺夫如是回忆道，"然后他真的给她叫来了一辆出租车"。②

没人知道穆拉在莫斯科见没见到她的老朋友盖伊·伯吉斯。不过她的另一位朋友，格雷厄姆·格林，倒是真的在那儿见到了伯吉斯，他还回忆了他们那场特殊的对话。"我不知道他为什么单单想要见我。"格林写道："我并不喜欢他呀……不过，还是好奇心赢了，我约他出来喝了一杯。"伯吉斯把政府派给格林的陪同给支走了，说想与他单独谈谈："可他让我帮忙做的唯一的事居然是替他谢谢哈罗德·尼克尔森的来信，以及回去时给布德贝格男爵夫人带瓶杜松子

---

① 楚科夫斯基，1962年4月30日日记，《日记》，第464页。
② 乌斯季诺夫：《我的乖乖啊》，第345页（Ustinov, *Dear Me*, p. 345）。

酒！"①

马克西姆·高尔基的人生如今已经成为历史，他生前的房子也变成了博物馆，1968年还曾举办过一个庆祝他一百年诞辰的仪式。穆拉也去参加了，作为他一生的至爱以及唯一还活着的情人知己。（叶卡捷琳娜于1965年去世了，玛丽亚·安德烈耶娃则在1953年就入了土）

英国也出人意外地为威尔斯举办了同样的活动，但声势没有那么浩大；1966年，汉诺威巷13号门前立起了一块蓝色的牌子，房子也在这一天对公众开放。到场的人非常多。房子的新主人，略感惊讶地看到一位年迈的老太太在独自闲逛，于是决定"客客气气地问她一下"。这位老太太就是穆拉，她在故地重游。"这地方我熟，"她说，"威尔斯先生有一次还掐过我的屁股。"②

威尔斯可不止掐过那么一次。不管他们之间的关系看上去多么不稳定，但还是有过感情的。威尔斯的儿子安东尼·韦斯特回忆了穆拉对他以及对他父亲产生的影响。

> 我……忘不了第一眼见到她时那令人屏息的感觉。那是1931年的一天，在伊斯顿格利布的花园里，她坐在我父亲的身边，正与他交谈。她身上那种听天由命的情绪使她散发出令人

---

① 格雷厄姆·格林（Graham Greene）：1989年2月14日致罗伯特·西塞尔（Robert Cecil）函，罗伯特·西塞尔的文件归其女儿所有，通过安德鲁·劳尼（Andrew Lownie）获得。

② 里奇—考尔德勋爵：安德鲁·博伊尔访谈录，藏于剑桥大学图书馆，编号为Add 9429/2B/124 (ii)。

非常安心的宁静感,她风趣幽默的言谈,使她的存在让人非常舒心,一点也不让人烦扰:我总是热切地盼望着与她再次会面,心里也念念不忘上次的相处。我对她的真诚深信不疑,而且我坚信,要不是背后有她的温暖、关爱和平静淡泊的支撑,我父亲在他70岁生日到人生最后的那些年头里肯定会变得阴郁与悲观。每当我看到他们二人在一起时,我都能感觉到他们真的很幸福。①

* * *

高尔基的人生、威尔斯的人生,还有她自己的人生——如今已经全部成为了历史,成了博物馆里的陈列品。门就要关上了,幕就要落下了……除了回忆和秘密,什么也没剩下。

其中有那么一串回忆、那么一段人生路,比其余的都要耀眼,都要长久,一直持续到了最后,持续到了1970年的终点。

1948年,在与"汤米"·罗斯林短暂同居之后,洛克哈特迎娶了他战时的秘书莫莉·贝克。她是一个很理智的女子,曾着手想理清他的财务状况。她带着他离开了伦敦,二人在爱丁堡、康沃尔郡的法尔茅斯先后生活了多年。可他依然放不下穆拉。只要他来伦敦,就会与穆拉见面,而且他常常不惜长途奔波去伦敦,就只为见她一面。

---

① 韦斯特:《威尔斯》(West, *H. G. Wells*),第142页。

两人都在渐渐老去——有时能厮守在一起，但更多的时候却是天各一方。1953年3月，穆拉给洛克哈特写了一封信，提醒他自己很快就要"六十大寿"了，于是两人安排见面吃了顿饭，庆祝了一下。①她仍是他亲爱的穆拉，他也仍是她的宝贝儿。随着年岁的增长，两人也体弱多病起来了。与他们生活的其他方面一样，更坚韧的还是穆拉。她战胜了乳腺癌，而洛克哈特那自1918年从俄国回来后就弱不禁风的身子，因为常年的不健康习惯，20世纪60年代就开始每况愈下了。到了60年代末，他已经患上了痴呆症。他那天才般的头脑和令人折服的堂吉诃德式的人格魅力都一去不复返了。他的儿子和儿媳在霍夫镇的家中照顾着他，直到他住进当地的一家老人院。

穆拉到那里去看望过他，在他弥留之际，她也陪伴在他身边。②

罗伯特·汉密尔顿·布鲁斯·洛克哈特爵士1970年2月27日睡着后就再也没有醒过来。享年82岁。

《泰晤士报》上刊登的讣告简要回顾了他一生中的冒险经历，说"他曾有过两次婚姻"，③却只字未提那个对他来说意义最重大的女人，那个在他最危险的时刻与他共患难、舍身救过他的命、用比死亡更强大的烈火热情爱过他的女人。

他的葬礼在霍夫镇举行，两天之后，穆拉在离她原来的家不远的肯辛顿恩尼斯摩尔花园的俄国东正教堂为他举行了悼念仪式。④

---

① 穆拉：致洛克哈特函，藏于利利图书馆。未署明日期：可能是1953年3月。
② 玛丽娜·马奇德拉尼（Marina Majdalany）：安德鲁·博伊尔访谈录，藏于剑桥大学图书馆，编号为Add 9429/2B/121(ii)。
③ 罗伯特·布鲁斯·洛克哈特爵士讣告，《泰晤士报》，1970年2月28日第8版。
④《泰晤士报》，1970年3月4日第20版；罗宾·洛克哈特：《赖利：始作俑者》，

1946—1974

仪式于正午开始，应她的要求，在教堂镂空镀金的穹顶下布置了唱诗班、焚香和所有东正教安魂曲所需的仪式。唯一的缺憾是没有会众。穆拉在《泰晤士报》上刊登了一则启事，可最终前来悼念的却只有她一个人。洛克哈特的亲属们极力反对，他的朋友们则出于对他的尊重都选择了不插手。这对穆拉来说倒正是求之不得——这个仪式本来也不是为了这些人举办的；而是为了她自己和她的宝贝儿、为了纪念他们的爱情、为了纪念未能降生的小彼得、为了那个穆拉曾经深爱无比的男子而举办的。他死了，她终于可以独自享有他了。

* * *

1973年，穆拉最后去了一趟莫斯科。她的身体已经每况愈下了。关节炎已经折磨她多年了，她还做过两次髋关节置换手术。不喝点酒刺激一下的话，她已经几乎不能活动了。

她眼看就要大限将至了；所有的门都已关上，也没有什么值得好活的了。就剩下自己深爱的儿女们，还有孙子孙女和外孙子外孙女了；可他们都是属于未来的。而穆拉已经到了真正在意的只是往事的年岁了。

1974年，穆拉离开伦敦，去了意大利。她打算去看看保罗，如今他六十出头了，已退休赋闲，不在怀特岛上务农了，他和妻子已经在托斯卡纳安家了。哈米什·汉密尔顿认为穆拉是特意"决定离开，

第84页。

准备找个别的地方去死的"。①她在距保罗家不远的一家乡村小旅馆订了间房,就动身了。

她的另一位挚友,诗人迈克尔·伯恩为她写了一首诗,题为《穆拉·布德贝格:写在其拟离英之际》②。他很爱穆拉。他是通过盖伊·伯吉斯的介绍进入穆拉的圈子的,当时伯吉斯是他的男友;后来,他娶了穆拉的一位故交,在他妻子病故前,自己也有恙在身的穆拉对她悉心关怀,令他深受感动。他回忆道,她有着"抚慰他人的能力",③在穆拉人生最后岁月里的所有朋友当中,迈克尔·伯恩大概是对她的感情最殷切和真挚的一位。

在自己的诗作中,伯恩对穆拉和她认识的每一个人所编造出来的那个关于她的神话,给予了温和的讽刺。

> 塔列朗崇拜过你,
> 还有在巴黎公社运动中,
> 你因为不够老练
> 受到过马克思的表扬和欧仁妮的谴责,④
> 这难道不是事实吗?
> 幻想和风言风语

---

① 哈米什·汉密尔顿:安德鲁·博伊尔访谈录,藏于剑桥大学图书馆,编号为 Add 9429/2B/118(ii)。
② 收录在其诗集《背水一战》(*Out on a Limb*)中。
③ 迈克尔·伯恩:1980年6月20日致安德鲁·博伊尔函,藏于剑桥大学图书馆,编号为 Add 9429/2B/14(i)。
④ 即欧仁妮皇后欧仁妮·德·蒙蒂若(Eugénie de Montijo, 1826—1920),法兰西第二帝国皇帝拿破仑三世之皇后。亦译尤金妮娅皇后或尤金妮皇后。——译注

塞满绚丽的气球

吹成了传奇

……你到底与所罗门有多熟?

他英明吗? 在柏林,无疑,

德皇以为你就是示巴女王。

你出生且成长于

深紫色的显贵豪门,

这一点也不成疑问。

可你更喜欢红色。

灰色不是你的穿戴,

伦敦不是你的归所,

现在不是,将来也不是。

硕鼠太多了。那么,市民何所往,

男爵夫人,有何新鲜的栖身之地? ①

  对穆拉来说没有什么新鲜之地了——她什么地方都去过,什么事情都做过,什么都见过了,难有新鲜感了。意大利曾经是高尔基向往过一阵子的心仪之地。他们俩都很喜欢这里。就算未能把这里当过安乐窝,能把这里作为长眠之所也不错。

  有一种说法是,1974年离开伦敦时,她带走了一个手提箱。在保罗家和意大利边境之间的某个地方,运载她随身物品的拖车着了

---

① 迈克尔·伯恩: 节选自《为穆拉·布德贝格而作: 写在其拟离英之际》('For Moura Budberg: On her proposed departure from Britain'),《背水一战》(Burn, Michael, *Out on a limb*)第40—41页。

火。起火的原因一直是个谜。同样使人大惑不解的是，这位年迈的男爵夫人不让人把火扑灭。①

高尔基的文件、信函、日记便条、照片，所有她保护的，没让其落入斯大林和亚戈达手中的东西——都在意大利乡村上空的那一团青烟中化为灰烬了。其余的一切——她人生中所有落在纸上的点滴细节，洛克哈特、威尔斯、高尔基的信函，可能还有她《混战》一书的手稿，倘使这部手稿真的还在的话，也都一同化为灰烬了。如若此事是拜穆拉自己所赐的话，那么谁也休想破解其人生的谜团了。她也给自己的孩子们下了指示，销毁他们手上一切与她有关的东西。唯一剩下的只有她留在他人手上的信函、回忆录以及心目中的那些痕迹了。

* * *

1974年10月31日，穆拉·布德贝格男爵夫人在意大利去世，享年82岁。保罗和塔尼娅在她临终前一直陪在她身旁。

穆拉意识到大限将至时，叫来了一位牧师。她请求牧师为她举行一次私人安魂弥撒，主题为悔悟。②

她的遗体被运回了英国，这片她在那个距今已十分遥远的1929年夏末的一天，怀着满心希望和抱负踏上的国土。她的葬礼在肯辛顿的俄国东正教堂举行。教堂内人潮拥挤。她的儿孙们——如今

---

① 瓦克斯伯格：《高尔基遇害之谜》，第396页。
② 迈克尔·伯恩：安德鲁·博伊尔访谈录，藏于剑桥大学图书馆，编号为Add 9429/2B/115(ii)。

都已长大成人，很多已经结了婚。基拉和她的儿子尼古拉斯也出席了葬礼。出席的友人很多——法国大使、鲍勃·布思比男爵、戴安娜·库珀夫人、哈米什·汉密尔顿、阿兰·普莱斯—琼斯、汤姆·德里伯格、肯尼斯·泰南、阿兰·莫尔海德、卡罗尔·里德……她葬于奇斯威克新公墓。她的墓碑上镌刻着：

> 玛丽·布德贝格
> 娘家姓扎克列夫斯基
> (1892—1974)
> 保佑与保护①

* * *

那个对她来说最重要的人却没有到场。他已经先她而去了。他在俄国的寒冬中给她带去了生机，他爱她、又抛弃了她，可她却一直爱着他，在他死后坚强地活了下来。在1919年那个酷冷的冬天，木柴很难买到、彼得格勒的人们在与饥饿斗争之时，穆拉给他写了封信。

我最亲爱的宝贝儿：

你还记得你曾说过"我们的爱情必须得经得住六个月的考验"？那么——你觉得你对我的爱能经得住吗？至于我对你的——无须考验，因为它就在那儿——与我同在，直至死亡——或许——甚至超越生死。

---

① 原文为俄语，СПАСИ И СОХРАНИ。—译注

若是听到你问我"你还爱我吗?"我会觉得很奇怪,就像你问我"你还活着吗"一样。这几个月的等待——多么美好呀……因为分离是美的,陶醉于这样的想象之中,总有一天,经过磨难、渴求和对完美的热盼,能交出一个如此被洗礼过的灵魂……噢,宝贝儿——我什么都愿意做,只要有你在身旁、靠近我,将我搅入你的臂弯,让你抚慰我、依偎我,让我忘记所有的那些梦魇……

……睡个好觉,我的宝贝儿——愿上帝保佑你。

吻你可爱的唇。

晚安。

你的穆拉①

---

① 穆拉:1919年2月13日致洛克哈特函,藏于利利图书馆。

关于年代与地名的说明

俄罗斯帝国采用儒略历①("旧历")纪年,革命之后代之以格里历②("新历")纪年。由于是天主教的发明,格里历一直受到东正教国家的抵制,直到很晚才开始采用。东方的东正教教堂至今以儒略历作为其教历。

儒略历在日期上比格里历晚13天③。因此,"十月革命"实际上发生在"新历"的11月,而在革命前,俄罗斯人过圣诞节的时候,欧洲其余国家都是一月份了。在本文的叙述中,为了避免这样的问题,凡涉及1918年一月31日正式改历之前的俄罗斯的大事时都会先给出旧儒略历的日期,再给出新格里历的日期。

国界的变化和统治权的更迭已致使故事中出现过的好几个

---

① 英文为 the Julian calendar,恺撒第三次任执政官时命埃及天文学家索西琴尼(Sosigenes)为首的一批天文学家制定历法,由于当时把尤利乌斯·恺撒译作儒略·恺撒,故称儒略历。——译注

② 英文为 the Gregorian calendar,以当时的罗马皇帝格里高利命名,又译国瑞历、额我略历、格列高利历、格里高利历。是由意大利医生兼哲学家里利乌斯(Aloysius Lilius)改革儒略历制定的历法。我国是在辛亥革命后根据临时政府通电,从1912年1月1日正式使用格里历的,又称公历、阳历或西历。——译注

③ 因为1582年3月1日,罗马皇帝格里高利颁发的改历命令的内容之一便是1582年10月4日后的一天是10月15日,而不是10月5日。——译注

地方更了名。圣彼得堡,由于带有日耳曼语的色彩,在1914年战争爆发前更名为彼得格勒了,接着又是革命,1924年变成了彼得格勒,最终又于1991年改回了圣彼得堡。爱沙尼亚的港口城市雷瓦尔1920年变成了塔林。现在名叫雅内达的爱沙尼亚村庄,是穆拉丈夫乡间宅邸的所在,穆拉曾几度在此消夏和过圣诞节,当时至少是英语作家都知道它叫雁得尔(Yendel)。

　　本书中所用的名字都是故事发生年代所通用的名字。同样,乌克兰指的就是当时的那个乌克兰。有一个例外,就是拉脱维亚人,过去说英语的人管他们叫莱特人(Letts或Lettish);为了清楚起见,本书中回避了这一叫法。